WUNDERRAUM

Lesen ist ankommen.

BIANCA MARAIS

SUMM, WENN DU DAS LIED NICHT KENNST

ROMAN

WUNDERRAUM

Für Maurna,
meinen geliebten Schatz,
und für
Eunice,
Puleng und Nomthandazo,
die mir beibrachten, dass Rassentrennung
keine Macht über die Herzen der Menschen hat,
denn Liebe ist farbenblind und kann jede
Mauer überwinden.

1
ROBIN CONRAD

13. Juni 1976
Boksburg, Johannesburg, Südafrika

Als ich den Hüpfkasten fertiggemalt hatte, schrieb ich eine große »10« in das oberste Feld. Ich war ganz aufgeregt, denn so alt würde ich bei meinem nächsten Geburtstag werden, und wenn man eine zweistellige Zahl erreichte, war man kein Kind mehr, das wusste jeder. Der grüne Kreidestummel, den ich mir von der Dart-Tafel meines Vaters stibitzt hatte, war schon so geschrumpft, dass meine Finger über den Asphalt der Auffahrt schrammten, als ich meiner Kreation den letzten Schliff verlieh.

»So, jetzt ist es fertig.« Ich trat einen Schritt zurück und betrachtete mein Werk. Wie üblich war ich enttäuscht darüber, dass das Ergebnis nicht ganz so gut war, wie ich mir vorgestellt hatte.

»Ist super geworden«, erklärte Cat, die mal wieder meine Gedanken lesen konnte und mich davon abhalten wollte, den Hüpfkasten vor lauter Selbstzweifeln wieder wegzuwischen. Ich grinste, obwohl auf ihre Meinung eigentlich nicht viel zu geben war; meine eineiige Zwillingsschwester fand nämlich grundsätzlich alles gut, was ich machte. »Du fängst an«, sagte Cat.

»Okay.«

Ich zog den bronzenen halben Cent aus meiner Tasche und rieb die Münze wie einen Glücksbringer, bevor ich sie in die Luft schnippte. Glitzernd wirbelte sie durchs Sonnenlicht, und als sie auf dem ersten Feld landete, hüpfte ich los mit dem Ziel, diesmal einen Rekord hinzulegen.

Bei der vierten Runde landete die Münze außerhalb des Feldes. Ich warf Cat einen Blick zu. Sie wurde gerade von einem Hagedasch-Ibis abgelenkt, der auf dem Nachbardach Radau machte. Schnell schob ich die Münze mit meiner Schuhspitze ins Feld zurück und hüpfte weiter.

»Du bist echt gut!«, rief Cat ein paar Sekunden später, als sie sich wieder umdrehte. Sie hatte nichts mitbekommen.

Angespornt durch ihren Beifall hüpfte ich noch schneller, ohne zu merken, dass sich die Schnürsenkel meines Turnschuhs gelöst hatten. Ich schaffte gerade noch das letzte Feld, dann geriet ich ins Stolpern, stürzte auf den rissigen Asphalt und schürfte mir das Knie auf. Ich schrie, erst vor Schreck, dann vor Schmerz, und schließlich hörte ich Flipflops, die eilig angeschlappt kamen. Meine Mutter. Ihr Schatten fiel auf mich.

»Herrgott noch mal, nicht schon wieder.« Sie beugte sich herab und zog mich hoch. »Du bist so ungeschickt. Keine Ahnung, von wem du das hast.« Als ich ihr mein blutendes Knie zeigte, machte sie nur »tss«.

Cat, die neben mir hockte, zuckte zurück, als sie den Dreck in der Wunde sah. Schon kamen mir die Tränen, aber ich musste mich zusammenreißen, sonst würde ich den Ärger meiner Mutter zu spüren bekommen.

»Mir geht's gut, alles okay.« Ich lächelte die Tränen weg und stand vorsichtig auf.

»Oh, Robin«, seufzte meine Mutter. »Du willst doch jetzt nicht heulen, oder? Du weißt doch, wie hässlich du dann aussiehst.« Sie schielte und zog eine Grimasse. Ich kicherte, denn das war die Reaktion, die sie von mir erwartete.

»Quatsch, ich bin doch keine Heulsuse«, sagte ich. Vor den Augen der Nachbarn in Tränen auszubrechen wäre ein unverzeihliches Vergehen gewesen. Meine Mutter legte nämlich großen Wert auf die Meinung anderer Leute und war sehr darauf erpicht, dass ich ihr nacheiferte.

»Braves Mädchen.« Sie lächelte und gab mir einen Kuss auf die Stirn, als Belohnung für meine Tapferkeit.

Doch leider blieb mir keine Zeit, mich an ihrem Lob zu weiden. Das schrille Klingeln des Telefons zerriss den Morgen, und schon war einer der letzten zärtlichen Momente, die ich mit meiner Mutter erleben sollte, vorbei. Sie blinzelte, und die Wärme in ihrem Blick verwandelte sich in Anspannung.

»Mabel soll euch helfen, euch sauber zu machen, ja?«

Meine Mutter war kaum im Haus verschwunden, als ich ein Schluchzen hörte. Ich schaute zu Cat hinunter. Sie weinte. Wenn ich meine Schwester ansah, war mir immer so, als schaute ich in einen Spiegel, aber in jenem Moment fühlte es sich an, als gäbe es kein Glas mehr zwischen meinem Spiegelbild und mir – als sähe ich kein Bild von mir, sondern tatsächlich mich selbst.

Das Leid in Cats zerknirschter Miene war mein eigenes Leid. Ihre blauen Augen standen voller Tränen, ihre schmollende Unterlippe zitterte. Jeder, der Zweifel daran hegte, dass es Zwillingsempathie tatsächlich gab, wäre beim Anblick meiner weinenden Schwester sofort bekehrt worden.

»Hör auf«, zischte ich. »Willst du, dass Mom dich eine Heulsuse nennt?«

»Aber es sieht aus, als ob es wehtut.«

Wenn es für meine Mutter doch auch so offensichtlich gewesen wäre. »Geh auf unser Zimmer, damit sie dich nicht sieht, und komm erst wieder raus, wenn du dich beruhigt hast«, sagte ich und strich ihr eine braune Haarsträhne hinters Ohr.

Sie nickte schniefend, dann huschte sie ins Haus. Ich folgte ihr eine Minute später. Mabel, unsere Maid, war in der Küche, sie spülte gerade das Frühstücksgeschirr. Sie trug ihre verblichene minzgrüne Uniform (die viel zu eng war für ihre mollige Figur, die Knöpfe sprangen vorn fast ab), dazu eine weiße Schürze; um den Kopf hatte sie ein Tuch gewickelt.

Meine Mutter saß im Esszimmer und telefonierte mit ihrer Schwester Edith, der einzigen Person, bei der sie sorglos und glücklich klang. Ich ließ sie in Ruhe, denn wenn ich sie störte, würde sie mir befehlen, entweder keine Erwachsenengespräche zu unterbrechen oder aber aufzuhören, mich am Klang meiner eigenen Stimme zu ergötzen.

»Schau mal, Mabel«, sagte ich und zeigte ihr mein Knie. Ich war froh, dass sie an jenem Sonntag nicht freihatte.

Beim Anblick der Wunde zuckte Mabel zusammen und ließ erschrocken die Hände zum Mund fahren, dass der Spülschaum durch die Luft flog. »*Yo! Yo! Yo!* Tut mir leid!«, rief sie, als trüge sie die Schuld an meiner Verletzung.

Ihre Litanei war wie Balsam für mich, viel besser als jedes Pflaster.

»Setz dich. Ich muss das ansehen.« Sie kniete sich hin und japste vor Schreck, als sie die Schürfwunde inspizierte. »Ich brauche Erste-Hilfe-Sachen.« Ich liebte Mabels Akzent. Wenn sie redete, klangen die Wörter, als kämen sie aus einer völlig anderen Sprache, und ich fragte mich immer, ob ihre Kinder (die ich nicht kannte und die das ganze Jahr über in QwaQwa lebten) wohl genauso redeten.

Sie holte den Erste-Hilfe-Kasten aus dem Küchenschrank und

kniete sich wieder hin, um die Wunde zu versorgen. Der Wattebausch hob sich strahlend weiß von ihrer dunklen Haut ab. Sie tränkte ihn mit orangefarbenem Desinfektionsmittel und betupfte die Wunde damit. Es brannte, doch jedes Mal, wenn ich versuchte, das Knie wegzuziehen, murmelte sie tröstende Worte.

»Tut mir leid! Tut mir so leid. Gleich ist alles wieder gut. Du bist tapfer.« Wenn sie sprach, klang es weich und warmherzig.

Ich aalte mich in ihrer Aufmerksamkeit. Schaute zu, wie sie vorsichtig auf mein Knie pustete, und war überrascht, dass die Schmerzen sofort verschwanden. Zum Schluss klebte sie ein großes Pflaster auf die gereinigte Wunde und zwickte mich sanft in die Wange.

Dann gab sie mir ein paar dicke Schmatzer, und ich hielt den Atem an in der Hoffnung, endlich einen auf den Mund zu bekommen. Doch sie begnügte sich mit meinem Kinn und meiner Stirn. »Alles wieder gut!«

»Danke!« Ich umarmte sie schnell, dann lief ich wieder hinaus. Draußen rief mein Vater nach mir.

»Sommersprosse!« Er hatte es sich auf einem Liegestuhl neben dem tragbaren Grill bequem gemacht, der mitten auf dem braunen Rasen in der Sonne stand. »Hol deinem alten Vater ein Bier.«

Ich huschte wieder hinein und holte eine Flasche Castle Lager aus dem Kühlschrank. Mein ungeschickter Umgang mit dem Flaschenöffner brachte eine Schaumfontäne hervor, die sich auf dem Linoleum ergoss, aber ich machte keine Anstalten, den Boden aufzuwischen. Mabel schnalzte zwar, als ich wieder hinausrannte, aber ich wusste, sie würde klaglos hinter mir herwischen.

»Hier«, sagte ich und reichte meinem Vater die schäumende Bierflasche. Er kippte den Inhalt sogleich über die Flammen, die durch den Grillrost schlugen.

»Genau im richtigen Moment«, sagte er. Dann bedeutete er mir, auf dem Stuhl neben ihm Platz zu nehmen und zwinkerte mir zu.

Mein Vater war ein gut aussehender Mann mit blauen Augen und wildem Haarschopf. Blonde Locken fielen ihm in die Stirn, und hinten trug er sein Haar so lang, dass es über den Hemdkragen fiel. Außerdem hatte er lange Koteletten, die fast mit seinem buschigen Schnurrbart zusammenstießen. Wenn man ihm einen Schmatzer gab, war das eine kratzige Angelegenheit, aber ich liebte seine Stoppeln.

Ich setzte mich, und er reichte mir die Grillzange, als wäre sie eine kostbare Reliquie. Dann nickte er mir feierlich zu, und ich erwiderte das Nicken, um die Übernahme der Macht zu bestätigen. Nun trug ich die Verantwortung für das Fleisch.

Mein Vater lächelte, als ich mich über den rauchenden Grill beugte. Dann fiel sein Blick auf mein Pflaster. »Bist du mal wieder in die Schlacht gezogen, Sommersprosse?«

Als ich nickte, lachte er. Mein Vater witzelte oft, dass er eigentlich einen Sohn hatte, der im Körper einer Tochter gefangen war. Am liebsten erzählte er von dem Tag, als ich mit zerrissener Strumpfhose und blutverschmiertem Bein von meiner ersten und einzigen Ballettstunde zurückgekehrt war. Als er wissen wollte, wie ich es geschafft hatte, mich beim Ballett so zuzurichten, gestand ich ihm, dass ich beim Versuch, vor der Lehrerin zu fliehen, auf einen Baum geklettert und dann heruntergefallen sei. Mein Vater war in schallendes Gelächter ausgebrochen, während meine Mutter mich ausgeschimpft hatte, weil ich das Geld meiner Eltern verschwendete.

Eigentlich hätte mein Vater das Grillen einem Sohn beibringen sollen. Falls er enttäuscht gewesen war, dass er keinen bekommen hatte, verlor er nie ein Wort darüber. Er forderte meine jungenhafte Art bei jeder Gelegenheit heraus.

Cat dagegen war sehr empfindsam und in vielerlei Hinsicht das genaue Gegenteil von mir. Und rohes Fleisch fand sie ekelhaft. Sie hätte sich niemals von meinem Vater zeigen lassen, wie man ein perfektes Steak hinkriegt, wie man die Faust für einen K.-o.-Schlag ballt oder wie man jemanden durch ein Rugby-Tackle zu Boden bringt.

»Okay, jetzt dreh die Würstchen um. Sieh zu, dass du sie alle mit der Zange gepackt kriegst, sonst gibt's 'ne Riesensauerei. Gut. Jetzt schieb die Steaks an den Rand, sonst werden sie zu stark gebraten. Das Fett soll schön knusprig sein, aber nicht angekokelt.«

Ich befolgte sorgfältig seine Anweisungen und schaffte es, das Fleisch so zu grillen, dass er zufrieden war. Als wir fertig waren, trug ich das Fleisch in einer Pfanne an den Tisch auf der Terrasse, den Mabel für uns gedeckt hatte. Das Knoblauchbrot stand schon bereit, ebenso der Kartoffelsalat und die Maiskolben, alles unter dem Fliegennetz deponiert, das ich manchmal als Schleier benutzte, wenn ich die als Braut verkleidete Spionin spielte.

»Sag deiner Mutter, dass wir fertig sind«, sagte mein Vater. Er hegte jedes Mal Argwohn gegen die großen Hagedasche mit ihren langen Schnäbeln und fürchtete um sein Fleisch. Oft stibitzten sie Hundefutter aus den Näpfen, gelegentlich auch größere Beute, zum Beispiel Fische aus Gartenteichen.

»Sie telefoniert gerade.«

»Na, dann sag ihr, dass sie aufhören soll. Ich hab Hunger.«

Ich lief zum Eingang hinüber und rief: »Wir wollen essen!«, dann rannte ich wieder zurück.

Ich hatte gerade neben meinem Vater Platz genommen, als Cat sich zu uns schleppte. Sie hatte sich alle Tränenspuren aus dem Gesicht gewaschen und lächelte, als unsere Mutter sich neben sie setzte.

»Mit wem hast du denn telefoniert?«, fragte mein Vater und griff nach der Butter und der Bovril-Paste, um seinen Maiskolben schön dick damit zu bestreichen.

»Mit Edith.«

Mein Vater verdrehte die Augen. »Was wollte die denn schon wieder?«

»Nichts. Sie hat sich einen Darmvirus eingefangen. Der grassiert wohl gerade. Sie ist krankgeschrieben.«

»Oh, dann steckt sie jetzt wohl in einer Lebenskrise, weil sie auf überteuerten Flügen keinen widerlichen Fraß mehr an arrogante Passagiere verteilen kann. Meine Güte, deine Schwester macht wirklich aus jeder Mücke 'nen Elefanten.«

»Wer redet denn von Krise, Keith? Sie wollte einfach nur reden.«

»Von wegen. Sie wollte dich mal wieder in das Drama ihres Lebens verwickeln.«

»Welches Drama?« Meine Mutter wurde lauter.

Mit aufgerissenen Augen starrte Cat zuerst unsere Eltern und dann mich an. Ihre Botschaft war klar und deutlich. *Tu was!*

»Bei der ist doch alles ein Drama!« Mein Vater wurde auch lauter. »Wenn die nur einen kleinen Schluckauf hat, geht gleich die ganze Welt unter!«

»Die ganze Welt geht unter? Was redest du denn da?« Meine Mutter pfefferte den Servierlöffel in die Salatschüssel zurück und starrte meinen Vater an. Die Ader auf ihrer Stirn pulsierte, was kein gutes Zeichen war. »Meine Güte! Warum hackst du immer so auf ihr herum? Sie wollte doch einfach bloß …«

Da klingelte es an der Tür.

Cats erleichterte Miene sprach Bände. *Noch mal Glück gehabt!*

»Verdammt noch mal!« Mein Vater haute sein Besteck auf den Tisch. »Es ist Sonntagmittag! Das ist ja wohl eine Frechheit, um diese Zeit zu stören!« Meine Mutter stand auf, doch mein Vater hielt sie zurück. »Lass Mabel zur Tür gehen.«

»Ich habe ihr aber gesagt, dass sie sich den Nachmittag freinehmen und das Spülen heute Abend erledigen kann.«

Als meine Mutter im Haus verschwand, rief mein Vater ihr hinterher. »Wenn es die Zeugen Jehovas sind, sag ihnen, dass sie sich gefälligst verpissen sollen, oder ich erschieße sie! Sag ihnen, dass ich eine große Flinte habe und keine Skrupel, sie zu benutzen!«

»Wer mag das wohl sein?«, fragte Cat. Ich zuckte mit den Achseln. Ich war mehr an der Flinte interessiert.

Als meine Mutter ein paar Minuten später zurückkam, war sie puterrot im Gesicht und hatte zwei Bücher dabei, die sie auf den Tisch schleuderte, direkt vor meine Nase.

»Was ist das?«, fragte mein Vater. »Wer war an der Tür?«

»Gertruida Bekker.«

»Hennies Frau?«

»Genau.«

»Und was wollte sie?«

»Sie wollte sich über Robin beschweren, weil sie einen schlechten Einfluss auf ihre Tochter hat.«

»Was?« Mein Vater sah mich an. »Was hast du angestellt, Sommersprosse?«

»Keine Ahnung.«

Meine Mutter deutete mit dem Kopf auf die Bücher. »Hast du die Elsabe geschenkt?«

»Nein. Ich habe sie ihr geleiht.«

»Geliehen«, korrigierte meine Mutter.

»Ja, geliehen.«

Mein Vater holte die Bücher zu sich herüber. »*Der Zauberbaum* und *Fünf Freunde auf neuen Abenteuern*«, las er vor. »Bücher von Enid Blyton?«

»Ja, Gertruida findet die Namen der Figuren anstößig und will, dass Robin nicht mehr mit Elsabe spielt.«

»Was für Namen denn? Wovon redet diese Frau überhaupt?«

Meine Mutter schwieg einen Moment, bevor sie antwortete. »Dick und Fanny.«

»Ist das dein Ernst?«

Meine Mutter nickte. »Ja, sie sagte, diese Namen wären ekelhaft und hätten in einem christlichen Haushalt nichts zu suchen.«

Da lachte mein Vater aus vollem Hals, und meine Mutter fing ebenfalls an zu kichern. Cat und ich starrten uns verwirrt an. Wir hatten keine Ahnung, was meine Eltern so lustig fanden.

Ich hatte Elsabe oder Mrs Bekker nicht verärgern wollen, sondern einfach nur versucht, meinen eigenen Geheimclub zu gründen, wie die Kinder in den Büchern. Ich wollte Geheimnisse aufdecken, ein Geheimquartier haben und mir exotische Codewörter für Marmeladentörtchen ausdenken. Leider waren alle anderen Mädchen in Witpark, unserem ausschließlich von Weißen bewohnten Vorort von Boksburg, Afrikaanerinnen, und sie wollten die ganze Zeit nur Vater-Mutter-Kind spielen. Ich hatte allerdings keine Lust auf Kochen, Stricken, Nähen und Backen oder darauf, mich um schreiende Babys zu kümmern oder betrunkene Ehemänner anzuschreien, die mitten in der Nacht vom Zechen-Stammtisch zurückkehrten. Stattdessen wollte ich lieber ihren Horizont erweitern und ihnen eine völlig neue Welt zeigen, die sie ansonsten verpasst hätten.

»Ich wollte bloß, dass sie und die anderen Mädchen die Bücher lesen und dann meinem Geheimclub der Sieben beitreten«, sagte ich. »Im Moment besteht der Club nur aus Cat und mir, und wir brauchen noch fünf Mitglieder.«

»Auf die könnt ihr jedenfalls gut verzichten«, sagte mein Vater und wuschelte mir durchs Haar. »Ihr seid doch schon zu zweit ein Höllenteam. Am besten vergesst ihr die Mädels und spielt mit den Jungs.«

Meine Mutter verdrehte zwar die Augen, war aber weiterhin guter Laune, und die wollte ich auf keinen Fall verderben, indem ich darüber klagte, dass keiner von den Jungs mit mir spielen wollte. Sie konnte Gejammer nicht ausstehen und forderte mich immer auf, nach Lösungen zu suchen, anstatt auf dem Negativen herumzureiten. Da fiel mir wieder ein, was mein Vater zuvor gesagt hatte.

»Wo ist deine große Flinte, Daddy?«

»Was?«

»Deine große Flinte? Mit der du die Zeugen Jehovas erschießen wolltest?«

»Das war nur ein Witz, Sommersprosse. Ich hab gar keine Flinte.«

»Oh.« Ich war enttäuscht, denn ich hatte gehofft, bei den Jungs damit Eindruck zu schinden. »Vielleicht solltest du dir eine besorgen.«

»Wieso?«

»Piets Vater hat gesagt, dass die Kaffer, diese verdammten Nigger, uns im Schlaf ermorden werden, weil wir Memmen sind. Er sagte, wenn wir uns keine Waffen besorgen, können wir es uns genauso gut direkt von hinten besorgen lassen, wie die Schwuchteln.«

»Ach wirklich? Und wann hat er das gesagt?«, fragte mein Vater, nachdem meine Mutter mich ermahnt hatte, die Wörter Kaffer und Schwuchteln nicht in den Mund zu nehmen.

»Vor ein paar Tagen, als ich dort mit den Hunden gespielt habe. Was lassen sich die Schwuchteln denn von hinten besorgen?«

»Jetzt reicht es mit der Fragerei, Robin.«

»Aber …«

»Keine Widerrede.« Er warf meiner Mutter einen Blick zu, und beide prusteten vor Lachen. »Thema abgehakt.«

Es war in jeder Hinsicht ein ganz gewöhnlicher Sonntag. Meine Eltern kabbelten sich die ganze Zeit und wurden so übergangslos von Gegnern zu Verbündeten, dass man unmöglich sagen konnte, in welchem Moment sie das Lager wechselten. Cat spielte ihren Zwillings-Part als stille Zweitbesetzung perfekt, sodass ich meine Position im Rampenlicht einnehmen und die Hauptrolle übernehmen konnte. Wie üblich nervte ich unsere Eltern mit Fragen, testete unermüdlich Grenzen aus, wohlwissend, dass Mabel hinter den Kulissen für mich da sein würde wie ein gütiger Schatten.

Der einzige Unterschied war, dass die Uhr bereits tickte. Aber das wusste ich damals noch nicht. Ich hatte nicht die geringste Ahnung, dass ich nur wenige Tage später drei der wichtigsten Menschen in meinem Leben verlieren sollte.

2

BEAUTY MBALI

14. Juni 1976

Transkei, Südafrika

Meine Tochter schwebt in Gefahr.

Dieser Gedanke schießt mir beim Erwachen als Erstes durch den Kopf und treibt mich dazu, mich schnell anzuziehen. Es sind noch zwei Stunden bis Sonnenaufgang, und in unserer Hütte ist es pechschwarz. Normalerweise kann ich mich im Raum umherbewegen, ohne in der Dunkelheit über die Schlafmatten der Jungs zu stolpern, aber jetzt brauche ich Licht, um zu Ende zu packen.

Das Kratzen des Streichholzes über die Reibfläche der Lion-Schachtel ist in der Stille deutlich vernehmbar, und mein Schatten steigt auf wie ein Gebet, als ich die Kerze anzünde und sie neben meinen Koffer auf den Boden stelle. Der vertraute Schwefelgeruch, der für mich eng mit dem Tagesanbruch verknüpft ist, hat jetzt etwas Unheilverkündendes. Ich atme durch den Mund, damit ich den Dunst der Angst nicht riechen muss.

Ich bewege mich so leise wie möglich, doch hier gibt es nichts, was die Geräusche meiner Bewegungen schlucken könnte. Unsere Hütten sind rund und vollkommen offen innerhalb der Außenmauern aus Lehm. Es gibt keine Zimmerdecken, die auf unsere Köpfe drücken und die Kuppeldächer von den Böden aus gestampftem Kuhdung trennen. Keine Trennwände, die den gemeinsamen Wohnraum in verschiedene Zimmer aufteilen. Unsere

Unterkünfte sind so offen, wie die Welt einst war, als es keinerlei Wände oder Dächer gab außer jenen, die unmittelbaren Schutz gewährten. Privatsphäre ist kein Konzept, das mein Volk versteht oder wünscht; wir sind Zeugen des Lebens der anderen und finden es tröstlich, dass unser eigenes Leben wahrgenommen wird. Welches Geschenk könnte größer sein, als jemandem zu sagen: Ich sehe dich, ich höre dich, du bist nicht allein?

Deswegen sind nun auch meine beiden Söhne erwacht, egal wie sehr ich mich bemüht habe, leise zu sein. Khwezi sieht zu, wie ich meine Schilfmatte aufrolle, und das reflektierte Licht der Kerzenflamme brennt in seinen Augen. Er ist dreizehn Jahre alt und mein jüngstes Kind. Er kann sich nicht an den Tag vor zehn Jahren erinnern, als sein Vater zu den Goldminen in Johannesburg aufgebrochen ist, und auch nicht an die Qual der Monate zuvor, in der die große Trockenheit herrschte. Er erinnert sich nicht daran, wie die Schultern des einst stolzen Mannes allmählich hinuntersanken, während er mitansehen musste, wie seine Familie und sein Vieh starben. Aber Khwezi ist jetzt alt genug, um Angst davor zu haben, ein weiteres Familienmitglied an die hungrige Stadt zu verlieren.

Ich lächle ihm beruhigend zu, aber er erwidert mein Lächeln nicht. Sein schmales Gesicht blickt ernst, als er gedankenverloren die glänzend kahle Stelle über seinem Ohr reibt. Das fleckige rosafarbene Gewebe in der Form eines Akazienbaums stammt daher, dass er vor langer Zeit in ein offenes Feuer gefallen ist. Es gibt einen Grund dafür, warum Gott die Narbe an einer Stelle platziert hat, die Khwezi nicht sehen kann, ich als Mutter aber stets gezwungen bin, von oben anzuschauen. Sie ist eine Erinnerung daran, dass die Ahnen mir eine zweite Chance mit ihm gegeben haben, eine, die ich bei meinem erstgeborenen Sohn nicht hatte, den ich nicht vor dem Unheil habe schützen können. Ich kann nicht noch eines meiner Kinder im Stich lassen.

»Mama«, flüstert Luxolo, dessen Matte gegenüber der seines jüngeren Bruders liegt. Er hat die graue Decke um sich gewickelt wie ein Leichentuch, um sich vor der Morgenkühle zu schützen.

»Ja, mein Sohn?«

»Lass mich mit dir gehen.« Darum bittet er mich schon seit gestern, als der Brief meines Bruders angekommen ist.

Der knittrige gelbe Umschlag mit meinem Namen, Beauty Mbali, hat vom Wohnort meines Bruders Andile in Zondi, einem Viertel mitten in Soweto, einen weiten Kreis beschrieben, ehe er mich erreichte.

Unser Dorf ist so klein, dass es nicht mit offiziellem Namen auf der Landkarte der Transkei verzeichnet ist, und daher wird die Post nicht direkt in die ländliche Umgebung der Gebirgsausläufer in unserem schwarzen Homeland geliefert. Nachdem mein Bruder den Brief aufgegeben hatte, brachte ihn die Post aus dem Township Soweto auf sandigen Straßen voller Schlaglöcher nach Johannesburg, im Herzen Südafrikas, und dann in Richtung Süden auf der zentralen Autobahn aus Transvaal hinaus über den Fluss Vaal und in den Orange Free State hinein.

Von dort aus reiste er weiter nach Süden über die nebelverhangenen Drakensberge und dann im Zickzack hinunter über Haarnadelkurven bis nach Pietermaritzburg. Danach bog er ab in die verzweigten, vernachlässigten Seitenstraßen, die ihn offiziell zur Post von Umtata beförderten, der Hauptstadt der Transkei.

Doch seine Reise war noch nicht vollendet, da der Umschlag immer noch persönlich von der Frau des Postbeamten an den schottischen Missionar in Qunu übergeben werden musste – über eine Entfernung von dreißig Kilometern hinweg, für die ich sechs

Stunden brauchen würde, die die weiße Frau im Auto ihres Mannes aber in nur vierzig Minuten zurücklegt – und dann wiederum weiter von der schwarzen Putzfrau des Missionars zu dem indischen *Spaza Shop*-Besitzer. Die letzte Etappe der Reise wurde von Jama zurückgelegt, einem neunjährigen Hirtenjungen, der die drei Kilometer über staubige Pfade bis zu meinem Klassenzimmer rannte, um ihn mir stolz zu überreichen.

Ich weiß nicht, wie lange der Brief brauchte, um die fast neunhundert Kilometer von dem schwarzen Township zum schwarzen Homeland zurückzulegen und seine Warnung zu überbringen. Der Poststempel ist verwischt, und Andile hat den Brief in seiner Eile nicht datiert. Ich hoffe, ich komme nicht zu spät.

»Mama, nimm mich mit«, fleht Luxolo erneut. Doch es ist nur sein Wunsch, sich als Mann im Haus zu beweisen, der ihn dazu treibt, meine bereits getroffene Entscheidung in Frage zu stellen. Aus keinem anderen Grund würde er es riskieren, sich mir gegenüber respektlos zu zeigen. Luxolo ist erst fünfzehn, hat aber die Pflichten eines erwachsenen Mannes in unserem Haushalt übernommen. Er ist überzeugt, dass der Schutz der Frauen ebenso in seine Verantwortung fällt wie das Beaufsichtigen der Rinder, die unsere Lebensgrundlage bilden. Indem er mich auf der Reise begleitete, würde er seine Schwester vor Unglück beschützen und sicherstellen, dass wir beide heil und gesund zurückkehrten.

»Das Dorf braucht dich. Ich gehe Nomsa holen und bringe sie nach Hause.« Ich drehe mich von ihm weg, damit er die Sorge in meinen Augen nicht erkennt und ich seinen verletzten Stolz nicht mitansehen muss.

Meine Bibel ist das letzte meiner Besitztümer, das ich einpacke. Ihr schwarzer Ledereinband ist von den vielen Stunden, die ich sie in den Händen gehalten habe, abgenutzt. Ich stecke den

Brief meines Bruders zum Schutz zwischen ihre hoffnungsdünnen Seiten, obwohl ich bereits die besorgniserregenden Stellen auswendig gelernt habe.

Du musst sofort kommen, Schwester. Deine Tochter ist in größter Gefahr, und ich fürchte um ihr Leben. Ich kann ihre Sicherheit hier nicht garantieren. Wer weiß, was passiert, wenn sie hierbleibt.

Mit einem Blinzeln verscheuche ich die Vision von Andile, wie er verkrampft diesen Brief an mich gekritzelt und dabei die Tinte mit der linken Hand quer über die soeben geschriebenen Wörter verteilt hat wie die Asche eines *Veld*-Feuers. Dabei steigt auch wieder die Erinnerung an meine Mutter auf, die ihn aus ihrem Aberglauben heraus jedes Mal mit einem Zweig auf die Finger schlug, wenn er mit der falschen Hand nach etwas griff. Doch wie sehr sie ihn auch quälte, sie konnte ihm die Linkshändigkeit ebenso wenig austreiben wie mir meinen Wissensdurst und Ehrgeiz. Und ebenso wenig konnte ich gegen Nomsas Entschlossenheit ankommen.

Nachdem ich mir ein Tuch um den Kopf gebunden habe, schlüpfe ich in meine Schuhe. Sie sind genauso unnachgiebig und unbequem wie die westlichen Sitten, die mich zum Tragen dieser Uniform zwingen. Hier in meinem Homeland gehe ich immer barfuß, und auch im Klassenzimmer, in dem ich unterrichte, stehen meine Fußsohlen in direkter Verbindung mit dem Fußboden aus Dung. Doch wenn ich mich hinaus in das Territorium des weißen Mannes wage, muss ich die Kleidung des weißen Mannes tragen.

Ich öffne den Reißverschluss meines perlenbestickten Geldbeutels und zähle die gefalteten Scheine darin. Es reicht gerade für die Taxen und Busse auf meinem Weg nach Norden. Die Fahrtkosten für die Rückreise werde ich mir von meinem Bruder leihen müssen, Schulden, die wir uns kaum leisten können. Ich stecke die Geldbörse in meinen BH, eine weitere einengende westliche Erfindung, und bitte Gott in einem stillen Gebet, dass ich nicht beraubt werde. Ich bin eine schwarze Frau, die alleine reist, und eine schwarze Frau ist immer die leichteste Beute in der Nahrungskette der Opfer.

Ein Hahn kräht in der Ferne. Es wird Zeit. Ich breite die Arme für meine Söhne aus, und sie erheben sich schweigend von ihren Matten, um sich umarmen zu lassen. Ich drücke sie fest und würde sie am liebsten nicht mehr loslassen. Es gibt so vieles, was ich ihnen gerne sagen würde, weise Worte und triviale Ermahnungen, möchte sie aber nicht mit einem langen Abschied belasten. Es ist leichter, so zu tun, als begäbe ich mich auf eine kurze Reise und kehrte vor Einbruch der Nacht zurück. Es ist außerdem wichtig für Luxolo, ihm zu verstehen zu geben, dass ich felsenfest davon überzeugt bin, dass er sich während meiner Abwesenheit gut um seinen Bruder und das Vieh kümmern wird, und ich möchte sein Bemühen nicht durch Ermahnungen zur Vorsicht und Wachsamkeit anzweifeln. Er weiß, was er zu tun hat, und wird alles richtig machen.

»Nomsa und ich kommen bald nach Hause«, sage ich. »Macht euch keine Sorgen um uns.«

»Und du, Mutter, brauchst dir keine Sorgen um uns zu machen. Ich kümmere mich um alles«, erwidert Luxolo ernst. Er erweist sich der neuen Verantwortung als würdig.

»Ich mache mir keine Sorgen. Ihr seid beide brave Jungs, die bald großartige Männer sein werden.«

Luxolo löst sich aus meiner Umarmung und nickt, als nehme er das Kompliment an. Khwezi will noch nicht loslassen. Ich küsse ihn auf den Kopf, meine Lippen berühren seine Narbe. »Versucht, noch eine Stunde zu schlafen.« Da sie brave Jungs sind, gehorchen sie mir und kehren zu ihren Matten zurück.

Mit einer Decke um die Schultern trete ich hinaus ins Morgengrauen und mache mich auf den Weg den schmalen Hügelpfad hinunter. Die Gerüche von Holzfeuer und Dung steigen auf, um mir auf Wiedersehen zu sagen. Grillen zirpen dissonant zum Abschied. Mein Atem kondensiert im kalten Mondlicht; geisterhafte Wölkchen weisen mir den Weg, und ich folge ihnen genauso, wie ich dem Phantom meiner Tochter den sandigen Weg hinunter folge. Meine Füße treten in die Spuren, die sie vor sieben Monaten hinterlassen hat, als sie unsere ländliche Idylle gegen die Schule in der Stadt eintauschte.

Ich versuche mich daran zu erinnern, wie sie am Tag ihres Abschieds ausgesehen hat, doch stattdessen fällt mir eine Episode aus der Zeit ein, in der sie fünf war. Unser Reetdach musste repariert werden, und ich nahm die *Panga,* um langes Gras zu schneiden. Da ich Angst hatte, die Kinder könnten irgendwie in den Weg der Klinge geraten, schickte ich sie zum Kraal, um nach dem Lamm zu sehen, das in der Nacht geboren worden war. Der dreijährige Luxolo rannte los, um mit seiner Schwester Schritt zu halten, und ich begann, das Reet zu ernten.

Später, als der Schrei über die Felder hallte und einen Schwarm Sperlinge aufschreckte, ließ ich die *Panga* sofort fallen und rannte los. Bis ich den Kraal erreichte, hinter zwei anderen Frauen, die vor mir herrannten, war der Schrei in ein schrilles Kreischen übergegangen. Ein weiterer gefährlicher Laut vermischte sich mit dem Lärm, den ich jedoch nicht einordnen konnte, bis ich die letzte Hütte hinter mir gelassen hatte.

Und da stand Nomsa, die stämmigen kleinen Beine in Kampfposition gespreizt. Sie hatte sich zwischen Luxolo und einen geduckten Schakal gestellt, der mit Schaum vor dem Mund nach ihr schnappte und sie anknurrte. Der Schakal war tollwütig und außer sich vor Aggression, weil er an seine Beute gelangen wollte: meinen Sohn.

Nomsas kleine Faust war erhoben, und sie schüttelte sie und schrie das Tier an, das auf sie zuschlich. Bevor ich losrennen konnte, griff Nomsa nach einem Stein und warf ihn mit solcher Kraft, dass sie den Schakal mitten am Kopf traf und er seitlich wegtaumelte. Als wir die Kinder erreichten, riss ich Luxolo und Nomsa gleichzeitig hoch in meine Arme, während die Frauen aus dem Dorf den Schakal verscheuchten. Nomsa zitterte vor Angst. Meine erst fünf Jahre alte Tochter hatte tapfer ein Raubtier bekämpft, um ihren jüngeren Bruder zu beschützen. Ich erwartete, Tränen in ihren Augen zu sehen, erblickte stattdessen jedoch Triumph.

Ich verdränge die Erinnerung und das dazugehörige Unbehagen. Es liegen noch sechs Kilometer staubiger Wege vor mir, bevor ich die Hauptstraße in der Nähe von Qunu erreiche. Qunu ist ein kleines Dorf wie unseres und liegt versteckt in einem grasbewachsenen, von grünen Hügeln umgebenen Tal. Da es jedoch mehrere hundert Einwohner hat, besitzt es einen richtigen Namen. Ein Gerücht besagt, dass Nelson Mandela in diesen Hügeln aufgewachsen ist und dieser Boden daher Größe hervorbringt. Vielleicht ist es ein gutes Omen, ihn auf meiner Reise zu berühren.

Von Qunu aus muss ich das erste Taxi nehmen, das mich aus dem Schutz des Bantustans Transkei in die weiße Provinz Natal bringt, genauer gesagt vierhundert Kilometer weit nordwestlich durch Zuckerrohr und Maisfelder, und über Kokstad schließlich nach Pietermaritzburg. Danach werde ich nach Norden weiterreisen müssen, an den Midlands vorbei, durch die Drakensberge und dann weiter nach Johannesburg. Meine Reise wird mich aus der ländlichen Idylle, wo die Zeit stehen geblieben ist, zu einer Stadt bringen, die durch die Dynamitexplosionen in den Goldminen regelmäßig in ihren Grundfesten erschüttert und von oben von den starken *Highveld*-Gewittern bedroht wird, die den Himmel über ihr aufreißen. Beinahe tausend Kilometer erstrecken sich zwischen hier und Soweto in einem Strang aus Angst und Zweifeln, doch ich versuche, nicht an die Entfernung zu denken, während ich den Koffer von meinem Körper weghalte, damit er nicht dauernd gegen meinen Oberschenkel schlägt.

Ich folge dem Morgenstern und freue mich auf den Sonnenaufgang. Dies ist meine Lieblingstageszeit, während Nomsa den Sonnenuntergang lieber mag. In Afrika gibt es keine langanhaltende Dämmerung, kein weiches Verglühen, wenn der Tag in die Nacht übergeht, kein sanftes Geben und Nehmen zwischen Licht und Schatten. Die Nacht bricht schnell herein. Wenn man aufmerksam ist und sich nicht ablenken lässt, kann man fast den kurzen Moment spüren, in dem das Tageslicht einem durch die Finger schlüpft und man plötzlich den tintenschwarzen Saft der Subsaharanacht auffängt. Es ist ein scharfes Ausatmen am Ende eines Tages, ein Seufzer der Erleichterung. Der Sonnenaufgang ist das Gegenteil: ein sanftes Einatmen, eine allmähliche Vorbereitung des anbrechenden Tages auf das, was kommen mag. Genauso, wie ich mich jetzt auf das vorbereiten muss, was immer mich in Soweto erwartet.

Ich bin gerade in das Tal eingebogen, um dort dem mäandernden Fluss zu folgen, als mich eine dünne Stimme ruft.

»Mama!« Das Wort dehnt sich in der stillen Heiligkeit des Morgens aus und wird von der Nebeldecke des Flussbetts verschluckt.

Ich muss es mir eingebildet haben, ich muss die Stimme meiner um Hilfe rufenden Tochter quer über das ganze Land hinweg heraufbeschworen haben, doch dann höre ich es wieder. »Mama!«

Ich drehe mich um, blicke den Weg entlang, den ich gekommen bin, und sehe eine Gestalt auf mich zuspringen. Es ist Khwezi, so trittsicher wie eine Bergziege. In wenigen Minuten ist er bei mir, und unser Atem vermischt sich aufgeregt keuchend, als wir einander gegenüberstehen.

»Du hast deinen Proviant vergessen«, sagt er und hält die Tüte hoch, in die ich gestern den gegrillten Mais und die Hühnerteile gepackt habe. »Ich will nicht, dass du Hunger hast.«

Er sieht seinem Vater so ähnlich – dem Jungen, der sein Vater war, bevor die Goldminen ihm die Freude raubten und sie zerschmetterten – und er schenkt mir ein offenes Lächeln, stolz auf sich, dass er mich vor dem Hunger bewahrt hat. Mein Herz geht auf vor Liebe.

»Bringst du Nomsa nach Hause?«, fragt er, und ich nicke nur, weil mir die Worte fehlen. »Kommst du wieder?«

Wieder nicke ich.

»Versprichst du das, Mama?«

»Ja.« Es kommt als ersticktes Schluchzen heraus, ein emotionales Feuer, dem die Luft fehlt, aber es ist ein Versprechen. Ich werde Nomsa nach Hause bringen.

3
ROBIN

15. Juni 1976
Boksburg, Johannesburg, Südafrika

Irgendein Viech krabbelte langsam meinen Arm hoch und kitzelte mich, doch ich wollte mich nicht von meiner Observierung ablenken lassen und nachschauen, was es war. Es stellte sicher keine Gefahr für meine hochgeheime Spionagemission dar. Doch dann hielt es inne und biss mich.

»Aua!« Ich ließ das Fernglas fallen und schaute auf meinen Unterarm. Eine rote Ameise weidete sich an der zarten Haut auf der Innenseite.

Ich schnippte sie fort und drehte mich zu Cat, die bäuchlings auf die Ellbogen gestützt im Sand lag, in der gleichen Pose wie ich.

»Schau, was du angerichtet hast«, zischte ich. »Du hast uns direkt auf einen Ameisenhaufen geführt.«

Sie schaute auf das Getümmel im Sand unter uns, dann sah sie mich panisch an. »Tut mir leid!«

»›Tut mir leid‹ bringt jetzt nichts, du Doofi. Die attackieren uns! Schnell, lass uns abhauen, bevor die Jungs kommen.«

Wir wischten uns ab, duckten uns und sprinteten zu einem anderen geeigneten Beobachtungsposten, der allerdings für meinen Geschmack etwas zu nah am Ort des Geschehens war.

Wir befanden uns am Treffpunkt der Jungs auf der großen

Grubenhalde gegenüber von unserer Siedlung, auf der anderen Seite der Straße. Witpark war eine Sozialbausiedlung, wo Minenarbeiter der nahe gelegenen Witbok-Grube wohnten, und so lebten wir alle zusammen in einem Viertel, das direkt an den Minenkomplex grenzte. Die Grubenhalde war das, was nach dem Goldabbau übrig blieb, und daneben zu wohnen war Teil und Bürde eines Minenarbeiterlebens, wie mein Vater sagte. Anscheinend reichte es nicht, dass man die Kumpel tief hinunter in die Eingeweide der Erde schickte; sie mussten sich deren Innereien auch noch von zu Hause aus ansehen.

Im Winter türmte sich die Halde lediglich zu einer etwa dreißig Meter hohen Sandwoge auf, die uns alle zu überrollen drohte. Wenn jedoch der Frühling kam und ständigen Wind mitbrachte, konnten sich die zotteligen Grasbüschel und Sträucher, die auf der Halde wuchsen, nicht mehr am Boden festhalten, wie sehr sie sich auch daran klammerten, und dann wehten Wellen von feinem weißem Staub durch die Luft, überzogen unsere Häuser, Rasenflächen und Autos (nichts, was draußen blieb, wurde verschont), drangen durch die Fensterritzen und rieselten im Schlaf in unsere Augenwinkel.

Nur der Sommerregen konnte den Staub fortspülen, und die Hitze tauchte die Grubenhalde dann in zauberhaftes Gold, wie eine schimmernde Fata Morgana. In dieser Jahreszeit faszinierte uns die Halde am meisten, sirenengleich lockte sie uns zu sich, um ihre geheimnisvollen Höhlen und Schächte zu erforschen.

Natürlich war es strengstens verboten, sich in der Nähe der Halde aufzuhalten oder gar auf ihr zu spielen. Es gab Einbruchstellen, wo man sich den Hals brechen oder ersticken konnte. Wir erzählten uns gegenseitig Schauergeschichten von Kindern, die auf Nimmerwiedersehen in Tunneln verschwunden waren, und von den ruhelosen Geistern der Minenarbeiter, die in der Grube ums Leben gekommen waren und nun auf der Halde ihr Unwesen trieben. Unsere Eltern warnten uns vor schwarzen Landstreichern, die dort hausten und keine Skrupel hatten, weiße Kinder zu ermorden. Doch all diese Geschichten konnten uns nicht von der Halde fernhalten. Die Kinder von Kapstadt erlebten ihre Abenteuer am Tafelberg, und wir hatten die aufregenden Grubenhalden des Witwatersrand.

»Schnell, versteck dich!«, zischte ich Cat zu. »Ich höre sie schon!«

Wir warfen uns an einer Stelle mit hohem Gras auf den Boden, duckten die Köpfe und horchten, wie die Jungs den Pfad entlangkamen, der zur Lichtung führte.

Sie trafen sich fast jeden Tag nach der Schule, und ich wollte unbedingt herausfinden, was sie machten. Sie waren zu sechst, zwischen acht und zwölf Jahre alt und nannten sich »die Burenbande«. Ich wollte unbedingt dazugehören, und um meine Aufnahmechancen zu vergrößern, wollte ich herausfinden, was so eine Mitgliedschaft bedeutete.

Meine Aussichten auf Erfolg waren allerdings gering, denn bisher hatten sie mich erst zwei Mal zum Mitspielen eingeladen: ein Mal, um als Wicket (tatsächlich als Wicket, nicht als Wicket-Keeper) bei einem Kricketspiel herzuhalten, und ein Mal, um als Versuchskaninchen eine ihrer Erfindungen zu testen, genauer gesagt, ein großes Skateboard mit Handbremse, das sich leider als Fehlkonstruktion entpuppte, wovon die Narben an meinem Knie zeugen.

Dummerweise hatte ich beide Male nicht richtig zeigen können, was in mir steckte. Die perfekte Gelegenheit hatte sich einfach noch nicht ergeben. Also spionierte ich ihnen schon seit

Wochen hinterher, um herauszufinden, was sie auf der Halde eigentlich trieben. Zuerst war ich ihnen gefolgt, doch das hatten sie gemerkt und mich jedes Mal abgehängt. Also hatte ich mich von meinen Bücherhelden, der Schwarzen Sieben, inspirieren lassen und beschlossen, dass sich eine Observierung besser eignete.

Ich hatte Cat erlaubt, mich unter der Bedingung zu begleiten, dass sie still blieb und nicht jammerte. Ich hätte ihr die zusätzliche Bedingung stellen sollen, ein Versteck zu finden, das nicht lebensgefährlich war, aber hinterher ist man immer schlauer.

Wir kauerten im Gras und beobachteten, wie Piet Bekker auf den riesigen verrottenden Baumstumpf zusteuerte, der den Großteil der Lichtung einnahm. Piet war barfuß und trug weiße Shorts und ein langärmeliges grünes Rugby-Trikot, die anderen Jungs hatten das Gleiche an. Afrikaanerjungs froren nie, selbst im Winter liefen sie ständig barfuß herum.

»Wo hast du die Sachen versteckt?«, fragte Piet seinen Adjutanten auf Afrikaans. Ich verstand die Sprache, weil wir sie in der Schule lernen mussten und weil die meisten unserer Nachbarn Afrikaaner waren.

»Im Baumstumpf«, antwortete Wouter, ebenfalls auf Afrikaans. »Im Loch, auf der anderen Seite.«

»Worauf wartest du dann noch? Hol die Sachen raus.«

Vorsichtig hob ich den Kopf und stützte ihn auf der Handfläche ab, um besser sehen zu können. Das Fernglas meines Vaters (wenn wir die Ferien in Durban verbrachten, sagte er immer, dass er damit Schiffe beobachtete, aber er meinte wohl eher die Frauen am Strand) war überflüssig, wir waren nur wenige Meter entfernt.

Wouter legte sich auf den Bauch, griff in den Stamm, zog eine weiße Schachtel hervor und gab sie Piet. Piet öffnete sie und holte eine Zwille heraus, bevor er die Schachtel an den nächsten weitergab. Die Afrikaaner bauten sich gern solche Schleudern aus Y-förmigen Astgabeln. Sie waren schon gefährlich genug, wenn man Eicheln als Munition benutzte, aber mit Steinen waren sie tödlich.

»Stell die Ziele auf«, befahl Piet.

Einer der Jungs, Marnus, stellte die schwere Tasche ab, die er mitgeschleppt hatte, und zog diverse leere Behälter hervor, hauptsächlich Lion- und Castle-Bierdosen, aber auch ein paar Pullen Gordon's Gin und Smirnoff-Wodka-Fläschchen.

Ich hielt die Luft an: Das waren unsere Flaschen! Meine Tante Edith war Stewardess bei South African Airways und brachte meinen Eltern immer Alkoholfläschchen mit, die sie auf Flügen und aus Hotel-Minibars mitgehen ließ. Ich konnte nicht fassen, dass Marnus unseren Müll durchwühlt und die Fläschchen gestohlen hatte.

Er stellte zehn Flaschen und Dosen in einer Reihe auf den Baumstamm, dann gingen die Jungs in Stellung. Leider lag unser Beobachtungsposten denkbar ungünstig, nämlich direkt in der Schusslinie der Jungs.

Ich warf Cat einen Blick zu und bedeutete ihr, sich zu ducken. Das ließ sie sich nicht zweimal sagen und schirmte den Kopf mit den Armen ab. Unheilvolle Stille folgte. Dann zog Piet das Gummiband seiner Zwille nach hinten und ließ los. Es flitschte laut, der Stein pfiff durch die Luft, dann klirrte es. Piet hatte getroffen. Jubel ertönte, dann eiferten die anderen ihm nach und feuerten einen Stein nach dem anderen in unsere Richtung.

Cat wurde glücklicherweise nicht getroffen, worüber ich sehr erleichtert war, vor allem, weil sie ihre Schmerzensschreie nicht so gut unterdrücken konnte wie ich. Ein Stein prallte mit voller Wucht gegen meine Wade. Es tat furchtbar weh und fing an zu bluten, und ich musste mich gewaltig zusammenreißen, um nicht loszuheulen. Aber ich wollte mich nicht durch ein paar kleine Verletzungen von meiner Mission abbringen lassen.

Gott sei Dank gingen den Jungs schon bald die Ziele aus, und es kehrte wieder Ruhe ein; die Staubwolken verzogen sich.

»Und worauf sollen wir jetzt schießen?«, fragte Wouter auf Afrikaans.

»Wir können ja schauen, wer am weitesten schießen kann.«

»Nee, das ist langweilig. Lasst uns was Schwierigeres machen.«

»Was denn?«

»Vögel«, sagte Piet. »Lasst uns auf Vögel schießen.«

Doch ausnahmsweise war weit und breit kein einziger Vogel zu sehen. Das Federvieh hatte Glück. Gerade als es den Jungs langweilig wurde, in die Luft zu starren, raschelte es auf dem Pfad.

»Pst!«, sagte Piet. »Was ist das?«

Eine räudige Katze erschien auf der Lichtung und lief auf den Baumstamm zu. Ein Hund bellte ganz in der Nähe. Die Katze machte einen Buckel und fauchte, doch ihr Verfolger blieb unsichtbar. Dann flitzte sie weiter und huschte in das Baumstammloch.

Ich sah, wie Piet langsam seine Zwille hob und auf die andere Seite des Baumstamms zielte, wo die Katze gleich wieder herauskommen würde. Er kniff ein Auge zu und zog das Gummiband weit zurück, bis es ganz straff war.

»Nein!« Ehe ich michs versah, war ich aufgesprungen und rannte auf ihn zu.

Piet war so verblüfft, dass sein Schuss danebenging. Kaum war der Stein auf dem Boden gelandet, ergriff die Katze die Flucht und sauste davon. Piet stöhnte frustriert auf.

Als ich empört vor Piet stand, war die Mieze über alle Berge, und die zornigen Blicke der Jungs richteten sich nun auf mich.

»Sie hat uns nachspioniert!«, kreischte Wouter auf Afrikaans, und die anderen Jungs stimmten wütend mit ein.

Ich versuchte, in ihrer Sprache mit ihnen zu reden in der Hoffnung, sie so zu beschwichtigen. *»Ek is nie 'n sampioen nie!«*

Die Jungs starrten mich an, als wäre ich geisteskrank, dann brachen sie in lautes Gelächter aus. Zuerst dachte ich, es läge an meiner dreisten Lüge, doch dann dämmerte mir, dass ich »Spion« auf Afrikaans mit »Champion« verwechselt hatte.

Um mir Gehör zu verschaffen, brüllte ich: »Ich will bei euch mitmachen!«

Piet war darüber so perplex, dass er schlagartig zu lachen aufhörte und in meiner Sprache antwortete: »Du wills bei ons mitmache? Vergess es!« Er sprach mit dem starken Akzent eines eingefleischten Afrikaaners.

»Wieso?«

»Du bist ein *Mädchen.*« Aus seinem Mund klang es so, als wäre es das Schlimmste der Welt, ein Mädchen zu sein. »Hau ab und spiel mit den anderen Mädchen.«

»Mit denen will ich aber nicht spielen. Ich will bei euch mitmachen und einer von den Jungs sein.« Dass seine Mutter mir verboten hatte, mit seiner Schwester zu spielen, behielt ich für mich.

»Nein!«, stieß Piet hervor. »Du bist eine *Rooinecke*!« Eine Engländerin, ein Rotnacken, zu sein war offenbar noch schlimmer, als ein Mädchen zu sein.

Ich wusste, dass die Afrikaaner die Engländer wegen der Burenkriege hassten, aber ich hielt das nicht für so wichtig. Ich dachte, dass es ja schon fast hundert Jahre her war, seit die Briten und die Afrikaaner versucht hatten, sich gegenseitig umzubringen, und jetzt war 1976, da sollte doch längst Gras über die Sache gewachsen sein. Doch dem war natürlich nicht so.

Die Afrikaaner waren weder darüber hinweggekommen, dass sie beide Kriege verloren hatten, noch hatten sie vergessen, dass ihre Frauen und Kinder von den Briten in den weltweit ersten Konzentrationslagern interniert worden waren. Eines hatte ich schon als kleines Kind gelernt: Die Afrikaaner erinnerten sich an jede Kleinigkeit, und sie konnten sehr nachtragend sein.

»Jetzt verschwinde, oder ich ziele dich mit diesem Stein«, befahl Piet und griff nach dem nächsten Projektil.

»Du willst wohl sagen, du zielst *auf mich* mit diesem Stein. Hast du in der Schule nicht aufgepasst?«

Plötzlich griffen alle Jungs nach Steinen, und statt weiter die Lehrerin zu spielen, rannte ich lieber los, umhüllt von einer Wolke verräterischen Staubs, den ich mir würde abwaschen müssen. Erst als ich fast zu Hause war, ganz außer Atem und tief beschämt, fiel mir auf, dass ich Cat zurückgelassen hatte. Sie war in Deckung geblieben, als ich fast gelyncht worden wäre. Ich hatte nichts anderes erwartet. Sie war ein Angsthase.

Ich war drauf und dran, umzukehren und sie zu holen, aber dann wäre sie aufgeflogen. Sie würde schon alleine klarkommen. Niemand konnte sich so geschickt unsichtbar machen wie Cat.

4
BEAUTY

15. Juni 1976
Pietermaritzburg, Südafrika

Wie lange dauert es denn noch, Mutter?« Das Mädchen, Phelisa, seufzt und wendet sich vom Fenster des Taxis ab, das von ihrem Atem beschlagen ist.

Sie erinnert mich an Nomsa, nur dass sie dicker ist und einen resignierten Blick hat, den ich auf dem Gesicht meiner Tochter nie gesehen habe. Vielleicht besteht die einzige Ähnlichkeit in ihrem Alter, oder meine Tochter beschäftigt mich so sehr, dass ich sie auf jede Leinwand projiziere, die leer genug ist, um meine Erinnerungen aufzusaugen.

Ein kleiner Junge liegt quer über der jungen Frau, den Kopf an das weiche Kissen ihrer Brüste gebettet, die Arme fest um ihren Hals geschlungen. Er tritt mit erstaunlicher Kraft um sich und trifft meinen Bauch, als er mit seinen Träumen kämpft. Ich beneide das Kind. Ich wünschte, ich könnte schlafen. Ich wünschte auch, ich könnte das Trommeln meines ängstlichen Herzens verlangsamen oder den wilden Flug meiner Gedanken zähmen, die umherhuschen und Kreise ziehen wie Fledermäuse in der Dämmerung.

»Wir sitzen jetzt schon seit über zwei Stunden hier fest«, mault Phelisa und tätschelt beruhigend den Rücken ihres Sohnes, damit er nicht aus seinen unruhigen Träumen erwacht. »Wie lange dauert es denn noch?«

»Ich weiß nicht, mein Kind.« Ich seufze. »Wir müssen uns mit dem Warten abfinden, denn Ungeduld lässt die Zeit nur umso langsamer vergehen.« Das habe ich ihr nicht zum ersten Mal gesagt.

Es sind achtundzwanzig Stunden vergangen, seitdem ich Khwezi nachgeblickt habe, wie er den Hügel zurück zum Dorf erklommen hat, mehr als ein Tag, seitdem ich das weite offene Land meiner Heimat gegen das beengte, muffige Innere von diversen Minivan-Taxis eingetauscht habe. Wir stehen am Straßenrand in der Nähe einer Tankstelle knapp außerhalb von Pietermaritzburg, schon jetzt zusammengepfercht wie Vieh, während wir darauf warten, dass das Fahrzeug noch noch voller wird. Der Fahrer will nicht starten, bis sich weitere vier Passagiere auf den Rücksitz quetschen, auf dem nur zwei bequem sitzen könnten. So war es schon die ganze Reise über: Ich verbrachte mehr Zeit mit Warten als in Bewegung.

Das Mädchen sieht mich mit gerunzelter Stirn an, als wäre ich ein Problem, dass sie lösen müsse. »Ich habe mir überlegt … Du bist nicht wirklich eine von uns, Mutter, oder?«

»Was meinst du, mein Kind? Ich bin von hier, genau wie du.« Wir reden Xhosa, unsere Muttersprache, und sind beide aus der Transkei aufgebrochen, dem Xhosa Bantu Homeland. Ich weiß, dass ich die Verbindungen zwischen unseren beiden Klans mittels einiger weniger Fragen feststellen könnte, wenn ich die Energie für die übliche freundliche Plauderei hätte.

»Ich meine nur, dass du nicht wie wir anderen bist, Mutter. Irgendetwas an dir ist anders. So wie du redest und was du sagst.«

Sie meint wahrscheinlich damit, dass ich wie eine gebildete Frau spreche, wohingegen die meisten aus unserem Volk nicht einmal ihren eigenen Namen schreiben können. Ich habe das schon viele Male zuvor gehört, diese Feststellung, ich sei keine von ihnen, obwohl ich genauso schwarz, arm und unterdrückt bin wie der Rest meines Volkes. Manchmal schwingt darin Bewunderung und Respekt mit, häufiger aber Kritik. Ich werde nie verstehen, warum wir so argwöhnisch miteinander umgehen. Warum wir alle so sehr fürchten, dass einer von uns sich über seinen Status erhebt, wo doch der weiße Mann als selbst ernannter Wächter darauf achtet, dass das niemals geschieht. Wenn es eines gibt, das eine schwarze Frau vom Moment ihrer Geburt an weiß, dann, wo ihr Platz ist; sie braucht niemanden, der sie daran erinnert.

»Ich bin Lehrerin«, sage ich als Erklärung.

»Hayibo.« Phelisa lächelt. Die Vorstellung, dass eine Frau Lehrerin ist, amüsiert sie. »Mein Lehrer war ein Mann. Ich bin zwei Jahre zur Schule gegangen.«

Aus ihrem schüchternen Lächeln schließe ich, dass sie stolz darauf ist. Sie hat es geschafft, bis zum Alter von neun Jahren in der Schule zu bleiben, was bedeutet, dass sie das Alphabet, einfache Wörter und die Grundrechenarten kann. Dies ist alles an Bildung, was sie je erhalten wird.

Ich tätschele ihr das Knie, zu traurig, um ihr das verdiente Lob zu schenken, und wechsle das Thema. »Warum fährst du nach Johannesburg?«

»Der Vater meines Kindes arbeitet in den Minen, schickt aber kein Geld. Ich mache mir Sorgen.«

Ich nicke, spreche aber meine Gedanken nicht aus. Wenn sie ihn findet, wird er wahrscheinlich kein Geld haben, um es ihr zu geben, und er wird auch nicht nach Hause kommen, um sich um sie und das Kind zu kümmern. Es gibt keine Arbeit für junge Männer in den Homelands, und die Bergwerksindustrie entreißt sie ihrer Kultur, ihrem Klan und ihren Gebräuchen. Elf Monate im Jahr leben und atmen sie die Dunkelheit unter Tage, und irgendwie sickert sie in ihre Seelen. Das wenige Geld, das sie haben, geben sie oft für Zerstreuungen wie Frauen, Glücksspiel und Alkohol aus.

»Und du, Mutter? Warum fährst du hin?«

»Mein Bruder hat mir einen Brief geschickt, weil er sich Sorgen um meine Tochter macht. Sie wohnt in diesem Jahr bei seiner Familie in Soweto, während sie dort die Schule abschließt. Es muss irgendwelche schrecklichen Unruhen im Township geben, denn er hat gesagt, sie schwebt in Gefahr. Ich hole sie ab.«

Sie nickt. »Ich habe gehört, das Township ist ein gefährlicher und gottloser Ort. Es heißt, da gibt es *Shebeens,* wo sich die Leute illegal betrinken, und Tanzsäle, Glücksspiel und Prostituierte. Ich habe sogar gehört …«

Ich unterbreche sie und wechsle das Thema, weil ich schon Sorgen genug habe, ohne die Verkommenheit Sowetos in vollem Ausmaß zu beleuchten. »Soll ich einmal deinen Jungen nehmen?«

»Ja, gerne, vielen Dank, Mutter.« Sie nimmt mein Angebot dankbar an, reicht mir das schlafende Kind herüber und steigt dann aus dem Bus, um sich die Beine zu vertreten.

Eine weitere Stunde vergeht, und zwei zusätzliche Passagiere bezahlen für die Fahrt. Das Kind wacht auf, und ich gebe es seiner Mutter zurück, damit sie es füttern kann. Ich muss zur Toilette, will aber den alten Mann nicht aufwecken, der auf meiner anderen Seite schläft. Er hat seine dünnen Arme und Beine eng an den Körper gelegt, um so wenig Platz wie möglich einzunehmen. Ich spüre an meinem Arm, wie sich sein Brustkorb hebt und senkt, und ein trockenes Pfeifen – wie Wind im Schilf – entschlüpft seinen Lippen. Gerade, als ich es wirklich nicht mehr aushalten kann, erwacht er von seinem eigenen Schnarchen.

»Entschuldige, *tat'omkhulu,* ich müsste mal vorbei.« Er macht mühsam Platz, um mich vorbeizulassen, und berührt seinen Hut zum Gruß, als ich aus dem Bus steige.

Zwei neunachsige Lkw rasen vorbei, wirbeln Kies auf und hüllen mich in eine Wolke von Auspuffgasen. Ihnen folgt ein *Bakkie* mit einem Bootsanhänger, wahrscheinlich auf dem Weg nach Durban. Das Meer liegt ungefähr hundert Kilometer entfernt, und jeder weiß, dass die Weißen aus Johannesburg mindestens einmal im Jahr an die Küste Natals reisen, um dort Urlaub zu machen. Sie verbringen ihre dreiwöchigen Ferien, indem sie am Strand liegen, im warmen Indischen Ozean baden und angeln, um Fisch umsonst zu bekommen, obwohl sie es sich leisten könnten, ihn im Geschäft zu kaufen. Ich habe keine Ahnung, warum sie stundenlang in der Sonne braten, um braun zu werden, wo sie unsere Hautfarbe doch so abstoßend finden.

Ich habe das Meer noch nie gesehen, und meine Vorstellung davon stammt von Fotografien in Büchern und Zeitschriften. Ich habe nie nahe genug am Meer gelebt, um einfach so hinfahren zu können, und seitdem Schwarze nicht mehr an den Stränden oder im Wasser erlaubt sind, würde es sich ohnehin nicht mehr lohnen. Ich kann nicht schwimmen, aber es wäre schön, bis zu den Knien im Wasser zu waten und das Salz auf meiner Haut zu spüren.

Vor ein paar Jahren habe ich mal einen Zeitungsartikel über Familien aus Transvaal gelesen, die Urlaub machen, indem sie Zelte auf Campingplätzen aufstellen und darin wohnen. Offenbar macht ihnen das Spaß, was mir viel über die Weißen sagt. Nur die, die in richtigen Häusern wohnen, geschützt vor den Elementen, finden es aufregend, draußen unter einem Stück Stoff zu nächtigen.

Auf meinem Weg die Straße entlang zur hundert Meter

entfernten Tankstelle komme ich zu meiner Linken an einer Bananenplantage vorbei, während sich zur Rechten ein Zuckerrohrfeld erstreckt. Die tropischen Temperaturen, die das ganze Jahr über in Natal herrschen, eignen sich gut für den Anbau solcher Pflanzen, die in der Transkei niemals wachsen würden. Es ist kein Zufall, dass die Landesteile, die den Schwarzen als Homelands zugeteilt wurden, diejenigen sind, auf denen nichts Wertvolles gedeiht.

Ich erreiche die Tankstelle und umrunde die Zapfsäulen, an denen regelmäßig Autos halten und wieder abfahren.

»Entschuldige, mein Sohn, wo sind unsere Toiletten?«, frage ich einen jungen Tankstellenwärter, der auf Wechselgeld vom Kassierer wartet.

Er lächelt und nimmt ein Streichholz zwischen den Zähnen hervor. »Sie sind hinten herum, Mutter, aber du kannst sie nicht benutzen.«

»Warum nicht?«

»Sie sind seit einer Woche kaputt, und der Besitzer will das Geld nicht ausgeben, um sie zu reparieren.«

»Aber wo gehst du denn hin?«

Er deutet mit dem Kinn auf die Felder hinter der Tankstelle und entschuldigt sich gleich darauf.

Ich will mich nicht in die Felder hocken, wo die Leute in ihren Autos mich sehen können. Ich will nicht in die Rolle der Wilden schlüpfen, die man uns ohnehin zuschreibt. Stattdessen gehe ich zu den Toiletten der Weißen, stelle mich in den Schatten bei den Münzfernsprechern und beobachte den Eingang. Zwei Frauen kommen heraus, während eine alte Frau darauf zuschlurft, gefolgt von zwei Mädchen. Alle drei kehren ein paar Minuten später zurück. Eine Pause tritt ein. Meine Blase krampft sich zusammen.

Jetzt ist der richtige Zeitpunkt für mich hineinzuschlüpfen; wenn ich den richtigen Moment abpasse, wird mich schon keiner sehen.

Ich habe gerade einen Schritt auf den Eingang zugemacht, als eine Mutter und ihre Tochter um die Ecke biegen. Das kleine Mädchen könnte sechs oder sieben sein und hat blonde Locken, die gebürstet werden müssten. Es lutscht am Daumen, eine Angewohnheit, für die es zu alt ist, und die Mutter raucht eine Zigarette. Ich bleibe wie erstarrt auf der Schwelle stehen und tue so, als hätte ich mich verlaufen. Ein Schmerz fährt durch meinen Unterleib, und ich bete, dass ich mich nicht einnässe.

»Mami, die schwarze Frau geht aber nicht auf unser Klo, oder?« Das Mädchen spricht mit dem Daumen im Mund, sodass es undeutlich klingt.

»Nein«, sagt die Mutter, lässt die Zigarettenkippe auf den Beton fallen und tritt sie aus. »Das darf sie gar nicht, und das weiß sie genau.« Die Frau sieht mich mit einer hochgezogenen Augenbraue an.

Sie verschwinden durch die Türen, und das kleine Mädchen dreht sich noch einmal um, um sich zu vergewissern, dass ich draußen bleibe. Nachdem sie sicher ist, dass ich meinen Platz kenne, lächelt sie und winkt mir mit der freien Hand zu. Ich zwinge mich dazu, ebenfalls zu lächeln und zurückzuwinken.

5
BEAUTY

16. Juni 1976
Soweto, Johannesburg, Südafrika

Ich brauche weitere einundzwanzig Stunden, zwei Busse und vier Taxen, um nach Soweto zu gelangen. Bei unserer Ankunft war ich mehr als zwei volle Tage unterwegs und habe kaum geschlafen. Ich habe die ganze Reise über dieselben Kleider getragen und nirgendwo eine Möglichkeit gefunden, mich zu waschen oder meine Unterwäsche zu wechseln. Ich stinke nicht nur nach meinem eigenen Körpergeruch, sondern auch nach dem Schweiß der vielen Passagiere, die sich in beengten Innenräumen an mich gedrängt haben.

Als wir von der Autobahn Richtung Johannesburg abfahren, verwandelt sich meine Erschöpfung in Neugier. Ich bin noch nie in Soweto gewesen, sondern kenne es nur aus Erzählungen und bin gespannt, ob es seinem Ruf gerecht wird. Auf der Old Potchefstroom Road passieren wir zu unserer Linken das Baragwanath Hospital. Es ist eines der größten Krankenhäuser Afrikas, in dem die schwarze Bevölkerung behandelt wird, obwohl die Ärzte angeblich alle weiß sind. Ich würde nicht gerne am eigenen Leib erfahren, wie sich in einem Land wie diesem ein weißer Doktor um ein schwarzes Leben kümmert. Ich frage mich, ob ihr Eid, menschliches Leben zu erhalten, stärker ist als ihre Vorurteile.

Nachdem das Krankenhaus hinter uns verschwunden ist, versuche ich, aus dem Seitenfenster einen besseren Blick auf die

Umgebung zu erhaschen, aber es ist beschlagen vom Atem zu vieler Leute im Taxi. Mit dem Ärmel wische ich ein Guckloch frei und bin überrascht von dem Menschengewimmel. Ich habe gehört, dass Soweto groß ist, hätte aber nie geglaubt, dass es sich so weit ausdehnt. Aber mehr noch als die Geschichten anderer hätte mich die Logik auf seine Größe vorbereiten müssen.

Johannesburg ist eine Großstadt, bevölkert von Hunderttausenden Weißer, und was brauchen Weiße mehr als alles andere? Schwarze, die für sie schuften. Was sie jedoch nicht brauchen, sind ebendiese Schwarzen in ihrer Nähe, wo sie ihre Lebensweise in Gefahr bringen würden. Und so sind schließlich die South Western Townships, kurz Soweto, überhaupt entstanden. Nahe genug bei der Stadt, sodass die Arbeiter pendeln können, aber weit genug entfernt, um den Weißen den Gestank der Schwarzen zu ersparen. Und in dem Maße, wie die Nachfrage nach Arbeit wächst – und die Männer unsere Dörfer verlassen, um in der Stadt Arbeit zu suchen –, wächst auch Soweto.

Ich habe noch nie so viele von unserem eigenen Volk auf einmal gesehen. Die Straße ist überfüllt mit Taxen, Autos, Bussen und Fußgängern, und alle Gesichter sind schwarz. Zwischen dem Gewimmel der Autos, die sich die Straße entlangdrängen, sieht man Eselskarren und Fahrradfahrer, halb verhungerte Hunde und streunendes Vieh. Ein *Bakkie* neben uns ist voll beladen mit Hühnerkäfigen. Neben ihnen schnuppert ein nicht angebundenes Schwein die Morgenluft.

Mütter schlängeln sich durch den Verkehr, Babys mit Handtüchern oder Decken auf den Rücken gebunden. Schulkinder mischen sich mit Frauen in Maid-Uniformen. Männer in Overalls bleiben stehen, um sich mit anderen Männern in dreiteiligen Anzügen zu unterhalten. Über Kohlenpfannen rösten Maiskolben, und Händler bieten lauthals ihre Waren feil. Betonblocks quetschen sich zwischen Wohnheime und Autowaschanlagen an Kirchen. Aha, denke ich, es gilt also das alte Sprichwort: Sauberkeit kommt gleich nach Gottesfurcht. Zwei riesige Zylinder ragen in einer ansonsten flachen Landschaft in den Himmel auf; es sind die Kühltürme des Orlando Elektrizitätswerks.

Der Lärm ist überwältigend. Gospel- und *Kwaito*-Musik dröhnt aus Fahrzeugen, Hunde rennen bellend Autos hinterher, Hupen ertönen als Warnung und zum Gruß, Stimmen vermischen sich zu einem babylonischen Sprachgewirr, und Taxifahrer rufen aus den Fenstern, um Passagiere anzulocken. Es herrscht eine elektrisierende Atmosphäre, die meine Nacken- und Schultermuskeln entspannt. Trotz der frenetischen Hektik und des Lärms bin ich wieder unter meinen Leuten, wo ich mich sicher fühle.

Doch dieses Gefühl hält nur so lange an, bis wir auf die Klipspruit Valley Road gelangen und ich die massiven Militär-Lkw am Straßenrand stehen sehe.

Der Taxifahrer pfeift erstaunt.

»Sieht man die normalerweise nicht hier?«, frage ich.

»Nein, *sisi.* Es muss etwas Schlimmes passiert sein.«

Wir fahren langsamer. Weiße Männer in Militäruniformen mit großen Gewehren über den Schultern winken uns durch. Ein ängstliches Zittern erfasst mich, als ich an Andiles Brief denke: *Du musst sofort kommen, Schwester. Deine Tochter schwebt in großer Gefahr, und ich fürchte um ihr Leben. Ich kann hier nicht für ihre Sicherheit garantieren. Wer weiß, was passiert, wenn sie hierbleibt.*

Ich bete, dass die Armeelastwagen nichts mit der Gefahr zu tun haben, die Nomsa bedroht.

Als ich auf meine Armbanduhr schaue, sehe ich, dass sie schon in der Schule sein muss. Ich habe lange genug darauf gewartet, meine Tochter zu sehen, und will mich nicht noch einen ganzen Tag gedulden müssen, bis sie nach Hause kommt. Anstatt mich bei Andiles Haus absetzen zu lassen, sage ich dem Taxifahrer, er soll mich direkt zur Schule fahren. Wenn ich Glück habe, sehe ich Nomsa noch, bevor die Glocke zur ersten Stunde schellt. Ich wünsche mir nichts mehr, als meine Tochter in die Arme zu schließen und zu wissen, dass es ihr gut geht.

Als wir im Gedränge vor der Morris Isaacson Highschool anhalten, sind die Tore geöffnet; sie klaffen weit auf wie der zahnlose Mund eines schlafenden *madalas.* Das Gelände ist verlassen; nur ein paar verstört wirkende Lehrkräfte irren ziellos umher wie Ameisen, die von ihrer Kolonie getrennt wurden.

Ich gehe auf eine Lehrerin zu, die in meinem Alter zu sein scheint, und spreche sie an. »*Molo.*« Der Rest der üblichen Begrüßungsformel erstirbt auf meinen Lippen; sie sieht so verängstigt aus, dass ich es nicht wage, Zeit mit höflichen Floskeln zu verschwenden. »Wo sind die Kinder, *sisi?*«

»*Andazi.* Sie sind alle weg.«

»Sie sind weg? Aber warum denn?«

»Sie gehen zu einer Demonstration.«

»Sie demonstrieren?«

Die Frau nickt

»Wogegen protestieren sie denn?«

»Gegen den Erlass der Regierung, dass nur noch auf Afrikaans unterrichtet werden soll.«

»Wissen Sie zufällig, wo die Kinder hinmarschieren?«

»Nein, aber es gibt Gerüchte, dass nicht nur die Kinder unserer Schule demonstrieren, sondern dass sich noch Tausende anderer Schüler ihnen anschließen wollen.«

Tausende Schüler. Mir wird eiskalt vor Angst.

Ein Mann löst sich aus einer Gruppe in der Nähe und kommt auf uns zugerannt. Seine Brille funkelt im Morgenlicht, und sein offenes Jackett flattert. »An der Klipspruit Valley Street wurden Armeelaster gesehen!«

Erschrocken ruft die Frau: »Armeelaster?«

Der Mann nickt. »Und Polizeibusse auf dem Soweto Highway. Es ist schlimmer, als wir befürchtet haben.«

Bevor wir ihm irgendwelche Fragen stellen können, läuft er weiter, um seine Nachricht zu verbreiten.

Armeelaster und Polizeibusse. Die Demonstration hat das Militär auf den Plan gerufen, und die weiße Regierung und ihre Soldaten bereiten sich darauf vor, mit schwerem Geschütz gegen unsere Kinder vorzugehen. Mein Magen zieht sich vor Angst zusammen und bringt mich dazu, mich wieder in Bewegung zu setzen. Meinen Koffer umklammernd renne ich zum Tor hinaus.

Vor mir streben Nachzügler die Mputhi Street entlang. Meine von der Reise steifen, schmerzenden Beine verkrampfen sich, als ich schneller laufe. Bei jedem Schritt fühle ich mich wesentlich älter als meine neunundvierzig Jahre, aber ich ignoriere den Schmerz und laufe weiter.

Ich erreiche die Schüler, die die Nachhut des Marsches bilden, und überhole sie in dem Versuch, zur Mitte der Gruppe vorzudringen. Jemand rempelt mich an, sodass ich beinahe zu Boden stürze. Ich drehe mich um und sehe einen Jungen, der nicht älter als zehn Jahre sein kann.

Er lächelt, als er sich aufrichtet, und Grübchen erscheinen in seinen Wangen. »Entschuldigung, Mutter. Ich bin gestolpert.« Er deutet auf seine Schnürsenkel, die sich gelöst haben, und geht an die Seite, um sie zuzubinden, während seine Freunde über seine Ungeschicklichkeit lachen.

Drei Mädchen in Röcken und Strümpfen verschränken die Arme und beginnen zu hüpfen. Mehrere Jungs in Blazern und mit Hüten legen sich in Pose und recken die Fäuste in die Luft. Ihre Gesichter glänzen erwartungsvoll, und ihre Augen blitzen fröhlich. Sie kämpfen für eine Erwachsenensache, sind und bleiben aber noch Kinder.

Es ist kalt draußen, und mir frieren die Hände ein, während die schwache Wintersonne versucht, die Smogschicht zu durchdringen, die nach den nächtlichen Feuern noch immer über der Stadt liegt. Holzrauch wabert durch die Luft, und der Geruch scheint ein Vorbote von Gewalt und Tod zu sein. Ich dränge mich von einer Gruppe zur nächsten und suche mit den Blicken die Gesichter der Mädchen nach den Zügen meiner Nomsa ab. Jedes Mal, wenn ich Nomsas Profil erblicke, setzt mein Herz vor Hoffnung einen Schlag aus. Ich sehe ihr stolz vorgerecktes Kinn oder die gewölbte hohe Stirn, aber nie ist sie es. Während mein Blick von Gesicht zu Gesicht huscht, schwillt die Menge immer mehr an. Ich umklammere fest meinen Koffer.

Wir passieren das Mofolo-Township Richtung Dube. Die Schuluniformen variieren jetzt in Farbe und Schnitt. Der Lehrer hatte recht. Tausende Schüler von anderen Schulen haben sich der Demonstration angeschlossen. Ich werde mitgerissen und von Kindern bedrängt, die Plakate mit daraufgekritzelten Parolen tragen: »Zur Hölle mit den Buren« und »Afrikaans ist Terrorismus«. Ich muss meinen Ärger unterdrücken, weil die Schilder mir die Sicht auf das Meer junger Gesichter versperren, und bekämpfe den Drang, sie aus meinem Blickfeld zu schlagen.

Ich nähere mich einigen der größeren Kinder, die in Nomsas Alter sein könnten.

»Mein Kind, kennst du Nomsa Mbali?«

»Mein Kind, kannst du mir sagen, wohin wir gehen?«

Ich werde entweder höflich ignoriert oder freundlich gebeten zu gehen.

»Mutter, du könntest verletzt werden.«

»Zu Hause bist du sicherer, Mutter.«

Irgendwann wird der Lärm so laut, dass ich ihn nicht mehr übertönen kann. Die Menge beginnt zu singen. Der Refrain *»Mashibulele ku Jesu, ngokuba wasifela«* brandet über mich hinweg, und meine Haut reagiert wie ein lebendes Wesen mit eigenen Gefühlen. Die jungen Stimmen klingen so schön, und die Begeisterung der jungen Leute reißt mich mit. »Lasst uns Jesus danken, denn er ist für uns gestorben.«

Dieses Lied habe ich Nomsa vorgesungen, als sie ein Baby war. Bitte, lieber Gott, bitte beschütze sie. Sie hat das Herz einer Löwin, aber nicht einmal Löwen können den Gewehren des weißen Mannes widerstehen.

Sobald ein Lied endet, erhebt sich eine neue Stimme mit den Eröffnungszeilen des nächsten, und die Menge fällt ein, um die Stille zu füllen:

»Herr, segne Afrika.

Lass meinen Geist aufsteigen.

Erhöre unsere Gebete.

Gott segne uns.«

Ich fange an mitzusingen. Das Lied des Widerstands liegt mir schließlich genauso im Blut wie jedem dieser jungen Leute, ja, mehr noch, denn ich habe *»Nkosi Sikelel'iAfrica«* schon gesungen, bevor irgendeines dieser Kinder geboren wurde.

Dann wird die Vorwärtsbewegung der Menge plötzlich gestoppt, und alle bleiben abrupt stehen. Frustriert versuche ich, über die Köpfe der Kinder hinwegzublicken, doch die Protestschilder versperren mir die Sicht. Ich höre von Megafonen verstärkte Rufe, kann die Befehle aber nicht verstehen, weil der Klang zu verzerrt ist.

Ein großer Junge neben mir reckt den Kopf über die Menge. »*Ke maponesa.*« Es ist die Polizei, berichtet er.

Ein anderer Junge, der auf die Schultern eines Freundes geklettert ist, ruft zu uns hinunter: »*Bazama ukuszivimbha singafiki la esithe kuhkanganwa khona.*« Sie haben eine Barrikade errichtet. Sie versuchen uns davon abzuhalten, zum Sammelpunkt zu gelangen.

»*Ba batla regutlele morao.*« Sie wollen, dass wir umkehren.

Das Gemurmel wird in zahlreichen Sprachen wiederholt. Auch wenn ich kein Zulu oder Sotho verstehe, würde mir der wütende Tonfall alles sagen. Ich halte den Atem an, als ich zwei gelbblaue Casspirs entdecke. Die Anwesenheit der gefürchteten Panzerwagen sagt mehr, als jedes Demonstrationsplakat es je könnte.

Das Murren schlägt in Geschrei um. Die Anspannung wächst. Die Nachrückenden drängen gegen die Barriere von Körpern vor ihnen; ungeduldig warten sie darauf, weitergehen zu können. Ich bin in einer steigenden Flut gefangen. Die Gewalt ist ein wildes Tier mit Maulkorb, das zwischen uns umherschweift, und es ist nur eine Frage der Zeit, bis es entfesselt wird.

Eine Stimme ertönt. Ein Junge in einer Schuluniform steht auf der Motorhaube eines Autos; er ist einer von uns. Er wirkt beherrscht, und seine klugen Worte haben eine beruhigende Wirkung auf die Menge. »Marschiert in ordentlichen Reihen. Provoziert die Polizei nicht und gebt ihr keinen Anlass zur Gewalt gegen uns.«

Gott sei Dank versucht jemand, den Frieden zu bewahren. Bitte, Gott, mach, dass sie auf ihn hören.

Die Menge setzt sich wieder in Bewegung und teilt sich in

Ströme auf, die um die Polizeibarrikade herum in Richtung *Orlando West Junior Secondary School* fließen, wo der Treffpunkt zu sein scheint. Abertausende junger Gesichter verschwimmen um mich herum. Jedes von ihnen könnte Nomsa sein. Keines von ihnen ist Nomsa.

Ich glaube gerade, einen von Andiles Söhnen erspäht zu haben, und will mich durch die Menge zu ihm durchdrängen, als wir alle scharf auf die Vilakazi Street abbiegen. Die Reizbarkeit wächst wieder spürbar. Kinder recken Fäuste in die Luft und schreien:

»*Inkululeko ingoko!*« Freiheit jetzt!

»*Amandla!*« Macht!

Wir drängen vorwärts.

Dann: ein lauter Knall. Gesang wird zu Geschrei. Die Luft wird von säuerlichem Rauch verpestet. Ein Blechbehälter prallt von einer Schulter vor mir ab und schlittert weg. *Tränengas.* Ich versuche, meine Augen und meine Nase zu schützen, indem ich mir den Pullover über das Gesicht ziehe. Tränen fließen meine Wangen hinunter, und ihre salzige Trostlosigkeit lässt mich würgen. Ich taumele blind von dem Geschrei und dem giftig dampfenden Behälter weg. Ich werde von hinten geschubst, stolpere vorwärts, falle über andere und lande auf der Straße.

Das Letzte, was ich höre, bevor alles schwarz wird, sind Gewehrschüsse und Hundegebell. Der weiße Mann hat seine Silberkugeln und schwarzen Ungeheuer auf uns losgelassen. Jetzt kann uns nur noch Gott helfen.

Als ich aus der gnädigen Dunkelheit erwache, höre ich das Hundegebell und asthmatische Rattern der Gewehre nicht mehr. Diese Geräusche sind erstorben; stattdessen ertönt ein Requiem aus Kindergeschrei. Terror und Panik umgeben mich, wickeln mich in eine Decke aus Messern. Meine Augen sind geöffnet, aber ich kann nichts sehen. Ich schwebe immer noch in Gefahr und rapple mich hoch, doch eine Hand auf meiner Schulter zieht mich zurück. Eine Stimme spricht zu mir, in dringlichem Tonfall, aber ich kann die Worte nicht aus den Geräuschen eines wunderschönen Morgens herausfiltern, der in Blutvergießen geendet hat.

Ich wische mir mit der Hand über die Augen. Als ich sie herunternehme, sind meine Finger feucht und klebrig wie vom Saft des *Ikhala*-Blattes. Daraufhin fahre ich mir mit dem ganzen Unterarm über das Gesicht, und als ich meinen Ärmel ansehe, ist er rot verschmiert. Nachdem meine Augen vom Blut befreit sind, kann ich wieder sehen, doch als die Umgebung allmählich Konturen annimmt, wünsche ich, ich wäre blind geblieben.

Ich liege nicht mehr mitten auf der Straße, wo ich hingefallen bin. Ich wurde zwanzig Meter weiter zu einer sandigen Stelle am Rand gezogen. Die Luft ist von dichtem Rauch erfüllt, durch den in alle Richtungen Menschen rennen, um den Polizisten mit ihren Gummiknüppeln und scharfen Hunden zu entkommen. Die wenigen, die nicht versuchen zu fliehen, greifen mit Glasflaschen und Ziegelsteinen an. Sie wehren sich, die Gesichter vor Wut zu Fratzen verzerrt.

Zwei Paar Hände greifen nach mir und stellen mich auf die Beine. Ich blicke auf, um festzustellen, ob ich gerettet oder verhaftet werde. Die Hände gehören zu Langa und Dumi, den Söhnen meines Bruders, die erst dreizehn und fünfzehn Jahre alt sind, und ich danke Gott für diese Rettung. Sie versuchen immer noch, mir etwas zu sagen, aber ich habe ein solches Klingeln in den Ohren, dass ich sie einfach nicht verstehen kann.

Stattdessen schreie ich, um den Lärm zu übertönen: »*Iphi Nomsa?*«

Sie können mich nicht hören. Ich ziehe Langa dicht zu mir heran und frage ihn direkt ins Ohr: »Wo ist Nomsa?«

Er sieht aus, als wäre er den Tränen nahe. *»Andazi.«* Ich weiß es nicht.

Er zieht mich wieder am Arm und will, dass ich mit ihnen gehe, aber ich kann den Blick nicht von der Hölle abwenden, die sich vor mir aufgetan hat. Ein Blutstrom fließt die Straße entlang, und Kinder treiben darin herum. Sie liegen in unnatürlicher Haltung da, die Gliedmaßen seltsam verrenkt. Einige von ihnen liegen mit dem Gesicht nach unten und ertrinken; andere ruhen auf dem Rücken und blicken zum Himmel; sie sind menschliche Trümmerteile, die von einer Flut der Zerstörung mitgerissen werden.

Verlorene Schuhe, Demonstrationsschilder, Tränengasbehälter, Hüte und Taschen liegen zwischen den Leichen verstreut. Mein Koffer, der in der Mitte des Gemetzels zurückgeblieben ist, kommt mir vor wie ein Relikt aus einer vergangenen Ära, einer Zeit, bevor es für weiße Armeen akzeptabel war, das Leben schwarzer Kinder wie Getreide zu ernten. Ich stelle mit distanziertem Interesse fest, dass der Koffer auseinandergebrochen ist. Meine Sachen sind über die Straße verstreut, und eines meiner Kleider ist mit Blut bedeckt. Meine Bibel liegt offen daneben; die beschmierten Seiten flattern fröhlich in der schmutzigen Brise.

Sieht Gott das mit an?

Dumi hakt mich unter, und Langa drängt mich von hinten. Ich weiß, dass sie mich an einen sicheren Ort bringen wollen, aber ich kann nicht fortgehen. Ich reiße mich von meinen Neffen los und versuche, das Gleichgewicht wiederzugewinnen, während ich auf die Leiche zugehe, die mir am nächsten liegt.

Es ist ein Mädchen. Ihr Schulkleid ist zerrissen und über den Po hochgezogen, sodass man ihre weiße Baumwollunterwäsche sieht. Ich drehe sie sanft um und ziehe das Kleid herunter, um ihr die Würde zurückzugeben, die ihr genommen wurde. Ihre Augen sind geöffnet, und sie blickt starr hinauf zum Himmel. Sie sieht das Blut und die Gewalt dieser Welt nicht mehr, und dafür bin ich dankbar. Sie erblickt nun einen besseren Ort, einen, in dem singende Stimmen nicht mit Kugeln begrüßt werden, eine Welt, in der unschuldige Kinder nicht ermordet werden, weil ihre Haut eine Farbe hat, die weiße Leute abstoßend finden. Ich berühre ihre Augenlider mit den Fingern und schließe sie.

Ruh dich aus, mein Kind. Geh mit Gott.

Von ihr aus gehe ich zur nächsten Leiche und zur übernächsten. Manche der Kinder leben noch, sind aber entweder zu schwer verletzt oder zu verängstigt, um aufzustehen. Sie umklammern meine Hände und fragen nach ihren Müttern. Ich erzähle ihnen, dass ihre Mütter bald kommen und sie geliebt werden. Ich gebe ihnen die Versprechen, die sie hören möchten und die ich mir in ihrer Situation auch für Nomsa wünschte. Ich wische ihnen das Blut, den Schmutz und die Tränen aus den Gesichtern. Ich frage sie nach ihren Namen und werde Zeugin.

Zanele. Zwölf Jahre alt. Sie blutet aus dem Ohr.

Goodness. Ihre Lippen zittern, und ihre Tränen fließen heiß über meine Haut, aber sie ringt sich noch ein Lächeln ab.

Kidebone. Fünfzehn Jahre alt. Ihre Lippen glänzen vor Vaseline.

Jabu. Vierzehn Jahre alt. Er ist der Mann im Haus, nachdem sein Vater bei einem Stolleneinbruch unter Tage ums Leben gekommen ist.

Fumani. Fragt mich, ob ich ein Engel bin.

Thandeka. Fragt, ob ich ihre jüngere Schwester gesehen habe.

Sipho. Hat seinen Vater nie kennengelernt.

Kleinboy. Befürchtet, zu spät zur Schule zu kommen.

6
ROBIN

16. Juni 1976
Boksburg, Johannesburg, Südafrika

Das Rennen um den ersten Platz war knapp, und ich trat wie wild in die Pedale. Ich wusste, dass ich das beste Fahrrad in der ganzen Siedlung hatte, kein anderes konnte mit meinem paradiesapfelroten Raleigh Chopper mit dem einzigartigen Bananensattel und dem Hirschgeweihlenker mithalten. Ich musste nur beweisen, dass ich es verdient hatte.

Meine Gegner waren mir dicht auf den Fersen, als wir uns der Ziellinie näherten, und wenn ich Erste werden wollte, würde ich meine letzten Kraftreserven mobilisieren müssen. Ich war schon ganz erschöpft, denn der Parcours hatte uns bereits zwei Mal um die Siedlung herumgeführt, aber ich wollte das Rennen unbedingt gewinnen. Es gab keinen zweiten Platz, nur den ersten Verlierer. Ich strampelte, so schnell ich konnte, meine Beine hatten sich verselbstständigt, sie drehten sich wie die Flügel einer Windmühle. Die bunten Bänder am Lenker flatterten im Wind, als ich das Tempo erhöhte, und der Geruch von verbranntem Gummi stieg mir in die Nase.

Ich schlug meinen stärksten Konkurrenten um eine Nasenlänge, und die Zuschauer jubelten. Ich feierte meinen Triumph, indem ich einen Wheelie vollführte, wobei mich der lose Kies unter mir beinahe vom Sattel gehauen hätte. Mein Rad bockte wie ein

Pferd, und der Zwanzig-Zoll-Hinterreifen rutschte fast unter mir weg. Da verging mir die Lust aufs Weiterträumen; die imaginären Zuschauer und Konkurrenten lösten sich in Luft auf, und ich radelte allein und nicht mehr ganz so schnell nach Hause.

Ascheflocken rieselten wie verkohlter Schnee vom Himmel. Der Gestank von brennendem Gummi stammte gar nicht von meinen Reifen, sondern von einem Buschfeuer. Im Winter passierte das häufig. Die Landflächen um unsere Siedlung herum waren durch den Regenmangel so ausgedörrt, dass schon ein achtlos weggeworfener Zigarettenstummel ausreichte, um in Sekundenschnelle alles in Brand zu setzen. Manchmal machte ich mir Sorgen, dass unsere Siedlung – und damit auch unser bisheriges Leben – in Flammen aufgehen würde, wenn ein Brand zu nahe kam, aber mein Vater versicherte mir, dass die Feuerwehr ihn schon rechtzeitig löschen würde. Manchmal legte sie sogar selbst Feuer, um kontrolliert Schneisen zu schlagen.

Es war fast sechs Uhr abends, als ich meinen Chopper in der Garage parkte und in die Küche ging, wo Mabel gerade bügelte und ihre Lieblingssendung hörte. Die Regierung hatte das Fernsehverbot inzwischen zwar aufgehoben, aber wir hatten noch immer keinen Fernseher, weil mein Vater meinte, wir wären schließlich nicht die Rockefellers. Also hörten wir stattdessen Radio, allerdings ganz andere Programme als Mabel. Meine Lieblingssendung lief freitags um halb acht und hieß *Squad Cars*, eine spannende Serie über Ermittler des Mord- und Raubdezernats von Brixton, die selbst die mysteriösesten Verbrechen aufklärten.

Das Intro ließ mein Herz jedes Mal höher schlagen: das Heulen einer einsamen Polizeisirene, quietschende Bremsen, Schüsse, dann Trompetenklänge und Malcolm Goodings tiefe Stimme, die verkündete: »Nachts sind sie auf Streife – in den leeren

Straßen der Stadt – in einer Welt der Gewalt und Kriminalität: Die Männer aus ›Squad Cars‹.« Ich versuchte immer, die Fälle selbst zu lösen, und stellte mir vor, wie ich in Brixton vorbeischaute und die Kollegen mich sofort als Ermittlerin in ihr Eliteteam aufnahmen.

Mabels Lieblingssendungen konnte ich nicht verstehen, denn sie waren auf Sotho, aber sie klangen immer so, als würden die Leute heftig miteinander streiten. Wenn ich Mabel fragte, warum Schwarze so viel schrien, antwortete sie, dass sie viele Gründe hatten, wütend zu sein, aber welche, sagte sie nicht. Als mein ständiges Nachfragen sie schließlich selbst zum Schreien brachte, beschloss ich, das Thema besser fallen zu lassen.

Ich überließ Mabel dem Radio und ging durch den Flur zum Schlafzimmer meiner Eltern. Ich suchte Cat; als ich mich geweigert hatte, sie auf meinem Gepäckträger mitzunehmen, war sie schmollend abgezogen. (Cat hatte selbst ein Fahrrad, wollte damit aber keine Rennen mehr fahren, weil sie Angst hatte, dass sich ihr Schal in den Speichen verfangen, sie stürzen und sich alle Vorderzähne ausschlagen würde, so wie es einer unserer Mitschülerinnen passiert war. Meine Mutter sagte dann: »Meine Güte, Cat, du hast doch gar keinen Schal!« Aber Cat blieb stur und fuhr nur auf meinem Gepäckträger mit. Weil mich das bei den Rennen aber behinderte, war ich nicht immer bereit, sie mitzunehmen.)

Mein Vater saß gerade auf dem Bett und zog sich die Schuhe an, als ich durch die Tür kam. Der Geruch von *Sunlight*-Seife und *Johnson's*-Babypuder stieg mir in die Nase; er puderte sich immer die Füße, damit er von den schweren Gummistiefeln, die er in der Mine tragen musste, keine Blasen bekam. Mein Vater duschte stets auf der Arbeit, bevor er heimkam. Dort spülte er sich den Dreck und Schweiß des Tages, den er unter Männern verbracht hatte, ab, um dann sauber und frisch zu seinem Frauenhaushalt zurückzukehren.

»Daddy!« Ich umarmte ihn ungestüm, und er lachte.

»Dein Tackle ist echt gut, Sommersprosse. Ich glaube, wir haben einen Rugbyspieler in der Familie.«

»Warum ziehst du dir Schuhe an?«

»Deine Mutter und ich müssen heute Abend noch auf einen Empfang.«

Ich ging ins Bad, wo meine Mutter sich gerade zurechtmachte. Ich umarmte sie zur Begrüßung, dann klappte ich den Klodeckel herunter und setzte mich darauf. Ich liebte es, meiner Mutter beim »Aufbrezeln« zuzuschauen, wie mein Vater es nannte. Was ich allerdings gar nicht mochte, war, dass Cat und ich zu Hause bleiben mussten, wenn sie abends noch ausgingen.

»Beeil dich, Jolene. Mach nicht so ein Gedöns.« Mein Vater stand an der Badezimmertür und band sich seine dunkelgrüne Krawatte.

»Entschuldige, aber das kam jetzt ganz schön kurzfristig! Wenn ich das gestern schon gewusst hätte, wäre ich früher nach Hause gekommen.«

»Ja, tut mir leid. Eigentlich sollte Hennie das Rettungsteam vertreten, aber er hat Dünnpfiff. Er hat den ganzen Tag das Klo blockiert und rumgestunken. Irgendwann haben die Jungs ihm dann gesagt, dass er sich nach Hause verpissen und sein eigenes Klo verstopfen soll.«

»Dann hat er wohl den gleichen Darmvirus wie Edith.«

Meine Mutter fuhrwerkte mit der Mascara-Bürste in der Tube herum, dann spachtelte sie noch mehr von dem Zeug auf ihre klebrigen Wimpern. Mein Vater hielt inne und starrte sie an. Wir staunten beide immer wieder, wie ihr Mund sich bei diesem Ritual zu einem großen *O* verzog, und manchmal ertappte ich mich dabei, wie ich sie unbewusst imitierte.

Mein Vater schüttelte den Kopf und lächelte. »Du siehst wie ein geisteskranker Goldfisch aus, wenn du das machst.«

Meine Mutter drehte die Mascara-Tube zu, warf sie nach meinem Vater und lachte, als sie an seiner Brust abprallte und er den tödlich Verwundeten spielte. Dann ging sie auf ihn zu, gab ihm einen Kuss und löste den Knoten seiner Krawatte. »Lass mich das mal machen, sonst werden wir hier nie fertig.«

Er schaute sie an, als sie ihm die Krawatte neu band. »Du siehst schön aus, Jo.«

Ich war entzückt darüber, dass sie zur Abwechslung mal herumturtelten. Mein Vater hatte nicht gelogen; meine Mutter war wirklich schön. Ihr braunes Kraushaar umrahmte ihr Gesicht wie eine Pusteblume und betonte ihre geschwungenen Augenbrauen und hohen Wangenknochen. Ihre großen braunen Augen waren hübscher als die blauen meines Vaters, aber ich war trotzdem froh, dass ich seine geerbt hatte. Leider war ich nicht mit seinem blonden Haar gesegnet worden und musste mich mit dunkelbraunem zufriedengeben. Das Leben war einfach nicht fair.

Als meine Mutter mit der Krawatte fertig war, scheuchte sie meinen Vater fort, hob die Mascara-Tube auf und wandte sich wieder dem Spiegel zu. »Das sagst du doch immer, egal wie ich aussehe. Ist das Kleid in Ordnung? Diese Weiber haben sich über mich und meine missratene Tochter schon genug das Maul zerrissen.« Sie warf mir einen betrübten Blick zu. »Ich will ihnen nicht noch mehr Gesprächsstoff liefern.«

»Du siehst fabelhaft aus. Das Kleid ist der Hammer. Können wir jetzt los?«

»Ja, ja, ich bin gleich so weit.« Sie nahm eine goldene Halskette mit einem glänzenden schwarzen Onyx-Anhänger vom Waschtisch und legte sie an. »Wo ist Mabel?«

»Sie ist in der Küche und bügelt. Ich sag ihr Bescheid, dass sie länger bleiben muss.«

Zu Mabels Pflichten als Maid gehörte es, das Putzen, Waschen, Bügeln und Kochen zu erledigen sowie auf uns aufzupassen, und zwar jeden Tag, auch an den Wochenenden. Nur sonntags hatte sie gelegentlich frei. Während der Woche holte sie uns von der Schule ab und warf ein Auge auf Cat und mich, bis unsere Eltern von der Arbeit heimkamen. Wenn sie abends noch etwas vorhatten und uns nicht mitnehmen konnten, gingen sie stillschweigend davon aus, dass Mabel so lange bei uns blieb, bis sie zurückkehrten. Jedenfalls habe ich kein einziges Mal mitbekommen, dass meine Eltern Mabel fragten, ob sie Zeit hatte; sie nahmen einfach an, dass sie sich fügte, ohne zusätzlichen Lohn dafür zu verlangen.

Als mein Vater aus dem Badezimmer ging, hüpfte ich vom Toilettensitz und folgte ihm durch den Flur bis in die Küche. Die Sohlen meiner Turnschuhe quietschten auf dem polierten Parkett. Ein Topf mit Wasser kochte auf dem Herd vor sich hin. Mein Vater nahm ihn herunter, dann öffnete er die Hintertür und rief: »Mabel?«

Sie antwortete, aber ich konnte nicht verstehen, was sie gesagt hatte. Wir gingen nach draußen zu Mabels Unterkunft, einer kleinen Kammer mit separater Toilette und eigenem Eingang in unserem Anbau. Von drinnen ertönte die Stimme des Nachrichtensprechers von Springbok Radio.

»… über zwanzigtausend schwarze Schülerinnen und Schüler aus Soweto randalierten heute Morgen auf den Straßen und bewarfen bewaffnete Polizisten mit Steinen. Der Aufstand begann als Protest gegen die Einführung von Afrikaans als Unterrichtssprache an den örtlichen Schulen. Der wütende Mob attackierte die Polizei, und über …«

Als mein Vater gegen die Metalltür hämmerte, verstummte der Sprecher abrupt. Mein Vater schob die Tür auf und trat über die Schwelle in Mabels dunkle Kammer. Ich konnte Mabels Silhouette erkennen, als sie sich von ihrem schmalen Bett erhob. Sie band sich ihr Kopftuch um, als sie an uns vorbeischlüpfte. Wir folgten ihr nach draußen. Ich nahm den schwachen Geruch von Vaseline und Schnupftabak wahr, der typisch für Mabel war.

»Mabel, wie oft muss ich dir noch sagen, dass du auf dem Herd nichts kochen sollst, wenn du in deiner Kammer bist? Und wenn es nicht der Herd ist, lässt du das Bügeleisen an. Eines Tages fackelst du noch mein Haus ab!«

»Ja, *Baas.* Tut mir leid, *Baas.*«

»Jetzt komm mir bloß nicht so! Du sollst zuhören, wenn ich dir was sage! Du bist wirklich schlimmer als ein Kind.«

Mabel stellte den Topf wieder auf den Herd zurück, schaltete ihn an und griff nach der Packung *Iwisa* unter der Spüle. Das weiße Maismehl war Mabels Grundnahrungsmittel, sie aß es mit Tomaten-Zwiebel-Sauce und *morogo,* einem spinatartigen Gemüse, das man in der Gegend pflücken konnte. Wenn ich auch etwas Maismehl haben wollte, bereitete sie es mit Zucker und Butter für mich zu.

»Du hast eben Radio gehört, oder?«, fragte mein Vater. »Hast du mitbekommen, was diese Kaffer-Schüler heute in Soweto angestellt haben? Randaliert haben sie, Polizisten mit Steinen beworfen, unschuldigen Leuten Halsbänder umgelegt, Sachen in Brand gesetzt …«

»Warum hat man den Leuten denn Halsbänder umgelegt?«, fragte ich. Mein Vater ging nicht auf meine Frage ein, also bohrte ich weiter. »Jemandem ein Halsband zu geben ist doch eigentlich etwas Nettes, oder?«

»Robin, ›ein Halsband umlegen‹ bedeutet, jemandem einen Autoreifen voller Benzin über den Kopf zu stülpen und dann anzuzünden, damit derjenige verbrennt. Das ist überhaupt nicht nett.«

»Baas«, sagte Mabel, bevor ich fragen konnte, warum jemand etwas so Schreckliches tun würde. »Der Marsch war friedlich, und dann kommt auf einmal die Polizei und schießt auf die Kinder.« Sie schaute dabei den Topf an, schüttete das weiße *Iwisa*-Pulver in das kochende Wasser und griff nach dem Holzlöffel.

Als Mabel die Polizei erwähnte, wurde mir ganz flau im Magen, denn als Cat und ich noch jünger waren und über die Stränge schlugen, sagte sie manchmal, sie würde die Polizei anrufen, damit sie uns holen kommt. Das war die einzige Methode, mit der sie uns disziplinieren konnte, denn sie durfte uns nicht schlagen oder auf andere Weise bestrafen, egal was wir taten, und das nutzten wir natürlich aus.

Beim Gedanken an Polizisten, die auf Kinder schossen, wurde mir mulmig, aber bevor ich meinen Vater fragen konnte, ob die Polizei auch nach Boksburg käme, um uns zu erschießen, entgegnete er mit lauter Stimme: »Die können froh sein, dass sie überhaupt zur Schule gehen dürfen, und das hätten sie heute Morgen auch besser mal getan, statt auf der Straße Krawall zu machen.«

Meine Mutter klackerte auf hochhackigen Sandaletten in die Küche, schlüpfte in ihren Mantel und verstaute ihren Lippenstift in der Handtasche. »Wer hat Krawall gemacht?«

»In Soweto haben die Niggerkinder heute randaliert. Lauter Zwölf- und Dreizehnjährige. Das verdammte Heer musste anrücken, mit Panzer und allem Pipapo, nur wegen dieser kleinen Wilden. Hast du auf der Arbeit nicht die Hubschrauber gehört?«

»Nein, die Schreibmaschinen sind dermaßen laut, dass man gar nichts anderes mehr mitbekommt. Aber was ist mit der Mine? Seid ihr da unten sicher? Auf einen weißen Arbeiter kommen doch bestimmt hundert schwarze, oder?«

Mein Vater setzte an, etwas zu sagen, doch da schlug Mabel den Holzlöffel laut gegen den Topf, um den klebrigen Brei davon zu lösen. Mein Vater fasste sie am Arm, damit sie aufhörte. »Die haben gesagt, wir hätten nichts zu befürchten, aber ab morgen wird der Sicherheitsdienst in der Mine verstärkt, nur für alle Fälle. Diese Bastarde würden uns wohl liebend gern die Kehlen aufschlitzen.«

Mabel nahm den Topf von der Flamme und schaltete den Herd aus.

»Kann man es ihnen verdenken?«, sagte meine Mutter.

Mein Vater warf ihr einen seiner grimmigen Blicke zu und wartete, bis Mabel hinausging. »Du klingst schon genauso wie deine mimosenhafte Schwester. Das heute war eine Katastrophe, Jolene. So einen Aufstand hat es noch nie gegeben! Die Schwarzen werden mit jedem Tag frecher, und es wird immer schwieriger für die Regierung, sie unter Kontrolle zu halten. Das heute hat auch noch den Rest von ihnen angestachelt. Willst du etwa in einem Land leben, wo diese verdammten Kaffer tun und lassen können, was sie wollen? Soweto ist nur fünfzig Kilometer von hier entfernt. Das ist ein Katzensprung!«

Cat war aus ihrem Zimmer gekommen, sicher weil sie meinen Vater hatte schreien hören. Sie stupste mich, doch ich brauchte sie gar nicht anzuschauen; ich wusste auch so, was sie dachte. Cat bekam jedes Mal Angst, wenn mein Vater so redete. Sie hatte Angst, dass eines Nachts ein Schwarzer in unser Haus eindringen und uns alle umbringen oder, noch schlimmer, verschleppen würde, um Gott weiß was mit uns zu machen. Mein Vater und Piets Vater stellten es immer so dar, als wären die Schwarzen gefährlich, aber Mabel war doch eigentlich ganz lieb. Ich hatte Cat erklärt, dass nicht alle Schwarzen böse waren, nur die Männer. Seither lebte sie in ständiger Furcht vor ihnen. Aber eigentlich hatte sie vor fast allem Angst.

»Ich will nicht, dass ihr heute Abend weggeht. Bitte bleibt hier.«

»Mabel passt doch auf euch auf, ihr braucht euch keine Sorgen zu machen.«

»Aber Cat hat Angst.«

Meine Mutter seufzte. »Hat Cat Angst, oder bist du diejenige, die Angst hat und ihr Worte in den Mund legt?«

Ich sah Cat an. Wenn sie wenigsten einmal den Mund aufmachte. »Nein, Cat hat Angst.«

»Wovor denn?«

Doch Cat war wild entschlossen, nichts zu sagen und lieber ihre Füße anzustarren, als unsere Mutter anzusehen. Also sprach ich in ihrem Auftrag. »Sie hat Angst vor dem Buschfeuer. Was, wenn es bis an unser Haus kommt?«

»Ich bin auf dem Heimweg dran vorbeigefahren. Es ist nur ein kleines Feuer, und es ist weit weg, an der Hauptstraße. Die Feuerwehr war schon dort, um es zu löschen.«

»Außerdem hat sie Angst, dass ihr nicht zurückkommt.«

Meine Mutter lachte. »Sei nicht albern, natürlich kommen wir zurück.«

»Versprochen?«, fragten Cat und ich gleichzeitig.

»Versprochen.«

Mir war jetzt schon klar: Wenn es Zeit wurde, zu Bett zu gehen, würde Cat unter ihre Decke kriechen, mir gute Nacht wünschen, das Licht ausschalten und so tun, als ob sie schliefe. Doch sobald sie dachte, ich sei eingeschlummert, würde sie ins Schlafzimmer unserer Eltern schleichen und sich in das große Bett legen. Das war der einzige Platz, an dem sie sich sicher fühlte, wenn sie weg waren, und wenn sie wieder zurückkamen, wäre sie die Erste, die es bemerkte.

Meine Mutter beugte sich zu uns herab und umarmte uns zum Abschied. Sie trug Charlie-Parfüm, und der Duft war so penetrant, dass ich unwillkürlich versuchte, mich loszureißen, obwohl ich eigentlich wollte, dass sie mich umarmte. Dann nahm meine Mutter die Autoschlüssel vom Küchentisch und warf sie meinem Vater zu.

Sie wandte sich Mabel zu. »Wir sind gegen Mitternacht wieder zurück, also schlaf einfach auf dem Boden im Flur, wenn du müde wirst.«

Mein Vater schob meine Mutter durch die Tür. Er warf uns Küsschen zu, dann wandte er sich an Mabel: »Schließ alle Türen ab, hörst du? Dieses verdammte Land dreht gerade durch.«

Das waren die letzten Worte, die ich ihn je sagen hörte.

7
ROBIN

16. Juni 1976

Boksburg, Johannesburg, Südafrika

Kurz vor Mitternacht begann das Hämmern an der Tür. Ich schreckte aus dem Schlaf hoch. Wie erwartet war ich allein; Cat hatte sich sofort, als ich eingeschlafen war, ins Schlafzimmer unserer Eltern geschlichen. Ich lief zur Tür und schaute hinaus. Mabel stand starr vor Schreck im Flur.

»*Maak die deur oop!*« Aufmachen!

Hämmer, hämmer, hämmer.

Die Feuerwehr ist gekommen, um uns zu retten. Das Buschfeuer hat unser Haus erreicht, und wir werden jetzt in Sicherheit gebracht.

Noch bevor ich diese Gedanken Mabel gegenüber in Worte fassen konnte, ging das Geschrei weiter, diesmal auf Englisch mit starkem Akzent. »Hier ist die Polizei! Aufmachen! Wir wissen, dass jemand da ist!«

Mabel winkte mich mit zitternder Hand herbei. Die Polizei kam nicht wegen eines Brandes. Mabel zog mich zu sich heran, und ich umschlang ihre Taille. Zögernd gingen wir zur Tür, Mabel entriegelte und öffnete sie und trat dann zurück, um die Polizei hereinzulassen. Ich schaute hinaus. Auf der Straße standen Streifenwagen. Ihre Scheinwerfer tauchten unseren Hof und die Nachbarhäuser in flimmerndes Blau, wie eine Discokugel, und ließen die vertraute Umgebung ganz fremd aussehen.

Zwei Polizisten traten in den Flur und blickten uns drohend an; sie trugen die typischen blauen Uniformen der südafrikanischen Polizei, und ihre Waffen steckten in Holstern. Der eine war groß und dünn mit kurz geschorenem roten Haar und einem Vollbart. Sein Partner war älter und dunkelhaarig, die blaue Schirmmütze hatte er so tief in die Stirn gezogen, dass sein Gesicht im Schatten verborgen war. Das goldene Abzeichen der Mütze funkelte im Licht.

Der große Rothaarige war der Aggressivere von beiden und übernahm die Gesprächsführung. »Warum öffnest du die Tür nicht, wenn die Polizei dich dazu auffordert?«, herrschte er Mabel an.

»Tut mir leid, *Baas*«, sagte Mabel mit zitternder Stimme.

»Was hast du überhaupt in diesem Haus zu suchen? Schläfst du hier?«

»Nein, *Baas*. Die Madam und der *Baas* sind ausgegangen, und ich passe solange auf die Kleine auf.«

»Du kommst jetzt mit zur Wache.«

»Aber *Baas*, Sie können die Kleine doch nicht hier allein lassen.«

»Dann kommt die Kleine eben mit«, sagte der Rothaarige barsch.

»Aber die Madam und der *Baas* machen sich Sorgen, wenn sie zurückkommen und die Kleine nicht da ist.«

»Die Madam und der *Baas* kommen aber nicht zurück!«, versetzte der Rothaarige. Es missfiel ihm, dass Mabel ihm Widerworte gab; er war gewohnt, dass man ihm gehorchte.

»Was heißt das, *Baas*? Wo sind sie denn?«

»Was glaubst du eigentlich, wen du vor dir hast, du Kafferin, hä? Ich stelle hier die Fragen, kapiert?« Er spuckte ihr ins Gesicht. Sie zuckte zusammen, wischte sich die Wange aber nicht ab. Da trat er ganz dicht an sie heran und versuchte, sie niederzustarren. Doch Mabel wich nicht vor ihm zurück und hielt seinem Blick stand. Er wollte sie einschüchtern, aber diesen Gefallen tat sie ihm nicht.

Lass das, Mabel, dachte ich. *Er will dir Angst einjagen. Zeig ihm, dass du Angst hast.*

Die beiden lieferten sich ein Blickduell, keiner wollte zuerst wegschauen. Schließlich mischte ich mich ein, um sie abzulenken und auch, weil ich endlich wissen wollte, was los war. »Wo sind meine Eltern? Bringen Sie uns zu ihnen?«

»Komm jetzt mit«, sagte der andere Polizist zu mir. Seine Stimme klang sanfter. Er wollte nach meiner Hand greifen, doch Mabel zog mich zu sich.

»Die Kleine bleibt bei mir«, sagte sie.

Der Polizist ohrfeigte sie so heftig, dass sie taumelte und hinfiel. Ich konnte ihren Sturz nicht verhindern. Sie schlug sich den Kopf am polierten Parkett und lag ein paar Sekunden benommen da, dann regte sie sich wieder und stützte sich auf die Ellbogen.

»Steh auf!«, befahl der Polizist, aber Mabel gehorchte ihm nicht.

Ich versuchte sie hochzuziehen, doch sie war zu schwer.

»Steh sofort auf!«, rief der Polizist.

Ich konnte Mabel weder hochhieven noch beschützen; ich war zu klein und zu schwach. Trotzdem zerrte ich weiter an ihr.

Bitte, Mabel. Hilf mir. Steh auf!

Ich war kurz davor, in Panik auszubrechen, als ich durch den Nebel der Angst plötzlich die beruhigende Stimme meiner Mutter hörte.

Suche nach Lösungen, anstatt auf dem Negativen herumzureiten, sagte sie zu mir.

Wenn ich Mabel nicht mit meiner Muskelkraft bewegen konnte, dann vielleicht mit meinen Worten. Ich kniete mich neben sie und flüsterte ihr ins Ohr. »Komm schon, Mabel. Bitte steh auf. Bitte. Lass uns einfach gehen. Es ist okay. Wir gehen zusammen. Mommy und Daddy werden uns schon finden.«

Mabel sah mich einen Moment ausdruckslos an, dann nickte sie und rappelte sich auf. Ich griff nach ihrer Hand und hielt sie fest. Der Polizist runzelte die Stirn, als er das sah.

»Wo sind meine Eltern?«, fragte ich wieder. »Ich will zu ihnen.«

»Das geht nicht«, fauchte der rothaarige Polizist. »Und weißt du, warum?«

Ich schüttelte den Kopf.

Er deutete mit dem Kopf zu Mabel. »Frag deine Freundin. Sie wird's dir schon sagen.«

Mabel drückte meine Hand. Ich schaute Mabel an und wartete darauf, dass sie den Mund aufmachte, doch sie blieb still und drückte meine Hand nur noch fester.

»Du kannst nicht zu ihnen, weil die verdammten Schwarzen ihnen die Kehlen durchgeschnitten haben, ritsch, ratsch, wie Schlachthühnern«, sagte der Polizist. »Deine Eltern sind tot.«

8
ROBIN

17. Juni 1976
Brixton, Johannesburg, Südafrika

Cat!

Erst als wir in den Polizeiwagen geschoben wurden, fiel mir meine Schwester wieder ein. Ich hatte sie nicht vergessen, aber bei all dem Schrecken war sie in den Hintergrund gerückt.

»Mabel«, flüsterte ich. »Was ist mit Cat?«

Sie blinzelte, blieb jedoch still; ihre Augen waren offen, doch sie sah wie eine Schlafwandlerin aus.

»Cat hat in Moms und Dads Bett geschlafen. Wir müssen zurück und sie …«

»Nein«, sagte Mabel. Ihre Stimme klang so flach und trostlos wie eine Wüste.

»Aber wir müssen denen sagen …«

»Nein«, wiederholte sie etwas energischer.

»Aber …«

»Ich habe nein gesagt!«

Zum ersten Mal erlebte ich, dass Mabel völlig außer sich geriet. In den sechs Jahren, seit sie für uns arbeitete, war sie schon verärgert, aufgeregt und ungeduldig gewesen, aber noch nie richtig wütend.

»Du darfst diesen Männern nichts von ihr sagen. Hast du mich verstanden?« Sie sah mich eindringlich an, und in ihrem Blick flackerte etwas Animalisches auf, etwas, das keinen Widerspruch duldete, also nickte ich nur.

»Du darfst nichts von ihr sagen!«, wiederholte sie, und ich nickte abermals. Wenn Mabel dachte, dass Cat zu Hause sicherer war, dann würden wir sie dort lassen.

Deine Eltern sind tot. Die Worte des Polizisten bohrten sich wie eine scharfe Klinge in mein Bewusstsein.

Das kann nicht wahr sein, dachte ich. *Das darf nicht wahr sein. Entweder irrt er sich, oder er lügt.*

Über den Tod wusste ich nur, dass er eine geheimnisvolle Kraft war. Der Tod ereilte Vogelbabys, Hamster und Menschen wie meine Oma. Es waren die Kranken, die Schwachen, die Alten, die sterben mussten, aber meine Eltern gehörten nicht dazu, sie waren jung, stark und gesund.

Sie sind bestimmt noch auf dem Empfang. Das Ganze ist eine Verwechslung, weiter nichts.

Mein Vater war ein Clown, der die Leute gern zum Lachen brachte, auch wenn sie das nicht immer mitbekamen. Meine Mutter sagte oft, dass nicht jeder seinen schrägen Sinn für Humor verstand, und die Polizisten sahen nicht so aus, als ob sie gern lachten. Sie würden seine Scherze gar nicht begreifen.

Natürlich sind sie nicht tot. Das wäre ja verrückt.

Die Vorstellung war einfach nur lächerlich, ein unglaublich schlechter Witz. Also verbannte ich diesen bösen Gedanken schnell aus meinem Kopf und schaute mich im Polizeiwagen um. Mabel und ich saßen uns auf zwei parallel angeordneten Bänken gegenüber; ich spürte das kalte Metall durch meine Pyjamahose. Die Seitenfenster und die Heckscheibe waren mit Drahtgitter versehen wie bei einem Grill. Zwischen uns und der Fahrerkabine befand sich ein Käfig, und als ich näher rutschte, bewegte sich etwas darin.

Ein Schäferhund. Er erhob sich, und meine Stimmung hellte sich sofort auf. Ich liebte Hunde, aber ich durfte keinen eigenen haben. Ich streckte die Hand aus, um ihn zu streicheln.

»Nein«, warnte Mabel mich und zog meine Hand vom Käfig weg.

Fast wäre es zu spät gewesen. Ich hatte schon zwei Finger durch die Metallgitter gesteckt, und der Hund reagierte blitzschnell. Genau in dem Moment, als Mabel meine Hand wegzog, schnappte er nach mir, und ich spürte seinen heißen Atem auf meiner Haut. Der Hund begann wie wild zu bellen, und ich rückte wieder vom Käfig weg. Der rothaarige Polizist hämmerte von der Fahrerkabine aus gegen die Trennwand.

Der Motor grollte auf, der Boden ratterte unter meinen Füßen, und der Wagen setzte sich ruckartig in Bewegung. Hinten war es dunkel, nur der Schein der Straßenleuchten, an denen wir vorbeifuhren, drang zu uns herein, und mit jedem Lichtstrahl sah Mabels Gesicht noch schlimmer zugerichtet aus. Bei jedem Schlagloch wurden wir herumgeschleudert, und ich huschte zu Mabel auf die Bank, damit wir uns aneinanderlehnen konnten und ich sie nicht anschauen musste.

Stattdessen schaute ich aus dem Fenster und erblickte Tausende winziger roter Augen, die mich aus der Dunkelheit anzustarren schienen. Erst nach einer Weile begriff ich, dass es die letzten Glutreste des Buschfeuers waren. Meine Mutter hatte recht gehabt: Das Feuer war weit genug von uns entfernt geblieben und nicht zur Bedrohung geworden, denn die Feuerwehr hatte es unter Kontrolle gebracht.

Nach einer Weile fiel mir auf, dass wir nicht zur Polizeiwache von Boksburg abgebogen waren.

Wohin bringen die uns?

Kaum war mir der Gedanke gekommen, verkündete einer der Polizisten über Funk, dass wir auf dem Weg nach Brixton waren.

Brixton! Das Mord- und Raubdezernat. Sie bringen uns zum »Squad Cars«-Team.

Mabel begann zu zittern. Ich spürte es an meiner Schulter und vermutete, dass ihr kalt war. Ich schmiegte mich an sie, um sie zu wärmen.

»Mach dir keine Sorgen«, flüsterte ich. »Das ›Squad Cars‹-Team wird Mommy und Daddy schon finden. Alles wird wieder gut.«

Doch Mabel machte sich Sorgen, denn sie wusste mehr als ich. Das Polizeirevier von Brixton war dafür berüchtigt, Schwarze zu foltern, und wahrscheinlich ahnte sie in diesem Moment, was ihr in den langen Stunden bis zur Morgendämmerung bevorstand. Sie hörte die ganze Fahrt nicht auf zu zittern.

Irgendwann, ich weiß nicht, wie viel Zeit vergangen war, kamen wir an und wurden in einen riesigen offenen Raum gebracht, der nach Zigaretten stank. Der große Polizist packte Mabel am Arm und ging mit ihr weg. Sein Partner führte mich zu einer langen Holzbank.

»Setz dich dahin und warte auf mich, ja?«

»Ja.« Ich setzte mich wie befohlen auf die Bank. Meine Füße baumelten über dem grünen Linoleumboden. Der Polizist zog seinen dunkelblauen Hosenbund hoch und hockte sich vor mich, sodass wir auf Augenhöhe waren.

»Wohin bringen Sie Mabel?«, fragte ich.

»Wir wollen ihr bloß ein paar Fragen stellen.«

»Kann ich nicht mitkommen?«

»Nein, du bewegst dich nicht von der Stelle, klar?«

»Ja.«

»Du bleibst hier sitzen, bis ich wieder zurück bin.«

Als ich nickte, tätschelte er meinen Kopf und stand auf, dann hielt er inne und hockte sich wieder hin. »Du fühlst dich gerade bestimmt sehr allein, aber das brauchst du nicht, denn deine Eltern sind hier bei dir.«

Seine Worte bestätigten, was ich schon die ganze Zeit dachte. *Mommy und Daddy sind hier! Das ›Squad Cars‹-Team hat herausgefunden, was ihnen tatsächlich passiert ist, und gleich werden wir uns alle wiedersehen, und dann ist die Sendung zu Ende.*

Ich reckte den Hals und blickte mich suchend um.

Da bemerkte der Polizist wohl seinen Fehler, denn er fügte rasch hinzu: »Was ich damit sagen wollte, ist, dass deine Eltern jetzt im Himmel sind, beim lieben Gott, und dass sie dich von oben sehen und auf dich aufpassen. Du bist nie allein, denn sie sind immer bei dir. Immer.«

»Aber wo ist denn das ›Squad Cars‹-Team?«

»Wer?«

»Die Polizisten aus dem Radio? Die Super-Ermittler, die hier arbeiten?«

Sein verwirrtes Stirnrunzeln verwandelte sich in ein Lächeln. »Oh Mann, das ist doch alles bloß erfunden. Die gibt es in Wirklichkeit gar nicht. Das sind nur Schauspieler, die eine Rolle spielen.« Er winkte mir zu, dann ging er.

Das Sicherheitsnetz der Verleugnung, das ich mir gebastelt hatte, löste sich allmählich auf, aber ich weigerte mich trotzdem, den Gedanken zuzulassen, dass die Polizisten recht hatten, was meine Eltern anging. Meine gesamte Beziehung zu meinen Eltern beruhte auf dem felsenfesten, allumfassenden, unerschütterlichen Glauben, dass sie unfehlbar waren.

Wenn sie wirklich immer wussten, was das Beste war, wenn sie Auto fahren, arbeiten, Alkohol trinken und Zigaretten rauchen konnten, wenn sie kommen und gehen konnten, wie es ihnen gefiel, ohne um Erlaubnis zu fragen, wenn sie Hunderte von Entscheidungen über mein Leben und ihr eigenes Leben fällen und sich einzig und allein mit einem »weil ich es so sage« rechtfertigen konnten, dann musste ich daran glauben, dass sie diese überlegene Position auch verdient hatten. Ohne diesen blinden Glauben wäre die gesamte Illusion der Kind-Eltern-Beziehung zusammengebrochen, denn was sind Eltern sonst, wenn nicht die Götter ihrer Kinder? Ich wollte den Glauben an meine Götter nicht verlieren. Also wartete ich darauf, dass sie kamen und mich holten.

Gelegentlich öffnete sich irgendwo eine Tür, und man hörte lautes Scheppern, wütendes Geschrei und herzzerreißendes Schluchzen. Nach einer Weile kam der freundliche Polizist zurück und brachte mir eine Decke. In den frühen Morgenstunden wurden Dutzende schwarzer Leute in den Wartebereich gebracht und durch dieselbe Tür geschoben, hinter der Mabel verschwunden war, darunter viele Jugendliche, die bluteten oder andere Verletzungen hatten.

Ein Mädchen trug lediglich einen BH und einen Slip, darüber ein langärmeliges Männerhemd. Die Knöpfe waren alle abgerissen, und das Hemd bedeckte ihre Oberschenkel nur halb, sie hatte die Arme über der Brust verschränkt und zitterte. Als ich mich zu ihr drehte und ihr meine Decke reichte, schaute sie mich an wie der tollwütige Hund, den ich mal auf einer Müllhalde gesehen hatte. Obwohl es kalt war, war sie schweißgebadet. Im Neonlicht konnte ich eine weißliche Narbe erkennen, vielleicht ein Muttermal oder eine Brandnarbe, die von ihrer Unterlippe das Kinn hinablief und unter dem Hemdkragen verschwand. Das Mädchen stank nach Schweiß und Zigaretten. Ich musste ein paar Mal mit der Decke vor ihrer Nase herumwedeln, bevor sie verstand, was ich wollte. Dann schnappte sie mir die Decke weg, wickelte sie sich um wie ein Kleid und wurde ebenfalls fortgebracht.

Eine weitere Stunde verging.

Ob Cat wohl schon aufgewacht ist?, dachte ich. *Ob sie weiß, dass sie zu Hause ganz allein ist? Ob sie wohl Angst hat? Vielleicht sind Mommy und Daddy ja zu Hause, bei ihr. Wann wird Mabel wieder herausgelassen?*

Ich musste dringend aufs Klo, aber ich durfte mich ja nicht von der Stelle rühren.

Ich bin kein Kind mehr. Ich bin schon fast zehn. Ich kann einhalten.

Doch es gelang mir nicht, und der Urin floss heiß die Bank hinunter, bildete eine Pfütze auf dem Boden und verbreitete seinen penetranten Geruch. Ich wurde rot vor Scham. Plötzlich kam meine Tante Edith um die Ecke gerannt. Sie war ganz außer Atem und blickte sich hektisch um. Doch sie sah mich nicht und wandte sich ab, um weiterzulaufen.

»Edith!«, schrie ich laut.

Sie drehte sich wieder um. Sie war ganz bleich, ihr Gesicht angstverzerrt. Sie bahnte sich den Weg durch die Menschenmenge zu mir, ließ sich neben mir auf die Bank fallen und drückte mich an ihre Brust.

Edith ist da. Sie ist da. Alles wird gut.

Als sie mich endlich wieder losließ, schaute ich sie fragend an. Wenn es einen Menschen gab, bei dem ich mich darauf verlassen konnte, dass er die Wahrheit sagte, dann Edith. Ich öffnete den Mund, um ihr die Frage zu stellen, doch dann schloss ich ihn wieder, weil mir klar wurde, dass keine Fragen nötig waren. Die Wahrheit sprach aus ihren verweinten Augen, ihrer triefenden

Nase, ihrem hoffnungslosen Blick, ihrer aschfahlen Haut. Sie sah zutiefst verzweifelt aus, und auf einmal wollte ich die Wahrheit gar nicht mehr hören. Denn ich wusste, dass ich sie nicht aushalten würde.

»Edith, wir müssen Cat holen«, stotterte ich stattdessen.

»Was?«

»Cat hat bei Mommy und Daddy im Bett geschlafen, als die Polizisten kamen, und sie ist nicht aufgewacht, und ich wollte den Polizisten sagen, dass sie sie hierherbringen sollen, aber …«

»Robin …«

»Sie ist dort ganz allein, und wir müssen sie holen …«

»Robs, Schätzchen …«

Sag mir nicht, dass Mommy und Daddy tot sind. »Sie wird Angst haben. Du weißt doch, wie sie ist.« *Sag mir nicht, dass Mommy und Daddy tot sind.* »Sie hat bestimmt ganz furchtbare Angst, sie sollte nicht allein sein, wir müssen sie holen. Sofort! Komm! Cat fragt sich bestimmt schon, wo wir …«

»Robin!«, rief Edith und packte mich an den Schultern. »Cat gibt es nicht! Das weißt du doch! Du hast gar keine Schwester!«

Richtig. Ich hatte keine Schwester.

9
BEAUTY

17. Juni 1976
Soweto, Johannesburg, Südafrika

Die aufgehende Sonne durchdringt nur mit Mühe die Dunstglocke, die sich wie kollektive Trauer über uns gelegt hat. Ich sitze auf einem alten Baumstumpf in Andiles Garten und begrüße den Tag. Dieses Ritual führe ich jeden Tag bei Sonnenaufgang durch, seitdem ich mich erinnern kann. Jetzt hilft es mir zu vergessen, dass ich geliehene Kleider in einer fremden Stadt trage und dass mein Kind verschwunden ist.

»Molo, sisi.«

Andile steht mit zwei Tassen in der Hand hinter mir. Dampf steigt in der kalten Morgenluft auf und vernebelt sein Gesicht. Als die Schwaden sich verziehen, erkenne ich an den dicken Tränensäcken unter den Augen meines Bruders, dass er genauso wenig geschlafen hat wie ich.

»Hier ist Tee für dich. Mit drei Stücken Zucker, so wie ich ihn mag. Ich hoffe, du magst ihn auch so.«

Natürlich weiß mein Bruder nicht, wie viele Stücke Zucker ich nehme, denn in unserer Kultur bedienen Männer keine Frauen. Die Freundlichkeit der ungewohnten Geste und seine Verlegenheit dabei rühren mich zu Tränen. Er reicht mir die Tasse und stellt seine eigene auf den Boden, bevor er wieder hineingeht. Nach einigen Augenblicken kehrt er mit einem rostigen weißen Gartenstuhl zurück. »Setz dich da hin. Der Baumstumpf ist mein Platz.«

Eine weitere Freundlichkeit, die er als besitzergreifenden Anspruch zu verbrämen versucht. Ich weiß, dass mein Dank ihn nur noch mehr in Verlegenheit bringen würde, und sage daher nichts. Wir wechseln den Platz, und ich lege meine Hände um die Blechtasse. Die Hitze ist wie Balsam. Das Gefühl kehrt in meine Finger zurück, und als ich einen Schluck trinke, verbreitet sich die Wärme in meinem ganzen Körper und ballt sich in meinem Magen zusammen. Der süße Tee verleiht mir neue Kraft.

Dies ist der erste Moment, in dem Andile und ich uns allein in Ruhe unterhalten können. Der gestrige Tag verging in ständiger Bewegung, da wir uns alle aufteilten, um nach Nomsa zu suchen. Wir waren sicher, dass wir sie finden würden; wir mussten nur am richtigen Ort nachsehen. Ich suchte die Schulen und Sammelpunkte ab, wohin sich die Kinder nach dem Ausbruch der Gewalt zurückgezogen hatten. Andile und die Jungs klapperten Nomsas Freundinnen und Klassenkameraden ab. Lindiwe, Andiles Frau, fragte in Krankenhäusern und Kliniken nach.

Anfangs stellte ich jedem Kind, dem ich begegnete, dieselbe Frage: »Kennst du Nomsa Mbali?«

Ich erwartete, die Frage Dutzende Male stellen zu müssen, bevor ich eine bestätigende Antwort erhalten würde, doch zu meiner Überraschung nickten viele der Kinder.

»Ja, ich kenne Nomsa.«

»Die Nomsa Mbali, die auf das Morris Isaacson geht? Sie ist siebzehn Jahre alt.«

»Ja, Mutter.«

»Wisst ihr, wo sie jetzt ist?«

Sie schüttelten die Köpfe und redeten weiter.

Bei den nächsten Kindern versuchte ich es mit einer anderen Frage: »Wann habt ihr sie zum letzten Mal gesehen?«

Ein Mädchen runzelte nachdenklich die Stirn. »Heute Morgen, Mutter. Sie hat Demonstrationsschilder an einige der Schüler ausgegeben.«

»Und danach?«

»Sie war eine der Ersten, die zum Tor hinausgingen, nachdem die Glocke zur Versammlung geläutet hatte, und wir sind ihr alle gefolgt. Nachdem auf der Nyakale Street die Kinder aus den anderen Schulen dazugekommen sind, habe ich sie aus den Augen verloren.«

Nach stundenlangem Suchen und Herumfragen hatte ich viele Kinder gefunden, die mir Ähnliches von diesem Morgen berichteten, aber noch niemanden, der Nomsa nach der Konfrontation mit der Polizei gesehen hatte. Erst Stunden nach Einbruch der Dunkelheit brach ich meine hektische Herumlauferei ab und zwang mich, innezuhalten und nachzudenken. Ich war viel zu konzentriert auf die Suche nach Nomsa gewesen, um auf den Gedanken zu kommen, dass sie möglicherweise schon zu Hause bei Andile auf mich wartete.

Natürlich, dachte ich, *da ist sie. Sie haben sie gefunden, und sie wartet auf mich.*

Es dauerte eine Stunde, um zu Andiles Haus zurückzulaufen, und als ich das Tor öffnete, rannten mir die Jungs entgegen.

»Ist sie hier? Habt ihr sie gefunden?« Ich drängte mich an ihnen vorbei und rannte hinein, suchte die Gesichter nach den Zügen meiner Tochter ab. Als die Hoffnung aus Andiles Gesicht verschwand, wusste ich Bescheid. Sie hatten sie nicht gefunden. Sie hatten auf meine Rückkehr gewartet in der Hoffnung, ich würde Nomsa mitbringen.

Da brach ich zusammen, weil jegliche Hoffnung und Kraft mich verließen, und Andile musste mich rasch stützen. Seine Frau Lindiwe wusch mich mit kaltem Wasser, als ich wie gelähmt vor Angst auf meiner Matratze saß. Ich betete, während sie das verkrustete Blut von meinem Gesicht wischte. Ich betete immer noch, als sie mir die schmutzigen, zerrissenen Sachen auszog und mir ihr eigenes Baumwollnachthemd über den Kopf streifte, meine Arme hob und sie durch die Armlöcher fädelte, als wäre ich ein Kind. Der bittere Tee, den sie mir braute, half mir, in einen tiefen, traumlosen Schlaf zu sinken, sodass ich für einige Stunden vergessen konnte.

Jetzt bin ich stärker. Ich bin bereit. »Erzähl es mir«, bitte ich. »Erzähl mir alles.«

Andile räuspert sich. »Vor ein paar Wochen ist Langa zu mir gekommen. Er sagte, er würde sich über etwas Sorgen machen und müsse unter vier Augen mit mir sprechen.«

Ich nicke ihm zu, damit er fortfährt.

»Nomsa hatte ihn zu einem Treffen des *Soweto Students' Representative Councils* eingeladen, wo er von einer geplanten Demonstration erfuhr. Er musste ihr Geheimhaltung schwören, aber als er hörte, wie viele Kinder dabei sein würden, bekam er es mit der Angst zu tun. Er wusste, dass jede Demonstration dieser Größe die Polizei alarmieren würde.«

»Der Schülerrat? Hat Nomsa dazugehört?«

Andile runzelt die Stirn. »Das wusstest du nicht?«

»Nein, als sie mich angefleht hat, hier ihren Abschluss machen zu dürfen, musste sie mir versprechen, dass sie sich nicht auf die Politik oder irgendeine dieser Organisationen einlässt. Und sie hat es mir versprochen.«

»Aber sie hat dir doch jeden Monat Briefe geschrieben. Hat sie es darin nicht erwähnt?«

»Nein, sie hat nur geschrieben, dass sie viel lerne und gerne zur Schule ginge.« Mit jedem meiner Wörter runzelt er tiefer die Stirn. »Willst du mir damit sagen, *bhuti,* dass sie gelogen hat?«

Andile seufzt und reibt sich das Kinn. »Nomsa hat gesagt, sie hätte dir davon erzählt, und du hättest ihr die Erlaubnis gegeben.«

»Also hat sie mich angelogen. Sie war tatsächlich Mitglied dieses Rates?«

Andile schüttelt den Kopf. »Nicht nur irgendein Mitglied, *sisi,* sondern eine der Anführerinnen, die die Demonstration organisiert haben. Eine der Hauptorganisatorinnen.«

Die Wörter legen sich auf meine Brust wie Steine. Die Kinder gestern schienen alle zu wissen, wer Nomsa war, und die Worte des jungen Mädchens klingen mir wieder in den Ohren. *Sie war eine der Ersten, die zum Tor hinausgingen, nachdem die Glocke zur Versammlung geläutet hatte, und wir sind ihr alle gefolgt.* Ich dachte, es wäre Pech gewesen, dass Nomsa die Spitze der Gruppe gebildet hatte, aber es war Absicht gewesen. Sie führte sie an.

»Was ist dann passiert?«, frage ich.

»Langa hat versucht, mit Nomsa über seine Sorgen wegen der drohenden Gefahren zu sprechen, aber sie hat ihn als Feigling beschimpft und gesagt, es sei ihr peinlich, mit ihm verwandt zu sein. Sie würde ihm nicht erlauben, noch einmal zu einem der Treffen zu kommen, und ihm auch nichts mehr erzählen. Als er schließlich Gerüchte in der Schule hörte, ist er noch einmal zu mir gekommen, und dann habe ich mit ihr gesprochen.«

»Was hat sie gesagt?«

»Sie hat nicht geleugnet, dass sie etwas planten, wollte mir aber keine Einzelheiten verraten. Sie war trotzig, und daraufhin habe ich dir geschrieben. Ich konnte mich aber nicht klar ausdrücken, sondern musste meine Worte sorgfältig abwägen, falls die Sicherheitspolizei den Brief abgefangen hätte. Man kann nicht vorsichtig genug sein.«

Trotzig. Das Wort dröhnt mir in den Ohren, und ich brenne vor Scham bei dem Gedanken, dass meine Tochter ihren Onkel und Vormund derartig respektlos behandelt hat.

»Am Abend vor der Demonstration am Dienstag«, fährt Andile fort, »hat Lindiwe eine Unterhaltung zwischen Nomsa und ihrer Freundin Phumla Ndlovu mitgehört und daraus entnommen, dass der Marsch am nächsten Tag stattfinden würde. Deswegen sind Lindiwe und ich gestern nicht zur Arbeit gegangen. Wir sind zu Hause geblieben, falls Langa recht hatte und die Kinder in Gefahr waren, aber Nomsa hat ihre Schuluniform angezogen, als wäre es ein ganz normaler Tag. Sie sagte, sie müsse einen Test schreiben und wolle eine gute Note haben, deswegen ließen wir sie gehen. Wir glaubten nicht, dass sie schon vor der Schule zu der Demonstration aufbrechen würden. Wir dachten, Lindiwe hätte etwas falsch verstanden.« Andile lässt den Kopf hängen.

Ich weiß aus meinen Gesprächen mit dem Lehrpersonal und anderen Eltern, dass die meisten Erwachsenen nicht wussten, was geplant war. Sie hatten sich gestern schon lange vor Sonnenaufgang vor den grünen Putco-Bussen angestellt, die sie zu ihren Jobs in der Stadt brachten, weit entfernt von der Demonstration, zu weit entfernt, um ihre Kinder zu beschützen. Als sie erfuhren, was geschah, und sich zurück nach Hause durchschlugen, verhüllte der bittere Rauch schon den Horizont, und Hunderte Kinder waren bereits tot.

»Ich habe dich enttäuscht, *sisi.*« Andiles Stimme klingt rau, so aufgewühlt ist er. »Ich habe dir versprochen, auf dein Kind aufzupassen und mich darum zu kümmern, und ich habe versagt.« Seine Stimme bricht. »Wenn ihr etwas zugestoßen ist, werde ich mir das nie verzeihen.«

10
ROBIN

17. Juni 1976
Boksburg, Johannesburg, Südafrika

Als ich sechs Jahre alt war und den Erwachsenen hinterherspionierte, lauschte ich einmal einer Unterhaltung, die ich nie hätte mitbekommen sollen, und in diesem Moment der Scham wurde meine Zwillingsschwester Cat geboren.

Ich wusste, dass sie meiner Fantasie entstammte. Ich sah sie nicht vor mir wie einen echten Menschen, es war nicht so, als ob ich halluzinierte. Im Gegenteil, es brauchte viel Zeit und Übung, sie zum Leben zu erwecken; sie zu erschaffen war kein Kinderspiel.

Cat war mein Spiegelbild, und anfangs war ihre Existenz auf richtige Spiegel beschränkt. Dort suchte ich sie immer, und dann führten wie lange Gespräche, die abrupt endeten, wenn ich gezwungen war, mich abzuwenden. Doch schon bald kam ich ohne richtige Spiegel aus. Jedes Mal, wenn ich mich in einer Fensterscheibe, einer Pfütze oder einem frisch polierten Holzboden sah, erblickte ich Cat. Und so folgte sie mir aus dem Spiegel hinaus in die Welt.

Zuerst gingen meine Eltern auf mich ein. Mein Vater sagte, es zeige, dass ich kreativ sei; er hätte als Kind ständig mit seinem Hund gesprochen.

»Schön, dass ich jetzt zwei dieser Gesichter um mich habe«,

sagte er und zwickte mich in die Nase. »Du weißt ja, wie gern ich deine Sommersprossen habe.«

An diesem Tag verschwanden die Sommersprossen auf wundersame Weise aus Cats Gesicht. Meine Sommersprossen wurden weiterhin geliebt, doch Cat hatte keine einzige mehr.

Wir wurden durch die andere definiert: Wenn mir zum Weinen war, vergoss Cat meine Tränen, wenn ich tapfer sein musste, wurde Cat zum Feigling, wenn ich etwas falsch gemacht hatte, war Cat schuld daran. Es dauerte nicht lange, bis meine Eltern die lästige Cat leid waren und ich stattdessen ihr Liebling wurde. Ohne Geschwister kann sich ein Kind nicht bevorzugt fühlen, und genau diesen Zweck erfüllte Cat für mich. Und sie hätte ihn auch in jenem Augenblick auf dem Polizeirevier erfüllt, wenn Edith sie nur gelassen hätte.

»Robs, Cat ist doch bloß eine Erfindung«, rief Edith weinend. Sie schüttelte mich, als könnte sie mich so zur Vernunft bringen. »Warum tust du die ganze Zeit so, als ob es sie wirklich gäbe?«

Das war eine gute Frage, doch ich war damals nicht imstande, sie zu beantworten, sondern erst viele Jahre später, als ich endlich begriff, wie sehr meine Suche nach dem Gefühl, liebenswert zu sein, mich zerbrochen hatte. Beim Versuch, so zu sein, wie meine Eltern mich haben wollten, sezierte ich mich selbst und entfernte sämtliche Teile, die nicht annehmbar waren. Ich amputierte die gangränösen, unliebsamen Aspekte meiner Persönlichkeit. Ich war wie Frankenstein, der ein Monster erschuf.

Aber damals fehlten mir die Worte, um Edith das alles zu erklären, und da sie nicht zuließ, dass ich Cat wie üblich als Schild benutzte, wappnete ich mich stattdessen dafür, der Tatsache ins Auge zu blicken, die sich nicht länger verleugnen ließ.

»Mommy und Daddy sind tot«, sagte ich so sachlich wie möglich und testete das Gewicht dieser Worte.

Edith nahm meine Hände und ließ den Kopf hängen. Sie nickte, und eine Träne tropfte auf mich herab.

»Ein paar Schwarze haben ihnen die Kehlen aufgeschlitzt«, sagte ich.

Ediths Kopf schnellte wieder hoch. Ihre Augen waren ganz rot, und ihre Nase lief. Sie putzte sie sich mit einem zerknüllten Taschentuch. »Herrgott. Wer hat dir das denn gesagt?«

»Der Polizist«, sagte ich.

»Ach, Robs, das tut mir so leid. Ich wollte nicht, dass du es so erfährst. Was hat er denn noch gesagt?«

»Dass ›Squad Cars‹ bloß erfunden ist.«

Edith sah mich mitfühlend an. Sie wusste, wie sehr ich die Sendung liebte, denn jedes Mal, wenn sie zu Besuch kam, wollte ich, dass wir sie uns zusammen anhörten.

»Ist Mabel auch tot?«, fragte ich.

»Nein«, sagte Edith. »Sie ist hier irgendwo, und wir werden sie finden.«

Später erfuhr ich, dass Edith an diesem Tag eigentlich für zwei Wochen nach China hatte fliegen sollen. Wegen des Darmvirus, den sie sich meiner Mutter zufolge eingefangen hatte, war sie allerdings gezwungen gewesen, sich krankschreiben zu lassen. Ich wollte mir gar nicht ausmalen, was passiert wäre, wenn die Polizei Edith an diesem Morgen nicht erreicht hätte, und wie lange sie mich dann dortbehalten hätten. Oder was sie Mabel angetan hätten.

Edith öffnete ihre Handtasche und zog eine Packung mit pastellfarbenen Taschentüchern hervor. Sie nahm sich selbst ein paar, dann reichte sie mir ebenfalls eines. Doch ich schüttelte den Kopf.

Ediths Blick wanderte vom Taschentuch zu mir. Zum ersten Mal, seit sie angekommen war, schien sie mich richtig wahrzunehmen.

»Robs, ich weiß, du hast eine schreckliche Nacht hinter dir und bestimmt furchtbare Angst gehabt, aber ich bin jetzt bei dir. Du brauchst jetzt nicht mehr stark zu sein.«

Ediths Mitgefühl ließ den Kloß in meinem Hals so groß werden, dass ich kaum noch schlucken konnte. Das Adrenalin war versickert, der Schock hatte sich gelegt, und ich fühlte mich unendlich traurig und leer. Meine Eltern waren wirklich tot. Das war kein Irrtum gewesen und auch kein schlechter Witz. Der Gedanke verstopfte mir die Luftröhre, sodass ich kaum noch atmen konnte. Tränen stiegen mir in die Augen, und ich wartete, dass sie mir Erleichterung brachten, doch stattdessen fiel mir wieder ein, was der Polizist gesagt hatte.

»Edith?«

»Ja, Kleine?«

»Stimmt es, dass Mommy und Daddy jetzt im Himmel sind und die ganze Zeit auf mich aufpassen?«

Edith schwieg einen Moment und dachte nach. Dann sagte sie: »Ja, das stimmt.«

Meine Eltern passen auf mich auf. Sie können mich sehen, so wie immer. Und dann kam die alarmierende Erkenntnis: *Jetzt kann ich mich nirgendwo mehr verstecken.*

Wenn ich früher hatte weinen müssen, war ich immer in mein Zimmer gelaufen, damit meine Mutter mich dabei nicht sehen konnte. Das ging jetzt allerdings nicht mehr. *Mommy kann mich die ganze Zeit sehen, also kann ich keine Heulsuse mehr sein.* Zum ersten Mal beneidete ich Cat um ihre Unsichtbarkeit.

Edith musterte mich, als ob ich noch ein Taschentuch bräuchte, aber ich hielt meine Tränen entschlossen zurück.

»Ich will zu Mabel«, sagte ich.

Edith nickte. »Dann lass uns nach ihr suchen.«

Mabel wurde eine Stunde später in den Warteraum geschubst, nachdem Edith dem leitenden Beamten angedroht hatte, der *Rand Daily Maily* zu verraten, wie die Polizisten mich behandelt hatten. Uns blieb kaum Zeit, Mabel in Augenschein zu nehmen, als wir in die grelle Wintersonne hinauseilten. Als wir uns weit genug vom Dezernat entfernt hatten, um uns sicher zu fühlen, drosselte Edith ihr Tempo und blieb auf einem Parkplatz stehen. Wir drehten uns zu Mabel um. Ihr Anblick verschlug mir den Atem. Sie sah noch schlimmer aus als in der Nacht zuvor.

Ihr rechtes Auge war zugeschwollen, und wenn ihre Haut weiß gewesen wäre, hätte sie sicher rotviolett geleuchtet. Ihre Nase war blutverschmiert, ihre Lippe aufgerissen und ebenfalls geschwollen. Doch am meisten erschrak ich über Mabels Haar, das ich noch nie zuvor gesehen hatte, da sie es sonst immer unter einem Tuch verbarg. Es war in vielen geraden Reihen die Kopfhaut entlang geflochten, doch ein paar Strähnen hatten sich gelöst und standen ab.

Edith ließ die Zigarette sinken, die sie sich anzünden wollte, und streckte die Hand aus, um Mabels Gesicht zu berühren, doch Mabel zuckte zurück. Ihr anderes, nicht zugeschwollenes Auge war blutunterlaufen. Gehetzt blickte sie sich um.

»Meine Güte, Mabel, was haben sie mit dir gemacht?«

Doch Mabel hörte nicht zu. Sie schien erleichtert über die Anzahl der Schwarzen auf dem Parkplatz.

»Komm, Mabel, ich bring dich ins Krankenhaus. Du brauchst einen Arzt.«

Mabel schüttelte den Kopf und zuckte zusammen. Die Bewegung bereitete ihr Schmerzen.

»Du bist verletzt. Ich weiß nicht, was diese Mistkerle dir angetan haben, aber du musst verarztet werden.«

»Nein«, krächzte Mabel. »Nein.«

Edith ruderte verzweifelt mit den Armen. »Was willst du denn machen?«

»Ich will nach Hause. In mein Homeland.«

»In dein Homeland? Und wo ist das?«

»QwaQwa.«

Normalerweise liebte ich es, den Klicklauten der Sotho-Sprache zu lauschen. Mabel schaffte es, manche Wörter wie einen knallenden Champagnerkorken klingen zu lassen. Ich hatte schon oft versucht, sie nachzuahmen, doch meine Zunge war zu träge und gehorchte mir nicht. Diesmal erzeugte der Klang ihres Homelands allerdings kein positives Gefühl, nur namenlose Angst.

»Aber das ist viel zu weit weg, in deinem Zustand.« Edith wollte es ihr ausreden, doch schließlich sah sie ein, dass es zwecklos war. Mabel würde sich von ihrem Entschluss nicht abbringen lassen.

Ich trat auf Mabel zu, um sie zu umarmen. Ich streckte die Arme aus, damit sie mich an sich drückte; ich wollte ihre beruhigende Wärme spüren. Doch sie wich zurück, entzog sich mir. Überrascht blickte ich zu ihr hoch. Und an ihrem leeren Gesichtsausdruck konnte ich ablesen, dass sich in den langen, einsamen Stunden, als die Nacht zum Tag geworden war, etwas zwischen uns verändert hatte.

Mabel war diejenige, die mein Leid stets zu lindern wusste, und ich hatte noch nie so sehr gelitten wie in diesen letzten Stunden. Jedes Mal, wenn ich mir die durchschnittenen Kehlen meiner Eltern vorstellte, wollte ich auch tot sein. Aber ich war nicht tot, und der einzige Mensch, der mein Elend abmildern konnte, war Mabel.

Ich ging erneut auf sie zu, und bevor sie ausweichen konnte, schlang ich meine Arme, so fest ich konnte, um ihre Taille. Ich atmete ihren vertrauten, tröstenden Geruch nach Vaseline, Tabak, Seife und Zwiebeln ein, doch ich nahm auch einen anderen, neuen Geruch wahr, der sich über den alten legte: den Gestank nach Angst und Schweiß. Mabel versuchte, sich von mir loszumachen, aber ich umarmte sie nur noch fester. Ich sehnte mich verzweifelt danach, dass sie sich um meine Wunden kümmerte. Ich sehnte mich verzweifelt danach, dass sie mein Leid wegküsste.

Doch sie versuchte sich von mir loszureißen und kniff mir dabei in die Arme, sodass ich vor Schmerzen losließ. Zum ersten Mal überhaupt tat Mabel mir weh. Sie entwand sich meiner Umarmung und sah sich hektisch nach einem Fluchtweg um.

»Mabel.« Ich wusste, was passieren würde. »Mabel, bitte geh nicht.«

Doch sie blickte suchend in die andere Richtung, in die Menschenmenge.

»Mabel.« Ich wurde immer verzweifelter und kämpfte mit den Tränen. »Bitte lass mich nicht allein.«

Edith versuchte mich an sich zu ziehen, doch ich wich ihr aus.

Als Mabel sich abwandte, flehte ich sie erneut an, bei mir zu bleiben. »Ich hab dich lieb, Mabel. Bitte. Ich brauche dich.«

Doch Mabel ging, ohne sich noch einmal umzuschauen, auf die Menschenmenge zu, die gerade einem Polizeiwagen auswich, der auf den Parkplatz fuhr. Und dann war sie schon im Gewühl untergetaucht. Hilflos musste ich mitansehen, wie auch sie aus meinem Leben verschwand.

II

ROBIN

17. Juni 1976

Yeoville, Johannesburg, Südafrika

Edith wohnte im elften Stock eines Hochhauses in Yeoville, einem Vorort von Johannesburg. Von außen wirkte das Gebäude zwar alt und schäbig, dennoch verströmte es eine Aura von stiller Noblesse. Verwittert und stolz stand es da, wie eine Matriarchin, die die jüngeren Häuser und das Kommen und Gehen der Bewohner im Blick behält. Das Gebäude mit dem Namen Coral Mansions – wer auch immer es so genannt hatte, musste größenwahnsinnig gewesen sein – grenzte zur einen Seite an einen dichten grünen Park und zur anderen an einen kleinen Lebensmittelladen.

Zum ersten Mal überhaupt war ich bei Edith zu Hause, und der Zutritt zu ihrem Allerheiligsten stillte mein verzweifeltes Bedürfnis, meine gesamte Aufmerksamkeit nach außen zu richten. Irgendwie musste ich wohl gespürt haben, dass das Grübeln über den unfassbaren Schrecken der letzten Stunden mich an den Rand des Abgrunds drängte, der nun in meinem Inneren klaffte, und dass es wesentlich erträglicher war, sich abzulenken, als tapfer zu sein.

Das war zwar keine gesunde Bewältigungsstrategie, aber zumindest eine, die gut zu Ediths eigenem Verdrängungsmechanismus passte. Sie hatte keine Ahnung, wie man ein trauerndes

Kind tröstete. Sie wusste ja noch nicht einmal, wie sie mit ihrem eigenen Schmerz und Verlust umgehen sollte, denn sie hatte ihr ganzes Leben darauf ausgerichtet, Spaß zu haben. Edith überwand Liebeskummer und Enttäuschungen nicht, indem sie sich ihren Gefühlen stellte, sondern lenkte sich lieber mit Alkohol, Männern, Partys und Affären ab. Wenn ich in punkto Gefühle eine Elster war, dann war Edith ein besonders hell glitzerndes Objekt. Unsere Störungen ergänzten sich so gut, dass wir das perfekte Paar abgaben.

»Da wären wir«, trällerte Edith, als sie die Tür öffnete. »Ich hab ja schon immer gesagt, eines Tages machen wir bei mir eine Pyjamaparty, richtig?« Es klang so überzeugend, dass ich fast glaubte, ich wäre tatsächlich deshalb zu Besuch.

Und so begann die Scharade.

»Wow«, sagte ich, schon ganz in meiner Rolle, und bestaunte Ediths Wohnzimmer, als wäre es Aladins Schatzkammer.

An einer Wand, die sich über die gesamte Länge der Wohnung erstreckte, standen lauter Regale, die mit Büchern, Schallplatten und Kuriositäten aus aller Welt vollgestopft waren. Blaugrüne Pfauenfedern aus Indien schillerten neben einem eingetrockneten philippinischen Kugelfisch; eine rotgoldene venezianische Glasuhr tickte heiter neben einer grotesken ghanaischen Tonskulptur. Wie groß die Welt war, wurde mir erst in jenem Moment bewusst, als ich ihre Spuren in Ediths Wohnung erblickte. An der gegenüberliegenden Wand hingen gerahmte Poster, Schmuckelemente, Masken, Wandbehänge und Gemälde so eng nebeneinander, dass sie sich teilweise überlappten. Die Wand wirkte wie eine Patchworkdecke, die aus Ediths lebendigen Erinnerungen zusammengeflickt war.

Ganz hinten, links neben einem großen Fenster, stand ein aufwendig gefertigter goldener Käfig, der wie eine Miniaturversion der *St. Paul's Cathedral* aussah. Er bestand aus drei separaten Käfigen, die zusammengeschweißt worden waren, und der mittlere und zugleich größte mündete in einer großen Dachkuppel, die hoch vor mir aufragte. In diesem prunkvollen Vogelschloss lebte Elvis, Ediths Graupapagei, den sie nach ihrem Idol benannt hatte.

Als ich näher trat, begrüßte Elvis mich mit den ersten Zeilen von »Are You Lonesome Tonight?« und wippte dabei aufgeregt mit seinem Köpfchen. Ich griff nach der Käfigtür.

»Darf ich ihn rauslassen?« Seit Ediths letztem Besuch, der schon Monate her war, hatte ich Elvis nicht mehr gesehen. Er begleitete sie schon, solange ich denken konnte; einer ihrer zahlreichen wohlhabenden Verehrer hatte ihn ihr geschenkt. »Er kann auf meiner Schulter sitzen.«

»Du kannst später noch genug Zeit mit Elvis verbringen. Willst du jetzt nicht erst mal deine Schwester sehen?«

»Meine Schwester?«

»Ja.« Edith lächelte. »Ich habe eine Freundin gebeten, sie bei euch zu Hause abzuholen. Sie wartet schon auf uns.« Edith wandte sich ab und rief in Richtung Schlafzimmer: »Cat! Komm her!«

Ich war ganz gerührt über Ediths Bereitschaft, so zu tun, als gäbe es meine Schwester wirklich, und darüber, dass sie spürte, wie sehr ich Cat brauchte. Diese kleine unverhoffte Geste des Mitgefühls ließ Dankbarkeit, aber auch Tränen in mir aufwallen.

Nicht weinen. Nicht weinen. Nicht weinen.

Edith rettete mich, indem sie Cat und mich ins Badezimmer schob und Wasser in die große freistehende Badewanne laufen ließ. Sie hielt zwei verschiedene Schaumbadflaschen hoch. »Lavendel oder Rose?«

Ich konnte mich nicht entscheiden. »Darf ich beide haben?«

»Warum nicht? Wir machen uns unsere eigene Mischung und nennen sie ›Eau de Bordell‹.«

»Du stehst Cat übrigens auf dem Fuß«, sagte ich. Das stimmte zwar nicht, aber ich musste mit Worten gegen die Stille ankämpfen. Der feuchte geflieste Raum verstärkte den Schall, sodass er in meiner Brust vibrierte, und ich fühlte mich nicht mehr so leer.

»Tut mir leid, Cat«, sagte Edith und hüpfte theatralisch zur Seite. »Ist es besser so?«

»Ja.«

»Gut!« Edith gab von jeder Flasche eine großzügige Portion ins laufende Wasser. »Bitte schön. Das sollte reichen. Schaum, Schaum und noch mehr Schaum. Ich geh dann mal raus, dann könnt ihr euch ungestört ausziehen. Sagt mir Bescheid, wenn ihr in der Wanne seid.«

Edith ließ die Tür einen Spalt breit offen. Ich warf Cat rasch einen Blick zu. Sie war blass, eher eine Erinnerung als eine Vision, und ich spürte, wie Panik in mir aufstieg und an meinen Rippen schabte, wie ein Vogelbaby, das mit den Flügeln schlägt.

Cat?

Ich durfte sie nicht auch noch verlieren, nicht jetzt, wo ich sie mehr brauchte denn je.

»Schau einfach in den Spiegel«, flüsterte sie so leise, dass ich sie kaum hören konnte, was mich nur noch nervöser machte.

Ich drehte mich um und sah in den Spiegel. Dort war ich: dürr, langes braunes Haar, blaue Augen, Nase und Wangen voller Sommersprossen, blass, mit dunklen Ringen unter den Augen. Zuerst sah ich nur mich selbst, mehr nicht, doch als die Dampfschwaden des heißen Wassers sich über den Spiegel legten, verschwanden die Sommersprossen des Mädchens im Spiegel, und das reichte, um alles wieder ins Lot zu bringen. Das Mädchen im Spiegel war immer noch ich, aber nun auch Cat. Ich zwinkerte, und sie zwinkerte zurück. Ich zog eine Fratze, sie ebenfalls.

»Hallo«, sagte sie klar und deutlich, so wie immer.

»Hallo«, sagte ich, nahm ihre Hand, und zusammen stiegen wir in die Wanne. Als wir uns an die Wärme gewöhnt hatten, tauchten wir ins Wasser ein. Die Schaumberge waren fast so hoch wie unsere Köpfe.

»Edith!«

Edith kam zurück und sammelte meinen Pyjama, meine Unterhose und meine Socken vom Boden auf. »Die Mühe, das zu waschen, spare ich mir. Weg damit.«

Erst als ich wieder aus der Wanne stieg, fiel uns auf, dass ich überhaupt nichts zum Anziehen hatte, doch Edith weigerte sich, die blut- und urinverschmierten Sachen aus dem Müll zu holen und zu waschen. Stattdessen durchwühlte sie ihren Kleiderschrank und reichte mir ein kleines T-Shirt. »Hier. Das müsste dir passen.«

Es schlabberte an mir herunter. »Es ist zu groß.«

»Zum Schlafen reicht es. Tu einfach so, als wäre es ein Nachthemd.«

»Und was ist mit Unterwäsche?«

»Unterwäsche? Pfft. Wer braucht denn Unterwäsche zum Schlafen? Ich trage nie Unterwäsche.«

»Und was soll Cat anziehen?«

»Kannst du dir vorstellen, dass ›Des Kaisers neue Kleider‹ am Schluss beginnt, und dir Kleider für sie ausdenken?«

Ich dachte einen Moment nach. »Okay.«

»Ausgezeichnet! Schön, dass wir dieses Problemchen lösen konnten. So, und jetzt ab ins Bett. Ich mach dir eine heiße Milch.«

Als Edith in der Küche verschwand, schaute ich mich erst einmal in ihrem Schlafzimmer um. Sie hatte zwar kein Prinzessinnenbett, so wie ich es mir immer ausgemalt hatte, aber es war trotzdem sehr damenhaft: ein großes Queen-size-Bett, dessen Kopfteil mit aufwendigen Schnitzereien verziert war, stand an der Wand gegenüber dem Fenster. Hier waren die Wände kahl, bis auf zwei große gerahmte Schwarzweiß-Porträts von Elvis (dem Sänger, nicht dem Papagei).

Eine ausladende Frisierkommode dominierte den Raum. Sie stand am Fenster, wo die Nachmittagssonne von der weißen Gardine gefiltert wurde, die sanft hin und her wehte. Über der Holzplatte lag eine dünne Glasscheibe zum Schutz vor Dutzenden von Behältern, die wie ein Kosmetikheer aufgestellt waren. Noch nie zuvor hatte ich so viele verschiedene Farbschattierungen von Nagellack, Lippenstift, Kajal, Rouge und Lidschatten gesehen, alles in Reih und Glied.

Ich zog eine Schublade auf und spähte hinein. Sie war mit Parfümflakons, Feuchtigkeitscremes und anderen bunten Lotionen gefüllt, deren Düfte wie Geister emporwaberten. In einer anderen Schublade lagen Haarbürsten, Lockenwickler und Spangen. Ich fuhr mit den Fingern über die stachligen Borsten und genoss das kitzelnde Gefühl, doch dann musste ich plötzlich an die Bartstoppeln meines Vaters denken, und meine Hand zuckte zurück.

Meine Mutter hatte keine Frisierkommode, sondern all ihre Kosmetika in einem Beutel im Badezimmerschrank verstaut. Umso mehr faszinierten mich die vielen Elixiere, die Edith für ihre Schönheitsrituale benutzte. Sie war nicht so hübsch wie meine Mutter. Meine Mutter hatte weiche Züge, doch Edith hatte ein langes kantiges Gesicht. Ihr Haar, das sie normalerweise in einem Knoten trug, hatte einen leuchtenden Farbton, den sie als Feuerrot bezeichnete, und sie schminkte sich immer sehr sorgfältig. Edith war Künstlerin und Kunstwerk zugleich, und das Schlafzimmer war ihr Atelier.

Als sie das Küchenlicht ausschaltete, hüpfte ich von der Bank und trottete zurück ins Bett. Cat schlief bereits fest. Edith setzte sich auf die Bettkante, reichte mir die heiße Milch und schaute mir zu, wie ich pustete, damit sie abkühlte. Ich tunkte den Finger in den Rahm und leckte ihn ab.

»Robs?«

»Mmmhh?«

»Alles okay bei dir? Also, ich weiß natürlich, dass es dir nicht gut geht, aber ich mache mir Sorgen, dass …«

»Was soll ich morgen anziehen?«

Ich wusste, was Edith gesagt hätte, wenn ich ihr nicht zuvorgekommen wäre. Sie hätte mich gefragt, warum ich nicht weinte, und mir war klar, dass ich beim Versuch, es ihr zu erklären, traurig geworden wäre. Ich fühlte mich nicht stark genug, die Tränen erneut zurückzuhalten, und ich war enttäuscht, weil sie unsere unausgesprochene Regel gebrochen hatte. Wenn wir die Scharade auch nur für einen Moment unterbrachen, wäre die Illusion zerstört, und ich stünde wieder an dem gähnenden Abgrund.

Meine Frage zeigte Wirkung, sie brachte Edith auf andere Gedanken. Sie schlug sich mit der Hand gegen die Stirn, stand auf und ging zu ihrem Kleiderschrank hinüber. »Das hätte ich fast vergessen! Als ich unterwegs war, hab ich dir ein paar Sachen gekauft, die ich dir bei unserem nächsten Wiedersehen geben wollte.«

Ich stellte die Tasse auf dem Nachttisch ab. Ich liebte es, Geschenke von Edith zu bekommen, und das letzte Mal war schon lange her. Wenn sie als Stewardess um die Welt flog, hatte sie Zugang zu vielen teuren Sachen, die in Südafrika aufgrund von

Zensur oder Unternehmenssanktionen nicht erhältlich waren. Edith zeigte sich stets großzügig, und ich ließ mich gern verwöhnen, aber in diesem Moment dienten ihre Geschenke noch einem weitaus größeren Zweck: Sie sorgten für die Ablenkung, die ich ganz dringend brauchte.

Edith stellte sich auf die Zehenspitzen, zog eine große Tasche vom obersten Regal und reichte sie mir. »Ich weiß gar nicht mehr, was ich unterwegs alles gekauft habe, aber einiges davon wird bestimmt nützlich sein.«

»Danke.« Die Tasche war prall gefüllt, und ich riss sie auf. Das Erste, was ich erblickte, war ein Plüschtier. »Ein Hund!«

»Nicht irgendein Hund, sondern Lassie!«

»Lassie?« Ich streichelte das langhaarige Fell.

Edith schüttelte den Kopf. »Tut mir leid, ich vergesse ständig, wie isoliert wir hier ohne Fernsehen sind. Lassie ist eine berühmte Hündin, die man in anderen Ländern aus Kinofilmen und Fernsehserien kennt. Ein Collie.«

»Sie ist toll. Danke.« Ich legte den Plüschhund beiseite und griff erneut in die Tasche.

»Am besten kippst du alles aus«, schlug Edith vor, nahm mir die Tasche ab und ließ den gesamten Inhalt auf die Bettdecke purzeln. »Also, das hier ist ein Bugs-Bunny-Radio. Bugs Bunny ist eine Comicfigur.« Sie hielt einen Plastikhasen hoch, der an einer Möhre knabberte. »Er sagt ständig ›Is was, Doc?‹. Und das hier sind Charlie Brown, Snoopy und Linus, aus einem anderen Comic namens ›Peanuts‹.« Edith reichte mir drei Plüschfiguren, die wie Zeichnungen aussahen. »Eigentlich wollte ich dir Lucy besorgen, weil sie die Mutigste ist, aber sie war leider ausverkauft. Ach, und hier ist eine Micky-Maus-Armbanduhr. Micky Maus ist eine weltberühmte Disney-Figur.«

Ich hatte keine Ahnung, woher diese Figuren stammten und wer Disney war, aber das hielt mich nicht davon ab, die Geschenke toll zu finden. Ich legte mir die Armbanduhr um und staunte über die Mäusehände-Zeiger.

»Siehst du, ich wusste doch, dass ich dir auch ein paar Klamotten gekauft habe. Hier, das ist ein Jeans-Overall mit Schlaghose. Das ist gerade der letzte Schrei.«

»Ist das eine Latzhose?«

»Nein! Nur Farmer tragen Latzhosen, Robs. Overalls dagegen sind für modebewusste Neunjährige.«

Ich nickte, doch bevor ich mir das Kleidungsstück näher anschauen konnte, wurde ich von zwei silbern funkelnden Dingern abgelenkt.

»Was ist das denn?«

»Oh, die hab ich ganz vergessen! Das sind Plateau-Discoschuhe aus künstlichem Schlangenleder. Gefallen sie dir?«

Ich hüpfte gleich vom Bett und probierte sie begeistert an. Sie waren etwas zu groß, also band ich die Schnürsenkel besonders fest und stand auf.

»Echt schick, oder? Die habe ich gekauft, um deinen Vater zu ärgern …« Edith hielt betroffen inne.

Ihr Schweigen machte mich nervös. Ich wollte weiter plaudern, weil das Plaudern für Ablenkung sorgte. Jede Minute, die ich nicht mit Weinen, Grübeln oder Erinnern verbrachte, war ein Meilenstein, und wenn ich genug Minuten aneinanderreihte, würde es leichter werden, denn das *musste* es.

»Die sind toll!«

Edith schüttelte den Kopf, als wolle sie Klarheit in ihre Gedanken bringen, dann lächelte sie. »Okay, zieh sie jetzt aus und geh wieder ins Bett. Du kannst sie morgen tragen, den Overall auch, und ich borge uns ein T-Shirt und einen Pulli vom Sohn einer Freundin. Das wird schon passen, heutzutage ist ja sowieso alles Unisex. Aber dann werden wir leider zu eurem Haus fahren müssen, um deine Sachen zu holen.«

Edith stellte mir keine weiteren Fragen mehr darüber, wie es mir ging, und ich ihr auch nicht. Jede von uns war in ihrer eigenen Trauerblase gefangen. Auch wenn es immer heißt, dass geteiltes Leid halbes Leid ist: Trauer lässt sich nicht lindern, selbst wenn man sie mit jemandem teilt.

12
BEAUTY

17. Juni 1976
Soweto, Johannesburg, Südafrika

Als wir das Tor hinter uns verriegeln, ruft aus dem dunklen Haus die dünne, zittrige Stimme eines Kindes: »*Ufuna ntoni?*« Was wollt ihr?

»Ich bin es, dein Vater«, gibt sich Andile flüsternd zu erkennen, und die Eingangstür wird aufgezogen.

Die elfjährige Buyiswa stolpert heraus, stürzt sich auf ihren Vater und schlingt die Arme um seine Taille. »Ich habe auf dich gewartet. Ich habe solche Angst gehabt!«

»Jetzt bin ich ja hier«, beruhigt Andile sie und löst sanft ihren Griff. »Wo ist deine Mutter?«

»Nachdem sie nach Hause gekommen ist, ist sie noch einmal losgegangen, um in den Kliniken nachzufragen. Sie hat mir verboten, die Tür aufzumachen.«

Die Jungs gehen uns voraus ins Innere, und wir folgen ihnen.

»Warum ist es so dunkel hier drin?«

»Ich wollte keine Kerze anzünden, damit von draußen niemand sehen konnte, dass ich allein war.« Buyiswas Stimme zittert noch immer. »Ich habe mich auf den Fußboden hinter die Tür gesetzt. Ich hab mich gefürchtet, weil draußen so ein Krach war.«

Sogar hier in der Nkosi Street in Zondi gibt es kein Entrinnen vor dem Lärm. Gedämpfte Explosionen und Schreie hallen durch die Nacht. Überall im Township sind Plünderer unterwegs, und das Klirren von zerbrochenem Glas ist in dieser Stadt des Leidens inzwischen so normal geworden wie das Vogelgezwitscher in den Hügeln meines Homelands. Ich habe noch nicht einen Vogel gesehen, seitdem ich hier bin, und ich weiß jetzt, warum. Wenn der Herr unserem Volk Flügel verliehen hätte, wären wir nicht auch alle davongeflogen?

Ich habe Heimweh und wünschte, ich könnte in die ländliche Gegend und zu den grünen Weiden der Transkei zurückkehren. Ich vermisse meine Söhne, meine Hütte und die Schule, in der ich unterrichte. Ich vermisse das *Zi-chi-chi* des *Umvetshana*-Vogels – dessen Ruf genau wie das Pfeifen eines Hirtenjungen klingt –, und ich vermisse es, Luft zu atmen, die nicht verbrannt schmeckt. Auf meine Brust drückt ein Schmerz, der nicht nachlassen will. Fühlt sich so ein brechendes Herz an?

Im Haus führt mich Dumi ins Wohnzimmer und hilft mir in einen Sessel.

»Buyiswa, geh Kerzen holen«, befiehlt Langa seiner Schwester und dreht sich dann zu mir um und fragt: *»Nikheta into yokusela?«*

Ich nicke dankbar, und Langa sagt zu Dumi: »Bring *udadobawo* ein Glas kaltes Wasser.« Er nimmt seiner Schwester eine Kerze aus der Hand und hält sie dicht vor mein Gesicht, damit er die Platzwunde auf meiner Stirn begutachten kann. Sie ist seit gestern angeschwollen und nässt wieder. »Das muss genäht werden, Tante.«

»Ach, das heilt schon so. Wir müssen die Wunde nur reinigen und abdecken.«

Langa tritt einen Schritt zurück, damit er mir in die Augen sehen kann. »Und wenn sie sich entzündet?«

»Das wird sie nicht. Bringt mir heißes Wasser.«

Es dauert zehn Minuten, bis das Wasser auf einer der beiden Kochplatten heiß genug ist und die Jungs meine Wunde versorgen können. Während Langa sanft meine Haut mit einem Tuch betupft und Dumi darauf achtet, kein Wachs auf mich zu tropfen, empfinde ich eine überwältigende Zärtlichkeit für diese Jungs, die etwa im selben Alter sind wie meine beiden Söhne zu Hause.

Buyiswa schneidet Brotscheiben ab und öffnet zwei Dosen Corned Beef. Dann reicht sie das Essen auf verkratzten gelben Emailletellern herum. Mir ist zu schlecht, um etwas hinunterbringen, und ich gebe Andile meine Portion, aber er stellt sie beiseite und geht noch einmal hinaus in die Nacht, um nach seiner Frau zu suchen.

Als die Kinder aufgegessen haben, legen sie ihre Matratzen auf den Fußboden, ziehen ihre Decken hoch bis zum Kinn und beginnen schon bald darauf zu schnarchen. Die Jungs haben den Geruch von Feuer und Gewalt mit hereingebracht. Sie hätten beide baden müssen, um den Gestank des Tages abzuwaschen, genau wie ich, aber wir hätten fünf Mal zu dem einen halben Kilometer entfernten Gemeinschaftswasserhahn gehen müssen, um genug Wasser für eine kleine Zinkbadewanne herauszupumpen. Eine weitere Stunde hätte es gedauert, um so viel Wasser zu erhitzen, dass wenigstens einer von uns ein lauwarmes Bad hätte nehmen können. Das ist einfach nicht machbar, und ich frage mich, ob die Weißen daran denken, wenn sie Bemerkungen darüber machen, wie die Schwarzen riechen.

Langa murmelt im Schlaf, und ich mache mir Sorgen darüber, welche Träume die Kinder heute Nacht und in den folgenden Nächten verfolgen könnten. Kinder sollten niemals sehen, was diese Kinder gesehen haben: die Finsternis in den Seelen der Menschen, den grenzenlosen Hass.

Ich habe die letzten vierzig Stunden damit verbracht, meine Tochter an jedem Ort zu suchen, der mir nur einfiel, aber es glich der Suche nach einem Geist. Sie hat nichts von sich zurückgelassen, rein gar nichts, außer den vielen Lügen, die sie mir im Laufe der letzten Monate erzählt hat. Es schmerzt mich, mir das Ausmaß ihrer Täuschung einzugestehen, aber ich werde ehrlich zu mir sein, obwohl meine Tochter mich nicht für würdig befunden hat, mir die Wahrheit zu erzählen.

Ich werde jetzt versuchen, einige Stunden zu schlafen, und wenn ich aufwache, werde ich mir das Gesicht waschen und von vorn mit der Suche beginnen.

13

ROBIN

18. Juni 1976

Boksburg, Johannesburg, Südafrika

Zwei Tage nachdem meine Eltern starben – zwei Tage, in denen Edith und ich unentwegt schwatzten, um uns abzulenken –, kehrten wir ein letztes Mal in das Haus meiner Kindheit zurück.

Im Flur lag noch immer die braunblaue Decke, mit der Mabel sich zugedeckt hatte. Meine Bettdecke lag dort, wo ich sie hingeworfen hatte. Der Boden war von den Schuhabdrücken der Polizisten übersät, die Schmutz und Leid in unsere Leben gebracht hatten.

Edith war wachsam und lauerte geradezu auf Hinweise, dass die Situation mich überforderte, doch ich war noch wachsamer. Wenn meine Eltern mich an Orten beobachten konnten, an denen sie selbst gar nicht waren, wie etwa das Polizeirevier oder Ediths Wohnung, dann waren sie bestimmt auch in ihrem eigenen Haus dazu in der Lage. Ich konnte es nicht riskieren, auch nur eine Sekunde lang unvorsichtig zu sein.

Ich hatte solche Sehnsucht danach, in ihr Schlafzimmer zu gehen, ihre Schränke zu öffnen, ihren Duft einzuatmen, mich in ihr Bett zu legen und an ihre Kissen zu schmiegen. Dort hatte ich so oft Trost gefunden, wenn mich nachts Albträume quälten und ich nicht mehr einschlafen konnte. Wenn meine Eltern mich sehen konnten, war es vielleicht nicht so schwer für sie, ihre Hand nach mir auszustrecken und mich zu berühren.

Ich dachte an den Abend zurück, als meine Mutter mich das letzte Mal umarmt hatte, bevor sie starb. Wenn ich gewusst hätte, dass es das letzte Mal sein würde, hätte ich sie ganz fest an mich gedrückt, hätte mich auf ihre Haut gepflanzt, damit wir unzertrennlich geworden wären. Als die Erinnerung an meine unbesonnene Ablehnung wieder hochkam, begann meine Nase verräterisch zu laufen, ein Vorbote dafür, dass gleich die Tränen kullern würden. Da erkannte ich, dass es zu überwältigend für mich sein würde, länger als einen Augenblick in ihrem Zimmer zu verweilen. Also traf ich einen Entschluss.

Ich laufe, so schnell ich kann, und hole sie mir.

Ich zog meine Plateau-Discoschuhe aus.

»Ich will mitkommen«, sagte Cat und wollte sich ebenfalls die Schuhe ausziehen.

»Nein, warte hier auf mich.« Ich holte tief Luft, dann rannte ich, so schnell ich konnte, in ihr Badezimmer. Die Mascara-Tube meiner Mutter war noch genau dort, wo ich sie vermutet hatte: auf dem Waschtisch, wo sie sie hingelegt hatte. Ich schnappte mir die rosagrüne Tube und traute mich erst wieder auszuatmen, als ich wieder aus der Tür war.

Edith, die in der Küche Kaffee kochte, hörte mein Gepolter. »Robs? Alles okay bei dir?«

»Ja, alles okay!«

»Wirklich?«

»Ja!«

Ich stopfte die Mascara-Tube rasch in meine Overalltasche, doch dann besann ich mich, streifte mir den Overall und die geliehenen Sachen vom Körper und zog mir stattdessen ein paar von meinen eigenen an: Unterwäsche, ein langärmeliges Hemd und eine Cordhose. Es fühlte sich gut an, endlich wieder Unterwäsche zu tragen. Als ich die Mascara-Tube in meine Cordhosentasche gesteckt hatte, konnte ich mich entspannen. Ich atmete ein paar Mal tief durch, dann machte ich mich an die Arbeit.

Während ich alles Mögliche, von Flipflops bis zu den alten Schuhkartons, in denen ich meine Seidenspinnerkokons aufbewahrte, in Koffer und Müllsäcke stopfte, rauchte Edith eine Zigarette nach der anderen und bemühte sich, mir in dem kleinen Zimmer nicht im Weg zu stehen. Es war bestimmt nicht leicht für sie, dort zu sein, aber sie ließ sich nichts anmerken. Sie hatte keinen weiteren Versuch unternommen, unseren Pakt zu brechen, und abgesehen von unserer Wiederbegegnung auf dem Polizeirevier hatte sie in meiner Gegenwart nicht mehr geweint. Sie überzog ihr Gesicht mit einem Dauerlächeln und ihre Worte mit brüchiger Heiterkeit. Ich tat es ihr gleich. Je mehr Stunden so vergingen, desto leichter wurde es.

Die Zahl der Säcke wuchs, und Edith brachte einen nach dem anderen zu ihrem VW-Käfer, wobei sie Cats Sachen mindestens ebenso viel Aufmerksamkeit schenkte wie meinen eigenen.

»Bleibt nur noch das hier«, sagte ich und rollte meinen Chopper aus der Garage.

Edith, die gerade den letzten Sack auf den Rücksitz stopfte, schaute auf. »Ein Fahrrad?«, fragte sie verblüfft.

Ich nickte.

»Aber Robs, das Auto ist schon proppenvoll. Wo sollen wir das denn hintun?«

Ich zuckte mit den Schultern. »Aufs Dach?« Mein Vater hatte immer einen Platz für alles gefunden. Dafür war das Seil erfunden worden, hatte er immer gesagt.

Edith kratzte sich den Kopf, als ihr Blick vom Fahrrad zum Dach und dann wieder zum Fahrrad wanderte. »Bei einem normalen Autodach würde das vielleicht gehen, aber dieses hier ist rund, siehst du? Dein Rad würde runterfallen.«

Ich starrte sie an. Erwartete sie etwa, dass ich meinen Chopper zurückließ?

»In der Stadt ist es sowieso ganz anders als hier, Robs. In Joburg ist Rad fahren viel zu gefährlich. Du würdest bestimmt von einem Bus oder so angefahren. Die Fahrer sind total rücksichtslos.«

Meine Unterlippe begann zu zittern.

»Okay, was hältst du davon, wenn wir es erst einmal in der Garage lassen und es holen, wenn das Auto leer genug ist?«

»Versprochen?«

»Ja, natürlich.«

»Okay.« Ich rollte das Rad zurück in die Garage, küsste den Sattel und flüsterte, dass ich bald zurückkäme und dass es keine Angst zu haben brauchte.

Als wir bereit zur Abfahrt waren, schloss Edith die Haustür mit dem Ersatzschlüssel ab, den meine Mutter ihr für Notfälle gegeben hatte. Cat bestand darauf, noch zum Anbau hinüberzugehen, zu Mabels Kammer.

»Vielleicht ist sie zurückgekommen und versteckt sich dort, aus Angst vor der Polizei«, sagte Cat.

Ich wollte die Tür öffnen, doch sie war abgeschlossen.

»Sie würde uns nicht einfach so im Stich lassen. Auf keinen Fall.«

Ich spähte durchs Schlüsselloch, konnte aber niemanden sehen.

Cat weigerte sich jedoch weiterhin zu glauben, dass Mabel uns im Stich gelassen hatte, und wollte noch eine Weile dortbleiben für den Fall, dass Mabel später zurückkam, aber ich sagte ihr, dass wir gehen müssten. Als wir zum Auto liefen, sahen wir ein paar Kinder, die unschlüssig vor unserem Tor standen, darunter Elsabe, Piet und ein paar andere Mitglieder der Burenbande.

Piet, der die Gruppe anführte, hielt eine Schüssel in den Händen und hatte eine wichtigtuerische Miene aufgesetzt. Er trug dunkelgraue Kniestrümpfe und weiße, blank geputzte Turnschuhe. Das war ein ungewöhnlicher Anblick, denn die Afrikaanerkinder liefen fast immer barfuß herum. Sein weißblondes Haar war ordentlich gekämmt, als hätte er sich für eine besondere Gelegenheit feingemacht.

Da Piet sonst einfach in unseren Garten spazierte, wunderte ich mich darüber, dass er diesmal zögerte, aber dann fiel mir ein, dass er Edith nur vom Sehen kannte und wohl unsicher war, wie er sie begrüßen sollte. Das Benehmen der Afrikaaner zeichnete sich durch eine seltsame Mischung aus Freundlichkeit und Unverschämtheit aus. Manchmal waren sie grob wie Sandpapier, und in der nächsten Sekunde wickelten sie einen mit ihrem Charme um den Finger.

Als Edith die Kinder erblickte, sah sie mich fragend an.

»Das ist Piet«, sagte ich. »Dad ist … war ein Arbeitskollege von Piets Vater.«

Edith nickte, nahm meine Hand, und wir gingen zusammen zum Tor. Die Kinder schauten Piet an. Die meisten waren seinem Beispiel, Strümpfe und Schuhe anzuziehen, nicht gefolgt; ihre nackten Füße und Unterschenkel waren staubig. Sie hatten den Blick gesenkt, ich konnte ihre Mienen nicht lesen. Keiner traute sich, mich anzusehen.

Piet drückte die Schüssel einem Jungen in die Hände, der hinter ihm stand, zog sich die Strümpfe hoch und schnappte sich die Schüssel wieder. »Hallo, *Tannie*«, sagte er zu Edith, drückte die Schüssel mit einer Hand an die Brust und streckte Edith die andere Hand hin. Edith schüttelte sie.

Piet wurde knallrot, selbst seine abstehenden Ohren liefen

dunkelrot an. »Es freut mich, *Tannie* kennenzulernen. Mein Name ist Bekker, Petrus Bekker, und wir wohnen da drüben.«

Ich wusste, dass Piet unsere Muttersprache am liebsten mied. Es war eine rührende Geste, dass er sich bereit zeigte, eine Blamage in Kauf zu nehmen, statt sein Gesicht zu wahren und einfach Afrikaans mit uns zu reden. Er gab sich wirklich Mühe. Am liebsten hätten ich ihn umarmt.

Edith erwiderte seinen Gruß und stellte sich mit ihrem Vornamen vor, ohne die Anrede *Tannie* oder »Tante« davorzusetzen. Die Kinder murmelten überrascht, doch Piet drehte sich um und forderte sie auf, still zu sein. Als die Begrüßungsformalitäten mit der Erwachsenen erledigt waren, wandte Piet sich mir zu. Er hatte dunkelblaue Augen, die von weißblonden Wimpern umrahmt waren. Der Kontrast war irritierend.

»Hallo, Robin.« Er sprach meinen Namen hauchend aus und zerteilte ihn dabei regelrecht. *Rob Hin.*

»Hallo, Piet. Was ist das?« Ich deutete auf die Schüssel.

»Meine Mutter hat einen Eintopf für dich gekocht«, stammelte er und reichte mir die Schüssel über das Gatter. »Eintopf mit *blouwildebees.* Sehr *lekker.*«

Ich dankte ihm und nahm die Schüssel verwirrt entgegen. Ich hatte keine Ahnung, was *blouwildebees* war, vermutlich irgendein armes Tier, dass sie bei der Jagd getötet hatten. Bei Piet zu Hause wimmelte es von Trophäen, die das überragende Jagdgeschick der Bekkers illustrieren sollten. Die Wände von Flur und Wohnzimmer waren mit unzähligen Tierköpfen dekoriert, während Zebra- und Leopardenfelle als Teppiche dienten. Wenn all diese toten Augen einen verfolgten, überlief es einen eiskalt. Die Bekkers hatten zwei weiße Bullterrier, und ich fragte mich oft, ob deren Köpfe eines Tages wohl auch Teil des makabren Zoos sein würden.

Piet schien es recht eilig zu haben, seine Botschaft loszuwerden und wieder zu verschwinden. »Es tut uns sehr leid, was passiert ist. Mit deiner Ma und deinem Pa.« Seine ernste Miene passte gar nicht zu seinem sommersprossigen Gesicht. »Sie waren gute Menschen. Sie haben es nicht verdient, von Kaffern ermordet zu werden.«

Einmal war ich dabei gewesen, als Piets Vater sich über die zahlreichen Gründe ausgelassen hatte, warum man Kaffern nicht trauen konnte. Einer der Hauptgründe bezog sich auf etwas, das sie Anfang des 19. Jahrhunderts getan hatten. Anscheinend hatte Dingane, der König der Zulu, die Buren und Piet Retief, den Anführer der Voortrekker, in den königlichen Kraal eingeladen, um den Vertrag zu feiern, den sie gerade geschlossen hatten. Dingane forderte die Buren auf, ihre Waffen niederzulegen, was sie auch taten. Auf dem Höhepunkt der Feier sprang Dingane auf und schrie: *»Bambani abathakathi!«*, was auf Zulu wohl »Tötet die Weißen!« hieß, und dann wurden alle Buren niedergemetzelt.

Die Rede von Piets Vater hatte mich damals verblüfft, weil er sie in Anwesenheit von Saartjie, der schwarzen Maid der Bekkers, hielt, und Saartjie die ganze Zeit eifrig nickte. Allerdings wusste jeder, dass die Bekkers Saartjie das Haus anvertrauten, wenn sie nach Durban in den Urlaub fuhren. Außerdem prahlte sie gern vor den anderen Maids der Nachbarschaft damit, dass sie viel mehr verdiente und wie gut die Bekkers sie behandelten. Als ich Piet später fragte, warum sie die ganze Zeit genickt hatte, konnte er meine Verwirrung gar nicht verstehen. Er zuckte nur mit den Achseln und sagte: »Saartjie ist keine Kafferin. Sie gehört zur Familie.«

»Danke für den Eintopf«, sagte Edith. »Er sieht köstlich aus. Bitte richte deiner Mutter meinen Dank für diese nette Geste aus.«

»Ja, das mach ich, *Tannie.* Sie hat auch gesagt, dass es ihr sehr leidtut. Sie will zur Beerdigung kommen und Kuchen dafür backen.« Piet wirkte zufrieden, seine Pflicht erfüllt zu haben, und reichte Edith nochmals die Hand. Dann drehte er sich um und bedeutete seinen Anhängern, ihm zu folgen.

Die Straße war bereits als Feld für eines ihrer Kricketspiele vorbereitet. Die Straßenbeleuchtung würde als Flutlicht fungieren, sobald es dämmerte. Anstelle eines richtigen Wickets stand ein metallener Mülleimer auf der Straßenmitte, an dem ein Kricketschläger lehnte und auf den Schlagmann wartete. Im Hintergrund der Szene ragte die Grubenhalde empor und absorbierte das Licht, sodass sie von innen heraus golden zu leuchten schien. Piet streifte seine Schuhe und Socken ab, dann teilte er die Jungs in zwei Teams auf. Die Mädchen nahmen unter den Bäumen Platz, um die Rollen der jubelnden Zuschauerinnen zu übernehmen und ihre Brüder, Cousins oder jene Jungs anzufeuern, die sie heimlich verehrten. Der Wicket-Keeper nahm seinen Platz hinter dem Mülleimer ein, und Piet griff nach dem Schläger und signalisierte dem Werfer der gegnerischen Mannschaft, dass er für den ersten Ball bereit war.

Als das Spiel begann, dachte ich: Wenn das Leben fair gewesen wäre, wäre nicht mein Dad, sondern Piets Vater Hennie zu der Party gegangen, und anstelle von meinen Eltern wären Piets Eltern jetzt tot. Aber meine Eltern hatten die ganze Zeit recht gehabt. Das Leben war nicht fair, und ich wunderte mich, dass alles so wie immer war. Nur meine eigene Welt war nicht mehr wiederzuerkennen.

14
BEAUTY

18. Juni 1976
Soweto, Johannesburg, Südafrika

Es sind nun zwei Tage vergangen, seitdem Soweto angefangen hat zu brennen, und ich weiß immer noch nicht, wo Nomsa ist, ja, nicht einmal, ob sie noch lebt.

Es ist Freitagabend kurz nach Einbruch der Dunkelheit, und einige Männer aus der Gemeinschaft haben sich in Andiles Haus versammelt, um Neuigkeiten auszutauschen. Um keine Aufmerksamkeit zu erregen, sind sie einer nach dem anderen in zehnminütigem Abstand eingetroffen. Die Polizei reagiert misstrauisch auf jegliche Art von Gruppenbildung und verhaftet, ohne zu zögern, alle, die sie verdächtigt, eine konspirative Versammlung gegen die Regierung zu bilden.

Lindiwe und die Kinder sind ausgegangen. Ich sollte sie eigentlich begleiten, aber ich bin zu müde, um mich den ganzen Abend mit Lindiwes Familie in Meadowlands zu unterhalten. Es ist eigentlich nicht üblich, dass sich eine unbegleitete Frau in einem Raum voller Männer aufhält, doch meine Anwesenheit wird schweigend akzeptiert, da ich Gast im Haus meines Bruders bin und meine Tochter zu den Vermissten gehört.

Rauch kringelt sich aus Tabakspfeifen, und einige der Männer trinken aus mitgebrachten Bierflaschen. Ein strenger, säuerlicher Dunst, aufdringlicher als Schweiß, breitet sich aus. Auch mir bietet man etwas von dem Sorghum-Bier an, aber schon beim Geruch des *uqombothi* dreht sich mir der Magen um. Für Beleuchtung sorgen nur die glühenden Zigarettenenden und die wenigen Kerzen, die ich in sicherem Abstand zu schlurfenden Füßen und gestikulierenden Armen aufgestellt habe.

»Es ist richtig, dass sich die jüngere Generation jetzt erhoben hat«, sagt Odwa in seinem typischen Predigersingsang, »weil es hierbei um sie geht.« Er ist mit uns zusammen in unserem Dorf in der Transkei aufgewachsen und hat sich schon immer gerne reden hören.

Ein anderer Mann, dessen Namen ich nicht kenne, stimmt ihm zu. »Jahrelang haben wir gekämpft, damit unsere Kinder eines Tages eine Zukunft in diesem Land haben können.«

»Eine Zukunft!«

»Ja, und zwar eine Zukunft auch außerhalb von unterirdischen Minenschächten, eine Zukunft, die nicht in Stunden harter Arbeit bemessen wird.«

»Amen!«

»Es lebe die Freiheit!«, rufen ein paar von den anderen.

Ich denke bei mir: Zum Teufel mit eurer Freiheit, wenn sie bedeutet, dass das Blut meines erstgeborenen Kindes vergossen wird. Als Nomsa vor sieben Monaten den Schutz unserer Hütte in der Transkei verließ, hatte ich lange versucht, sie davon abzuhalten. Nomsa, die vom Tag ihrer Geburt an etwas ganz Besonderes war, ein Geschenk der Ahnen. Sie, die es überlebte, als der Fluss über die Ufer trat und sogar das Vieh und ihren geliebten Bruder Mandla mitriss. Sie, die auf den Knien der Dorfältesten den poetischen Worten des *imbongis* lauschte, wenn er von unseren Kriegen und Siegen erzählte. Ihre Augen brannten mit dem Feuer der Rache, sodass ich es mit der Angst zu tun bekam. Ich wollte nicht, dass sie die Kämpfe austrug, die gefochten werden mussten.

Ich wollte, dass sie zu Hause blieb, bei ihren Brüdern und mir. Ich wollte nicht, dass sie den Spuren ihres Vaters nach Johannesburg folgte, weil ich befürchtete, dass sie ebenso wie er in einem Sarg zurückkehren würde. Ich versuchte sie zu beschützen, aber Nomsa hat Schutz immer als Gefängnis empfunden. Mein Leben lang habe ich versucht, sie im Haus zu halten, aber sie protestierte und klagte, ich würde das Leben aussperren. Deswegen habe ich nachgegeben. Ich erlaubte ihr, in die große Stadt zu gehen, um sich zu bilden, wenn sie mir im Gegenzug versprach, sich nicht auf gefährliche Sachen einzulassen, aber ich hätte wissen müssen, dass sie dieses Versprechen nicht würde halten können. Das Einzige, was eine Kriegerin nicht bekämpfen kann, ist ihre eigene kämpferische Natur.

Und jetzt steht Soweto unter Belagerung. Das Militär patrouilliert mit Panzern; eine Feuersbrunst hat viele Gebäude dem Erdboden gleichgemacht, und der Gestank von Tränengas erinnert uns ständig an den Krieg, der gegen uns geführt wird. Hubschrauber kreisen über unseren Köpfen; sie sind die Geier des Militärs auf der Suche nach menschlichem Aas, während die Gewalt wie ein Flächenbrand durch das Township rast.

»Ich habe gehört, dass die Sicherheitspolizei die Anführer des Aufstands verfolgt«, sagt Odwa.

»Sollen sie doch wie blinde Schweine an dunklen Orten herumwühlen und versuchen, den Geruch unserer Helden aufzunehmen. Sie werden sie nicht finden.«

Odwa fährt fort und ignoriert den Versuch der anderen, ihn in meiner Gegenwart von diesen Reden abzubringen. »Es heißt, sie würden an geheime Orte gebracht, wo sie gefoltert und …«

Andile unterbricht ihn, und ich bin ihm dankbar dafür. »Es gibt Gerüchte, dass die wichtigen Leute geschützt und versteckt werden, bis man sie über die Grenze nach Rhodesien, Mosambik, Angola und Botswana bringen kann, ins Exil.«

Ich hoffe von ganzem Herzen, dass Nomsa zu diesen Leuten gehört. Falls nicht, werden wir sie im Leichenhaus wiederfinden.

»Du solltest stolz sein.« Odwa wendet sich mir zu. Er schiebt seine Brille auf die Nasenwurzel und nickt zur Bekräftigung seiner Worte. »Du solltest wirklich stolz auf Nomsa sein. Die Auswirkungen ihrer Aktionen hier spürt man im ganzen Land.« Der Tonfall seiner Stimme steigt und fällt, als hielte er eine Predigt. »Die Leute werden aufgerüttelt und fangen an, sich zu wehren, und das haben unsere Kinder geschafft.« Er sagt »unsere Kinder«, obwohl er gar keine hat. Aber ich weise ihn nicht darauf hin.

»Das ist wahr«, sagt Xolani. Er wohnt drei Häuser weiter, und seine beiden Söhne haben an der Demonstration teilgenommen, sind aber unversehrt nach Hause zurückgekehrt. »In allen Provinzen versuchen die Jugendlichen, das Land unregierbar zu machen. Überall kommt es zu Demonstrationen, und es heißt, dass viele aus unserem Volk den Aufstand als einen Ruf zu den Waffen betrachten.«

»Die Zeit des Redens ist vorbei!«, sagt ein anderer Mann und schlägt mit der Faust in seine Handfläche. »Jetzt lassen wir Fäuste und Speere sprechen!«

»Und Messer und Feuer!«

»Vielleicht hören sie dann endlich zu!«

Die Männer jubeln, und Andile steht rasch auf. »Wir müssen leise sein!« Alle dämpfen ihre Stimmen, aber man hört dennoch das lodernde Feuer in ihnen.

Ich habe in dieser Runde nichts zu sagen, doch selbst wenn ich es hätte, wäre es sinnlos, diesen Männern zu entgegnen, dass ich Gewalt nicht gutheiße. Ich habe immer geglaubt und glaube es bis heute, dass Gewalt nur immer mehr Gewalt hervorruft. Wir sind Überbleibsel einer vergangenen Ära, jene von uns, die den passiven Widerstand unterstützen. Die Jüngeren glauben nicht, dass die Sanftmütigen das Erdreich besitzen werden. Sie beharren darauf, dass der Kampf bewaffnet geführt werden muss, dass dies die einzige Möglichkeit ist, die weiße Minderheit zu stürzen, die die schwarze Mehrheit in Ketten hält.

Doch welche Art von Freiheit wird das sein, wenn sie mit Blut erkämpft wurde? Und was kommt danach? Nachdem unsere Wut abgekühlt ist und wir unseren Feinden die Macht genommen haben, sind wir dann nicht genauso wie die Leute geworden, gegen die wir gekämpft haben, diejenigen, die Gewalt gegen uns eingesetzt haben? Falls wir jemals den Sieg schmecken werden, werden unsere Kämpfer die Fäuste sinken lassen und in Frieden leben, oder werden sie nach dem nächsten Konflikt suchen? Ich befürchte, dass wir alle zu Mördern werden, Weiße wie Schwarze, und dass wir niemals mehr das Blut von unseren Händen waschen können. Ich bete darum, dass ich mich irre.

Die jungen Leute singen ein Lied, in dem der Klang von tausend Trommeln mitschwingt, und mein Herz schlägt schneller. Doch so gern ich auch in ihren Gesang einstimmen würde, ich kenne den Text nicht. Vielleicht ist es so, wenn man alt wird: Man muss die Jungen ihre eigenen Lieder singen lassen.

15
BEAUTY

19. Juni 1976

Soweto, Johannesburg, Südafrika

Als ich die Gerüchte über die Geschehnisse in der Kirche hörte, schenkte ich ihnen keinen Glauben. Egal wie böse die weiße Regierung sein mag, es ist doch unvorstellbar, dass ihre Polizei fliehende Kinder in eine Kirche treibt und darin das Feuer auf sie eröffnet.

Doch hier sitze ich nun in einer der Bänke der *Regina-Mundi-*Kirche in Rockwell – der größten katholischen Kirche Südafrikas –, und überall um mich herum erkennt man Beweise für den Angriff, der hier vor drei Tagen stattgefunden hat. Der Marmoraltar hat einen Riss in der Mitte, die Holzstatue Christi ist gespalten, und von den Backsteinen in den Wänden sind Stücke abgesprengt worden. Sechs Frauen schrubben auf allen vieren mit Eimern und Bürsten den Boden, um die Blutspuren zu beseitigen.

Wie kann das Apartheidregime behaupten, eine tief religiöse Regierung zu sein? Wie kann es Südafrika als christlichen Staat bezeichnen, wenn seine Polizeioffiziere zum Morden in eine Kirche eindringen? Was sind das für Menschen, die auf verängstigte Kinder in einem Gotteshaus schießen?

Ich habe gehofft, hier Antworten zu finden, doch stattdessen habe ich etwas gefunden, das ich weit mehr brauchte als Informationen: eine Zuflucht. Deswegen verweile ich unter dem hohen Dach und dem hereinflutenden Licht. Ich versuche, im Zentrum dieser Kriegszone ein wenig Ruhe zu finden.

Es gibt viel zu betrachten, doch hauptsächlich zieht das Porträt der Schwarzen Madonna meine Blicke auf sich. Es ist tatsächlich eine gütige schwarze Jungfrau Maria mit einem schwarzen Jesuskind auf dem Arm, die Köpfe umgeben von hellen Heiligenscheinen. Es ist ein wundervoller Gedanke, dass der Messias möglicherweise schwarz war, doch das kann nur ein Märchen sein. Wenn Jesus schwarz gewesen wäre, dann würden wir, die Kinder Afrikas, doch bestimmt nicht so leiden müssen.

Ich fange an zu beten. *Oh Herr, bitte nimm diesen Hass von mir. Wut ist ein Gift, das man sich selbst einflößt, und ich will nicht von ihr verzehrt werden.*

»Ist eines Ihrer Kinder verletzt worden?«

Die Stimme schreckt mich aus meinem Gebet auf. Alle Anwesenden haben bisher meist still dagesessen und Trost im wortlosen Gemeinschaftsgefühl gefunden. Ich drehe mich um und blicke die Frau an, die mich angesprochen hat. Sie ist jünger als ich, so wie die meisten Mütter im Übrigen. Das kommt davon, wenn man zu den wenigen seiner Volksgruppe gehört, die eine Ausbildung gemacht haben, bevor sie Kinder bekamen. Die Frau hält das Foto eines Mädchens auf dem Schoß, das etwa zwölf Jahre alt sein muss, und ich versuche, es nicht anzustarren.

»Ich weiß es nicht«, antworte ich. »Meine Tochter wird immer noch vermisst.«

»Auf welche Schule geht sie?«

»Auf die Morris Isaacson.«

»Und wie alt ist sie?«

»Siebzehn.« Ich versuche, aus der Unterhaltung keine Hoffnung zu schöpfen. Die Frau ist interessiert und will plaudern, das ist alles.

»Wie heißt sie?«

»Nomsa Mbali«, sage ich und hoffe nun doch, dass der Name meiner Tochter ein Schlüssel ist, der die Lippen der Frau öffnet, sodass Informationen herausfließen.

Sie schweigt zunächst und scheint nachzudenken. Endlich schüttelt sie den Kopf. Nein. Ich stehe auf und will gehen – nicht überrascht, dass dieser Ausflug mir keine neuen Erkenntnisse gebracht hat, aber dennoch enttäuscht –, doch sie streckt den Arm aus und nimmt meine Hand.

»Gehen Sie zu meiner Nachbarin, Nothando Ndlovu. Ihre Tochter Phumla ist im selben Alter wie Ihre Tochter und besucht dieselbe Schule. Auch sie wird vermisst. Vielleicht weiß Nothando etwas, das Ihnen weiterhelfen kann.«

16
ROBIN

20. Juni 1976
Yeoville, Johannesburg, Südafrika

Nur wenige Tage nachdem Piet und die Nachbarskinder im Rückfenster von Ediths Auto verschwunden waren, hatte mein Leben sich so grundlegend verändert, dass ich eine Fremde darin wurde.

Ich hatte kein eigenes Zimmer und auch kein eigenes Bad mehr; Edith und ich teilten uns nun ihr Schlafzimmer und auch ihr Bett. Sie versuchte, in ihrem Kleiderschrank Platz für meine Sachen zu schaffen, was allerdings kein leichtes Unterfangen war, denn Ediths Schrank war mit Kleidung, Schuhen, Taschen und Accessoires vollgestopft.

Es gelang mir jedoch, einen winzigen Platz nur für mich allein zu finden: ein Geheimfach im Boden von Ediths Frisierkommode. Dort deponierte ich die Mascara-Tube meiner Mutter. Das war der einzige Platz, den ich nicht mit Edith oder Cat teilen musste.

Edith hatte beschlossen, dass ich so lange nicht zur Schule zu gehen brauchte, bis die Lage sich beruhigt hatte, und ich hatte nichts dagegen, denn das war schließlich etwas, wovon die meisten Kinder nur träumen konnten. Zu dem Zeitpunkt begriff ich allerdings noch nicht, dass Edith in Yeoville wohnte, einem Vorort von Johannesburg, der meilenweit von Boksburg entfernt lag, und dass ich deshalb nicht mehr an meine vertraute Grundschule zurückkehren konnte, die ich dreieinhalb Jahre lang gern besucht hatte. In meiner Klasse hatte ich einige Freunde, und wenn ich gewusst hätte, dass ich sie niemals wiedersehen und auch keine Gelegenheit haben würde, mich von ihnen zu verabschieden, hätte ich wohl doch Widerstand geleistet.

Nicht nur der Unterricht, auch mein übliches Nachmittagsprogramm fiel weg. Da ich kein Sportass gewesen war, hatte ich keine Gewissenbisse, meine Teams im Stich zu lassen. Meine Mitgliedschaft in der Bibliothek war mir jedoch sehr wichtig, und mein rosafarbener Leihausweis zählte zu meinen kostbarsten Schätzen. Der Gedanke, nicht zur Bibliothek gefahren zu werden und dort stundenlang in den Regalen zu stöbern, beunruhigte mich.

Außerdem hatten Bücher mir immer geholfen, die Welt zu verstehen und Antworten auf meine Fragen zu finden.

»Edith?«

»Mmmh?«

»Können wir bitte zur Bibliothek fahren?«

»Zur Bibliothek? Aber hier sind doch ganz viele Bücher.« Sie zeigte auf ihre Regale, wo ihre ganzen Reisebände standen.

Ich wusste nicht, wie ich ihr sagen sollte, dass all diese Bücher mir nur dann halfen, wenn ich mich auf eine Weltreise begab. Doch ich war ja gerade erst in einer neuen elternlosen Wirklichkeit gelandet und versuchte verzweifelt, damit klarzukommen.

»Ich mag aber keine Bilderbücher«, sagte ich nur.

»Bilderbücher?« Edith war beleidigt. »Das sind keine Bilderbücher, sondern Reisebeschreibungen von den besten Journalisten und Fotografen der Welt.«

Da begriff ich, dass ich ganz auf sie eingehen musste, um auch nur den Hauch einer Chance zu haben, mein Ziel zu erreichen. Ich ging zu den Regalen herüber, zog einige Bücher daraus hervor, blätterte darin herum und seufzte alle paar Minuten laut, bis Edith fragte, was das Problem sei.

»Diese Bücher sind wirklich schön«, sagte ich. »Aber ich kann keine Waisenkinder darin entdecken.«

»Du bist auf der Suche nach Waisenkindern?«

Ich nickte.

»Na gut, ich verstehe. Wir fahren bald zur Bibliothek, versprochen.«

Ich wollte in meinem neuen Umfeld auf Entdeckungsreise gehen, aber Cat war nicht danach zumute mitzukommen. Wir waren in Witpark aufgewachsen, einen winzigen Vorort in der Pampa, wo kaum etwas los war. Cat war das Stadtleben nicht gewohnt. Die lärmende Hektik, das Verkehrschaos, die heulenden Sirenen, der Müllgestank und die vielen Gebäude, die sogar noch höher als die Grubenhalde waren, überforderten sie. Die Massen von Menschen verschiedener Hautfarben, die wie Ameisen umhereilten, jagten ihr Angst ein, und so blieb ich lieber bei ihr in der Wohnung.

In der ersten Woche bekam Edith mehrere Anrufe von Minenverantwortlichen, die sie über die Ermittlungen auf dem Laufenden hielten. Alle vermuteten, dass der Mord keinen persönlichen Hintergrund hatte und dass mein Vater nur zufällig zur Zielscheibe geworden war. Edith glaubte ihnen, ich jedoch nicht. Ich erinnerte mich noch an den Gesichtsausdruck unseres Garten-Boys, als mein Vater ihn einmal als »nutzlosen Kaffer, der noch dümmer als ein Esel ist« beschimpfte, nur weil er Chrysanthemen ausgrub, die er für Unkraut hielt. Ich wusste nicht, wie mein Vater auf der Arbeit mit Schwarzen geredet hatte, aber wenn er mit ihnen so umgegangen war wie mit unserem Garten-Boy, konnte man sich leicht vorstellen, dass sie ihn gehasst haben mussten.

Als ich Edith von meinen Zweifeln erzählte, sagte sie, dass Morde wie die an meinen Eltern am gleichen Tag überall im Land passiert seien, weil bestimmte Gruppen von Schwarzen den Aufstand in Soweto als Zeichen für den Beginn der Revolution betrachteten.

»Deine Eltern hatten einfach unglaubliches Pech, Robs. Sie waren zur falschen Zeit am falschen Ort. Die Polizei tut alles, was in ihrer Macht steht, um die Mörder zu fassen.«

Seit ich die Wahrheit über das »Squad Cars«-Team erfahren und meine eigenen schrecklichen Erfahrungen mit der Polizei gemacht hatte, war mir das Vertrauen in ihre Fähigkeit, die Mörder meiner Eltern zu fassen, abhandengekommen.

»Können wir zu dem Ort fahren, wo meine Eltern gestorben sind?«, fragte ich Edith.

»Warum? Möchtest du dort Blumen niederlegen?«

»Blumen? Nein, ich will nach Spuren suchen.«

»Nach Spuren?«

»Ja, nach irgendetwas, das die Mörder hinterlassen haben und das uns helfen könnte, sie zu finden.«

Edith seufzte. »Was denn zum Beispiel?«

»Das könnte alles Mögliche sein. Ein Taschentuch mit Monogramm, ein graviertes Feuerzeug, eine Visitenkarte, der Stummel einer seltenen Zigarrenmarke oder vielleicht ein Monokel.«

»Kleine, dir ist aber schon klar, dass wir nicht im England des neunzehnten Jahrhunderts leben, oder?«

Ich konnte ihre Skepsis nicht verstehen, denn nach solchen Hinweisen suchten die Detektive in Büchern schließlich die ganze Zeit, und das sagte ich ihr auch.

»Robs, die Männer, die deine Eltern getötet haben, sind mit Sicherheit bettelarm und ungebildet und könnten sich wohl kaum feine Taschentücher und Zigarren leisten, geschweige denn Monokel.«

»Oh«, sagte ich und dachte einen Moment darüber nach. »Aber vielleicht gibt es ja außergewöhnlich große Gummistiefelabdrücke oder einen besonderen Schnupftabak, den nur ganz wenige Minenarbeiter benutzen.«

»Tja, solche Spuren klingen zwar interessant, aber die Polizei hat den Tatort bereits untersucht.«

»Aber vielleicht haben sie etwas übersehen. Und wenn du mich dorthin bringt, könnte ich eine Lupe mitnehmen …«

»Robin, nein! Das ist kein Spiel oder etwas, das im Radio oder in einem Buch passiert ist, sondern das wirkliche Leben! Diese Männer sind gefährlich, und du bist nur ein Kind …«

»Aber …«

»Kein aber! Ich sage es wirklich nicht oft, weil ich mich dann wie meine Mutter anhöre, und ganz ehrlich, es gibt nichts, was ich mehr hasse, aber ich muss jetzt leider ein Machtwort sprechen. Wir werden es den Experten überlassen, die Mörder zu finden, und wir werden auf keinen Fall unsere Nasen da hineinstecken. Hast du mich verstanden?«

Ich murmelte vor mich hin.

»Ob du mich verstanden hast, habe ich gefragt.«

»Ja«, seufzte ich.

Die Minenverantwortlichen informierten Edith außerdem, dass die Minengesellschaft die Bestattung arrangieren und bezahlen wollte. Edith fand, dass es das Mindeste war, was sie tun konnten. Eines Abends erhielt sie einen Anruf von einer Mrs van der Walt, die die Einzelheiten der Trauerfeier mit ihr durchgehen wollte. Sie sprach so laut, dass Edith den Hörer weghalten musste, und ich konnte jedes Wort verstehen.

»Sollen wir als Erstes über die Hymnen sprechen? Die meisten Leuten wünschen sich ›Amazing Grace‹, aber ich finde ›Morning Has Broken‹ auch ganz schön.«

»Keith und Jolene waren nicht religiös«, sagte Edith. »Und ich selbst bin Atheistin. Wie wäre es mit ›Crying in the Chapel‹ von Elvis?«

Mrs van der Walt war entsetzt. »Die Kirche ist doch kein Ort für Rock 'n' Roll-Musik!«

»Entschuldigen Sie, aber Elvis Presley hat sehr viele Gospellieder aufgenommen!«

»Ich bitte Sie, diese Lieder sind ja noch schlimmer als Rock 'n' Roll. Man darf den teuflischen Einfluss von Kaffer-Musik auf keinen Fall unterschätzen …«

»Wissen Sie was? Vergessen Sie's einfach und suchen Sie sich irgendwas aus, nur nicht ›Der Herr ist mein Hirte‹.« Als Edith und meine Mutter noch Kinder waren, hatten sie zwei Maids, von denen sie gekniffen und geschlagen wurden, aber nur, wenn es niemand mitbekam. Aber sie taten immer ganz fromm. Edith sagte, dass meine Mutter auf ihrer Trauerfeier deshalb garantiert keine Kirchenlieder hören wollte, und sie selbst fände die Vorstellung auch total schrecklich.

Nachdem dieses Thema abgehakt war, kamen die Blumen dran. »Was halten Sie von gelben Rosen? Das waren Jolenes Lieblingsblumen.«

»Aber Gelb ist keine Trauerfarbe«, wandte Mrs van der Walt ein. »Ich glaube, weiße Lilien wären angebrachter.«

»Warum fragen Sie mich überhaupt nach meiner Meinung?«, fragte Edith beleidigt und wickelte sich die Telefonschnur um den Finger.

»Ich versuche doch nur zu helfen, Mrs Vaughn …«

»Miss Vaughn, wenn ich bitten darf.«

Was Mrs van der Walt danach sagte, konnte ich nicht hören. Sie sprach so leise, dass Edith den Hörer wieder ans Ohr halten musste. Edith hörte schweigend zu, dann rief sie verärgert: »Natürlich kommt Robin zur Trauerfeier! Sie ist schließlich ihre Tochter!«

Dann hörte sie weiter zu und runzelte die Stirn. Anscheinend gefiel ihr nicht, was Mrs van der Walt zu sagen hatte. Sie begann, mit ihren langen Fingernägeln auf dem Esstisch zu trommeln, und nahm einen tiefen Zug von ihrer Zigarette. Schließlich hielt sie es nicht mehr aus. »Es ist mir egal, ob Sie der Meinung sind, dass Kinder nicht zu Trauerfeiern gehen sollten. Sie ist ihre Tochter, ihr einziges Kind, und ich werde sie nicht davon abhalten, zur Trauerfeier ihrer eigenen Eltern zu gehen, haben Sie mich verstanden? Die ganze Situation ist schon schlimm genug für sie, aber es ist wirklich völlig absurd, ihr die Gelegenheit zu verwehren, sich von ihnen zu verabschieden. Sie wird auf jeden Fall mitkommen, und Sie können sich Ihre scheinheiligen Einwände in Ihren fetten Burenhintern schieben!«

Edith knallte den Hörer auf, und Elvis kreischte: »In Ihren fetten Burenhintern! In Ihren fetten Burenhintern!«

Meine Tante zog ein letztes Mal an ihrer Zigarette, drückte sie wütend aus und befahl mir, mich anzuziehen, denn sie wollte Sachen für die Trauerfeier kaufen.

»Herrgott, wie kann man nur so spießig sein? Denen werden wir's zeigen. Wir holen uns Klamotten im knalligsten Gelb, das wir finden können. Diese hochtrabende Mrs van der Walt kann uns mal kreuzweise!«

Der Vorschlag, gelbe Klamotten zu kaufen, gefiel mir nicht, denn das erinnerte mich an meine Schuluniform. Aber das Wort »hochtrabend« ließ mich aufhorchen.

»Kommt sie auf einem Pferd in die Kirche geritten?«, fragte ich.

»Was?«

»Ob Mrs van der Walt auf einem Pferd geritten kommt. Du hast doch gesagt, sie ist hochtrabend.«

Edith schwieg einen Moment, dann brach sie in Gelächter aus. »Du bist echt zum Schießen, Kleine!«

Ich verstand nicht, was sie daran so lustig fand. Mir gefiel die Vorstellung von einem Pferd auf der Trauerfeier meiner Eltern jedenfalls.

17
BEAUTY

21. Juni 1976
Soweto, Johannesburg, Südafrika

Es dauert einen Moment, bis sich meine Augen nach der Helligkeit im Hof an die Dunkelheit im Zimmer gewöhnt haben. Zuerst kann ich nur Lichtkreise erkennen, aber dann verblassen die Halos und werden zu Gesichtern – sorgenvollen Gesichtern. Sie sitzen in einer Reihe gegenüber der Tür, durch die ich eingetreten bin; es sieht aus, als hielten sie Wache.

Ich spüre, dass ich eine Unterhaltung unterbrochen habe, in der mein Name gefallen ist, da es still im Raum wird, nachdem ich die Schwelle übertreten habe. Das ist untypisch für Afrikaaner. Wir reden und reden und lachen. Unsere Stimmen überlagern sich, immer; auch dann, wenn wir in Trauer sind, reden oder heulen oder klagen wir. Stille ist uns fremd – das ist die Art des weißen Mannes, nicht der schwarzen Frau –, deswegen ist es nie ein gutes Omen, wenn der Anblick deines Gesichts ein Dutzend Stimmen in den Kehlen verstummen lässt.

Ich begrüße die Anwesenden auf die übliche Art, *Molweni,* und gehe dann zur Frau des Hauses, Nothando Ndlovu, und setze mich neben sie.

Von ihr wurde mir in der *Regina-Mundis*-Kirche erzählt; auch sie vermisst ihre Tochter. Als die Frau in der Kirche ihren Namen erwähnte, kam er mir gleich bekannt vor, und auf dem Weg nach

Hause zu meinem Bruder fiel mir die Unterhaltung wieder ein, bei der er am Morgen nach dem Aufstand Nomsas Freundin erwähnt hatte. Andile bestätigte mir, dass Phumla Ndlovu Nomsas beste Freundin ist und seit dem Beginn der Unruhen ebenfalls nicht mehr gesehen wurde. Auch sie hat man weder in einem der Krankenhäuser noch bei anderen Schülerinnen oder Schülern zu Hause gefunden.

Ich begrüße Nothando Ndlovu und stelle mich vor. *»Molo. Igama lam ndingu Beauty.«*

»Ndiyakwazi.« Nothando antwortet, dass sie weiß, wer ich sei. Ich greife nach ihrer Hand, um sie in meiner zu halten, aber sie umklammert ein Stück Papier, das sie mir reicht. Ich halte es hoch in das Licht, das durch das Fenster hereinfällt. Es ist das Foto eines hübschen siebzehnjährigen Mädchens mit einem weißen Geburtsmal, das sich von unterhalb ihrer Lippen bis hinunter zum Hals zieht. Sie lächelt mit geschlossenem Mund, als schämte sie sich für ihre Zähne, aber ihre Augen glänzen lebendig und übermütig.

Bevor ich Nothando sagen kann, dass ihre Tochter schön ist und ich nicht ruhen werde, bis ich sie gefunden habe, durchdringt ein gequältes Stöhnen den Raum. Meine Augen huschen zu der Ecke, wo die Dunkelheit sich so dicht zusammenballt, dass nur sehr wenig Licht hineindringt. Ich spähe in die Düsternis und erkenne eine Gestalt, die auf einer Matratze am Boden liegt. Obwohl sie von vielen Decken geschützt wird, zittert sie. Jetzt stöhnt das Bündel wieder, lauter als zuvor, und ich sehe meine Gastgeberin erwartungsvoll an in der Hoffnung auf eine Erklärung.

»Das ist Sipho, der Sohn meiner Freundin Lungile. Die Polizei hat ihm ins Bein geschossen.«

Ich gehe zum Bett und schlage die Decken zurück, sodass ich in das Gesicht des Jungen sehen kann. Es ist so, wie ich gedacht habe.

»Er hat große Schmerzen.«

Die Stimme erschreckt mich; ich habe den Jungen nicht gesehen, der auf der anderen Seite des Bettes sitzt, an die Wand gelehnt, reglos wie eine Statue. Seine Ähnlichkeit mit dem Jungen im Bett ist frappierend. Es ist, als betrachte man das Spiegelbild ein- und derselben Person.

»Bist du sein Bruder?«

Der Junge nickt. »Sein Zwillingsbruder.« Die Jungs sind etwa dreizehn Jahre alt. Sie haben noch rundliche, unschuldige Kindergesichter, aber die Stimme meines Gegenübers klingt, als würde sie bald brechen und dunkel wie die eines Mannes werden.

»Wie heißt du?«

»Asanda«, antwortet er. »Ich hätte bei ihm sein und ihn beschützen müssen.«

»Wurdet ihr getrennt?«

»Nein, ich war nicht bei der Demonstration. Ich fand es zu gefährlich hinzugehen, aber er wollte nicht auf mich hören. Er wollte unbedingt hin, aber er wurde ja auch von den anderen dazu gezwungen.« Asanda schweigt für einen Moment und fährt dann fort. »Ich muss die ganze Zeit daran denken, dass er blutend auf der Straße lag, nachdem er angeschossen wurde, sehr lange lag er da. Er war ganz allein, und ein Zwilling sollte niemals allein sein.« Seine Stimme klingt gepresst vor Schmerz und Reue. »Ich hätte da sein müssen«, wiederholt er.

»Er war nicht allein.«

»Woher wissen Sie das?«

»Ich war bei ihm.« Ich habe den Jungen sofort erkannt. Er gehört zu den Kindern, mit denen ich gesprochen habe, er trieb vor mir in dem Fluss aus Blut.

»Sie? Sie waren bei ihm?« Ich nehme ihm seine Skepsis nicht

übel. Ich kann selbst immer noch kaum glauben, dass ich dort war. Auch für mich ist es wie ein schlechter Traum.

»Ja. Ich habe meine Tochter gesucht, aber vergeblich. Stattdessen habe ich ihn gefunden. Er hat mir gesagt, dass er Sipho heißt, und ich habe seine Hand gehalten und seine Stirn gestreichelt. Er sagte, er hätte seinen Vater nie kennengelernt, und ich habe zu ihm gesagt, dass seine Mutter ihn liebt und bald kommen würde.«

Daraufhin beginnt der Junge lautlos zu weinen, und ich wende mein Gesicht dem Zimmer voller Frauen zu. Ich spüre, dass Asandas Stolz es nicht erlaubt, mir seine Tränen zu zeigen.

»Die Polizisten haben den Ärzten in den Krankenhäusern befohlen, jeden mit einer Schusswunde zu melden, damit sie denjenigen wegen Teilnahme an den Protesten verhaften können«, erklärt Nothando. »Deswegen können wir ihn nicht ins Krankenhaus bringen. Man hat ihn hierhergebracht, weil Lungile zu weit weg wohnt.«

»Ich habe gehört, dass die Ärzte sich weigern, die Leute anzuzeigen«, entgegne ich und lege dem Jungen die Hand auf die Stirn. Sie brennt wie hundert Feuer. »Er muss medizinisch versorgt werden!«

»Glaubst du, dass die Sicherheitspolizei nicht in die Krankenhäuser kommt und diese Kinder aus den Betten reißt? Glaubst du, dass man weißen Ärzten trauen kann?«

Sie spricht genau das aus, was ich selbst gedacht habe, als ich bei meiner Ankunft in Soweto am Baragwanath Hospital vorbeikam.

Das Kind schreit wieder auf und verdreht die Augen. Ich stehe auf und blicke Nothando ins Gesicht. »Ich glaube, dass dieses Kind eine Entzündung hat und unbedingt zu einem Arzt muss.«

»Der *nyanga* war hier. Er hat die Kugel herausgeholt und einen Umschlag um die Wunde gemacht.«

»Der Umschlag wirkt nicht. Er hat hohes Fieber.«

»Dagegen haben wir einen Tee aus den Kräutern des *nyangya* gekocht. Wir flößen ihm jede Stunde etwas davon ein.«

»Und wie viel von dem Tee behält er bei sich?«

Nothando wendet die Augen ab und bestätigt damit meinen Verdacht.

»Wenn ihr diesen Jungen nicht ins Krankenhaus bringt, wird er bei Einbruch der Nacht tot sein«, prophezeie ich. Die Worte fühlen sich wie Sand in meinem Mund an, aber ich muss die Wahrheit aussprechen.

»Und wer ist daran schuld?«, fährt mich eine Frau an, die zur Tür hereinkommt und sofort hinüber zum Bett eilt. Sie muss mir nicht vorgestellt werden. Ich weiß, dass sie Lungile ist, die Mutter des Jungen. »Wenn er stirbt, dann durch die Schuld deiner Tochter. Sie hat unsere Kinder dazu angestiftet. Sie hat Blut an den Händen, und du, ihre Mutter, hast sie nicht an ihrem Tun gehindert. Wenn er stirbt, dann ist es genauso sehr deine Schuld wie die von Nomsa.«

Natürlich hat sie recht. Wenn es stimmt, dass die Sünden des Vaters auf das Kind kommen, dann müssen die Sünden des Kindes zehnfach auf die Mutter zurückfallen.

18
ROBIN

22. Juni 1976
Yeoville, Johannesburg, Südafrika

Edith reichte mir das frisch gebügelte T-Shirt und den Pulli. »Bring das runter in die 302 zu den Goldmans und bedank dich bei Morris und seiner Mutter dafür, dass sie es dir geliehen haben.«

»Kannst du nicht mitkommen?«

»Nein, ich will jetzt mindestens eine Stunde lang baden und den neuesten Jackie Collins lesen.«

»Wie heißt er?«

»Die Welt ist voll von geschiedenen Frauen.«

»Darf ich es anschließend lesen?«

»Dafür bist du noch ein bisschen zu jung.«

»Und wann bin ich alt genug dafür?«

»Lass uns noch mal drüber reden, wenn du dreizehn bist und ich dir beibringe, wie du deinen BH ausstopfst.«

Ich rümpfte die Nase. Ich würde niemals einen BH tragen! »Komm, Cat!«, rief ich beim Rausgehen.

»Nein, Cat soll hierbleiben.«

»Warum?«

Edith seufzte. »Robs, ich habe wirklich viel Verständnis gezeigt, aber findest du nicht, dass du für eine imaginäre Freundin ein bisschen zu alt bist?«

»Sie ist nicht meine Freundin, sondern meine Schwester.«

»Von mir aus, aber bist du nicht ein bisschen zu alt für eine imaginäre Schwester?«

Als ich darüber nachdachte, fiel mir eine fiese Bemerkung ein, die mein Vater einmal über Ediths Besessenheit von Elvis Presley gemacht hatte. Ich fragte: »Bist du nicht ein bisschen zu alt für einen imaginären Lover?«

»Ha! Jetzt hast du mich erwischt. Touché!« Edith lachte einen Moment, dann wurde sie wieder ernst. »Ich frage mich bloß, wie sie eigentlich aufgetaucht ist. Ich weiß noch, einmal war ich bei euch zu Besuch, aber da gab es Cat noch nicht, und beim nächsten Mal war sie plötzlich da. Ist irgendetwas Besonderes passiert, das sie ins Leben gerufen hat?«

Ich dachte an das Gespräch zwischen Edith und meiner Mutter, das ich damals mitanhörte und das die Art, wie ich mich selbst sah, für immer veränderte. Ich konnte das überraschte Gesicht meiner Mutter noch vor mir sehen, als sie mitbekam, dass Cat existierte. Zuerst war sie erschrocken gewesen, dann leicht amüsiert; genervt war sie erst später, als Cats wahre Natur zum Vorschein kam.

»Nein«, log ich. »Eines Tages war sie einfach da. Warum darf ich sie jetzt nicht mitnehmen?«

»Es ist besser, den Leuten nicht schon bei der ersten Begegnung zu zeigen, wie verrückt man ist. Der erste Eindruck ist nämlich am wichtigsten. Stell ihnen deine Schwester lieber erst dann vor, wenn sie dich schon etwas besser kennen.«

Ich seufzte, dann wandte ich mich Cat zu. »Es dauert nicht lange, okay?«

Cat nickte lächelnd. »Kein Problem.« Und das war das Besondere an Cat: Sie hatte immer Verständnis.

»Tschüss«, sagte ich, dann machte ich mich auf den Weg.

Ich wartete eine Weile auf den Aufzug, doch irgendwann dauerte es mir zu lange, und ich nahm die Treppe, um die acht Stockwerke zu Fuß hinunterzulaufen. Im dritten Stock begegnete ich einem Jungen, der auf den Stufen saß und niedergeschlagen auf den Inhalt einer Tupperdose starrte, die er auf dem Schoß hatte. Als ich ihm über die Schulter schaute, sah ich eine braune gehackte Masse. Sie sah ziemlich unappetitlich aus und roch auch so. Rechts neben sich hatte der Junge Cracker und ein Buttermesser auf einer Serviette deponiert. Links neben ihm stand ein großer Rucksack.

»Was ist das?«

Der Junge drehte sich erschrocken um, als er meine Stimme hörte. Ich ging vorsichtig an ihm vorbei, um nicht auf seine Sachen zu treten. Er stieß einen Seufzer aus, der für eine so junge Seele viel zu schwer klang. »Das ist mein Mittagessen.«

»Warum isst du denn ausgerechnet hier?«

Er zuckte mit den Achseln.

»Was ist das überhaupt?«

»Gehackte Leber mit Zwiebeln.«

»Das sieht ja furchtbar aus.«

»Ist aber nicht so schlimm wie Bismarckhering.«

Ich hatte keine Ahnung, was Bismarckhering war, aber es klang ebenfalls furchtbar. »Willst du das essen?«

»Ich weiß nicht. Am liebsten würde ich es wegwerfen, aber ich hab Hunger.« Er stocherte darin herum, als hoffte er, dass es sich auf magische Weise in Eiscreme verwandelte.

»Ich kann dir ein Erdnussbutter-Marmelade-Sandwich besorgen, wenn du willst«, platzte ich heraus.

Seine Miene hellte sich auf. »Ehrlich?«

Ich seufzte. »Ich kann dich ja wohl schlecht verhungern lassen, oder?«

Von Edith wusste ich, dass Morris Goldman elf Jahre alt war, also zwei Jahre älter als ich, aber stattdessen sah er zwei Jahre jünger aus. Er hatte olivfarbene Haut, war schlaksig, und sein schwarzer Haarschopf wirkte genauso zerzaust wie sein restliches Erscheinungsbild. Er trug eine lange braune Hose, als wollte er in die Kirche gehen, dazu ein schneeweißes T-Shirt (genau so eines, das ich zurückgeben sollte) und Ledersandalen.

Morris sah nicht nur seltsam aus, sondern hatte auch eine überraschend tiefe Stimme. Ich hätte geschworen, dass er zirpen würde wie eine Grille, doch aus seinem Mund dröhnte es so gewaltig, dass es bestimmt unmöglich sein würde, mit ihm zu flüstern. Die Fähigkeit zu flüstern stand allerdings ganz oben auf meiner Liste von Eigenschaften, die mir bei Freunden wichtig waren, gefolgt von der Fähigkeit, Geheimnisse für sich zu behalten und ein Mädchen zu sein. Leider fiel er in allen drei Kategorien durch, aber ich durfte nicht zu wählerisch sein.

»Willst du mein Freund sein?«, fragte ich.

Er nickte lächelnd. »Ich habe keine Freunde, also von mir aus gern.«

»Du hast keine Freunde?«

»Na ja, meine Mutter, wenn das zählt. Mein Dad meint allerdings, dass er nicht mein Freund sein kann, weil er mein Dad ist und in der Familie für Disziplin zu sorgen hat, also muss ich ihm Respekt entgegenbringen.«

»Und was ist mit der Schule? Hast du dort keine Freunde?«

»Ich gehe nicht zur Schule. Ich werde zu Hause unterrichtet.«

»Warum?«

»In der ersten Klasse hat ein Junge mich dreckiges Judenbalg und Christusmörder genannt, also haben meine Eltern mich von der Schule genommen. Mein Vater sagt, in diesem Land ist die Schule ein Brutkasten für Faschisten.«

Das verwirrte mich. »Was sind denn Faschisten?«

»Ich weiß auch nicht genau. Ich glaube, Ratten oder so was. Mein Dad hasst Ratten.«

In meiner Schule gab es keine Ratten, aber Morris' Vater hatte sicher recht. »Und was ist mit deiner Familie? Hast du keine Cousins, die deine Freunde sein können?«

»Ich habe zwei Cousins, die sind zwölf und sechzehn. Sie wohnen in Kapstadt, und ich sehe sie nur in den Ferien. Aber sie wollen auch nicht mit mir befreundet sein, weil sie mich komisch finden.«

»Meine Güte, du bist ja noch schlimmer dran als ich.«

»Deine Eltern sind tot, oder?«

»Woher weißt du das?«

Er zuckte mit den Schultern. »Meine Eltern haben so was gesagt.« Er streckte mir höflich die Hand entgegen. »Ich heiße Morris.«

»Ja, ich weiß.«

»Du kannst mich Morrie nennen, wenn du magst.«

»Ich bin Robin.«

»Ja, das hab ich gehört, aber ich dachte, das kann nicht stimmen.«

»Wieso?«

»Weil Robin ein Männername ist.«

»Nein, das stimmt nicht!«

»Doch. Robin Hood war ein Mann.«

»Wer ist denn Robin Hood?«

»Ein Typ, der die Reichen beklaut hat, um den Armen zu helfen.«

»Und warum?«

Morrie kratzte sich den Kopf. »Weiß nicht genau.«

»Der muss aber dämlich sein. Man soll nichts klauen, das weiß doch jeder. Ist er ein Freund von dir?«

»Nein. Ich hab dir doch eben gesagt, dass ich keine Freunde habe.«

»Stimmt. Entschuldige.«

»Jedenfalls hat er deinen dämlichen Namen.«

»Das ist ein Frauenname!«

»Die Gojim sind echt komisch.«

Die Blöße, dass ich auch dieses Wort nicht kannte, wollte ich mir nicht geben, also stimmte ich einfach zu: »Ja, die Gojim sind echt blöd. Komm, lass uns gehen.«

Morrie packte sein Essen zusammen und schwang sich den Rucksack über die Schulter. Was auch immer darin sein mochte, musste wirklich schwer sein, denn Morrie geriet kurz ins Straucheln. Dann folgte er mir zu Ediths Wohnung. Edith war schon im Bad. Cat stand im Flur und zwinkerte mir zu. Ich zwinkerte zurück. Als sie sah, dass ich sie nicht brauchte, winkte sie mir zu und verschwand im Schlafzimmer.

Morrie stülpte die Tupperdose über den Mülleimer, und die gehackte Leber purzelte auf das geronnene Porridge, das Edith am Morgen hatte anbrennen lassen. Morrie starrte kurz darauf, dann griff er nach seinem Rucksack, zog einen großen Kasten hervor, fummelte daran herum und hielt ihn sich vors Gesicht.

»Was ist das?«

»Das ist eine Kodak EK6.«

»Eine was?«

»Eine Sofortbildkamera.«

Ich war beeindruckt, ließ es mir jedoch nicht anmerken. »Woher hast du die?«

»Mein Großvater hat sie mir Ende Dezember geschenkt. Edith hat sie ihm aus Amerika mitgebracht.«

»Hat er sie dir zu Weihnachten geschenkt?«

»Nein, natürlich nicht! Zu Chanukka.« Er nahm die Kamera vom Gesicht weg und sah mich entrüstet an.

»Natürlich.«

»Er ist Fotograf und bringt mir bei, wie das geht. Er findet nämlich, dass Talent so früh wie möglich gefördert werden sollte.« Morrie drückte auf einen Knopf an der Kamera, dann öffnete er die Mülltonne abermals. Er hielt sich die kastenförmige Kamera vors Gesicht, schaute durch das Loch und richtete es auf den Müll.

»Was machst du da?«

»Ich mache ein Foto.«

»Von dem ekligen Müll?«

»Ja.«

»Aber wieso? Warum fotografierst du stattdessen nicht etwas Schönes?« Mein Vater hatte auch eine Kamera gehabt und war bei der Auswahl seiner Motive immer sehr wählerisch gewesen. Am liebsten nahm er Sonnenuntergänge, neblige Gebirge und meine Mutter auf, aber nur, wenn sie sich schick gemacht hatte. Er sagte immer, dass Filme teuer waren, also musste man hundertprozentig sicher sein, dass man ein wirklich schönes Motiv hatte, bevor man auf den Auslöser drückte. Manchmal ließ er meine Mutter und mich eine halbe Stunde lang posieren, bis er zufrieden war, auch wenn wir vom Dauerlächeln Kieferstarre bekamen.

»Mein *zeyde* sagt ...«

»Dein was?«

»Mein Großvater. Er sagt, dass die Welt ein grausamer Ort ist und dass unsere Aufgabe darin besteht, ihre Hässlichkeit zu dokumentieren.«

Ich hielt seinen Großvater für verrückt, doch Morrie schien es so wichtig zu sein, den ekelhaften Müll zu fotografieren, dass ich beschloss, meine Meinung für mich zu behalten. Das Blitzlicht erhellte die Küche, und dann kam etwas Rechteckiges aus der Kamera gefahren. Morrie zog es heraus, wedelte damit in der Luft herum und legte es dann vorsichtig auf eine saubere Stelle des Tisches. Ich hatte inzwischen ein paar Scheiben Brot für uns geschnitten. Morrie blickte sie an, als wäre er im Paradies gelandet.

»Haltet ihr die Küche koscher?«, fragte er.

»Na klar. Das macht doch jeder.«

Das schien ihn zufriedenzustellen, und er blickte mich erwartungsvoll an. Er rechnete wohl damit, dass ich ihn bediente. Aber ich war nicht umsonst Ediths Nichte und hatte mir schon einiges von ihr abgeguckt. »Mach dir dein Sandwich gefälligst selbst. Ich bin schließlich nicht deine Konkubine.«

»Was ist denn eine Konkubine?«

Ich hatte ein paar Mal mitbekommen, wie Edith das Gleiche zu meinem Vater sagte, wusste jedoch nicht, was es bedeutete. Aber das wollte ich natürlich nicht zugeben. Stattdessen verdrehte ich die Augen und seufzte. »Das ist ein kleines Tier, das Leute mit Stacheln beschießt. Das weiß doch jeder.«

»Oh.« Falls Morrie sich fragte, was ein stachelschießendes Tier mit der Fähigkeit zu tun hatte, sich seine Brote selbst zu schmieren, ließ er es sich nicht anmerken. Stattdessen schnappte er sich eine Scheibe Brot und spachtelte Erdnussbutter und Marmelade darauf.

Als er sich satt gegessen hatte, nahm er das rechteckige Papier, das er aus der Kamera gezogen hatte, vorsichtig vom Tisch und betrachtete es so ehrfürchtig wie eine Reliquie.

»Hier.« Er reichte mir das Foto.

»Ist es schon fertig entwickelt? Bei meinem Dad hat das immer zwei Wochen gedauert.«

»Ich hab's dir doch schon gesagt. Das ist eine Sofortbildkamera.«

Ich betrachtete das Bild. »Das ist Müll«, sagte ich.

Er seufzte. »Warum sind immer alle so kritisch?«

19
BEAUTY

23. Juni 1976
Soweto, Johannesburg, Südafrika

Heute ist Nomsas achtzehnter Geburtstag, und anstatt ihre Geburt zu feiern, stehen Andile und ich vor dem Leichenhaus der südafrikanischen Polizei Schlange und warten darauf, ihre Leiche zu identifizieren. Seit vier Uhr heute Morgen harren wir vor dem hässlichen Backsteingebäude aus, und trotz der frühen Stunde trafen wir nicht als Erste ein. Mindestens zehn Familien waren schon vor uns da.

Die Temperatur liegt knapp unter dem Gefrierpunkt. Ich habe mir zwei Decken über den Kopf gelegt und sie um die Schultern gewickelt, und trotzdem zittere ich, vor Angst und vor Kälte gleichermaßen. Jemand hat Feuer in einer Blechtonne angezündet, und die Flammen werfen tanzende Schatten auf die Gesichter der Umstehenden. Wir sehen aus wie arme, verdammte Seelen, die in die Hölle geschickt wurden, um zu leiden. Vielleicht sind wir das auch.

Andile entfernt sich von mir, um mit einer Frau zu reden, die vor uns in der Schlange steht. Ich erkenne sie wieder. Nothando Ndlovu ist hier, auf der Suche nach ihrer Tochter Phumla. Wenigstens haben sie und ich noch Hoffnung, fadenscheinig wie die dünnste aller Decken, aber dennoch etwas, an das wir uns klammern können, was mehr ist, als Lungile hat. Ich habe erfahren, dass ihr Sohn Sipho gestorben ist. Nie zuvor habe ich so sehr gewünscht, mich zu irren, wie in dem Moment, als ich das Kind ansah und spürte, wie sein Leben ausbrannte. Ich kann Nothando nicht in die Augen sehen. Ich kann die Angst in ihnen nicht ertragen, drehe mich weg und warte darauf, dass Andile zurückkehrt.

Als er wiederkommt, hat er Neuigkeiten.

»Siphos Zwillingsbruder, Asanda, hat sich erkundigt und Nothando erzählt, dass ein Mann gesehen wurde, der regelmäßig mit Nomsa und Phumla zusammen war.«

»Was für ein Mann?«

»Das weiß er nicht. Einige glauben, dass er vom *African National Congress* ist, andere sagen vom *Pan Africanist Congress.* Seit der Demonstration wurde er nicht mehr gesehen. Der Junge sagt, dass der Mann in Mofolo wohnt. Wir schicken jemanden hin, um das zu überprüfen.«

Ich nicke und versuche, mir nicht allzu große Hoffnungen zu machen.

Einige Stunden nach Sonnenaufgang geht ein Murmeln durch die Schlange, und Andile legt mir die Hand auf die Schulter. Gleich öffnet die Leichenhalle. Bald werden wir wissen, ob Nomsas Leiche zu den vielen gehört, die drinnen auf ihre Identifizierung warten.

Die Tür wird geöffnet, und eine Stimme ruft aus dem Inneren.

»Eine Familie nach der anderen. Warten Sie, bis Sie aufgerufen werden.«

Es ist erst neun Uhr, und wir warten hier schon seit fünf Stunden. Die Schlange ist inzwischen so lang, dass sie sich rings um das Gebäude windet. Es wird ein langer Tag werden.

Die erste Familie tritt ein. Es geht nur langsam voran, und zwischen jenen, die noch vorne in der Schlange ausharren, und denjenigen, die aus den Türen herauskommen, nachdem sie ihre Aufgabe erledigt haben, werden keine Worte gewechselt. Worte sind überflüssig. Einige Mütter schluchzen, und ihre Augen sind blind vor Horror und Unglaube. Andere sind wie taubstumm, überwältigt vom Schock ihres Verlustes. Manche müssen hinausgetragen werden, da ihre Beine unter dem erdrückenden Gewicht nachgegeben haben, dem Wissen, dass ihre Kinder nicht mehr nach Hause kommen werden, niemals mehr. Als Nothando zur Tür heraustritt, sind ihre Augen trocken. Sie sieht Andile an und schüttelt den Kopf. Phumlas Leiche ist nicht gefunden worden.

Als wir an der Reihe sind, versucht mir Andile, den Arm um die Schultern zu legen, aber ich schüttle ihn sanft ab. Ich werde mich würdevoll aufrecht halten. Ich gehe hinein an den Schalter. Hinter der Glasscheibe steht ein weißer Polizist mit gesenktem Kopf. Ich räuspere mich, aber er blickt nicht auf. Er scheint mich gar nicht wahrzunehmen.

»Guten Morgen, Sir, mein Name ist …«

Ohne aufzublicken hebt der Mann die Hand. »Ich habe Sie noch nicht aufgerufen. Sie werden schön warten, bis ich hier fertig bin.« Er schüttelt den Kopf und murmelt: *»Geen fokken maniere, hierdie kaffirs.«*

Ich verstehe Afrikaans. Es ist eine der sechs Sprachen, die ich beherrsche. *Keine verdammten Manieren, diese Kaffern.*

Ich schweige. Er schreibt etwas auf ein Blatt Papier und lässt sich bei jedem Wort viel Zeit. Zwischen den Sätzen hält er inne, und obwohl die Schrift für mich auf dem Kopf steht, sehe ich, dass er drei Wörter falsch geschrieben hat. Ich wage es nicht, ihn zu verbessern. Die Wanduhr über unseren Köpfen tickt. Eine Minute vergeht, und dann vergehen noch zwei, während der Mann weiterhin im Schneckentempo schreibt. Als er mit dem Dokument fertig ist, greift er nach einem Stempelkissen und nimmt sich wiederum ausgiebig Zeit, das Dokument abzustempeln und zu unterschreiben.

Schließlich seufzt er und heftet das Blatt in einem Ordner ab. Er blickt auf, sieht mir aber nicht in die Augen, sondern blickt über mich hinweg. »Name?«

»Ich bin Beauty Mbali.«

»Wen suchen Sie?«

»Nomsa Mbali, sie ist meine …«

Wieder hebt er die Hand. Er zieht ein weiteres Blatt Papier aus einer Schublade in seinem Schreibtisch und beginnt zu schreiben. Schwarze Haare sprießen wie Spinnen aus dem blassen Fleisch seiner Finger. Eine weitere Minute vergeht, bevor er wieder den Kopf hebt.

»Alter?«

»Mein Alter?«

»Nein, das Alter der vermissten Person.«

»Siebzehn.«

»Geschlecht?«

»Weiblich.«

»Beschreibung?«

»Schwarzes Haar, braune Augen …«

Er schnaubt. »Ja, ja. Das gilt ja wohl für euch alle. Wir wissen, dass sie eine Schwarze ist, okay? Was hat sie angehabt? Hat sie irgendwelche besonderen Merkmale wie Narben oder Muttermale?«

»Sie trug ihre Schuluniform. Grauer Rock, weiße Bluse, grauer Pullover. Strümpfe und schwarze Schuhe.« Eilig rattert Andile die Beschreibung herunter.

»Sie muss auch ihre silbernen Ohrstecker getragen haben«, füge ich hinzu in dem Wissen, dass Nomsa die Ohrringe nie herausnahm. »Und ein Silberkreuz an einer Kette um den Hals.«

»Okay, setzen Sie sich. Wir rufen Sie, wenn wir jemanden gefunden haben, auf den diese Beschreibung zutrifft.«

Wir nehmen am anderen Ende des Raumes auf orangefarbenen Plastikstühlen Platz. Dann warten wir. Jede Minute zieht sich wie eine Ewigkeit hin. Ich habe katholische Missionare von einem Ort namens Fegefeuer reden hören. So stelle ich es mir vor.

Nach einer halben Stunde wird die Tür geöffnet, und ein hochgewachsener Mann in Militäruniform tritt heraus. Seine blankgeputzten schwarzen Stiefel quietschen auf dem Boden. Er winkt mir zu, ihm zu folgen. »Kommen Sie, wir haben ein Mädchen gefunden, das Ihrer Beschreibung entspricht.«

Der Raum und alles darin kippt und verschwimmt. Ich bin nicht mehr mit meinen Füßen im Boden verwurzelt. Stattdessen schwebe ich darüber, über dem hässlichen Raum mit seinen hässlichen Stühlen, über mir, Andile und dem Mann. Die Decke hält mich gefangen, mein Kopf stößt gegen den weißen Putz, und ich hätte am liebsten mit meinen Zähnen ein Loch hineingerissen. Ich wäre gerne weggeschwebt.

»Kommen Sie! Beeilung!«

Der ungeduldige Befehl des Mannes bringt mich wieder zu mir, und obwohl mir schwindelt, stehe ich auf. Andile erhebt sich ebenfalls.

»Nein, nur die Frau«, bellt der Mann. Er hat sich bereits umgedreht und geht wieder durch die Tür. Andile stößt einen Protestlaut aus, aber ich deute mit dem Kinn auf den Stuhl, damit er sich wieder hinsetzt. Ich folge dem Mann durch einen langen hellen Flur, der nach Bleichmittel riecht. Auch meine Schuhe quietschen auf dem Fußboden, und ich versuche, mich auf dieses Geräusch zu konzentrieren, anstatt auf den Schmerz, der in meiner Brust wächst und sich ausdehnt. Der Soldat erreicht eine weitere Tür, und ich folge ihm hindurch.

Ich war noch nie zuvor in einem Leichenhaus. In unserem Dorf bereiten wir unsere Toten für das Begräbnis vor und führen dann die *Umkhapho*-Riten durch. Ich wusste nicht genau, was mich erwartet, habe aber nicht mit Reihen um Reihen von Tischen mit Dutzenden von Leichen gerechnet, die jeden Quadratzentimeter des Raumes einnehmen. Die Tische sind so eng zusammengeschoben, dass sie einem großen Bett gleichen, auf dem all diese Leichen schlafen. Der Mann zwängt sich zwischen den Tischen hindurch und murmelt etwas von afrikanischen Frauen mit ihren fetten schwarzen Hinterteilen, die nicht durch die engen Gänge passen. Er dreht sich um und scheint mich zum ersten Mal richtig zu sehen. Er nickt, offenbar zufrieden, dass ihm mein schwarzer Hintern bequem durch den engen Weg folgen kann. Endlich bleibt er vor einem Tisch stehen und bedeutet mir, mich neben ihn zu stellen.

Ich versuche, die Leichen zu beiden Seiten zu ignorieren und konzentriere mich auf die Gestalt unter dem weißen Laken. Es scheint mir nicht real zu sein, dass dies Nomsa sein könnte, meine einzige Tochter, das Kind, das so viel Licht und Freude in mein Leben gebracht hat. Wie könnte es wahr sein, dass sie möglicherweise tot ist? Wenn es so wäre, würde ich sie niemals mehr lächeln sehen. Ich würde niemals mehr eine intelligente Diskussion mit meinem blitzgescheiten Mädchen genießen, bei dem ich so tue, als würde ich es schelten, weil es respektlos zu seiner Mutter ist. Wenn sie tot ist, werde ich nie erleben, wie sie heiratet. Ich werde nie ihren schwangeren Bauch mit einem eigenen Kind anschwellen sehen. Es erscheint mir nicht möglich, dass ich ihr Leben nicht mehr begleiten, ihr Glück und ihre Triumphe nicht teilen und sie in ihrem Unglück nicht trösten kann.

Ich bin noch nicht bereit, aber dem Mann ist das egal. Er greift nach dem Laken, und ich murmele ein Gebet an Gott und die Ahnen, als er es zurückzieht. Silberne Ohrstecker reflektieren das Licht, meine Knie werden weich, und ich wende die Augen ab. Ich hole tief Luft, achte nicht auf den Schmerzstich in meiner Brust und zwinge mich, dem Mädchen ins Gesicht zu sehen.

Zitternd stoße ich den Atem aus. Sie ist irgendjemandes Tochter, aber nicht meine.

20
ROBIN

23. Juni 1976
Boksburg, Johannesburg, Südafrika

Die Trauerfeier fand in einer kargen Kirche in Boksburg statt. Die Männer trugen Krawatten, langärmelige Hemden und eng sitzende Anzüge, die sie vor Jahren für ihre eigene Hochzeit gekauft hatten. Viele Sakkos ließen sich gar nicht mehr zuknöpfen, weil die Bäuche der Träger längst zu dick geworden waren.

Die Frauen trugen Kleider in dunklen Farben, und das Knistern elektrisch aufgeladener Polyesterstoffe lag in der Luft. Als Edith in ihrem sonnenblumengelben Hosenanzug mit farblich passender Handtasche und Schuhen hineinrauschte, ging ein schockiertes Raunen durch die Menge. Ihr gelber Pillbox-Hut mit Schleier machte den Skandal perfekt.

Ich kam in einem gelb gepunkteten Kleid mit dazu passendem gelbem Haarband. Mir war eine Lockenfrisur verpasst worden, die bei jeder Kopfbewegung wippte. Da wir keine gelben Schuhe hatten finden können, trug ich schwarz glänzende Mary Janes mit weißen Söckchen. Damit ich in dem Kleid nicht fror – es war mitten im südafrikanischen Winter –, hatte ich einen langärmeligen Strickpulli übergezogen. Außerdem hatte Edith darauf bestanden, dass ich einen gelben Schirm mitnahm, obwohl kein Wölkchen am Himmel zu sehen war. Und selbst wenn, protestierte ich, würde es bestimmt nicht in der Kirche regnen. Edith erklärte, der Schirm sei ein Accessoire, das man einzig und allein der Wirkung halber trage, und versprach mir, dass ich es als Degen benutzen dürfe, falls mir langweilig würde.

Wir kamen genau zu Beginn des Gottesdienstes, weil Edith einen großen Auftritt hinlegen wollte. »Wenn wir schon so viel Geld für die Klamotten ausgeben, sollen die Leute auch Gelegenheit bekommen, sie anzugaffen!«

Während wir den mit rotem Teppich ausgelegten Gang der überfüllten Kirche hinabschritten, ging ein Flüstern durch die Menge, das sich erst legte, nachdem wir Platz genommen hatten. Als Edith die ihr entgegengebrachte Verachtung mit einem stillen Lächeln quittierte, wurde mir klar, dass sie im Gegensatz zu meiner Mutter nicht das Geringste auf die Meinung anderer Leute gab. Sie sah sensationell und absolut entspannt aus.

Mir war keine andere Wahl geblieben, als die Sachen zu tragen, die Edith mir besorgt hatte. Sie wollte mich als Waffe in ihrem »Kampf gegen Unterdrückung« einsetzen. Mein Vater hätte mein lächerlich mädchenhaftes Outfit verabscheut. Meinen eigenen Willen konnte ich nur mithilfe von Cat zum Ausdruck zu bringen. Ich ließ sie Jeans, Turnschuhe und einen rot-weißen Rugby-Pulli tragen, denn Transvaal war das Lieblingsteam meines Vaters gewesen.

Ein Mann winkte uns aus der vorderen Reihe zu. »Edie! Kommt hierher, ich habe euch Plätze freigehalten.«

Er hatte einen Glatzkopf mit Engelsgesicht und trug einen eleganten Dreiteiler, bei dem kein einziger Knopf spannte.

»Robin, das ist mein Freund Victor«, sagte Edith und setzte sich neben ihn.

Victor reichte mir die Hand. »Herzliches Beileid, Kleine. Es tut mir so leid.« Seine braunen Augen blickten mich freundlich an, und er drückte sanft meine Hand, bevor ich sie wegzog. Ob er Ediths richtiger Freund war? Ich beobachtete beide, um zu sehen, ob sie sich küssten oder Händchen hielten, doch sie saßen bloß eng beisammen und flüsterten miteinander. Ich konnte aber trotzdem verstehen, was sie sagten.

»Wie hält sie sich?«

»Ganz gut, glaube ich. Schwer zu sagen.«

»Und du, Edie? Wie hältst du dich?«

»Ich habe einen Flachmann dabei. Das sagt alles.«

»Das ist mein Mädchen«, sagte Victor. Er schwieg einen Moment, dann lehnte er sich wieder zu ihr. »Sobald du den Fuß in eine Kirche setzt, wachsen dir Teufelshörner, stimmt's?«

Edith lachte, und Victor blickte sie zufrieden an. Er musste wirklich ein sehr guter Freund von ihr sein, denn er katzbuckelte nicht vor ihr und ignorierte zugleich geflissentlich ihre schlechten Seiten. »Kommt Michael auch?«, fragte er und schaute in die Reihen hinter uns.

»Nein«, antwortete Edith.

»Warum nicht?«

»Weil er in China ist. Aber selbst wenn er nicht unterwegs wäre: Es ist nicht gerade üblich für einen Don Juan, seine Liebhaberin zu einer Trauerfeier zu begleiten.«

Edith senkte ihre Stimme, sodass ich den Rest nicht mehr mitbekam. Also blickte ich mich um. Die Kirche war riesig. Der größte Raum, den ich bis dahin gesehen hatte, war die Aula unserer Schule gewesen, aber sie war winzig im Vergleich. Es roch nach Holzpolitur und Blumen.

Eine dürre, ganz in Schwarz gekleidete Frau eilte zu uns herüber. Sie hatte Schweinsäuglein und einen verkniffenen Mund. Ihr viel zu breit aufgetragener orangefarbener Lippenstift erinnerte mich an die Kinder aus der Schule, die in Malbüchern über die Linien kritzelten.

»Guten Morgen, Miss Vaughn. Ich bin Mrs van der Walt und wollte Ihnen nur sagen, dass wir mit dem Gottesdienst extra auf Sie gewartet haben. Wir werden jetzt anfangen.«

»Wo ist denn ihr Pferd?«, fragte Cat. »Hat Edith nicht gesagt, dass sie hochtrabend ist?«

»Keine Ahnung«, sagte ich. »Wir können sie ja später fragen.«

In diesem Moment begann die winzige Frau, die vor der riesigen Orgel saß, eine Melodie zu spielen, die ich nicht kannte. Ich bekam Panik und stupste Edith an.

»Was ist?«

»Das Lied kenne ich nicht. Das haben wir in der Schule nicht gelernt.«

»Mach es so wie ich, Robs: Summ, wenn du das Lied nicht kennst.«

Die Melodie wurde lauter, und wie auf ein Signal drehte sich die Trauergemeinde langsam um. Cat und ich taten es den anderen gleich. Zum Glück fing niemand an zu singen; es war eines dieser Lieder ohne Worte. Also konnte ich mich ganz auf das konzentrieren, was als Nächstes geschah. Eine Gruppe von Männern kam langsam den Gang entlang. Auf den Schultern trugen sie zwei große, mit Messing beschlagene Holzkisten, die mit Lilienkränzen geschmückt waren. Als sie an uns vorbeigetragen wurden, stieg mir ihr schwerer süßlicher Duft in die Nase.

Ich erkannte einige der Männer wieder, die unter der Last ächzten, und winkte ihnen zu, aber keiner winkte zurück. *Oom* Hennie, Piets Vater, der an dem Abend auf der Party hätte sein sollen, zwinkerte mir zu, als er an uns vorbeischritt. Hinter ihm kamen *Oom* Hans, *Oom* Willie und Onkel Charles; sie alle hatten mit meinem Vater zusammen in der Mine gearbeitet. Mr Murray und Mr Clarke aus dem Büro meiner Mutter erkannte ich ebenfalls und auch noch einige andere Gesichter, aber es waren keine Kinder da. Cat und ich waren die einzigen.

Als die Männer sich abmühten, die Kisten vorsichtig auf zwei Ständern abzulegen, zog Cat mich am Ärmel. »Was ist denn in den Kisten?«, fragte sie.

Ich zuckte mit den Schultern, beugte mich zu Edith und wiederholte die Frage.

»Welche Kisten?«, fragte sie.

»Na, die da drüben.« Ich deutete mit dem Kopf dorthin.

Ediths Augen weiteten sich. »Das sind keine Kisten, Robs, sondern Särge.«

»Särge?« Das Wort sagte mir nichts. Ich war noch nie zuvor auf einer Trauerfeier gewesen, und da wir keinen Fernseher hatten, hatte ich auch noch nie eine Sendung gesehen, in der eine Trauerfeier gezeigt wurde. Doch dann begriff ich plötzlich.

Meine Eltern hatten mir nie erlaubt, abends Schauergeschichten im Radio zu hören; bevor die Sendungen anfingen, musste ich immer ins Bett. Aber Mabel war nicht ganz so streng gewesen. Eines Abends lief ein Hörspiel über einen Mann, der irrtümlich für tot erklärt und lebendig in einem Sarg begraben worden war. Das Geräusch seiner kratzenden Fingernägel und seine Hilfeschreie hatten mir wochenlang Albträume beschert.

Ich starrte die Särge an, dann Cat. Ihre entsetzte Miene verriet, dass sie zu derselben Erkenntnis wie ich gelangt war.

Unsere Eltern sind da drin.

Edith drehte sich zu mir, nahm meine Hände und flüsterte mir zu: »Wir haben doch darüber gesprochen, weißt du noch? Als wir einkaufen waren? Da hab ich dir gesagt, dass wir Sachen für die Trauerfeier kaufen, damit ihr euch verabschieden könnt.«

»Ja, aber du hast nicht gesagt, dass sie in Särgen sind!«, kreischte ich.

»Sei leise!«, zischte Edith, während die Orgelmusik weiter durch die Kirche hallte. »Natürlich sind sie in Särgen. Dort legt man Leute hinein, bevor sie begraben werden. Ich dachte, das wüsstest du.«

»Sie dürfen sie nicht begraben«, flüsterte Cat grimmig.

»Aber was ist, wenn sie noch leben, wie der Mann in der Radiosendung? Der Mann, der lebendig begraben wurde?«

Ich versuchte, mich loszureißen, doch Edith hielt mich fest. Sie sah mich schockiert an, und ich dachte, es läge daran, dass sie ebenfalls begriffen hatte, welch schrecklicher Fehler gleich begangen würde.

»Wir müssen sie dort rausholen. Auf dich werden sie hören, du bist erwachsen.«

Unser aufgeregtes Flüstern erregte allmählich die Aufmerksamkeit der Trauergemeinde. Die Organistin drehte sich um und starrte uns giftig an.

Hör endlich mit dem Krach auf, dachte ich und starrte zurück. *Ich muss nachdenken, aber wie soll ich mich konzentrieren, wenn du so laut rumklimperst?*

Die Särge befanden sich nun Seite an Seite auf den Ständern, und die Männer gingen zu ihren Sitzplätzen. *Oom* Hennie zwinkerte mir abermals zu, als er sich neben *Tannie* Gertruida, seine Frau, setzte. Gertruida rang sich ein tränenreiches Lächeln ab und winkte mir zaghaft zu, doch ich winkte nicht zurück.

Du hast Mommy gesagt, dass ich einen schlechten Einfluss habe. Und dass ich nicht mehr mit Elsabe spielen darf.

Mrs van der Walt, die schon die ganze Zeit um die Särge herumscharwenzelte, fummelte an den Lilien herum und wischte Fingerabdrücke vom lackierten Holz. Ich stupste Edith an, damit sie endlich etwas unternahm. Sie legte die Hände um mein Ohr, damit unsere Sitznachbarn nicht mitbekamen, was sie hineinflüsterte.

»Robs, sie leben nicht mehr. Sie sind gestorben, und das da drin sind nur ihre Körper. Das macht man eben, wenn Menschen sterben. Man begräbt sie. Glaub mir, da liegt kein Irrtum vor.«

Die Musik war inzwischen verklungen, und ein großer dickbäuchiger Mann im schwarzen Anzug erschien. Er hatte das Jackett nicht zugeknöpft; seine enorme Wampe hätte das gar nicht erlaubt. Der Mann hielt eine große schwarze Bibel in den Händen. Die Kanten der Buchseiten schimmerten golden. Unter anderen Umständen hätte mich das überaus fasziniert, doch ich war fest entschlossen, mich nicht ablenken zu lassen.

Als der Pfarrer die Gemeinde begrüßte, wandte Edith sich zu Victor und flüsterte ihm etwas zu. Ich bekam Panik, dass unser Gespräch beendet wäre, und stupste sie nochmals an. »Hast du sie denn gesehen? Mit eigenen Augen?«

Die Frau hinter uns wollte, dass ich den Mund halte. »Pst!«

Ich achtete nicht auf sie und bohrte weiter. »Wenn du sie gesehen hast und mir sagst, dass sie wirklich tot sind, dann glaube ich dir.«

»Pst!«, machte die Frau wieder und hielt den Finger an die Lippen.

Victor drehte sich zu ihr. »Das ist die Trauerfeier ihrer Eltern, und sie kann reden, so viel sie will! Wenn Sie sie noch einmal mit Ihrem *Pst*! belästigen, werfe ich Sie höchstpersönlich hier raus, verstanden?«

Die Frau zuckte zurück.

Der Pfarrer begann mit dröhnender Stimme zu sprechen, und nach jedem Satz machte er eine bedeutungsvolle Pause. »Und Noah erwachte von seinem Wein und erfuhr, was sein jüngster Sohn ihm getan hatte. Und er sprach: ›Verflucht sei Kanaan! Ein Knecht der Knechte sei er seinen Brüdern!‹ Und als Gott Kanaan, Hams Sohn, verfluchte, segnete er zugleich Japhet.

Die Bibel sagt uns klar und deutlich, dass wir Weißen die gesegneten Nachfahren Japhets sind; die Schwarzen dagegen sind die verfluchten Nachfahren Hams. Sie sind die ›Knechte der Knechte‹. Und der von Knechten begangene Mord an zwei gesegneten Kindern Gottes, Keith und Jolene, ist in Gottes Augen besonders verabscheuungswürdig.«

Ich begriff nicht, was der Pfarrer sagte, doch die meisten Anwesenden nickten, als wären sie seiner Meinung. Ich wusste nur eines: Edith musste unbedingt weiter mit mir reden. »Hast du sie gesehen?«, rief ich ihr zu, damit sie mich trotz der Predigt hören konnte.

Als meine Stimme in der Kirche widerhallte, ließ der Pfarrer seine Bibel sinken und starrte mich wütend an. Die Trauergemeinde folgte seinem Blick und schaute zu uns herüber.

Edith ließ resigniert den Kopf sinken und schloss die Augen unter dem Hutschleier. »Nein, Robin, ich habe sie nicht gesehen.«

Ich überlegte, ob ich flüstern sollte, aber in der Kirche war es nun so still, dass ich meinen rasenden Herzschlag hören konnte; das Blut rauschte an meinen Trommelfellen vorbei, und ich hörte, wie die Bänke knarrten, als ein paar Neugierige sich vorlehnten, um einen besseren Blick auf uns zu erhaschen.

»Aber wie kannst du dann sicher sein? Bei der Radiosendung waren sich auch alle sicher, aber dann ist der Mann aufgewacht und ...«

Edith seufzte. »Was willst du von mir, Robs?«

»Wir müssen sichergehen«, flüsterte Cat. »Sag's ihr!«

Ich holte tief Luft, dann sprach ich für uns beide. »Wir müssen die Särge aufmachen und nachschauen.«

Die ganze Gemeinde schnappte nach Luft. Ein paar Leute fingen an zu murmeln, wurden aber von ihren Sitznachbarn sofort zum Schweigen gebracht.

»Wenn wir die Särge aufmachen und ich hineinschaue und dir sage, dass sie wirklich tot sind, lässt du uns dann mit der Trauerfeier weitermachen?«

Ich überlegte, ob Edith mich anlügen würde. Sie wollte unbedingt, dass die Trauerfeier weiterging, aber sie ließ bestimmt nicht zu, dass man ihre eigene Schwester lebendig begrub, nur damit ich endlich Ruhe gab. Was meinen Vater und ihre Gefühle ihm gegenüber betraf, war ich zwar nicht ganz so sicher, dass sie die Wahrheit sagen würde, aber wenn er noch lebte, würde er bestimmt so laut Zeter und Mordio schreien, dass ich ihn hören konnte.

»Was denkst du?«, fragte Cat.

»Ich glaube, wir können ihr trauen.«

»Okay, dann lass es uns machen«, sagte Cat.

Ich wandte mich wieder Edith zu und nickte ernst.

»Versprichst du, dass wir sie danach beerdigen dürfen?«, fragte Edith.

»Ja, ich verspreche es.«

Edith stand langsam auf, drehte sich zu der Gemeinde um und räusperte sich. Dann sagte sie laut: »Bitte entschuldigen Sie vielmals die Unterbrechung, aber ich fürchte, wir werden die Särge kurz öffnen müssen. Nur ganz kurz, dann können wir weitermachen.«

Nach der Trauerfeier, als alle ihr Beileid ausgesprochen hatten und die ersten Leute sich auf den Weg machten, zog Edith mich beiseite.

»Victor bringt dich jetzt zurück in die Wohnung.«

»Kommst du denn nicht mit?«

»Ich muss noch was erledigen.«

»Ich will mitkommen.«

»Nein, das geht diesmal nicht, Kleine. Das muss ich allein erledigen, okay? Ich bin, so schnell ich kann, zu Hause.«

Victor reichte mir die Hand, und ich ergriff sie. Seine Handfläche war weicher als die von meinem Dad, er hatte gar keine Schwielen. Ich ließ mich von der Kirche wegführen, hin zu seinem grünen Jaguar. Als ich mich umschaute, wurden die Särge gerade in den Kofferraum eines seltsam aussehenden schwarzen Wagens geladen; das polierte Holz glänzte im Sonnenlicht.

»Wo werden sie denn hingebracht?«, fragte ich.

»Ähm … also …« Victor suchte angestrengt nach Worten, die mich nicht aufregen würden. »Sie werden zum Friedhof gebracht, Robin.« Er gab es so zögerlich und mit solcher Freundlichkeit zu, dass seine Worte mich mitten ins Herz trafen.

»Sie werden sie begraben«, sagte Cat mit zitternder Stimme.

Ich warf ihr einen Blick im Rückspiegel zu. Sie hatte die Faust gegen den Mund gepresst und unterdrückte ein Schluchzen. Ihre Leichenblässe und ihre rotgeränderten Augen gefielen mir gar nicht.

»Alles okay, Robin?«, fragte Victor und nahm wieder meine Hand. »Edith hat mich gebeten, dich anzulügen, aber das Lügen macht es eigentlich nur noch schlimmer, oder?«

Ich nickte.

»Sie werden sie gleich in die Erde stecken«, sagte Cat.

»Ich weiß«, flüsterte ich. »Aber wir haben es Edith erlaubt, weißt du noch?«

»Ja, aber …«

»Denk nicht drüber nach«, flüsterte ich. »Denk einfach nicht drüber nach.«

Inzwischen hatte ich beschlossen, dass die beste Methode, mit der Situation fertigzuwerden, darin bestand, sie zu verdrängen, denn so wie ich es sah, hatten wir nur zwei Möglichkeiten: Entweder wir lenkten uns ab, oder wir gingen unter. Viele Jahre später, als ich Psychologielehrbücher las, entdeckte ich zu meiner Überraschung, dass ein ganzer Studienzweig dem gewidmet war, was ich damals erlebt hatte; es war nicht das unbegreifliche schwarze Loch, für das ich es gehalten hatte.

Experten waren zu der Erkenntnis gelangt, dass es fünf Stadien der Trauer gibt: Verdrängung, Wut, Hadern, Depression und Annehmen. Aber mein neunjähriges Ich, das in diesem Strudel unendlichen Kummers gefangen war, wusste nichts von Bewältigungsstrategien oder dem Licht am Ende des Schmerztunnels.

Damals wusste ich lediglich dies: Nur wenn wir unseren Verlust aus den Augenwinkeln wahrnahmen, ihn in unserem peripheren Blickfeld hielten und um ihn herumkreisten ohne uns direkt damit zu beschäftigen, konnte ich Cats Tränen im Zaum halten. Das wurde mein einziges Ziel, von Stunde zu Stunde und von Tag zu Tag. Wenn es mir gelänge, ihre Verzweiflung zu beherrschen, dann auch meine eigene.

Als wir von der Kirche wegfuhren, glitt Ediths Gesicht an uns vorbei. Sie saß in ihrem Käfer und hatte sich der Autoprozession angeschlossen, die in die entgegengesetzte Richtung fuhr. Sie hatte ihren Hut abgenommen; eine nichtangezündete Zigarette hing zwischen ihren Lippen. Tränen liefen ihr übers Gesicht. Ich legte die Hand auf die Fensterscheibe, ich wollte Edith so gern berühren, ihr die Tränen wegwischen. Doch dann war sie verschwunden.

Auf dem Heimweg hielt Victor bei Milky Lane in Hillbrow und holte uns Schokoladeneis. Ich würgte meins hinunter und lächelte über Victors alberne Witze. Wie Edith war Victor den Umgang mit Kindern nicht gewohnt, aber er tat sein Bestes, um mich aufzumuntern. Ich erwiderte seine Freundlichkeit, indem ich ihm das Gefühl gab, dass es ihm gelang.

Als wir wieder in der Wohnung waren, verschwand Cat dorthin, wo sie immer abtauchte, wenn ich im Mittelpunkt stehen wollte. Mir gefiel die Vorstellung, dass sie ein ganz eigenes, magisches Innenleben hatte, in das ich nicht eingeweiht war, und ich versuchte, mich in den Momenten, wenn sie aufhörte zu existieren, nicht schuldig zu fühlen. Es war schließlich nicht so, dass ich sie verscheuchte; sie spürte selbst, wann sie gebraucht wurde und wann nicht.

»Okay, was würdest du gern spielen?«, fragte Victor, als ich alle Spiele im Wohnzimmer hervorgeholt hatte. »Domino, das Leiterspiel, Dame oder Schwarzer Peter?«

»Das Leiterspiel?«

»Gute Wahl! Nur mal so unter uns, man muss ja nicht immer Dame spielen. Auch wenn Edith das wegen ihrer feministischen Prinzipien bestimmt nicht gern hören würde.«

Wir spielten ein Spiel nach dem anderen, bis sich die Nachmittagssonne verzog und uns im Dunkeln zurückließ. Als ich Victor gerade Zweiundfünfzig-heb-auf beibrachte, kam Edith endlich zurück. Sie sah furchtbar aus, ihre Wimperntusche war verlaufen, ihr Lippenstift verschwunden, aber sie weinte nicht mehr. Elvis flatterte von seinem Lieblingsplatz oben auf dem Regal herunter und begrüßte sie kreischend.

Das Abendessen verlief schweigend, wir stocherten in der Quiche herum, die Victor zubereitet hatte. Er und Edith verständigten sich mit Blicken, hochgezogenen Brauen und Achselzucken. Sie würden erst dann reden, wenn ich im Bett war. Also entschuldigte ich mich so schnell wie möglich mit der Begründung, ich sei müde.

Als Edith eine halbe Stunde später mit ihrer glimmenden Zigarette zu mir kam, um gute Nacht zu sagen, tat ich so, als schliefe ich schon. Nachdem sie das Zimmer wieder verlassen hatte, wartete ich noch ein paar Minuten, bevor ich unter der Bettdecke hervorkroch, aufstand und zur Tür schlich, Cat dicht hinter mir. Wir setzten uns im Dunkeln hin, eingekeilt zwischen Tür und Nachttisch, sodass Edith und Victor uns nicht sehen konnten, wenn einer von ihnen ins Bad ging.

Die beiden sprachen so leise, dass ich mich anstrengen musste, um sie zu verstehen. Eine Weile redeten sie über ganz banale Dinge, dann war es plötzlich still. Das Schweigen wurde erst wieder durch das Klirren eines Glases und das Schnippen von Ediths Feuerzeug gebrochen. Gerade als ich dachte, sie wären beide eingeschlafen, ergriff Victor das Wort.

»Und? Wie war's?«

Edith lachte, es klang freudlos und hallte scheppernd durch die Wohnung. »Meine Güte, es war schrecklich. Schrecklich! Ich hätte nie damit gerechnet, die Beerdigung meiner kleinen Schwester erleben zu müssen. Ich dachte immer, ich wäre diejenige, die jung sterben würde. Gott sei Dank haben unsere Eltern das nicht mehr miterlebt.« Edith seufzte. »Und Gott sei Dank warst du da und hast dich um Robin gekümmert, sonst hätte ich gar nicht zum Friedhof gehen können. Es war ein Fehler, sie zur Trauerfeier mitzunehmen, oder?«

»Nein, Edie, nein. Nicht, wenn Robin es so gewollt hat.«

»Ich habe sie nicht mal danach gefragt, was sie wollte!«, rief Edith. »Ich hasse es, wenn Leute mich rumkommandieren, vor allem diese verklemmten, arroganten Afrikaanerzicken. Die haben Jolene das Leben wirklich zur Hölle gemacht, und ich wollte es denen einfach mal zeigen. Also habe ich Robin mitgeschleift. Oh Gott, wenn ich so weitermache, wird sie noch total verkorkst.«

Victor versuchte, sie zu beruhigen. »Aber nein. Du hast doch nur getan, was in deinen Augen das Beste war. Mehr kannst du sowieso nicht tun.«

»Das war wirklich sehr unüberlegt von mir.«

Victor seufzte. »Was muss denn alles noch geregelt werden?«

»Die Mine hat schon Ersatz für Keith gefunden, und der neue Schichtführer will einziehen, also habe ich denen gesagt, dass sie das Haus gefälligst selbst ausräumen sollen. Dann müssen wir wenigstens nicht noch mal dorthin. Das kann ich Robin auf keinen Fall antun.«

»Und was willst du jetzt machen? Nach vorn schauen?«

»Herrgott, Vic, ich weiß es nicht. Ich weiß es wirklich nicht. Ich wollte nie einen Mann und Kinder und diesen ganzen Mist. Mein Lebensstil ist für ein Kind einfach nicht geeignet. Ich bin oft unterwegs, und das gefällt mir auch.«

»Kann sich jemand anders um sie kümmern? Ich weiß, du hast sonst keine Familienangehörigen mehr, aber gibt es auf seiner Seite keine Verwandten?«

»Nein, ich bin ihre einzige Verwandte.«

»Und wie willst du das jetzt regeln?«

»Sie hatten eine Versicherung, die jetzt ausbezahlt wird, das hilft natürlich. Aber ich weiß nicht, wie ich das mit meiner Arbeit regeln soll. Sie ist zu jung; ich kann sie unmöglich die ganze Zeit allein lassen, wenn ich unterwegs bin. Aber ich habe niemanden, der mich unterstützt. Es ist die totale Katastrophe, und ich habe nicht die geringste Ahnung, was ich jetzt machen soll.«

Cat tauchte neben mir auf. »Wir werden weggeschickt.«

»Nein, werden wir nicht.«

»Sie will uns nicht haben. Du hast es doch gehört.«

Meine Neugier war plötzlich gestillt. Ich kroch zurück ins Bett und war froh, dass ich nicht weinen durfte, denn wenn ich erst einmal angefangen hätte, hätte ich bestimmt nie wieder aufgehört. Nach einer Weile kletterte ich wieder aus dem Bett und schlich zu meinem Geheimversteck. Ich steckte die Hand hinein und zog die Mascara-Tube hervor, die nun mein kostbarster Schatz war. Dann kroch ich zurück ins Bett und drückte sie fest an meine Brust.

Cat legte ihre Hand auf meine, und gemeinsam zogen wir Kraft aus einem der letzten Gegenstände, den unsere Mutter je berührt hatte.

21
ROBIN

24. Juni 1976
Yeoville, Johannesburg, Südafrika

Als es an der Tür klopfte, machte ich auf, denn ich dachte, es sei Morrie, der sich erkundigen wollte, wie die Trauerfeier gewesen war. Er hatte mitkommen wollen, um Fotos zu machen, aber seine Mutter hatte es ihm nicht erlaubt, denn Trauerfeiern gehörten nicht zu den Dingen, an die man sich erinnern wollte.

Doch statt Morrie stand eine fremde Frau vor mir. Sie hatte eine große Hakennase, Schlupflider und ein langes spitzes Kinn, das durch ihr kurz geschnittenes graues Haar erst recht betont wurde. Ihr strenges Gesicht war ungeschminkt, sie trug nicht einmal Lippenstift. Ihr einziger Schmuck war eine Kette mit Goldanhänger.

»Hallo.« Sie lächelte. »Ist Edith Vaughn da?«

»Nein«, sagte ich, doch dann fiel mir ein, dass man Fremden gegenüber niemals zugeben sollte, dass man allein zu Hause ist. »Sie ist nur kurz einkaufen, kommt aber gleich zurück.«

»Du musst Robin sein«, sagte sie. »Keiths und Jolenes Tochter. Ich bin *Tannie* Wilhelmina.«

Sie sprach mit dem Akzent der Afrikaaner, und auch wenn er viel schwächer als der von Piet war, klang er immer noch durch wie in Seide gewobene Kiesel. Ich hatte die Frau noch nie zuvor gesehen. Sie schien keine Kollegin meiner Eltern zu sein, und auch auf der Trauerfeier war sie nicht gewesen.

»Ja, ich bin Robin.« Ich wollte sie nicht hereinlassen. Selbst wenn sie meine Eltern gekannt hatte, für mich war sie eine Fremde.

»Geht es dir gut, *liefling*? Das ganze *gemors* muss doch schrecklich belastend für dich sein, oder?« Sie nahm mein Gesicht in die Hände und forschte nach Anzeichen, die ihre Annahme bestätigten, dass es mir mit dem ganzen »Durcheinander« nicht gut ging.

»Ja«, stimmte ich zu.

»Wohnst du jetzt hier bei deiner Tante? Der Schwester deiner Mutter?«

Ich nickte.

»Magst du sie?«

Ich zuckte mit den Schultern.

»Komm schon«, sagte sie. »Du kannst es mir ruhig sagen.«

»Sie ist nett. Letzte Weihnachten hat sie mich Brandy Cola trinken lassen.«

»*Liewe hemel!* Wirklich?«

»Ja. Und wenn ich dreizehn bin, will sie mir zeigen, wie man sich den BH ausstopft.«

Bevor ich noch etwas anderes sagen konnte, erklang ein Räuspern hinter der Frau, und als sie beiseitetrat, erschien Edith.

»Kann ich Ihnen behilflich sein?«, fragte sie.

»Guten Tag. Sie müssen Mrs Vaughn sein.« Die Frau streckte Edith die Hand entgegen.

»*Miss* Vaughn«, sagte Edith. »Ich bin nicht verheiratet. Und wer sind Sie, wenn ich fragen darf? Und warum stehen Sie hier und fragen meine Nichte über mich aus?«

Die Frau wurde rot. »Ich bin Wilhelmina Labuschagne von der Kinderfürsorge Johannesburg.«

Plötzlich tauchte Cat neben mir auf, die Augen vor Schreck geweitet. »Ich hab's dir ja gesagt«, flüsterte sie. »Edith will uns nicht. Die Frau ist hier, um uns wegzubringen!«

»Kinderfürsorge?«, fragte Edith.

»Ja, wir werden benachrichtigt, wenn Situationen wie Ihre entstehen, und sind dabei behilflich, die neue Familieneinheit zu unterstützen.« Die Frau betonte die Worte »Situationen« und »behilflich« auf eine Weise, die sie plötzlich sehr bedrohlich erschienen ließen.

»Aha«, sagte Edith. Sie schien ebenso skeptisch zu sein wie Cat und ich. »Sind Sie denn tatsächlich behilflich, oder stecken Sie bloß Ihre Nase in Angelegenheiten, die Sie nichts angehen?«

»Ich bin eine qualifizierte Sozialarbeiterin und Krankenschwester, Miss Vaughn, keine neugierige Nachbarin, die durch den Vorhang linst.«

»Ehrlich gesagt sehe ich da keinen großen Unterschied. Ich fand schon immer, dass man eine besondere Art von Mensch ohne eigenes Privatleben sein muss, um Sozialarbeiter zu werden. Wer sonst würde sich so brennend für das Leben anderer Leute interessieren?« Edith wartete die Antwort nicht ab. »Wenn Sie jetzt so freundlich wären und mir endlich den Zutritt zu meiner eigenen Wohnung ermöglichen.«

Die Frau trat schnell in den Flur zurück.

»Das nächste Mal rufen Sie vorher an und machen einen Termin, statt einfach hier vorbeizuschneien. Guten Tag.«

Bevor Edith ihr die Tür vor der Nase zuknallte, konnte ich noch einen Blick auf das Gesicht der Frau erhaschen. Sie schien ziemlich sauer über Ediths rüde Abfuhr zu sein.

Edith blieb an der Tür und lauschte, bis sie hörte, dass sich die Frau entfernte. Dann brach sie in Hektik aus.

»Scheiße!«, rief sie und stürzte sich auf die leeren Weinflaschen und überquellenden Aschenbecher im Wohnzimmer, Überbleibsel vom Abend zuvor. »Ich hätte sofort, als Victor ging, aufräumen sollen, aber ich war zu müde, und heute Morgen hatte ich zu starke Kopfschmerzen. Deshalb war ich einkaufen. Um Kopfschmerztabletten zu besorgen.«

Sie trug die Flaschen in die Küche zum Mülleimer. »Meine Güte, stell dir mal vor, sie hätte die gesehen.«

»Diese Frau macht mir Angst«, sagte Cat.

»Mir nicht«, sagte ich. Aber das war natürlich gelogen.

22

BEAUTY

7. Juli 1976

Houghton, Johannesburg, Südafrika

Als ich endlich die richtige Straße in dem reichen Vorort von Houghton finde, ist es wesentlich später, als ich geplant habe. Die Sonne geht bereits unter, und ich mache mir Vorwürfe, weil ich so lange gebraucht habe, um die Adresse zu finden, die mir vor ein paar Tagen in Soweto auf einem zerknitterten Zettel unter dem Tisch zugesteckt worden ist. Es ist die Adresse des »weißen Engels«, einer Frau, die in dem Ruf steht, Schwarzen zu helfen, die sich vor der Sicherheitspolizei verstecken müssen. Man munkelt, dass sie unsere Sache unterstützt und schon Dutzenden unserer Leute geholfen hat, die untertauchen mussten.

Das Haus in Mofolo, von dem der Junge Nothando erzählt hatte, war verlassen gewesen, und der Mann, der zuletzt mit Nomsa und Phumla gesehen wurde, ist verschwunden. Diese Spur ist nun kalt, und der weiße Engel ist meine einzige Hoffnung.

Ich bin gewarnt worden, dass die Polizei hier abends durch die Straßen patrouilliert, um die reichen Weißen vor der Bedrohung durch die schwarzen Wilden zu beschützen, erst recht nach den Geschehnissen in Soweto. Es heißt, die Weißen schliefen seitdem unruhig in ihren großen Betten, selbst hinter ihren hohen Mauern in ihren Villen, geplagt von dem Wissen, dass die Schwarzen sich in einem Gebiet erhoben haben, das nur dreißig

Kilometer von ihrem Utopia entfernt liegt. Offenbar fühlen sie sich sicherer, wenn Männer mit Schusswaffen draußen vor dem Tor wachen, um sie gegen den Feind zu verteidigen – aber was ist mit dem Feind innerhalb ihrer Mauern? Wie begegnen sie diesem?

Was ist mit den Maids, den Gärtnern, den Köchinnen und Kindermädchen? Was ist mit all den Schwarzen, die sie so dringend brauchen, um ihre großen Häuser sauber und ihre schicken Autos glänzend zu halten? Was ist mit ihren Bediensteten, die auf ihren Grundstücken in winzigen Angestelltenzimmern wohnen? Glauben sie, dass schlechte Bezahlung, üble Behandlung und die Reste des Essens von gestern ihnen ihre Loyalität erkaufen können? Selbst der dümmste *mampara* weiß, dass, wenn ein Mensch seinen Hund schlägt und hungern lässt, sich das Tier eines Tages auf ihn stürzen wird.

Als ich die Straße mit ihren perfekt getrimmten Rasenflächen und sorgfältig gepflegten Gärten entlanggehe, hoffe ich, dass meine Uniform den Eindruck vermittelt, als hätte ich jedes Recht, mich dort aufzuhalten. Ich habe sie von einer Freundin von Lindiwe ausgeliehen. Über mehrere Lagen von Pullovern und Strümpfen habe ich das blassblaue, vorn geknöpfte Kleid mit der weißen Schürze und dem passenden Kopftuch angelegt. Ich bin froh, dass Nomsa mich jetzt nicht sehen kann.

Die Straßenlaternen flackern auf, während die Weißen in ihren glänzenden Autos nach Hause zurückkehren. Ich passiere einige Männer, die wie Gärtner aussehen, und grüße sie auf die übliche Weise. *Molo. Unjani*? Ein Mann beginnt eine Unterhaltung mit mir und erzählt, er habe nicht das Glück, auf dem Grundstück seines Arbeitgebers zu wohnen, und sei daher unterwegs nach Soweto. Ich wünsche ihm eine gute Reise. *Hamba kakhule.*

Als ich noch etwa fünfhundert Meter von meinem Ziel entfernt bin, höre ich die Reifen eines zu schnell fahrenden Autos quietschen. Es ist ein bedrohliches Geräusch, es klingt wie der schrille Jagdschrei eines Raubvogels. Ich drehe mich um, und mir stockt der Atem: Es ist das gefürchtete gelbe Fahrzeug, das *kwelakwela,* vor dem man mich gewarnt hat und in dem die Polizei auf ihren Ausweisrazzien unterwegs ist. Ich habe keine polizeiliche Erlaubnis, das Bantustan Homeland Transkei zu verlassen. Ich halte mich illegal und ohne Papiere in Johannesburg auf. Wenn sie mich erwischen, verhaften sie mich.

Der Kleinbus hält neben dem Gärtner, den ich gerade gegrüßt habe. Ein Polizist springt aus dem Bus heraus, gefolgt von einem geduckten schwarzen Hund, und leuchtet mit einer hellen Taschenlampe in die Augen des Gärtners. Seine laute Stimme hallt die Straße hinunter, aber seine Worte kann ich nicht genau verstehen. Das muss ich auch nicht; ich weiß, dass er den Ausweis des Mannes verlangt.

Ich beschleunige meinen Schritt. Ich hoffe, dass mein bedauernswerter Genosse die Beamten lange genug aufhält, damit ich das Tor erreichen und hindurchschlüpfen kann, bevor mich der Kleinbus erreicht, doch dann höre ich Türen schlagen und den Motor aufheulen. Der Mann muss rasch einen gültigen Pass vorgezeigt haben, und nun sind sie unterwegs zu mir. Ich werde heute Abend die bedauernswerte Genossin sein.

Ich wäre am liebsten losgerannt. Das Tor ist schon so nahe und dennoch außer Reichweite. Ich bin immer noch zwanzig Meter davon entfernt, als der Bus quietschend neben mir hält und die Türen erneut geöffnet werden. Der Schmerz in meiner Brust, der in den letzten Tagen etwas abgeebbt ist, erwacht plötzlich wieder zum Leben.

»Du da, stehen bleiben! Wo ist dein Ausweis?« Der Befehl wird auf Afrikaans gebellt, das ich verstehe, doch als ich stehen bleibe und mich langsam umdrehe, hebe ich die Hände und tue so, als spräche ich die Sprache nicht.

Eine Taschenlampe wird mir ins Gesicht gehalten, und ich schrecke vor dem grellen Licht zurück. Der Polizist stellt mir noch einmal dieselbe Frage auf Englisch, doch ich zucke mit den Achseln und gebe wiederum vor, ihn nicht zu verstehen. Der Mann ruft etwas in Richtung des Kleinbusses. Die Heckklappe geht auf, und diesmal kommt ein schwarzer Polizist hervor und gesellt sich zu uns.

Ich habe von diesen Männern gehört: Schwarze, die die verachtete Uniform des Unterdrückers tragen und für die Polizei arbeiten. Männer, die Schlagstöcke schwingen, deren wahre Waffen aber gefährlicher als Pistolen sind: Worte, die, in unserer eigenen Sprache geäußert, gegen uns gerichtet und dazu benutzt werden, uns zu unterdrücken und zu demütigen. Verräter, die Häuser und gute Bezahlung als Gegenleistung dafür erhalten, dass sie ihre Seelen dem weißen Teufel verkaufen.

Der Hund folgt dem schwarzen Polizisten aus dem Bus. Knurrend schleicht er auf mich zu, und wider besseres Wissen blicke ich auf ihn hinunter. Der Anblick seiner gefletschten großen weißen Zähne erinnert mich wieder an den Tag des Aufstands in Soweto, und ich muss meinen Impuls unterdrücken, mich umzudrehen und loszurennen. Ich zwinge mich, meinen Blick von dem Hund zu lösen und wieder den schwarzen Polizisten anzusehen.

»Wo ist dein Ausweis?«, fragt er auf Sotho. Als ich nicht reagiere, stellt er die Frage noch einmal auf Xhosa.

Am liebsten hätte ich ihm ins Gesicht gespuckt, aber dazu fürchte ich mich zu sehr. Wenn man mich verhaften würde, wäre ich Nomsa keine Hilfe. Stattdessen sehe ich ihm in die Augen und frage leise: »Ist deine Mutter stolz auf dich?« Dann drehe ich mich um und sage in gebrochenem Englisch zu dem weißen Polizisten: »Ich arbeite in diesem Haus, da vorne, *Baas,* und habe meinen Ausweis in meinem Zimmer vergessen.«

Der Polizist sieht überrascht aus, doch bevor er etwas sagen kann, unterbricht ihn der schwarze Polizist, wütend über meine Respektlosigkeit. »Du weißt, dass du deinen Ausweis jederzeit bei dir tragen musst!«

»Ich bin nur schnell zum Laden gegangen. Ich habe nicht gedacht, dass ich ihn brauchen würde.«

»Du lügst. Wo sind deine Einkäufe, *sisi,* wenn du zum Laden gegangen bist? Wo sind deine Taschen?«

»Ich bin nicht deine Schwester, Judas, und ich habe nicht gefunden, was ich gesucht habe, deswegen habe ich nichts gekauft.«

Der weiße Polizist will etwas sagen, wird aber unterbrochen, als das Tor des nahen Hauses plötzlich aufschwingt. Mir wird eiskalt. Das Spiel ist aus. Ich habe gehofft, das Grundstück betreten zu dürfen, während die Polizei darauf wartet, dass ich meinen Ausweis hole. Mein Plan war, dann auf einem anderen Weg zu flüchten. Doch wer immer jetzt herauskommt, wird bestätigen, dass ich dort nicht arbeite.

Ein schwarzer Wachmann tritt hervor und grüßt die Polizeibeamten höflich und bescheiden. Der Anblick des Hundes erschreckt ihn, besonders, als er zu bellen anfängt, aber trotzdem lächelt er und spricht den weißen Polizisten an, der das Kommando zu führen scheint.

»Guten Abend, *Baas.* Gibt es ein Problem? Kann ich helfen?«

»Nein, Mann, kümmere dich um deinen eigenen Kram, wenn du nicht auch verhaftet werden willst.«

»*Baas,* bitte, diese Lady arbeitet hier, sie ist die Maid meiner Madam. Sie hat sie zum Laden geschickt.«

Ich schöpfe wieder Hoffnung. Der Wachmann muss unsere Unterhaltung hinter dem Tor belauscht und verstanden haben, was ich vorhabe.

»Und wo ist dann ihr Ausweis, hey? Deine Madam sollte wissen, dass Schwarze ohne Ausweis nicht auf der Straße rumlaufen dürfen.«

Bevor der Wachmann antworten kann, fällt das Licht sich nähernder Scheinwerfer auf uns, ein Auto bremst ab und biegt in die Einfahrt ein. Der Wachmann hebt grüßend die Hand und geht einen Schritt auf das Auto zu, doch der Polizeihund fängt wieder an zu knurren, sodass er innehält. Ich spüre den heißen Atem des Hundes an meiner Hand und frage mich, wie oft das Tier schon Menschenfleisch geschmeckt hat.

Das Autofenster wird heruntergekurbelt. Ein älterer Weißer sitzt am Steuer, eine blonde Frau auf dem Beifahrersitz. Sie beugt sich nach vorn, um etwas zu sagen, aber der Mann legt ihr die Hand auf das Knie, offenbar, um sie zum Schweigen zu bringen.

»Guten Abend, meine Herren. Feiern Sie eine kleine Party auf unserer Einfahrt? Wie nett, sind wir eingeladen?« Sein Tonfall ist jovial; es klingt, als scherzte er mit einem Freund. »Wie können wir unseren Männern in Blau heute Abend helfen?«

Der Mann sieht distinguiert aus und spricht mit einem kultivierten englischen Akzent, der ausländisch klingt. Er lächelt, und seine Freundlichkeit hat eine entspannende Wirkung auf den weißen Polizeibeamten, der einen Arm auf das Autodach legt und sich hinunterbeugt, um dem Fahrer ins Gesicht zu sehen.

»Guten Abend, Sir. Entschuldigen Sie die Unannehmlichkeiten, aber Ihre Maid hat ihren Ausweis nicht dabei, und eigentlich sollten wir sie verhaften.« In seiner Stimme schwingt jetzt keinerlei Drohung mehr mit. Der Polizist betrachtet diesen Mann offenbar als Ranghöheren, den er nicht verärgern will.

Der alte Mann dreht sich um, sieht mich an, und wieder befürchte ich, als Fremde verraten zu werden. Stattdessen lächelt er, schüttelt vielsagend den Kopf und wendet sich wieder an den Polizisten. »Ach so, ja, unsere Dora ist nicht besonders klug, befürchte ich. Sie wissen doch, wie diese Leute sind.«

Der Polizist lacht darüber und nickt zustimmend.

Der alte Mann schaut mich eindringlich an, während er fortfährt: »Dora, bitte geh auf dein Zimmer. Du hast heute Abend genug Ärger verursacht.« Zum Polizisten gewandt sagt er: »Warum kommen Sie nicht für einen Augenblick herein? Es tut mir sehr leid, dass wir Ihnen Unannehmlichkeiten verursacht haben, und ich bin mir sicher, wir können Ihnen etwas anbieten, um Sie zu entschädigen.«

Der Wachmann nimmt mich am Arm und führt mich durch die Tore. Der Polizist lächelt und lupft sein Käppi in Richtung des alten Mannes. Dann wendet er sich an den schwarzen Polizisten und befiehlt ihm, im Bus zu warten, bis er zurückkehrt.

Als ich später Maggie – dem weißen Engel – und ihrem Ehemann ordentlich vorgestellt werde, werden sie mir berichten, wie eine importierte Flasche Cognac aus Frankreich und eine Stange Texan-Plain-Zigaretten meine Freiheit erkauft haben.

Ich bin jetzt in der Höhle des Löwen, wohne im Haus von Weißen. Ich bin im Herzen des Feindeslandes, und dennoch fühle ich mich sicher.

23
ROBIN

1. bis 22. Juli 1978
Yeoville, Johannesburg, Südafrika

Nach dem Tod meiner Eltern nahm Edith eine Woche frei und dann noch eine, um zu überlegen, was sie machen sollte. Doch so lange sie auch grübelte, sie kam immer zu demselben Fazit: Sie war von einem Tag auf den anderen für ein Kind verantwortlich, und sie hatte nach wie vor ihre Arbeitsstelle, die sie nicht aufgeben wollte.

Die Ferien hatten begonnen, sodass ich erst mal keinen Unterricht mehr verpasste. Inzwischen hatte ich begriffen, dass ich bald auf eine andere Schule gehen würde, die ein paar Straßen von meinem neuen Zuhause entfernt lag. Beim Gedanken an diesen Wechsel brach mir der Angstschweiß aus, doch ich sagte Edith nichts davon, weil sie mit ihren eigenen Ängsten kämpfte.

Am 1. Juli kündigte sie ihre Stelle, und in den ersten Tagen danach bekam sie viele Anrufe von Kollegen, die sie trösteten und ihr Mut zusprachen. Edith versicherte den Leuten heiter, dass es ihr gut gehen werde und dass sie sich zur Abwechslung auf einen »normalen« Job freue. Die meisten schienen ihr das abzukaufen, denn bald rief kaum noch jemand an. Sogar ich hätte es ihr fast abgekauft. Das erste Anzeichen dafür, dass doch nicht alles so »prima« war, wie sie andauernd behauptete, gab es, als sie einen weiteren Anruf erhielt.

»Hallo?«, trällerte Edith euphorisch wie eh und je in den Hörer. Als sie den Sprecher am anderen Ende der Leitung erkannte, wurde ihr Stimme weich. »Ach, du bist es, Michael. Bleib mal kurz dran.« Sie hielt die Hand über die Sprechmuschel und flüsterte: »Robs, komm her.«

Elvis saß auf meiner Schulter und knabberte an meinem Ohr. Ich ging zu Edith hinüber.

Edith deutete mit dem Kopf auf ihre Handtasche, die auf dem Beistelltisch lag. »Mach dich mal nützlich. Nimm dir etwas Geld aus der Tasche und geh uns Milch und Brot kaufen.«

»Allein?« Seit ich bei ihr wohnte, war ich noch nie allein in der Stadt unterwegs gewesen.

»Du brauchst keine Angst zu haben. Der Laden ist direkt um die Ecke.«

»Kann ich Elvis mitnehmen?«

»Nein, du kennst die Regeln doch. Er darf nicht raus.«

Ich hielt Elvis zwei Finger hin, und er kletterte darauf. Seine kratzigen Krallen umschlossen meine Hand, was sich seltsam beruhigend anfühlte, und ich bugsierte ihn zur Armlehne des Sofas.

Ich brauchte Cat nicht zu sagen, dass ich sie bei diesem ersten Botengang, auf den Edith mich schickte, brauchte. Sie wartete bereits an der Tür auf mich. Als wir zehn Minuten später zurückkamen, vollgepumpt mit Adrenalin, aber auch stolz, dass wir die Herausforderung allein bewältigt hatten, war Edith in ein hübsches blaues Minikleid geschlüpft, hatte sich das Haar hochgesteckt und ihr Make-up aufgefrischt. Elvis war wieder in seinem Käfig und krächzte laut. »Elvis has left the building. Elvis has left the building.«

Edith zündete sich eine Zigarette an und blies ihm einen Rauchring zu.

»Devil in disguise«, krächzte Elvis.

»Ach, jetzt sei doch nicht so dramatisch!«

»Don't be cruel. Don't be cruel to a heart that's true«, krächzte Elvis.

»Die Zigaretten sind übrigens aus Frankreich importiert«, sagte Edith und hielt Elvis ihre Packung Gauloises entgegen. »Sie sind sehr teuer. Du solltest mir dankbar sein, dass ich sie mit dir teile.«

»Devil in disguise.«

»Ruhe jetzt«, sagte Edith. Dann wandte sie sich zu mir. »Ich muss noch was erledigen. Rachel hat gesagt, dass sie auf dich aufpasst, bis ich wieder zurück bin.«

»Wer ist Rachel?«

»Mrs Goldman, Morries Mutter.«

»Ich will aber lieber mit dir mitkommen.«

»Das geht aber nicht. Jedenfalls nicht dieses Mal. Aber du willst den Nachmittag doch bestimmt sowieso viel lieber mit Morrie verbringen, oder? Ihr beide scheint euch doch ganz gut zu verstehen.«

»Okay«, sagte ich und stellte die Milch und das Brot schnell ab. »Komm mit, Cat.« Ich signalisierte Cat, uns zu folgen.

»Nein, lass Cat hier. Sie kommt bestimmt gut allein zurecht.«

»Aber …«

»Kein Aber«, sagte Edith. »Es wäre unhöflich, wenn du die ganze Zeit mit einer Unsichtbaren redest, während die Goldmans sich bemühen, deine Schwester nicht anzurempeln, die übrigens ganz schön langsam ist und endlich mal lernen sollte, den Leuten schneller aus dem Weg zu gehen. Mach's gut, Cat!«, rief sie dann, zog die Tür hinter uns zu und schloss sie ab.

Als wir im dritten Stock an die Tür klopften, öffnete uns eine kleine Frau mit dunklen Locken und ließ uns hinein. Sie gab

Edith ein Bussi, dann fasste sie mich am Kinn. »Schau dir dieses Gesicht an. Hast du jemals ein so trauriges Gesicht gesehen? So eine Tragödie.«

Ich wusste nicht, was ich sagen sollte, also lächelte ich einfach nur.

»Schau nur, wie tapfer sie ist. Schau dir das an. Sie lächelt den Schmerz weg. Doch im Stillen leidet sie.« Sie ließ mein Kinn wieder los. »Geh zu dem Jungchen. Ich mach mich jetzt auf den Weg zum Friseur, aber keine Sorge: Mr Goldman ist da, falls ihr irgendetwas braucht. Bis später, ihr beiden!«

»Bis später.« Ich seufzte und ging zu Morrie hinüber, der gerade *Die Schatzinsel* las.

»Hast du das aus der Bibliothek?«, fragte ich.

»Nein, meine *bubbe* hat es mir geschenkt.«

»Wer?«

»Meine Großmutter.«

»Oh.« Ich hatte meine Großeltern bis zu diesem Moment nie sonderlich vermisst, doch plötzlich wurde mir klar, wie viele Geschenke mir entgangen waren. »Hast du auch Bücher von Enid Blyton?«

»Nein.«

»Hast du Bücher über Waisenkinder?«

»Nein, aber ich habe fünf Bände aus der Abenteuer-Reihe von Willard Price.« Er zog ein Buch unter dem Sofa hervor und reichte es mir. »Das ist mein Lieblingsband.«

Ich betrachtete das leuchtend grüne Cover, auf dem zwei Jungs an irgendetwas festgebunden waren. *»Abenteuer Kannibalen.«* Ich überflog den Klappentext. »Kopfjäger und Menschenfresser? Igitt. Bücher für Jungs sind echt ekelhaft.«

»Feh!«

»Könntest du damit aufhören, diese dummen Wörter zu benutzen?«

»Du bist vielleicht ein *kwetsch.*«

»Da, schon wieder! Was ist das überhaupt für eine blöde Sprache?« In der Welt der Kinder gibt es nur wenig Macht zu erlangen, also muss jede Chance auf Überlegenheit sofort ergriffen werden. Morrie benutzte die seltsamen Wörter anscheinend, um damit zu prahlen, dass er schlauer war als ich.

»Das ist keine blöde Sprache, sondern die Sprache meines Volkes«, sagte Morrie.

»Die Familie der Goldmans braucht eine eigene Sprache?«

»Nicht nur unsere Familie. Wir alle.«

»Wen meinst du damit?«

»Die Juden.«

»Die was?«

»Die Juden. Ich bin Jude.«

Ich hatte keine Ahnung, was das bedeutete, aber er sprach das Wort so trübsinnig aus, dass ich annahm, es musste etwas wirklich Schlimmes sein. »Tut mir leid.«

»Was tut dir leid?«

»Dass du Jude bist.«

»Wieso?«

»Das klingt wirklich schrecklich.«

Morrie nickte. »Das ist es auch. Mein Volk wird seit Jahrhunderten von Antisemiten verfolgt.«

»Was bedeutet das?«

»Ich weiß auch nicht so genau. Aber ich glaube, das ist der Grund dafür, dass wir nie auf Partys eingeladen werden.«

»Wow, das ist wirklich schrecklich.«

»Ich weiß. Und wir müssen uns beschneiden lassen.«

»Was heißt das denn?«

»Das heißt, dass uns ein Rabbi die Vorhaut abschneidet.«

»Was ist denn eine Vorhaut?«

»Die ist an unseren Pimmeln dran.«

Das gab mir eine Menge zu denken. Darauf würde ich noch zurückkommen müssen, sobald ich es verdaut hatte. »Ist die Sprache mit den komischen Wörtern dann Judisch?«

»Nein, Jiddisch.«

Ich überlegte kurz. »Ihr kommt also aus Jiddland?«

»Jiddland? Wie kommst du denn darauf?«

»Edith war schon fast überall auf der Welt«, sagte ich stolz. »Sie sagt, die Finnen sprechen Finnisch und kommen aus Finnland. Wenn dein Volk Jiddisch spricht, müsste es also aus Jiddland kommen.«

Morrie schien mein Wissen zu beeindrucken. »Ich frag mal meinen Dad, aber ich bin ziemlich sicher, dass wir aus Südafrika kommen.«

Ich war verwirrt. Wenn die Juden aus Südafrika kamen, hieß das etwa, dass ich auch Jude war? Auf einmal war mir gar nicht mehr danach, das Gespräch fortzusetzen. Ich hatte das Gefühl, dass Morrie vorgab, viel schlauer zu sein, als er tatsächlich war. Wahrscheinlich schnappte er einfach nur Sachen von seinen Eltern auf, die er dann wiederholte, nur um sich wichtigzumachen.

Auf einmal stand er auf und reichte mir seine *Schatzinsel.* »Wenn du willst, kannst du ja das hier lesen. Da kommen keine Kannibalen drin vor. Ich will jetzt ein paar Fotos machen.«

Ich tat so, als würde ich lesen, während ich Morrie dabei beobachtete, wie er einen toten Käfer, ein ausgelatschtes Paar Schuhe und ein auseinandergenommenes Radio fotografierte. Dabei gab es viel schönere Sachen in der Wohnung, die er hätte ablichten können. Nach einer Weile legte ich das Buch beiseite und stand auf, um mich ausgiebig umzuschauen. An jedem Türrahmen war ein seltsames, aber hübsches Ding befestigt. Mr Goldman hatte bestimmt Ärger bekommen, weil er alle Dinger schräg aufgehängt hatte.

An den Wänden hingen silberne Bilderrahmen mit vergrößerten Schwarzweißfotos, und vor jedem blieb ich stehen, um es zu betrachten. Auf einigen war Morrie zu sehen, auf anderen alte Leute, vermutlich seine Großeltern. Es gab ein Hochzeitsbild von Morries Eltern, auf dem Mr Goldman eine komische runde Kappe trug, nicht größer als ein Pfannkuchen. Danach erregten die gläsernen Kerzenleuchter meine Aufmerksamkeit. Als ich einen davon umstieß, kam Mr Goldman aus einem der Zimmer.

»Ist was kaputtgegangen?«

Morrie zeigte auf die Scherben zu meinen Füßen. »Das da. So ein Schlamassel.«

»Tut mir leid«, stammelte ich. »Ich bin so ungeschickt. Alle sagen das. Ich hätte besser achtgeben sollen.« Ich ärgerte mich, Cat nicht dabeizuhaben; wenn sie bei mir gewesen wäre, hätte ich ihr die Schuld für das Missgeschick zuschieben können.

»Rühr dich nicht von der Stelle, während ich das wegräume«, sagte Mr Goldman sanft, und als er die Scherben aufhob, konnte ich ihn genauer unter die Lupe nehmen. Er war ein kleiner rotblonder Mann mit Brille und so vielen Sommersprossen, dass ich ganz blass neben ihm aussah. Seine Brille hatte dicke viereckige Gläser. Außerdem trug er einen grünen Strickpulli. Aber keine Kappe.

Als Mr Goldman wieder in seinem Zimmer verschwunden war, fragte ich Morrie nach der Kappe.

»Das ist keine Kappe, sondern eine Kippa. Jüdische Männer tragen eine.«

»Warum hast du dann keine auf?«

»Manchmal trage ich eine, wenn wir zur Synagoge gehen.«

Bevor ich fragen konnte, was eine Synagoge sei, klopfte es an der Tür. Es war Edith. Ihr Ausflug hatte nur eine knappe Stunde gedauert. »Komm, lass uns gehen«, sagte sie brüsk. »Tschüss, Morrie.«

Griesgrämig stapfte ich hinter ihr die Treppe hoch. Ich hatte keine Lust, den Rest des Nachmittags in der Wohnung zu verbringen, also fragte ich: »Können wir zur Bibliothek fahren? Du hast doch gesagt, ich könnte dort Mitglied werden.«

»Heute nicht, Robin. Wir fahren ein anderes Mal dorthin, okay?«

»Das hast du letztes Mal auch schon gesagt. Können wir dann mein Fahrrad holen?«

Edith seufzte. »Warum spielst du nicht mit Elvis? Oder lies doch das hier, wenn du unbedingt Bücher haben willst.« Sie zog wahllos einige von ihren Reisebänden aus dem Regal und warf sie aufs Sofa, dann ging sie zu Elvis' Käfig und öffnete die Tür. »Thank you, thank you very much!«, krächzte Elvis erfreut, hüpfte heraus und flog sofort zu seinem Lieblingsplatz oben auf dem Regal.

Edith nahm den Eiskübel aus der Hausbar und brachte ihn in die Küche. Als sie zurückkam, war er randvoll mit Eiswürfeln. Sie stellte ihn ab, goss sich einen Scotch ein, leerte ihn in einem Zug und zog eine Grimasse, bevor sie das Glas auf den Tisch knallte. Dann begann sie, sich die Klammern aus dem Haar zu reißen und sie mit voller Wucht auf den Wohnzimmertisch zu schleudern, als wären es Fehdehandschuhe. Anschließend kickte sie ihre Schuhe weg, goss sich noch einen Drink ein und fügte ein paar Eiswürfel hinzu.

Ich blickte auf das Buch auf meinem Schoß und tat so, als würde ich lesen. Das Schweigen machte mich nervös. »Edith?«

»Mmmh?«

»Wusstest du, dass Morrie beschnitten ist?«

Sie antwortete nicht.

»Ein Rabe hat seine Vorfahren abgeschnitten, und jetzt hat er keinen Pimmel mehr. Glaubst du, er wächst wieder nach?«

»Mmmh.«

Ich versuchte nochmals, sie zum Reden zu bewegen. Diesmal stellte ich ihr die Frage, die mich am meisten interessierte: »Wer ist eigentlich Michael?«

Edith fingerte einen Eiswürfel aus dem Glas, steckte ihn in den Mund und zerkaute ihn krachend. »Niemand«, sagte sie dann. »Michael ist ein absoluter Niemand.« Dann nahm sie die Scotchflasche, ging damit in ihr Zimmer und kam den ganzen Abend nicht mehr heraus.

Cat trat aus dem Schatten und schmiegte sich an mich.

»Robin?«

»Mmmh?«

»Ich fühle mich so einsam.«

»Das brauchst du nicht. Ich bin doch da.«

»Ich vermisse Mommy und Daddy.«

»Ich weiß. Ich auch.«

»Mabel vermisse ich auch.«

Ich nickte, während meine Kehle sich zuschnürte.

»Weißt du noch, wie …«

»Lass uns nicht daran denken«, sagte ich. »Das macht es nur noch schlimmer. Hier. Willst du dir mit mir zusammen die Bücher anschauen?«

Stunden später schliefen wir auf dem Sofa ein, inmitten von

Reisebüchern, während Elvis auf seinem Lieblingsplatz für uns sang.

In der Woche danach hatte Edith ihr erstes Bewerbungsgespräch. Sie nahm ein bescheidenes Frühstück zu sich, das aus einer großen Tasse Kaffee (ohne Zucker und Milch), einem gekochten Ei und einer Scheibe Toast (ohne Butter) bestand. Anschließend ging sie ins Schlafzimmer, um sich umzuziehen.

»Mach dich mal nützlich, Kleine, und leg eine Platte auf«, rief sie.

Ich schlenderte zu dem Regal, wo sie all ihre Schallplatten aufbewahrte, ging sie eine Weile durch und suchte dann eine aus, auf deren Cover ein Mann im Schneidersitz in einer Art riesigen Blase saß. Ich zog die Platte aus der Hülle, hielt sie an der Kante, so wie mein Vater es mir beigebracht hatte, um sie nicht mit Fingerabdrücken zu verschmieren, und legte sie dann auf den Plattenspieler. Als ich vorsichtig die Nadel auf das Vinyl setzte, hörte ich die Stimme meines Vaters: »Sommersprosse, das Schlimmste, was du machen kannst, ist, eine Platte zu zerkratzen. Wenn das passiert, kannst du sie gleich wegwerfen.«

Ein Knistern war zu hören, und dann ertönten die ersten Klänge des Songs. »Sugar man …«

Ediths Hand tauchte aus dem Nichts über meiner Schulter auf und riss die Nadel so heftig von der Platte, dass sie sie mit Sicherheit zerkratzte. »Doch nicht die, Robs. Rodriguez passt besser, wenn man entspannt ist, falls du verstehst, was ich meine.« Sie presste Daumen und Zeigefinger zusammen, hielt die Fingerspitzen an den Mund und tat so, als würde sie an einer Zigarette ziehen. »Aber jetzt brauchen wir was Flotteres.« Sie zog eine Elvis-Platte heraus, drehte die Lautstärke auf und ging dann wieder ins Schlafzimmer zurück, um ihren Schrank zu durchforsten.

Sie gab sich große Mühe, das perfekte Outfit herauszusuchen, und dazu die passenden Schuhe und eine Handtasche. Nachdem sie jedes Kleidungsstück aufs Bett gelegt hatte, inklusive Unterwäsche, setzte sie sich im Nachthemd an ihren Frisiertisch und verbrachte eine Ewigkeit damit, ihr Haar zu richten, ihre Fingernägel zu lackieren und sich zu schminken.

Als ich, schon angezogen, auf dem Bett saß und sie im Spiegel beobachtete, kam mir ein wunderlicher Gedanke: Wenn ich die letzten Momente mit meiner Mutter nachstellen würde, als unsere Spiegelbilder miteinander Zwiesprache hielten, würde Ediths Gesicht vielleicht auf magische Weise mit dem meiner Mutter verschmelzen. Als Edith die Wimperntusche auftrug, wartete ich gespannt darauf, dass sie dabei den Mund zu einem O formte, so wie meine Mutter es immer getan hatte. Meine Lippen brannten darauf, ihr nachzueifern, doch Ediths Mund blieb geschlossen, und ich fühlte mich betrogen.

Als Edith fertig angezogen und geschminkt war, ging sie zum Schrank, griff in eines der oberen Regale und zog eine große, reich verzierte Kiste heraus. Sie trug sie zu ihrer Frisierkommode, stellte sie vorsichtig auf den Tisch und öffnete sie. Eine Melodie entwich daraus, wie ein Geist aus einer Flasche, und der Duft von Chanel Nr. 5, Ediths Lieblingsduft, stieg mir in die Nase.

»Welches Lied ist das?«

»Es heißt ›Greensleeves‹. Ziemlich rührselig, aber trotzdem schön.«

Die Kiste hatte mehrere Schubladen mit goldenen Griffen, und als sie sie herauszog, sah ich, dass sie mit rosafarbenem Samt gefüttert und mit funkelnden Sachen gefüllt waren. Es war eine Schmuckschatulle, und ich streckte unwillkürlich die Hand danach aus. Die glatt lackierte Oberfläche, der weiche Samt und das glitzernde Geschmeide übten eine große Faszination auf mich aus, und ich sehnte mich danach, die Sachen zu berühren.

Doch bevor ich etwas anfassen konnte, sagte Edith streng: »Nein!«

Meine Hand zuckte zurück, als hätte ich mich verbrüht. »Entschuldigung.«

»Die Schatulle ist tabu für dich, hörst du? Von mir aus kannst du mit meinem Make-up und meinen anderen Sachen spielen, aber von meinem Schmuck lässt du die Finger. Verstanden?«

»Ja.«

»Einige dieser Stücke haben einen großen sentimentalen Wert und sind unersetzlich. Eines Tages, wenn du erwachsen bist und ich nicht mehr da bin, werden sie dir gehören, aber bis dahin musst du mir versprechen, dass du die Schatulle und alles, was darin ist, nicht anfassen wirst.«

»Ich verspreche es.«

»Gut. Braves Mädchen.« Edith nahm eine Perlenkette und ein dazu passendes Armband heraus und legte sich beides flink um. Dann schloss sie die Schatulle und stellte sie wieder zurück. »Lass uns gehen«, sagte sie.

Als wir gerade aufbrechen wollten, klingelte das Telefon. Edith warf einen Blick auf ihre Armbanduhr und nahm seufzend den Hörer ab.

»Hallo, Edith hier.« Sie hörte einen Moment zu und strich sich ungeduldig über die Braue. »Wilhelmina, ich habe jetzt leider keine Zeit, ich bin gerade auf dem Sprung.«

Wilhelmina? Mein Magen krampfte sich zusammen.

»Sie wollen einen Termin vereinbaren, um hier vorbeizukommen?«

Mein Daumen wanderte ganz von selbst zu meinem Mund,

und ich fing an, auf dem Nagel zu kauen, während ich Edith zuhörte. Cat tat es mir gleich.

»Verstehe. Tja, ich fürchte, Sie werden ein anderes Mal anrufen müssen. Sie möchten doch sicher nicht schuld daran sein, dass ich mein Vorstellungsgespräch verpasse, oder? Zumal Sie ja sicher wollen, dass ich eine gut bezahlte Arbeit habe, wenn ich Robins gesetzlicher Vormund sein soll. Bis dann.«

Edith knallte den Hörer auf. »So, die wären wir los. Komm, Robin. Lass uns gehen.«

Wir stiegen in Ediths gelben Käfer und fuhren ohne Cat los, die mal wieder in der Wohnung bleiben musste. Ich versprach, mich zu benehmen. Ich hatte ein Buch dabei (eines von Ediths Reisebüchern, denn wir waren noch immer nicht in der Bibliothek gewesen), hinter dem ich mich verschanzen wollte, während ich die Erwachsenen belauschte. Die Stelle, für die Edith sich beworben hatte, war in einem Büro, und das Vorstellungsgespräch wurde von einer Chefsekretärin geführt, die uns am Empfang abholte.

»Guten Morgen. Sie müssen Edith sein; freut mich, Sie kennenzulernen. Ich bin Harriet.« Die Frau war viel älter als Edith und sah ziemlich schäbig aus. Ihr ergrauendes ungefärbtes Haar trug sie in einem strengen Knoten, und sie war kaum geschminkt. Ihre Fingernägel waren kurz und nicht lackiert. Sie lächelte strahlend, als sie Edith begrüßte und ihr höflich den Weg wies, doch als Edith in die Richtung ging, die sie ihr gewiesen hatte, verschwand ihre freundliche Maske, und ihre Miene verzog sich verächtlich. Durch meine Mutter war ich ziemlich gut im Erkennen nonverbaler Signale, und ich sah, dass diese Frau sich ihre Meinung in den ersten Sekunden ihrer Begegnung mit Edith gebildet hatte. Sie würde keine Frau einstellen, die besser gekleidet war als sie, erst recht keine jüngere, die so hinreißend aussah.

Edith hatte den Neid der Frau allerdings überhaupt nicht mitbekommen, denn auf dem Heimweg schnatterte sie aufgeregt: »Das lief doch richtig gut, oder? Harriet scheint ja ganz nett zu sein. Ich glaube, ich habe einen guten Eindruck hinterlassen. Hast du gehört, wie beeindruckt sie von meinen Erfahrungen als Stewardess war? Zuerst dachte ich ja, dass mir das eher im Weg stehen würde, aber sie schien meiner Meinung zu sein, dass es im Dienstleistungssektor doch eigentlich überall gleich ist. Ob es wohl schwer sein wird, Steno zu lernen?«

Edith war überrascht, ja sogar beleidigt, dass die Frau nie wieder von sich hören ließ, und ich wusste nicht, wie ich ihr beibringen sollte, dass sie wie meine Mutter eine exotische Orchidee auf einer Gänseblümchenwiese war und noch oft den Preis dafür bezahlen würde. Die nachfolgenden Vorstellungsgespräche verliefen ganz ähnlich, und nachdem Edith ein Dutzend Absagen kassiert hatte, legte sie statt Elvis Dean Martin auf und wurde nachlässiger, was ihr Aussehen anging. Das steigerte ihre Erfolgsaussichten allerdings nicht, sondern machte alles nur noch schlimmer. Die Frauen, bei denen sie sich vorstellte, schienen instinktiv zu spüren, dass Edith sich wie Phönix aus der Asche emporschwingen würde, wenn man ihr auch nur die geringste Chance gab.

Das einzige Mal, wo es fast geklappt hätte, war, als sie ein Vorstellungsgespräch bei einem Mann hatte. Er schaute kaum auf ihren Lebenslauf und stellte ihr nur ein paar Fragen, bevor er verkündete, dass sie die Stelle hätte. Edith war hocherfreut, bis er vorschlug, sich später mit ihr im *President Hotel* in der Eloff Street zu treffen, um das Ganze gebührend zu feiern. Ich saß mit dem Rücken zu ihnen und lauschte. Plötzlich erscholl ein lautes Klatschen, und als ich herumwirbelte, stürmte Edith aus dem Büro, und der Mann hielt sich die Wange.

Danach weigerte Edith sich, Anrufe von ihren Freunden entgegenzunehmen, selbst mit Victor wollte sie nicht mehr sprechen. Als ich mich darüber beschwerte, ihn ständig anlügen zu müssen, nahm sie den Hörer von der Gabel und legte ihn neben das Telefon. Ich war sehr erleichtert, dass das Telefon nicht mehr klingelte, denn nun konnte Wilhelmina uns nicht mehr erreichen, um einen Besuchstermin zu vereinbaren. Auch Cat fiel ein Stein vom Herzen.

Eines Morgens schwebte Edith zur Hausbar, füllte den kleinen Messbecher mit Brandy, kippte ihn in den Mixer und gab Eis und Ginger Ale dazu. Eine Stunde später genehmigte sie sich noch einen. Nach zwei weiteren Drinks ließ sie den Messbecher, den Mixer und das Eis stehen und füllte das Glas zur Hälfte mit Brandy pur. Nach dem sechsten Drink holte sie all ihre Reisebücher aus den Regalen, breitete sie um sich herum auf dem Boden aus und redete mit ihnen, als wären sie alte Freunde, denen sie nach einer Ewigkeit endlich wiederbegegnet war.

Zögernd verabschiedete sie sich von all den exotischen Ländern, die sie bereist hatte, die Teil ihres Lebens geworden waren und die sie in ihr Herz geschlossen hatte. Sie trauerte nicht nur um meine Mutter, sondern auch um sich selbst; um ihr eigenes Leben, das sie sich erträumt hatte, aber niemals leben würde. Ihre Trauer durchdrang alles.

Sie fing an, nachts aufzubleiben und tagsüber zu schlafen. Sie zog ihr Nachthemd nicht mehr aus und machte unser Bett nicht mehr. »Hat doch sowieso keinen Zweck, oder? Ich geh ja sowieso nirgendwohin.«

»Vielleicht hast du ja bald wieder ein Vorstellungsgespräch«, sagte ich zaghaft.

»Es wird keine Vorstellungsgespräche mehr geben! Wenn man

einer Frau zu oft sagt, dass man sie nicht will, erträgt sie es nicht mehr. Irgendwann reicht es.«

Insgeheim war ich erleichtert. Ich konnte nicht länger dabei zusehen, wie Edith immer wieder enttäuscht wurde, denn irgendwann würde sie mich dafür hassen, dass ich die Hauptzeugin ihres Niedergangs war.

Einige Tage nachdem Ediths Trinkerei begann, schaute ich vom Nägelkauen auf und sah, dass Cat ebenfalls an den Nägeln kaute. Unsere Fingerspitzen waren schon ganz wund. Unsere Hände sahen aus, als hätte nachts im Schlaf eine Rattenkolonie an ihnen genagt. Cat warf Edith immer wieder nervöse Blicke zu und zählte deren Drinks mit den Fingern. Und sobald die konsumierte Tagesmenge die Anzahl von Cats Fingern überstieg, zählte ich mit meinen Fingern weiter, allerdings viel unauffälliger als meine Schwester.

Egal wie oft ich Cat versicherte, dass alles gut werden würde: Sie war besessen davon, was in unserer gefährlichen neuen Realität alles schiefgehen konnte.

»Wenn Edith so weitermacht, werden sie uns fortbringen«, sagte sie. »Es ist nur noch eine Frage der Zeit.«

»Nein, das werden sie nicht«, antwortete ich im Bemühen, genervt und zugleich gelangweilt zu klingen. Manche Dinge blieben besser unausgesprochen, und ich betete, dass Cat endlich lernte, wann es angebrachter war, den Mund zu halten.

»Oh doch. Wenn sie weiter den ganzen Tag trinkt und keine Arbeit findet, haben wir bald kein Geld mehr. Wenn wir kein Geld mehr haben, sind wir arm. Wenn wir arm sind, können wir uns die Miete hier nicht mehr leisten. Und wenn sie uns rausschmeißen, müssen wir auf der Straße leben, weil wir dann obdachlos sind, und dann nehmen sie uns Edith weg und schicken uns zu einer Pflegefamilie. Außer, diese Sozialarbeiterin taucht vorher noch mal hier auf. Wenn sie Edith so sieht, wartet sie erst gar nicht, bis wir obdachlos sind, sondern nimmt uns sofort mit.«

Ich wollte, dass Cat endlich den Mund hielt. Das ständige Geschnatter über ihre schlimmsten Befürchtungen war allmählich nicht mehr auszuhalten. »Wir brauchen bloß einen Plan«, sagte ich und gab mich selbstsicher.

»Der Plan ist, dass Edith uns nicht weggibt und dass Wilhelmina uns nicht mitnimmt.«

»Das ist kein Plan, sondern das, was wir wollen. Und der Plan hilft uns, das zu erreichen.«

»Und was ist dann der Plan?«

»Kannst du mal eine Minute die Klappe halten, damit ich nachdenken kann?«

In der herrlichen Stille, die folgte, holte ich Bleistift und Papier. Ich hatte meiner Mutter immer dabei zugeschaut, wie sie ihre Pläne aufschrieb: welche Besorgungen sie machen musste, was wir für den Urlaub packen sollten oder wie man ein Abendessen für Gäste gab. Ich war mir ziemlich sicher, dass ich das auch hinbekommen würde, denn sie hatte mir immer jeden einzelnen Schritt genau erklärt und dabei betont, wie wichtig es war, stets die Kontrolle zu behalten.

»Also«, sagte ich und knabberte an dem pinkfarbenen Bleistiftradiergummi. »Was könnte uns davon abhalten, weiter hier zu wohnen?«

»Edith natürlich«, sagte Cat düster. »Und Wilhelmina.«

»Mit der kommen wir schon klar«, log ich. »Wenn sie noch mal hier auftaucht, tun wir einfach so, als wären wir nicht da. Sie kann uns schließlich nicht mitnehmen, wenn sie nicht reinkommen kann, also hör auf, dir wegen ihr Sorgen zu machen. Was könnte dazu führen, dass Edith uns weggibt?«

»Ich glaube, sie will uns nicht«, sagte Cat mit zittriger Stimme. »Ich glaube, sie hat uns nur genommen, weil wir sonst keine Familie mehr haben.«

»Dann ist es doch ganz einfach. Wir müssen einfach nur Sachen machen, die ihr so gut gefallen, dass sie uns behalten will.«

»Okay.« Cat klang nicht mehr ganz so düster. »Sie sagt uns immer, dass wir uns nützlich machen sollen, also könnten wir das doch tun.«

»Ja, aber wie?«

»Vielleicht könnten wir ihr Drinks bringen.«

»Sei nicht dumm«, sagte ich. »Wir wollen doch, dass sie weniger trinkt.«

»Ja, aber wir könnten ihr doch Drinks bringen, die viel schwächer sind.«

»Gute Idee!« Unsere Mutter hatte das manchmal auf Partys bei meinem Vater gemacht, und es hatte funktioniert. »Und was noch?«

»Wir können ihr Frühstück machen. Und ihr die Nägel lackieren.«

»Ja, und wir können ihr ein Schaumbad machen …«

»… dann muss sie aus dem Bett kommen.«

»Genau.« Meine Hand tat vom vielen Schreiben schon ganz weh.

»Wir können ihr außerdem sagen, dass sie hübsch ist.«

»Das macht sie bestimmt glücklich.«

»Und wir müssen still sein und uns benehmen, damit sie sich nicht über uns ärgert.«

»Du bist diejenige, über die sie sich immer ärgert.«

»Tut mir leid. Ist keine Absicht.«

»Wir müssen versuchen, sie aufzumuntern.«

»Aber wie?«

»Also, sie mag doch Bilder«, sagte ich und zeigte auf die Wände. »Wir könnten ihr lustige Bilder malen.«

»Und wir könnten ihr Witze erzählen.«

»Und wir könnten Konzerte veranstalten, auf denen wir wie Elvis singen und tanzen.«

Wir schwiegen eine Weile und dachten nach.

»Ich wünschte, wir würden eine Arbeit finden«, seufzte Cat. »Dann könnten wir ihr Geld geben.«

»Dann lass es uns doch versuchen!«

»Wie denn?«

»Na ja, wir haben doch gesehen, wie sie dieses Bewerbungsdings auf der Schreibmaschine getippt hat, die unter ihrem Bett steht. Das braucht man, um Arbeit zu finden, also tippen wir so was für mich.«

»Und was ist mit mir?«

»Unsichtbare Leute kriegen keine Arbeit, du Doofi.«

»Doch, wenn es eine unsichtbare Arbeit ist.«

»Dann geh mal in den Laden und bezahl mit unsichtbarem Geld.«

»Na gut. Du hast recht. Das geht nicht. Glaubst du wirklich, dass es hilft, Arbeit zu finden?«

Ich dachte darüber nach. Edith war so deprimiert und trank so viel, weil sie keine Arbeit fand. Wenn wir jedoch eine fanden und ihr mit Geld helfen konnten, die Miete zu bezahlen, würde sie bestimmt mit dem Trinken aufhören und wieder glücklich werden, und dann wären all unsere Probleme gelöst.

»Ja«, sagte ich. »Auf jeden Fall!«

24
BEAUTY

23. Juli 1976
Houghton, Johannesburg, Südafrika

Die Spätnachmittagssonne fällt durch das Fenster, und Staubkörnchen tanzen in der sanften Brise. Mein Schlafzimmer in dem freistehenden Cottage hinten auf Maggies Grundstück ist größer als meine gesamte Hütte in der Transkei, ja, sogar geräumiger als das Klassenzimmer, in dem ich dreißig Kinder unterrichtet habe. In meinem ganzen Leben habe ich noch keinen solchen Luxus genießen dürfen.

Zu dem Zimmer gehört auch ein Badezimmer mit einer Wanne, in die vier Leute passen würden. Doch um sie zu füllen, muss man nicht ein Dutzend Mal mit Eimern zu einem meilenweit entfernten Fluss gehen und sie wieder zurückschleppen. Man braucht auch kein Feuer zu entfachen, um das Wasser zu erhitzen. Nein, man braucht nur den Hahn aufzudrehen und ein paar Minuten zu warten, und schon ist die Wanne voll. Kein Wunder, dass die Weißen immer so sauber sind. Wenn ich so leben würde, würde ich mindestens zweimal pro Tag ein Bad nehmen.

Das Zimmer selbst ist mit vier Stühlen, einer Frisierkommode, einem Schreibtisch und Einbauschränken möbliert. Das Queen-Size-Bett, in dem ich nachts schlafe, ganz verloren auf der großen Matratze, könnte meine ganze Familie aufnehmen, einschließlich Nomsa. Die Wände sind hübsch tapeziert und mit Bildern geschmückt, und ein dicker weißer Teppichboden kitzelt meine Füße, wenn ich darüberlaufe. Draußen vor dem Fenster ziehen sich Jakarandabäume an der Straße entlang. Ich wünschte, es wäre Frühling, sodass ich die violetten Blüten wie lavendelfarbene Wolken über der Mauer schweben sehen könnte.

In diesem Zimmer sitze ich nun, wohlig in der warmen Sonne wie eine Eidechse auf einem Stein, und lese dabei Dr. Martin Luther Kings Buch *Warum wir nicht warten können*. Maggie besitzt eine große Sammlung verbotener Werke, und es ist ein Privileg, mich in die Philosophie und Literatur zu vertiefen, die die Apartheidregierung mir vorenthalten will.

Die Worte von Doktor King bewegen mich deswegen ganz besonders, weil sie meine eigenen Gefühle eloquenter ausdrücken, als ich es könnte: »Gewaltlosigkeit ist eine machtvolle und gerechte Waffe. Fürwahr, sie ist eine einzigartige Waffe in der Geschichte; sie stößt zu, ohne Wunden zu schlagen, und sie adelt den, der sie handhabt.«

Ich weiß genau: Wenn Nomsa hier wäre und ich ihr diese Passage zeigen würde, die meinen eigenen Glauben in den gewaltfreien Widerstand so deutlich in Worte fasst, würde sie entgegnen, dass Doktor King vor acht Jahren von einer Kugel getötet wurde, ein Jahr vor seinem vierzigsten Geburtstag, und dass diese Kugel aus der Waffe eines Weißen stammte. Ich kann sie förmlich sagen hören: »Wenn er selbst eine Waffe genommen und zuerst geschossen hätte, würde er vielleicht noch leben und könnte weiterkämpfen.«

Unser imaginärer Dialog wird von einem Klopfen an der Tür unterbrochen. Kgomotso, ein junger Mann, der für Maggie arbeitet – was genau, weiß ich nicht –, berichtet mir, dass es Neuigkeiten von Nomsa gäbe. Maggie sei gerade von der Arbeit gekommen und würde gerne in ihrem Büro mit mir reden. Nachdem ich nun seit fast drei Wochen Teil ihres »unsichtbaren Haushalts« bin, weiß ich, dass Maggie nicht das große Büro zur Straße hin meint, das das Paar im Erdgeschoss unterhält und in dem die Wände mit kostbaren Pierneef-Gemälden von *Highveld*-Landschaften behangen sind. Dieses Büro dient nur der Fassade und enthält keinerlei belastendes Material. Es ist außerdem mit einer Minibar ausgestattet, die mit genau den Marken von importiertem Brandy, Zuckerrohrschnaps, Rum und Whisky gefüllt ist, die die Polizeibeamten hier in der Gegend gerne trinken.

Stattdessen gehe ich zu dem geheimen Büro, das hinten im Haus im zweiten Stock liegt, erreichbar nur durch eine Geheimtür, die als Teil des Bücherregals getarnt ist. Ich schlüpfe hinein. Maggie ist noch nicht da, und ich nutze die Zeit, um mich zu beruhigen. Was immer Maggie erfahren hat: Nichts kann schlimmer sein als diese Ungewissheit.

Das Zimmer ist winzig im Vergleich zu den anderen im Haus, etwa so groß wie ein langes, sehr schmales Badezimmer. Es gibt keine Fenster, die Tageslicht hereinlassen, aber drei helle Deckenleuchten. Ein Schreibtisch nimmt den größten Teil des Raumes ein, hüfthohe Bücherregale ziehen sich an den Wänden entlang, und darüber hängen Dutzende gerahmter Fotos.

Statt mich hinzusetzen, versuche ich, meine Atmung unter Kontrolle zu bringen, indem ich die Bilder betrachte. Meine Lieblingsfotografie zieht zuerst meine Aufmerksamkeit auf sich. Darauf sitzt eine jüngere Maggie neben der Singer-Songwriterin Miriam Makeba, die jetzt im Exil lebt. Beide Frauen tragen schimmernde Abendkleider, und Miriam wirft lachend den Kopf in den Nacken. »Mama Africa« hat in einer liebevollen, freundschaftlichen Geste die Hand auf Maggies Bein gelegt, wie ich sie noch nie so beiläufig bei einer schwarzen Frau gegenüber einer Weißen gesehen habe. Auf einem anderen Foto steht Andrew neben Miriams Mann Hugh Masakela, der ebenfalls Musiker ist. Andrew trägt einen Hut verwegen schief auf dem Kopf. In der einen Hand hält er einen Drink, den anderen Arm hat er um Hughs Schultern gelegt.

Ich gehe die Wand entlang, vorbei an Dutzenden Fotografien, die, wenn die Polizei sie entdeckte, meine Gastgeber dermaßen belasten würden, dass sie ohne Verfahren ins Gefängnis kämen. Beim Betrachten stoße ich auf ein Foto, das ich noch nie zuvor gesehen habe. Auch auf diesem ist Maggie wesentlich jünger und steht neben einem hochgewachsenen, gut aussehenden Schwarzen, der etwa Ende dreißig, Anfang vierzig sein könnte. Sein Haar ist kurz geschnitten, und er trägt einen ordentlich gestutzten Bart, der seine sympathischen Gesichtszüge hervorhebt. Er kommt mir bekannt vor, aber ich kann ihn nicht einordnen. Ich nehme an, dass er ein amerikanischer Schauspieler oder Politiker ist.

»Dieses Bild mag ich auch sehr«, sagt Maggie, als sie das Zimmer betritt. »Es ist eines meiner Lieblingsfotos.«

»Wer ist er?«

Sie scheint überrascht zu sein, dass ich das nicht weiß. »Das ist Rolihlahla.«

Wieder betrachte ich das Bild. »Du meinst Nelson Mandela?«

»Nun, Nelson ist zwar eigentlich nicht sein richtiger Name, aber ja, er ist es.«

»Du meinst, sein Vater hat ihn gar nicht Nelson genannt?«

»Nein, ein weißer Lehrer, der seinen Xhosa-Namen nicht aussprechen konnte, gab ihm als Kind den englischen Namen Nelson, und er ist hängen geblieben. Ich habe angenommen, dass es bei dir ähnlich war.«

»Nein. Meine Mutter glaubte, dass es nicht gut für mich wäre, wenn sie mir einen afrikanischen Namen gäbe. Sie dachte, ich könne es in meinem Leben höchstens zur Maid in einem wohlhabenden weißen Haushalt bringen. Indem sie mich Beauty nannte, wollte sie sichergehen, dass meine zukünftigen Arbeitgeber meinen Namen aussprechen könnten und er in ihrer Sprache positive Konnotationen hätte.«

»Wie stolz deine Mutter gewesen sein muss, als du an die Universität gegangen und Lehrerin geworden bist. Du bist auf die Fort Hare gegangen, oder?«

»Ja. Ich habe 1953 meinen Abschluss gemacht, sechs Jahre bevor Schwarze keine akademische Ausbildung mehr erhalten durften. Aber meine Mutter hat es nie erlebt. Sie ist schon vorher gestorben.« Ich drehe mich wieder zu dem Foto um. »Das Dorf, in dem er aufgewachsen ist, liegt nicht weit von meinem entfernt. Ich habe so viele Geschichten über ihn gehört, solche großartigen Geschichten über so einen großartigen Mann, habe aber noch nie ein Bild von ihm gesehen.«

»Nun ja, das hat sicherlich damit zu tun, dass Abbildungen von ihm verboten sind. Die Regierung will, dass niemand ihn erkennt.«

Ich drehe mich von dem Foto weg und setze mich Maggie gegenüber. »Es beschämt mich, dass ich von einer weißen Person etwas über den Held meines Volkes erfahren muss.«

»Und mich macht es wütend, dass euch dieses Wissen vorenthalten wird.«

»Weißt du, was ›Rolihlahla‹ bedeutet?«

»Nein, und weißt du was, mir ist nie in den Sinn gekommen, ihn danach zu fragen.«

»Es bedeutet ›Unruhestifter‹.«

Maggie lacht. »Na, das ist ja mal ein passender Name. Siehst du? Jetzt hast du mir etwas beigebracht.«

»Von wann ist dieses Foto?«

Maggies Blick kehrt wieder zu der Aufnahme zurück. »Es ist schon viele Jahre alt. Es war lange vor dem Rivonia-Prozess. Ich muss ungefähr so alt gewesen sein wie du jetzt. Kennengelernt habe ich ihn durch Albertina Sisulu, mit der ich befreundet bin. Er war ein so charismatischer Mann! Wenn man neben ihm stand, hatte man das Gefühl, in einen elektrischen Sturm geraten zu sein. Er hat sich so leidenschaftlich für die Befreiung seines Volkes eingesetzt und hat persönliche Opfer nicht gescheut. Ich kann dir gar nicht sagen, wie sehr er mich inspiriert hat.« Sie reißt sich von dem Foto los und blickt mich an. »Alles, was Andrew und ich tun, zielt darauf ab, ihn eines Tages zu befreien. Genau wie dich und alle anderen.«

»Ich glaube nicht, dass das je geschehen wird.«

»Du musst daran glauben, Beauty, unbedingt. Was bleibt uns sonst übrig?«

»Sag mir, Maggie, wenn wir diese Freiheit erlangen, für die du kämpfst, wer soll uns anführen? Wer wird uns daran hindern, uns wie Kinder auf ein neues Spielzeug zu stürzen, das allzu schnell zu Bruch geht?«

Maggies blaue Augen leuchten. »Eine große Persönlichkeit, Beauty, jemand wie Nelson Mandela. Wir alle haben es verdient, von einem Mann wie ihm angeführt zu werden.«

»Aber er ist kein junger Mann mehr, und wenn er nicht mehr ist, wer wird es dann tun?«

»Es werden andere großartige Menschen kommen.«

Ich schüttle den Kopf. »Davon gibt es nur wenige. Genau das macht die Großen aus. Ich fürchte mich vor dem, was die Macht mit uns anstellen wird.«

»Wie meinst du das?«

»Wie heißt noch mal das Sprichwort? ›Macht macht korrupt, und absolute Macht macht absolut korrupt.‹ Ich glaube nicht an Utopia. So etwas gibt es nicht, und ich befürchte, dass wir nur alle enttäuscht werden, wenn wir diesem Traum nachjagen.« Doch dann halte ich es nicht mehr aus, ich muss sie endlich nach Nomsa fragen. Wenn es schlimme Neuigkeiten gibt, muss ich sie sofort erfahren. »Du hast etwas von Nomsa gehört?«

Inzwischen weiß ich, wie ausgedehnt und weitreichend Maggies Netzwerk ist. Sie bezieht ihre Informationen aus Berichten von Spionen, Regierungsmitgliedern, Polizeibeamten, Sozialarbeitern, Mitgliedern des *Black Sash,* Journalisten und diversen anderen Mitgliedern wichtiger Organisationen. Die meisten von ihnen bleiben wegen des Risikos lieber anonym und benutzen falsche Namen. Doch Maggie sagt, ihre besten Informationen kämen von ihrer unsichtbaren Armee – den schwarzen Maids, Gärtnern und Kindermädchen, die für hochrangige Leute arbeiten und Informationen sammeln können, weil ihre Herren arrogant genug sind, ihre Bediensteten nicht für intelligent genug zu halten, um all das, was sie unwillkürlich mitanhören, zu verstehen oder zu nutzen.

»Ja«, sagt Maggie. »Dieser Hinweis auf den Mann in Mofolo hat sich als hilfreich erwiesen. Er trägt den Spitznamen Shakes, und meine Quellen sagen, dass Nomsa und Phumla bei ihm sind. Sie stehen kurz davor, das Land zu verlassen. Es scheint, dass sie sich draußen in Venda verstecken, bis sie sicher die Grenze nach Rhodesien passieren können.«

»Das sind ja wunderbare Neuigkeiten!« Ich war schon auf das Schlimmste gefasst gewesen. »Und, ist sie unverletzt?«

»Sie scheint bei dem Aufstand letzten Monat verletzt worden zu sein. Offenbar hat sie einen bösen Schnitt im Gesicht abbekommen, aber wie ich hörte, konnte man die Wunde nähen und behandeln. Ansonsten ist sie bei guter Gesundheit.«

»Oh, Gott sei Dank!«

»Leider gibt es aber auch besorgniserregende Nachrichten.«

»Welche denn?«

»Es heißt, dass sie auf der anderen Seite der Grenze in eines der MK-Lager geschickt und dort ausgebildet werden soll.«

»Was ist ein MK-Lager?«

»Entschuldige, ich vergesse dauernd, dass dir all das relativ neu ist. MK ist die Abkürzung für *Umkhonto we Sizwe,* Speer der Nation. Das ist der bewaffnete Flügel des African National Congress, und sie haben Militärlager in einigen afrikanischen Ländern errichtet, wo sie ihre militanten Mitglieder ausbilden.«

»Wozu bilden sie sie aus?«

»Zu Untergrundkämpfern. Es scheint, als hätten sich Nomsa und ihre Freundin freiwillig gemeldet. Offenbar wirbt Shakes Menschen an, und dorthin bringt er sie, zu den militärischen Trainingslagern.«

Ich habe das Gefühl, als wäre das Gewicht der Maluti-Berge auf mein Herz gestürzt. Die Regierung hat *Umkhonto we Sizwe* als terroristische Organisation eingestuft, und Mitglieder, die gefangen genommen werden, werden erst gefoltert, um ihnen Informationen abzupressen, und anschließend getötet. In den Lagern wird Nomsa dazu ausgebildet werden, Zivilisten zu töten, was bedeutet, dass sie jeden Tag ihres Lebens von der Sicherheitspolizei der weißen Regierung gejagt werden wird und dass diese nicht ruhen wird, bis sie tot ist und keine Bedrohung mehr für sie darstellt.

»Wir müssen sie holen! Wir müssen sie retten, bevor es zu spät ist!«

»Das können wir nicht. Es gibt noch ein Problem, Beauty.«

»Welches?«

»Eine Kontaktperson bei der Polizei hat mich darüber informiert, dass jemand uns verraten hat. Die Sicherheitspolizei wurde eingeschaltet, und schon sehr bald wird man unser Haus überwachen. Das Einzige, was sie derzeit davon abhält, eine Razzia durchzuführen und uns alle sofort zu verhaften, ist Andrews Machtposition in der internationalen Gemeinschaft.«

»Wie viel Zeit haben wir?«

»Höchstens ein, zwei Tage, bevor die Operation ernsthaft beginnt. Für alle anderen haben wir schon einen Plan geschmiedet, und während wir hier miteinander reden, werden sie schon verlegt, aber meine Kontaktperson hat für dich bisher noch nicht die gleichen Dokumente wie für die anderen auftreiben können. Er wird beobachtet und muss vorsichtig sein.«

»Ich brauche keine Papiere! Wir müssen Nomsa finden, bevor sie die Grenze überquert!«

»Du wirst sie nie finden, wenn du unterwegs zu ihr verhaftet und eingesperrt wirst. Wir müssen dir einen legalen Ausweis beschaffen. Das ist die einzige Möglichkeit für dich, in Johannesburg bleiben zu können, während wir versuchen, Nomsa zurückzuholen. Ich habe schon meine Fühler ausgestreckt, um für dich eine Stellung als Maid zu bekommen, damit du gültige Papiere erhältst. Bis dahin müssen wir dich an einen sicheren Ort bringen, bis das alles vorüber ist.«

»Ich kann bei Andile in Soweto bleiben.«

»Nein, das ist zu gefährlich. Die Familien der Demonstrationsorganisatoren werden alle überwacht für den Fall, dass sie zurückkehren. Wenn du dorthin gehst, wirst du ein neues Gesicht sein und Misstrauen erregen.«

»Bitte, Maggie! Bitte sag mir, wo meine Tochter ist!«

»Ich befürchte, das kann ich nicht tun, Beauty. Verzeih mir, aber es wäre nicht sicher für dich, dich jetzt auf den Weg zu machen, und du würdest dich einem Risiko aussetzen, das ich gern vermeiden möchte. Meine Kontaktpersonen haben ein Auge auf sie. Sie ist dort in Sicherheit, und sollte man sie woandershin bringen, werden wir es erfahren. In der Zwischenzeit …«

Das Lämpchen am Telefon auf Maggies Schreibtisch leuchtet auf zum Zeichen, dass jemand in der Leitung ist. Die Klingel wurde abmontiert, damit kein verräterisches Geräusch aus diesem Raum hinausdringt. Das Telefon hat eine eigene Leitung und eine Geheimnummer, die nur sehr wenigen Leuten bekannt ist. Maggie nimmt den Hörer ab und lauscht einen Augenblick. Dann legt sie auf und fährt fort: »Es ist schlimmer als gedacht. Sie sind schon unterwegs. Du musst hier raus! Beeil dich!« Maggie ruft Kgomotso, und er stürzt herein. Sie nickt ihm zu, und er nimmt es als Zeichen. Was auch immer geschieht: Sie sind darauf vorbereitet, und er weiß, was zu tun ist. Maggie wählt bereits eine andere Nummer, und als Kgomotso mich aus dem Zimmer zieht, ruft sie mir nach: »Wir hören bald voneinander!«

Plötzlich ertönt Geschrei von unten, und es wird an die Tür gehämmert.

»Verdammt!«, flucht Maggie und knallt den Hörer auf die Gabel. »Wieder rein mit euch! Ich schließe euch ein. Keinen Mucks!«

Als die Tür hinter ihr zuschlägt, klingt das Schlagen meines Herzens wie Schritte über ein Grab.

25
ROBIN

23. Juli 1976
Yeoville, Johannesburg, Südafrika

Als Edith schlief, zogen Cat und ich die Schreibmaschine (eine hellblaue Olivetti mit weißen Tasten) unter ihrem Bett hervor, schleppten sie ins Wohnzimmer und stellten sie auf den Tisch neben das große Wörterbuch, das Edith manchmal als Türstopper benutzte.

Vorher hatten wir uns in der Nachbarschaft nach Arbeitsangeboten umgeschaut und zwei entdeckt. Mr Papadopoulos vom Imbiss und der Friseurladen um die Ecke hatten Schilder in ihren Schaufenstern, auf denen »Aushilfe gesucht« stand, und wir beschlossen, dass ich für beide Jobs perfekt geeignet war.

Meine erste Bewerbung war nach einer Stunde fertig und klang so:

Lieber Mister ~~Popadopalus~~ ~~Pupsadopalus~~,

ich habe erfahren, dass Sie eine Aushilfe für den Imbiss suchen. Ich weiß, dass Sie nicht nur Fisch, sondern auch Wiener und Russenwürstchen braten. Edith sagt, dass Russen nyet sagen, Wodka trinken und wie Zuhälter aussehen.

Ich eigne mich gut als Aushilfe, weil:

1. *Mein Vater war mit mir am Vaal-Stausee, und dort habe ich einen Karpfen mit einem Stock und etwas Brei geangelt, weil*

ich die Würmer nicht anfassen mochte. Ich werde jeden Tag für Sie angeln, und dabei müssen keine Würmer sterben.

2. *Ich mag Fritten.*
3. *Ich kann die Schule schwänzen, weil meine Zwillingsschwester Cat so tun kann, als wäre sie ich.*
4. *Wenn Sie kein Geld haben, können Sie mich auch mit Essen, Wein, Nagellack oder Lippenstift bezahlen.*
5. *Ich arbeite hart und werde nicht auf Bäume klettern und herunterfallen, wie damals, als ich zum Ballettunterricht sollte.*
6. *Ich kann Griechisch, Edith hat es mir beigebracht. Ich kann fila mou te kola sagen. Ich bin nicht sicher, ob ich das richtig geschrieben habe, weil die Wörter nicht in ihrem Wörterbuch stehen. Vielleicht sind das Schimpfwörter, denn sie hat gelacht, als sie sie gesagt hat.*

Bitte geben Sie mir die Stelle. Wir wollen nicht, dass sie uns fortbringen, nur weil wir arm sind und nirgendwo wohnen können.
Vielen Dank und ein schönes Leben
Robin Conrad

Wir waren beeindruckt von unserem Werk und überlegten, es noch einmal ohne Fehler abzutippen, aber das hätte zu lange gedauert. Wir begannen lieber sofort mit der zweiten Bewerbung.

Liebe Dame vom Friseurladen,

Sie suchen nach einer Friseuse, und ich finde Haare toll. Wir sind wie John und Paul von den Beatles. Wir sind füreinander bestimmt.

Mein Dad hat oft Haare geschnitten, also weiß ich, wie das geht. Ich weiß auch, wie man eine Schüssel benutzt, damit der Pony gerade wird. Ich kann Ihnen zeigen, wie das geht.

Ich hoffe, Sie können mir erklären, wie Haare zu Berge stehen, weil Haare ja keine Füße haben. Vielleicht sind das Zauberhaare.

Sie müssen mich mit Geld bezahlen. Haarschnitte gehen nicht, weil wir davon kein Essen kaufen können.

Ihre haarige Freundin
Robin Conrad

Als wir eifrig tippten, kam Edith aus dem Schlafzimmer gestolpert. »Was ist denn hier für ein Lärm?«, stöhnte sie. »Hört sich an, als würdest du die Wand einreißen.«

Ich dachte schnell nach. »Cat und ich tippen unsere eigene Geschichte, damit wir etwas zu lesen haben.«

»Toll. Wie schön für euch. Könnt ihr bitte leiser sein? Ich habe Kopfschmerzen.«

Als Edith mit einer Flasche Wein und einem Pillenfläschchen im Schlafzimmer verschwunden war, beschlossen Cat und ich, dass meine Bewerbungen sofort abgegeben werden mussten, bevor andere Bewerber genommen wurden. Wir verzichteten darauf, unsere Turnschuhe und Pullis aus dem Schlafzimmer zu holen, weil Edith dann misstrauisch geworden wäre. Stattdessen schlichen wir barfuß in Jeans und T-Shirts aus der Wohnung.

Als wir nach draußen kamen, bereute ich die Entscheidung sofort, denn es war bitterkalt. Ein eisiger Wind fegte durch die Raleigh Street, und der Asphalt war so eisig wie ein zugefrorener See. Meine Nase lief, aber ich hatte nichts, womit ich sie abwischen konnte (kein Taschentuch, keine langen Ärmel, und Cat wollte nicht, dass ich ihr T-Shirt benutzte), also musste ich meinen Handrücken nehmen.

Edith hatte mir schon oft gesagt, dass der erste Eindruck der wichtigste war, weshalb man sich von seiner besten Seite präsentieren musste, wenn man Leute kennen lernte. Mein Spiegelbild in einem der Schaufenster ließ mich ahnen, dass ich mit meinen nackten Schmutzfüßen und der rotzverschmierten Oberlippe nicht gerade blendend aussah, aber ich fror dermaßen, dass es mir egal war.

Ich rannte in beide Läden, warf meine Bewerbung auf die Theke und rannte wieder hinaus. Wenigstens hatte ich den Eindruck hinterlassen, ich sei schnell und effizient. Anschließend sausten Cat und ich wieder zurück, damit ich auftauen konnte, während wir die Umsetzung unseres Plans vorantrieben.

Als wir ins Haus stürmten, stießen wir mit Morrie zusammen, der gerade mit seiner Kamera auf dem Weg nach draußen war.

»Hallo«, bellte er mit seiner tiefen Stimme. »Wo kommst du denn her?«

»Ich war nur mal kurz draußen. Und du?«

»Ich will zum Laden, um Negerkugeln zu fotografieren. Willst du mitkommen?«

»Was sind denn Negerkugeln?«

»Das sind schwarze Süßigkeiten, die weiß werden, wenn man sie lutscht. Wenn du ein paar davon in den Mund nimmst, siehst du so aus.« Er blähte die Wangen und riss die Augen auf. Er wollte mir wohl Appetit machen, aber ich hatte keine Lust auf Süßigkeiten, die einen so aussehen ließen. »Sie sind in einer Schüssel auf der Theke, und manchmal landen Fliegen darauf. Willst du dir das mal ansehen?«

»Igitt. Nein danke.« Ich ging zum Aufzug und drückte auf den Knopf. Morrie folgte mir.

»Was machst du denn jetzt?«

»Wenn du es unbedingt wissen willst: Wir müssen einen supergeheimen Plan durchführen.«

»Wir? Cool!«

»Du doch nicht!«

»Aber du hast gerade ›wir‹ gesagt.«

Das war mir herausgerutscht. Ich hatte Cat gar nicht erwähnen wollen, aber da Morrie mir auf die Pelle rückte, war es wohl an der Zeit, Ediths Warnung in den Wind zu schießen und meine verrückte Seite zu offenbaren. Wenn Morrie wirklich mein Freund sein wollte, musste er schließlich wissen, worauf er sich einließ.

»Mit ›wir‹ meine ich mich und meine Schwester.«

»Ich wusste gar nicht, dass du eine Schwester hast.«

»Sie steht direkt neben dir.«

Morrie schaute sich um. Einen Moment lang war er verwirrt, dann grinste er. »Cool. Eine Fantasieschwester.«

Ich grinste auch. Er hatte den ersten Test bestanden.

»Ich kann bei dem Plan helfen«, sagte er, als er uns in den Aufzug folgte.

»Wie denn?«

»Na ja, zuerst müsst ihr mir natürlich sagen, wie der Plan lautet, damit ich etwas vorschlagen …«

Ich legte Morrie die Hand über den Mund. »Pst!«

Ich hörte das Hämmern bereits, bevor wir unser Stockwerk erreichten. Es verhieß nichts Gutes. Besorgt schlich ich aus dem Aufzug und den Flur hinunter. Morrie folgte mir, und ich signalisierte ihm, dass er still bleiben solle. Dann spähte ich vorsichtig um die Ecke. Die Person, die vor der Tür stand, war klein und stämmig. Ihr Gesicht war im Profil zu sehen, die Hakennase und das spitze Kinn waren unverkennbar. Um den Hals trug sie wieder die Kette mit dem Goldanhänger.

»Es ist diese schreckliche Frau«, flüsterte Cat.

Sie hatte recht. Wilhelmina hämmerte wie besessen gegen unsere Tür.

»Robin? Sind Sie da? Bitte machen Sie auf!« Rums, rums, rums. »Miss Vaughn? Sie können mir nicht andauernd aus dem Weg gehen. Immer wenn ich Sie anrufe, ist besetzt, also bin ich nun leider gezwungen, unangekündigt bei Ihnen vorbeizuschauen.«

Cat war vor Schreck ganz bleich geworden. »Was, wenn Edith aufmacht?«

»So dumm ist sie garantiert nicht«, flüsterte ich zurück, obwohl ich mir nicht sicher war.

»Vielleicht macht sie es doch, nur um sie anzuschreien.«

»Bestimmt nicht, mach dir keine Sorgen.«

In diesem Moment beschloss Morrie, sich in unser Geflüster einzumischen. »Was hat deine Schwester gesagt?«, fragte er laut. Seine Stimme dröhnte wie ein Nebelhorn.

Die Sozialarbeiterin wirbelte herum. »Robin?« Sie hatte uns entdeckt und ging auf uns zu.

»Lauf!«, schrie ich, doch Cat sprintete schon zur Treppe. Ich musste Morrie beiseiteschubsen, um ihn nicht umzurennen.

26
BEAUTY

23. Juli 1976
Houghton, Johannesburg, Südafrika

Zuerst hört man nichts außer unseren Atem. Wir können uns nirgendwo verstecken; der winzige Raum ist unsere einzige Zuflucht, daher setzt sich Kgomotso auf Maggies Stuhl. Achselzuckend bedeutet er mir, mich ihm gegenüberzusetzen. Wir können nichts tun, außer zu warten, aber ich bleibe lieber stehen.

Zum ersten Mal interessieren mich die Fotos und Bücher hier drinnen überhaupt nicht. Ich kann es nicht ertragen, in die glücklichen Gesichter auf den gerahmten Fotografien oder die gebundenen Werke der Hoffnung darunter zu blicken. Meine Gedanken rasen wild durcheinander, sind ständig in Bewegung wie eine Armee roter Ameisen. Sie verschlingen alles auf ihrem Weg, und es wäre gefährlich, sie in mein Inneres einzulassen.

Ich hätte Kgomotso gerne ausgefragt und erfahren, wie er in diesem Raum mit mir gelandet ist, aber die Angst lähmt meine Zunge. Der unsichtbare Haushalt bestand bisher aus sieben von uns, denen Maggie und Andrew auf irgendeine Weise helfen. Wir schweben alle in Gefahr, verhaftet zu werden, obwohl ich vermute, dass die Gefahr für Kgomotso am größten ist.

Es ist ein ungeschriebenes Gesetz, dass wir nicht zu viel über uns preisgeben dürfen. Was wir nicht wissen, kann nicht gegen die anderen verwendet werden, falls wir unter Folter verhört werden.

Kgomotso ist schon länger hier als wir alle und scheint als eine Art Wachtposten zu fungieren. Er ist noch jung, bestimmt erst Anfang zwanzig, und ehrgeizig und getrieben. Er kämpft für das, woran er glaubt, genau wie Nomsa.

Ich denke zurück an den Tag, an dem meine Tochter geboren wurde, an eine Zeit, bevor mein Mann Silumko zusammen mit anderen gesunden jungen Männern unser Dorf verließ, um in den Goldminen zu arbeiten. Er hatte das Vieh auf die Weiden getrieben, war seit zwei Tagen fort, und ich erwartete ihn vor Einbruch der Nacht zurück. Als meine Wehen einsetzten, dauerte es nicht so lange, wie die anderen Frauen prophezeit hatten. Das Baby wollte unbedingt meinen schützenden Bauch verlassen, und noch bevor ich die Hebamme hätte rufen können, hatte sich Nomsa bereits ihren Weg hinaus auf den Boden aus Lehm und Ton erkämpft.

Nomsa schrie nicht, sie machte gar kein Geräusch, und da wusste ich, dass etwas nicht stimmte. Die Nabelschnur hatte sich um ihren Hals gewickelt, und sie konnte nicht atmen, konnte das Geschenk der Luft nicht annehmen, das darauf wartete, ihre Lunge zu füllen. Ich griff nach der *Panga* und befreite mein Kind von der Schnur, die uns verband. Ich frage mich, ob das Durchschneiden der Nabelschnur, das so endgültig die Mutter von ihrem Kind trennt, die Art der Natur ist, uns daran zu erinnern, dass wir nicht länger ein Körper sind und beginnen müssen, den Prozess des Loslassens zu erlernen. Doch lernt eine Mutter das jemals?

Der Gedanke an Nomsa gibt mir das Gefühl, als würde ich Holz in ein Feuer werfen, dessen Hunger nur von schmerzlichen Erinnerungen gestillt werden kann, aber ich kann nicht anders, und bei dem Gedanken an Nomsa erinnere ich mich automatisch an ihren Vater. Ich frage mich, ob sein Tod vor zwei Jahren ihre

Wut angefacht und sie zu dem Entschluss getrieben hat, nach Johannesburg zu gehen. Hat das Magnetfeld seines Todes sie dorthin gezogen, damit sie ihn rächen kann?

Ich denke auch an meine daheimgebliebenen Söhne, Langa und Khwezi, um die sich jetzt unsere Dorfältesten kümmern. Ich habe immer gesagt, ich würde es nie zulassen, dass meine Kinder fern von mir aufwüchsen, doch jetzt stehe ich hier: ein Kind in der Erde, eines auf der Flucht vor der Polizei und zwei weitere am anderen Ende des Landes ohne Vater oder Mutter, die sich um sie kümmern.

Stimmen draußen vor der Tür reißen mich aus meinen Gedanken, und instinktiv schalte ich die Lichter aus. Zunächst klingt das Murmeln wie das Summen eines Fliegenschwarms, doch als es näher kommt, können wir die gedämpften Worte deutlich verstehen.

»Wie Sie sehen, ist dies die Bibliothek. Sie können gerne auch hinter den Gardinen nachsehen, falls Sie glauben, dort würde sich jemand verstecken.« In Maggies Stimme hört man keine Spur von Angst.

»Das wird nicht nötig sein, Mrs Feldman, aber haben Sie etwas dagegen, wenn wir uns Ihre Lektüre etwas näher ansehen?« Es überrascht mich zu hören, dass der Polizist englischsprachig ist.

»Selbstverständlich nicht. Sie werden keine unerwünschten Werke finden. Dies hier ist ein gesetzestreuer und gottesfürchtiger Haushalt.«

»Officer Lourens, holen Sie die Bücher aus dem Regal, damit wir überprüfen können, ob sich nichts dahinter verbirgt.«

Es ist zu dunkel, um Kgomotsos Augen erkennen zu können. Ist er genauso erschrocken wie ich? Weiß die Polizei von dem verborgenen Büro hinter den Bücherregalen? Sucht sie den Eingang dazu? Bücher fallen polternd zu Boden.

»Ist das wirklich notwendig? Einige dieser Bände sind ziemlich wertvoll. Wäre es nicht möglich, sie vorsichtig herauszunehmen?«

Das Poltern verstummt. Weitere Minuten verstreichen, und ich bin sicher, dass alle Welt das Klopfen meines ängstlichen Herzens hören kann.

»So, jetzt haben Sie alles rausgeholt«, sagt Maggie. »Wie Sie sehen, gibt es auch keine verborgenen Tresore hinter den Büchern, ebenso wenig, wie Sie welche hinter den Gemälden gefunden haben. Wenn Sie möchten, führe ich Sie zu den beiden Safes, die wir haben, und schließe sie für Sie auf.«

Männerstimmen diskutieren miteinander und kommen überein, die Suche im unteren Geschoss fortzusetzen. Mir wird gerade schwindelig vor Erleichterung, als eine andere Stimme ertönt. »Einen Moment, ich möchte mir diese Regale noch einmal näher ansehen.«

Ich fange am ganzen Leib an zu zittern. Ich kann mir nicht vorstellen, wie es Maggie gelingt, die Fassung zu bewahren. Ein lauter Knall erschreckt mich, und ich hätte beinahe aufgeschrien. Kgomotso steht auf und tastet sich vorsichtig zu mir herüber. Er legt den Arm um mich und erlaubt mir, mein Gesicht an seiner Brust zu verbergen. Sein Herzschlag dröhnt und schlägt wie ein Hammer gegen sein Brustbein. Wir hören noch einen Knall und noch einen. Jemand schlägt mit der Faust gegen die Regale.

»Ich hoffe, Sie haben nichts dagegen, wenn ich die Schäden geltend mache, die Sie an meinem Eigentum verursachen. Ich werde sie begutachten lassen und die Rechnung an Ihre Behörde schicken.«

Endlich hört das Hämmern auf, und die Stimmen entfernen sich. Ich klammere mich weiter an Kgomotso. Er hält mich aufrecht, und ich bin dankbar für diese Unterstützung, die mir meine eigenen Beine nicht mehr geben können. Als meine Kraft zurückkehrt, erlaube ich ihm, mich zu dem Stuhl zu bringen, und ich lasse mich darauf sinken.

Stunden vergehen. Ich befürchte, dass ich den Inhalt meiner Blase nicht mehr länger halten kann. Wie kann ich mich erleichtern, ohne die Schmach zu erdulden, mir vor einem jungen Mann in die Hose zu machen? Das erinnert mich wieder an meine Reise nach Johannesburg und den Zwischenfall mit der Toilette in Pietermaritzburg, doch bevor ich den Stachel dieser Demütigung noch einmal spüren muss, wird die Tür zum Büro geöffnet. Maggie steht auf der Schwelle, und in dem Licht, das von hinten auf sie fällt, sieht sie aus wie ein Racheengel. Sie schaltet die Deckenbeleuchtung ein, und ich blinzle. Maggie ist blass, lächelt aber.

»Das Glück war auf unserer Seite. Alle sind weggekommen, bevor die Polizei hier war, und es wurde nichts gefunden, was uns in Schwierigkeiten bringen könnte. Kommt, wir müssen euch beide hier rausschaffen, bevor sie einen Grund finden zurückzukehren.«

27

ROBIN

23. bis 27. Juli 1976
Yeoville, Johannesburg, Südafrika

Morrie, Cat und ich rannten die Fluchttreppe hoch, unsere Tritte hallten von den Wänden wider.

»Wer war das?«, schrie Morrie.

»Sei still und lauf weiter!«, schrie ich zurück.

Wir hatten drei Stockwerke geschafft, als unten die Tür zuknallte.

»Robin!«, rief Wilhelmina hinter uns her.

Wir huschten aus dem Treppenhaus und rannten den Flur der vierzehnten Etage entlang. Auf der anderen Gebäudeseite gab es noch eine Fluchttreppe, und wenn wir mit Wilhelmina Katz und Maus spielten, würde sie uns nicht erwischen, weil sie zu fett war und keine Kondition hatte. Als sie uns nachgerufen hatte, war sie schon ganz außer Atem gewesen. Sie würde uns nicht lange verfolgen können, selbst wenn sie wusste, in welche Richtung wir gelaufen waren.

In den folgenden zehn Minuten liefen wir im Zickzack sieben Stockwerke hinauf und hinunter, wobei wir das elfte Stockwerk, wo unsere Wohnung war, vorsichtshalber ausließen für den Fall, dass Wilhelmina wieder dorthin zurückging.

»Können wir uns bei euch verstecken?«, fragte ich Morrie.

»Mein Vater hat mich rausgeschickt«, sagte Morrie verlegen.

»Er hat eine wichtige Besprechung und meinte, es würde zu sehr ablenken, wenn ich ständig Fotos mit Blitzlicht mache. Sollen wir vielleicht versuchen, das Haus zu verlassen?«

»Und wenn sie damit rechnet und unten in der Lobby auf uns wartet?«

»Stimmt. Und was ist mit dem Keller? Da unten sind nur ein paar Lagerräume, und niemand außer George geht dorthin. Das ist das perfekte Versteck.«

Ich hatte keine Zeit nachzufragen, wer George war, und da mir keine bessere Lösung einfiel, machten wir uns vorsichtig auf den Weg nach unten, wobei wir die ganze Zeit horchten, ob Wilhelmina wieder auftauchte. Als wir endlich unten angekommen waren, blieben wir im Gewirr der Kellerräume stehen und schnappten nach Luft. Wir warteten zwanzig Minuten, und jede Minute bewegte sich die Hand von Micky Maus auf dem Zifferblatt meiner Armbanduhr ein Stückchen weiter. Ich hatte gerade beschlossen, dass genug Zeit vergangen war und Wilhelmina bestimmt nicht mehr nach uns suchte, als wir den Aufzug surren hörten. Jemand war auf dem Weg nach unten.

Zum Nachdenken blieb keine Zeit. Ich griff nach der nächsten Türklinke, und auf wundersame Weise ging die Tür auf. Erst als wir hineingestürmt waren, bemerkten wir, dass schon jemand anders dort war: ein alter brauner Mann, der eine seltsam riechende Zigarette rauchte und über unseren Anblick genauso überrascht zu sein schien wie wir über seinen.

Ich starrte auf seine braunen Hände und fragte mich, ob sie wohl jemals einem weißen Menschen ein Messer an die Kehle gehalten hatten. Bei dem Gedanken lief es mir eiskalt über den Rücken. Als ich gerade die Flucht ergreifen wollte, begrüßte Morrie den Mann.

»George! Wie geht's? Schnell, schließ die Tür ab!«

Der alte Mann fackelte nicht lange. Für sein Alter war er erstaunlich schnell. Er sprang sofort auf und fummelte an seinem großen Schlüsselbund. Erst als er die Tür verriegelt hatte, atmete ich auf. Der Gong des Aufzugs ertönte, dann hörten wir, wie die Türen aufgingen.

»Pst«, sagte ich. Der alte Mann nickte und trat seine süßlich riechende Zigarette auf dem Boden aus.

»Licht«, murmelte er und deutete auf den Schalter über meinem Kopf. Ich nickte und drehte den Schalter um. Es wurde stockfinster.

Ich hoffte inständig, dass es nicht Wilhelmina war, doch dann begann sie, nach mir zu rufen. »Robin? Bist du hier unten? Robin, bitte komm heraus. Ich bin hier, um dir zu helfen.«

In der Dunkelheit klangen die Geräusche viel lauter als sonst. Ihre Schritte kamen näher, und wir hörten ihr Keuchen, als sie an unserer Tür vorbeikam. Sie rief minutenlang weiter nach mir, während sie von Tür zu Tür ging und an den Klinken rüttelte.

Ich wurde immer panischer.

Wir hatten nicht genug Zeit, unseren Plan durchzuführen. Wenn Wilhelmina uns hier findet, wird sie uns zwingen, die Wohnungstür zu öffnen, und dann wird sie Ediths schrecklichen Zustand sehen.

Ich sah ebenfalls schrecklich aus, bestimmt genauso verdreckt und schmuddelig wie der Straßenjunge namens Oliver, von dem ich in einer Radiosendung gehört hatte.

Wenn Wilhelmina uns so erwischt und mitbekommt, dass Edith sturzbetrunken ist, wird sie uns garantiert mitnehmen. Das kann ich nicht zulassen.

Wilhelmina kam wieder in unsere Richtung. Sie war noch immer außer Atem von der Verfolgungsjagd, und bei jedem Keuchen zuckte ich zusammen. Gleich würde sie an unserer Tür rütteln. Angespannt kaute ich an meinen Fingernägeln.

Gleich findet sie uns. Sie ist schon fast da.

Doch dann hörte das Keuchen auf wundersame Weise auf. Ich spitzte die Ohren, vernahm jedoch nichts. Draußen war es ganz still.

Sie ist weg! Sie ist verschwunden!

Und dann wurde die Türklinke heruntergedrückt. Im Dunkeln konnte ich es zwar nicht sehen, doch sie quietschte. Ich hielt die Luft an, bis Wilhelmina die Klinke endlich wieder losließ und weiterging.

Ich weiß nicht, wie lange wir danach noch warteten. Der süßliche, moschusartige Duft der Zigarette des alten Mannes hing schwer in der Luft, und ich wurde sehr müde. Ich musste kurz eingenickt sein, denn ich wurde durch ein grelles Licht geweckt. Zuerst dachte ich, es sei ein Blitz, bis mir einfiel, dass wir ja im Keller waren, wo es keine Fenster gab.

Das Licht war wieder an. Der alte Mann warf mir ein Zahnlücken-Lächeln zu.

»Jesses! Master Morrie und die kleine Miss haben King George gerettet«, sagte er. »Wenn sie ihn hier mit einem Joint erwischt hätten, wäre er garantiert gefeuert worden.« Er lispelte; es klang, als hörte man einer Mücke, die über sich selbst in der dritten Person sprach, beim Summen zu.

Da ich zu müde war, um ihm zu erklären, dass er eigentlich mich gerettet hatte, nickte ich bloß und erwiderte sein Lächeln. Morrie wedelte derweil mit zwei Fotos herum, die er mit seiner Sofortbildkamera gemacht hatte.

»King George ist sehr erfreut, die Bekanntschaft der kleinen Miss zu machen.« Der alte Mann streckte mir die Hand entgegen, und ich zögerte nur eine Millisekunde, bevor ich sie ergriff. »Master Morries Freunde sind auch King Georges Freunde.«

»Ich bin Robin«, sagte ich, dann deutete ich neben mich. »Und das ist Cat.«

King George kicherte und nickte. »Das Zeug ist stark, Mann. Da sieht King George auch jede Menge *kak.* Das hier ist ein Känguru.« Er deutete neben sich.

»Und das hier ist meine Konkubine.« Er legte seinen Arm um jemanden, der unsichtbar blieb, und Morrie lachte.

Die Haut von King George hatte eine seltsame Farbe: zu hell, um schwarz zu sein, aber zu dunkel, um als weiß durchzugehen. Ich wurde nicht schlau daraus. Ich wollte ihn fragen, wie das passiert war: ob er schwarz geboren und dann immer bleicher geworden war oder ob er weiß auf die Welt gekommen und dann zu oft in der Sonne gewesen war. Aber ich konnte den Gedanken nicht lange genug festhalten, um ihn auszusprechen. Mr Klopper, ein Lehrer an meiner alten Schule, hatte uns mal gesagt, dass alle Schwarzen weiß sein wollten, weil sie dummerweise glaubten, dass alle Weißen nur wegen ihrer Hautfarbe reich und glücklich waren. Er hatte erzählt, dass sie alle möglichen Sorten von Hautaufhellern benutzten, um weiß zu werden, und wir hatten darüber gelacht, wie dumm die Schwarzen waren. Vielleicht war es King George ja auch so ergangen.

Als Cat und ich uns schließlich von Morrie verabschiedet hatten und zurück in die Wohnung kamen, fanden wir einen Zettel unter der Tür, auf dem stand, dass Edith Wilhelmina unbedingt anrufen sollte. Wir zerknüllten ihn und warfen ihn weg. Dann schauten wir ins Schlafzimmer. Unsere Vermutung bestätigte sich: Die schnarchende Edith hatte von alldem nichts mitbekommen. Plötzlich bekam ich Heißhunger, und als ich die vier letzten Scheiben altbackenes Brot vertilgt hatte, ließen Cat und ich uns aufs Sofa fallen und schliefen ein.

Der Plan, Edith aufzumuntern, wurde am nächsten Tag in die Tat umgesetzt. Ich fing an, indem ich ein paar alberne Bilder für sie zeichnete, vor allem von den »Höllenpförtnerinnen«, wie Edith die Frauen nannte, die die Vorstellungsgespräche mit ihr geführt hatten. Doch keine der Zeichnungen, noch nicht einmal diejenigen, auf denen die Frauen Hörner auf dem Kopf und gezackte Schwänze am Hintern hatten, brachte Edith zum Lachen. Um sie von ihrer Misere abzulenken, stellte ich ihr Fragen über ihren Schmuck, gab sogar vor, krank zu sein. Doch es funktionierte nicht. Sie gab mir einfach Kopfschmerztabletten, die ich mit Hustensaft hinunterspülen sollte. Die Mixtur war ekelerregend, und ich schwor mir, nie wieder auf diese Taktik zurückzugreifen.

Bei der Zubereitung der Mahlzeiten für Edith mussten Cat und ich besonders kreativ sein. Wenn Edith überhaupt einmal die Wohnung verließ, dann, um Spirituosen einzukaufen. Die Küchenschränke waren leer. Unser Frühstück mit Spaghetti und Senfpickles fand leider keinen Anklang bei ihr, ebenso wenig die Rice-Krispies-Tomatensauce-Törtchen, die wir ihr zum Abendessen servierten. Zweimal versuchten wir, Edith mit einem duftenden Schaumbad aus dem Schlafzimmer zu locken, doch umsonst; das Badewasser wurde kalt, und der Schaum fiel in sich zusammen.

Weder Komplimente noch Kommt-ein-Mann-zum-Arzt-Witze konnten Edith aufheitern.

Abgesehen von Cat war Elvis meine einzige Gesellschaft, und selbst er schien an einer Depression zu leiden. Seine Federn fielen aus, erst vereinzelt, dann massenweise, und er krächzte nur noch ein einziges Lied, »Don't Cry Daddy«, was Edith nur dazu brachte, noch lauter zu seufzen und sich noch größere Drinks einzugießen. Wir versuchten es damit, Elvis-Platten auf voller Lautstärke abzuspielen und dabei mit den Hüften zu wackeln und die Lippen zu bewegen so wie Elvis in den Filmen, die wir im Autokino gesehen hatten, aber Edith kam einfach nur aus dem Zimmer, sah mich an, rief »Gott hilf mir!«, drehte sich wieder um und ging zurück ins Bett.

Auch wenn keiner unserer Pläne funktionierte: Die Sorge um Edith, das Austüfteln von Plänen und das Beobachten ihres steigenden Alkoholkonsums gaben uns wenigstens etwas zu tun. Es lenkte uns von unserem eigenen Schmerz ab. Zu diesem Zeitpunkt hatte ich bereits ausgiebig darüber nachgedacht, was akzeptabel war und was ein Tabu darstellte, wenn es um die Bewältigung unserer eigenen Trauer ging. Es war absolut tabu, über unsere Trauer zu reden oder sie auf eine andere Weise zum Ausdruck zu bringen, die unsere Eltern mitbekommen konnten.

»Denk einfach an was Schönes«, sagte ich eines Tages zu Cat, als wir uns besonders einsam fühlten und sie zu weinen anfing.

»An was denn?«

»Zum Beispiel daran, als Mom uns eine Gutenachtgeschichte vorgelesen und dabei ihre Stimme verstellt hat und dann wollte, dass wir die komische Stimme nachmachen. Oder als ich auf Dads Schoß sitzen durfte und er aus meinen Sommersprossen Sternenbilder malte und dann sagte, wie sie hießen.«

»Ja, ich erinnere mich. Damals wollte ich auch Sommersprossen haben, so wie du.«

»Aber wenn du an was Schönes denkst, warum weinst du dann noch immer?«

»Weil die Erinnerung daran mich traurig macht.«

Da begriff ich, dass zu glückliche Erinnerungen zu Verzweiflung führten, also durften sie nur mittelglücklich sein. Es war, als säße man auf einer Wippe: Wenn eine Seite des Gefühlsspektrums zu schwer war, ging das Gleichgewicht verloren. Und ich musste dafür sorgen, dass Cat die Balance behielt.

Also wurden mittelglückliche Erinnerungen die Momente, in denen Cat und ich am meisten schwelgen durften: Situationen, in denen wir zusammen mit unseren Eltern beim Essen saßen, Ausflüge machten oder Setzlinge im Garten pflanzten.

»Weißt du noch, als Mabel …«

»Nicht über Mabel reden«, sagte ich zu Cat. »Dann weinst du wieder.« Ich musste wirklich die ganze Zeit aufpassen.

Wenn ich Cat vom Weinen abhielt, war mir jedoch zugleich bewusst, wie unlogisch mein Verhalten war. Meine Eltern hatten Cat ja nie sehen können, also zählten ihre Tränen eigentlich gar nicht. Nur meine Tränen zählten, nur meine Tränen mussten zurückgehalten werden. Für Cat war es wichtig, weinen zu dürfen, Tränen zu vergießen und für uns beide zu trauern, denn irgendwie half das; die Gewissheit, dass Cat weinte, half, den schrecklichen Druck in meiner eigenen Brust ein kleines bisschen abzumildern. Aber zusehen konnte ich ihr dabei nicht.

Ich fing an, die Wohnung öfter zu verlassen, und verbot Cat, mich zu begleiten. Stattdessen nahm ich die Mascara-Tube meiner Mutter überallhin mit; damit fühlte ich mich sicherer, als könnte mir nichts Schlimmes passieren, solange ich sie dabeihatte.

Ich begann, mich in den Park zu wagen und mich auf die Schaukel zu setzen oder in den Laden zu gehen, um Süßigkeiten zu kaufen. Der Inhaber, Mr Abdul, blickte mich traurig an, denn Edith hatte ihm von meinen Eltern erzählt. Er ließ mich immer

Lutscher auf Ediths Rechnung kaufen, aber vermutlich hat er ihr nie etwas dafür berechnet.

Mr Abdul war weder weiß noch schwarz. Aber er hatte auch nicht die gleiche Hautfarbe wie King George, was verwirrend war. Wenn die Leute nicht mit der richtigen Hautfarbe zur Welt kamen, wie sollten wir dann wissen, vor wem wir Angst haben sollten?

Eines Nachmittags, als ich an Tinas Friseursalon vorbeispazierte, rief sie mich herein.

»Ich habe deine Bewerbung bekommen, Robin«, sagte sie. »Es tut mir leid, dass ich dich nicht einstellen konnte, denn du bist bestimmt klasse! Nur leider brauchte ich jemanden mit mehr Erfahrung und einer Friseurausbildung. Aber darf ich dir vielleicht die Haare schneiden? Gratis natürlich!«

»Na gut«, sagte ich. Ich war noch nie zuvor beim Friseur gewesen; mein Vater hatte mir immer bei uns zu Hause im Bad die Haare geschnitten. »Danke. Aber mein Pony muss so bleiben, wie er ist.«

»Aber er wird allmählich zu lang, und dann siehst du nichts mehr.«

»So mag ich es aber«, sagte ich. Aber in Wahrheit wollte ich nicht, dass sie den Haarschnitt meines Vaters zerstörte.

Nach einer kurzen Haarwäsche nahm ich auf dem Stuhl Platz. Tina hatte zwei Kissen daraufgelegt, damit ich hoch genug saß. Sie fuhr mir mit den Fingern durchs Haar, und dieser Sinneseindruck vermischte sich mit der Erinnerung an meinen Vater. Ich musste an das letzte Mal denken, als er sich auf den Rand der Badewanne gesetzt und mir bedeutet hatte, auf dem Hocker vor ihm Platz zu nehmen.

»Mach die Augen zu, Sommersprosse«, sagte er, und dann

sprühte er mein Haar nass. Der Nebel aus der Spraydose legte sich wie ein Seufzer über mich. Die Zähne des Kamms kitzelten meine Kopfhaut, als mein Vater vorsichtig die Knoten in meinem Haar löste.

»Lass die Augen zu«, wies er mich an, als er mir die Schüssel auf den Kopf setzte.

Als mein Vater am Schüsselrand entlang schnitt, spürte ich die kalte Schere an meiner Stirn. Ihr Schnippen klang wie ein Schlaflied, es machte mich ganz müde. Ich hielt die Handflächen hoch und spürte, wie Haarsträhnen darauffielen, und ich stellte mir vor, dass es Schneeflocken waren. Dann döste ich ein und wurde erst wieder wach, als mein Vater versuchte, mir nasse Haarschnipsel von den Wimpern zu pusten.

Die Erinnerung an meinen Vater, an den Duft seines Rasierwassers, den Minzgeruch seines Kaugummis, die kräftige Wärme seines Körpers an meinem Rücken, machte mich traurig, und schon stiegen die verräterischen Tränen wieder in mir hoch.

Ich muss hier raus.

»Mir ist gerade eingefallen, dass ich gar keine Zeit habe«, sagte ich und hopste vom Stuhl. »Ich muss nach Hause.«

Als ich mit klatschnassen Haaren aus dem Salon rannte, rief Tina mir hinterher, doch ich drehte mich nicht um.

Als ich bei Mr Papadopoulos vorbeischaute, um mich nach meiner Bewerbung zu erkundigen, sagte er, dass er leider keine Kinder beschäftigen dürfe. Dann schenkte er mir eine Portion Fish 'n' Chips, eingepackt in Zeitungspapier. Außerdem bat er mich freundlich, den griechischen Satz, den Edith mir beigebracht hatte, niemals laut auszusprechen. Der Satz war wohl wirklich sehr, sehr schlimm. Ohne Arbeit konnte ich mich bei Edith allerdings nicht nützlich machen, und so fiel auch unser letzter Plan ins Wasser.

Eines Tages war ich Ediths Reisebücher, Cats Geschnatter und die ständige Angst vor der Rückkehr der Sozialarbeiterin so leid, dass ich mir ein paar Münzen von Ediths Nachttisch nahm und allein mit dem Bus zur Stadtbibliothek von Johannesburg fuhr. Der Busfahrer gab mir Bescheid, an der Ecke der Commissioner und Simmonds Street auszusteigen, und anschließend lief ich eine Stunde vor dem riesigen Gebäude auf und ab, bevor ich genug Mut gefasst hatte hineinzugehen.

Die Kinderbuchabteilung war leicht zu finden, und ich genoss es, die Regalwände entlangzugehen, die Finger über die Buchrücken gleiten zu lassen und den modrigen Duft der vergilbten Seiten einzuatmen. Ich suchte nach meinen Lieblingsautoren und Lieblingsgeschichten, nahm Bände aus den Regalen und stapelte sie übereinander, bis mir die Arme vom Tragen wehtaten. Als ich einen leeren Tisch fand, stellte ich den Stapel ab, und dann tat ich endlich, was ich schon die ganze Zeit tun wollte: Ich verlor mich in den Büchern. Ich weiß nicht mehr, wie lange ich dort saß, aber als ich in den Geschichten schmökerte und in den Illustrationen schwelgte, vergaß ich, wie traurig und einsam ich war.

Stattdessen lächelte ich über die Mätzchen von Mondgesicht und den anderen Figuren vom *Zauberbaum*, jubilierte, als die *Schwarze Sieben* mal wieder ein Geheimnis löste, und dachte nicht mehr daran, dass Lachen bedeutete, sich wegen eines gestohlenen Augenblicks des Glücks schuldig zu fühlen.

Als ich das letzte Buch durchgeblättert hatte, fiel mir der eigentliche Grund ein, aus dem ich überhaupt in die Bibliothek gekommen war. Da ich aber nicht wusste, wo ich nachschauen konnte und mit dem Katalogsystem nicht zurechtkam, beschloss ich, mich an eine Mitarbeiterin zu wenden.

Als ich zur Theke kam, sprach die Mitarbeiterin mit einer

älteren Dame, die einen großen Karton neben sich stehen hatte. Sie schienen sich gerade voneinander zu verabschieden. Als ich ein paar Minuten dort gestanden hatte, unterbrach die Mitarbeiterin das Gespräch und wandte sich mir zu.

»Kann ich dir helfen?«

»Hallo. Ich brauche Hilfe bei der Suche nach ein paar Büchern.«

»Ich bin gerade anderweitig beschäftigt, aber wenn du später wiederkommst …«

»Nein, lass mal, Karen«, sagte die ältere Dame. »Ich werde ihr helfen. Das ist meine Spezialität.«

»Aber du wolltest doch gerade gehen.«

»Das wird meine letzte Buch-Schnitzeljagd für heute. Ich lasse meine Sachen hier stehen, wenn es dir nichts ausmacht.« Die Dame wandte sich von der Mitarbeiterin ab und schaute mich an.

Sie hatte blondes Haar, das bis zum Kinn reichte, und freundliche hellblaue Augen.

Sie lächelte und reichte mir die Hand. »Hallo. Ich bin Maggie, die Leiterin der Bibliothek.«

Ich nahm schüchtern ihre Hand. »Hallo, ich bin Robin.«

»Freut mich sehr, dich kennenzulernen, Robin. Nach welchen Büchern suchst du denn?«

»Nach Büchern über Waisenkinder.«

»Waisenkinder? Da hast du dir das perfekte Thema für einige wirklich gute Klassiker ausgesucht. Nimm Platz. Ich schau mal, was ich für dich finden kann.«

Ich ging zurück zu meinem Tisch und schaute Maggie dabei zu, wie sie die Regale entlangging und hier und dort ein Buch herauszog. Sie schien genau zu wissen, wo sie suchen musste. Dann kam sie zu mir herüber.

»Bitte sehr«, sagte sie, legte die Bücher auf den Tisch und nahm vorsichtig auf dem viel zu kleinen Kinderstuhl mir gegenüber Platz.

»So. Hier haben wir *Der geheime Garten, Heidi, Sara, die kleine Prinzessin, Die Güterwagenkinder, Pippi Langstrumpf, Anne auf Green Gables, Das Dschungelbuch, Aschenputtel* und *Peter Pan.* Das dürfte für den Anfang reichen. Möchtest du sie ausleihen?«

»Ja bitte, aber ich bin gerade erst hierher gezogen. Ich war bisher nur Mitglied in der Bibliothek von Boksburg.«

»Verstehe. Hier kannst du aber auch Mitglied werden. Lass uns zur Eingangstheke gehen, dort kann ich dir das Antragsformular geben. Deine Eltern müssen es nur unterschreiben.«

Ich nickte eifrig, doch dann hielt ich inne.

Ich habe keine Eltern. Ich habe keine Eltern mehr, die das Antragsformular unterschreiben können.

Alles, was ich auf der Welt noch hatte, waren eine betrunkene Tante und eine Schwester, die es nur in meiner Fantasie gab. Sie bildeten das löchrige Sicherheitsnetz, das mich vom Abgrund trennte, das hauchdünne Spinnennetz, an das ich mich klammerte. Plötzlich spürte ich wieder den gewaltigen Druck der Trauer in meiner Brust.

Mommy und Daddy sind tot, und wer tot ist, kommt nie wieder zurück. Sie haben versprochen, dass sie zurückkommen. Mommy hat es versprochen! Aber sie sind nicht zurückgekommen, und ich werde sie niemals wiedersehen.

All die Wochen, in denen ich mich verstellt, die Stille mit Geschnatter gefüllt und mir befohlen hatte, nicht daran zu denken, all diese Wochen waren umsonst gewesen, denn sie hatten mich zu diesem Moment geführt, in dem mir das Herz brach. Panisch blickte ich mich nach Cat um, die meine Rettung war. Sie wusste, wie tief der Brunnen unserer Trauer reichte und wie bitter unsere Tränen schmeckten. Sie wusste, wie furchtbar das Gefühl der Verlassenheit war und wie sehr es an uns nagte. Ich brauchte sie, damit sie unseren Schmerz zum Ausdruck brachte, damit sie für uns beide weinen konnte, während ich sie tröstete, doch sie war nirgends zu sehen.

Ohne sie hatte ich kein Druckventil mehr für meine überwältigenden Gefühle. Die erste Träne lief mir übers Gesicht, dann die nächste. Ich war entsetzt darüber, wie warm und nass sie waren, und presste die Hände gegen die Augen, um der Tränenflut Einhalt zu gebieten.

Hör auf zu weinen, hör auf zu weinen.

Ich wusste, dass es nutzlos war, genauso gut hätte ich versuchen können, mit meinen Fäusten tausend heranwogende Brandungswellen aufzuhalten. Nun war der Moment gekommen, das zuzulassen, was ich in den sechs Wochen seit dem Tod meiner Eltern unterdrückt hatte: Ich ergab mich und gab meiner Trauer nach und begann hemmungslos zu schluchzen wie ein verängstigtes und verlassenes Kind, das ich ja war.

Maggie erschrak über die Heftigkeit meines Gefühlsausbruchs, der scheinbar aus dem Nichts kam. »Oh Gott, oh Gott«, sagte sie. »Was ist denn? Robin, geht es dir gut?« Sie versuchte, mich dazu zu bringen, sie anzuschauen, aber ich vergrub das Gesicht in meiner Armbeuge.

Die Worte meiner Mutter fielen mir wieder ein: *Du willst doch jetzt nicht heulen, oder? Du weißt doch, wie hässlich du dann aussiehst.*

»Robin, schaust du mich bitte mal an?«, sagte Maggie. »Bitte schau mich an und sag mir, was los ist.«

»Nein«, schluchzte ich. »Ich will nicht, dass Sie mich anschauen.«

»Warum denn nicht?«

»Weil ich hässlich bin.«

»Das stimmt doch nicht! Du bist schön. Du bist eine kleine Schönheit, wirklich!« Sie sagte es mit solcher Überzeugung und Aufrichtigkeit, dass ich ihr fast glaubte. Ich sehnte mich so sehr danach, ihr zu glauben und genauso überzeugt zu sein wie sie.

Ich traute mich, den Kopf zu heben.

»Das ist schon viel besser. Schau dir dieses wunderschöne Gesicht an.«

Ich musste lächeln, trotz meiner Tränen.

»Magst du mir jetzt sagen, was los ist?«

Ich schniefte, wischte mir die Nase am Arm ab, und dann begann ich zu erzählen. Maggie unterbrach mich zwischendurch immer wieder sanft und bat mich, tief Luft zu holen und langsamer zu sprechen, damit sie mich verstehen konnte, und ich schnappte jedes Mal nach Luft, bevor ich weiterredete. Sie hielt meine Hand, während ich mich durch meine Erzählung schluchzte und ihr fast alles berichtete, was passiert war, seit die Polizei bei uns zu Hause aufgetaucht war, bis zu dem Moment einige Stunden zuvor, als ich weglief, nachdem ich Edith betrunken auf ihrem Bett hatte liegen sehen, ihre Stewardess-Uniform auf der Decke drapiert und Fotos meiner Mutter wie Konfetti darübergestreut.

»Und jetzt weine ich«, schluchzte ich. »Dabei darf ich doch nicht weinen.«

»Warum das denn nicht?«

Ich holte zitternd Luft. »Weil meine Eltern zuschauen und meine Mom mir immer gesagt hat, dass ich mich nicht wie eine Heulsuse aufführen soll, und jetzt denkt sie bestimmt, dass ich sie nicht mehr lieb habe, weil ich mich nicht wie ein großes Mädchen benehme.«

Maggie musste noch eine Weile weiter sanft auf mich einreden, bis ich ihr erzählte, dass ich seit dem Tod meiner Eltern nicht geweint hatte. Ich erklärte ihr, dass ich alles versucht hatte, um dem Ideal zu entsprechen, das meine Mutter mir nur wenige Tage vor ihrer Ermordung noch hatte vermitteln wollen, und dass ich Cat erlaubt hatte, für uns beide zu weinen, weil meine Mutter sie nicht sehen konnte.

»Und wann ist das alles passiert, Robin?«, fragte Maggie. »Wie lange ist das jetzt her?«

»Einundvierzig Tage«, sagte ich. Das wusste ich ganz genau – obwohl ich alles unterdrückt und mir immer befohlen hatte, nicht daran zu denken.

Maggies Augen glänzten »Mein liebes, liebes Kind«, sagte sie. »Deine Mutter würde unter diesen Umständen niemals von dir verlangen, dass du nicht weinst. Auf gar keinen Fall.«

»Wirklich nicht?«

»Nein. Das sind außergewöhnliche Umstände, die überhaupt nicht damit zu vergleichen sind, wenn du hinfällst und dir das Knie aufschürfst. Obwohl, ich persönlich bin ja der Meinung, dass es durchaus in Ordnung ist, zu weinen und auch ein bisschen zu fluchen, wenn man sich wehtut.« Sie gab mir Zeit, das Gesagte zu verdauen, bevor sie weitersprach: »Was das angeht, sind deine Mutter und ich anderer Meinung. Aber ich bin mir absolut sicher, dass wir uns in einem Punkt einig wären: Wenn jemand, den man lieb hat, stirbt, tut das wahnsinnig weh, der Schmerz ist viel größer, als wenn man sich das Knie aufschürft, und er ist noch zehnmal schlimmer, wenn man beide Elternteile verliert, noch dazu auf so schreckliche Weise. Weinen ist der beste Weg, der einzige Weg, wie du diesen Schmerz ausdrücken und ihnen zeigen kannst, wie sehr du sie lieb hast.«

»Wirklich?«

»Auf jeden Fall! Ich bin mir sicher, dass deine Mutter nichts, aber auch rein gar nichts gegen deine Tränen einzuwenden hätte, denn sie werden von einer ganz tiefen Liebe gespeist. Sie wäre froh, wenn sie diese Tränen sehen könnte, denn sie zeigen ihr, wie sehr du sie und deinen Vater vermisst.«

Das war die Erlaubnis, die ich gebraucht hatte. Maggie hielt mich fest, und ich weinte so heftig, dass mein ganzer Körper bebte. Sie strich mir übers Haar und drückte mich fest an ihre Brust, sodass ich mein Gesicht vor den neugierigen Blicken der anderen Bibliotheksbesucher verbergen konnte. Sie bat mich kein einziges Mal, leiser zu sein, selbst dann nicht, als ich so laut schluchzte, dass es bestimmt bis nach draußen drang.

Irgendwann bekam ich vor lauter Weinen Nasenbluten, was mir noch nie passiert war. Ich löste mich aus Maggies Umarmung und schrie erschrocken auf, als ich den riesigen roten Fleck auf ihrer cremefarbenen Bluse sah. Ich wollte mich entschuldigen, doch Maggie unterbrach mich und sagte mir, dass ich den Kopf zurücklehnen und mir die Nase zuhalten solle, bis das Bluten nachließ. Als ich endlich aufstehen konnte, ohne einen weiteren Blutschwall auszulösen, folgte ich ihr mit zurückgelehntem Kopf aus dem Lesesaal durch den Flur in einen kahlen Raum.

»Die Decke ist aber ziemlich hässlich«, schniefte ich leise.

Maggie lachte und sagte, dass ich mich auf den Boden legen solle. Sie brachte mir Taschentücher, und ich zerknüllte sie und stopfte mir die Zipfel in die Nasenlöcher. Dann fragte Maggie mich nach Ediths Telefonnummer. Als ich ihr erklärte, dass Edith den Hörer von der Gabel genommen hatte, fragte sie mich nach unserer Adresse. Anschließend deckte sie mich mit einem Pulli zu und machte mir eine Tasse mit süßem Tee, das sei das beste

Heilmittel für jeden Kummer. Nur wenige Minuten später war ich eingedöst, und ich schlief so tief und fest wie seit Wochen nicht mehr.

Ich wurde dadurch geweckt, dass ich hin und her geschleudert wurde. Mir war, als hätte ich jahrelang geschlafen. Ich war draußen, es war dunkel, und der Mond leuchtete orangefarben über den Hausdächern. Ich merkte, dass ich von jemandem getragen wurde, und als ich versuchte, mich loszureißen, erkannte ich, dass es Edith war, die sich abmühte, mich zu ihrem Auto zu schleppen. Ich wollte etwas sagen, doch sie bedeutete mir, still zu sein.

»Alles wird gut«, flüsterte sie. »Schlaf jetzt weiter.«

Im Mondlicht konnte ich sehen, dass Edith weinte. Ich griff in meine Tasche, und erst als ich die Mascara-Tube meiner Mutter ertastete, war ich beruhigt und konnte mich wieder entspannen.

Ich habe nie erfahren, was genau Maggie an jenem Tag zu Edith sagte und wie sie sie dazu brachte, so nüchtern zu werden, dass sie imstande war, mich abends aus der Bibliothek abzuholen. Ich wusste nur, dass Maggie diejenige war, die Beauty in unser Leben brachte, und dass nach jenem Tag alles anders wurde.

28
ROBIN

1. August 1976
Yeoville, Johannesburg, Südafrika

Als das Klopfen erneut ertönte, lauter und aggressiver als zuvor, wie eine hämmernde Faust, begann mein Herz zu rasen. Bum, bum, bum. Bum, bum, bum. Nur Polizisten und Sozialarbeiterinnen, Leute, die einen wegbringen wollten, verkündeten ihre Ankunft auf diese Weise.

Ich wollte aufstehen, doch Edith signalisierte mir, sitzen zu bleiben.

Bum, bum, bum. »Miss Vaughn! Machen Sie sofort auf!«

Edith lächelte und legte den Finger auf die Lippen.

»Ich breche die Tür auf, wenn es sein muss! Ich habe das Recht, hier zu sein, und lasse mir den Zutritt nicht verwehren!« Bum, bum, bum.

Edith stand langsam auf und schlich zur Tür, wo sie ein paar Sekunden wartete, bevor sie sie aufriss. Vor ihr stand die rotgesichtige, verblüffte Wilhelmina, die Faust schon zur nächsten Hämmer-Attacke erhoben.

»Meine Güte, da hätte vielleicht mal jemand zur Benimmschule gehen sollen. Das ist doch wirklich keine Art für einen Gast, sich bemerkbar zu machen. Schon gar nicht, wenn der Besuch unangekündigt ist. Aber bevor Sie mich schlagen, bitte ich Sie wohl lieber herein.«

Wilhelmina ließ die Faust sinken, warf Edith einen finsteren Blick zu und drängte sich an ihr vorbei; sie befürchtete wohl, Edith könnte ihre Einladung wieder zurücknehmen. Kaum war sie über die Schwelle getreten, begann Elvis in seinem Käfig herumzuflattern und krächzte: »Devil in disguise! Devil in disguise!«

Wilhelmina wirbelte herum, um zu sehen, wer es wagte, sie zu beleidigen. Als sie den Papagei erblickte, wandte sie sich wieder Edith zu. »Herrgott noch mal. Ich habe immer wieder angerufen, aber bei Ihnen ist ja ständig besetzt. Ich weiß genau, dass Sie den Hörer neben die Gabel gelegt haben, streiten Sie es bloß nicht ab.«

Edith schaute zum Telefon herüber. Der Hörer lag unschuldig auf der Gabel, so wie es sich gehörte.

»Wie Sie sehen können, ist das nicht der Fall. Vielleicht haben Sie sich die ganze Zeit verwählt?«

»Ganz sicher nicht! Und ich war zwei Mal hier, aber Sie haben nicht aufgemacht!«

»Ist Ihnen denn nicht der Gedanke gekommen, dass wir unterwegs waren? Meine Güte, Sie scheinen es ja wirklich gewohnt zu sein, dass die Leute vor Ihnen davonlaufen oder sich verstecken, wenn Sie vorbeikommen. Oder wie sonst kommen Sie auf solche Ideen?« Edith wandte sich zu mir. »Wir hätten doch sicher aufgemacht, wenn wir zu Hause gewesen wären, oder? Das macht man doch, wenn man gut erzogen ist, nicht?«

»Ja.« Ich nickte eifrig und versuchte, nicht zu Cat hinüberzuschauen.

»Du hast mich letztes Mal gesehen und bist weggerannt«, sagte Wilhelmina erbost.

Edith zog die Brauen hoch. »Robin, stimmt das?«

»Nein.«

»Sehen Sie? Es muss ein anderes Kind gewesen sein, das sich bei Ihrem Anblick gefürchtet hat. Möchten Sie sich nicht setzen? Kann ich Ihnen Tee oder Kaffee anbieten? Einen Keks vielleicht?«

Wilhelmina winkte verärgert ab und sah sich misstrauisch in der Wohnung um. Nach Ediths Putzattacke war alles blitzsauber. Der schimmlige Geschirrberg in der Spüle war verschwunden, Bücher, Schallplatten und Klamotten waren ordentlich weggeräumt, und es roch auch nicht mehr nach Zigaretten und Mief. Sogar Elvis' Käfig war blitzblank.

»Suchen Sie etwas Bestimmtes, Wilhelmina? Ein Pentagramm? Einen Altar für Menschenopfer? Oder vielleicht Pornomagazine? Ich selbst kann damit nichts anfangen, aber wenn Sie so etwas mögen, braucht es Ihnen nicht peinlich zu sein. Ich werde es für mich behalten.«

Wilhelmina lief knallrot an. »Ich bin berechtigt, einen Hausbesuch zu machen, um sicherzustellen, dass die Umgebung kindgerecht ist. Mir geht es einzig und allein um das Kind.«

»Guter Gott«, sagte Edith erstaunt. »Dann darf ich wohl vermuten, dass Sie nicht mit Ihrem Vorgesetzten gesprochen haben, bevor Sie bei uns hereingeplatzt sind?«

»Meinem Vorgesetzten?«

»Ja, Mr Groenewald. Sympathischer Mann, ziemlich attraktiv sogar, wenn ich das so sagen darf. Ein begehrter Junggeselle übrigens, also falls Sie auch noch ledig sind, wovon ich mal ausgehe …« Edith ließ den Blick abfällig über Wilhelminas dunkelblauen Hosenanzug und ihre Pumps gleiten. »Jedenfalls wäre es absolut verständlich, falls Sie ein Auge auf ihn geworfen haben.«

Wilhelmina wurde noch röter. Auf einmal tat sie mir ein bisschen leid.

»Wie auch immer, ich hatte am Freitag einen Termin bei ihm«, fuhr Edith fort. »Und bei der Gelegenheit habe ich ihm einen ganzen Stapel mit Unterlagen gegeben, darunter Keiths und Jolenes Testament, in welchem sie den Wunsch äußern, dass ich Robins Vormund werde, außerdem ihre Sterbeurkunden, Referenzen von verschiedenen Stellen, meine Bankauszüge, die Bescheinigung über Robins Schulanmeldung und so weiter.«

»Aber Sie sind doch arbeitslos«, stotterte Wilhelmina. »Und ohne Beschäftigung können Sie unmöglich …«

»Tja, da irren Sie sich, denn ich habe sehr wohl eine Beschäftigung. Sogar eine recht gut bezahlte neue Stelle, nämlich als Sekretärin des Filialleiters der Volkskas Bank. Diese Unterlagen hat Mr Groenewald natürlich auch schon, aber falls doch noch etwas fehlen sollte, sagen Sie ihm bitte, dass er mir Bescheid geben soll, denn bringe ich es ihm nächste Woche mit. Wenn wir zum Abendessen verabredet sind.«

Auf einmal wurde Wilhelmina ganz kleinlaut, und ihre Siegesgewissheit wich der Niedergeschlagenheit der Verliererin. Sie leistete noch nicht einmal Widerstand, als Edith sie zwei Minuten später hinauskomplimentierte, und drehte sich auch nicht um, als Elvis »In Ihren fetten Burenhintern!« kreischte.

Ich dachte bei mir, dass nichts Gutes dabei herauskommen konnte, wenn ich Mitleid mit jemandem hatte, der mich Edith wegnehmen wollte.

Nachmittags kam Edith aus dem Schlafzimmer und klatschte in die Hände. »Okay, Kleine, leg das mal beiseite und setz dich zu mir.«

Sie tätschelte den Sofaplatz neben ihr. Ich schlug mein Malbuch zu, legte meine Stifte zurück in die Blechdose und setzte mich neben sie. Cat blieb am Tisch sitzen, sie war gerade damit beschäftigt, ein Drachenbild auszumalen, und biss sich hoch konzentriert auf die Unterlippe.

Elvis hockte auf Ediths Schulter. Seine roten Schwanzfedern passten perfekt zu ihrer Bluse, und er knabberte an ihrem Jade-Ohrring, hocherfreut über die Aufmerksamkeit, die sie ihm schon eine ganze Stunde lang zuteilwerden ließ. Er war richtig aus dem Häuschen darüber, dass sein Frauchen zu ihrem alten Selbst zurückgefunden hatte und nicht mehr in schrecklichem Schweigen erstarrt war, sondern mit ihm schnatterte und säuselte, so wie er es gewohnt war. Sie gab ihm einen Kuss auf den Schnabel und kraulte seinen Nacken, dann stand sie auf und brachte ihn zu seinem Käfig zurück.

»Don't be cruel to a heart that's true«, meckerte Elvis, als sie den Käfig zusperrte.

»Ach, mein Süßer, jetzt sei doch nicht so. Du weißt doch, dass ich Jammerlappen nicht ausstehen kann.« Sie ging in die Küche und kam mit einem Stück Käse zurück, das sie zwischen den Gitterstäben hindurchschob. »Wie gefällt dir das? Bist du jetzt zufrieden?«

»Thank you, thank you very much.« Elvis hüpfte von der Stange auf den Boden und machte sich über das unverhoffte Leckerli her.

Die Sonne war gerade untergegangen. Edith machte das Licht an und zog die Vorhänge zu, dann nahm sie wieder auf dem Sofa Platz, diesmal schräg gegenüber von mir. Sie räusperte sich, schaute auf ihre Hände hinunter, setzte an, etwas zu sagen, blieb dann aber still.

Sie stand wieder auf, sagte, sie habe Durst, und bot mir etwas Kaltes zu trinken an. Ich nahm ihr Angebot an, obwohl ich eigentlich nichts trinken wollte. Doch ich spürte, dass es das Beste war, Edith Zeit zu geben, sich zu sammeln und ihre Gedanken zu ordnen.

Während ich darauf wartete, dass sie zurückkam, betrachtete ich die Bilder und Kunstwerke an der Wand gegenüber. Mein Blick blieb an einem buntbestickten Wandbehang aus Mexiko hängen. Darauf waren verschiedene Motive zu sehen: ein Kind mit seinen Eltern vor einem Haus, Mutter und Vater bei der Gartenarbeit und das Kind beim Ballspielen, ein händchenhaltendes Paar vor einem Sonnenuntergang. Es war mein Lieblingskunstwerk, nicht nur weil es in leuchtenden Orange-, Rot-, Gelb- und Blautönen gewebt war, sondern weil es eine Familie zeigte.

Die letzten Tage waren sehr emotional gewesen. Mein Gespräch mit Maggie in der Bibliothek war, als wäre ein Furunkel aufgestochen worden: Der ganze Eiter an Gefühlen – Verzweiflung, Wut, Trauer, Einsamkeit – kam endlich herausgeflossen. Meine Tränen spülten sie weg, und wenn ich nicht weinte, legte ich den Kopf zurück und stopfte mir Toilettenpapier in die Nasenlöcher, um das Nasenbluten zu stoppen. Meinem Körper schienen Tränen nicht zu reichen, er wollte seine Trauer auch mit Blut zum Ausdruck bringen.

An einem dieser Tage stieß ich beim Durchstöbern von Ediths Plattensammlung auf das Dolly-Parton-Album mit dem Lied über meine Mutter, »Jolene«. Ich hatte es zuvor nur ein einziges Mal gehört (mein Vater war ein beinharter Beatles-Fan gewesen, der Country-Scheiben gehasst hatte), und ich erinnerte mich noch daran, wie meine Mutter errötete, als ein Kollege meines Vaters auf einer Grillparty bei diesem Lied betrunken mit ihr flirtete, während seine Frau mit versteinerter Miene zusah.

Zuerst hörte ich mir das Lied an, um den Text zu lernen. Und als ich ihn konnte, spielte ich ihn wieder und wieder und sang mir beim Refrain zusammen mit Dolly Parton das Herz aus dem Leib.

Es war mir egal, dass das Lied von einer Frau handelte, die gar nicht wie meine Mutter aussah und überdies einer anderen Frau den Mann wegnahm. Ich war trotzdem zutiefst davon fasziniert und überdies sehr erleichtert, dass ich den Namen meiner Mutter unzählige Male auf gesellschaftlich akzeptable Weise hinausschreien konnte.

Die Trauer um meinen Vater hinterließ dauerhaftere Spuren bei mir, im wahrsten Sinne des Wortes. Als ich in Ediths Nachttischschublade einen lilafarbenen Filzstift fand, nahm ich vor ihrer Frisierkommode Platz und betrachtete mein Spiegelbild. Als ich sicher war, dass ich mich richtig erinnerte, zeichnete ich die Sternenbilder nach, die mein Vater in meinen Sommersprossen gesehen hatte: den Großen Wagen (er sah wie ein Drache an einer Schnur aus), das Kreuz des Südens (es war am leichtesten zu malen) und den Oriongürtel (er erforderte die meisten Sommersprossen). Damals wusste ich weder, dass Spiegelbilder seitenverkehrt sind, noch dass der Filzstift wasserfest war. Die nächsten zwei Tage verbrachte ich größtenteils damit, mir das Gesicht zu schrubben.

»Ach, du meine Güte, du siehst aus wie der kleine lila Menschenfresser aus diesem Lied«, rief Edith, als sie mich erblickte.

»Ich wollte die Sternenbilder malen, die Daddy mir gezeigt hat.«

In jenen Tagen vergoss Cat keine einzige Träne und hielt sich still im Hintergrund; manchmal setzte sie sich auch neben mich und hielt meine Hand, je nachdem, ob mir gerade nach Gesellschaft war. Wenn ich weinte, kochte Edith Tee, und mit jeder Träne und jeder Tasse Tee kam sie ein Stückchen mehr aus ihrem eigenen Abgrund heraus. Sie hörte auf, tagsüber zu trinken, lehnte die Anrufe ihrer Freunde nicht mehr ab und begann wieder, sich zurechtzumachen. Das Wiederauftauchen der alten Edith verblüffte mich dermaßen, dass meine Tränen versiegten.

Während ich in meiner Trauerflut versank, hatte Edith einen Damm um den Stausee ihres Selbstmitleids errichtet.

Sie war mit mir zum Grab meiner Eltern gefahren, aber erst, nachdem sie sich mit mir hingesetzt und mich gefragt hatte, ob ich dorthin wollte. Sie erklärte mir, dass wir den Ort besuchen würden, wo meine Eltern in ihren Särgen begraben waren. Offenbar wollte sie eine weitere Szene vermeiden und sichergehen, dass ich dem Ganzen gewachsen war. Als ich zusagte, stiegen wir in ihr Auto und fuhren zum Westpark Cemetery. Edith hatte darauf bestanden, dass meine Eltern auf diesem Friedhof neben meinen Großeltern bestattet wurden.

Die Gräber waren mit kleinen Kränzen geschmückt, auf denen keine Namen standen. Es würde ein Jahr dauern, bis die Erde fest genug war, um Grabmale aufzustellen. Ich hatte gedacht, dass ich mich meinen Eltern näher fühlen würde, weil ihre Körper dort begraben waren, aber als ich auf dem frischen Erdhügel hockte, konnte ich ihre Gegenwart überhaupt nicht spüren. Ich hatte weinen wollen, vor allem, weil Maggie gesagt hatte, dass Weinen ein Weg sei, ihnen zu zeigen, wie sehr ich sie liebte, doch die Tränen wollten nicht kommen. Auch Cat war überraschend gefasst gewesen.

Edith kam mit einem Glas Cola zurück und stellte es auf einen Untersetzer auf den Beistelltisch. Dann nahm sie mir gegenüber Platz, eine angezündete Zigarette in der einen und ein halbvolles Glas Wein in der anderen Hand. Ich betrachtete es argwöhnisch.

»Was denn? Es ist schon dunkel. Ich darf mir ja wohl ein Glas Wein gönnen, ohne dass du mich gleich schief ansiehst. Noah aus der Bibel hat auch Wein getrunken. Du hast doch gehört, was der Pfarrer bei seiner jämmerlichen Trauerrede gesagt hat.«

Als ich nicht reagierte, nahm sie demonstrativ noch einen

Schluck Wein, bevor sie fortfuhr. »Wir beide müssen reden, und am besten beginne ich mit einer Entschuldigung.«

Ich wartete.

»Ich habe in den letzten Wochen ein wenig neben mir gestanden, was dir bestimmt Angst gemacht hat, und das tut mir leid, weil ich weiß, wie schwer du es gerade hast. Aber ich bin eben auch oft ratlos. Kinder denken immer, dass die Erwachsenen auf alles eine Antwort haben, aber das stimmt nicht. Ich weiß, dass deine Eltern gestorben sind, Kleine, aber deine Mutter war auch meine Schwester, und auch wenn ich mit deinem Vater nicht besonders gut zurechtgekommen bin, war er immerhin mein Schwager, und ich wollte nicht, dass er stirbt, schon gar nicht auf diese Weise.« Die Worte brachen nun regelrecht aus Edith heraus. »Das war schon schlimm genug, aber außerdem musste ich noch meine Arbeit aufgeben, meine Freiheit ...«

»Du willst mich nicht.« Der Satz kam ganz von allein aus meinem Mund. Ich hatte ihn gar nicht aussprechen wollen, aber er war Teil des eiternden Schmerzes, durch den ich mich wühlte. Es schien unmöglich, meine Verzweiflung über den Tod meiner Eltern zu verarbeiten, ohne das überwältigende Gefühl, abgelehnt zu werden, zur Sprache zu bringen.

Edith wurde rot. »Wie kommst du denn darauf?«

»Du hast mich doch nur deshalb aufgenommen, weil ich sonst keine Familie mehr habe. Wenn es noch jemand anders gäbe, würdest du mich weggeben.«

»Das stimmt doch gar nicht.«

»Doch. Ich habe gehört, wie du es zu Victor gesagt hast.«

Edith zog mit zitternden Fingern an ihrer Zigarette, und ihr Gesichtsausdruck veränderte sich, wurde härter, entschlossener. Sie rammte die Zigarette in den Aschenbecher, murmelte »Was soll's«, nahm ihr Glas und ging damit in die Küche, um es nachzufüllen. »Willst du noch etwas Cola?«, rief sie.

»Nein, danke.«

Sie kam zurück und trank einen großen Schluck Wein. »Also gut, wenn wir ehrlich zueinander sein wollen: Ich wollte dich tatsächlich nicht haben.«

Sie gab es also zu. Ich hatte gedacht, dass ich mich besser fühlen würde, wenn ich die Wahrheit hörte und wüsste, dass ich recht gehabt hatte, aber das war ein Irrtum. Als Edith sah, wie meine Unterlippe zu zittern begann, kam sie zu mir und setzte sich neben mich. Sie nahm meine Hände und wartete, bis ich sie anschaute, bevor sie weiterredete:

»Also eigentlich stimmt das so nicht. Es ist nicht so, dass ich *dich* nicht haben wollte. Was ich nicht haben wollte, war die Verantwortung, für ein Kind sorgen zu müssen. Ich wollte ja nie selbst Kinder haben. Und plötzlich wurde ich damit konfrontiert, wie eine Mutter zu handeln und mich um ein Kind kümmern zu müssen. Gott, mein schlimmster Albtraum war auf einmal wahr geworden, und das wollte ich nicht. Aber dich … dich will ich schon. Kannst du den Unterschied verstehen?«

Ich dachte darüber nach. Irgendwie verstand ich, worauf sie hinauswollte. »Meinst du, dass du auf der Kirmes gern ganz viel Zuckerwatte essen willst, ohne dass du dich danach übergeben musst?«

Edith lächelte. »Ja, ungefähr das meine ich wohl. Ganz ehrlich, ich habe schreckliche Angst, dich kaputtzumachen. Da habe ich nun dieses tolle, wundervolle, kluge, lustige Kind, aber keine Ahnung, wie ich dich aufziehen soll, ohne dass du Schaden nimmst, verstehst du? Du hattest nämlich keine Gebrauchsanleitung dabei.«

Ich grinste. »Daddy hatte auch nie eine Gebrauchsanleitung. Er meinte immer, es würde mehr Spaß machen, alles selbst rauszufinden.«

»Meine Güte, das ist mal wieder so typisch für deinen Vater. Erst nach seinem Tod lässt er sich dazu herab, mir mitzuteilen, dass wir etwas gemeinsam haben.«

»Ihr habt mich gemeinsam.«

»Das ist allerdings wahr. In der Tat.«

Wir saßen eine Weile schweigend da. Ich konnte hören, wie Elvis sich beim Federnputzen aufplusterte.

»Hör zu«, sagte Edith schließlich. »Damit ich dich ordentlich aufziehen und den Schaden, den ich zweifellos anrichten werde, so klein wie möglich halten kann, brauche ich zwei Dinge. Erstens muss ich Geld verdienen. Und zweitens brauche ich meinen gesunden Verstand. Das Erste sollte nicht allzu schwer zu regeln sein, aber wie es aussieht, eigne ich mich nicht für Büroarbeit. Und ehrlich gesagt bin ich darüber sogar erleichtert, denn so eine Arbeit könnte ich gar nicht jeden Tag machen, ohne innerlich ein kleines bisschen zu sterben. Kannst du das verstehen?«

»Aber du hast doch gesagt, du hättest eine Stelle als Sekretärin!«

»Ach, das«, schnaubte Edith. »Das war doch nur geschwindelt, um Wilhelmina eins auszuwischen.«

»Aber du hast doch gesagt, du hast ihrem Chef die Unterlagen gebracht.«

»Das stimmt auch. Richtig offiziell aussehende Unterlagen sogar, dank eines Freundes, der mir einen großen Gefallen getan hat. Aber um meinen gesunden Verstand zu behalten, muss ich wieder als Stewardess arbeiten. Ich liebe das Reisen und die Freiheit. Das ist mein Leben, das ist das, was ich bin, und wenn du mir das wegnimmst, werde dir nichts Gutes tun können.« Sie zündete sich eine weitere Zigarette an, die sie sofort wieder ausdrückte. Offenbar näherten wir uns dem Knackpunkt des Gesprächs.

»Mir bleiben wahrscheinlich nur noch fünf Jahre, bis ich zu alt fürs Fliegen bin, also muss ich die Zeit bis dahin voll nutzen.« Edith sah mich hilfesuchend an, und ich nickte. »Die Sache ist die: Ich kann nicht unterwegs sein und mich gleichzeitig um dich kümmern.«

»Ich kann doch mitkommen.«

»Ach Kleine, ich wünschte, das ginge, aber so funktioniert das leider nicht. Nächste Woche fängt die Schule wieder an. Außerdem darf ich dich nicht mitnehmen, aber selbst wenn ich es dürfte: Ein Kind braucht Stabilität. Sogar ich weiß das.«

»Und was wirst du jetzt machen? Gibst du mich weg?« Meine Stimme zitterte. Wir hatten von Waisenhäusern gelesen, und ich wusste, dass Cat und ich eher weglaufen würden, als in einem davon zu leben.

»Natürlich nicht! Schlag dir das sofort aus dem Kopf. Hör mir gut zu, Robs: Wir gehören zusammen. Egal was ab jetzt passiert, egal wie sehr wir uns auf die Nerven gehen: Wir bleiben zusammen, klar? Du wirst mich nicht mehr los.«

Ich wischte die Träne weg, die heruntergekullert war, und nickte.

»Aber ich brauche jemanden, der auf dich aufpasst. Ich werde meine Schichten, soweit es geht, reduzieren, aber ich werde trotzdem oft unterwegs sein, und deshalb brauche ich jemanden, der sich um dich kümmert, wenn ich weg bin.«

»Victor kann auf mich aufpassen. Victor ist nett.«

Edith lächelte. »Ja, Victor ist wirklich ein netter Kerl, aber ich fürchte, das wird nicht gehen. Victor muss auch arbeiten, und außerdem hat er eine eigene Wohnung, er kann nicht hier wohnen und sich um dich kümmern. Und glaub mir, der Anblick, der dich in seiner Wohnung erwartet, würde dir mehr schaden als alles, was ich dir antun könnte.«

»Welcher Anblick?«

»Vergiss es. Wir kommen vom Thema ab. Ich habe schon jemanden gefunden, der auf dich aufpassen kann. Oder besser gesagt, Maggie aus der Bibliothek hat jemanden gefunden.«

»Wen denn?« Dass sie Maggie erwähnte, machte mir Mut.

Edith lächelte nervös. »Eine schwarze Frau.«

»Mabel?«

»Nein, nicht Mabel. Sie ist in ihre Heimat zurückgekehrt, Kleine, und ich bezweifle, dass wir sie jemals wiedersehen.«

»Hast du eine andere Maid gefunden?«

»Na ja, es hört sich vielleicht so an, aber sie ist eigentlich gar keine Maid. Sie ist ganz anders als die schwarzen Frauen, die du bisher kennengelernt hast, und es ist wichtig, dass wir sie nicht wie eine Maid behandeln. Sie hat einen Universitätsabschluss aus der Zeit, als die Schwarzen noch studieren durften, und sie ist unglaublich klug. Eigentlich ist sie völlig überqualifiziert für die Stelle, aber egal. Sie wird jedenfalls dein Anstandswauwau sein.«

»Mein was?«

»Deine Aufpasserin. Sie wird hier wohnen und sich um dich kümmern, während ich weg bin.«

»Ich will aber nicht, dass sich jemand anders um mich kümmert.«

»Das ist nur eine vorübergehende Lösung, bis mir etwas Besseres einfällt. Lass es uns einfach versuchen.«

»Aber wir haben doch gar keine Kammer für eine Maid. Wo soll sie denn schlafen?«

»Im Schlafzimmer. In meinem Bett.«

»Aber dort schlafe ich doch schon.«

»Ja, ich weiß. Ich wünschte, wir könnten uns eine größere Wohnung leisten, aber im Moment geht das nicht. Wir räumen das Wohnzimmer um und besorgen einen Raumteiler, dann hast du ein eigenes Zimmer. Wie hört sich das an?«

»Warum kann ich nicht im Schlafzimmer schlafen und sie hier im Wohnzimmer?«

»Weil sie erwachsen ist, Robin, und uns einen Riesengefallen tut.«

»Aber sie ist schwarz. Schwarze schlafen nicht drinnen mit uns zusammen, sondern draußen in ihren Unterkünften.«

»Ja, normalerweise schon, aber das ist nun mal eine außergewöhnliche Situation. Wir alle müssen Kompromisse schließen, damit das Ganze funktioniert, okay? Aber ich bin überzeugt, dass wir es schaffen werden. Wenn ich unterwegs bin, bleibt sie hier und kümmert sich um dich, und wenn ich wieder zurück bin, kümmere ich mich um dich. Auf diese Weise kann ich Geld verdienen und das machen, was ich liebe, und gleichzeitig sicherstellen, dass anständig für dich gesorgt wird.«

»Ich will aber keine schwarze Mutter. Ich will dich.«

Edith runzelte die Stirn. »Ich habe dir doch schon gesagt, das ist nur eine vorübergehende Lösung. Wir schauen mal, wie es sich entwickelt, und ...« Bevor sie den Satz beenden konnte, klingelte das Telefon, und ich sprang auf, um an den Apparat zu gehen.

»Hallo?«

Eine heisere Stimme wollte mit Edith sprechen. Ich winkte sie zu mir, hielt die Hand über die Muschel und flüsterte: »Ein Mann ist dran.«

Edith nahm den Hörer. Ich ging zurück zum Wohnzimmertisch und setzte mich neben Cat, um Ediths Gespräch mit dem Mann zu belauschen.

»Sie haben sie gefunden?« Edith zog überrascht ihre perfekt gezupften Augenbrauen hoch. »Es waren zwei?«

Der Mann antwortete, doch ich konnte nicht verstehen, was er sagte. Ich musste mich auf Ediths Gesprächsanteil stützen, um aus allem schlau zu werden.

»Aber was ist mit dem dritten Mann? Mir wurde gesagt, dass drei gesehen wurden, die vom Tatort wegliefen.«

Edith hörte dem Mann wieder zu, und ihre Miene verriet, dass sie seiner Antwort mit Skepsis begegnete. »Und wann soll der Prozess beginnen?«

Als der Mann wieder sprach, runzelte sie die Stirn, dann unterbrach sie ihn: »Moment mal. Was haben Sie gerade gesagt? Dass es keinen Prozess geben wird? Wir wollen aber, dass der Gerechtigkeit Genüge getan wird, es ist wichtig …«

Die Stimme des Mannes dröhnte wieder aus dem Hörer, und Edith sah rasch zu mir herüber. Ich erwiderte ihren Blick und wartete.

»Sie sind auf dem Polizeirevier Brixton gestorben? Wie denn?« Edith trommelte mit den Fingernägeln auf den Tisch. »Beide?«, rief sie überrascht. »Beide hatten einen Unfall in ihrer Arrestzelle? Wie in Gottes Namen soll das denn passiert sein?«

Plötzlich war mir die Lust am Lauschen vergangen.

29
BEAUTY

1. August 1976
Melville, Johannesburg, Südafrika

Ich besitze jetzt mehr als vor anderthalb Monaten, als ich mich auf die Reise nach Soweto machte. Damals hatte ich nichts als einen kleinen Koffer mit wenigen Kleidungsstücken und meiner Bibel. Ich dachte, es würde eine kurze Reise werden, an deren Ende meine Rückkehr mit Nomsa in die Transkei stünde; stattdessen wurde der magere Inhalt meines Koffers über ein Schlachtfeld verstreut. Ich konnte meine Sachen an jenem Tag nicht von der Straße aufsammeln, da ich das Böse nicht in mein Leben lassen wollte. Ich habe sogar die Kleider, die ich trug, weggeworfen. Wie naiv ich damals war zu glauben, dass Unglück entsorgt werden könnte und Elend niemals unangekündigt käme.

Maggie hat während der Zeit, in der ich bei ihr war, alles ersetzt, und an dem Abend, als ich das Haus in Houghton verließ, um in dieses Safehouse in Melville zu ziehen, erhielt ich noch ein weiteres Geschenk.

»Hier, ich möchte dir das geben«, sagte Maggie und reichte mir ein Samtetui.

Ich öffnete es und nahm einen Silberanhänger an einer Kette heraus. Ich hielt ihn ans Licht; ein Heiliger war darauf abgebildet, der ein Baby über ein Gewässer in Sicherheit brachte.

»Ich hätte dir lieber einen heiligen Christophorus aus echtem Gold geschenkt, aber ich weiß inzwischen, dass teure Geschenke unerwünschte Aufmerksamkeit erregen können«, sagte Maggie. »Ich schenke diese Anhänger den Menschen, die ich im Widerstand kennengelernt habe und deren Freundschaft mir sehr am Herzen liegt.«

»Oh, vielen Dank, Maggie«, sagte ich, gerührt von ihrer Aufrichtigkeit. »Silber war eine kluge Wahl. Gold hätte ich nie annehmen können.«

»Weil es zu wertvoll ist?«

»Nein, weil ich die Männer kenne, die sich den Rücken krumm schuften und sich eine Staublunge holen, wenn sie danach graben. Man darf den Wert von Dingen niemals über den Wert von Menschenleben stellen.«

»Du hast ja so recht, natürlich! Kaum zu glauben, dass ich noch nie darüber nachgedacht habe«, sagte Maggie. »Komm, dreh ihn mal um.«

Auf der Rückseite des Anhängers war ein einziges Wort eingraviert: *Glaube.* Ich bat Maggie, mir beim Anlegen der Kette zu helfen, und als ich mich wieder umdrehte, umarmte sie mich. Wir drückten uns fest und liebevoll.

»Ich setze mich mit dir in Verbindung, sobald ich Papiere für dich organisiert habe, und danach arrangieren wir ein Treffen mit Nomsa.«

Doch in den anderthalb Wochen, seitdem ich im Safehouse bin, haben Maggies Informanten Nomsas Spur verloren. Während Maggies geheime Zuträger und Mitarbeiter verzweifelt versuchten, der Sicherheitspolizei zu entkommen, konnte Nomsa unbemerkt aus ihrem Versteck gebracht werden. Ihre Spur ist nun verwischt. Maggie bleibt optimistisch und hält es für eine Frage der Zeit, bis ein Mitglied ihres Netzwerks etwas hört, aber ich kann nicht einfach nur herumsitzen und warten.

Ich freunde mich mit jedem an, den ich kennenlerne, und ziehe über diese weit weniger offiziellen Kanäle meine eigenen Erkundigungen ein. Was ich erfahre, macht mich nervös. Die Leute sagen, dass der Mann, mit dem Nomsa zusammen ist, »Shakes« Ngubane, ein gefährliches Subjekt sei. Er soll gewalttätig sein und mit Alkohol und Drogen in Verbindung stehen. Beides verkauft er illegal, ebenso wie gestohlene Waffen. Es heißt, er locke junge Mädchen an, und es geht sogar das Gerücht, dass er ein Bordell betreibt. Ich bin entschlossener denn je, meine Tochter von ihm wegzuholen.

In fünf Tagen werde ich das Versteck verlassen und offiziell die Stellung antreten, die Maggie für mich gefunden und die es ermöglicht hat, mir einen gültigen Ausweis zu besorgen. Das ist eine große Erleichterung für mich, da ich nun unbehelligt zwischen Johannesburg und der Transkei hin- und herreisen kann. Wenn ich schon auf unbestimmte Zeit in der Stadt bleiben muss, auf der Suche nach Nomsa, so muss ich doch zwischendurch so oft wie möglich nach Hause fahren können, um meine Söhne zu sehen und ihnen zu versichern, dass ich alles in meiner Macht Stehende tue, um ihnen ihre Schwester zurückzubringen.

Obwohl ich jetzt als Maid gelte, werde ich nicht so hart schuften müssen wie viele unserer bedauernswerten Schwestern. Meine Arbeitgeberin Edith ist eine Weiße, und obwohl man sie nicht mit Maggie vergleichen kann, gehört sie nicht zu den Madams, die schwarze Frauen rund um die Uhr ausnutzen. Sie vertraut ihre Pflegetochter illegal meiner Obhut an, wenn sie beruflich außer Landes muss, und sie weiß, welche große Verantwortung ich damit auf mich nehme. Wir verstehen uns, und bisher hat sie mich respektvoll behandelt. Früher hätte mir mein Stolz niemals erlaubt, eine solche Stelle anzunehmen, aber diese Haltung streife ich jetzt von mir ab wie eine Schlange ihre Haut.

Das Wetter wird sich bald ändern. Schon weht ein rauer Wind, und ich rieche Regen in der Luft. Die Zeit, um Mais und Kürbisse zu pflanzen, ist beinahe gekommen, und ich bete, dass Nomsa und ich rechtzeitig für die Saat nach Hause zurückkehren. Ich werde tun, was Maggie gesagt hat, und fest daran glauben.

30
ROBIN

2. August 1976
Yeoville, Johannesburg, Südafrika

Edith war mit der schwarzen Frau im Wohnzimmer. Sie flüsterten zwar nicht, redeten jedoch so leise, dass ich sie vom Badezimmer aus nicht verstehen konnte. Ich gab mir Mühe, die Klospülung und das Lufterfrischungsspray so geräuschvoll wie möglich zu benutzen.

Quatsch, ich stehe doch nicht hier und belausche euch! Ich habe genug zu tun!

Als ich ins Wohnzimmer kam, schaute Edith auf und klang plötzlich sehr geschäftsmäßig. »Gut, dann lass ich euch beide jetzt mal allein, damit ihr euch beschnuppern könnt. Beauty, ich habe jetzt einen Termin bei der Fluggesellschaft, um meinen neuen Flugplan festzulegen, und dann muss ich für morgen noch ein paar Schulsachen für Robin besorgen. Zum Abendessen bin ich wieder da, und ich bringe uns etwas mit. Willst du mit uns essen? Ich dachte an Schweinekoteletts.«

»Tut mir leid, Edith, aber ich esse kein Schweinefleisch.«

»Oh natürlich. Entschuldige, das habe ich nicht bedacht. Mabel hat auch kein Schweinfleisch gegessen, oder, Robs?«

»Mmmh.« Ich nahm am Wohnzimmertisch Platz, Beauty gegenüber, um sie genau unter die Lupe zu nehmen. Sie war älter als Mabel, ein paar kleine graue Locken lugten unter ihrem

Kopftuch hervor. Sie war viel schmaler im Gesicht als Mabel, fast schon ausgemergelt. Als ich unter den Tisch lugte, sah ich, dass sie keine Schlappen trug, so wie Mabel, sondern schwarze Pumps und eine Strumpfhose, die faltig um ihre dürren Fesseln hing wie welke Haut. Sie sah erschöpft aus, doch ihre Augen leuchteten, und ihr Blick war wach. Ich wurde nervös.

Edith gab mir einen Kuss auf die Wange, sagte mir, dass ich mich benehmen solle, und ging dann Richtung Tür. Auf dem Weg hielt sie inne und drehte sich noch einmal zu Beauty um. »Maggie hat gesagt, dass du bei einer Freundin in der Nähe wohnst, bis ich am Freitag losfliege. Robins Bett und der Raumteiler werden am Donnerstag geliefert, und ich habe auch schon zusätzliche Bettwäsche besorgt. Das wird alles rechtzeitig fertig sein, also mach dir deswegen keine Sorgen. Ich bin wirklich sehr froh, dass du vorher schon etwas Zeit mit uns verbringen kannst.« Edith warf mir einen Kuss zu, dann ging sie hinaus und zog die Tür hinter sich zu.

Es wurde still. Beauty saß steif auf ihrem Stuhl, eine Reisetasche an sich gedrückt, und schaute sich um. Nur das Ticken der Uhr war zu hören.

»Sie sieht nett aus«, sagte Cat.

»Mabel war auch nett«, erinnerte ich sie.

»Ja, wir hatten Mabel gern«, stimmte Cat zu.

»Sie hat uns im Stich gelassen.« Ich gab den Schmerz, die überwältigende Hilflosigkeit und Verzweiflung, die ich an jenem Morgen gespürt hatte, an Cat weiter. Ich erinnerte sie daran, wie es war, wenn man zuschauen musste, wie jemand, den man liebte, einfach wegging, ohne sich noch einmal umzudrehen. »Willst du dich noch mal so fühlen, wenn Beauty eines Tages geht?«

»Nein«, flüsterte sie.

»Gut.«

Mein Magen knurrte, und ich wandte meine Aufmerksamkeit Beauty zu. »Was machst du mir zum Frühstück?«

Beautys Blick wanderte von der Wand der Schätze zu mir herüber. Sie schaute mich so lange an, dass mir unwohl wurde, und ich war erleichtert, als sie endlich etwas sagte. »Was isst du denn normalerweise?«

»Müsli oder Porridge.«

»Gut, dann werde ich das für dich machen. Ich rufe dich, wenn es fertig ist.«

»Okay.« Erleichtert darüber, einen Grund zum Weggehen zu haben, hopste ich vom Stuhl. Beautys Anwesenheit brachte dermaßen viele Erinnerungen an Mabel zurück, dass ich überhaupt nicht wusste, wie ich damit umgehen sollte. Tag für Tag lernte ich ein bisschen mehr, um meine Eltern zu trauern und zum Ausdruck zu bringen, wie sehr ich sie vermisste, doch Mabels Entscheidung, uns im Stich zu lassen, war eine Wunde, die noch immer in mir schwärte.

Cat folgte mir ins Schlafzimmer, wo meine neue Schuluniform im Schrank hing. Sie bestand aus einem blau-weiß karierten Kleid, und sie gefiel mir sehr. Die Möglichkeit, die potthässliche braungelbe Uniform loswerden zu können, die ich zuvor hatte tragen müssen, machte mir die Notwendigkeit, neue Freunde finden und mit neuen Lehrern zurechtkommen zu müssen, schon fast schmackhaft. Die Uniform anzuprobieren und mein Spiegelbild in Ediths großem Spiegel zu betrachten half mir, meine Angst zu vergessen.

»Warum darf ich nicht mit dir zur Schule kommen?«, fragte Cat.

»Vielleicht lasse ich dich doch mitgehen. Ich habe mich noch nicht entschieden. Es hängt davon ab, wie die Dinge sich entwickeln.« Was ich wirklich sagen wollte, aber nicht zu sagen brauchte, war, dass es davon abhing, ob ich Freunde fand.

Als ich ins Wohnzimmer zurückkam, fragte Beauty: »Was trägst du da?«

»Meine neue Uniform.« Ich wollte mich an den Tisch setzen, doch Beauty hielt mich zurück.

»Bitte zieh sie aus, bevor du frühstückst.«

»Warum?«

»Weil du sie sonst vielleicht bekleckerst.«

»Werd ich nicht.«

»Aber ...«

»Werd ich nicht, hab ich gesagt.« Ich setzte mich und begann zu essen.

Beauty holte sich auch eine Schüssel Porridge, nahm mir gegenüber Platz und begann zu essen. Ich beobachtete sie misstrauisch. Sie benutzte das Geschirr und Besteck ganz selbstverständlich. Meine Mutter hätte ihr nie erlaubt, sich an unseren Sachen zu bedienen. Aber ich sagte nichts. Beauty roch anders als Mabel und redete auch ganz anders; sie sprach die Worte richtig aus und machte keine Fehler.

Ich vermisse Mabels Art zu reden. Ich vermisse Mabel.

»Wo ist Cats Frühstück?«, fragte ich, nur um der Stille etwas entgegenzusetzen und mich von meinen düsteren Gedanken abzulenken.

»Es steht direkt vor ihr. Kannst du es nicht sehen?«

Edith hatte Beauty offenbar von Cat erzählt. Das ärgerte mich. Beauty wollte sich wohl über mich lustig machen. »Warum trägst du keine Uniform?«

»Weil ich keine Maid bin.«

»Aha. Du siehst aber wie eine Maid aus.«

»Wie sieht eine Maid denn aus?«

»So wie du. Wie eine schwarze Frau. Wenn du keine Maid bist, was bist du dann?«

»Ich bin Lehrerin.«

»Es gibt keine schwarzen Lehrerinnen.«

»Auf deiner Schule sicher nicht. Ich unterrichte schwarze Kinder.«

»Schwarze Kinder gehen zur Schule?«

»Ja, sie haben eigene Schulen.«

»In QwaQwa?«

Beauty schien von meiner Frage überrascht und auch von meiner halbwegs korrekten Aussprache. Sie lächelte mich zum ersten Mal an. »Du kennst QwaQwa?«

»Mabel kommt dort her.«

Beauty nickte. »Ich unterrichte in der Transkei.«

Ich setzte mein Kreuzverhör fort. »Wenn du tatsächlich Lehrerin bist, warum bist du dann hier, um auf mich aufzupassen?«

»Ich muss eine Weile in Johannesburg bleiben, und damit ich das tun kann, brauche ich ein Passbuch. Und dafür brauche ich eine Arbeit.«

Über Passbücher wusste ich Bescheid; ich hatte Mabels gesehen und meine Mutter gebeten, mir auch eines zu besorgen, weil es wie ein wichtiges Dokument aussah, aber sie hatte gesagt, Weiße bräuchten keine Passbücher, was ich wirklich schade fand. »Warum musst du in Johannesburg bleiben?«

»Meine Tochter ist verschwunden, und ich muss sie finden.«

»Ist sie von zu Hause weggelaufen?« Als ich vier war, hatte ich das einmal versucht. Ich packte eine Plastiktüte mit Bilderbüchern voll und sagte Mabel, dass ich weggehen würde. Sie verabschiedete sich von mir und gab mir ein Sandwich für die Reise, falls ich hungrig werden würde. Dann folgte sie mir, während ich die Tüte hinter mir herzog. Die Tüte ging natürlich bald kaputt, und die Bücher fielen heraus. Also sagte ich Mabel, dass sie sie aufheben solle, bevor ich mich wieder auf den Weg nach Hause machte, denn ich hatte beschlossen, dass Weglaufen viel zu anstrengend war.

»Nein, sie ist nicht von zu Hause weggelaufen.«

Ich wollte das Geheimnis um Beautys Tochter ergründen, aber ihre steinerne Miene ließ keinen Zweifel daran, dass sie keine weiteren Fragen dazu beantworten wollte. Ich würde Edith fragen müssen.

»Warum suchst du dir denn nicht hier Arbeit als Lehrerin?«

»Das habe ich versucht, aber es gibt hier keine Stellen.«

»Aha.« Wir verfielen wieder in Schweigen, und ich versuchte krampfhaft, irgendetwas zu finden, worüber ich reden konnte. Mein Blick fiel auf ihre Hand. Sie trug keinen Ring. »Wenn du ein Kind hast, warum bist du dann nicht verheiratet?«

»Ich war verheiratet.«

Ich deutete auf ihren Ringfinger. »Verheiratete Frauen tragen Gold- und Diamantringe.« Der einzige Schmuck, den Beauty trug, war eine silberne Halskette mit einer Art Medaillon.

Beauty seufzte. »Weiße Frauen tragen Gold- und Diamantringe. Schwarze Frauen lassen ihr Männer wegziehen, damit sie nach dem Gold und den Diamanten schürfen, um diese Ringe herzustellen.«

»Mein Vater hat in einer Goldmine gearbeitet.«

»Mein Mann hat auch in einer Goldmine gearbeitet.«

»Oh, vielleicht haben sie sich ja gekannt. Vielleicht war er einer von Daddys Boys.«

Beauty lächelte grimmig. »Mein Mann war neunundvierzig, als er starb. Er war kein Boy.«

Ich wollte Beauty erklären, dass alle Schwarzen, die unter Tage arbeiteten, Minen-Boys hießen, genauso wie alle schwarzen Gärtner Garten-Boys genannt wurden, aber sie sah so verärgert aus, dass ich das Thema lieber fallen ließ.

Beauty stand auf und griff nach meiner Schüssel, doch ich riss sie weg, weil ich es gewohnt war, sie auszulecken. Dabei wurde der Löffel herausgeschleudert und landete mitsamt Porridgeresten auf meiner Uniform. Ich rieb den Fleck sofort weg, weil ich nicht wollte, dass Beauty ihn sah. Sie ging in die Küche, um ihre eigene Schüssel und den Löffel abzuspülen und auf das Abtropfgitter zu stellen. Als sie wieder zurückkam, krächzte Elvis lautstark unter der Decke, die über seinem Käfig lag.

Edith hatte vergessen, sie wegzunehmen, und Elvis klang ziemlich gereizt. »Elvis has left the building«, tschilpte er immer wieder – seine Art mitzuteilen, dass er von der Dunkelheit erlöst werden wollte.

Beauty starrte erschrocken auf den riesigen Käfig, der unter der Decke verborgen war. »Was ist das?«

»Das ist Elvis.«

»Was ist Elvis?«

»Elvis ist kein Gegenstand, sondern eine Persönlichkeit.«

»Und was soll das heißen?«

»Elvis ist Ediths Papagei. Ein Graupapagei. Sie hat ihn nach Elvis Presley benannt.« Beauty sah mich perplex an, also fügte ich hinzu: »Elvis? Der King?«

»Der König? Welcher König denn?«

»Na, der King of Rock 'n' Roll natürlich! Meine Güte, und du willst Lehrerin sein.« Ich ging zum Käfig und zog die Decke weg.

Elvis legte den Kopf schief und tschilpte sein übliches »Thank you. Thank you very much«. Seine Futterschüssel war leer.

»Du musst ihm etwas zu fressen geben. Er hat Hunger.«

Beauty starrte mit offenem Mund auf den Käfig. *»Hayibo.* Ein sprechender Vogel.«

»Ja. Du musst ihn füttern.«

»Nein. Mit einem sprechenden Vogel will ich nichts zu tun haben.«

»Warum nicht?«

»Das ist unnatürlich. Nur Menschen sollten sprechen.«

Ich seufzte. »So ein Unsinn. Na gut, dann füttere ich ihn eben. Er kann Schwarze sowieso nicht leiden.« Ich griff unter das Podest nach der Blechdose mit dem Vogelfutter und streute etwas davon in die Schüssel. Die Samenschalen entfernte ich vorher, so wie Edith es mir beigebracht hatte.

»Warum?«

Ich war durch meine Tätigkeit abgelenkt und verstand nicht sofort, was sie meinte.

»Wie, warum?«

»Warum kann der Vogel keine Schwarzen leiden?«

»Weil die Schwarzen die Weißen umbringen.«

»Glaubst du etwa, Weiße bringen keine Schwarzen um?«

»Tun sie nicht.«

»Und was ist mit den Männern, die von der Polizei festgenommen wurden? Die angeblich deine Eltern ermordet haben? Was glaubst du wohl, wie sie gestorben sind?«

»Edith hat gesagt, dass sie im Polizeirevier von Brixton aus dem Fenster gestürzt sind. Das war ein Unfall.«

Beauty schnaubte. »Ja, momentan gibt es sehr viele Unfälle, bei denen Schwarze aus Fenstern stürzen.«

Ich wusste nicht, was ich sagen sollte.

»Du hast deine Uniform bekleckert.« Beauty deutete mit dem Kopf auf den braunen Fleck auf meinem Kleid.

»Das ist in Ordnung«, log ich. »Ich finde es sogar schöner so.«

Als ich Elvis versorgt hatte, ging ich zurück ins Schlafzimmer, zog die Uniform aus und begutachtete den Schaden. Der braune Fleck sah furchtbar aus.

»Das sieht aus, als hättest du draufgekackt«, sagte Cat.

»Ich weiß«, jammerte ich. »Wie kriegen wir den Fleck nur wieder weg?«

»Wir können versuchen, ihn auszuwaschen.«

Wir warteten, bis wir hörten, dass Beauty in der Küche werkelte, und als sie das Radio anmachte, schlichen wir ins Bad. Ich drehte den Wasserhahn auf, steckte den Stöpsel ins Becken und füllte es mit Wasser. Dann tauchte ich das Kleid hinein, griff nach der gelben *Sunlight*-Seife und rieb sie auf den Fleck.

»Das funktioniert nicht«, sagte Cat.

Ich rieb die Seife noch fester und beschloss, nicht mit Wasser nachzuspülen, um die Wirkung der Seife zu verstärken. Dann nahm ich das Kleid wieder mit ins Schlafzimmer, ohne auf das Wasser zu achten, das auf den Boden tropfte, und legte das Kleid auf Ediths Bett. Nachdem ich eine Weile gelesen hatte, warf ich einen Blick auf den Fleck.

»Er sieht noch schlimmer aus als vorher.«

Die gelbe Seife hatte sich zu einer steifen Paste verdickt. Ich versuchte, sie mit dem Fingernagel abzukratzen, aber sie blieb stur am Gewebe hängen. Ich knüllte das Kleid zusammen und warf es unters Bett.

»Komm, lass uns gehen«, sagte ich.

»Wohin denn?«

»Ist doch egal. In den Park. Oder spazieren.«

»Aber was ist mit dem Kleid?«

»Darüber will ich jetzt nicht nachdenken.«

Als ich einige Stunden später zurückkam und mir Sorgen machte, was Edith wohl zu dem Kleid sagen würde, wenn sie wieder heimkam, saß Beauty am Wohnzimmertisch über ein Notizbuch gebeugt, in das sie etwas hineinschrieb. Ich fragte mich, was wohl darin stand und ob sie etwas über mich schrieb. Beauty sagte kein Wort, schien meine Rückkehr gar nicht zu bemerken, aber als ich ins Schlafzimmer ging, hing das Kleid gewaschen und gebügelt an Ediths Schrank.

Vorsichtig spähte ich um die Ecke, damit sie mich nicht sah, denn ich wusste nicht, was ich sagen sollte. Beauty lächelte. Und ich ertappte mich dabei, ebenfalls zu lächeln.

31
ROBIN

6. bis 30. August 1976
Yeoville, Johannesburg, Südafrika

Ediths erste Reise sollte nur sieben Tage dauern, aber letztendlich wurden sechs Wochen daraus.

»Tut mir leid, Robs«, knisterte ihre Stimme am neunten Tag aus dem Hörer. »Zuerst gab es ein Treibstoffproblem, und mein Rückflug fiel aus. Und dann wurde Moira krank, und da ich sowieso schon in New York war, wurde ich gebeten, ihre Strecke zu übernehmen. Nächste Woche bin ich zurück, versprochen.«

Wie ich schon gelernt hatte, war auf Ediths Versprechen meistens kein Verlass. Andere Leute fühlten sich an ihre Versprechen gebunden, doch Edith war wie Houdini, was ihre eigenen anging: Irgendwie schaffte sie es immer, sich herauszuwinden, und dann stand man da und wunderte sich, wie zum Teufel sie dieses Kunststück fertiggebracht hatte.

Ihr nächster Anruf kam, als sie schon fünfzehn Tage unterwegs war. »Ich musste noch eine Strecke übernehmen. Da konnte ich leider nichts machen, Robs. Ich bin nun mal nicht in der Position, meinen Vorgesetzten vorzuschreiben, wo sie mich einsetzen sollen. Aber Beauty scheint ja alles gut unter Kontrolle zu haben. Wie geht es dir? Du benimmst dich doch nicht daneben, oder?«

»Nein.« Die Streiche, die ich Beauty regelmäßig spielte, waren für mich kein Danebenbenehmen.

»Was macht die Schule?«

»Alles gut.«

»Hast du schon Freunde gefunden?«

»Ja.«

»Denk dran, was ich dir gesagt habe: Du darfst niemandem von Beauty erzählen.«

»Hab ich auch nicht«, sagte ich zu Edith. »Aber die Leute schöpfen allmählich Verdacht.«

Und das stimmte tatsächlich. Jede Woche, die Edith länger wegblieb, war eine weitere Woche, in der die Nachbarn nur Beauty und mich aus der Wohnung ein und aus gehen sahen, was natürlich ihre Neugier erregte. Eines Abends, als uns das Geld ausgegangen war, das Edith uns für die eine Woche, die sie ursprünglich hatte wegbleiben wollen, dagelassen hatte, ging Beauty zu den Goldmans hinunter, um sie um Brot zu bitten, damit sie mir Schulproviant für den kommenden Tag mitgeben konnte. Es war schon nach acht. Auf dem Rückweg zu unserer Wohnung wurde sie von dem alten Mr Finlay aufgehalten, der drei Türen weiter wohnte. Ich lauschte im Wohnzimmer, wo ich saß und auf Beauty wartete.

»Was machst du da?«, fragte Mr Finlay, als Beauty gerade die Tür aufschob.

»Ich arbeite hier«, antwortete Beauty. Ihr Tonfall war freundlich, aber bestimmt.

»Wo sind deine Manieren? Nenn mich gefälligst *Baas,* wenn du mit mir redest.«

Ich zuckte zusammen. Inzwischen kannte ich Beauty gut genug, um zu wissen, dass sie nicht katzbuckelte.

»Ich arbeite hier, Sir«, sagte Beauty.

»Aber so spätabends darfst du gar nicht mehr unterwegs sein. Und in diesen Wohnungen gibt es keine Unterkünfte für Maids.«

Glücklicherweise bog Mrs Goldman in diesem Moment um die Ecke. »Guten Abend, Angus«, sagte sie.

»Guten Abend, Rachel. Weißt du, was diese Kafferin hier so spät noch treibt? Wo steckt Edith eigentlich?«

»Sie ist krank und liegt im Bett.«

»Was hat sie denn?«

»Eine Frauensache.« Mrs Goldmans List brachte mich zum Grinsen.

»Oh. Aber was macht …«

»Ich habe die Maid gebeten, heute Nacht hierzubleiben, um nach Edith und der Kleinen zu schauen.«

»Aber Kaffer dürfen nicht in diesen Wohnungen schlafen! Dieses Haus ist schließlich kein Township, verdammt noch mal!«

»Hör auf zu jammern, Angus. Sie wird nicht schlafen, sondern die ganze Nacht aufbleiben und Krankenschwester spielen. Oder sieht sie vielleicht so aus, als würde sie gleich eine Pyjamaparty feiern wollen?«

»Aber …«

»Ich kann mich nicht um Edith kümmern, Angus. Ich hatte einen anstrengenden Tag und bin müde. Aber vielleicht möchtest du ja selbst nach Edith und ihren Eierstöcken sehen …«

»Nein, nein. Vergiss es.« Mr Finlays Stimme wurde leiser; er ging wohl in seine Wohnung zurück. »Itzige und Kaffer … sind doch alle gleich.«

Ich atmete erleichtert auf, als Mrs Goldman und Beauty hereinkamen. »Mrs Goldman, was sind Itzige?«, fragte ich.

Mrs Goldman winkte ab. »Das ist ein Schimpfwort für Juden, Kindchen. Lass dich niemals durch Beleidigungen entmutigen. Vergiss sie, sobald du sie hörst, und erinnere dich lieber an die Komplimente, die du bekommst.« Sie drehte sich zu Beauty um und öffnete ihre Geldbörse. »Entschuldigung, ich habe vorher nicht genug nachgedacht. Brot wird als Überbrückung nicht reichen, bis Edith zurückkommt. Hier, nimm das, und wenn du mehr brauchst, gib mir Bescheid.« Sie legte die Geldscheine auf den Tisch, statt sie Beauty in die Hand zu drücken. Da begriff ich, dass sie es deshalb tat, damit Beauty nicht applaudieren und knicksen musste, so wie es von Schwarzen erwartet wurde, wenn Weiße ihnen etwas gaben.

»Danke, Mrs Goldman«, sagte Beauty.

»Bitte sag doch Rachel zu mir. Sonst muss ich dich Mrs Mbali nennen.«

Beauty lächelte, und wir wünschten Mrs Goldman gute Nacht.

Danach schloss Beauty sich ab fünf Uhr nachmittags ein, um weitere Vorkommnisse dieser Art zu vermeiden. Sie war nicht die Einzige, die für sich blieb. Als ich Edith erzählte, dass ich neue Freunde gefunden hatte, war das zwar nicht gelogen, aber diese Freundschaften waren sehr oberflächlich, weil ich gezwungen war, auf Distanz zu bleiben. Ich hatte hoch und heilig versprochen, Stillschweigen über unsere Wohnsituation zu bewahren und niemandem zu verraten, dass Beauty in unserer Wohnung wohnte und auf mich aufpasste, während Edith verreist war. Morries Eltern, die Goldmans, waren die einzigen Nachbarn, die davon wussten, denn Edith hatte gesagt, dass sie ihre Freunde und zudem keine Rassisten waren, aber was andere Leute anging, war sie paranoid. Ich hätte meine neuen Freunde gern zum Spielen eingeladen, aber ich wollte nicht, dass die Polizei von Beauty erfuhr und Edith dann im Gefängnis landete, also hielt ich meinen Mund.

Andauernd wachsam sein zu müssen zog das Problem nach sich, dass es schwer wurde, einfach ich selbst zu sein. Ich musste immer genau überlegen, was ich sagte, um sicherzustellen, dass ich nicht unbeabsichtigt etwas preisgab, das die Polizei wieder zu uns führte, und mein ständiges Zögern zog einen Graben zwischen mich und meine neuen Freunde.

Doch immerhin fiel mir der Unterricht leicht, ich arbeitete fleißig mit, und wenn die Schule aus war, konnte ich mich darauf verlassen, dass Beauty draußen stand und auf mich wartete. Glücklicherweise war das überhaupt nicht ungewöhnlich; die meisten Mädchen hatten eine Maid, die sie abholte, also musste ich mir zumindest dafür keine Erklärung ausdenken. Wenn Beauty mich begrüßte, murmelte ich hallo, gab ihr meinen Ranzen, und dann lief ich den ganzen Heimweg vor ihr her und tat so, als ob ich sie nicht kannte.

Elvis jagte Beauty noch immer Angst ein, also ließ ich ihn aus dem Käfig, sobald wir zurück in der Wohnung waren. Während er munter durch die Gegend flatterte und Beauty fast in den Wahnsinn trieb, tat ich so, als wäre ich nicht imstande, ihn zurück in den Käfig zu locken. Aber Elvis jagte Beauty nicht nur Angst ein, er kackte zudem die ganze Wohnung voll, und natürlich war es Beauty, die seinen Dreck beseitigen musste. Er war eine sehr effiziente gefiederte Waffe.

In den ersten Tagen nach Ediths Abreise machte ich ein großes Theater daraus, Klobrille und Wanne zu schrubben, aus Protest, das Bad mit Beauty teilen zu müssen. Meine Nummer mit den gelben Gummihandschuhen und der WC-Ente beeindruckte Beauty allerdings nicht im Geringsten, also hörte ich irgendwann damit auf. Ebenso gab ich es auf, mein Geschirr und Besteck jedes Mal vor dem Benutzen zu spülen, denn es führte nur dazu, dass Beauty mich für meine beispielhafte Reinlichkeit lobte.

Abgesehen davon: Egal wie gründlich ich die Wanne oder das Geschirr auch schrubbte, ich konnte keinerlei Unterschiede erkennen, nachdem Beauty die Sachen benutzt hatte. Sie sahen genauso aus wie vorher. Das verwirrte mich, denn meine Mutter hatte stets darauf gepocht, dass Mabel unsere Sachen auf keinen Fall benutzen sollte, und ich hatte immer angenommen, dass sie es tat, weil Mabel sie sonst so schmutzig gemacht hätte, dass sie nie wieder sauber geworden wären.

Auf unserem Geschirr hinterließ Beauty zwar keine Spuren, in meiner Beziehung zu Cat allerdings schon. Als mir der Verdacht kam, dass Beauty die einzige Person war, die Cat lieber mochte als mich, fing ich an, nur noch heimlich mit meiner Schwester zu reden. Ein besonderer Vorfall gab den Ausschlag.

»Wann kommt Edith wieder zurück?«, fragte Cat eines Tages, als wir am Wohnzimmertisch saßen und meine Hausaufgaben machten.

»Weiß nicht. In ein paar Tagen, meinte sie.«

»Aber sie ist schon anderthalb Wochen länger weg, als sie gesagt hat.«

»Ich weiß. Sie meinte, da könnte man nichts machen, und sie käme so bald wie möglich zurück.«

»Und was ist, wenn sie für immer wegbleibt?«

»Sei nicht albern! Natürlich kommt Edith wieder zurück! Warum sagst du so etwas? Sie hat es doch versprochen!«

»Mom hat auch versprochen, dass …«

»Ja, ich weiß, Mom hat auch versprochen, dass sie und Dad zurückkommen, und dann kamen sie nicht wieder. Aber das heißt doch nicht, dass bei Edith das Gleiche passiert.«

Beauty war gerade damit beschäftigt, in ihr Notizbuch zu schreiben, als ich mit Cat sprach, doch erst als sie sich räusperte und das Wort ergriff, merkte ich, dass sie uns zugehört hatte. »Angst ist keine Schwäche, weißt du«, sagte sie.

»Was?«

»Du brauchst deine Schwester nicht anzuschreien, nur weil sie Angst hat. Angst ist das, was uns menschlich macht, und wir können Stärke zeigen, indem wir sie überwinden.«

»Mutige Menschen haben keine Angst.«

»Das sehe ich anders. Auch mutige Menschen haben Angst, doch ihre Stärke liegt darin, dass sie ihre Schwäche zugeben und lernen, sie anzunehmen und trotzdem weiterzumachen.«

»Aber Cat hat die ganze Zeit Angst.«

Beauty lächelte. »Ich auch. Das trifft wohl auf die meisten Menschen zu.«

Es verunsicherte mich, dass sie sich nicht über Cat lustig machte so wie die anderen Erwachsenen. Einerseits wollte ich Beauty nicht in mein Herz schließen, andererseits wollte ich aber auch nicht, dass sie Cat lieber mochte als mich. Deshalb verkniff ich mir auch die Frage, warum sie eigentlich ständig telefonierte, während Mabel unser Telefon auf Geheiß meiner Mutter nur alle Jubeljahre hatte benutzen dürfen, und dann auch nur ganz kurz.

Wenn Beauty nicht gerade Mahlzeiten zubereitete, mir bei den Hausaufgaben half oder sich anderweitig um mich kümmerte, telefonierte sie und schrieb Sachen in ihr Notizbuch. Die meisten ihrer Telefonate fanden auf Xhosa statt, sodass ich nichts verstehen konnte, aber bei denjenigen, die sie in meiner Sprache führte, ging es um die Suche nach ihrer Tochter. Ich beschwerte mich nicht, wenn das Telefon mitten in der Nacht klingelte und mich aus dem Schlaf riss.

Ein paar Mal versuchte ich, ihr Notizbuch zu lesen, aber als sie es merkte, ließ sie es nicht mehr herumliegen. Ich durchsuchte daraufhin ihren Schrank und auch ihre Reisetasche, aber vergeblich; offenbar hatte sie beschlossen, es zu verstecken, wenn sie es nicht brauchte.

Beautys Suche nach Nomsa hatte keinen Einfluss auf meinen Alltag – bis zu dem Tag, als sie nach der Schule nicht wie sonst draußen auf mich wartete. Als klar wurde, dass sie sich nicht bloß ein paar Minuten verspätet hatte, brach ich in Panik aus und rannte allein nach Hause. Ich hatte einen Schlüssel, doch als ich die Wohnung aufschloss, war sie nicht da. Gerade als mir die ersten Tränen kamen, platzte Beauty durch die Tür, ganz außer Atem.

»Da bist du ja!«

Ich drehte mich weg, damit sie meine verweinten Augen nicht sehen konnte. »Mmmh.«

»Tut mir sehr leid, dass ich nicht an der Schule war, um dich abzuholen.«

»Mir doch egal.«

Wie sich herausstellte, hatte sie, nachdem sie mich morgens zur Schule gebracht hatte, einen Anruf wegen ihrer Tochter bekommen und sich dann mit jemandem getroffen. »Das Treffen hat leider länger gedauert, als ich dachte.«

Ich wischte die Tränen weg, denn ich wollte sie nicht sehen lassen, welche Angst sie mir eingejagt hatte. »Kein Problem. Ich hab gar nicht gemerkt, dass du nicht da warst.«

Danach machte ich mich auf die Suche nach King George – nicht weil ich ihn besonders mochte, sondern weil Beauty ihn nicht ausstehen konnte. Sie sagte, er sei ein drogensüchtiger Saufbold, und ich solle mich von ihm fernhalten. Ich wusste, dass es sie ärgern würde, wenn ich Zeit mit ihm verbrachte, vor allem, weil der süßliche Dunst seiner Zigaretten sich in meinen Klamotten festsetzte und keinen Zweifel daran ließ, wo ich gewesen war. Als ich später zurückkam, würdigte ich Beauty den Rest des Abends keines Blickes.

Am nächsten Morgen wachte ich mit Halsschmerzen auf, aber ich ging trotzdem zur Schule, weil wir im Kunstunterricht Marionetten basteln wollten. Doch als die Schule aus war, tat mir alles weh; mir war ganz heiß, und ich konnte kaum noch schlucken.

Kaum hatte Beauty mich draußen erblickt, lief sie auf mich zu und fragte: »Was ist denn?«

»Ich hab Halsweh.«

Ihre Hand fühlte sich herrlich kühl auf meiner Stirn an. »Du glühst ja regelrecht.«

Mir war zum Heulen. Beauty nahm meinen Ranzen, schlang ihn sich über die Schulter und nahm meine Hand. »Komm, wir gehen jetzt ganz langsam heim, und dann kannst du dich hinlegen.«

»Nein, ich will nicht.«

Aber natürlich wollte ich doch.

32
BEAUTY

1. September 1976
Yeoville, Johannesburg, Südafrika

Das Kind hat Ausschlag. Er zieht sich von Gesicht und Nacken über Brust und Rücken und vom Nabel abwärts zu den Beinen. Er fühlt sich rau an wie Baumrinde und ist rötlich violett wie eine Proteablüte, besonders in den Leisten und Achseln.

Ihr Gesicht ist hochrot; ja, der einzige Teil von ihr, der nicht gerötet ist, ist ein Kreis rings um ihren Mund. Sie fühlt sich heiß an, zu heiß, und ihre geschwollene Zunge ist mit einem weißen Belag bedeckt. Sie kann weder sprechen noch essen, und das Schlucken tut ihr weh. Tränen laufen ihre Wangen herab, aber sie gibt keinen Mucks von sich. Sie tut mir unendlich leid!

Unwillkürlich denke ich daran, dass sie eine Waise ohne Mutter ist und ich eine Mutter ohne Kinder bin. Ich erlebe jetzt, wie die Liebe manchmal in einem aufwallt und schmerzt, wenn sie sich auf niemanden richten kann. Genau wie Muttermilch braucht sie ein Ventil und kann nur nähren, wenn sie aus ihrer Quelle hinausfließt. Spielt es eine Rolle, dass dieses Kind nicht meines ist? Spielt es eine Rolle, dass es weiß ist? Spielt es eine Rolle, dass seine Zunge meine Sprache nicht umschlingen kann, wenn ich meine Arme um sie legen kann? Nein, ich glaube nicht.

Die Infektion blüht in den Farben des Sonnenaufgangs auf ihrer Haut, aber ich kann nicht mit ihr zu einem Arzt gehen. Eine schwarze Frau, die mit einem weißen Kind in ein weißes Krankenhaus käme, würde Alarm auslösen und unerwünschte Aufmerksamkeit erregen. Dasselbe würde geschehen, wenn ich versuchte, sie ins Baraghwanat Hospital in Soweto zu bringen. Mir sind durch unser Geheimnis die Hände gebunden.

Mein erster Gedanke ist es, mich an Rachel Goldman zu wenden. Sie ist zu Hause und könnte Robin ins Krankenhaus bringen, ohne Verdacht zu erregen. Erst als ich ihre Nummer wähle, fällt mir ein, dass die Goldmans diese Woche nach Kapstadt gefahren sind, um die Bar-Mizwa ihres Neffen zu feiern. Ich lege den Hörer auf und versuche, meine Panik zu unterdrücken. Rachel ist meine Kontaktperson für den Notfall, und wenn sie nicht in der Nähe ist, weiß ich nicht, wen ich sonst um Hilfe bitten könnte. Robin braucht einen Arzt. Ihre Temperatur ist fast so hoch wie die des Jungen in Soweto, und er hat zwei Tage später seinen letzten Atem ausgehaucht.

Denk nach! Du musst nachdenken!

Edith hat mir eine Nummer hinterlassen, unter der sie erreichbar ist, aber der Kontakt verläuft über eine Person bei der Fluggesellschaft, sodass ich sie nicht direkt sprechen kann. Ich kann ihr nur eine Nachricht hinterlassen und muss dann darauf warten, dass sie mich zurückruft. Wer weiß, wie lange das dauert?

Aus Ediths Schlafzimmer, wo Robin im Bett liegt, ertönt ein mitleiderregendes Stöhnen, und ich eile an ihre Seite. Ihr Haar ist schweißnass, und sie rollt wild mit den Augen. Sie trägt nichts als ihre Unterhose, und trotzdem versucht sie, auf der Suche nach Kühlung imaginäre Decken wegzustrampeln. Schon das Gewicht der Luft liegt zu schwer auf ihrer Haut, und ich fächle ihr Kühle zu, versuche, die Luft leichter zu machen, damit sie auf Zehenspitzen über sie hinwegschleicht.

In der Küche lasse ich kaltes Wasser in einen Topf laufen und fülle Eis aus der Tiefkühltruhe hinein. Ich trage den Topf ins Schlafzimmer, tauche einen Waschlappen in das Eiswasser und betupfe damit sanft Robins Gesicht. Sie seufzt. Ich wiederhole den Prozess wieder und wieder, dutzendmal, hundertmal und presse das feuchte Tuch auf ihre sandpapierraue Haut. Doch nach zwei Stunden ist sie noch heißer als zuvor.

Du musst nachdenken! Was kannst du jetzt tun?

Dann fällt es mir ein. Maggie. Warum habe ich nicht schon früher an sie gedacht?

Ich wähle mit zitternden Fingern ihre Nummer und muss noch einmal von vorn anfangen, als ich mich bei der letzten Zahl verwähle. Mit angehaltenem Atem warte ich auf die Verbindung und schnaufe erst aus, als ich endlich das erste Freizeichen höre. Das Telefon klingelt zweimal, dreimal; ich zähle mit, während meine Panik wächst. Nach dem achten Klingeln lasse ich den Hörer sinken, niedergeschmettert von der Gewissheit, dass niemand zu Hause ist.

An wen kann ich mich jetzt wenden?

Eine Stimme ertönt aus der Leitung, kurz bevor ich die Verbindung unterbreche, und rasch hebe ich den Hörer wieder ans Ohr.

»Maggie? Maggie, bist du das?«

»Nein, Margaret ist leider nicht da. Darf ich fragen, wer am Apparat ist?«

Ich erkenne die Stimme von Maggies Ehemann. »Andrew! Hier ist Beauty Mbali. Ich weiß, ich sollte nicht anrufen, und es tut mir leid, dich zu stören, aber ich muss unbedingt mit Maggie sprechen. Es geht um Robin, das Mädchen. Sie ist krank, sehr krank, und ich weiß nicht, was ich tun soll. Bitte, ich …«

»Beauty? Bist du das? Mein Gott, ich habe rein gar nichts verstanden. Wer ist krank?«

Ich wiederhole noch einmal, was ich gesagt habe, und zwinge mich, langsam zu reden. Andrew hört mir geduldig zu, bis ich fertig bin. Er fragt mich nach Robins Symptomen, und sein nüchterner Tonfall beruhigt mich.

»Maggie ist nur kurz ausgegangen, aber mach dir bitte keine Sorgen. Sie kommt bestimmt gleich wieder, und ich sorge dafür, dass sie dich sofort zurückruft. Mach einfach genauso weiter wie bisher, denn es klingt, als hättest du alles im Griff. Wir schicken dir die Hilfe, die du brauchst.«

Ich habe mich gerade wieder auf den Rand von Robins Bett gesetzt, als das Telefon klingelt. Ich laufe hin und reiße den Hörer hoch. »Hallo? Maggie?«

»Beauty?« Es ist eine Männerstimme, aber nicht die von Andrew. Ich erkenne sie nicht.

»Ja. Kann ich Ihnen helfen?«

»Ich weiß, wo Nomsa ist. Ich gebe Ihnen die Adresse, aber Sie müssen sofort kommen.«

Nomsa. Der Schock, ihren Namen zu hören, macht mich sprachlos. Nomsa.

Endlich, nach all der Zeit!

Ich greife nach Stift und Zettel und will gerade nach der Adresse fragen, als mir einfällt … Robin. Ich kann sie nicht allein lassen.

»Wer ist am Apparat?«

»Das brauchen Sie nicht zu wissen. Kommen Sie einfach sofort. Die Adresse ist …«

»Ich kann jetzt nicht kommen. Hier gibt es einen Notfall und …«

»Ich dachte, Sie lieben Ihre Tochter. Ich dachte, Sie suchen sie verzweifelt.«

»Ja, das tue ich, das tue ich ja auch, aber …«

Die Verbindung bricht ab.

Ich kann es nicht glauben. Nach all diesen Monaten des Schweigens gibt es endlich Neuigkeiten, aber ich kann nichts tun. Ich habe gerade wieder aufgelegt, als das Telefon erneut klingelt. Diesmal ist es Maggie, und sie sagt, dass jemand unterwegs sei.

»Es klingt, als hätte Robin Scharlach, die Symptome passen, und sie braucht Penicillin. Der Arzt, mit dem ich normalerweise zusammenarbeite, ist im Ausland, aber ich kenne eine gelernte Krankenschwester. Halte durch. Sie ist schon unterwegs.«

Ich kehre ins Schlafzimmer zurück und greife wieder nach dem Waschlappen. Ich weiß nicht, ob es dem Kind hilft, aber es gibt mir etwas zu tun, sodass ich mich nicht dem Irrsinn hingeben kann, an Nomsa zu denken und daran, dass ich gerade meine einzige Chance vergeben habe, sie zu finden. Stattdessen tauche ich den Waschlappen immer wieder ins kalte Wasser, unzählige Male, betupfe damit Robins fiebrige Haut und bete.

Endlich klopft es an der Tür.

Jesus sei Dank, Hilfe naht.

Ich renne zur Tür und reiße sie auf. Eine weiße Frau steht auf der Schwelle. Sie hat einen merkwürdigen Ausdruck im Gesicht, als sie an mir vorbei in die Wohnung späht, aber sie schüttelt mir die Hand, als ich zur Seite trete, um sie einzulassen.

»Sie müssen Beauty sein. Maggie hat mich geschickt.«

Die Tränen auf meinen Wangen überraschen mich.

»Ach, bitte weinen Sie doch nicht. Alles wird gut, glauben Sie mir.« Sie drückt meine Hand.

»Vielen Dank, dass Sie gekommen sind«, sage ich. »Vielen Dank!«

»Wo ist das Kind?«

»Im Schlafzimmer.«

Die Frau eilt an mir vorbei direkt dorthin und betrachtet Robin von der Tür aus.

»Ja, das ist definitiv Scharlach«, sagt sie, und diesmal höre ich ihren Afrikaans-Akzent deutlich heraus. Normalerweise würde mich das äußerst nervös machen, aber da sie eine Freundin von Maggie ist, weiß ich, dass ich ihr vertrauen kann. Sie dreht sich um, und der Anhänger an der Kette um ihren Hals funkelt im Licht. Es ist ein goldener heiliger Christophorus; der Anhänger, den Maggie den Menschen schenkt, die ihr am meisten bedeuten. Ich weiß, dass ich, wenn ich den Anhänger umdrehen würde, ein einziges Wort auf der Rückseite graviert finden würde. *Glaube.* Und ich glaube. Diese Frau wird Robin retten, ich weiß es.

Sie holt ein Thermometer aus ihrer Tasche und tritt ans Bett.

Robin öffnet die Augen und scheint für einen Moment klar zu sehen. Als sie die Frau erblickt, beginnt sie zu schreien und um sich zu schlagen.

»Nein! Nein! Nein!« Robin trifft die Frau an der Brust. »Nicht sie! Nein! Nicht sie!« Verzweifelt versucht sie, sich der Frau zu entziehen, und blickt mich flehentlich an. »Bitte! Hilfe! Nein!«

»Es tut mir leid«, sage ich zu der Frau. »Ich weiß nicht, was in sie gefahren ist. Es muss am Fieber liegen.«

Die Frau grummelt nur kurz und bittet mich, Robins Arme festzuhalten. Ich fasse sie an den Handgelenken und versuche, sie ihr über den Kopf zu heben und gegen das Kissen zu drücken, aber Robin kämpft gegen mich. Sie entreißt ihre Arme mit überraschender Kraft meinem Griff und wehrt sich aus Leibeskräften. In ihrem Kampfgeist gleicht sie meiner Tochter, ja, Robin ähnelt meiner Nomsa so sehr, dass es mir den Atem raubt. Warum habe ich das nicht schon vorher erkannt?

Endlich, nachdem sie wild um sich geschlagen hat und die Frau und ich beide versucht haben, sie festzuhalten, lässt sich Robin gegen das Kissen sinken und öffnet leicht den Mund. Ihr Widerstand ist gebrochen.

Die Frau schiebt ihr das Thermometer zwischen die Lippen.

»Sie hat einundvierzig Fieber. Allmächtiger, das ist sehr hoch. Sie könnte einen Fieberkrampf bekommen.« Sie legt das Thermometer hin und dreht sich zu mir um. »Wo ist Edith?«

Es überrascht mich, dass sie Ediths Namen kennt. Maggie gibt in solchen Situationen normalerweise so wenige Informationen wie möglich weiter, nach dem Motto: Was man nicht weiß, kann man auch nicht verraten.

»Maggie hat dir von Edith erzählt?«

»Nein. Sie hat nur gesagt, dass ein Kind medizinische Hilfe braucht und dass es von einer schwarzen Frau gepflegt würde. Ich bin Edith und Robin aber schon einmal begegnet.«

Bevor ich die Frau nach Einzelheiten über diese Begegnung fragen kann, schaut sie auf ihre Armbanduhr und steht auf.

»Leider kann ich nicht lange bleiben, weil ich einen Termin bei Gericht habe.« Sie wühlt in ihrer Tasche und holt eine Flasche mit einem gelben Medikament heraus, die sie mir über das Bett reicht. »Geben Sie ihr alle acht Stunden diesen Sirup, in ganz exakten Abständen. Und versuchen Sie, ihr Wasser einzuflößen, damit sie nicht dehydriert. Ich gebe ihr jetzt eine Spritze, die ihr helfen sollte, Flüssigkeit bei sich zu behalten. Machen Sie mit den kalten Kompressen weiter und baden Sie sie alle paar Stunden in kaltem Wasser. Wenn wir es schaffen, die Temperatur zu senken, haben wir das Schlimmste überstanden.«

Nachdem sie ihr die Spritze gegeben hat und wir wieder an der Tür stehen, nehme ich die Hände der Frau. »Ich glaube, Sie haben mir nicht Ihren Namen genannt.«

»Wilhelmina«, antwortet sie.

»Vielen Dank, Wilhelmina. Danke für alles, was Sie für uns getan haben. Ich werde Ihre Freundlichkeit nie vergessen. Ich hoffe, Sie eines Tages wiederzusehen, damit ich mich revanchieren kann.«

»Keine Sorge«, erwidert sie. »Ich komme ganz bestimmt wieder.«

33
ROBIN

1. bis 7. September 1976
Yeoville, Johannesburg, Südafrika

Ich sah alles verschwommen, wie durch einen Dunstschleier. Beauty war bei mir, ein dunkler Fleck, und dann war sie wieder weg. Ich zwinkerte in der Hoffnung, einen klaren Blick zu bekommen, aber das machte es nur noch schlimmer. Ich konnte die weiße Decke, die Lampe und die Gardine erkennen, die gegen das Fenster flatterte, und wenn ich den Kopf drehte, schimmerten die Elvis-Gemälde am Zimmerhorizont auf, bevor sie mit der Dunkelheit verschmolzen.

Als ich das nächste Mal die Augen öffnete, war Mabel wieder da, nachdem sie mich an dem Tag, als meine Eltern starben, auf dem Polizeirevier zurückgelassen hatte. Sie saß neben mir und sang leise, während sie sich mit etwas Weißem und Feuchtem in der Hand über mich beugte. Eine Wolke, sie hielt eine Wolke an mein Gesicht, und es fühlte sich wunderbar an.

Nur dass es gar nicht Mabel war, sondern jemand anders mit Haut, die wie Dunkelheit aussah. Etwas Silbernes schimmerte an ihrem Hals, und jedes Mal, wenn sie sich vorbeugte, sank es zu meinen Lippen hinab. Auf und ab, auf und ab.

Als mein Blick ein bisschen klarer wurde, sah ich ein Medaillon mit einem Riesen darauf, der ein kleines Kind übers Wasser trug. Der Riese flüsterte, dass alles gut werden würde. Sein eisiger Atem strich über meine Lippen, als er mir einen Kuss gab, und dann war er weg, und Mabel war auch weg, und der Verlust überwältigte mich. Mabel hatte mich verlassen. Mabel, die ich liebte und die mich ihr weißes Kind nannte und mir dicke Schmatzer gab, außer auf den Mund, war einfach weggegangen, ohne sich noch einmal umzuschauen. Jedes Mal, wenn dieser Moment in meiner Erinnerung wieder lebendig wurde, kamen die Tränen, und dann wurde alles verschwommen und dunkel, und dann wachte ich wieder auf, und das Ganze begann von vorn.

»Mommy«, flüsterte ich.

Ich will, dass du bei mir bist, Mommy. Bitte komm her, bitte. Ich werde stark sein, ich verspreche es. Ich werde aufhören zu weinen, und ich werde lächeln und brav sein, und dieses Mal wirst du mich lieb haben. Und dir nicht wünschen, dass ich das tote Baby wäre, meine echte Zwillingsschwester, die nicht geboren wurde.

In meinen Fieberträumen war ich wieder sechs Jahre alt und versteckte mich mucksmäuschenstill hinter dem Sofa, um die Erwachsenen zu belauschen und ab und zu einen Blick zu riskieren. Edith und meine Mutter tranken Wein, und aus ihren Mündern und Nasenlöchern kam Zigarettenrauch; sie sahen aus wie wütende Drachen. Meine Mutter rauchte immer nur, wenn Edith zu Besuch kam.

»Gott, hast du ein Glück, dass du so ein aufregendes Leben führen kannst«, sagte meine Mutter.

»Das ist kein Glück, Schätzchen, sondern die ›Antibabypille‹. Ich hab dir doch gesagt, dass nichts Gutes dabei rumkommt, wenn du deine Ausbildung aufgibst und einen Minenarbeiter heiratest. Wenn du auf mich gehört hättest, wärst du jetzt auch eine freie und ungebundene Stewardess und würdest zusammen mit mir um die Welt jetten, so wie wir es vorhatten.«

»Ich weiß!«, stöhnte meine Mutter. »Jetzt reite nicht so darauf herum. Die Schwangerschaft war ja nicht geplant.«

»Es hätte Wege gegeben, das zu regeln«, sagte Edith. »Aber es bringt nichts, über etwas zu lamentieren, das nicht mehr zu ändern ist. Und Robin ist wirklich sehr süß.«

»Ich weiß«, sagte meine Mutter. »Aber sie ist nun mal durch und durch ein Papakind. Die beiden sind wie Pech und Schwefel, ständig verbünden sie sich gegen mich und geben mir das Gefühl, gar nicht dazuzugehören.« Sie schwieg einen Moment. Dann sagte sie: »Manchmal muss ich an Robins Zwillingsschwester denken ... das Baby, das ich verloren habe. Und dann frage ich mich, ob sie wohl ein Mamakind gewesen wäre. Ob sie mehr Ähnlichkeit mit mir gehabt hätte.«

Edith lachte. »Eine Mini-Jolene? Um Himmels willen. Eine von deiner Sorte ist mehr als genug, vielen Dank!«

»So schlimm bin ich nun auch wieder nicht! Und ich wüsste wenigstens, wie man mit jemandem wie mir fertigwird. Es ist schon schwer genug, Mutter zu sein, aber wenn dann noch das Gefühl dazu kommt, ein Alien zur Welt gebracht zu haben ... Es ist, als hätte es irgendeine Verwechslung gegeben, und ich hätte das falsche Kind bekommen.«

Ich bin nicht das falsche Kind, Mommy. Ich kann das richtige Kind sein. Ich werde einfach so sein wie du, dann wirst du mich lieb haben.

Mabel. Mommy. Der Riese. Sie kamen und gingen, kamen und gingen, wie Ebbe und Flut, sie überspülten mich wie Wellen, aber sie brachten mir keine kühlende Linderung.

Cat war bei mir, sie kuschelte sich ganz eng an mich und drang durch meine Haut, bis sie sich auch von innen an mich schmiegte. Sie war meine Zwillingsschwester, diejenige, die gestorben war, diejenige, die meine Mutter gewollt hatte – bis ich sie wieder lebendig machte, sie wie Lazarus von den Toten erweckte. Danach war meine Mutter nicht mehr ganz so versessen auf sie.

Wo ist die Wolke? Wo ist sie hin?

Ich versuchte, Ausschau nach ihr zu halten, doch dann verschwamm wieder alles.

Später, ich weiß nicht mehr genau, wann, kamen sie wieder, der Riese und das kleine Kind, sie kamen näher und näher, bis sie meine Lippen berührten, eine Wohltat. Sie fühlten sich kühl auf meiner Haut an, aber diesmal waren sie nicht silbern, sondern golden. Als ich hochschaute, erkannte ich das weiße Gesicht, das über mir schwebte, und mir lief es eiskalt über den Rücken.

Das ist die Frau, die mich wegbringen will! Nein!

Ich versuchte, die Zähne zusammenzubeißen, damit sie mir nicht wehtun konnte, aber ich war zu schwach, um mich zu wehren. Ich flehte Mabel-Beauty an, mir zu helfen, aber sie war auf der Seite der bösen Frau und hielt mich fest. Die Frau zwang einen winzigen Dolch in meinen Mund, und ich machte mich darauf gefasst zu sterben.

Cat wand sich in meinem Bauch, wo sie schlief, und dann vergrub sie sich in meinem Herzen, um sich zu verstecken. Sie würde mir nicht helfen, und ich war zu krank, um mir selbst zu helfen.

Daddy, bitte komm und rette mich. Daddy, bitte.

Als die Sozialarbeiterin mir Gift gespritzt hatte, verschwand sie mit dem goldenen Riesen und dem Kind. Mabel-Beauty kam mit der kühlen Wolke zurück.

»Edith kommt bald«, flüsterte sie. »Es dauert nicht mehr lange.«

Das ist eine Lüge. Ich will keine Lügen mehr aufgetischt kriegen.

So viele Lügen schwammen schon in meinen Adern wie silberne Schlangen, glühend heiße Schuppenwesen, die sich von innen an meiner Haut rieben, sodass sie ganz fiebrig und wund wurde. Mabel-Beauty goss weitere Lügen auf Löffel und wollte mich dazu bringen, sie zu schlucken.

»Keine Lügen mehr! Keine Schlangen mehr! Ich habe genug davon.« Sie zischelten ununterbrochen mit ihren gespaltenen Zungen.

»Robin«, sagte Beauty, als ich ihr den Lügenlöffel aus der Hand schlug. »Mein Kind, ich werde dir die Wahrheit sagen.«

»Wirklich?«

»Ja, ich werde dir alle Fragen ehrlich beantworten. Ich verspreche es. Aber dann musst du mir erlauben, dir diese Wahrheitsmedizin zu geben. Sie wird helfen, die Schlangen und die Lügen zu verjagen. Wenn du die Medizin schluckst, werde ich dir die Wahrheit sagen.«

»Ja«, flüsterte ich. »Ja.« Und dann öffnete ich den Mund.

* * *

Sind meine Eltern im Himmel?

Das weiß ich nicht genau.

Passen sie die ganze Zeit auf mich auf?

Das weiß ich nicht genau, aber ich glaube nicht.

Sind meine Eltern lebendig begraben?

Nein.

Bringen schwarze Menschen weiße Menschen um?

Ja.

Bringen weiße Menschen schwarze Menschen um?

Ja.

Fahren wir nach Hause, um mein Fahrrad zu holen?

Nein.

Wird Edith mich weggeben?

Nein.

Wird jemand anders mich wegbringen?

Ich hoffe nicht.

Hat meine Mutter mich lieb gehabt?

Ja, aber vielleicht nicht so, wie du es dir gewünscht hast.

Habe ich meine Schwester umgebracht, bevor sie geboren wurde?

Nein, deiner Schwester war es nicht bestimmt, auf die Welt zu kommen.

Sind allc schwarzen Männer böse?

Nein.

Sind alle schwarzen Männer gut?

Nein.

Kommt Mabel zurück?

Nein.

Hat Edith mich lieb?

Ja.

Hast du mich lieb?

Ja.

Hast du Cat lieber als mich?

Nein. Ich habe euch beide gleich lieb, weil ihr zwei Hälften seid, die ein Ganzes bilden.

Wirst du mich eines Tages verlassen?

Ja.

Cat kletterte aus meinem Bauch und legte sich neben mich. Wir lagen beide auf der Seite und schauten uns an.

»Die Schlangen gehen weg«, flüsterte sie. »Bald geht es dir besser.«

»Ich weiß.« Ich konnte es spüren. Sie konnten nicht in einem Herzen voller Wahrheit leben, denn die Wahrheit war kein bequemer Ort. Sie begannen davonzuschlängeln, und sie nahmen die Hitze mit. Beautys Worte fielen mir wieder ein.

Ich habe euch beide gleich lieb, weil ihr zwei Hälften seid, die ein Ganzes bilden.

Und da wusste ich, was ich tun musste, um mich selbst zu heilen und ein Leben voller Wahrheit zu führen.

»Cat?«

»Du brauchst es nicht zu sagen. Ich weiß.«

Ich schaute meine Schwester an. Sie war das Beste von mir und das Schlimmste von mir. Ich reichte ihr meine Hand, sie reichte mir ihre Hand, und unsere Finger schlangen sich ineinander.

»Ich werde dich schrecklich vermissen.«

Danach gab es nichts mehr zu sagen. Cat wischte mir die Tränen von den Wangen, denn sie war meine Tränen und meine Wangen, und dann war sie weg. Und sie hinterließ keine Leere, sondern eine Fülle, die ich noch nie zuvor gespürt hatte. Ich fühlte mich ganz, als wäre ich endlich, endlich genug.

34
BEAUTY

9. September 1976
Yeoville, Johannesburg, Südafrika

Eine Woche vergeht, in der der Mann nicht noch einmal anruft, sosehr ich auch darum bete.

Wilhelmina jedoch hat ihr Wort gehalten und kommt wieder, um nach Robin zu sehen. Nachdem sie sich davon überzeugt hat, dass die Temperatur des schlafenden Kindes gesunken ist und ihre Hautfarbe allmählich wieder normal aussieht, nimmt sie mein Angebot einer Tasse Tee an.

»Das Penicillin hat geholfen«, sagt Wilhelmina. »Aber dass es Robin schon so viel besser geht, hat sie nicht zuletzt Ihrer guten Pflege zu verdanken, Beauty. Sie haben Ihren Beruf verfehlt. Sie hätten eine wunderbare Krankenschwester abgegeben.«

»Vielen Dank, Wilhelmina. Haben Sie Edith und Robin dadurch kennengelernt? Durch Ihren Beruf als Krankenschwester?«

»Nein. Eigentlich arbeite ich als Sozialarbeiterin, bin aber gelernte Krankenschwester. Vor ein paar Monaten erhielt ich einen anonymen Anruf, in dem Edith als ungeeignete Pflegeperson für Robin angezeigt wurde, und ich wollte diesen Anschuldigungen nachgehen. So habe ich die beiden kennengelernt.«

Sie erzählt mir von ihren ersten Begegnungen mit Edith und Robin, die in der Anordnung ihrer Vorgesetzten gipfelten, sie in Ruhe zu lassen. Edith hatte sich über Wilhelmina beschwert und behauptet, sie führe einen persönlichen Rachefeldzug gegen sie aus.

»Sie hat Papiere über einen Vollzeitjob im Büro vorgelegt, aber ich wusste, dass irgendetwas daran faul war. Ich konnte es nur nicht beweisen. Welche Frau lässt einfach ein Kind allein, um in der Weltgeschichte herumzugondeln? Wer macht so etwas?«

Mir wird eiskalt, und meine Dankbarkeit verwandelt sich in Angst. Jetzt, nachdem diese Frau Robin behandelt und Ediths Betrug durchschaut hat, wird sie sie uns wegnehmen?

Was habe ich getan?

Wilhelmina sieht mein entsetztes Gesicht und sagt beruhigend: »Na, na, na, keine Sorge, ich werde in meiner offiziellen Funktion nichts sagen oder unternehmen. Jedenfalls nicht, solange ich es nicht muss, da ich im besten Interesse des Kindes handle. Wenn Edith Maggie kennt und Maggie mit den jetzigen Arrangements einverstanden ist, muss ich das respektieren, auch wenn ich diese schreckliche Frau nicht ausstehen kann. Aber ich werde ein Auge auf die Situation haben.«

Sie streckt den Arm aus und berührt den Christophorus-Anhänger an meinem Hals. »Wir gehören einem kleinen Kreis an, Beauty. Es tut mir gut zu wissen, dass es da draußen noch andere gibt. Manchmal fühle ich mich, als wäre ich die Einzige. Wirklich wahr. Bestimmt geht es dir manchmal genauso.«

Während wir dort sitzen und ab und zu an unserem Tee nippen, beginnen wir, uns gegenseitig voneinander zu erzählen. Ich kann nicht genau sagen, woran es liegt, aber ich vertraue dieser Frau, obwohl sie eine Weiße ist und dazu noch Afrikaans spricht und trotz der Bedrohung, die sie aufgrund ihres Berufs für Robin und Edith darstellt. Sie ist eine Freundin von Maggie und hat Robin das Leben gerettet. Das genügt mir.

Ich erzähle ihr von meiner Suche nach Nomsa, und sie erzählt mir von ihrem Einsatz als Sozialarbeiterin, der ihr einen Grund gibt, sich in Soweto aufzuhalten, wo sie unter dem Deckmäntelchen ihrer offiziellen Aufgaben Maggies Sache unterstützt. Sie spricht ein wenig Xhosa und Sotho. Ihr Afrikaaner-Großvater, der strikt gegen das Apartheidregime war, hat es ihr beigebracht.

Ich habe noch nie von einem Afrikaaner gehört, der gegen sein eigenes Volk kämpfen würde, um meines zu verteidigen, und das sage ich ihr. »Es klingt, als wäre er ein sehr mutiger Mann gewesen.«

»Oh ja, das war er. Das war er wirklich. Aber er ist unter äußerst dubiosen Umständen ums Leben gekommen, was mir klargemacht hat, dass Mut etwas sehr Gefährliches sein kann. Manchmal ist es sinnvoll, seine wahre Gesinnung hinter einer Fassade zu verbergen.«

Als sie ihren Tee ausgetrunken hat, steht sie auf und wendet sich zum Gehen. »Robin hat großes Glück, dich zu haben, Beauty. Es beruhigt mich zu wissen, dass du hier bei ihr bist. Auf jeden Fall ist dieses Arrangement besser für sie als ein Heim oder eine Pflegefamilie. Und ich habe so das Gefühl, dass ihr beide noch gute Freundinnen werdet.«

Als ich meine Hand ausstrecke, schließt sie mich stattdessen in eine feste Umarmung. Ich bin zu aufgewühlt, um etwas zu sagen, und deswegen erwidere ich sie einfach. Ich lerne durch sie, dass einem Freunde an den seltsamsten Orten und in völlig unerwarteter Gestalt begegnen können.

35
BEAUTY

20. Dezember 1976
Transkei, Südafrika

Als ich über den sandigen Weg den Hügel hinauflaufe, bin ich barfuß und genieße das Gefühl von warmem Staub unter den Fußsohlen. Diese Erde bringt mich mehr als alles andere wieder zu mir. Es ist dieser Sand an diesem Ort, der mir Wurzeln verleiht.

Wenn ich nach meiner langen Reise von Transvaal aus ins Dorf zurückkehre, begrüße ich als Erstes meine beiden Söhne und schließe sie in die Arme. Dann schlüpfe ich aus meinen Schuhen, ziehe meine westlichen Kleider aus, falte sie zusammen und lege sie beiseite. Anschließend hülle ich mich in die traditionelle ockergefärbte Decke, die alle Frauen im Dorf tragen. Das ist mir zum Ritual geworden, jedes Mal, wenn ich zu Besuch komme, dieses Abstreifen der lauten, hektischen Stadt und das Zurückschlüpfen in die vertrauten Gewohnheiten meines Volkes.

Manchmal, wenn ich in Johannesburg kaum die Sterne sehen kann, kann ich auch die Stimmen der Ahnen nicht mehr richtig hören. Ich glaube, meinem ganzen Volk geht es so, und deswegen vergessen wir die alten Sitten.

Auf meinem Weg hügelaufwärts mache ich unter einer Pappel Rast, in deren Schatten ich Schutz vor der Sommersonne finde. Dorthin kommen auch meine Söhne, die um die Wette den Hügel hinaufgelaufen sind. Sie werden sich nicht weiter hinaufwagen und dort auf meine Rückkehr warten, denn unser Brauch erlaubt es nicht, dass sie mir weiter folgen. Eine warme Brise raschelt in den Blättern, verschafft mir aber keine Abkühlung. Während ich zu Atem komme und den süßen Duft von Gras und warmer Erde einatme, lasse ich die Augen über das Tal schweifen, und bei dem geliebten Anblick geht mir das Herz auf.

Lange Stängel von fedrigem Reetgras umgeben das Dorf. Sie wiegen und biegen sich im warmen Wind, flüstern und singen in leuchtend kupferfarbenen Wellen. Wassergräben winden sich kreuz und quer zwischen dem Dorf und den Maisfeldern, und das Vieh grast auf eingezäunten Weiden. Weißer Rauch kringelt sich aus den Kaminen der bunt bemalten bienenkorbförmigen Hütten, die sich aneinanderdrängen, und Frauen und Kinder laufen zwischen den *Rondawels* umher, während sie Arbeiten erledigen oder plaudern.

Ich blicke über meinen Geburtsort hinweg, und mein Gemüt hellt sich zum ersten Mal seit vielen Wochen auf. Ich tausche gerne die Elektrizität, das fließende Wasser und die sanitären Einrichtungen der Stadt gegen diese ländliche Umgebung ein, wo Wasser aus dem Fluss geholt werden muss, über dem offenen Feuer gekocht wird und nur eine Kerze Licht in die tiefsten Schatten werfen kann. Es ist ein Ort, an dem die Zeit stillsteht.

Hier gibt es keine Uhren, hier gibt es kein Gefühl der Unruhe, und niemand drängt in Gedanken ständig anderswohin. Hier wird die Zeit von der Reise der Sonne und des Mondes über das Firmament gemessen, und es gibt keine Fremden, nur Klanmitglieder, die ich schon mein Leben lang kenne. Nachdem ich jetzt mehrere Nächte auf meiner Matte auf dem festgestampften Fußboden geschlafen haben, vergehen allmählich meine Rückenschmerzen, die ich von den wochenlangen unruhigen Nächten auf einer weichen Matratze zurückbehalten habe. Es tut gut, zu Hause zu sein, auch wenn es nur ein kurzer Besuch sein wird.

Ich drehe mich um und folge dem Weg weiter bis zum Gipfel. Als ich den Friedhof erreiche, pflege ich die Gräber wie bei jedem Besuch. Ich knie mich an den Rand, ohne auf die spitzen Steine zu achten, die mir in die Knie schneiden, und schichte lose Steine zu dichten Haufen auf. Mit dem Grab meines erstgeborenen Sohnes Mandla fange ich an und fahre dann mit dem meines Ehemannes Silumko fort. Ich wische Insekten und Staub von den einfachen Grabsteinen mit ihren kargen Inschriften:

MANDLA MBALI
4.9.1959–8.11.1965
und
SILUMKO MBALI
6.8.1925–19.4.1974

Die Handlungen sind wie Gebete meiner Hände; sie erlauben meinem Körper, seine Trauer auszudrücken, wo Worte nicht genug sind.

Als ich fertig bin, folge ich wieder dem gewundenen Pfad bis hinunter zu der Pappel, wo die Jungs warten.

»Mama«, fragt Khwezi, »wann kommst du wieder nach Hause?«

Langa wirft ihm einen wütenden Blick zu. Sie haben offensichtlich bereits darüber gesprochen, und Langa muss seinen jüngeren Bruder ermahnt haben, diese Frage nicht zu stellen. Ich sehe in ihre Gesichter, die so ernst sind und sich in den sechs Monaten meiner Abwesenheit so sehr verändert haben. Khwezi hat den letzten Rest seines Babyspecks verloren, und ein Bartschatten wächst ihm auf Oberlippe und Kinn. Langas Gesicht hat sich zu dem eines Mannes verhärtet. Seine Kiefermuskeln sind ständig angespannt, und er lächelt nur selten; die Sorgen eines Erwachsenen haben vor der Zeit Spuren in seinen Zügen hinterlassen.

Ich seufze. Ich habe einen Teil ihrer Kindheit verpasst. Während ich in Johannesburg vergeblich nach ihrer Schwester gesucht habe, haben meine Söhne ihre Reife wie einen Umhang angelegt. Ich hätte hier sein sollen, um den Übergang von der Kindheit zum Mannesalter mitzuerleben.

»Ich habe euch versprochen, Nomsa nach Hause zu holen«, sage ich. »Und ich kann nicht zurückkehren, bis sie an meiner Seite ist.«

Hoffentlich muss ich nicht, wenn dieser Tag gekommen ist, Nomsa neben ihrem Vater und Bruder zur Ruhe betten. Ich will nicht noch ein weiteres Grab pflegen.

36
ROBIN

25. Dezember 1976
Melville, Johannesburg, Südafrika

Edith sagt, dass du nicht ihr Freund sein kannst, weil du vom anderen Ufer bist.« Ich saß auf der champagnerfarbenen Brokat-Chaiselongue in Victors Wohnzimmer. (Ich hatte »goldenes Sofa« dazu gesagt, als ich mich zum ersten Mal daraufgeworfen hatte, aber er hatte mich eines Besseren belehrt.) Elvis stand in seinem Reisekäfig neben mir, und mein Gepäck wartete immer noch in der Diele, wo Edith es auf dem Weg hinaus einfach abgestellt hatte.

Ich trug leuchtend orangefarbene Samtshorts und dazu einen weißen ärmellosen Rollkragenpullover und weiße kniehohe Schnürstiefel. Die Hotpants trugen ihren Namen zu Recht, denn obwohl sie kaum meinen Po bedeckten, waren sie durch den Samtstoff bei dreißig Grad Hitze sehr warm und unbequem. Zu dem Outfit hätte eigentlich noch ein weißes Barett gehört, aber ich hatte es in der Hektik auf dem Weg zu Victor verloren. Edith hatte einen Anruf von der Airline erhalten, gesagt, es hätte eine Planänderung gegeben und war Hals über Kopf aufgebrochen.

Die neuen Kleider hatte sie mir auf ihrer letzten Reise nach New York gekauft und gesagt, sie seien dort der letzte Schrei. Es war das erste Mal, dass ich die Hotpants und die Stiefel trug, weil Beauty mir verboten hatte, damit aus dem Haus zu gehen. Sie meinte, ich sähe darin aus wie eine Kinderprostituierte. Ich wollte das Wort nachschlagen, aber Morrie hatte mir erklärt, Prostituierte wären Leute, die die katholische Kirche verlassen und ihre eigene Religion gegründet hätten. Ich hatte keine Ahnung, warum Beauty etwas dagegen haben sollte, respektierte aber ihre Meinung und trug das Outfit nur deswegen am heutigen Tag, weil Weihnachten war und Edith darauf bestanden hatte. Victor war schick wie immer, und sein malvenfarbener Fedora-Hut passte perfekt zu seiner Fliege und seinen Socken.

»Ich wusste nicht, was ›vom anderen Ufer‹ bedeutet«, fuhr ich fort, »deswegen habe ich es im Wörterbuch nachgeschlagen.«

Victor lachte, klang aber nervös. »Und, was stand da?«

»Da stand nur, dass das Ufer der Rand eines Sees oder Flusses wäre, und das ergab überhaupt keinen Sinn, deswegen musste ich Edith fragen und sie bitten, es mir zu erklären.«

»Und, was hat sie gesagt?«

»Sie hat gesagt, dass ihr kein Paar seid, weil du homosexuell bist.«

»Jein. Ich habe Edith sehr gern, aber ich könnte nicht mit ihr zusammen sein, auch wenn ich nicht schwul wäre. Aber verrate ihr nicht, dass ich das gesagt habe.«

»Sie sagt, Homosexuelle wären Männer, die sich sexuell mit anderen Männern fortpflanzen.«

»Na ja, Fortpflanzung gehört streng genommen nicht dazu, aber das mit dem … äh … Sex stimmt.«

»Sie sagt, ich darf es niemandem erzählen, weil es illegal ist und ihr ins Gefängnis kommen könntet.«

»Das stimmt. Das Gesetz ist ziemlich drakonisch, oder?«

»Was bedeutet ›drakonisch‹?«

»Sehr streng.«

»Du meinst, wie die Apartheidgesetze?«

»Ja, genau.«

»Wir dürfen auch niemandem von Beauty erzählen. Wenn die Leute wüssten, dass sie bei uns wohnt, um auf mich aufzupassen, könnte sie auch ins Gefängnis kommen.«

Victor runzelte die Stirn. »Du musst richtig viele Geheimnisse bewahren, stimmt's? Eine ganz schön große Verantwortung für ein neunjähriges Mädchen.«

»Ich werde nächsten Monat zehn.«

»Trotzdem.«

»Ist schon okay. Ich kann gut Geheimnisse bewahren.« Ich sah mich im Wohnzimmer um. Es war das schönste Zimmer, das ich je gesehen hatte. Ein Kristallkronleuchter hing hoch über uns, und jede Oberfläche – einschließlich der Wände und des Fußbodens – war mit der Art von luxuriösem Stoff bedeckt, mit dem man sich am liebsten eingewickelt und ins Bett gelegt hätte.

»Ist Liberace dein Freund?«, fragte ich.

»Liberace? Nein, warum?«

»Weil Edith gesagt hat, dass dein Haus wie aus einem feuchten Traum von Liberace aussieht.«

Victor spuckte den Schluck Champagner aus, den er gerade getrunken hatte. »Entschuldige«, sagte er, als er sich das Kinn abtupfte.

»Was ist ein feuchter Traum?«, fragte ich.

»Äh ... Na ja ... Was meinst du denn, was das ist?«

»Ist das, wenn man schläft und man träumt, und jemand schüttet Wasser über einen?«

»Siehst du, jetzt hast du's.«

»Oh, wow, dein Weihnachtsbaum!« Ich hatte ihn gerade erst im Esszimmer entdeckt und sprang auf, um ihn mir näher anzusehen.

So etwas hatte ich noch nie zuvor gesehen. Der Baum war groß, aber nicht besonders breit, und jeder seiner schwarzen gewundenen und verschnörkelten schmiedeeisernen Zweige trug zahlreiche Glaskerzenhalter in Form von Sternen. Teelichter flackerten darin, sodass sie wie von innen aufleuchtende Sternschnuppen aussahen.

»Das soll Avantgarde sein«, erklärte Victor. »Ich bin mir nicht sicher, ob ich das mag. Ich hoffe, ich gewöhne mich an ihn.«

Er sah kein bisschen so aus wie der traditionelle Weihnachtsbaum, den meine Eltern früher aufgestellt hatten, aber er erinnerte mich an die Weihnachtsrituale, die sich mein Leben lang Jahr für Jahr wiederholt hatten. Zuerst wurde die künstliche Fichte aus der Garage geholt, wo sie das Jahr über verstaut war, und dann folgte eine hektische Suche nach dem Metallständer, bis sich jemand daran erinnerte, dass er vor ein, zwei Jahren zerbrochen war. Daraufhin suchte mein Vater einen leeren Blumentopf, umwickelte ihn mit Weihnachtspapier, füllte ihn mit Gartenerde, und da hinein wurde schließlich der Baum gesteckt und in die Wohnzimmerecke gestellt.

Die Lichterketten zu entwirren war immer das heikelste Stadium der Dekoration, und wenn es nicht richtig klappte, wurde das Baumschmücken um ein, zwei Tage verschoben, bis sich die Gemüter genügend beruhigt hatten und wir weitermachen konnten.

»Ach, du Scheiße!«, fluchte mein Vater in jedem Dezember und zerrte an den verknoteten Strängen. »Wer hat die letztes Jahr weggepackt?«

»Du, Keith«, erwiderte meine Mutter, ohne zu zögern.

»Kann nicht sein, ich hätte sie ordentlich aufgerollt. Das ist ein einziges Scheißdurcheinander!«

Wenn es gelang, die Lichterketten zu entwirren, ohne ein

Dutzend Birnchen zu zerbrechen, oder wenn mein Vater schließlich die Kabel durchgeschnitten und wieder zusammengedreht hatte, konnten wir sie um den Baum drapieren und zum nächsten Schritt übergehen, nämlich, das Lametta aufzuhängen. Das war normalerweise mein zweitliebster Teil der Vorbereitungen, weil sich das Lametta so schön seidig anfühlte, aber dabei ging es meist ebenso nervenaufreibend zu wie bei den Lichterketten.

»Wo ist der Rest von unserem Lametta?«, fragte mein Vater einmal und hielt zwei zerknitterte Stränge in die Luft.

»Mehr ist nicht da«, sagte ich und spähte in die Tüte.

»Was meinst du damit, mehr ist nicht da? Wir müssten mindestens ein Dutzend Stränge von diesem Zeugs haben. Wo sind die silbernen und goldenen?«

Ich traute mich nicht zu sagen, dass ich sie mir, ohne zu fragen, genommen hatte, um ein furchtbar langweiliges Engelskostüm beim Krippenspiel aufzupeppen, und dass ich sie anschließend zerschnitten und als Glitter für die selbst gebastelten Weihnachtskarten in der Schule benutzt hatte. Ich zuckte nur mit den Achseln, während mein Vater sich den Kopf kratzte und etwas von einer Silberfischchenplage murmelte. In jenem Jahr ließ der Baum etwas an Eleganz vermissen.

Der Glasschmuck war immer das Vorletzte, was wir aufhängten, und er musste in einer ganz bestimmten Reihenfolge platziert werden.

»Erst die Kugeln«, sagte meine Mutter jedes Mal. »Die goldenen und die silbernen und dann die roten und grünen.«

Ich griff nach einem goldenen Weihnachtsmann, und meine Mutter schlug mir auf die Finger. »Jetzt erst mal nur die Kugeln. Dann die Sterne. Dann die Zuckerstangen. Dann die Engel. Die Weihnachtsmänner kommen als Letztes.«

Es hatte keinen Sinn, mit ihr zu diskutieren, und wehe, irgendjemand hängte zu viel von der gleichen Dekoration nebeneinander oder ließ irgendwo eine Stelle kahl. Endlich, wenn alles nach ihren genauen Anweisungen hing, wurde es Zeit für den großen Stern. Mein Vater fuhr mit den Händen unter meine Achseln und hob mich hoch, sodass ich ihn auf die Baumspitze stecken konnte.

»Gut gemacht, Sommersprosse! Jetzt hoffen wir nur, dass die Gerüchte, der Weihnachtsmann wäre wegen Ladendiebstahls verhaftet worden, nicht wahr sind!«

Nichts von alldem hatte ich in diesem Dezember machen können. Edith stellte keinen Weihnachtsbaum auf und hielt nichts von Deko, außer von roten und grünen Likören und bunten Schnapsgläsern.

»Du vermisst sie schrecklich, oder?«, fragte Victor leise.

Ich nickte mit einem Kloß im Hals.

Er seufzte und fragte dann mit übertrieben betonter festlicher Stimme: »Und? Was hat der Weihnachtsmann dir gebracht?«

»Den Weihnachtsmann gibt es nicht, Victor, aber Edith hat mir Kleider und ein paar Platten gekauft, und Beauty hat mir das hier geschenkt. Ist es nicht wunderhübsch?«

Ich stellte mich vor ihn und öffnete den winzigen Verschluss des herzförmigen Medaillons, um ihm die Schwarzweißfotos darin zu zeigen: das Gesicht meines Vaters auf der linken und das meiner Mutter auf der rechten Seite. »Die Fotos sind von ihrer Hochzeit. Beauty hat sie von Edith bekommen.«

»Wunderschön! Da hat sich aber wirklich jemand Gedanken gemacht.«

Da fiel mir ein, dass mir Edith ein Geschenk für Victor mitgegeben hatte. Ich hüpfte hinauf und rannte zu meinem hastig gepackten Koffer, aus dem ich die Silberschachtel mit den Silberbändern holte. »Hier, das ist für dich.«

»Danke, das war doch nicht nötig.« Victor nahm die Schachtel und stellte sie neben sich.

»Du musst es sofort aufmachen. Es ist schon Weihnachten, du brauchst also nicht zu warten.« Er sträubte sich ein bisschen, und ich dachte, die vielen Bänder schreckten ihn vielleicht ab. »Komm, ich helfe dir beim Aufknoten.« Ich nahm die Schachtel und begann, alle Knoten zu lösen. Als ich fertig war, warf ich den Deckel beiseite und griff in die Schachtel. Meine Hand stieß auf etwas Hartes, Kaltes. Ich zog es heraus. »Handschellen? Bist du Polizist?«

»Gib sie mir«, sagte Victor und nahm mir die Schachtel ab, bevor ich darin weitergraben konnte. »Robin, ich hoffe, du nimmst es mir nicht übel, wenn ich dich frage, aber findest du dieses Outfit bequem? Mir ist aufgefallen, dass du die ganze Zeit an den Shorts herumzupfst.«

»Hotpants«, berichtigte ich.

»Genau. Hotpants. Möchtest du dir vielleicht etwas Gemütlicheres anziehen?«

»Ja, gern!«

»Wunderbar. Dann geh jetzt rauf. Du schläfst im Gästezimmer, es ist die zweite Tür links. Ich suche so lange hier unten ein Plätzchen für Elvis.«

Als ich mich von Victor abwandte, fiel mir auf, dass der Esszimmertisch für zwölf Personen gedeckt war. Kristallgläser funkelten im Lichtschein des Weihnachtsbaumes, und die vielfältigen Besteckpaare lagen in Habachtstellung zwischen dem Porzellan. An einer Ecke des Kopfendes war ein weißer Plastikstuhl zwischen zwei Polsterstühle geschoben worden. Es war das Einzige in einem perfekten Raum, gefüllt mit perfekten Dingen, das nicht perfekt aussah.

Victor erhaschte meinen Blick. »Das ist dein Platz. Ich habe noch nicht richtig für dich gedeckt, aber du wirst neben mir am Kopfende des Tisches sitzen.«

Bis dahin hatte ich mich selbst bemitleidet, weil mein erstes Weihnachten mit Edith ruiniert worden war, weil sie arbeiten musste. Wir hatten vorgehabt, hinauf aufs Dach zu gehen, uns den ganzen Tag in der Sonne zu bräunen und dabei Boney-M.-Platten zu hören. Ich hatte Elvis beigebracht, »Feliz Navidad« zu singen, und Edith hatte sogar ein kleines blaues aufblasbares Kinderplanschbecken mit Fischmotiven gekauft und gesagt, dass wir daraus einen Whirlpool machen könnten. Die Kühltasche war bereits mit Wein, Cola und Eis am Stiel gepackt gewesen, als das Telefon geklingelt hatte.

Doch jetzt, als der himmlische Duft von gebratenem Hähnchen aus der Küche herbeiwehte, dämmerte mir, dass Edith mich bei Victor abgeladen hatte, ohne die geringste Rücksicht auf seine eigenen Weihnachtspläne zu nehmen. Das war das Schlimmste daran, eine Waise zu sein – nicht zu wissen, wann oder ob man gewollt war.

Ich musste es herausfinden. »Habe ich euer Weihnachtfest verdorben, Victor?«

»Natürlich nicht!«

»Es sieht so aus, als hättet ihr viele Gäste zu einem schicken Abendessen eingeladen.«

»Ja, das stimmt, aber je mehr, desto lustiger. Es ist mir eine Ehre, dich als meinen Gast zu begrüßen, junge Dame. Und jetzt husch nach oben und zieh dich um. Die Gäste müssen jede Minute eintreffen. Komm runter, sobald du fertig bist.«

»Okay.« Ich raffte mein Gepäck zusammen und eilte die Treppe hinauf in mein Zimmer. Es war groß und schön, und das Beste war, dass es ganz für mich allein war und ich es mit niemandem teilen musste. Die Wände waren mit rot-weiß geschnörkelter Seidentapete bezogen, und auf dem Doppelbett waren riesige, runde, kuschelige Kissen verteilt. Ich kletterte auf die Matratze und sprang darauf herum wie auf einem Trampolin, aber dadurch wurde mir nur noch heißer, und ich musste aufhören.

Ich riss mir die Hotpants und Stiefel herunter und wühlte in meinem Koffer nach meinen Lieblingsjeansshorts und dem »Free Nelson Mandela«-T-Shirt, das Edith mir zu Weihnachten geschenkt hatte. Erst als ich alles angezogen hatte und mich im Spiegel betrachtete, beschloss ich, dass ich zu lässig gekleidet war. Victor hatte sich so viel Mühe gegeben, alles perfekt herzurichten, sodass auch ich perfekt aussehen wollte. Er sollte es nicht bedauern, mich bei seiner Party dabeizuhaben.

Ich hatte einige der Geschenke in meinen Koffer gepackt, die ich am Morgen geöffnet hatte, und zog sie eines nach dem anderen heraus und begutachtete sie. Nach langer Überlegung entschied ich mich für einen roten Cord-Minirock und kombinierte ihn mit den weißen Stiefeln und dem Rollkragenpulli von eben. Wenigstens zwischen den Beinen war es jetzt wesentlich kühler; der Rock war einfach luftiger als die Hotpants. Mein Haar war inzwischen sehr lang geworden, und die Stirnfransen hingen mir über die Augen bis fast hinunter zum Kinn, deshalb strich ich sie zurück und befestigte sie mit einer roten Sonnenbrille mit herzförmigen Gläsern.

Es sah gut aus, aber irgendetwas fehlte noch, und ich brauchte ein paar Minuten, um herauszufinden, was es war. Edith trug immer viel Make-up, und meine Mutter hatte zu besonderen

Gelegenheiten auch immer welches aufgelegt. Und dies war ja wohl eine besondere Gelegenheit. Mein Erdbeer-Lipgloss war leicht aufzutragen, obwohl ich erst mehrere Schichten ableckte, weil er so gut schmeckte. Die Mascara meiner Mutter aufzulegen war schon schwieriger, denn mit einem kleinen Stäbchen an den Augen herumzufummeln und sie dabei offen zu halten war wirklich nicht so leicht. Die Wimperntusche war auch schon ein bisschen klumpig. Sie verschmierte, als ich die Augen weit aufriss, und als ich versuchte, die schwarzen Flecke abzuwischen, verschmierten sie noch mehr.

Es hatte ständig an der Tür geläutet, während ich mich fertig machte, und Elvis hatte das Geräusch jedes Mal prompt erwidert. Stimmen und köstliche Düfte schwebten die Treppe herauf, und ich wollte nichts verpassen, deswegen gab ich es auf, die Mascara-Schmiererei zu beseitigen, und folgte dem Geplauder hinunter ins Esszimmer. Bei meiner Ankunft schwiegen zwölf Männer abrupt, drehten sich um und sahen mich an. »Da ist sie ja!«

»Sieht sie nicht groovy aus?«

»Oh, mein Gott, diese Stiefel sind ja der Hammer!«

»Und die Sonnenbrille, ist die cool!«

»Ich mag die Panda-Augen. Ist das der letzte Schrei?«

Victor rief mich an seine Seite. Er tunkte eine Serviette in etwas Wasser und wischte mir sanft die überschüssige Mascara ab. »So, alle mal herhören! Das ist Robin. Edith ist ihre Tante.« Es gefiel mir, dass er es so ausdrückte. Er sagte nicht, »sie ist Ediths Nichte«, sondern »Edith ist ihre Tante«, als sei ich die wichtigere Person. Dann ging er mit mir im Zimmer umher und stellte mich allen vor.

Die Männer waren sämtlich gut angezogen und attraktiv. Sie sahen vollkommen anders aus als die vierschrötigen Kerle, mit denen mein Vater in der Mine gearbeitet hatte. Sie begrüßten mich überschwänglich; manche von ihnen küssten mir die Hand, andere die Wangen. Ich versuchte, mir alle Namen zu merken: Claude (offenes Hemd, dichtes Brusthaar), Sebastian (Dauerwelle), Jonathan (getönte John-Lennon-Sonnenbrille), Johan (Afrikaaner mit violetter Paisleymuster-Weste), Kristoff (auch Afrikaaner, kein Schnauzer), Hans (Schnauzer), Jacques (kahl), Samson (roch nach Sonnenmilch), Gordon (sehr breite Jackettaufschläge), Nick (Cowboystiefel) und Shane (rotes Haar).

Als Victor eine kleine Glocke läutete, setzten sich alle zu Tisch. Johan ging mit dem Champagner herum und füllte die Gläser nach. Mir gab er Babycham-Birnensekt in einem Portweinglas, das aussah wie ein Glas für Feen. »Nur ein ganz kleines bisschen. Nicht beschwipst werden, okay?« Sein Afrikaans-Akzent war rollend und lyrisch; wenn er sprach, klang es, als würde er singen.

Das siebengängige Mahl zog sich die nächsten drei Stunden hin; es war, als würde ein Förderband immer neue Speisen bringen. Advocado Ritz. Kalte Rote-Bete-Suppe. Caesarsalat. Krabbenküchlein. Zitronensorbet. Gebratenes Hähnchen mit Bratkartoffeln und vier verschiedenen Gemüsen. Käseplatte und Crème brûlée. Es war das tollste Festmahl, das ich je gegessen hatte, und immer wenn ich dachte, ich wäre so satt, dass ich keinen Bissen mehr hinunterbringen könnte, musste ich nur zehn Minuten warten und war dann wieder bereit.

Während des Essens plätscherte die Unterhaltung dahin, aber ich hatte nicht das Gefühl, irgendetwas dazu beitragen zu müssen. Ich war damit zufrieden, einfach nur dazusitzen und dem Geplauder rings um mich zuzuhören, den Sätzen auf Englisch und Afrikaans, die sich losrissen und emporschwebten wie Drachen im Wind.

»Es ist ein Skandal, dass die All Blacks dieses Jahr hier gespielt haben. Wenn die Springbokke von internationalen Spielen ausgeschlossen würden, würde sich vielleicht endlich mal was ändern …«

»Jeremy hatte neulich Besuch von der Polizei. Irgendwelche Nachbarn hatten sich beschwert. Es drehte sich um seine moralischen Werte, und dass …«

»Ich wusste, dass es Zensur gibt, mir war nur nicht klar, wie schlimm sie ist. Die ausländische Presse berichtet über alles, was hier geschieht, während wir taub und blind bleiben …«

»Wo hast du dieses Rezept her? Diese Krabbenküchlein sind göttlich, einfach göttlich.«

Nachdem der letzte Gang verzehrt und die Teller abgeräumt worden waren, versammelten wir uns um das Klavier im zweiten Wohnzimmer. Alle scharten sich darum und riefen laut Musikwünsche.

Victor gab ein paar Weihnachtslieder zum Besten, bevor die Vorschläge in eine modernere Richtung gingen. Johan bat um »Lola« von den Kinks, und ich hörte zu, wie alle mitsangen. Aus dem Text wurde ich nicht so recht schlau, ja, ich verstand kaum ein Wort, außer dem »Lola«-Refrain, den ich jedes Mal begeistert mitgrölte. Ich begann gerade, die nächste Passage zu summen, als es neben mir einen lauten Knall gab und die Glasscheibe in Hunderte winziger Dolche zersplitterte.

Wir alle schrien, als das Glas auf uns herunterregnete, aber Johan schrie am lautesten, als etwas Großes, Schweres seinen Kopf traf. Er hatte neben mir gestanden, die Hand auf meine Schulter gelegt. Und plötzlich stürzte er und hielt sich die Schläfe. Während alle aus der Schusslinie krochen und Victor zu Johan hinüberrobbte, griff ich nach dem Wurfgeschoss, das auf dem Boden neben mir gelandet war.

Es war ein Backstein, um den ein Stück Papier gewickelt war. Jemand hatte »Krepiert, ihr abartigen Schwulen« in großen Blockbuchstaben daraufgeschrieben. Wieder summten Worte über mich hinweg, als die Männer diskutierten und zu dem Schluss kamen, dass es keinen Sinn hatte, die Polizei zu rufen, und sich fragten, ob ein nächster Angriff zu befürchten sei. Ich umklammerte mit einer Hand den Backstein, mit der anderen Johans Hand. Ich war verstummt. Ich wusste nicht, was ich sagen sollte, in einer Welt, in der Leute gehasst und angegriffen wurden, weil sie nicht die richtige Hautfarbe hatten, nicht die richtige Sprache sprachen, nicht den richtigen Gott anbeteten oder die richtigen Leute liebten; eine Welt, in der Hass die Umgangssprache und Backsteine die einzigen Worte waren.

37
BEAUTY

4. Januar 1977
Yeoville, Johannesburg, Südafrika

»Hier, ich habe dir eine Tasse Tee gekocht, genau wie du ihn magst.« Robin stellt mir die dampfende Tasse auf einem Untersetzer hin, und ich lächle schwach, aber dankbar.

Ich bin erst seit einer halben Stunde zurück, und obwohl Edith das Kind ermahnt hat, mich nicht mit Fragen zu bestürmen, kann sie sich nicht zurückhalten. Ich habe noch nie ein so neugieriges Kind getroffen, eines mit einem so unstillbaren Wissensdurst. Obwohl ich müde von der langen Reise bin, macht es mir nichts aus, ihr zu antworten, da ich gerne über die Transkei und meine Familie erzähle. Ich fühle mich dabei einem Leben näher, von dem ich befürchte, es niemals wieder zu führen.

Nachdem mir Robin den Tee hingestellt hat, setzt sie sich zu mir und befühlt den Satinstoff meines Kleides, der sich zwischen uns auf dem Sofa ausbreitet. Blass liegen ihre Finger auf dem dunklen Stoff.

»Wie war dein Weihnachten?«, fragt sie.

»Es war eine schöne Zeit, danke dir. Es war wunderbar, meine Söhne zu sehen.«

»Hast du ihnen das Foto von mir gegeben?«

Ich lächle, greife nach meinem Tee und trinke einen Schluck davon. Ich habe diesem Kind versprochen, ihm immer nur die

Wahrheit zu sagen, aber ich will nicht seine Gefühle verletzen, indem ich ihm sage, dass ich gar nicht die Absicht hatte, sein Geschenk weiterzureichen. Es liegt in meiner Bibel, denn dort ist es besser aufgehoben als in den Händen zweier verlassener Jungs, die eifersüchtig sind, weil ihre Mutter sich um ein weißes Kind kümmert.

Mir bleibt eine Antwort erspart, da Robin in ihrer Ungeduld schon den nächsten Gedanken heraussprudelt, der ihr in den Sinn gekommen ist:

»Johan musste ins Krankenhaus und genäht werden.«

»Wer ist Johan?«

Robin erklärt, dass Johan Victors Freund ist und er verletzt wurde, als jemand einen Backstein durchs Fenster geworfen hat. Ich frage mich, wo Edith während dieser weihnachtlichen Katastrophe war, da sie doch die Feiertage mit dem Kind verbringen sollte, aber noch bevor ich nachfragen kann, stürmen Robins Gedanken schon wieder in eine andere Richtung.

»Edith hat gesagt, dass Silumko an Tuberkel gestorben ist. Mein Vater musste auch immer zu Tuberkeltests.«

»Richtig heißt es Tuberkulose«, korrigiere ich sie. »Man bekommt sie, wenn man unter Tage Steinstaub einatmet. Bestimmt musste dein Vater zu regelmäßigen Untersuchungen, weil es eine häufige Minenarbeiterkrankheit ist. Die schwarzen Minenarbeiter sind nicht immer getestet worden.«

»Bist du sehr traurig? Vermisst du Silumko?«

»Ja, ich vermisse ihn sehr«, sage ich, was stimmt. Aber es ist komplizierter als das. Ich habe zu meiner Überraschung entdeckt, dass Trauer ein Prozess ist, der mit der Zeit immer schwieriger anstatt leichter wird. In den ersten Wochen nach Mandlas und später Silumkos Tod war mein Gefühl des Verlustes zu schlimm gewesen, zu groß, um es zu ertragen. In jenen ersten Tagen konnte ich nur umkreisen und seine Konturen ertasten, während ich versuchte, mich mit seiner Natur vertraut zu machen. Ich stellte fest, dass es genau wie eine Weltkarte nur grobe Umrisse von Ländern zeigte – ihre Grenzen und Hauptstädte, die großen Flüsse und Ozeane, die sie durchschneiden und trennen – und dass auch die Kartografie meines Verlustes erst einmal als weitläufiges, abstraktes Konzept ausgelegt werden musste, um damit umgehen zu können.

Erst nachdem ich diese Grenzen und allgemeinen Eigenschaften meiner Trauer kennengelernt hatte, war ich in der Lage, mich weiter in die Berge und Täler, die Gipfel und Tiefen meiner Verzweiflung vorzuwagen. Und als ich sie durchquerte – mit einem Seufzer der Erleichterung, da ich glaubte, das Schlimmste überstanden zu haben –, erst dann traf mich die Wahrheit über den Verlust, jenen Teil, vor dem einen keiner warnt: nämlich dass die Trauer eine ganz eigene Stadt ist, hoch auf einem Hügel erbaut und von Steinmauern umgeben. Sie ist eine Festung, in der man für den Rest seines Lebens leben und deren Sackgassen man für immer durchwandern wird. Der Trick ist, keine Flucht mehr zu versuchen und sich stattdessen häuslich darin einzurichten.

Ich weiß, dass Robin das alles selbst eines Tages erfahren wird und dass es jetzt noch zu viel wäre, es ihr zu erklären, also sage ich stattdessen: »Ich werde ihn immer vermissen. Silumko war ein guter Mann. Ein sehr guter Mann.«

Sie blickt mich etwas ungläubig an, und daher greife ich nach ihrer Hand und drücke sie sanft. »Das war er wirklich. Ich weiß, dass das für dich schwer zu glauben ist, nach dem, was mit deinen Eltern geschehen ist. Ich weiß, dass du alle schwarzen Männer für böse hältst, aber so ist es nicht. Mein Mann war freundlich und höflich, und auch meine Söhne werden zu wunderbaren Männern heranwachsen.« Ich streichle ihre Handfläche mit meinem Daumen. »Gute Menschen gibt es in allen Hautfarben, und sie sprechen viele verschiedene Sprachen, genau wie böse Menschen. Und manchmal tun gute Menschen Böses, und manchmal sind böse Dinge das Einzige, was die Leute tun können, weil sie es nicht besser wissen. Eines Tages wirst du das selbst feststellen.«

Der Vogel kreischt plötzlich laut vom obersten Regal herunter, auf das er geflattert ist, und ich stehe auf und streichle ihn. Ich habe aufgehört, mich vor ihm zu fürchten, als Robin krank und ich die Einzige war, die ihn füttern konnte. Überrascht stellte ich fest, dass ich während meiner Abwesenheit sein ständiges Schnattern und Singen vermisste.

»Lass nur«, sagt Robin, steht auf und setzt Elvis zurück in seinen Käfig.

Sie gibt ihm sein Körnerfutter und füllt sein Wasser auf, bevor sie sich wieder zu mir setzt. »Warum weinst du nicht, wenn du Silumko so sehr vermisst? Du kannst das ruhig, weißt du. Manchmal fühlt man sich danach besser.«

»Nur weil du etwas nicht mit eigenen Augen siehst, mein Kind, bedeutet das nicht, dass es nicht stattfindet. Ich weine durchaus, aber nur im Stillen.«

»Oh.«

Ich seufze. »Ehrlich gesagt trauere ich jetzt schon seit sehr langer Zeit um ihn. Ich habe sogar schon damit angefangen, bevor er gestorben ist.«

»Wie meinst du das?«

»Silumko hat mich vor zehn Jahren verlassen, um in den Minen von Johannesburg zu arbeiten, und während dieser Zeit habe ich ihn nur vier Wochen im Jahr gesehen, dann, wenn er die Erlaubnis hatte, nach Hause zu fahren. Schon damals erkannte ich, dass er nicht mehr der Mann war, den ich geheiratet hatte, und diesen Mann vermisste ich.«

»Was für ein Mann war er dann?«

»Einerseits war er immer noch Silumko, andererseits aber auch nicht mehr. Verstehst du das?«

Sie schüttelt den Kopf, und ich versuche, es ihr zu erklären. »Der Silumko, in den ich mich vor vielen Jahren verliebt hatte, war ein sehr gut aussehender junger Mann mit einem Lächeln wie der zunehmende Mond. Er war ein Mann, der sich nicht gerne zwischen Mauern aufhielt. Am glücklichsten war er, wenn er umherstreifte, manchmal wochenlang, um die besten Weiden für seine Schafe zu finden, und in all dieser Zeit schlief er auf dem Boden zwischen seinem Vieh mit nichts als dem Nachthimmel als Decke.«

»Hast du ihn nicht vermisst, wenn er damals unterwegs war?«

»Das habe ich, aber nicht so sehr, weil ich wusste, dass er glücklich war. Das waren wir beide in diesen Jahren, als die Kinder klein waren und wir nach den alten Sitten lebten. Aber dann ist Mandla in den Fluten ertrunken, die Dürren kamen, und wir verloren unser letztes Vieh. Silumko war gezwungen, nach Johannesburg zu gehen.« Ich halte inne, um sicherzugehen, dass das Kind aufpasst. Es ist sehr wichtig, dass es das versteht. »Kannst du dir vorstellen, wie das ist? Die Felder und das offene Land unter dem blauen Himmel verlassen zu müssen und in einen über einen Kilometer tiefen Minenschacht unter die Erde abtauchen zu müssen? Sechzehn Stunden pro Tag in schwülheißer Finsternis schuften zu müssen, ständig bedroht von Steinschlägen und Explosionen? Damals habe ich ihn verloren, denn damals hat er sich selbst verloren. Zu dieser Zeit habe ich begonnen, um ihn zu trauern.«

Mir schnürt sich die Kehle zu, und ich greife nach dem Tee, trinke einen Schluck und stelle den Becher wieder hin. »In den ersten Jahren, als er mit Hunderten anderer Minenarbeiter noch vor Sonnenaufgang in Käfige gepresst wurde, hoffte er jedes Mal, dass keine Eule auf dem Förderturm zu sehen war, denn eine Eule bedeutete immer Todesopfer unter Tage. Doch später, so sagte er, begrüßte er ihren Anblick.«

»Warum?«

»Weil er glaubte, dass es besser sei zu sterben, als unter diesen fürchterlichen Umständen zu leben.«

Robin zuckt mit den Achseln. »Ich kann mir nicht vorstellen, warum er die Arbeit so sehr gehasst hat. Mein Vater hat auch in den Minen gearbeitet, und es klang gar nicht so übel.«

»Wo ist dein Vater nach der Arbeit hingegangen, Robin?«

»Er ist nach Hause gekommen.«

»Und wer war dort?«

»Meine Mutter und ich.«

Ich versuche, nicht ungeduldig mit ihr zu werden. »Aber Silumko konnte nicht nach Hause zu seiner Familie kommen. Er musste in Minenunterkünften leben, unter furchtbaren Bedingungen. Er musste sich ein Zimmer, Toiletten und andere Einrichtungen mit Hunderten anderer Männer teilen.«

»Oh. Das hätte meinem Vater nicht gefallen.«

»Und wie viel Geld hat dein Vater verdient?«

»Ich weiß nicht.«

»Genug, um davon ein eigenes Haus, ein Auto, neue Kleider und Essen für euch alle zu kaufen?«

»Ja.«

»Und war dein Vater der Chef, oder war er ein Arbeiter, der gehorchen musste?«

»Er war der Boss«, antwortet sie stolz.

Ich erkläre ihr, wie wenig Silumko verdient hat und wie anders seine Arbeitsbedingungen im Vergleich zu denen ihres Vaters waren. Ich möchte, dass sie versteht, dass zwei Männer an ein und demselben Ort sein und genau dieselbe Arbeit verrichten, ja, dass sie sogar genau dieselben Kleider tragen und trotzdem Welten voneinander entfernt sein können. Ihr ernster Gesichtsausdruck sagt mir, dass sie es versteht, wenigstens ein bisschen. Ich befürchte fast, sie ist zu jung, und ich erzähle ihr zu viel, aber andererseits habe ich ihr Ehrlichkeit versprochen.

Das Telefon klingelt, und Edith kommt aus ihrem Zimmer und meldet sich.

»Beauty, es ist für dich.« Sie hält mir den Hörer hin.

Langsam gehe ich zum Telefon, plötzlich steif am ganzen Körper. »Hallo?«

Wieder ist es der unbekannte Anrufer. »Ich warte unten hinter dem Haus auf Sie, in zehn Minuten. Keine Ausflüchte diesmal«, sagt er und legt auf.

»Edith«, sage ich, »ich muss weg!«

Ein weißer Lieferwagen biegt um die Ecke und bleibt vor mir stehen. »JC Heizung und Sanitär« steht in großen roten Buchstaben auf beiden Seiten.

Ein großer muskulöser Schwarzer steigt aus dem Wagen und kommt auf mich zu. Nachdem er sich auf dem Parkplatz umgesehen und festgestellt hat, dass niemand uns beobachtet, zieht er ein schwarzes Stück Stoff aus der Tasche und hält es mir hin. »Binde das um.«

Ich nehme das Tuch und schüttle es aus. Es ist eine Augenbinde.

»Wer sind Sie?«

»Binde das um. Mach schon!« Seine Augen huschen hin und her. Ich habe Angst, dass er irgendetwas entdeckt, was ihn abschreckt, und er ohne mich fährt.

Ich binde den Stoff so um die Augen, dass die Nasenlöcher frei bleiben. Der Mann packt mich am Arm, führt mich zum Lieferwagen und öffnet die Heckklappe.

»Pass auf deinen Kopf auf.«

Ich bücke mich und taste mich zu einem Sitz. Ich weiß weder, wer dieser Mann ist, noch wohin er mich bringt, aber ich will unbedingt meine Tochter finden. Ich würde überall hingehen und alles tun, wenn mich das zu ihr brächte.

Jemand löst meine Augenbinde, und als sie hinunterfällt, blicke ich in einen nackten fensterlosen Raum. Licht spendet nur eine Lampe auf dem Boden in der Ecke. Ein roter Schal liegt über der Lampe, sodass das Zimmer wie nach einem Blutbad aussieht. Ich sitze auf einem Holzstuhl vor dem einzigen anderen Möbelstück, einer Zweisitzer-Ledercouch. Der Raum ist stickig-heiß und muffig; die Luft legt sich um meine Schultern wie eine unaufrichtige Umarmung, die ich am liebsten abgeschüttelt hätte.

Der Mann geht von hinten um mich herum und setzt sich auf das Sofa. Er trägt eine Pistole an der Hüfte, und es läuft mir kalt über den Rücken. Er zieht ein Tabakpäckchen aus seiner Gesäßtasche und eine Pfeife aus der Brusttasche seines Hemdes. Er beginnt, die Pfeife zu stopfen, und lässt mich dabei keinen Augenblick aus den Augen.

»Wo ist …«

Er unterbricht mich, indem er die Hand hebt. Ich schweige. Wir werden reden, wenn er so weit ist. Als die Pfeife gestopft ist und nach Kirschtabak duftender Rauch die Luft erfüllt, ist der Mann bereit. »Du wirst allmählich lästig, weißt du das?«

Jegliche Hoffnung, die ich gehabt habe, ist damit zerronnen. Dieser Mann ist nicht hier, um mir zu helfen.

»Du bist wie eine Tsetsefliege mit deinen ständigen Erkundigungen. Du stichst und stichst und reizt uns damit. Meine Leute beschweren sich, dass du unsere Sache gefährdest.«

»Ich will nichts, als meine Tochter zu finden.«

»Und wenn deine Tochter nicht gefunden werden will?«

»Dann soll sie mir das selbst sagen.«

»Und wenn sie nicht mit dir reden will?«

»Wenn sie es mir ins Gesicht sagt, werde ich es akzeptieren.«

Er schnalzt abfällig mit der Zunge, fast als wollte er eine störende Fleischfaser zwischen den Zähnen hervorsaugen. »Irgendwann werden deine Fragen den falschen Leuten zu Ohren kommen und deine Tochter und auch alle anderen in Gefahr bringen. Lass das sein! Du hilfst niemandem damit.«

Endlich dämmert mir, wer dieser Mann ist. »Du bist Shakes Ngubane«, sage ich und versuche, mir meine Angst nicht anmerken zu lassen.

Er sieht nicht erfreut aus, dass ich seinen Namen kenne, antwortet mir aber nicht.

»Ich glaube, dass du meine Tochter von mir fernhältst.«

»Du bringst da wohl etwas durcheinander, *sisi.* Ich bin nicht dein Feind. Der weiße Mann ist dein Feind.«

»Niemand ist mein Feind, *bhuti,* außer der Person, die mein Kind von mir fernhält.«

»Niemand hält dein Kind von dir fern. Deine Tochter hat frei entschieden, wohin sie gehen wollte, und du musst ihre Entscheidung respektieren.«

»Wenn sie ihre eigene Entscheidung respektiert, wird sie den Mut haben, mir selbst davon zu erzählen.«

»Du vergeudest deine Zeit. Sie ist nicht mehr in Südafrika.«

»Dann werde ich warten, bis sie zurückkehrt.«

»Falls sie zurückkehrt.«

»Nicht ›falls‹, sondern ›bis‹. Es ist nur eine Frage der Zeit. Ihr schickt die jungen Leute weg, damit sie zu Partisanen ausgebildet werden. Danach kehren sie zurück und tragen eure Kämpfe hier aus.«

»Unsere Kämpfe.«

Ich zucke mit den Schultern. »Ich werde warten.«

»Ich hätte dich für intelligenter gehalten. Ich dachte, du wärst vernünftigen Argumenten zugänglich, aber ich sehe, dass das nicht so ist. Ich werde nur einmal so nett zu dir sein. Mach so weiter, schnüffle überall herum, und beim nächsten Mal bin nicht mehr so freundlich.«

»Drohst du mir etwa?«

»Nenn es, wie du willst. Nur geh mir aus dem Weg.«

38
ROBIN

14. Januar 1977
Yeoville, Johannesburg, Südafrika

Es war der frühe Abend meines zehnten Geburtstags, und während des ganzen Tages hatte mich noch niemand beglückwünscht.

Ich hatte meinen Lehrern und Freunden nichts gesagt, weil sie gefragt hätten, warum ich keinen Kuchen mit in die Schule gebracht hatte und keine Party feiern würde. Edith war unterwegs, und ich wusste nicht, ob Beauty wusste, was für ein wichtiges Datum heute war. Es wäre zu traurig gewesen, wenn sie es nicht gewusst hätte – wenn ich unser Morgenritual hätte durchlaufen müssen, als wäre es nur ein ganz gewöhnlicher Tag –, und daher war ich schon hinausgeschlüpft und zur Schule gegangen, als sie noch im Bad war. Ich vermisste Cat. Wenn sie da gewesen wäre, hätte ich sie beglückwünschen können und sie mich, und wenigstens hätten wir dann miteinander feiern können.

Beauty hatte am Ende des Schultages nicht am Tor auf mich gewartet, und ich war in Panik den ganzen Weg bis nach Hause gerannt, wo ich einen Zettel auf dem Küchentisch fand.

Liebe Robin,

bin kurz einkaufen gegangen, bitte sei um sechs Uhr zu Hause, damit wir deine Hausaufgaben machen können.

Liebe Grüße

Beauty

Kein Glückwunsch – meine Befürchtungen bewahrheiteten sich: Edith hatte meinen Geburtstag vergessen und auch Beauty nichts davon erzählt.

Nachdem ich mir selbst Mittagessen gemacht hatte, ging ich hinaus und übte meine Observationstechniken, weil ich für das nächste Mal vorbereitet sein musste, wenn Beauty sich auf die Suche nach Nomsa machte. Beauty wusste nichts davon, aber an dem Abend, an dem sie den Anruf erhalten hatte, war ich hinter ihr rausgeschlichen und ihr gefolgt. Als ich die Tür zum Parkplatz geöffnete hatte, hatte ich gesehen, wie Beauty auf einen weißen Lieferwagen mit der Aufschrift »JC Heizung und Sanitär« zugegangen war.

Ich war rasch zurückgewichen, damit mich niemand sah, und hatte die Tür nur so weit aufgelassen, dass ich hindurchlinsen konnte. Ein schwarzer Mann gab Beauty etwas, das wie ein Stück Stoff aussah, und ich bemerkte, wie Beauty zwischen ihm und dem Tuch hin- und herblickte, als wüsste sie nicht recht, was sie tun sollte. Dann nickte sie und band sich das Tuch um die Augen. Er zwang sie, eine Augenbinde zu tragen.

Der Mann half Beauty hinten in den Lieferwagen hinein, und als er die Tür schloss und hinüber auf die Fahrerseite ging, spürte ich einen heftigen Impuls, zu dem Auto zu rennen. Wenn ich mich beeilte, konnte ich die Heckklappe öffnen und hineinspringen, bevor er losfuhr. Beauty war an dem Abend nicht dabei gewesen, als Mabel mitgenommen worden war und die Polizei uns in den Bus gedrängt hatte, daher wusste sie nicht, dass es nichts Gutes zu bedeuten hatte, wenn einem die Augen verbunden und man in einem Lieferwagen abtransportiert wurde. Sie brauchte Schutz, und ich wünschte verzweifelt, sie beschützen zu können.

Doch dann dachte ich schließlich an Edith, die auf mich warten und sich Sorgen machen würde, wenn ich nicht zurückkehrte, und mehr war nicht nötig – diese eine Sekunde des Zweifelns –, und schon war es zu spät zum Handeln. Der Lieferwagen fuhr los, und ich konnte nichts anderes tun, als hinauszugehen und mir das gelbe Nummernschild zu merken. Ich prägte mir die schwarzen Buchstaben und Zahlen ein, die sich weiter und weiter entfernten: BBM676T. Dann drehte ich mich um und ging wieder hinein.

Ich hatte Beauty im Stich gelassen. Die Mitglieder der Schwarzen Sieben und der Fünf Freunde hätten niemals gezögert. Miss Marple wäre wie der Blitz in den Wagen gesprungen! Ich war entschlossen, es nächstes Mal besser zu machen, und dachte mir, dass es das Beste sei, bis dahin meine detektivischen Fähigkeiten weiterzuentwickeln.

Ich begann mein Training damit, dass ich irgendwelche Leute auf der Straße ansprach. »Wo waren Sie am Abend des 12. November?«, fragte ich eine alte Dame mit einer unglaublich dicken Brille.

Sie blinzelte mich an, als wollte sie feststellen, ob ich echt war, und schüttelte dann den Kopf und ging weiter.

»Haben Sie zufällig im Laufe des letzten Monats verdächtige Gestalten in dieser Gegend gesehen?«, fragte ich weitere drei Leute, die alle verneinten.

Als ein unheimlich aussehender Mann mich anfuhr, ich solle mich nicht in seine Angelegenheiten einmischen, beschloss ich, nur Verdächtige zu befragen, die ich kannte.

Mr Abdul, der hinter der Kasse in seinem Laden stand, kniff die Augen zusammen, als dächte er darüber nach, und sagte dann: »Am Abend des 12. November? Das weiß ich noch genau. Ich war im Laden und habe gearbeitet und gearbeitet, ohne Pause zu machen. Und es waren tatsächlich viele verdächtige Gestalten in der Nähe, die versuchten, mich zu beklauen.«

Mr Papadopoulos dachte über meine Frage nach, während er schlaffe essigtriefende *skyfies* in Zeitungspapier einwickelte. »Das war vor zwei Monaten. Das ist zu lange her, um mich zu erinnern. Eine verdächtige Person, willst du wissen? Die einzige verdächtige Person ist meine Schwiegermutter. Der Kennedy-Mord, weißt du? Frag sie mal, wo sie an dem Tag war.«

Ich schrieb das in meiner Geheimschrift in mein Notizbuch. Das einzige Problem war, dass meine Geheimschrift so geheim war, dass ich sie manchmal selbst kaum noch entziffern konnte, und deswegen schrieb ich es noch einmal auf Englisch daneben.

Tina, die Friseurin, sagte, sie sei bei ihrem Freund zu Hause gewesen. »Das war natürlich, bevor dieser hinterlistige Hundesohn angefangen hat, mit dieser Schlampe Vicky rumzumachen, dieser widerlichen Kuh. Ich bin froh, dass ich die beiden los bin, denn weißt du was? Sie haben einander verdient, und außerdem …«

»Ah! Da ist ja mein Verdächtiger!«, rief ich, nur um schnell aus dem Salon rauszukommen.

Als ich endlich zurück in Coral Mansions war, war es sechs Uhr, aber ich konnte den deprimierenden Gedanken nicht ertragen, möglicherweise in eine leere Wohnung zu kommen. Also ging ich stattdessen runter, um nach King George Ausschau zu halten, und fand ihn in seinem Kellerraum. Ich klopfte an die Tür, und er rief mich herein.

King George hatte Feierabend gemacht, trug aber noch seine Arbeitskleidung. Sie bestand aus einem dunkelblauen Baumwollhemd mit einem dünnen roten Streifen an den Manschetten und passender Hose. Er roch nach Tabak und Bohnerwachs und löste gerade die ledernen Knieschützer, die er für gewöhnlich an den Bodenschrubbtagen anlegte.

Der Raum war genauso spartanisch eingerichtet wie in meiner Erinnerung; ein schmales Bett und ein Stuhl waren die einzigen Möbel darin. Entlang einer Wand war ein Seil gespannt, und darüber hingen ein paar Kleidungsstücke und ein Handtuch. Doch irgendetwas war anders, und es dauerte einen Moment, bis ich erkannte, was es war: die Zeichnungen, die mit Klebeband in Reihen aufgehängt waren. Es gab Dutzende, alle kunstvoll mit Bleistift oder Kohle in den verschiedensten Ausführungen auf Papier gebracht. Bei den meisten handelte es sich um Porträts, aber es waren auch Seestücke und Stadtszenen darunter.

»Hast du die gezeichnet?«

»Ja.« King George lächelte schüchtern. »Normalerweise hab ich sie in einer Schachtel, aber ich dachte, ich häng sie mal auf, wie ich es in einer Kunstgalerie die Straße runter gesehen habe. Find ich gut, so'n schicken Scheiß.«

Ich betrachtete einige der Porträts und blieb an einer Straßenszene hängen, die ein altmodisches Auto vor einem Laden zeigte. »Wo ist das?«

»Zu Hause.«

Ich kniff die Augen zusammen, um den Namen des Geschäfts lesen zu können. »Du hast in einem Spirituosenladen gewohnt?«

»Joh, im Hinterzimmer.«

»Aha.« Ich sah mir die Bilder weiter an, bis mein Blick an der Zeichnung eines wunderhübschen Mädchens an der Wand gegenüber hängen blieb.

»Wow. Wer ist das?«

»Meine Frau.«

»Deine Frau? Dieses hübsche Mädchen?« Ich meinte es nicht

böse; es erschien mir nur sehr unwahrscheinlich, dass ein alter Mann, dem ein paar Zähne fehlten, mit einer so jungen, schönen Frau verheiratet sein sollte.

Anstatt mir zu antworten, sagte er: »*Jinne,* Little Miss, warum so *dikbek* heute? Was is' los?«

»Ich habe heute Geburtstag, und es kümmert alle einen Dreck.« Eigentlich hatte ich »Scheiß« sagen wollen, brachte es aber doch nicht fertig. »Dreck« war das schlimmste Schimpfwort, um meine Enttäuschung auszudrücken.

»Muss lekker sein für dich, Little Miss, zu wissen, wann du Geburtstag hast.«

»Weißt du das etwa nicht?«

»Nein, Little Miss. Meine Mutter war zu *slapgat,* um das Datum in die Bibel zu schreiben, und ihr weißer *ouballie* war bis dahin längst abgehauen.«

Diese Neuigkeit schockierte mich. »Dein Vater war weiß und deine Mutter schwarz?« So etwas hatte ich noch nie gehört. War das überhaupt möglich?

»Was hab ich denn gesagt? King George ist ein *Klonkie.*«

»Was bedeutet das?«

»Ein Farbiger.«

»Oh.« Das erklärte seine merkwürdige Hautfarbe – weder schwarz noch weiß.

»Ja, und die *Klonkies* haben es schwer, verdammt schwer in diesem Land. Die Weißen hassen sie, weil sie schwarzes Blut haben, und die Schwarzen hassen sie, weil sie weißes Blut haben. Da kriegt ein Mann kein Bein auf die Erde.«

»Redest du deshalb so komisch?«

»Hey, werd bloß nicht frech! So reden wir alle, wir *Kaapse Klonkies.*« Als ich ihn verständnislos anstarrte, erklärte er mir, dass er aus Kapstadt stammte und dass alle Farbigen aus *District Six* so sprachen wie er. Er untermalte seine Erklärung mit einem Wink auf seine Zeichnungen, sodass mir klar wurde, dass sie alle Szenen aus seiner Vergangenheit darstellten.

»Und warum bist du dann in Johannesburg?«

»Die Dreckskerle haben alle *Klonkies* raus in die Flats geschickt, am Arsch von Kapstadt. Ich wollte da nicht leben, deswegen hab ich meinen Kram zusammengepackt, in meine Karre geschmissen und bin nach Joburg gegangen.«

»Oh.« So viel begriff ich: Die Polizei hatte mit Gewalt alle Bewohner von *District Six* vertrieben und an einen Ort namens die »Flats« geschickt, und King George hatte stattdessen beschlossen, nach Johannesburg überzusiedeln.

»Hast du ein Auto?«

»Warum wundert dich das so, Little Miss? Ein Mann braucht eine Karre, um Geschäfte zu machen.«

»Du brauchst ein Auto, um Flatboy zu sein?«

»Flatboy bin ich doch nur tagsüber. Das richtige Geld verdiene ich mit meinem Nachtjob.«

»Ach, und was für ein Job ist das?«

»Das musst du gar nicht wissen.«

»So. Und wo ist eigentlich deine Frau?«

Sein schalkhafter Gesichtsausdruck verschwand. King George sah auf einmal richtig traurig aus. Doch gleich darauf fing er sich wieder und wechselte das Thema. »Das ist wirklich *kak* für dich, Little Miss, dass niemand deinen Geburtstag mit dir feiert. Komm her zu King George. Ich drück dich mal.«

»Nein, danke.«

»*Jinne,* bist du jetzt rassistisch, oder was, Little Miss, dass ein Farbiger dich nicht mehr drücken darf?«

»Ich bin nicht rassistisch. Du stinkst, deswegen will ich dich nicht umarmen. Wann hast du zuletzt gebadet oder Deodorant benutzt?«

»Deodorant und Seife kosten Geld, Little Miss.« Ich wandte mich zum Gehen, und er rief mir nach: »Du kommst King George aber doch noch mal besuchen, ne? Das nächste Mal, wenn du nicht mehr so sauer bist.«

»Na klar.« Ich dachte mir, dass mein Geburtstag wohl nicht mehr schlimmer werden konnte und es Zeit wurde, Schluss zu machen und nach Hause zu gehen. Ich schloss die Wohnung auf und wurde noch deprimierter. Es war dunkel, was bedeutete, dass Beauty noch nicht zu Hause war. Ich betätigte den Lichtschalter, und dann ging es los: Leute erschienen scheinbar aus dem Nichts – aus dem Schlafzimmer und dem Badezimmer, hinter den Gardinen und dem Sofa hervor und riefen alle: »Überraschung!«

Praktisch jeder, der mir etwas bedeutete, war da: Beauty (breit lächelnd), Morrie (das Haar noch aufgeplusterter als sonst), Mr und Mrs Goldman (mit Geschenken), Victor (mit aquamarinblauer Fliege, weil ich ihm erzählt hatte, dass Aquamarin meine Lieblingsfarbe war), Johan (dessen Fäden an der Wunde inzwischen gezogen worden waren), Wilhelmina (die keine Feindin mehr war!) und Maggie (die nicht mehr mein einziger Schutzengel war). Schwarz, weiß, homosexuell, heterosexuell, Christen, Juden, Engländer, Afrikaaner, Erwachsene, Kinder, Männer, Frauen: Auf einmal waren wir alle zusammen, und obwohl wir ein so kunterbuntes Durcheinander von Etiketten trugen, gab es eine Kategorie, die uns alle verband: Wir waren »Freunde«.

Als es spät wurde und sich die Party allmählich ihrem Ende zuneigte, holte Morrie seine Kamera hervor und fotografierte. Er machte jedoch keine Bilder vom Kuchen, meinen Geschenken, ja, nicht mal von mir. Stattdessen fotografierte er Zigarettenkippen in einem Aschenbecher, weggeworfenes Einschlagpapier auf dem Fußboden und einen verschrumpelten Luftballon. Seine morbide Faszination für alles Deprimierende hatte immer noch nicht nachgelassen. Ich versuchte gerade, ihn dazu zu bringen, ein Bild von etwas Fröhlicherem zu machen, als Victor und Johan sich zu uns gesellten.

Johan räusperte sich, bis Morrie von seiner Kamera aufsah; er wollte gerade einen Riss im Sofabezug ablichten. »Guten Abend, junger Mann. Ich bin Johan. Schön, dich kennenzulernen. Darf ich fragen, welche Absichten du unserer schönen Robin gegenüber hegst?«

Ich stöhnte auf.

»Guten Abend, Sir. Ich bin Morrie und gehe mit Robin.« Morrie legte die Kamera hin, wischte sich die Hände an der Hose ab und schüttelte Johans Hand.

»Wir gehen gar nicht miteinander.« Röte stieg von meinem Hals empor nach oben.

»Nicht?« Morrie klang verletzt.

»Nein, du bist nur mein Freund.«

Johan verzog das Gesicht. »Autsch, das tut weh.«

»Aber wir sind ganz oft zusammen, wir mögen dieselben Sachen, und du sagst mir immer, was ich tun soll. Das bedeutet doch, dass wir eine Beziehung haben«, beharrte Morrie.

»Ach, wirklich?«

»Ja. Hier, ich hab dir sogar ein Geschenk gekauft und ganz viel von meinem Taschengeld dafür ausgegeben. Wenn du jetzt sagst, dass wir nicht miteinander gehen, weiß ich nicht, ob ich es dir geben soll.«

Ich blickte das Geschenk an, das er aus seiner Tasche geholt hatte. Es war rechteckig und ziemlich dick; es musste ein Buch sein. Ich wollte es sehr gern haben. »Na schön. Dann gehen wir eben zusammen. Gib mir das Geschenk.«

»Dann wäre das ja geklärt«, stellte Victor fest.

Morrie gab mir das Geschenk, und ich riss das Papier auf. Ich hatte recht, es war ein Buch! Ich las den Titel: *Die Hardy Boys.*

»Es geht um zwei Brüder, die Kriminalfälle lösen. Es wird dir bestimmt gefallen«, sagte Morrie.

»Vielen Dank.«

»Bekomme ich keinen Kuss?«

»Jetzt übertreib mal nicht. Ich habe nur gesagt, dass wir miteinander gehen, oder?«

Beziehungskisten faszinierten mich nicht so wie andere Mädchen. Nach dem, was ich mit meinen Eltern und mit Edith und Michael erlebt hatte, schien es nicht besonders toll zu sein, eine Beziehung zu haben. Ich mochte Morrie und wollte nicht mit ihm streiten, was wir bestimmt tun würden, wenn wir fest zusammen wären, aber er schien richtig wild darauf zu sein.

»Es wird Zeit für uns zu gehen, Morrie«, sagte Mr Goldman, der zusammen mit Mrs Goldman zu uns an den Tisch kam. Er trug seine übliche grüne Strickjacke. Morrie hatte zwar versucht, mir einzureden, dass sein Vater sieben identische Strickjacken besaß, aber ich hatte nur erwidert, ich sei doch nicht von gestern.

»Können wir nicht noch ein bisschen länger bleiben?«, fragte Morrie.

»Nein, Jungchen«, erwiderte Mrs Goldman. »Du hast deine Hausaufgaben heute nicht fertiggemacht, weil du Beauty bei den Vorbereitungen für die Party geholfen hast, und dein Vater muss heute Abend auch noch ein bisschen arbeiten.«

Mr Goldman war immer zu Hause. Ich hatte erst geglaubt, er hätte keine Arbeit, aber Morrie hatte mir erklärt, dass sein Vater ein Steuerberatungsbüro für mehrere kleine Geschäfte im Haus hatte. Ich hatte eine Menge wichtig aussehender Papiere in dem Zimmer herumliegen sehen, das er sein Büro nannte, und außerdem besaß Morries Vater einen riesigen Rechenapparat, der lange Bänder von geringeltem, mit Zahlen bedrucktem Papier ausspuckte, daher glaubte ich die Steuerberatergeschichte eher als die mit den geklonten Strickjacken.

»Sag allen auf Wiedersehen«, sagte Mr Goldman.

»Auf Wiedersehen! Gute Nacht, Robin.«

Nachdem ich den Goldmans gute Nacht gesagt und ihnen für ihr Kommen gedankt hatte, blieben nur wir drei im Wohnzimmer inmitten der Partyreste übrig. Maggie, Wilhelmina und Beauty saßen im Esszimmer und unterhielten sich. Elvis hatte sich von seiner anfänglichen Aufregung erholt, hopste von Teller zu Teller und pickte an dem übrig gebliebenen Kuchen.

Ich streckte den Arm aus und berührte die Narbe auf Johans Stirn. »Tut das weh?«

»Nein, alles in Ordnung. Findest du nicht auch, dass ich damit wie ein knallharter Typ aussehe?« Er versuchte, mit einem Scherz darüber hinwegzugehen, aber ich erinnerte mich an die Ängste und die Tränen und an seinen Kopf, der in meinem Schoß gelegen hatte, als wir zum Krankenhaus rasten.

»Hat die Polizei denjenigen erwischt, der das getan hat?«

Victor seufzte. »Wir haben erst gar nicht die Polizei gerufen, Robin.«

»Warum nicht? Es ist doch ein Verbrechen, Leuten wehzutun und Backsteine durch ihre Fenster zu werfen, oder?«

»Ja, das stimmt, aber wenn wir die Polizei mit hineinziehen

würden, würde alles nur wesentlich komplizierter werden, und genau das können wir nicht brauchen.«

»Habt ihr keine Angst, dass so was noch einmal passiert?«

Johan rief: »Ha! Das sollen die bloß mal versuchen.«

Im selben Moment sagte Victor: »Ja.«

»Aber das sind böse Leute! Sollten die nicht bestraft werden?«

»So einfach ist das nicht«, erwiderte Victor.

»Warum nicht?«

»Weil das Gesetz uns als schlechte Menschen abstempelt und sich die Polizei wahrscheinlich auf die Seite der Angreifer schlagen würde.«

»Warum zieht ihr dann nicht um?«, fragte ich. »Wenn ihr irgendwo anders hinziehen würdet, würde man das vielleicht nicht mit euch machen.«

»Man kann nicht sein ganzes Leben lang vor Grobianen weglaufen, weil es Grobiane überall gibt. Manchmal muss man Stellung beziehen und sich seinen Ängsten stellen, anstatt vor ihnen davonzulaufen.«

»Die werden also ungeschoren davonkommen? Ihnen wird nichts passieren?«

»Nicht unbedingt«, entgegnete Johan. »Es gibt immer noch das Karma.«

»Was ist Karma?«

»Das ist ein Glaubensgrundsatz«, erklärte Victor, »der besagt, wenn man anderen Leuten Böses tut und nicht dafür bestraft wird, wird trotzdem die Gerechtigkeit siegen, weil einem dafür schlimme Dinge zustoßen werden.«

Ich wollte wirklich gern an das Karma glauben.

39
BEAUTY

14. Januar 1977
Yeoville, Johannesburg, Südafrika

Robin sitzt mit Victor und Johan zusammen am Tisch, und sie essen den Rest des Kuchens, den Wilhelmina gebacken hat. Robins Augen glänzen, und sie lacht, als Johan seinen Teelöffel anleckt und an seine Nase klebt. Es tut gut, sie fröhlich zu sehen, und ich bin froh, dass die Überraschungsparty ein Erfolg war. Ich wende mich wieder zu Maggie um, die immer noch skeptisch die Stirn runzelt. Ich habe sie in eine schwierige Lage gebracht, und das tut mir leid.

»Leider sind die Leute vom MK ein wichtiger Teil meines Informationsnetzwerks, Beauty. Ich arbeite sehr eng mit ihnen zusammen, weil wir alle dieselben Ziele vor Augen haben.«

»Aber sie haben andere Methoden, diese Ziele zu erreichen, als du.«

»Das weiß ich, aber zu diesem Zeitpunkt müssen wir zusammenhalten. Und sie haben sehr deutlich gemacht, dass sie deine Einmischung nicht schätzen. Sie sagen, dass Nomsa sich dazu entschlossen hat, *Umkhonto we Sizwe* beizutreten, und dass sie weiß, worauf sie sich einlässt. Du solltest das akzeptieren und aufhören, Staub aufzuwirbeln.«

»Aber warum kann ich Nomsa nicht einfach sehen? Warum können sie kein Treffen zwischen mir und meiner Tochter arrangieren, sodass sie mir selbst sagen kann, dass sie glücklich ist und nicht mit mir nach Hause kommen möchte? Wenn sie mir das mitteilt und nichts, was ich sage oder tue, ihre Meinung ändern kann, dann werde ich das respektieren. Aber diese ganzen Drohungen lassen mich befürchten, dass sie sie gegen ihren Willen festhalten.«

»So etwas machen sie nicht. Man kann niemanden dazu zwingen, sich zur Partisanin ausbilden zu lassen oder sich für eine Sache zu engagieren. Alle aktiven Mitglieder sind motiviert und glauben an das, was sie tun. Sie können Nomsa nur deswegen nicht herbeischaffen, weil sie in Rhodesien ist.«

»Das behaupten sie.«

Maggie seufzt. »Könntest du dich nicht einfach ein bisschen zurücknehmen? Nur so lange, bis ich mit einigen hochrangigeren Leuten im MK gesprochen habe. Ich halte die ganze Zeit die Ohren offen, Beauty, und ich weiß, dass das alles furchtbar langsam vorangeht und du ungeduldig wirst, aber sie zu ärgern bringt niemandem etwas, weder uns noch Nomsa.«

Ich verspreche nichts, aber Maggie bemerkt mein Schweigen nicht, als sie sich entschuldigt, um Robin und den letzten Gästen auf Wiedersehen zu sagen. Als sie fort ist, sitze ich mit Wilhelmina zusammen, die den ganzen Abend über ungewöhnlich still gewesen ist. Ich bemerke, dass sie irgendwie anders aussieht, und es dauert ein paar Augenblicke, bis mir auffällt, was es ist. Sie trägt Lippenstift und hat ihr Haar zurechtgemacht.

»Du siehst hübsch aus heute Abend«, sage ich, und sie errötet. »Wegen Robins Party oder für einen Mann?«, necke ich sie freundlich.

Sie errötet noch mehr. »Einen Mann, wenn du's unbedingt wissen willst«, flüstert sie und wendet dann verlegen den Blick ab. Sie sieht hinüber zu Victor und Johan, die mit Robin plaudern, und ich bin überrascht, wie abweisend ihr Gesichtsausdruck dabei wird.

»Wilhelmina! Gerade dich habe ich nicht für so voreingenommen gehalten.«

»Wie meinst du das?«

»Deine Abneigung gegen die beiden ist nicht zu übersehen. Ich hätte von dir angenommen, dass du genauso gegen die Verfemung von Homosexuellen wie gegen die Verfolgung von Nichtweißen wärst.«

»Ach nein, Beauty, du irrst dich. Mein Bruder ist homosexuell, und es ist mir schnurzegal. Ich mag sie nur deswegen nicht, weil sie so gut mit Edith befreundet sind. Es beweist mir, dass sie ein schlechtes Urteilsvermögen haben. Sie ist nicht mal zum ersten Geburtstag ihres Pflegekindes nach dem Tod seiner Eltern gekommen! Sie hätte doch bestimmt ihren Arbeitsplan ein wenig anpassen können, um heute zu Hause zu sein.«

Ich lächle nur. Es nützt nichts, Edith Wilhelmina gegenüber zu verteidigen oder andersherum. Ich habe mich damit abgefunden, dass die beiden Frauen sich nicht ausstehen können. Solange ihnen beiden Robins Wohl am Herzen liegt, soll es mir egal sein.

»Hat noch einmal jemand unseretwegen angerufen?«, frage ich.

»In letzter Zeit nicht. Der letzte Anruf kam vor einem Monat von diesem anonymen Denunzianten.«

»Mr Finlay«, spekuliere ich. »Ich bin mir ganz sicher, dass er es war.«

»Ich habe behauptet, ich hätte mehrere Hausbesuche gemacht, Edith sei jedes Mal da gewesen, und du würdest nicht in der Wohnung übernachten.«

»Hoffentlich unterlässt er seine Anrufe jetzt endlich mal.«

»Ach, und außerdem habe ich gesagt, wenn er weiterhin ein

derart ungesundes Interesse an dem kleinen Mädchen zeige, würden wir möglicherweise mal bei ihm vorbeischauen und ihm auf den Zahn fühlen müssen, weil Perverse schlimmer seien als Schwarze, die in den Wohnungen von Weißen übernachten. Ich nehme an, das hat den Ausschlag gegeben.« Sie lacht, und ich falle in ihr Lachen ein. Ich bin froh, sie auf meiner Seite zu haben. Ich schlafe nachts besser, wenn ich weiß, dass Wilhelmina über uns wacht und die Polizei fernhält.

»Hältst du denn weiterhin Augen und Ohren für mich offen?«

Wilhelmina rutscht auf ihrem Stuhl herum. »Ehrlich gesagt fühle ich mich nicht wohl dabei, irgendetwas hinter Maggies Rücken zu tun.«

»Aber wir tun doch nichts hinter ihrem Rücken. Wir sammeln lediglich Informationen, nicht anders als sie.«

»Aber warum kannst du deine Informationen nicht über sie beziehen?«

»Ich habe das Gefühl, dass sie mir nicht alles erzählt.«

Wilhelmina seufzt und sieht mich dabei nicht an. »Maggie beschützt dich. Das weißt du.«

Ich greife nach ihrer Hand. »Das weiß ich, aber ich weiß auch, dass Maggie aufpassen muss, wem sie auf die Zehen tritt. Sie betrachtet die Sache aus einer politischen Perspektive heraus, und das verstehe ich. Aber hier geht es um meine Tochter, Wilhelmina. Sie ist in erster Linie mein Kind, und ich muss mir ganz sicher sein, dass es ihr gut geht.«

Sie seufzt noch einmal.

»Bitte, Wilhelmina. Halte einfach Augen und Ohren offen und komme zuerst zu mir, bevor du zu Maggie gehst. Um mehr bitte ich dich gar nicht. Als Freundin.«

Sie sagt nichts, erwidert den Druck meiner Hand.

40
BEAUTY

11. Februar 1977
Hillbrow, Johannesburg, Südafrika

Auf meiner Armbanduhr ist es 11:23 Uhr. Ich muss sie schräg halten, um etwas erkennen zu können, weil das Neonschild auf der anderen Straßenseite einen rosafarbenen Schein über das Uhrenglas wirft. Noch sieben Minuten, bevor ich diesen Raum verlassen und über die Straße gehen muss, dorthin, wo ich meine Kontaktperson treffe.

Der Zettel wurde vor einer Woche unter der Tür hindurchgeschoben und nannte eine Adresse in Hillbrow als Treffpunkt.

Ich habe von Ihrer Suche nach Nomsa gehört. Wir müssen reden. Kommen Sie am Freitag, den 11. Februar. Kommen Sie allein. Treffen Sie um Punkt 19:00 Uhr abends ein und gehen Sie hinauf zu Wohnung Nummer 206 im zweiten Stock. Die Tür wird offen sein. Schließen Sie sie ab, wenn Sie drinnen sind. Bleiben Sie bis 23:30 Uhr dort. Die Sicherheitspolizei beendet ihre Ausgangssperren-Patrouillen um 23:00 Uhr und kommt erst nach Mitternacht wieder. Um 23:30 Uhr verlassen Sie die Wohnung und gehen über die Straße. Dort gibt es einen Nachtclub. Gehen Sie nicht durch den Haupteingang hinein, sondern durch die Seitenstraße nach hinten und die Treppe hinunter. Dort finden Sie eine blaue Tür neben den Mülltonnen. Klopfen

Sie zwei Mal, warten Sie einen Augenblick und klopfen Sie dann noch drei Mal. Ich erwarte Sie.

Ich habe so viele Erkundigungen eingezogen und meinen Namen und meine Adresse in den letzten acht Monaten so vielen Leuten gegeben, dass ich nicht mal ahnen kann, welche meiner Nachfragen hierzu geführt haben. Ich versuche, nicht darüber nachzudenken, ob ich mich in Gefahr begebe. Shakes würde mich nicht an einem Freitagabend in einen betriebsamen Teil Johannesburgs locken, um mich umzubringen.

Regentropfen klatschen gegen die Scheibe. Ich habe seit meiner Ankunft den Eingang des Nachtclubs beobachtet, und es hat die ganze Zeit geregnet. Wie der Absender des Briefs gesagt hat, fuhren die Streifenwagen um 22:45 Uhr die Straße entlang auf der Suche nach Schwarzen, die nach der Ausgangssperre noch unterwegs waren. Die einzige Aktivität seitdem waren zahlreiche Autos, die vor dem Club anhielten und Leute absetzten.

23:30 Uhr. Es ist Zeit. Ich verlasse die Wohnung, gehe hinunter und sehe mich überall nach Anzeichen für Gefahr um, bevor ich das Gebäude verlasse. Ich ziehe die Kapuze meines Regenmantels tief über meinen gesenkten Kopf, als ich hinaus in den Regen trete, um die Straße zu überqueren. Das Neonrosa der blinkenden Leuchte über dem Clubeingang spiegelt sich in den Pfützen auf der Straße wider, und als ich mich dem Eingang nähere, dringt laute Discomusik heraus in die Nacht. Ich erkenne den Song wieder; er ist in den Hitparaden, und Robin hört ihn in letzter Zeit oft im Radio.

»Heute unser Angebot zum Valentinstag: Ladies' Night, freier Eintritt für Damen, und alle Getränke bis Mitternacht zum halben Preis!«, verkündet ein dicker Mann am Eingang einer Gruppe weißer Frauen, die unter einem Vordach Schlange stehen.

»Na los, dann nichts wie rein!«, ruft eine der Frauen. »Kippt bis zwölf Uhr alles rein, was reinpasst!«

Die Frauen tragen Miniröcke und solche hohen Plateauschuhe, wie Robin sie hat. Zumindest kann ich sicher sein, dass es Robin heute Abend gut geht, während ich unterwegs bin, da sie bei den Goldmans übernachtet. Ich betrete gerade den Bürgersteig, als ein weiteres Auto anhält und noch mehr Mädchen auf den Bürgersteig entlässt.

»Wir seh'n uns drin, Mädels! Ich suche nur noch schnell einen Parkplatz«, ruft ihnen eine Männerstimme hinterher. »'n Abend, *bru'«,* sagt er zu dem Wachtposten am Eingang. »Wo kann ich die Karre abstellen?«

Ich halte den Kopf gesenkt und gehe durch die Gasse um das Gebäude herum. Die blaue Tür ist leicht zu finden, und ich klopfe nach dem vorgegebenen Code. Nichts passiert. Ich warte ein, zwei Minuten – immer noch keine Reaktion. Ich drücke die Türklinke herunter, aber es ist abgeschlossen. Etwas scheppert in der Nähe, und mein Herz setzt einen Schlag aus. Ich habe keinen triftigen Grund, mich nach Beginn der Ausgangssperre hier aufzuhalten, und wenn die Polizei mich erwischt, wandere ich ins Gefängnis.

Ich klopfe noch einmal, und diesmal schwingt die Tür auf. Ich trete hindurch und finde mich in einer großen dampfenden Küche wieder. An den Wänden stapeln sich Kästen mit Wein- und Biergläsern, und Mülleimer quellen von Papptellern und Essensresten über. Der junge Schwarze, der die Tür geöffnet hat, kehrt an ein großes Spülbecken zurück.

»Sie sehen genauso aus wie sie«, sagt er, laut genug, um die Musik zu übertönen.

»Wie heißt du, *bhuti*?«

»Keine Namen. Das ist sicherer.«

Er ist ein kleiner Mann, schmal, aber drahtig wie ein Leichtgewichtsboxer. Sein Schädel ist kahl rasiert, und er trägt einen Bart.

»Hast du mir die Nachricht geschickt?«

»Ja. Wir haben nicht viel Zeit. Ich bin nur noch eine halbe Stunde allein; danach kommt noch ein Spüler hinzu. Es ist besser, dass er Sie nicht sieht.«

Die Musik aus dem Nachtclub oben dröhnt so laut, dass der Fußboden vibriert. Wasser tropft von meinem Regenmantel und bildet Pfützen auf dem Boden. Ich ziehe den Mantel aus und blicke mich nach einem Mopp um.

»In der Ecke«, sagt der Mann, als läse er meine Gedanken. Ich hole ihn.

Ich spüre, dass ihm das Reden leichterfällt, wenn wir beide dabei etwas anderes tun. Wenn er vom Gläserspülen abgelenkt wird und ich mich mit dem Wischen des Bodens beschäftige, brauchen wir einander nicht anzusehen. Manchmal macht das das Sprechen einfacher.

»Woher wusstest du, wo du mich findest?«, frage ich, während ich die Pfütze aufwische.

»Sie haben in letzter Zeit viele Fragen gestellt. Viele Leute wissen, wo Sie zu finden sind.«

»Und warum hast ausgerechnet du mich kontaktiert und nicht irgendjemand von den vielen anderen Leuten?«

»Weil ich Ihre Hartnäckigkeit bewundere. Ich wünschte, meine Mutter würde sich so für mich einsetzen, wie Sie es für Ihre Tochter tun.« Er schweigt einen Moment, und ich spüre, dass er noch mehr auf dem Herzen hat, deshalb warte ich ab. Ich behalte recht. »Nomsa hat viel von Ihnen erzählt, und ich war neugierig darauf, die Frau kennenzulernen, die eine so große Kriegerin geboren hat.«

»Wo hast du mit ihr gesprochen?«

»In den MK-Lagern.«

»Du hast mit ihr zusammen eine Ausbildung gemacht? Als Soldat?«

»Ja.« Er hält mit dem Spülen inne und trocknet sich die Hände an seiner Schürze ab. Dann greift er nach einem Päckchen Zigaretten, das neben ihm auf der Anrichte liegt. Er zündet sich eine an und spült dann weiter, den Filter locker zwischen den Lippen.

»Bist du denn kein Soldat mehr?«

»Doch, aber ich bin mit der Ausbildung fertig. Jetzt erwarte ich meine Befehle.«

Ich hätte gern gewusst, was für eine Art von Befehlen, aber andererseits will ich es lieber nicht wissen. »Wie geht es meiner Tochter? Geht es ihr gut?«

»Ja, es geht ihr gut.«

»Ist sie unverletzt?«

»Was meinen Sie mit ›unverletzt?‹ Wir sind alle verletzt. Jeder Einzelne von uns. Deswegen kämpfen wir.«

»Ich meine, ob sie bei guter Gesundheit und ohne Verwundungen ist?«

»Ihre Tochter gehört zu den stärksten und mutigsten Menschen, die mir je begegnet sind.« In seiner Stimme schwingt mehr als nur Bewunderung mit. Ist dieser junge Mann in Nomsa verliebt?

»Ist sie immer noch mit Shakes Ngubane zusammen?«

Seine Verachtung beantwortet meine Frage. »Mal ja, mal nein. Er kommt und geht.« Es ist kein gutes Thema. Dabei verschließt er sich, deswegen frage ich etwas anderes.

»Du hast gesagt, sie hat von mir gesprochen. Was hat sie gesagt?«

»Dass Sie eine gebildete Frau sind, eine Lehrerin, und dass sie Sie sehr bewundert.«

Ich kann nicht verhindern, dass sich Verbitterung in meine Stimme schleicht. »Sie hat eine merkwürdige Art, mir diese Bewunderung zu zeigen.«

»Nur weil sie Dinge getan hat, die Sie nicht verstehen, bedeutet das nicht, dass sie Sie nicht liebt.«

»Liebe ist gut und schön, aber Vertrauen und Ehrlichkeit gehören auch dazu. Wenn man jemanden respektiert, muss man ehrlich sein.«

»Vielleicht ist das Ihr Problem.«

»Was meinst du damit?«

»Sie sind ganz bestimmt eine gute Frau, aber gerade weil Sie so aufrichtig sind, konnte Nomsa möglicherweise nicht ehrlich zu Ihnen sein. Sünder können leichter verzeihen als Heilige.«

Seine Antwort trifft mich ins Mark, weil ich weiß, dass er recht hat. »Wo ist sie?«

»Ich wollte Sie nicht treffen, um Ihnen zu sagen, wo sie ist. Nur, dass sie dort ist, wo sie sein möchte, und dass es Menschen wie Nomsa sind, Revolutionäre wie Nomsa, die den Lauf der Geschichte dieses Landes verändern werden.«

»Du meinst Terroristen wie du und Nomsa?«, platze ich spontan heraus.

»Nein, ich meine Freiheitskämpfer wie uns. Sie sollten stolz auf sie sein. Ihre Tochter ist eine Heldin. Es ist schade, dass Sie das nicht anerkennen können.«

Als ich hinausgehe, lässt mich Flügelrascheln aufhorchen; es ist ein unpassendes Geräusch in dieser städtischen Umgebung. Ich erstarre, als ich die große Eule auf einer Mülltonne in der Nähe sitzen sehe. Dies muss ein gutes Jagdgebiet für sie sein, denn in der Stadt gibt es reichlich Mäuse und Ratten.

Die Eule wirkt angespannt, bereit aufzufliegen, deswegen bleibe ich regungslos stehen. Ihre gelben Augen starren mich, ohne zu blinzeln, an, und ich denke daran, was mein Mann Silumko immer über Eulen gesagt hat.

Eulen sind Boten des Todes. Es hat nichts Gutes zu bedeuten, wenn man eine sieht.

Ich drehe mich um und renne los.

41
ROBIN

19. März 1977
Johannesburg, Südafrika

Ich nahm den Anruf entgegen, weil ich näher am Apparat war. Wir hatten schon zu Abend gegessen, und ich machte gerade am Wohnzimmertisch meine Hausaufgaben, während Beauty auf dem Sofa saß und mit klackernden Nadeln an einem Pulli weiterstrickte.

»Hallo? Robin, bist du das?« Die Person am anderen Ende der Leitung klang aufgeregt.

»Ja. Wer ist denn da?«

»*Tannie* Wilhelmina. Kann ich bitte mit Beauty sprechen?«

»Zuerst musst du dir was anhören«, sagte ich und räusperte mich. »*Molo. Unjani?*« Beauty brachte mir nämlich Xhosa bei – das war ihr Geburtstagsgeschenk für mich gewesen –, und ich nutzte jede Gelegenheit zum Üben.

»Das ist sehr gut, *liefling,* aber kannst du Beauty schnell ans Telefon holen?«

Ich seufzte. Erwachsene konnten manchmal furchtbar langweilig sein. »Soll ich sie mit dem Sofa zum Telefon schieben, oder soll sie aufstehen?«

»Herrgott, Robin, wir haben jetzt keine Zeit für Witze. Hol sie einfach an den Apparat!«

»Doch, für Witze ist immer Zeit, Willy.« »Willy« war mein

neuer Spitzname für Wilhelmina, aber er gefiel ihr nicht besonders.

»Meine Güte, wie oft muss ich dir noch sagen, dass du mich nicht so nennen sollst? Ich hasse diesen Namen! Jetzt hol endlich Beauty an den Hörer!«

Ich drehte mich um, um nach ihr zu rufen, doch sie stand schon mit ausgestreckter Hand neben mir. Schnell reichte ich ihr den Hörer, und dann lauschte ich dem Telefonat, wobei ich natürlich nur mitbekam, was Beauty sagte.

»Hallo … In Soweto? Woher weißt du das? In einer Stunde … okay … Ich warte dann hinten auf dich. Bis nachher.«

»Was wollte Willy denn?«, fragte ich.

»Ich muss heute Abend noch weg«, sagte Beauty.

»Triffst du dich mit ihr?«

»Ja.«

»Hat es was mit Nomsa zu tun?«

»Kann sein. Das wollen wir herausfinden.«

»Deshalb fahrt ihr nach Soweto?«

»Ja.«

»Kann ich mitkommen? Bitte!«

»Wir können dich nicht nach Soweto mitnehmen.«

»Aber …«

»Robin, mein Kind, bitte hör mir zu. Es wäre zu gefährlich, ein weißes Kind nach Soweto mitzunehmen. Das kommt nicht infrage.«

»Aber Willy ist doch auch weiß.«

»Sie ist aber erwachsen, und sie arbeitet in Soweto, weshalb man sie dort kennt. Deshalb ist es in Ordnung, dass sie mitkommt, aber für ein Kind wäre es viel zu gefährlich.«

»Aber …«

»Meine Antwort bleibt nein.«

Ich wollte gerade wieder protestieren, da kam mir eine Idee. »Na gut. Dann willst du bestimmt, dass ich jetzt zu Morrie gehe, oder?«

»Ja. Hab Dank für dein Verständnis. Bitte geh runter zu den Goldmans und frag Rachel, ob du bei ihnen übernachten darfst. Wir werden wahrscheinlich erst sehr spät zurückkommen.«

»Okay«, seufzte ich und setzte meine düsterste Miene auf, so wie Beauty es von mir erwartete. Doch auf dem Weg nach unten schmiedete ich bereits einen Plan.

»Und was habe ich davon?«, fragte Morrie eine halbe Stunde später, als ich ihm mein Vorhaben in allen Einzelheiten erklärt hatte.

»Du darfst einer Freundin helfen, die dich um einen Gefallen bittet.«

»Du verlangst von mir, meine Mutter anzulügen, wofür ich eine Menge Ärger kriegen könnte. Und außerdem soll ich mein heiliges jüdisches Blut für dich vergießen. Die Genugtuung, einer Freundin helfen zu dürfen, reicht da leider nicht.«

Mist. Gleich würde Willy kommen, und bis dahin musste alles perfekt scin. »Also gut, was willst du?«

»Zehn Küsse.«

»Zehn? Das sind viel zu viele.«

»Und du musst meine Hand halten, wenn wir in der Öffentlichkeit sind, und darfst hinter meinem Rücken kein Kotzgesicht machen, wenn ich den Leuten sagte, dass wir zusammen sind.«

»Hm. Na gut.« Ich war zwar nicht einverstanden, aber mir blieb keine Zeit zum Verhandeln. Ich würde mir wohl oder übel unterwegs etwas einfallen lassen müssen, um da wieder herauszukommen.

»Und du musst meiner Mutter sagen, dass du lange darüber nachgedacht hast und dich zum Judentum bekehren lassen willst.«

»Was? Wieso?«

»Weil meine Mutter gesagt hat, dass das mit uns nicht zu ernst werden darf, weil ich eines Tages eine Jüdin heiraten muss und du eine Ungläubige bist, die sich nicht als Ehefrau eignet.«

»Was muss ich denn tun, um mich bekehren zu lassen?«

»Weiß nicht genau. Wahrscheinlich Jiddisch lernen, und wie man Matzeknödel macht.«

Wenn ich bei den Goldmans war, lernte ich bereits mehr Jiddisch, als mir lieb war, aber Matzeknödel waren wirklich lecker. »Na gut.«

»Ausgezeichnet. Du hast ein gutes Geschäft gemacht.«

»Wenn du es vermasselst, steige ich aus.«

»Mach ich aber nicht.«

»Und denk dran: Renn erst los, wenn sie den Rückwärtsgang einlegt, okay?«

»Ja, ja. Ich werd's bestimmt nicht vermasseln.«

»Das will ich auch nicht hoffen. Wir sehen uns dann unten.« Mit diesen Worten drehte ich mich um und lief schnell weg für den Fall, dass er auf die Idee käme, den ersten der zehn Küsse an Ort und Stelle einzufordern. Ich wollte gerade aus der Wohnung hinaus, da lief mir Mrs Goldman über den Weg.

»Robin, Liebchen, ich habe gar nicht mitbekommen, dass du hier bist!«

»Ich bin nur kurz vorbeigekommen, um mir einen Füller wegzuborgen«, log ich.

»Auszuborgen. Es heißt ausborgen«, sagte Mrs Goldman.

»Genau. Um mir einen Füller auszuborgen. Ach, und Mrs Goldman?«

»Ja, Liebchen?«

»Ich will zum Judenturm gekehrt werden. Wiedersehn!«

»Sie ist einverstanden, ich darf übernachten!«, rief ich Beauty zu, als ich mit meiner hastig vollgestopften Tasche zur Tür stürmte. »Bis morgen!«

»Komm erst mal her«, sagte Beauty. Sie war in der Küche und gerade dabei, eine Thermoskanne mit Tee zu füllen.

Mein Magen krampfte sich zusammen. Wenn sie die Tasche öffnete, wäre die Sache gelaufen. Statt Pyjama und Zahnbürste hatte ich nämlich Ediths Opernglas, eine Tüte Brotkrumen, schwarze Schuhcreme, eine Sturmhaube, schwarze Handschuhe, mein Überwachungsprotokoll und eine Taschenlampe eingepackt.

»Warum?« Ich bemühte mich, in keiner Weise schuldbewusst zu klingen.

»Alles in Ordnung bei dir?«

»Ja klar!«, sagte ich. »Wieso auch nicht?« Ich grinste sicherheitshalber.

Schau nicht in die Tasche. Bitte schau nicht in die Tasche!

»Ich hatte damit gerechnet, dass du ein bisschen enttäuschter bist, weil du nicht mitdarfst.«

Natürlich! Ich sah nicht bedrückt genug aus. Deshalb war sie misstrauisch. »Ich würde wirklich gern mitkommen, aber wenn du mich nicht dabeihaben willst, werde ich nicht darum betteln.« Ich warf ihr einen finsteren Blick zu. Das schien sie zufriedenzustellen, denn sie kam zu mir und umarmte mich.

»Ich nehme dich nur deshalb nicht mit, weil ich dich nicht in Gefahr bringen will«, sagte sie.

»Na gut. Wenn du es sagst.« Ich erwiderte ihre Umarmung halbherzig, dann ging ich Richtung Tür und winkte ihr zu. *»Sala* *kakuhle. Ube namathamsanqa*«, sagte ich. Mach's gut. Viel Glück. Beauty lächelte.

»*Hamba kakuhle*«, erwiderte sie. Mach's auch gut. Wenn sie geahnt hätte, was ich vorhatte, hätte sie das bestimmt nicht gesagt.

Ich war auf dem Parkplatz in Stellung gegangen und hatte mich hinter einem gelben Ford Escort verschanzt, um von dort aus nach Willys *Bakkie* Ausschau zu halten. Ihr Pick-up, den sie bei der Arbeit benutzte, hatte einen Laderaum mit Heckklappe zum sicheren Transport. Willy transportierte ständig Sachen durch die Gegend, und ich spekulierte darauf, dass ihr Wagen wie üblich voll beladen war und ich mich zwischen all dem Krempel verstecken konnte, ohne Gefahr zu laufen, dass sie mich im Rückspiegel entdeckte.

Morrie war nirgends zu sehen. Ich hatte keine Ahnung, ob er einfach nur sehr geschickt darin war, sich zu verstecken, oder ob er zu spät daran war oder vielleicht sogar in letzter Sekunde gekniffen hatte. Mir blieb jedoch keine Zeit, es herauszufinden, denn da preschte auch schon Willys *Bakkie* auf den Parkplatz und hielt mit kreischenden Bremsen vor der Hintertür. Willy hupte kurz, und Beauty kam aus dem Haus.

Kaum hatte sie auf dem Beifahrersitz Platz genommen, legte Willy krachend den Rückwärtsgang ein, und der *Bakkie* schoss nach hinten. Das war der entscheidende Moment. Wenn Morrie es vergeigte, würde er entweder draufgehen oder zu spät sein, um sie am Wegfahren zu hindern.

Der Wagen kam direkt neben meinem Versteck zum Stehen; der Heckklappengriff war genau in Reichweite. Willy schaltete in den ersten Gang, und als sie anfuhr, tauchte Morrie plötzlich aus dem Nichts auf und rannte ihr vor den Wagen. Ein lautes Scheppern war zu hören, als seine Hand auf die Motorhaube schlug, und der *Bakkie* machte eine Vollbremsung.

Morrie schrie wie am Spieß, und ich ließ vor Schreck fast meine Tasche fallen. Entweder war er ein wirklich guter Schauspieler, oder er hatte sich ernsthaft verletzt. Beauty und Willy sprangen sofort aus dem Wagen und eilten zu Morrie, um ihm zu helfen. Das war der perfekte Moment – ich schlich mich aus meinem Versteck und drehte vorsichtig den Heckklappengriff. Ich hatte Morrie gesagt, dass er so laut wie möglich Krach schlagen sollte, damit Beauty und Willy mich nicht bemerkten, und Morrie ließ mich nicht im Stich.

»Oh Gott! Diese Schmerzen! Diese furchtbaren Schmerzen! Sehe ich da ein Licht am Ende des Tunnels? Bin ich gestorben?«

Die Heckklappe wollte nicht aufgehen. Ich versuchte es nochmals, vergeblich.

Morrie heulte weiter, und Willy rief: »Um Gottes willen, ich habe dich nicht kommen sehen! Es tut mir so leid! Ich habe dich wirklich nicht gesehen! Bist du okay? Kannst du aufstehen?«

Ich packte den Griff mit beiden Händen und zog, so fest ich konnte. Nichts. Wenn Willy die Heckklappe abgeschlossen hatte, dann konnte ich meinen Plan vergessen. Ich spähte um die Ecke. Morrie konnte aufstehen – Gott sei Dank. Beauty half ihm auf die Beine und wischte seine Klamotten sauber.

»Wie viele Finger halte ich hoch?«, fragte Willy. »Blutest du? Hast du dir was gebrochen?«

Mir lief die Zeit davon. In einem letzten verzweifelten Versuch drückte ich den Griff nach oben statt nach unten, und endlich ging die Heckklappe auf. Schnell kroch ich in den Wagen und schloss die Klappe leise wieder zu. Das Glück war auf meiner Seite: Der Laderaum war voll mit Kartons und schwarzen

Müllsäcken. Vorsichtig krabbelte ich so weit wie möglich nach vorn und atmete auf. So weit war alles nach Plan gelaufen.

»Herrje, schau mal, meine Hände zittern immer noch.«

Wilhelminas Stimme drang durch die offene Trennscheibe zu mir nach hinten.

»Schau auf die Straße«, sagte Beauty.

»Grundgütiger, ich dachte, ich hätte den Jungen überfahren! Hast du ihn kommen sehen?«

»Nein, aber so passieren Unfälle eben. Ihm ist ja nichts passiert. Konzentrier dich aufs Fahren.«

»Hätten wir ihn nicht besser zu seiner Mutter bringen sollen?«

»Er meinte, dass es ihm gut gehe, aber wenn ich zurückkomme, werde ich mit ihr sprechen.«

Die Sonne war untergegangen, und das Wageninnere wurde von den Scheinwerfern der Fahrzeuge hinter uns in Licht getaucht.

»Was hast du herausgefunden?«, fragte Beauty.

Wilhelmina stieß einen tiefen Seufzer aus. »Einer meiner Kontakte war vorgestern Abend in einer illegalen Kneipe in Meadowlands. In einer … wie heißt das doch gleich?«

»*Shebeen*«, sagte Beauty.

»Ja, in einer *Shebeen*. Und dort erfuhr mein Kontakt von drei MK-Soldatinnen, die gerade von ihrer Ausbildung zurückkehrt sein sollen. Man redet darüber, weil es ungewöhnlich ist, dass der MK Frauen rekrutiert.«

»Und wohin fahren wir jetzt?«

»Zu dieser *Shebeen*. Es klang so, als ob die Frauen dort einige Tage lang unterschlüpfen sollten. Vielleicht ist Nomsa ja dabei.«

»Hast du Maggie davon erzählt?«

»Noch nicht. Ich wollte lieber warten.«

»Danke, Wilhelmina.«

»Ach, nicht der Rede wert. Ich hoffe nur, wir finden sie.«

»Du kannst aber nicht mit hinein.«

»Nein, natürlich nicht. Ich werde in der Nähe parken, am Haus von Gertrude, einer Kollegin von der Waisenhilfe. Sie weiß Bescheid. Aber du musst dich beeilen.«

Der Wagen kam ruckartig zum Stehen, und der Motor ging aus.

»Also, es ist das Haus auf der rechten Seite, das ich dir eben gezeigt habe. Die *Shebeen* heißt Fatty Boom Boom's. Tu so, als wärst du ein ganz normaler Gast, denn wenn du reingehst und lauter Fragen stellst, sagt niemand einen Mucks, und Fatty wirft dich raus, weil du ihr das Geschäft verdirbst.«

»Gut«, sagte Beauty.

»Zum Glück ist heute Samstag, dann ist immer viel los, was es dir leichter macht, unauffällig zu bleiben. Mpho wird nach dir Ausschau halten. Tu einfach so, als seist du auch Lehrerin.«

»Ich *bin* Lehrerin.«

»Du weißt schon, was ich meine. Es sieht nun mal weniger verdächtig aus, wenn du mit ihm zusammen bist. Frauen, die allein sind, erregen zu viel Aufsehen. Mpho ist relativ hellhäutig und trägt eine Brille. Und eine blaue Krawatte als Erkennungszeichen. Ich habe ihm gesagt, dass du Patience heißt.«

»Patience?«

»Der Name ist doch schön, oder? Ein falscher Name ist besser, damit Maggie nicht erfährt, dass du weiterhin Fragen stellst. Ich warte dann hier auf dich. Ich werde nur kurz reingehen, um Gertrude Bescheid zu geben, dass ich da bin.«

»Danke, Wilhelmina. Danke für alles.«

»Schon gut. Viel Glück.«

Erst wurde die eine Autotür zugeschlagen, dann die andere. Beauty machte sich auf den Weg zu dieser *Shebeen*, und Willy ging zu dem Haus, um der Frau namens Gertrude Bescheid zu geben. Nun musste ich zusehen, dass ich möglichst schnell aus dem *Bakkie* stieg und Beauty folgte, ohne dass Willy es mitbekam.

Ich kroch zum Seitenfenster, kurbelte es ein wenig herunter und spähte hinaus. Der Wagen stand auf einer Einfahrt an einer staubigen Straße. Zum Glück war weit und breit niemand zu sehen, also musste ich nicht warten, bis die Luft rein war, und dabei riskieren, Beauty aus den Augen zu verlieren. Der Gedanke, allein und verloren durch die berüchtigten Straßen von Soweto zu irren, gefiel mir nämlich überhaupt nicht.

Ich wühlte hektisch in meiner Tasche herum. Die Zeit reichte nicht, um mich mit schwarzer Schuhcreme einzuschmieren, also zog ich mir schnell die Sturmhaube übers Gesicht und zog die Handschuhe an. Ein weißes Kind wäre in Soweto aufgefallen wie ein bunter Hund, also musste ich so viel Haut wie möglich bedecken, damit niemand sah, dass ich weiß war. Dann griff ich nach der Tüte mit den Brotkrumen und stieg so leise wie möglich aus dem Wagen.

Plötzlich hörte ich einen Knall und fuhr vor Schreck zusammen. Hatte jemand auf mich geschossen? Nein, es war nur Willy, die an Gertrudes Haustür klopfte. Die Tür ging auf, und als die beiden sich laut begrüßten, schlug ich vorsichtig die Heckklappe zu und schlich die Einfahrt hinunter zur Straße. Es gab keine Straßenbeleuchtung, aber im Licht des Vollmonds konnte ich gerade noch erkennen, dass Beauty am Ende der Straße um die Ecke bog. Ich nahm die Verfolgung auf und streute dabei Brotkrumen aus, damit ich später wieder zurückfand.

Als ich um die Ecke bog, verschwand Beauty in einem Haus. Das musste die Kneipe sein. Ich suchte nach einem Fenster, durch das ich unbemerkt hineinspähen konnte, und entdeckte schließlich ein kleines an der Seite des Hauses, direkt unter dem Blechdach. Der Vorteil war, dass es sich nicht in Sichtweite des Eingangs befand, wo ein ständiges Kommen und Gehen herrschte. Der Nachteil war, dass es sehr hoch lag – zu hoch für mich. Wenn ich durch dieses Fenster spähen wollte, brauchte ich etwas zum Draufsteigen.

Ich schaute mich auf dem staubigen Hof um. Er war die reinste Müllhalde; alles Mögliche stand dort herum, rostige Betten, Autoteile und anderer Krempel, nur keine Leiter oder etwas anderes Geeignetes zum Draufklettern. Ich suchte weiter, bis ich schließlich auf ein paar Bierfässer und Öltonnen neben einem Klohaus stieß.

Wenn ich da draufklettere und mich auf die Zehenspitzen stelle, klappt es bestimmt.

Musik und Gelächter von drinnen übertönten den Krach, den ich veranstaltete, als ich eine der leeren Tonnen zur Wand hinüberschleifte. Das war sehr anstrengend, und ich brauchte eine Weile, sie um den Müll herumzubugsieren. Mir brach der Schweiß aus, und die wollene Sturmhaube fing an zu kratzen; am liebsten hätte ich sie mir vom Kopf gerissen. Als ich es endlich geschafft hatte, die Tonne unter das Fenster zu stellen, kletterte ich hinauf und stellte mich auf die Zehenspitzen. Doch das Fenster lag noch immer zu hoch für mich. Also hüpfte ich wieder hinunter, um nach etwas Geeignetem zu suchen, das ich auf die Tonne stellen konnte.

Als ich eine Weile im Müll herumgewühlt hatte, fiel mein Blick plötzlich auf einen weißen Lieferwagen mit der roten Aufschrift

»JC Heizung und Sanitär«, der ein Stück abseits der Straße im Dunkeln stand. Ich erstarrte. Dann schaute ich auf das Nummernschild, um sicherzugehen. BBM676T. Tatsächlich: Das war der Wagen des Mannes, der Beauty die Augenbinde gegeben hatte.

Was hat der denn hier zu suchen? Ist der etwa hier, weil er wusste, dass Beauty kommen würde?

Beauty hatte mir nicht erzählt, was damals passiert war, und ich hatte sie natürlich auch nicht danach gefragt, weil dann klar gewesen wäre, dass ich ihr nachspioniert hatte. Aber mir wurde sehr mulmig bei der Vorstellung, dass dieser Mann in unserer Nähe war.

Ich lief rasch um den Lieferwagen herum und entdeckte ein Tor im Zaun, das zum Nachbargrundstück führte. Direkt hinter dem Tor befand sich ein Stapel Backsteine. Ich öffnete das Tor, schlüpfte hindurch und schleppte sechs Backsteine herüber, immer zwei auf einmal, wobei ich immer wieder stehen blieb und mich umschaute, um mich zu vergewissern, dass mich niemand bemerkte. Dann verschloss ich das Tor wieder, hievte die Backsteine auf die Tonne und kletterte hinauf. Jetzt stand ich hoch genug, um durch das Fenster in die Kneipe hineinschauen zu können.

42
BEAUTY

19. März 1977
Soweto, Südafrika

Das Zimmer ist dunkel und schmuddelig. In den Ecken der vier avocadogrünen Wände, wo das Kerzenlicht nicht hinreicht, lauern schwarze Schatten. Zigarettenrauch kringelt sich zur Decke, und als ich durch den Dunst schreite, drehen sich einige Gäste um und starren mich an. Ich werde rasch gemustert und ebenso rasch als unwichtig abgetan, was mir nur recht ist. Der Raum ist bereits zur Hälfte gefüllt, doch ich sehe niemanden, der Mphos Beschreibung entspricht.

Ich muss überlegen, wo ich mich hinsetze. Die Sofas in der Ecke sehen zu gemütlich aus, und ich weiß, dass meine Anspannung und Nervosität zu offensichtlich werden würden, wenn ich mich auf einem von ihnen niederließe. Die aufgestapelten Bierkästen rings um einen niedrigen Tisch sehen unbequem aus und passen eher zu jungen Männern, die sich zum Kartenspielen oder Würfeln versammeln. Stattdessen entscheide ich mich für einen der nackten Holztische an der Wand und setze mich daran, mit dem Gesicht zur Tür.

Eine weiße Kerze brennt auf einer grünen Weinflasche. Von der Flamme geht eine subtile, unaufdringliche Wärme aus. Nicht die feindselige Hitze abgefackelter Geschäfte oder Polizeifahrzeuge; auch nicht sengend wie Träume, die in Rauch aufgehen.

Es zieht ein wenig, und die kleine Flamme flackert. Sie führt einen trägen, fast sinnlichen Tanz um den Docht auf, als wöge sie sich im Rhythmus meines klopfenden Herzens. Ihr Anblick fasziniert mich: das Orange, Gold, Gelb, Blau und Grün des Lichts, das Violett im Inneren; die schwankende Spitze, die himmelwärts strebt – flehentlich oder preisend? Ich betrachte die Fühler aus Rauch, während das Feuer sich selbst verzehrt.

»*Sawubona, Mama.*« Eine junge Frau kommt an meinen Tisch und reißt mich aus meinen Träumereien. Sie spricht Zulu, aber ich kann sie verstehen. All unsere Sprachen überlagern einander wie Nebelschichten über einem Berggipfel.

»Guten Abend, mein Kind.«

»Was möchten Sie heute Abend trinken, Mutter?«

»Ich befürchte, ich bin keine große Trinkerin. Ich warte nur auf einen Freund.«

»Jeder, der ins Fatty Boom Boom's kommt, muss etwas trinken, Mutter. Sonst wirft Fatty persönlich Sie raus.«

»Wenn das so ist … Was habt ihr denn?«

»Wein, Gin, Whisky, Brandy, *umqombothi* …«

Ich unterbreche ihre Aufzählung. »Gut, dann nehme ich ein kleines Glas *umqombothi*.«

Das Mädchen lacht. »Fatty ist eine große Frau, Mutter, und sie mag große Gläser. Hier gibt es nichts Kleines.«

Das selbst gebraute, traditionelle afrikanische Bier, das ich bestellt habe, ist illegal, genau wie die *Shebeens* illegal sind, weil die Regierung Geld mit ihrem staatlichen Bier in den offiziellen Kneipen verdienen will. Die Einkünfte gehen direkt in die Staatskasse, daher trinke ich dieses Bier schon aus Prinzip nicht. Viele glauben, dass die Apartheidregierung den Nichtweißen deswegen das Alkoholtrinken gestattet, weil sie mitfühlend genug ist, dem schwarzen Mann dieses eine Vergnügen zu gönnen. Doch genau genommen fördert der Staat den Alkoholkonsum in den Townships, weil er weiß, dass unterdrückte und ausgebeutete Menschen, die ihre hart verdienten Löhne für Alkohol ausgeben, leichter zu kontrollieren und ruhig zu halten sind.

Die junge Frau kehrt mit meinem Sorghum-Gebräu zurück und wischt meinen Tisch ab, bevor sie mir das Glas hinstellt. Die vertrauten Klänge der Penny Whistle vom Plattenspieler in der Ecke ertönen, als Elias and his Zig Zag Jive Flutes »Tom Hark« anstimmen. Ich probiere vorsichtig von dem sauren Bier und wippe unter dem Tisch automatisch mit dem Fuß zum Takt. Als Dolly Ratebe beginnt, »Meadowlands« zu singen, habe ich mein Bier halb ausgetrunken und fühle mich schon wesentlich entspannter.

Nach einer Weile bleibt ein Mann mit einer blauen Krawatte an meinem Tisch stehen, blickt auf mich herunter und fragt: »Patience?«

Beinahe hätte ich den Kopf geschüttelt, doch dann fällt mir gerade noch rechtzeitig der falsche Name ein, den Wilhelmina ihm genannt hat. Er ist hellhäutig und trägt eine Brille, genau so, wie sie ihn beschrieben hat, daher nicke ich. »Mpho?«

Er lächelt, zieht den Stuhl zurück und setzt sich. »Tut mir leid, dass ich zu spät bin, aber ich musste einen Umweg machen. Überall sind die *tsotsis* unterwegs – Freitagabend, sie haben ihren Wochenlohn bekommen.«

»Ich bin froh, dass Sie es geschafft haben«, erwidere ich. »Bitte entschuldigen Sie, dass ich Alkohol trinke. Es gibt hier keinen Tee.«

Mpho lächelt. »Ich bestelle mir auch ein Bier, und dann erzähle ich Ihnen alles, was ich weiß.«

Als Mpho sein Getränk erhalten hat, neigt er sich näher zu mir und erzählt mir mit gedämpfter Stimme seine Geschichte. Es ist laut im Schankraum, und ich wünschte, er würde lauter sprechen, aber ich weiß, dass er befürchtet, belauscht zu werden. Er erzählt mir, wie er vor zwei Abenden in der *Shebeen* eine Unterhaltung über die MK-Partisaninnen mitgehört hat.

»Wilhelmina hat mich gebeten, die Ohren offen zu halten, falls über sie geredet würde. Suchen Sie eine der Frauen?«

Ich nicke und straffe den Rücken, der verspannt ist vom nach vorn gebeugten Sitzen. Ich will ihm gerade antworten, als mein Blick über seine Schulter hinweg auf eine der Kellnerinnen fällt. Sie sieht genauso aus wie das Mädchen auf dem Foto, das mir Nothando Ndlovu einige Tage nach dem Aufstand gezeigt hat. Es ist Nomsas beste Freundin, Phumla. Ich bin mir ganz sicher.

Mein Puls beschleunigt sich, mein Herz hämmert wie eine Trommel, und ich muss ein paar Mal tief durchatmen, um meine Nerven zu beruhigen. Wenn dieses Mädchen aus den MK-Lagern zurückgekehrt ist, dann ist Nomsa vielleicht mit ihr gekommen. Wenn dieses Mädchen heute Abend im gleichen Raum ist wie ich, könnte meine Tochter auch hier sein. In den ganzen neun Monaten meiner Suche nach Nomsa war ich ihr noch nie so dicht auf den Fersen, und mir wird ganz schwindelig bei dem Gedanken an die Möglichkeit, wieder mit ihr vereint zu sein.

Ich stehe so abrupt auf, dass ich meinen Stuhl umwerfe und er polternd zu Boden fällt. Ich richte ihn nicht wieder auf. Ich befürchte, das Mädchen könne verschwinden, sobald ich die Augen von ihm abwende. Ich ignoriere die erstaunten Gesichter, die sich mir bei dem Krach zuwenden, und dränge mich zu Phumla durch. Ich schlängle mich zwischen Tischen, Gästen und Stühlen hindurch, um sie nicht zu verpassen.

Als ich nur noch wenige Schritte entfernt bin, steht ein Mann von einem Tisch auf und versperrt mir den Weg. Er versucht, sich die Jacke anzuziehen, und an seinen unkoordinierten Bewegungen sieht man, dass er betrunken ist. Ich warte einen Augenblick und noch einen, aber als sich Phumla zum Gehen wendet, tippe ich dem Mann auf den Rücken.

»Entschuldige, ich müsste mal vorbei, *bhuti.*«

Er dreht sich um und blickt mich mit zusammengekniffenen Augen an. »Hast du's eilig, oder was?«

»Da drüben ist jemand, mit dem ich reden muss.«

Er kämpft immer noch mit seiner Jacke, fährt mit dem falschen Arm in den falschen Ärmel, und unter seinem freien Arm hindurch sehe ich, wie Phumla geht. Ich darf sie nicht aus den Augen verlieren! Verzweifelt zerre ich an der Jacke des Mannes, und er stolpert beiseite.

»Scheiße!«, flucht er, als er sich die Hand an der Kerze auf dem Tisch verbrennt und sie rasch zurückzieht. Ich drängle mich an ihm vorbei.

In dem Moment, als Phumla durch eine Tür schlüpfen will, erreiche ich sie und fasse sie am Arm. Ärgerlich dreht sie sich um. Als sie sieht, dass ich kein junger Mann bin, der zu viel Bier getrunken hat und sie anmachen will, wird ihr Gesichtsausdruck weicher.

»Ja, Mutter? Kann ich Ihnen helfen?«, fragt sie lächelnd.

»Phumla?«

Ihr Lächeln wird unsicher. »Nein, Mutter. Ich heiße Zinzi.«

»Nein, du bist Phumla! Du bist Nomsas beste Freundin. Ich erkenne dich wieder.« Ich bin unwillkürlich laut geworden.

Sie schüttelt den Kopf. »Sie irren sich. Ich kenne keine Nomsa. Sie müssen jetzt gehen.«

»Aber …«

»Sofort! Sie müssen gehen, Mutter. Bitte!«

Vom Plattenspieler ertönt Mirjam Makebas klagende Stimme, die mir zuzurufen scheint. »*Khawuleza, Mama. Khawuleza.*« Beeile dich, Mama, beeile dich. Lass nicht zu, dass sie dich schnappen.

43
ROBIN

19. März 1977
Soweto, Johannesburg, Südafrika

Durch das Fenster beobachtete ich, dass Beauty eine der Kellnerinnen am Arm packte. Als das Mädchen sich umdrehte, sah ich eine weiße Narbe, die vom Kinn des Mädchens bis hinunter in den Ausschnitt verlief.

Das Mädchen hab ich schon mal gesehen. Aber wo? Und wann?

Das Mädchen lächelte Beauty zunächst an, doch dann hörte es auf zu lächeln, trat einen Schritt zurück und schüttelte den Kopf. Sie war wohl nicht mit dem einverstanden, was Beauty sagte, oder sie stritt es ab.

Plötzlich stand ein Mann am Nebentisch auf, taumelte auf Beauty zu, fuchtelte mit der Hand vor ihrem Gesicht herum und schrie sie an. Zum Glück kam der Mann, mit dem Beauty zusammengesessen hatte, dazu und zog den anderen Mann von Beauty weg. Das Mädchen nutzte die Gelegenheit sofort, um sich dünnzumachen. Sie sah ganz verängstigt aus, als sie durch eine Tür nach hinten verschwand. Beauty musste irgendetwas zu ihr gesagt haben, das ihr eine Heidenangst einjagte.

In dem Moment kam eine riesige Frau herein. Sie trug ein buntes Wickelkleid und einen roten Turban. Die Gäste begrüßten sie jubelnd und riefen nach ihr. Doch sie winkte ihnen nur kurz zu, bevor sie sich Beauty und den beiden Männern zuwandte.

Sie sprach eine Weile mit ihnen. Dann gingen Beauty und Mpho zu ihrem Tisch zurück, und die Frau rief einen hünenhaften Mann herbei, der den Betrunkenen nach draußen brachte. Anschließend ging die Frau von Tisch zu Tisch, um mit den Gästen zu reden. Beauty schaute unterdessen immer wieder über Mpho hinweg zur Tür; anscheinend wartete sie darauf, dass das Mädchen zurückkam.

Da fiel mir ein, dass es vielleicht noch ein Fenster auf der Rückseite des Hauses geben könnte, durch das ich sehen konnte, was im hinteren Teil passierte. Ich sprang von der Tonne in der Hoffnung, sie nicht um das ganze Haus schleifen zu müssen, und schlich zur Rückseite. Tatsächlich, dort waren sogar zwei Fenster, und sie lagen niedrig, also würde ich die Tonne gar nicht brauchen. Ich duckte mich, huschte zum ersten Fenster und spähte vorsichtig hinein.

Der Raum sah wie eine Art Bar aus, überall stapelten sich Bierkästen. Zwei lange Tische dominierten den Raum, und ständig kamen Kellnerinnen herein, um Gläser mitzunehmen, die von drei Männern hinter den Tischen mit Getränken gefüllt wurden. Das Mädchen mit der weißen Narbe konnte ich jedoch nirgends sehen. Ich duckte mich wieder und huschte zum nächsten Fenster. Diesmal sah ich das Mädchen. Es stand an einer verschlossenen Tür und war nicht allein: Ein Mann stand vor ihr.

Ich erkannte ihn sofort: Es war der große stämmige Mann, der Beauty damals im Lieferwagen mitgenommen und ihr die Augenbinde gegeben hatte. Er hielt das Mädchen am Arm fest, als wollte er es am Weggehen hindern, und er trug eine Waffe an der Hüfte. Das Mädchen starrte ihn voller Angst an. Ich brach in Panik aus und überlegte fieberhaft, was ich als Nächstes tun sollte, als mich plötzlich jemand am Handgelenk packte. Ich fuhr herum. Es war der schwarze Hüne, der den Betrunkenen nach draußen gebracht hatte.

»*Ufuna ntoni?*«, knurrte er.

Ich riss meine Hand weg, dabei verlor ich den Handschuh. Der Hüne starrte entgeistert auf meine weiße Haut. Ich nutzte den Moment, um ihm, so fest ich konnte, gegen das Schienbein zu treten und so schnell Reißaus zu nehmen, als wären die Höllenhunde hinter mir her. Und tatsächlich war mir ein Hund auf den Fersen: Er hatte meine ausgestreuten Brotkrumen vertilgt und war nun ganz begierig auf den Rest, den ich noch bei mir trug.

Obwohl er meine clever ausgelegte Spur vernichtet hatte, gelang es mir, das richtige Haus wiederzufinden und schnell in den Laderaum des *Bakkie* zurückzuklettern. Den kläffenden Köter wurde ich allerdings nicht los.

»Wer ist da?«, hörte ich Willy rufen, die aus dem Haus gelaufen kam. In dem Moment bemerkte ich, dass ich dummerweise vergessen hatte, das Seitenfenster wieder hochzukurbeln. Hoffentlich fiel es Willy nicht auf.

Plötzlich war es still. Wahrscheinlich hatte Willys Stimme den Hund verjagt. Als ich darauf wartete, dass Willy wieder ins Haus ging, tauchte Beauty auf. Ich hatte es gerade noch rechtzeitig zurückgeschafft.

»Hast du Mpho getroffen?«, fragte Willy.

»Ja«, sagte Beauty. Sie wollte weiterreden, wurde jedoch von dem Mädchen aus der *Shebeen* unterbrochen, das auf einmal angerannt kam; es war ganz außer Atem. Ich verstand nicht, was sie sagte, sie sprach Xhosa und klang sehr aufgeregt.

»Phumla?«, fragte Beauty.

Das Mädchen fing wieder an zu reden und hielt abrupt inne.

»Das ist meine Freundin Wilhelmina«, sagte Beauty auf Englisch. »Du kannst unbesorgt weiterreden.«

»Aber sie ist weiß«, sagte das Mädchen, nun ebenfalls auf Englisch.

»Ja, mein Kind. Aber ich vertraue ihr trotzdem.«

Das Mädchen schwieg einen Moment. »Tut mir leid wegen vorhin«, sagte sie dann. »Mama Fatty will nicht, dass wir unsere richtigen Namen benutzen und private Angelegenheiten auf der Arbeit regeln. Ich bin auf den Job angewiesen und will ihn nicht riskieren.«

»Mein Kind, bitte sag mir, wo meine Tochter Nomsa ist. Ich weiß, dass ihr vor ein paar Monaten zusammen das Land verlassen habt, um euch *Umkhonto we Sizwe* anzuschließen, und nun bist du wieder hier. Ist Nomsa mit dir zurückgekommen?«

»Nein, Mutter. Es stimmt, dass ich mit ihr zusammen über Venda nach Rhodesien zum MK gegangen bin, aber nach vier Wochen Training konnte ich nicht mehr. Es war einfach zu schwer, der ständige Drill und dazu der Schlafmangel. Wir hatten nichts zu essen, und irgendwann war ich völlig erschöpft.« Phumla hielt inne, dann sagte sie leise: »Ich war nicht stark genug, also bin ich ausgestiegen. Und durfte wieder zurück.«

»Und Nomsa?«, fragte Willy.

»Nomsa war viel stärker als ich. Sie hat wirklich den Mut einer Löwin. Sie hat sich richtig ins Zeug gelegt und gezeigt, dass sie eine ausgezeichnete Soldatin ist. Sie wollte nicht mehr zurück. Sie wollte dortbleiben.«

»Ist sie noch immer in Rhodesien?«

»Das weiß ich nicht. Wir haben seitdem keinen Kontakt mehr, und vom MK sagt mir keiner was, weil sie mir jetzt nicht mehr trauen.«

»Und der Mann?«, frage Beauty.

»Welcher Mann?«

»Der große Mann, den sie ›Shakes‹ nennen. Weißt du, wo er ist?«

»Nein, Mutter. Er ist bestimmt noch immer bei Nomsa und den anderen MK-Leuten.«

Fünf Minuten später stiegen Beauty und Willy wieder in den *Bakkie* und machten sich auf den Heimweg.

Ich grübelte darüber nach, warum Phumla Beauty wegen Shakes angelogen hatte. Bestimmt, weil sie Angst vor ihm hatte. Ich war eigentlich ziemlich erleichtert, dass sie nicht die Wahrheit gesagt hatte. Ich wollte nicht, dass Beauty auch nur in die Nähe dieses Mannes kam; er war ganz offensichtlich ein sehr schlechter Mensch, von dem wir uns unbedingt fernhalten mussten.

Dann schlief ich ein und wurde erst wieder wach, als der Wagen ruckartig anhielt. Ich spähte hinaus und sah, dass wir vor unserem Haus standen.

»Danke, Wilhelmina«, sagte Beauty. »Ohne dich hätte ich das nicht machen können.«

»Ach, nicht der Rede wert. Ich bin froh, dass es wenigstens etwas gebracht hat.«

»Komm doch noch auf einen Kaffee mit rein.«

»Nein danke, ich brauche keinen. Ich habe schließlich nicht den ganzen Abend Bier getrunken«, witzelte Wilhelmina.

Beauty lachte. »Aber es ist noch ein weiter Weg bis West Rand. Ein Kaffee wird dir helfen, wach zu bleiben.«

»Na gut. Aber nur einer.«

Ich wartete, bis die beiden im Haus verschwunden waren, dann kroch ich aus dem *Bakkie* und ging hoch zu Morrie. Die

Wohnungstür war nicht abgeschlossen, genau so, wie wir es abgemacht hatten. Erleichtert schlich ich hinein und verriegelte die Tür hinter mir, bevor ich in sein Zimmer schlüpfte. Er schlief auf dem Boden und überließ mir sein Bett, er hatte sogar die Decke für mich zurückgeschlagen. Ich beugte mich zu ihm hinunter und gab ihm vorsichtig einen Kuss, damit er nicht aufwachte. Einer erledigt. Blieben noch neun.

44
BEAUTY

22. März 1977
Yeoville, Johannesburg, Südafrika

Das Telefon klingelt kurz vor Mitternacht. Ich bin noch auf, da ich in mein Tagebuch geschrieben habe, und gehe an den Apparat, damit Robin nicht wach wird.

»Hallo?«

»Hör auf damit.«

»Hallo? Wer ist da?«

»Du musst aufhören, Fragen zu stellen, oder er wird dir etwas antun!« Es ist eine flüsternde Frauenstimme.

»Nomsa? Bist du das?«

»Nein.«

»Dann sag mir, wo Nomsa ist. Bitte!«

»Hör einfach auf, herumzuschnüffeln, oder sie kann dich nicht mehr schützen wie bisher.«

Dann wird aufgelegt.

45
ROBIN

5. Mai 1977

Yeoville, Johannesburg, Südafrika

Eines Nachmittags, es war Anfang Mai und die Luft schon fast winterlich kalt, saßen Morrie und ich auf der großen Eiche im Park. Dort trafen wir uns immer nach der Schule, und ich liebte es, den Rücken gegen den dicken Stamm zu lehnen und die Beine gegen den vierten Ast von oben zu stemmen. Ich genoss es, an diesem Ort zu sein – nicht unten auf der Erde, aber auch nicht oben in der Luft, sondern genau dazwischen, in der mütterlichen Baumkrone, die sich dicht belaubt vor dem Himmel abhob – und dort gleichsam zu schweben.

Ich zog meinen Mittagsproviant aus der Tasche und warf die in Alufolie gewickelten Erdnussbutter-Sandwiches Morrie zu, der einen Ast unter mir saß. »Reich mir mal die Blini.« Wir tauschten oft unser Essen. Und da ich jüdische Pfannkuchen am liebsten mochte, hatte ich eigentlich gar nichts dagegen, »zum Judenturm gekehrt« zu werden, oder wie das hieß.

»Wie kommt es, dass du dein Essen schon hast?«, fragte Morrie.

Seit ich zehn geworden war, holte Beauty mich nicht mehr von der Schule ab, weil ich fand, dass ich nun zu alt dafür war. Stattdessen traf sie sich nachmittags im Park mit uns, um mir meinen Proviant zu geben und meinen Schulranzen mitzunehmen, damit ich noch ein oder zwei Stunden draußen mit Morrie verbringen konnte, bevor es Zeit für uns wurde, nach Hause zu gehen.

»Beauty muss heute was erledigen. Deshalb hat sie mir die Sandwiches schon heute Morgen mitgegeben.«

»Was muss sie denn erledigen?«

»Keine Ahnung.«

»Du bist aber keine besonders gute Detektivin.«

»Ich konnte sie nicht verfolgen, weil ich zur Schule musste«, protestierte ich.

»Klar, aber du hättest sie ja einfach fragen können.«

»Hab ich auch, aber sie ist mir ausgewichen.«

»Glaubst du, es hat was mit Nomsa zu tun?«

»Weiß nicht. Vielleicht.«

Als wir mit dem Essen fertig waren, zog ich eines meiner *Schwarze-Sieben*-Bücher aus der Tasche. Morrie hatte natürlich wieder seine Kamera dabei.

»Da drüben hab ich 'ne tote Ratte gesehen, die will ich fotografieren«, verkündete er, schlang sich die Kamera um den Hals und kletterte den Baum herunter.

Ich versuchte gar nicht erst, ihn dazu zu bringen, Blumen, Sonnenuntergänge oder andere, wenigstens ansatzweise schöne Dinge zu fotografieren, er hätte sowieso nicht auf mich gehört. Eine halbe Stunde später schaute ich auf meine Micky-Maus-Uhr: Zeit, nach Hause zu gehen. Ich nahm meine Sachen und kletterte nach unten, wo Morrie schon auf mich wartete. Als ich dort ankam, bemerkte ich, dass mein Schulranzen nicht mehr am Baumstamm lehnte, wo ich ihn abgestellt hatte.

»Wo ist meine Tasche?«

»Du kennst dich doch so gut mit Detektivgeschichten und der Schwarzen Sieben aus«, feixte Morrie. »Finde es selbst raus.«

Ich schaute mich um. Morrie war faul, er hatte meine Tasche bestimmt ganz in der Nähe versteckt. Im Dickicht entdeckte ich etwas Dunkles, doch statt sofort dorthin zu laufen, tat ich so, als verfolgte ich Fußspuren, die mich zum Versteck führten. »Fall gelöst«, rief ich schließlich. Morrie machte ein langes Gesicht.

»Das war ja auch leicht. Deshalb bist du noch längst keine richtige Detektivin.« In letzter Zeit wurde Morrie immer boshafter, bestimmt, weil ich mich nicht an unser Geschäft mit den zehn Küssen hielt.

»Entschuldige mal«, sagte ich, »aber wann hast du dich denn bitte das letzte Mal in einem Auto versteckt, ohne dass die Leute, die drinsaßen, es gemerkt haben? Und wann hast du das letzte Mal eine Überwachung durchgeführt und dabei hochgeheime Dinge gesehen? Ich hab wenigstens Chuzpe!«

»Das zählt nicht. Du bist ja nur in ein Auto geschlüpft, aber wo Nomsa steckt, hast du immer noch nicht rausgefunden!«

»Aber ich hab gesehen, wie dieser Shakes das Mädchen bedroht hat, also weiß ich mehr als Beauty, denn Beauty glaubt, er wäre bei Nomsa!«

»Du hast es Beauty aber nicht gesagt. Wie soll das helfen?«

»Du weißt doch genau, warum ich es ihr nicht sagen kann! Ich hätte gar nicht dort sein dürfen, und wenn ich es ihr verrate, krieg ich richtig Ärger!« Das war die offizielle Begründung, doch der wahre Grund, warum ich es Beauty nicht sagen wollte, war dieser bedrohliche Mann, Shakes. Ich hatte Angst davor, was er ihr antun würde, wenn sie herausfand, dass Phumla gelogen hatte, und wieder zu dieser Kneipe fuhr, um das Mädchen zur Rede zu stellen.

»Ist dir denn inzwischen eingefallen, woher du das Mädchen kennst?«

»Nein, aber das wird es schon noch.« Die Erinnerung flirrte wie eine Motte in meinem Kopf herum, aber ich bekam sie einfach nicht zu fassen. Jedes Mal, wenn ich an Phumla dachte, stieg mir der Geruch von Schweiß und Zigaretten in die Nase, aber ich war nicht imstande, das mit einer bestimmten Erinnerung zu verbinden.

»Gib es doch einfach zu. Deine Überwachung hat rein gar nichts gebracht. Ergo bist du keine richtige Detektivin.«

»Ergo? Hör auf, ständig Wörter zu erfinden.«

»Das Wort gibt es wirklich.«

»Nein. Das ist doch bloß Oger rückwärtsgeschrieben, und dann auch noch falsch. Hör endlich auf, dieses blöde *Herr der Ringe*-Buch zu lesen. Du siehst ja schon überall Ogers.«

»Das sind keine Ogers, sondern Orks.«

»Orks Schmorks, haha. Du bist doch bloß sauer, weil ich die *Schwarze Sieben* lieber mag als diese dämlichen *Hardy Boys*.«

»Erstens, was sollen denn bitte Schmorks sein? Das Wort hast *du* jetzt erfunden! Und außerdem war das Buch ein Geschenk, und du hast mir dafür nicht mal einen Kuss gegeben.«

»Ha! Wusste ich's doch, dass du wegen dem Kuss sauer bist.«

»Es sollten zehn Küsse sein.«

»Es sind nur noch neun.«

»Was?«

»Ach, vergiss es einfach.« Ich wollte nicht zugeben, dass ich ihm einen Kuss gegeben hatte, als er schlief.

»Ist auch egal«, sagte Morrie. »Jedenfalls gehe ich jede Wette ein, dass du keinen echten Fall lösen könntest.«

»Wovon redest du?«

»Zum Beispiel davon, dass etwas sehr Wertvolles spurlos verschwindet.«

»Klar könnte ich das!«

»Nie im Leben!«

46
ROBIN

8. Mai 1977
Yeoville, Johannesburg, Südafrika

Als Edith ihren Koffer hereintrug, krampfte sich mein Magen zusammen. Immer wenn sie heimkam, pflegte sie ein bestimmtes Ritual: Sie nahm ihren Schmuck ab und legte ihn weg. Und dann packte sie ihren Koffer aus und ließ sich ein Bad ein. Ich lungerte vor ihrer Tür herum.

Lieber Gott, bitte mach, dass Edith ihre Schmuckschatulle nicht öffnet.

Vor lauter Nervosität kaute ich an den Fingernägeln. Was würde sie als Nächstes tun?

Mein Gebet wurde nicht erhört. Edith öffnete ihre Schranktür, und dann ertönte auch schon die Melodie von »Greensleeves«. Sie hatte immer sehr schwermütig auf mich gewirkt, aber diesmal klang sie regelrecht unheilvoll. Verzweifelt stürzte ich ins Zimmer, um Edith abzulenken.

»Wie war deine Reise, Edith? Hast du diesmal berühmte Leute gesehen?«

Edith drehte sich langsam um und schaute mich ungläubig an. Ich schluckte.

Ich bin geliefert! Das verzeiht sie mir nie.

»Robin?«

»Ja?«

»Warst du an meiner Schmuckschatulle?«

Die Stunde der Wahrheit war gekommen. Wenn ich Edith eine ehrliche Antwort gab, würde ich einen Riesenärger kriegen. Ediths Schmuck war absolut tabu, ich durfte ihn noch nicht einmal anfassen, wenn sie da war. Aber genau genommen war ich es gar nicht gewesen, die die Schatulle aufgemacht und den Schmuck herausgenommen hatte, also würde ich gar nicht lügen.

»Nein.«

»Wirklich nicht?«

»Nein!«

Edith sah mich eindringlich an, und ich gab mir alle Mühe, nicht rot zu werden. Dann ging sie zum Bett hinüber, nahm Platz und sagte: »Komm her und setz dich zu mir.«

»Wieso? Ich hab jetzt keine Zeit …«

»Robin.«

»Menno«, stöhnte ich und ließ mich neben sie aufs Bett fallen. »Was ist denn?«

»Das ist jetzt sehr wichtig, hörst du? Ich möchte, dass du ganz ehrlich zu mir bist. Sag mir die Wahrheit, auch wenn sie unangenehm ist.«

Am liebsten hätte ich sie auf ihre eigene Unehrlichkeit hingewiesen und die unzähligen Male aufgelistet, als sie selbst gelogen hatte, aber dann hätte ich erst recht schuldbewusst gewirkt, also nickte ich bloß.

»Hast du etwas aus der Schatulle genommen?«

Ich durfte auf keinen Fall zögern, musste ihr in die Augen schauen und sofort antworten. »Nein.«

»Wirklich nicht? Bist du ganz sicher?«

»Ja.« Sie befragte den falschen Verdächtigen und stellte die falschen Fragen. An ihr war wirklich keine Detektivin verloren gegangen.

»Also gut. Holst du bitte Beauty zu mir?«

»Beauty?«

»Ja. Und dann mach die Tür zu und geh ins Wohnzimmer.«

»Aber warum …«

»Tu bitte, was ich dir gesagt habe.«

Ich überlegte, ob ich nicht doch besser an Ort und Stelle auspacken und unsere Sünden beichten sollte. Bestraft werden würden wir sowieso, und es hinauszuzögern verlängerte nur die Qual.

»Jetzt mach schon, Robin!«

Ich warf einen raschen Blick auf Edith, die gramgebeugt dasaß, bevor ich zur Tür sauste.

Fieberhaft überlegte ich, wie ich Zeit schinden konnte. Morrie hatte den Schmuck vor zwei Tagen herausgenommen und einen Zettel auf mein Bett gelegt mit Hinweisen, wo er ihn versteckt hatte. Es war ein Riesenfehler gewesen, ihm die Schatulle zu zeigen, und ich hätte es auch gar nicht getan, wenn er nicht damit geprahlt hätte, wie gut er sich mit seinem Vater verstand und dass er sogar die Kombination für dessen Safe wusste. Morrie hatte gesagt, dass Edith mir nicht vertraue, und ich war so dämlich gewesen, in die Falle zu tappen und ihm Ediths kostbarsten Schatz zu zeigen.

Seit zwei Tagen hatte ich also versucht, das Rätsel zu lösen, aber entweder hatte Morrie mir ganz miese Hinweise gegeben, oder die Mitglieder der Schwarzen Sieben waren tatsächlich bessere Detektive als ich. Als ich Morrie am Abend zuvor angebettelt hatte, mir den Schmuck zurückzugeben, bevor Edith wieder heimkam, hatte er gesagt: »Nur wenn du zugibst, dass Enid Blyton doofe Mädchengeschichten schreibt, die dir überhaupt nicht beibringen, wie man knifflige Fälle löst. Und dass die Hardy Boys und *Der Herr der Ringe* viel besser sind.« Aber das hatte ich natürlich nicht zugeben können.

Da war er sich durchs Haar gefahren und hatte verschlagen gegrinst. »Na gut, dann werden wir jetzt verhandeln. Ich gebe dir den Schmuck zurück, wenn du mir die zehn Küsse gibst, die du mir noch schuldest. Und zwar sofort.«

»Das kommt überhaupt nicht infrage!«, hatte ich gerufen. Und so wusste ich noch immer nicht, wo der Schmuck war.

Beauty war in der Küche, umgeben von Zutaten, und gerade dabei, einen frisch gebackenen Schokoladenkuchen auf der Theke beiseitezuschieben, um mehr Platz zu schaffen. Ich jauchzte begeistert, und für einen kurzen Moment vergaß ich all meine Sorgen.

Als ich von dem Kuchen naschen wollte, schob Beauty meine Hand lachend beiseite. »Finger weg. Den Kuchen essen wir später.«

Es gab nur selten Kuchen bei uns, weil Edith wegen der Arbeit ihr Gewicht halten musste und deshalb ständig auf Diät war. Das letzte Mal hatten wir auf meiner Party Kuchen gegessen. »Warum gibt es denn heute Kuchen?«

»Weil ich heute Geburtstag habe.«

Da wurde ich auf einmal ganz traurig. Ich wusste nämlich, wie es sich anfühlte, wenn niemand daran dachte, dass man Geburtstag hatte. »Wirklich? Wie alt bist du denn geworden?«

»Fünfzig.«

»Wow, das ist wirklich sehr, sehr alt. Herzlichen Glückwunsch, Beauty!« Ich hatte ein schlechtes Gewissen, weil ich mit leeren Händen dastand, vor allem, weil sie mir zu Weihnachten und zum Geburtstag etwas Schönes geschenkt hatte. Ich beschloss, ihr nachträglich etwas zu besorgen. *»Uthini* ›Alles Gute‹ *ngesi-Xhosa?*«, fragte ich sie. Was heißt »alles Gute« auf Xhosa?

Beauty lächelte. »Du kannst ja schon richtig gut Xhosa. Es heißt ›*Min'emnandi yokuzalwa*‹.«

»Min'emnandi yokuzalwa!«, rief ich und umarmte sie.

»Danke«, erwiderte Beauty. Dann wandte sie sich ihrem Kochbuch zu und ließ den Zeigefinger über die Seite wandern. Dort stand ein Rezept für Brathähnchen mit knusprig goldenen Kartoffeln. Mein Magen begann zu knurren. Das würde ein tolles Abendessen werden!

»Robin!«, rief Edith aus dem Schlafzimmer. Da fiel mir wieder ein, warum ich in die Küche gekommen war.

»Beauty, du sollst zu Edith gehen.«

»Sag ihr, dass ich gerade koche.«

»Ja, aber du sollst kommen. Sofort.«

Beauty legte das Buch beiseite und ging hinaus. Ich folgte ihr ins Schlafzimmer, um Edith zu sagen, dass Beauty Geburtstag hatte, doch Edith befahl mir abermals, ins Wohnzimmer zu gehen. Ich hasste es, ausgeschlossen zu werden, und das wusste sie genau. Ich warf ihr einen finsteren Blick zu. »Aber ich wollte dir nur sagen, dass …«

»Jetzt geh endlich!«

Ich stürmte wieder hinaus, doch im Flur blieb ich stehen und hielt die Luft an.

»Ich habe nicht Flur gesagt, Robin. Geh sofort in dein Zimmer!«

»Das ist gar kein richtiges Zimmer! Es hat überhaupt keine Tür und auch keine eigenen Wände, nur einen blöden Raumteiler.«

»Jetzt geh!«

Ich zog maulend davon, ging ins Wohnzimmer, warf mich auf mein Bett hinter dem Raumteiler und wartete eine Weile. Als ich hörte, dass Edith die Schlafzimmertür schloss, schlich ich mich zurück in den Flur und hielt das Ohr ans Schlüsselloch.

»Schön, dass Sie wieder da sind, Edith. Ich bin gerade dabei, ein besonderes …«

»Beauty, ich frage dich das nur ein Mal, und ich möchte, dass du ganz ehrlich zu mir bist. Weißt du, was mit meinem Schmuck passiert ist?«

»Welchen Schmuck meinen Sie denn?«

»Meinen Saphirring und meinen Smaragdring. Und meine Diamantohrringe und meine Jadekette. Wo sind sie?«

»Wie sehen die Ringe denn aus?«

»Ich hab's dir doch gesagt, ich meine den Saphirring und den Smaragdring.«

»Den blauen und den grünen?«

»Ja.«

»Ich habe gesehen, dass Sie den Schmuck tragen, aber ich weiß nicht, wo er ist. Wo haben Sie ihn denn hingelegt?«

»Dorthin, wo ich ihn immer hinlege, wenn ich verreise.« Ediths Stimme wurde lauter. »In meine Schmuckschatulle. Hier! Aber wie du sehen kannst, sind die Schmuckstücke verschwunden. Ich will wissen, wo sie sind!«

»Ich weiß nicht, wo Ihr Schmuck ist, Edith. Ich habe ihn nicht mehr gesehen, seit Sie verreist sind. Haben Sie ihn nicht mitgenommen?«

»Nein, habe ich nicht!«, schrie Edith. »Was hast du mit meinem Schmuck gemacht, Beauty?«

»Sie glauben, ich habe Ihren Schmuck gestohlen?«

»Nun, er war schließlich noch hier, als ich verreist bin, und jetzt ist er weg! Hat es vielleicht einen Einbruch gegeben, den du vergessen hast zu erwähnen?«

»Nein, es hat keinen Einbruch gegeben.«

»Dann bin ich gezwungen, die einzige logische Schlussfolgerung zu ziehen, Beauty. Du hast mich bestohlen.«

Ein langes Schweigen folgte. Dann fragte Beauty: »Haben Sie Robin schon gefragt, ob sie den Schmuck gesehen hat?«

»Ja, das habe ich, und sie hat gesagt, dass sie den Schmuck nicht angerührt habe. Sie weiß genau, dass sie das nicht darf. Ich kann es nicht fassen, dass du mich bestiehlst, Beauty. Nicht nach allem, was wir zusammen durchgemacht haben.«

»Edith, ich …«

»Du hast nicht mehr die Erlaubnis, mich Edith zu nennen. Dieses Angebot beruhte auf Freundschaft. Aber Freundinnen bestehlen einander nicht.«

»Madam«, sagte Beauty, und es klang voller Verachtung. »Ich habe Sie nicht bestohlen. Ich habe in meinem ganzen Leben noch nie jemandem etwas gestohlen. Ich bin kein *tsotsi.*«

»Ich zahle dir ein Vermögen im Vergleich zu den anderen Maids …«

»Weil ich keine Maid bin, Madam.«

»Wenn du Geld brauchtest, hättest du mich einfach nur fragen können, dann hätte ich …«

»Das einzige Geld, was ich brauche, ist das Geld, für das ich arbeite. Ich habe Sie nicht bestohlen. Und ich sage es nicht noch einmal.«

»Ich sehe schon, es ist zwecklos, Beauty. Wenn du wenigstens ehrlich zu mir wärst, wäre ich vielleicht bereit, dir zu vergeben, aber was ich wirklich nicht ertragen kann, ist, belogen zu werden.«

»Sie wollen mir *vergeben*?«, fragte Beauty entgeistert.

»Ich weiß, du glaubst, dass ich auf dich angewiesen bin, aber eine Lügnerin und Diebin will ich nicht in meinen vier Wänden haben. Du lässt mir keine andere Wahl, als dich zu feuern. Ich denke, es ist am besten, wenn du sofort verschwindest. Das Einzige, was mich davon abhält, zur Polizei zu gehen, ist der Umstand, dass du Maggie kennst und sie sehr viel von dir hält, und der Umstand, dass Robin dich sehr gernhat.«

Die Tür wurde aufgerissen, und ich sprang zur Seite, als Beauty an mir vorbeistürmte. Sie lief ein paar Schritte, dann hielt sie inne. Sie drehte sich nicht um; sie stand einfach nur da, mit dem Rücken zu mir, und wartete. Ich wollte mich bei ihr entschuldigen und ihr die Wahrheit sagen, die sie bestimmt sowieso schon ahnte, aber ich brachte es einfach nicht über mich.

Beauty wartete noch einen Moment, doch als ich nichts sagte, ließ sie die Schultern fallen. Ihre Haltung brachte nicht mehr berechtigte Wut zum Ausdruck, sondern Trauer. Ich war der Grund dafür, dass die stolze Frau, die vor mir stand, auf einmal gebrochen aussah.

»Beauty«, sagte ich. Ein Zucken ging durch ihren Körper. Als ich nichts weiter sagte, weil die Worte in meinem Mund zu Staub zerfielen, ging sie schließlich in die Küche, wo ihre Tasche stand, die sie in Erwartung von Ediths Rückkehr schon gepackt hatte.

Ich hörte, wie sie das Kochbuch zuschlug und die Zutaten von der Theke räumte. Erst als das Geräusch sich öffnender und schließender Schranktüren verstummt war, traute ich mich von der Stelle und ging in die Küche. Beauty nahm ihre Tasche und wandte sich zur Tür. Sie legte die Hand über die Augen – und diese schlichte Geste war es, die mich schließlich doch noch zum Reden brachte.

Ich kannte die Sprache der Trauer, mein Körper hatte sie schon so oft gesprochen, und ich wusste, wie sehr Beauty sich der Tränen schämte, die sie nicht weinen wollte. Es spielte keine Rolle, dass wir unterschiedliche Hautfarben hatten, was uns noch mehr trennte als die vierzig Jahre Altersunterschied. Ich erkannte mich trotzdem in Beauty wieder. Ich war wie sie, und sie war wie ich. Wir waren so anders und doch so gleich. In ihren Tränen erkannte ich, was uns verband: das Menschsein.

Mir fehlten die Worte, um auszudrücken, was ich fühlte, aber auf unbestimmte Weise begriff ich, dass Tränen weder schwarz noch weiß waren; sie waren das Quecksilber unserer emotionalen Qualen, und ihr Salz würzte unseren Schmerz auf dieselbe Art. Und dieses Gefühl der Seelenverwandtschaft riss mich endlich aus meiner Starre.

»Edith!«, brach es aus mir heraus. »Beauty hat deinen Schmuck nicht gestohlen! Ich war's! Und außerdem hat Beauty heute Geburtstag! Sie ist fünfzig geworden!«

Dann lief ich zu Beauty, schlang meine Arme um sie und sagte unbeholfen: *»Ndicela uxolo. Ndiyakuthanda. Ungandishiyi.«* Es tut mir leid. Ich hab dich lieb. Verlass mich nicht.

Manche Abschiede sind so sanft und selbstverständlich wie ein Sonnenuntergang, andere treffen uns aus heiterem Himmel wie ein Blitz, den niemand vorausahnen konnte. Manche Abschiede sind wie fiese Jungs auf dem Schulhof, die uns ärgern, ohne dass wir uns wehren können, andere besiegeln das Ende einer Beziehung, weil wir es so gewollt haben. Manche Abschiede sind herzzerreißend und lassen uns noch verletzter zurück, als wir schon waren, während andere wie ein Befreiungsschlag für uns sind.

Im Laufe meines Lebens sollte ich all dies immer wieder aufs Neue erleben, doch an jenem Tag im Mai 1977 beschloss ich, dass ich schon genug Abschiede hatte durchmachen müssen. Ich war ja erst zehn Jahre alt. Also gestand ich Beauty und Edith, was wirklich passiert war, und lieferte mich ihrer Gnade aus.

Beauty vergab mir schneller, als ich es verdient hatte, wahrscheinlich, weil sie spürte, wie verletzt ich war und wie dringend ich ihrer Vergebung bedurfte. Als Morrie erfuhr, was er angerichtet hatte und dass Beauty seinetwegen fast gefeuert worden wäre, gab er den Schmuck sofort reumütig zurück und entschuldigte sich bei Beauty und Edith, bevor er wieder nach unten schlich, um sich der Strafe seiner Eltern zu stellen. Ihm vergab Beauty auch schnell.

Es dauerte jedoch viele Wochen, bevor sie Edith vergab oder zumindest aufhörte, sie vorwurfsvoll mit »Madam« anzureden, aber Edith nahm ihre Strafe demütig an. Einen Monat später organisierte sie eine nachträgliche Überraschungsparty für Beauty, zu der sie auch Morrie, seine Eltern, Maggie und Victor einlud, ja sogar Wilhelmina, so verzweifelt hoffte sie darauf, dass Beauty ihr endlich verzieh. Edith konnte nicht gut kochen, und ihre Gerichte schmeckten genauso grässlich wie ihr Kuchen, aber niemand verlor ein Wort darüber. Und als Wilhelmina zurück zu ihrem *Bakkie* ging und den Reservekuchen holte, den sie nur für alle Fälle gebacken hatte, verkniff Edith sich jeden Kommentar.

Beauty packte ihre Geschenke mit einem höflichen Lächeln aus, doch als sie mein Geschenk öffnete, brach sie in Tränen aus. Ich hatte ein Bild von ihr und Nomsa gemalt, auf dem sie sich an den Händen hielten; Edith hatte es extra rahmen lassen. Ich hatte Nomsa als Kriegerprinzessin gemalt, weil Beauty gesagt hatte, dass Nomsa der tapferste Mensch sei, der ihr je begegnet war. Ich wusste, woher Nomsa ihre Tapferkeit hatte, aber ich sagte es nicht.

Allen Widrigkeiten zum Trotz waren Edith, Beauty und ich eine Familie geworden, und auch wenn es bestimmt die ungewöhnlichste Familie war, die das Land je gesehen hatte, war sie alles, was ich hatte, und sie war es wert, um sie zu kämpfen.

47
BEAUTY

16. Juni 1977
Yeoville, Johannesburg, Südafrika

Es ist der 16. Juni 1977, der erste Todestag von Robins Eltern und der erste Jahrestag von Nomsas Verschwinden. Wir sind diejenigen, die zurückgelassen wurden, Robin und ich, und das letzte Jahr unseres Lebens war mit Trauern und Warten gefüllt. Wie kommt es nur, dass unsichtbare Bürden und Qualen wie diese am schwersten zu tragen und am schwierigsten auszuhalten sind?

Edith ist wieder einmal auf Reisen, und als die Abenddämmerung hereinbricht, setzen sich Robin und ich im Wohnzimmer zusammen, um zwei kleine Altäre der Erinnerung zu bauen. Wir räumen beide jeweils einen der Beistelltische ab und stellen sie vor uns, sodass wir uns an die Arbeit machen können.

Das Erste, was Robin auf ihren Altar stellt, ist eine Schwarzweißfotografie ihrer Eltern an deren Hochzeitstag. Sie stehen neben einer dreistöckigen Torte mit einem kleinen Plastikbrautpaar darauf. Robins Vater hält ein Messer in der einen Hand und in der anderen ein Stück Kuchen, das er zärtlich ihrer Mutter zu essen gibt. Es ist eines von nur fünf Fotos, die Robin von diesem Tag geblieben sind. Neben das Foto legt Robin die Wimperntusche ihrer Mutter und das Medaillon, das ich ihr zu Weihnachten geschenkt habe. Sie hat den Verschluss geöffnet, und ihre beiden herzförmig gerahmten Eltern erwidern unsere Blicke. Kritisch betrachtet sie ihre Sammlung der drei Gegenstände und geht dann zu Ediths Plattensammlung, um nach Alben zu suchen, die ihre Eltern gemocht haben. Sie fügt zwei Beatles-Platten und das Dolly Parton-Album mit dem Song »Jolene« hinzu.

»Sieht immer noch nicht gerade üppig aus, oder?«, fragt Robin, und bevor ich antworten kann, geht sie an Ediths Frisiertisch. Als sie zurückkommt, hält sie eine kleine Flasche »Charlie« hoch, das Parfüm, das Edith seit dem Tod ihrer Schwester nicht mehr benutzt hat.

»Das Parfüm hat meine Mutter getragen.« Robin schnuppert daran, lächelt traurig und stellt es dann zu den anderen Dingen.

Ich habe nur ein Foto von Nomsa. Es ist ein Gruppenfoto von fünfzehn Schulkindern und mir. Wir haben uns vor dem kleinen Raum aufgestellt, der in unserem Dorf als Schule gedient hat. Ein russischer Soziologieprofessor, der eine Studie über »Das Apartheid-Bildungssystem in den Bantu Homelands« durchführte, hat das Foto eines Tages aufgenommen. Ein Jahr später erhielt ich es mit der Post. Er hatte es mir geschickt, so wie er es mir versprochen hatte.

Nomsa gehört zu den älteren Kindern in der Gruppe und steht in der letzten Reihe. Sie blickt zu ernst für ein vierzehnjähriges Mädchen. Ihr Gesicht liegt etwas im Schatten, und man kann ihre Züge nur schwer erkennen. Ich stelle das Foto an ein Glas gelehnt in die Mitte des Tisches.

Das Nächste, was ich auf den Altar lege, ist der letzte Brief, den ich von Nomsa erhalten habe, einen Monat vor der Demonstration. Der Brief steckt noch im aufgeschlitzten Umschlag. Ich brauche ihn nicht zu öffnen, um mich an seinen Inhalt zu erinnern, weil ich ihn Wort für Wort auswendig gelernt habe. Nomsas runde, geschwungene Schrift zu sehen versetzt mir jedes Mal einen

Stich. Es ist, als würde ich sie über eine belebte Straße hinweg erblicken, und mein Herzschlag beschleunigt sich. Ich lege auch das gerahmte Bild hinzu, das Robin von Nomsa und mir zu meinem Geburtstag gemalt hat, und eine Stoffpuppe, mit der Nomsa als kleines Kind gespielt hat.

»Was kann ich sonst noch dazulegen?«, fragt Robin.

»Du brauchst nichts mehr. Das reicht.«

»Nein, warte. Meine Mutter mochte Äpfel.« Damit rennt Robin in die Küche und nimmt einen Apfel aus dem Obstkorb. »Hier«, sagt sie, als sie damit zurückkommt. »Den wird sie mögen.«

Als Robin den Apfel auf den Altar legt, flattert der Vogel plötzlich von seiner Stange herunter und beginnt, daran zu picken.

»Elvis jamjam. Elvis jamjam.«

Robin verscheucht ihn mit der Hand. »Lass das, Elvis! Der ist nicht für dich! Lass das!«

Der Papagei flattert auf und landet für einen Moment auf einem Stuhl, bevor er wegfliegt. Seine schlagenden Flügel wirbeln die leichteren Erinnerungsstücke auf den Altären durcheinander.

»Lass den Apfel weg«, rate ich sanft. »Du hast auch ohne ihn schon genug.«

Als Robin aus der Küche zurückkehrt, blickt sie mit einem ernsten Gesichtsausdruck auf ihren Tisch hinunter. Sie macht sich immer noch Sorgen, nicht genug zu haben, und ich will sie gerade noch einmal beruhigen, als sie sagt: »Ich wünschte, ich hätte auch etwas für Mabel.«

Sie spricht nicht oft von Mabel, ihrer damaligen Maid, und mir wird noch einmal bewusst, wie viel dieses Kind in so kurzer Zeit verloren hat.

»Du brauchst nichts für sie«, erwidere ich. »Es reicht, wenn du an sie denkst.«

Sie nickt, runzelt aber wieder die Stirn. »Nein, finde ich nicht.«

»Doch, wirklich, es genügt. Du brauchst nicht so viele Dinge. Das Wichtigste ist, dass du dich daran erinnerst …«

»Nein! Mabel ist mir nicht weggenommen worden so wie meine Eltern. Sie hat sich dazu entschieden zu gehen. Das ist etwas anderes. Ich will jetzt nicht an sie denken.«

Wie verletzt dieses Kind ist. Wird diese Wunde je verheilen?

»Okay, und was jetzt?«, fragt Robin.

Ich stelle einen Kerzenhalter auf jeden der Altäre und zünde die weißen Votivkerzen an, die wir für diesen Anlass gekauft haben. Sie sind parfümiert, und der Duft von Jasmin steigt von ihnen auf.

»Sollen wir uns an den Händen halten?«, frage ich Robin, und sie nickt. »Möchtest du ein paar Worte sagen?«

Sie wirft mir einen nervösen Blick zu. »Du meinst, eine Rede halten?«

»Nein, keine Rede. Nur ein paar Worte, von Herzen. Irgendetwas, das du über deine Eltern gern sagen würdest.«

Sie denkt einen Augenblick darüber nach und nickt. »Fang du an.«

»Ich spreche ein Gebiet für sie«, schlage ich vor, und wieder nickt sie.

»Lieber himmlischer Vater«, beginne ich. »Wir beten für die Seelen deiner lieben verstorbenen Kinder, Keith und Jolene.«

Robin zuckt zusammen, als ich die Namen ihrer Eltern ausspreche.

»Was ist denn?«, frage ich.

»Ach nichts.«

»Irgendetwas stimmt doch nicht. Komm schon, du kannst es mir ruhig sagen.«

Sie will es aber nicht, und ich muss sie drängen. »Weißt du noch, dass wir uns versprochen haben, ehrlich zueinander zu sein, Robin? Ich habe dir versprochen, dir immer die Wahrheit zu sagen, und ich finde es nur fair, das auch von dir zu verlangen.«

Sie schluckt heftig. »Es war nur so ein Schock, als du ihre Namen gesagt hast, das ist alles.«

»Warum?«

»Keine schwarze Person hat sie je bei ihren Vornamen genannt. Es hieß immer nur ›Baas‹ oder ›Madam‹. Meinem Vater hätte es nicht gefallen, wenn das jemand getan hätte. Er hätte das unverschämt gefunden und gesagt, den Leuten müsste man Manieren beibringen.«

Zum ersten Mal frage ich mich, was Robins Eltern von dem Arrangement halten würden, das ich mit Edith getroffen habe, wie sie es finden würden, dass ihr einziges Kind fast ausschließlich von einer schwarzen Frau großgezogen wird, die dieselbe Toilette und dasselbe Besteck und Geschirr benutzt wie ihre Tochter und die keine Befehle von einem weißen Kind annimmt, wie es Mabel getan hat.

Als würde sie meine Gedanken lesen, sagt Robin: »Glaubst du, im Himmel verändern sich die Leute?«

»Wie meinst du das?«

»Meinst du, sie vergessen dort solche Sachen wie Hautfarbe und unsichtbare Keime, die nur manche Leute übertragen, und wer der Boss ist und was unverschämt ist und was nicht?«

Ich weiß, was Robin wirklich wissen will. Nämlich, ob der Himmel ihre Eltern dankbar dafür gemacht hat, dass sie von einer Schwarzen großgezogen wird, der ihr Kind am Herzen liegt, oder ob meine Rasse auch im Jenseits noch ein Problem für sie ist. Sie fragt sich, ob auch der Himmel in einen Bereich nur für

Weiße und eine Abteilung für Schwarze getrennt ist und ob Gebete nach Farbe geordnet zu Gott aufsteigen, damit er weiß, welche wichtig sind und welche ignoriert werden können.

»Ich glaube …« Ich denke einen Augenblick über die richtigen Worte nach, um sie zu beruhigen. Dieses Kind ist mit so vielen Sorgen belastet, und ich möchte es gerne trösten. »Ich glaube, dass der Himmel die Leute die Sorgen vergessen lässt, die sie im Leben hatten. Sodass die Leute im Himmel glücklich sind, wenn wir glücklich sind. Das ist wichtig für sie. Alles, was deine Eltern wollen, ist, dass du glücklich bist, geliebt wirst und dass man sich um dich kümmert. Alles andere spielt keine Rolle mehr.«

Robin nickt langsam und nachdenklich.

»Also, möchtest du nicht lieber etwas über sie sagen, anstatt dass ich ein Gebet für sie spreche?«, schlage ich vor.

Robin räuspert sich und blickt dann hinauf an die Zimmerdecke. Als sie dort keine Inspiration findet, dreht sie ihr Gesicht zum Altar, wo die Gesichter ihrer Eltern ihren Blick erwidern.

»Mommy und Daddy, ich vermisse euch sehr. Ich wünschte, ich hätte mehr Fotos von euch, denn an manchen Tagen fällt es mir schwer, mich daran zu erinnern, wie ihr ausgesehen habt, und wenn ich es nicht kann, fühle ich mich schlecht.« Ihre Stimme bricht, und sie muss schlucken, bevor sie fortfährt. »Ich hoffe, ihr wisst noch, wie ich aussehe und dass ihr Fotos von mir im Himmel habt.« Sie blickt mich fragend an, und ich nicke ihr beruhigend zu, bis sie fortfährt. »Ich möchte euch sagen, dass ich glücklich bin und man sich sehr gut um mich kümmert. Ihr solltet also auch glücklich sein. Ich habe euch sehr lieb.« Sie ist fertig.

»Betest du jetzt für Nomsa?«, fragt Robin.

»Ja, aber ich tue es ganz leise, in meinem Kopf.«

»Okay, dann sage ich auch etwas in Gedanken.«

Dann neige ich meinen Kopf und denke an meine Tochter. Meine Gefühle sind so widersprüchlich, dass ich weiß, dass ich auch Widersprüchliches denken werde, aber ich mache weiter.

Nomsa, ich bin so stolz auf dich, weil du für dein Volk einstehst und für das Richtige kämpfst, und zugleich schäme ich mich für dich, weil du dich einer Armee angeschlossen hast und vorhast, anderen Böses zu tun. Ich liebe dich so sehr dafür, dass du eine Kriegerin bist, und für das Feuer in deiner Seele, das nicht gelöscht werden kann – das Feuer, das in so vielen von uns erstorben ist –, und doch bin ich wütend über deinen Verrat.

Mir selbst mache ich auch Vorwürfe, denn ich hätte wissen müssen, was passieren würde, wenn ich dich nach Soweto gehen lasse. Ich hätte mein eigenes Fleisch und Blut gut genug kennen müssen, damit mir klar gewesen wäre, dass du einem Ruf zu den Waffen nicht würdest widerstehen können. Deswegen entschuldige ich mich bei dir, dafür, dass ich dich enttäuscht habe, indem ich die Gefahr nicht gesehen habe, die du nicht erkennen konntest. Ich bitte dich um Vergebung, mein Kind. Bitte, komm nach Hause.

Ich sage mir, dass ich wenigstens noch Hoffnung habe. Robin weiß, dass ihre Eltern niemals zu ihr zurückkehren werden und dass sie für immer Lebewohl sagen muss. Ich werde nicht Lebewohl sagen, und ich werde niemals die Hoffnung aufgeben, weil sie das Einzige ist, was bleibt. Hoffnung treibt mein gebrochenes Herz an.

48
BEAUTY

1. August 1977
Yeoville, Johannesburg, Südafrika

Der Zettel wurde unter der Tür durchgeschoben. Robin, die auf dem Sofa saß, sah ihn, rannte hin und hob ihn auf. Dann öffnete sie die Tür, um nachzusehen, wer ihn abgegeben hatte. Niemand war da.

Mein Name stand auf dem blauen Umschlag, daher gab sie ihn mir. Ich legte mein Strickzeug hin, damit ich ihn öffnen konnte.

Du lernst es nicht. Ich hätte dich für klüger gehalten.
Ich habe gestern Abend gesehen, wie du dich mit dem Genossen Mashongwe im Park von Braamfontein getroffen hast.
Er wird sich nie wieder mit jemandem treffen, und zwar deinetwegen. Bist du jetzt zufrieden?
Das ist die letzte Warnung. Hör auf herumzuschnüffeln und geh zurück in die Transkei.
Sonst kann dich auch Nomsa nicht mehr retten.

Mir läuft es kalt über den Rücken bei dem Gedanken, dass es wahrscheinlich Shakes war, der vor der Tür gestanden hat, nur wenige Schritte von Robin entfernt, nur wenige Minuten zuvor. Wenn es wahr ist, was er über Edward Mashongwe gesagt hat, den ich tatsächlich gestern Abend getroffen habe, dann ist mein

Leben wahrscheinlich auch in Gefahr. Das sind keine leeren Drohungen.

Ich denke an den Mann mit Hut, der gestern im Park den Brief von mir angenommen hat, während er sich nervös umblickte. Er tätschelte mir die Hand, bevor er den Umschlag in die Innentasche seiner Jacke steckte.

»Ich verspreche Ihnen, Nomsa den Brief zukommen zu lassen, wenn ich in die Lager zurückkehre«, versprach er. Er wollte mir weder weitere Informationen geben noch sagen, in welchem Lager Nomsa ist. »Ich bin ein treuer Soldat und werde niemanden einem Risiko aussetzen, indem ich das verrate.«

»Warum helfen Sie mir dann? Warum nehmen Sie überhaupt meinen Brief mit?«

»Weil ich zu einer Generation gehöre, die nicht glaubt, dass der Platz einer Frau in einer Armee ist. Die weiblichen Kämpfer sind nie so gut wie die Männer und stellen eine Ablenkung dar. Meine Motive sind ausschließlich egoistischer Natur. Ich hoffe, der Inhalt dieses Briefs wird sie davon überzeugen, zurück nach Hause zu gehen, wo sie hingehört.«

Als sich unsere Wege trennten und ich in die entgegengesetzte Richtung ging, spürte ich seine Blicke wie ein Kribbeln im Rücken. Ich wirbelte herum, um festzustellen, ob Edward mir folgte, aber er war bereits aus dem Park verschwunden. Ich kehrte langsam auf einem Umweg zu unserem Treffpunkt zurück, auf der Suche nach der Person, die mich beobachtete, und nachdem ich nichts am Boden fand, hob ich den Blick. Und da, auf dem niedrigsten Ast einer großen Eiche, saß eine Eule.

Sie war kleiner als diejenige, die ich in Hillbrow gesehen hatte, und ich konnte ihre Farbe in der Dunkelheit nicht erkennen, aber ihre Augen glühten orangefarben im Mondlicht. Sie warf sich in dem Moment in die Lüfte, als ich mich umdrehte und floh. Ich frage mich jetzt, was mit Edward geschehen ist. Er war mir nicht sympathisch, aber ich hätte ihm niemals etwas Böses gewünscht. Jetzt weiß ich, dass der Brief meine Tochter nicht erreichen wird.

»Von wem ist er?«, fragt Robin und beugt sich über meine Schulter. »Was steht drin?«

»Es ist nur eine Nachricht von einer Freundin, die sich mit mir treffen möchte.«

»Ach so«, sagt Robin und wendet sich wieder ihrem Buch zu.

Ich habe versucht, die Drohungen zu ignorieren, aber ich kann es nicht länger. Die Eulen sind ebenso Warnungen und Todesboten wie die Nachrichten und Anrufe. Die ganze Zeit habe ich geglaubt, die Eulen verkündeten Nomsas Tod. Jetzt weiß ich, dass sie mich vor meinem eigenen gewarnt haben.

Es ist Zeit, meine Angelegenheiten zu ordnen, falls mir etwas zustoßen sollte. Ich blättere zur letzten Seite meines Tagebuchs und beginne:

Meine liebste Robin …

49
ROBIN

17. bis 28. August 1977
Yeoville, Johannesburg, Südafrika

Ich hatte mein Buch unter meine Porridgeschüssel geklemmt und aß vorsichtig, damit keine Milch auf die Seiten kleckerte. Beauty ließ mich normalerweise beim Essen nicht lesen, aber sie war gerade in ihrem und Ediths Zimmer, um die Bettwäsche zu wechseln. Edith war drei Wochen lang weg gewesen und sollte an diesem Morgen zurückkommen. Ich hoffte, sie noch zu sehen, bevor ich zur Schule musste.

Ich war gerade vom Tisch aufgestanden, um die Schüssel in die Küche zu bringen, als ich hörte, wie die Tür aufgeschlossen wurde. Ich rannte schnell in die Küche, stellte die Schüssel in die Spüle, und dann lief ich in den Flur, um Edith den Koffer abzunehmen. Doch als ich sie erblickte, blieb ich erschrocken stehen. Sie war ganz bleich und sah völlig erschüttert aus.

»Edith?«, sagte ich. Sie wandte den Kopf zu mir und sah mich an, blieb jedoch still. »Edith, was ist denn?«

Sie blinzelte, dann schüttelte sie ungläubig den Kopf. »Er ist tot.«

»Wer?«

»Elvis.«

Ich schaute zum Käfig. Elvis krächzte fröhlich vor sich hin, so wie immer, wenn Edith heimkehrte.

»Quatsch. Er lebt.«

»Wirklich?« Edith sah mich hoffnungsvoll an. Ich nickte eifrig und ging zum Käfig hinüber.

»Sieh doch nur. Er ist putzmunter.«

Edith starrte erst den Papagei an, dann mich. »Ich meine den echten Elvis. Den King. Ich hab's gerade im Radio gehört, aber gehofft, dass es nur eine Falschmeldung war, so wie bei Paul McCartney. Es soll gestern passiert sein.«

Beauty kam aus dem Schlafzimmer. Sie hatte anscheinend mitbekommen, dass etwas nicht stimmte, und als sie Edith sah, lief sie zu ihr, nahm sie bei der Hand und führte sie zu einem Stuhl. Ich schloss die Wohnungstür und trug Ediths Koffer herein, dann setzte ich mich neben sie.

»Er war der einzige Mann, den ich je wirklich geliebt habe«, flüsterte Edith.

»Von wem sprichst du?«, fragte Beauty.

»Elvis«, flüsterte ich.

Beauty schaute zu dem Papagei hinüber, der auf Ediths Stuhllehne geflattert war und an Ediths Ohr knabberte, dann blickte sie mich fragend an. Ich schüttelte den Kopf, stand auf, ging zum Schrank, zog ein paar Schallplatten hervor und drückte sie Beauty in die Hand.

Beauty betrachtete die Plattencover, dann fragte sie Edith: »Ist das der Mann, der gestorben ist?«

Edith nickte bekümmert. Eine Träne rann ihre Wange hinunter. Schließlich stand sie auf und goss sich einen Drink ein.

»Kanntest du ihn?«, fragte Beauty.

Edith nickte. »Ja. Ich wusste alles, was man über Elvis wissen kann. Ich war sein größter Fan.«

Beauty startete noch einen Versuch. »Aber bist du ihm jemals begegnet?«

Edith setzte sich wieder an den Tisch, das Scotchglas in der Hand. »Nein«, sagte sie traurig. »Und nun wird es auch niemals dazu kommen.«

Beauty schüttelte den Kopf und stand auf. *»Hayibo.* Die Weißen sind wirklich verrückt.« Sie nahm Edith das Glas weg und brachte es in die Küche. »Robin, geh jetzt zur Schule, sonst kommst du noch zu spät. Edith, hör auf, Tränen wegen einem Mann zu vergießen, dem du nie begegnet bist, und wasch dir das Gesicht. Hier sind ein paar Papiere von der Schule, die du unterschreiben musst, und außerdem müssen wir einiges besprechen, bevor ich gehe. Und kann mal jemand diesen Vogel zurück in den Käfig sperren?«

Etwa eine Woche später saß ich im Park unter der Eiche und schmökerte in einem Buch, während ich auf Morrie wartete, als ich durch ein lautes Husten aufgeschreckt wurde.

Ich schaute auf. Eine junge schwarze Frau stand ein paar Schritte entfernt vor mir. Eine rötliche fingerbreite Narbe lief ihr vom Haaransatz mitten durch die linke Augenbraue bis zum linken Ohr hinunter. Die Narbe hätte fast dafür gesorgt, dass sie nicht hübsch war, aber auch nur fast. Die Frau war sehr mager, wirkte aber trotzdem kräftig und muskulös. Ich wusste, dass sie keine Maid war, denn statt Uniform und Kopftuch trug sie ein modernes Kleid und hatte das Haar zu Cornrows geflochten.

»Was liest du da?«, fragte sie so leise, dass es fast wie ein Flüstern klang.

Ich zeigte ihr das Cover. *»Anne von Green Gables.* Kennst du es?« Ich war endlich dazu gekommen, mir das Buch und die anderen Bücher über Waisenkinder in der Bibliothek auszuleihen.

Die junge Frau schüttelte den Kopf und schwieg.

»Sie ist auch eine Waise«, erklärte ich. »Und sie hat auch viele

Sommersprossen, die ihr auf die Nerven gehen. Das ist eines meiner Lieblingsbücher, denn sie ist genauso wie ich.«

Sie schwieg weiter. Das Gespräch kam mir allmählich etwas einseitig vor. »Was ist denn dein Lieblingsbuch?«, fragte ich.

»Für Leute wie mich werden keine Bücher geschrieben.«

Das war traurig. Alle Menschen sollten Bücher haben, in denen sie sich wiederfinden konnten.

»Haben Schwarze auch Sommersprossen?«, fragte ich schließlich, weil mir nichts anderes einfiel. »Kann man sie vielleicht nicht sehen, weil sie genauso dunkel sind wie die Haut? Wäre es nicht lustig, wenn schwarze Menschen weiße Sommersprossen hätten?«

Die Frau schien nicht über Sommersprossen sprechen zu wollen, also versuchte ich es mit einer anderen Frage. »Wie heißt du?«

Die junge Frau sah sich um, dann raunte sie mir ihren Namen zu, als würde sie mir ein großes Geheimnis verraten. »Nomsa.«

»Nomsa?« Mein Herz begann wild zu hämmern. »Bist du Beautys Tochter?«

Die Frau nickte.

Ich warf mein Buch weg, stand hastig auf und wischte mir die Klamotten sauber. Beauty hatte mir so viel über Nomsa erzählt, dass ich das Gefühl hatte, sie in- und auswendig zu kennen; sie war wie die echte Schwester, die ich nie hatte. Ich ging auf sie zu und wollte sie umarmen, doch sie wehrte mit einer Handbewegung ab. »Nein, fass mich nicht an.«

Ich schaute auf ihre Hand. Sie zitterte. Dann schaute ich ihr wieder ins Gesicht, doch sie sah mich gar nicht an, sondern ließ den Blick fieberhaft umherwandern.

»Ich bin Robin«, sagte ich. »Beauty wohnt bei …«

»Ich weiß, wer du bist«, unterbrach sie mich. »Ich beobachte dich schon seit einer Weile.«

Diese Enthüllung beeindruckte mich zutiefst. Während ich mir die Zeit damit vertrieb, Detektivgeschichten zu lesen und kindische Spielchen zu spielen, war Nomsa eine waschechte Spionin und hatte mich sogar verfolgt. Jetzt bewunderte ich sie erst recht.

»Wo ist meine Mutter?«, fragte sie. »Sie ist heute spät dran.«

Normalerweise brachte Beauty uns unsere Lunchpakete in den Park, aber ich wusste, dass sie heute nicht kommen würde. Bevor ich zur Schule gegangen war, hatte sie mir gesagt, dass sich Dorothea, eine ihrer Freundinnen, in die Transkei aufgemacht habe, um ihr Kind zu beerdigen, das an einem Schlangenbiss gestorben sei. Dorothea hatte Beauty gebeten, bei ihrer Madam als Maid einzuspringen, weil sie Angst hatte, ihre Stelle zu verlieren. Sie hoffte, dass ihre Madam über ihre Abreise weniger verärgert sein würde, wenn sie eine Vertretung besorgte. Da Beauty erst nach sechs Uhr abends wieder heimkehren würde, hatte sie mir mein Lunchpaket mit in die Schule gegeben.

Als ich Nomsa das erzählte, war ich ganz überrascht darüber, wie enttäuscht sie war. Sie sah aus, als ob sie gleich losheulen würde. Beauty hatte Nomsa immer als so stark beschrieben, aber eine Kriegerin würde wohl kaum wegen solch einer Kleinigkeit in Tränen ausbrechen.

»Schon gut, ist ja nicht so schlimm«, sagte ich. »Komm einfach mit in unsere Wohnung und warte dort auf sie. Sie kommt ja heute Abend zurück.«

Nomsa schüttelte den Kopf, als wäre ich ein Dummerchen, und blickte sich wieder um. »Ich kann nicht warten«, sagte sie. Sie schien fieberhaft nachzudenken und sprach eher zu sich selbst als zu mir.

»Dann komm doch einfach morgen wieder. Ich werde dafür sorgen, dass sie dann hier sein wird.«

»Hast du mir nicht zugehört?« sagte Nomsa mit gepresster Stimme. »Das geht nicht.« Allmählich bekam ich Angst. Ich wusste nicht, was ich machen sollte. Ich wollte ihr gern helfen, weil sie so gehetzt und verzweifelt wirkte, aber sie wurde immer nervöser, und ich wollte sie nicht noch weiter aufregen.

»Ich brauche Papier und einen Kuli«, sagte sie plötzlich. »Schnell!« Sie deutete auf meinen Schulranzen und schnipste ungeduldig mit den Fingern.

»Ich hab aber nur Bleistifte, wir dürfen noch keine Kugelschreiber …«

»Jetzt mach schon!«

Ich kramte hastig in meiner Tasche herum und reichte ihr einen Bleistift und eines meiner Hefte. Sie legte das Heft gegen den Baum und fing an zu schreiben. Alle paar Worte blickte sie auf und sah sich rasch um, dann kritzelte sie weiter. Als ich ihr zuschaute, fiel mir auf, dass sie einen Verband am linken Fuß trug.

»Was ist denn mit deinem Fuß passiert?«

»Sch!«, machte Nomsa, also hielt ich den Mund, bis sie fertig war. Inzwischen hatte ich mich von ihrer Paranoia anstecken lassen und schaute mich ebenfalls nervös um. Erleichtert verkündete ich, dass keine Polizeiwagen in der Nähe seien. Eigentlich hatte ich gehofft, dass Nomsa mich für meine Hilfsbereitschaft loben würde, doch sie riss einfach nur die vollgekritzelte Seite aus meinem Heft, faltete sie zusammen und streckte sie mir entgegen. »Hier, gib das meiner Mutter. Sag ihr, sie soll sich Sonntag um zwei hier mit mir treffen.« Wieder schaute sie sich um, dann fügte sie hinzu: »Es ist sehr wichtig, dass du ihr den Zettel gibst, hörst du? Und sie darf sich auf keinen Fall verspäten. Sonntag um zwei. Und verrate niemandem, dass du mich gesehen hast. Auch nicht deinem kleinen Freund, verstanden?« Sie sah mich eindringlich an, dann drehte sie sich um und humpelte davon, Richtung Rockey Street, ohne sich zu verabschieden. Am liebsten hätte ich ihr hinterhergerufen, dass Morrie nicht mein Freund sei. Aber ihre Stimme hatte einen drohenden Unterton gehabt, also legte ich mich lieber nicht mit ihr an.

Ich sah mich abermals um, doch noch immer war weit und breit keine Polizei zu sehen, nur ein paar ganz normal gekleidete Leute. Wovor hatte Nomsa nur solche Angst gehabt? Da kam Morrie angelaufen.

Wenn man vom Teufel spricht.

Er hatte seine Kamera um den Hals gehängt und wedelte mit einem Foto herum, damit es trocknete.

»Wer war das?«, fragte er.

»Wer?«

»Die Frau.«

»Ach, die. Die hatte sich bloß verlaufen und mich nach dem Weg gefragt.«

»Und was ist das da?« Morrie zeigte auf den Zettel in meiner Hand.

»Nichts«, antwortete ich »Nur ein doofer Brief von einem Mädchen aus meiner Klasse.« Ich wechselte rasch das Thema. »Was hast du denn da fotografiert?«

»Euch beide«, sagte er und reichte mir das Foto. »Sie sah unglücklich aus, und ich versuche gerade, negative Gefühle einzufangen. Mein Großvater hat nämlich gesagt, ich wäre jetzt so weit, Leute zu fotografieren.«

Ich nahm das Foto, schaute es aber nicht an. »Hast du mein Essen dabei?«

Morrie schlug sich auf die Stirn. »Hab ich vergessen. Warte hier, ich bin sofort wieder da.« Er drehte sich um und rannte zurück in die Richtung, aus der er gekommen war. Sobald er außer Sichtweite war, vergewisserte ich mich ein weiteres Mal, dass keine Polizei in der Nähe war, dann warf ich einen Blick auf das Foto. Nomsa und ich waren deutlich zu erkennen. Dieses Beweisstück konnte ich Morrie natürlich unmöglich zurückgeben, also ließ ich es in meine Kleidertasche gleiten. Schließlich faltete ich den Zettel auseinander. Nomsa hatte mit schwungvoller Schrift ein paar Absätze auf Xhosa geschrieben, und ich konnte nur ein paar Worte erkennen: »Mutter« und »Ich liebe dich«; der Rest sah aus wie Hieroglyphen.

Vorsichtig faltete ich ihren Brief wieder zusammen. Ich war sehr erleichtert, Beweise dafür zu haben, dass diese Begegnung tatsächlich stattgefunden hatte. Nomsa hatte sich so seltsam benommen, und das Ganze war so surreal gewesen, dass es mir ohne das Foto und den Brief wie ein Traum vorgekommen wäre.

Beauty kam um kurz nach sechs heim. Ich saß gerade am Wohnzimmertisch und machte meine Hausaufgaben, und sie setzte sich zu mir, erleichtert, ein paar Minuten verschnaufen zu können. Ich hatte eine der *Kwela*-Platten aufgelegt, die Edith Beauty aus Amerika mitgebracht hatte. Beauty zeigte mir ab und zu, wie man zu ihrer afrikanischen Musik tanzte, und inzwischen hörte ich ihre Platten sogar öfter als die von Edith. Beauty hatte mich allerdings gewarnt, ihre Musik nur ganz leise zu spielen, damit niemand mitbekam, dass wir verbotene Platten besaßen.

»*Molo, makhulu*«, begrüßte ich sie. Hallo, Oma.

»*Molo, mtwana*«, erwiderte Beauty. Hallo, mein Kind.

»Thandiswa«, erinnerte ich sie. Ich hatte Beauty gebeten, mir einen Xhosa-Namen zu geben, und sie hatte »Thandiswa« ausgesucht, weil es »die Liebende« bedeutete.

»*Molo,* Thandiswa«, korrigierte Beauty sich.

»*Unjani, makhulu?*« Wie geht es dir, Oma?

»*Ewe, Thandiswa. Sikhona!*« Ja, Thandiswa, mir geht es gut! Dann ging Beauty zu Englisch über. »Wie war dein Tag?«

»Gut.«

»Wie war die Schule?«

»Auch gut.«

Beauty sah mich prüfend an. »Ist alles in Ordnung?«

»Ja.«

»Gab es Probleme, weil ich nicht da war?«

»Nö, alles okay.«

Beauty seufzte. »Na gut«, sagte sie. »Dann geh ich jetzt baden. Und wenn ich fertig bin, mache ich Abendessen für uns.«

Ich nickte, ohne aufzuschauen. »Okay.«

Als ich hörte, dass Beauty den Wasserhahn wieder zugedreht hatte, und sicher sein konnte, dass sie in der Wanne war, holte ich den Brief und das Foto unter meiner Matratze hervor und versteckte beides in meinem Geheimfach unter Ediths Frisierkommode. Ich redete mir ein, dass ja erst Donnerstag war und ich noch etwas Zeit hatte, Beauty den Brief und das Foto zusammen mit Nomsas Anweisung zu geben, aber in Wahrheit hatte ich schon in dem Moment, als meine Aufregung sich gelegt hatte und mir Nomsas Absichten klar geworden waren, einen anderen Plan gefasst.

Nomsa war offenbar auf der Flucht vor der Sicherheitspolizei und wollte sich nur deshalb mit Beauty treffen, um mit ihr zusammen zurück in die Transkei zu fahren. Beauty hatte schließlich wiederholt erwähnt, dass Nomsa dort sicher wäre. Das war in meinen Augen die einzig denkbare Erklärung dafür, dass Nomsa sich ein Jahr lang nicht hatte blicken lassen und dann ganz unvermittelt wieder auftauchte, sich so seltsam verhielt und Beauty unbedingt wiedersehen wollte.

Die Entscheidung fiel mir überraschend leicht, und so kam es, dass am Sonntag um zwei gar nichts passierte. Beauty, die keine Ahnung hatte, dass sie einen wichtigen Termin mit ihrer verlorenen Tochter verpasste, verbrachte den Nachmittag damit, in der Wohnung der Goldmans auf Morrie und mich aufzupassen, während Morries Eltern sich eine Vorstellung im Market Theatre in Newton anschauten. Ich gab vor, den Nachmittag bei den Goldmans verbringen zu wollen, weil sie sich gerade einen Fernseher gekauft hatten, aber in Wahrheit wollte ich sicherstellen, dass wir nicht in Ediths Wohnung waren, falls Nomsa auf die Idee kommen würde, bei uns zu klingeln.

In der folgenden Woche rechnete ich ständig mit einem Klopfen an der Tür oder einem Anruf, der mir Beauty wegnehmen würde, doch nichts geschah. Ich ging nicht mehr in den Park und gab vor, krank zu sein, damit ich nicht die Wohnung verlassen und zur Schule gehen musste. Und während ich die ganze Zeit über Beauty wachte, um dafür zu sorgen, dass Nomsa sie nicht erreichte, erlaubte ich meiner Erleichterung, meine Schuldgefühle zu ersticken.

Wenn Beauty Nomsa genauso wichtig wäre wie mir, wenn Nomsa wirklich bei ihr sein wollte, hätte sie einen Weg gefunden. Sie hätte nicht so leicht aufgegeben. Diejenige, die am meisten kämpft, ist diejenige, die Beauty am meisten liebt.

50
BEAUTY

10. bis 20. September 1977
Yeoville, Johannesburg, Südafrika

Möchtest du eine Tasse Tee, Beauty?«, fragt Robin.

»Nein, vielen Dank, mein Kind.«

»Möchtest du, dass ich ein bisschen mein *Bugs Bunny*-Radio einschalte?«

»Nein, ich bin ganz zufrieden, einfach nur ruhig hierzusitzen, aber trotzdem vielen Dank.«

Robin geht in die Küche und lässt Wasser laufen. »Was machst du da?«, rufe ich.

»Ich spüle das Geschirr.«

»Lass es stehen, ich erledige das morgen.«

»Nein, schon gut. Ich möchte dir helfen«, erwidert sie.

Als sie mit dem Geschirr fertig ist, verschwindet Robin im Schlafzimmer und kehrt mit meinen Hausschuhen zurück. »Warum ziehst du nicht deine Schuhe aus und schlüpfst in deine Pantoffeln?«

Ich bringe es nicht übers Herz, ihr zu entgegnen, dass die Hausschuhe zu warm sind an einem Abend wie diesem. Stattdessen lasse ich zu, dass sie sie an meine Füße zieht, und klopfe dann auf den Platz neben mir. Als sie sich hinsetzt, ziehe ich sie an mich und küsse sie auf den Scheitel. »Du bist zu gut zu mir«, sage ich.

Sie erwidert nichts. Sie schmiegt sich nur noch enger an mich und umklammert mich. Ich frage mich, was meine Jungs jetzt gerade machen und ob sie mich genauso sehr vermissen wie ich sie.

Das Kind hat ganz dunkle Ränder unter den Augen, fast wie blaue Flecke. Sie sieht müde aus, und ihre Nägel sind wieder genauso abgekaut wie damals, als ich sie kennengelernt habe. Sie sagt, sie sei krank, und ich habe sie nicht zur Schule geschickt, aber sie hat kein Fieber und zeigt auch sonst keine Krankheitssymptome. Nur dass sie schlecht schläft und besorgt wirkt.

»Stimmt etwas nicht, mein Kind? Beschäftigt dich etwas?«

Sie lächelt. »Nein, mir geht es gut.«

Es klopft an der Tür, und ich stehe auf, um zu öffnen, aber Robin drängt sich an mir vorbei.

»Lass nur, wir erwarten niemanden«, sagt sie und blickt nervös zwischen der Tür und mir hin und her.

»Mein Kind, lass mich nachsehen, wer das ist.« Unerwartete Besucher machen auch mich nervös. Shakes war schon einmal hier; er könnte wiederkommen.

Wer immer es ist, klopft noch einmal.

»Bitte!«, drängt Robin. »Ich habe ein dummes Gefühl. Lass uns einfach so tun, als wären wir nicht zu Hause.«

Hinter der Tür ruft eine Stimme: »Robin, mach auf! Ich weiß, dass du da drin bist.«

Es ist Morrie, und als ich aufmache, steht er mit gerunzelter Stirn im Flur. Er wirkt verletzt und wütend zugleich. »Hallo, Beauty.«

Er geht an mir vorbei und wendet sich an Robin. »Wo bist du denn gewesen? Warum kommst du nicht mehr raus in den Park?«

Achselzuckend erwidert Robin: »Ich hatte zu viel zu tun.«

»Was denn?«

»Dies und das. Ich wollte lieber bei Beauty sein.« Schuldbewusst sieht sie mich an.

»Schön, dann bleibe ich eben bei euch«, sagt Morrie und geht zum Sofa. »Ich habe ein paar neue Fotos, die ich euch gerne zeigen möchte.«

Robin versperrt ihm den Weg. »Ein andermal, okay?«

Entnervt wirft Morrie die Hände in die Luft. »Wann?«

»Vielleicht nächste Woche.«

»Versprochen?«

Robin nickt. Als Morrie weg ist, setzt sie sich wieder neben mich und legt mir den Kopf auf die Schulter.

51
ROBIN

29. September 1977
Yeoville, Johannesburg, Südafrika

Aller guten Dinge sind drei, sagt man, und so musste es wohl auch mit den schlechten sein. Ich hätte wissen müssen, dass es der Anfang vom Ende war, als die erste schlimme Sache geschah, nachdem Morrie mich dazu überredet hatte, endlich mal rauszugehen und nicht ständig bei Beauty in der Wohnung zu hocken.

Wir verbrachten den Nachmittag in der Bibliothek und ergänzten unseren Büchervorrat.

»Bist du dafür nicht ein bisschen zu jung?« Stirnrunzelnd sah die Bibliothekarin eines der Bücher an, das ich ihr zur Ausleihe übergeben hatte. »Das ist für Erwachsene.«

Ich hatte den Krimi von Agatha Christie, *Ein Mord wird angekündigt,* in den Stapel zwischen die Kinderbücher geschmuggelt und gehofft, die Bibliothekarin würde ihn nicht bemerken.

»Das Buch ist für ihre Tante«, kam Morrie mir zu Hilfe. »Sie hat Robin gebeten, es ihr mitzubringen.« Er stand neben mir, mit seinem eigenen Bücherstapel, den er schon an einem anderen Schalter ausgeliehen hatte.

Die Bibliothekarin überlegte einen Augenblick und stempelte dann den Ausleihzettel ab. »Diesmal drücke ich ein Auge zu, aber bitte sag deiner Tante, sie soll sich ihre Bücher demnächst selbst ausleihen.«

»Mache ich. Vielen Dank.« Ich verzog keine Miene, bis wir draußen waren. Dann stieß ich einen theatralischen Seufzer aus, lachte und dankte Morrie für seine Geistesgegenwart.

»Hab ich gern getan. Schön, dass du zur Abwechslung mal wieder ein fröhliches Gesicht machst. Warum sagst du mir nicht endlich, was mit dir los ist?«

»Gar nichts, lass mich doch endlich in Ruhe damit«, erwiderte ich. »Soll ich dich vielleicht küssen, um dir zu beweisen, dass alles in Ordnung ist?«

»Aha! Jetzt weiß ich ganz genau, dass irgendetwas nicht stimmt mit dir.«

Wir stiegen in den Bus, und Morrie zeigte unsere Fahrkarten vor. Als wir uns gesetzt hatten und die Bücher auf meinem Schoß lagen, fasste ich in meine Hosentasche. Es war zu einer routinierten Geste geworden, fast so natürlich wie Atmen, und ich erschrak, als ich in der Tasche nichts fühlen konnte. Ich verlagerte mein Gewicht und zog die Tasche von innen nach außen, um zu überprüfen, ob sie wirklich leer war – sie war es. Ich betastete die Tasche meiner Bluse, aber auch dort war nichts.

Morrie fragte: »Was ist los? Wonach suchst du?«

Ich beugte mich in den Gang in der Hoffnung, etwas Rosafarbenes und Grünes zu entdecken, und als ich nichts sah, stand ich auf und schaute unter dem Sitz nach.

»Was ist, Robin? Was hast du verloren?«

»Ihre Mascara-Tube.« Mehr brauchte ich nicht zu sagen; jede weitere Erklärung war überflüssig.

»Komm«, sagte er. An der nächsten Haltestelle stiegen wir aus und gingen zurück bis zum Eingang der Bibliothek. Drinnen teilten wir uns auf und durchsuchten alle Abteilungen, sogar diejenigen, in denen wir gar nicht gewesen waren, und dann noch einmal von vorn. Wir fanden sie nicht. Nach einer Stunde hektischer Aktivität drohte die Panik, die ich zu unterdrücken versucht hatte, mich zu überwältigen, und ich begann zu hyperventilieren. Die Mascara-Tube war meine letzte Verbindung zu meiner Mutter und dem Leben, das ich vor dem Tod meiner Eltern geführt hatte. Sie war nicht zu ersetzen, und nun war sie fort.

Rennen war nicht erlaubt; also ging ich, so schnell ich konnte, zum Ausgang, um Luft zu schnappen, doch die Luft draußen war nicht weniger dick und stickig als drinnen. Ich sank auf die Stufen und begann zu weinen.

Morrie rutschte neben mich und legte den Arm um mich. »Komm, leg den Kopf auf meine Schulter.«

Ich versuchte es, verrenkte mir aber den Hals, weil ich den Kopf so tief hinunterbeugen musste. Wir gaben den Versuch auf, und er klopfte mir stattdessen auf den Rücken und flüsterte tröstende Worte, bis mein stockendes Schluchzen abebbte und alle Tränen getrocknet waren. Dann griff er in seine Hosentasche, zog ein Leinentaschentuch heraus und gab es mir zum Naseputzen.

Als ich nach Hause kam, voller Erleichterung, wieder zurück zu sein, hatte ich kaum die Tür hinter mir geschlossen, als das Telefon klingelte. »Hallo?«

Ein Stöhnen wie das eines verwundeten Tieres beantwortete meinen Gruß. Mein Puls beschleunigte sich.

»Hallo? Wer ist da?« Jeder verpasste Anruf, jeder Anrufer, der gleich wieder auflegte, erinnerte mich an Nomsa. War sie das jetzt?

»Robin?« Die Stimme war zittrig, aber ganz klar die eines Mannes.

»Ja, wer spricht denn da?«

»Ich bin's, Johan.«

»Johan? Was ist denn los?«

Er stieß etwas Unverständliches hervor, mehr eine Art Keuchen, und ich bat ihn, es zu wiederholen.

»Victor ist im Krankenhaus«, brachte er schließlich heraus.

»Was ist passiert? Hatte er einen Unfall?«

»Nein … Sie haben ihn zusammengeschlagen.«

»Wer?« Doch natürlich kannte ich die Antwort schon.

Johan holte zittrig Luft, schniefte und atmete dann langsam aus, um sich zu beruhigen. »Wir wissen es nicht genau. Sie waren mindestens zu viert. Wahrscheinlich dieselben Leute wie an Weihnachten. Sein Zustand ist sehr ernst, Robin. Sehr ernst. Sie haben ihn auf seiner Auffahrt liegen lassen, weil sie ihn wohl für tot hielten, und dann haben sie auf ihn gepinkelt. Kannst du dir das vorstellen? Was sind das für Bestien, die das einem Menschen antun?«

Dieselben, die Backsteine durchs Fenster auf Leute werfen, die singend um ein Klavier stehen.

Er redete weiter: »Ich rufe an, weil ich dich fragen wollte, ob du eine Nummer hast, unter der ich Edith erreichen kann. Ich würde ihr auch gerne Bescheid sagen.«

Ich griff nach Beautys Notizbuch, diktierte Johan die Nummer und erklärte ihm, dass er Edith eine Nachricht hinterlassen müsse und sie ihn zurückrufen würde. Ich versprach ihm, Edith Bescheid zu sagen, falls sie vorher zu Hause anrief. »In welchem Krankenhaus liegt er? Kann ich ihn besuchen?«

»Er ist in Millpark, aber Kinder dürfen nicht auf die Intensivstation.«

»Sag ihm bitte … Sag ihm …« Doch bevor mir die richtigen Worte einfielen, legte er auf.

»Was ist denn los?« Beauty stand mit einer Einkaufstasche in der Hand in der Tür.

Ich öffnete den Mund, um ihr zu antworten, aber es kam kein Wort heraus. Ich konnte nur noch weinen.

»Komm zu mir, mein Kind.« Beauty streckte die Arme aus, und ich rannte zu ihr. »Ist Edith etwas zugestoßen?«

»Nein«, schluchzte ich. »Victor ist im Krankenhaus!«

Es klopfte an der Tür, und Morries Gesicht spähte um die Ecke. »Robin? Edith möchte dich sprechen. Sie hat meine Mutter wegen irgendetwas angerufen, und ich habe ihr versprochen, hochzurennen und dich zu holen.«

Ich sah Beauty an.

»Lauf! Geh runter und erzähl Edith das mit Victor.«

»Was ist mit Victor?«, fragte Morrie.

Ich stand da wie angewurzelt. Ich wollte nicht von Beauty weg.

»Robin?«, drängte Morrie.

»Nun geh schon, Kind.«

Und dummerweise gehorchte ich.

Vierzig Minuten später, als ich nach meinem Gespräch mit Edith wieder hinaufkam, war Beauty weder im Wohnzimmer noch in der Küche.

»Beauty?«

Es kam keine Antwort, deshalb suchte ich sie im Schlafzimmer. Beauty stand mit dem Rücken zur Tür, aber ich sah im Spiegel von Ediths Frisierkommode, dass sie etwas in der Hand hielt. Es sah aus wie ein Stück Papier. Mir stockte der Atem. Als mein Blick hinunterwanderte, sah ich, dass das Foto, das ich versteckt hatte, auf dem Fußboden lag, neben Beautys Tagebuch.

Sie drehte sich langsam um, und ich sah, dass ihre Hände zitterten. »Wo hast du das her?«

Ich konnte sie nicht ansehen und schlug die Augen nieder.

»Robin!«, fuhr sie mich an. »Wo hast du das her?«

Ich schluckte, weil mein Mund ganz trocken war. »Nomsa hat mir den Brief gegeben.«

»Ist dabei auch das Foto entstanden?«

Ich nickte.

»Wie lange ist das her?«

Meine Lippen begannen zu zittern, und ich musste mich mehrmals räuspern, bevor ich sprechen konnte. »Sie ist letzten Monat in den Park gekommen und hat dich gesucht, und als du nicht da warst – es war an dem Tag, als du deiner Freundin geholfen hast, weißt du noch? –, wollte sie ein Blatt Papier von mir, um dir einen Brief zu schreiben.«

Beauty schloss die Augen, und ich sah ihr an, dass sie versuchte, dem, was ich ihr erzählte, einen Sinn zu geben. »Aber ich verstehe das nicht. Warum war der Brief versteckt? Warum hast du mir nicht erzählt, dass du sie getroffen hast?«

»Nomsa ist gekommen, um mit dir zusammen in die Transkei zurückzugehen. Und ich wollte dich nicht verlieren. Ich wollte, dass du bei mir bleibst.«

Beauty sagte nichts; sie sah mich nur auf diese verwirrte Art unverwandt an. Ihre Hand war zu ihrer Brust gewandert, und sie rieb sie langsam, fuhr in kleinen Kreisen über ihr Brustbein.

»Es tut mir leid, Beauty, ich hätte es dir sagen sollen, aber ich wusste, dass du dann mit ihr zurück in die Transkei gegangen wärst. Und sie braucht dich nicht so, wie ich dich brauche. Sie ist erwachsen und kann auf sich selbst aufpassen. Ich brauche dich. Ich habe dich lieb.«

Beauty sah mich an, als würde sie mich nicht erkennen. Ihr Gesicht war vollkommen ausdruckslos. Sie schnappte schwach nach Luft, dann noch einmal, diesmal heftiger, und ihre Schultern hoben und senkten sich, während sie um Sauerstoff rang. Doch egal wie tief sie einatmete, sie schien zu ersticken, und ihre Augen weiteten sich in Panik. Sie hörte auf, sich mit der rechten Hand in kleinen Kreisen über die Brust zu fahren, und fasste sich stattdessen an die Kehle und umklammerte ihren heiligen Christophorus. Sie zerrte daran in dem Versuch, ihre Kehle von allem zu befreien, was ihr die Luft abschnüren konnte. Die Kette fiel ihr vom Hals, aber sie keuchte immer noch, als könnte sie nicht richtig atmen.

»Beauty?« Ich war wie erstarrt, ich wusste nicht, wie ich ihr helfen konnte.

Ich ging einen Schritt auf sie zu, und plötzlich verzerrte sich ihr Gesicht vor Schmerzen, und sie kniff die Augen fest zu. Sie stöhnte und sackte in sich zusammen. Ein Schmerzensschrei erstarrte auf ihren Lippen, als sie am Boden aufschlug. Ich rannte zu ihr und versuchte, sie aufzuheben. Ich fuhr mit den Armen unter ihre Achseln und zerrte mit aller Kraft, aber sie war ganz schlaff, und ich konnte sie nicht vom Fleck bewegen.

»Beauty? Beauty!«, flehte ich, kniete mich hin und tätschelte ihre Wange. Ihre Haut fühlte sich wie Zellstoff an. »Beauty, so sag doch was, bitte! Es tut mir so leid! Bitte, komm wieder zu dir, Beauty! Bitte! Es tut mir leid!«

Doch weder bewegte sie sich, noch öffnete sie die Augen. Ihr Unterkiefer hing schlaff herunter. Ich sprang auf, rannte zum Telefon und wählte die Notrufnummer, die man mir beigebracht hatte. »Bitte, kommen Sie schnell!«, sagte ich, sobald sich jemand meldete. »Beauty ist gestürzt und wacht nicht mehr auf!«

Eine ruhige Stimme fragte mich nach meiner Adresse und dann, wer Beauty sei.

Ich wollte sie schon meine *makhuku* nennen, besann mich aber gerade noch rechtzeitig. »Sie ist meine Oma«, sagte ich stattdessen. »Bitte, beeilen Sie sich!« Ich legte auf und rannte zurück zu Beauty. Sie war sehr still, und ihre Haut hatte einen seltsam gräulichen Ton angenommen. »Bitte, stirb nicht!«, flüsterte ich, kniete mich neben sie und nahm ihre Hand. Der heilige Christophorus fiel aus ihrer Hand in meine. Ich drückte ihre Hand, den Anhänger zwischen uns, aber sie reagierte nicht. »Halte durch, bitte, Hilfe ist unterwegs!«

Auf einmal fuhr ein Krampf durch Beautys Körper, und Erbrochenes sprudelte aus ihrem Mund und ihre Wange hinab. Sie hustete und gab einen erstickten Laut von sich, und rasch drehte ich ihr Gesicht zur Seite, damit ihr nichts in den Hals lief. Das Erbrochene bildete eine Pfütze um ihr Kinn und sickerte in den Teppich. Ich lehnte mich hinüber zum Bett, ließ den Anhänger fallen und zog eine Decke hinunter auf den Boden, damit ich Beautys Gesicht reinigen konnte. Ich wischte sie sorgfältig ab und flüsterte dabei, dass ich sie lieb habe und alles wieder in Ordnung käme. Etwas von dem Erbrochenen war bis hinunter auf ihr Schlüsselbein gelaufen. Ich tupfte es ab und beugte mich dann vornüber und küsste ihre kalte, feuchte Stirn.

Ich weiß nicht, wie lange ich dort saß und flüsternd mit Beauty sprach – meinem Gefühl nach Stunden –, aber endlich hörte ich draußen vor der Wohnung ein Poltern und Stimmen. Ich sprang auf, um die Tür zu öffnen, und erreichte sie in Sekundenschnelle. Zwei Männer standen draußen, und ich ergriff die Hand dessen, der mir am nächsten war, und zerrte ihn ins Schlafzimmer. Ich weinte jetzt, schluchzte vor Angst, Bedauern, Erleichterung und

Schuldbewusstsein. Ich konnte nicht sprechen, daher deutete ich nur auf Beauty und vertraute darauf, dass der Mann schon wissen würde, was zu tun war.

Doch anstatt zu handeln, blickte er mit gerunzelter Stirn hinunter auf Beauty. Er stieß sie mit dem Fuß an; die Kappe seines abgewetzten schwarzen Schuhs grub sich in ihre Rippen. »Wer ist das?«

»Helfen Sie ihr!«, rief ich. »Bitte helfen Sie ihr!« Letzteres kam nur noch piepsend heraus.

»Aber wo ist deine Oma? Die, wegen der du uns angerufen hast?«

Ich atmete mehrmals tief ein, damit ich deutlich sprechen konnte. »Das ist sie. Das ist Beauty.«

Der andere Mann kam hinter uns ins Zimmer gerannt. Eine große schwere Tasche schränkte seine Bewegungen ein. Ich wusste, dass ihr Inhalt Beauty retten konnte. »Schnell, bitte! Helfen Sie ihr!«

»Aber sie ist schwarz«, entgegnete der erste Mann, der immer noch tatenlos herumstand.

»Ist das die Frau?«, fragte der zweite Mann ungläubig.

»Siehst du hier irgendjemanden sonst?«

Der zweite Mann ließ mit einem Knall die Tasche fallen und verließ das Zimmer. Als er zurückkehrte, schien er es überhaupt nicht mehr eilig zu haben. »Sonst ist niemand hier. Los, gehen wir.«

»Aber was machen Sie denn? Warum helfen Sie ihr nicht? Tun Sie doch etwas!«, flehte ich, stürzte mich auf die Tasche und zerrte am Reißverschluss.

»Lass das!«, fuhr mich der erste Mann an, stieß mich beiseite und riss mir die Tasche weg.

Sie wandten sich zum Gehen, doch ich sprang ihnen in den Weg und blockierte die Schlafzimmertür. »Nein, Sie haben ihr noch nicht geholfen. Sie müssen ihr helfen!«

»Wir kommen nicht für Kaffern, Mädchen. Du verschwendest nur unsere Zeit.« Und damit lösten sie gewaltsam meine Finger vom Türrahmen und gingen, ohne sich noch einmal umzusehen, wobei sie die Wohnungstür hinter sich offen ließen.

Als ich über den Schock hinweg war, dass sie einfach so gegangen waren, kehrte ich zurück zu Beauty, hockte mich hin und beugte mich über sie. »Beauty?« Sie lag so reglos da, dass ich nicht mehr feststellen konnte, ob sie noch atmete.

Ich sprang auf, rannte zur Tür und raste die Treppe hinunter. Den ganzen Weg bis zur Wohnung der Goldmans rief ich laut: »Hilfe! Bitte helfen Sie mir!«

Mrs Goldman öffnete die Tür, noch bevor ich sie erreichte. »Robin? Was ist denn los?«

»Mit Beauty ist etwas passiert!«, keuchte ich. »Kommen Sie schnell!«

»Warum, was ist denn passiert?«

»Kommen Sie einfach!« Ich drehte mich um und rannte wieder hinauf.

Hinter mir hörte ich Mrs Goldman rufen: »Anthony! Komm schnell, es ist etwas passiert!«

Ich wartete gar nicht erst, ob sie mir folgten. Ich raste wieder die Stufen hinauf, immer zwei auf einmal, und bog um die Ecke. Mr Finlay stand auf der Schwelle zu unserer Wohnung und spähte hinein.

»Was ist das denn für ein Lärm? Was geht hier vor?«, fragte er.

»Nichts«, keuchte ich und versuchte, mich an ihm vorbeizudrängen.

»Augenblick mal! Es ist doch was passiert, und du solltest mir lieber sagen, was!«

Ich versuchte, mich unter seinem Arm hindurchzuducken, mit dem er mir den Weg versperrte, aber er blockierte den Durchgang mit dem Knie.

»Bitte, Mr Finlay. Bitte lassen Sie mich durch.«

»Nicht, solange du mir nicht gesagt hast, was los ist.«

»Mr Finlay, gehen Sie bitte einfach …«

»Ist was mit dieser Kaffernnutte? Schon als ich sie zum ersten Mal gesehen habe, wusste ich, dass sie uns Ärger machen würde, aber man hat ja mal wieder nicht auf mich gehört. Und, was hat die dumme Kuh ausgefressen? Soll ich die Polizei rufen?«

Da packte mich der heilige Zorn, ein Zyklon weiß glühender Wut. Kaffernnutte. Wie konnte er Beauty so nennen? Wie konnte dieser gemeine Mann so über Beauty reden?

»Du weißt doch, warum Gott sie alle braun gemacht hat, oder?«, fuhr er fort. »Damit sie genau wie das aussehen, was sie sind. Wertlose Stücke Scheiße, die …«

Bevor er seinen Satz zu Ende bringen konnte, ging ich auf ihn los, den Kopf gesenkt wie eine Rugbyspielerin. Mit der Schädeldecke zuerst rammte ich ihn in den Bauch – ein Stein, der in eine Schüssel Pudding geschleudert wurde –, und er quietschte vor Überraschung laut auf. Während er mich schwankend und nach Luft schnappend anstarrte, wich ich zurück und nahm erneut Anlauf. Diesmal riss ich ihn zu Boden. Kaum war er mit einem »Uff« auf dem Dielenteppich gelandet, sprang ich auf ihn und hielt ihn in Hüfthöhe am Boden fest. Mit wilden Hieben drosch ich auf seinen Bauch ein, den Daumen eng an die Faust gelegt, nicht hineingeklemmt, genau so, wie mein Vater es mir beigebracht hatte.

»Hilfe! Hol doch mal jemand dieses wild gewordene Kind von mir runter!«

Mr und Mrs Goldman bogen um die Ecke und blieben abrupt stehen, zu schockiert von dem Anblick, um ein Wort herauszubringen.

»Wagen. Sie. Es. Nicht. So. Über. Beauty. Zu. Reden.« Jedes Wort begleitete ich mit einem Schlag in den Solarplexus. Eine Hand zog mich am Kragen hoch, und vor lauter Frustration, dass ich Mr Finlay nicht mehr erreichen konnte, trat ich nach ihm. Schützend hob er die Arme zum Kopf.

»Was ist denn hier los?«, fragte Mr Goldman und zog mich weiter außer Reichweite.

»Dieses durchgedrehte kleine Gör hat mich angegriffen!«

»Robin?«

»Er hat … Er hat zu Beauty …« Ich keuchte, und erst als ich Beautys Namen hervorstieß – eines der wenigen einzelnen Wörter, die ich hervorbringen konnte, um die Situation zu erklären –, fiel mir ein, dass sie immer noch dort drinnen auf dem Boden lag. »Kommen Sie!«, rief ich, fasste Mr Goldman an der Hand, zog ihn herein und überließ es Mrs Goldman, Mr Finlay aufzuhelfen.

»Sie ist da drin«, sagte ich, und Mr Goldman folgte mir ins Schlafzimmer.

»Was ist passiert?«, fragte er, hockte sich neben Beauty und legte zwei Finger an ihren Hals.

»Sie hat plötzlich keine Luft mehr bekommen und hat sich die Brust gerieben und … Sie hatte wohl Schmerzen … Und dann ist sie hingefallen, und die Sanitäter wollten ihr nicht helfen … Sie müssen etwas unternehmen!«

Hinter uns schnappte Mrs Goldman nach Luft. »Anthony? Ist sie …« Mrs Goldman konnte nicht zu Ende sprechen.

»Sie lebt noch. Wir müssen sie ins Krankenhaus bringen.«

»Ich rufe einen Krankenwagen«, sagte Mrs Goldman und wollte zum Telefon gehen, aber Mr Goldman hielt sie auf und berichtete ihr, was ich ihm erzählt hatte.

Er bückte sich und fuhr mit einem Arm unter Beautys Beine und mit dem anderen unter ihren Rücken und hob sie auf. Sie hing in seinen Armen wie eine Marionette, deren Fäden durchgeschnitten worden waren. »Gott sei Dank ist sie nicht schwer«, ächzte Mr Goldman, als er vorsichtig schräg durch die Tür ging, um Beauty nicht zu verletzen. »Die Autoschlüssel, Rachel, wir treffen uns unten. Ich bringe sie ins Bara.«

Mrs Goldman eilte die Stufen hinunter, während wir mit dem Aufzug in die Tiefgarage fuhren. Mr Goldmans Gesicht war gerötet von der Anstrengung, und dicke Adern traten an seinem Hals und auf der Stirn hervor, als er Beauty zu seinem blauen Rambler Hornet schleppte. Die Türen waren nicht verriegelt, ich öffnete die hintere linke und ging ihm dann aus dem Weg, sodass er sich hineinbeugen und Beauty hinlegen konnte. Ich rannte zur anderen Tür, stieg ein und bettete Beautys Kopf auf meinen Schoß wie auf ein Kissen.

Mrs Goldman kam mit dem Schlüssel, nachdem Mr Goldman die hinteren Türen geschlossen hatte.

»Bleib du hier und warte, bis Morrie vom Einkaufen wiederkommt«, sagte Mr Goldman.

Der Motor heulte auf, und die Reifen quietschten, als wir aus der Tiefgarage rasten. Ich blickte zum Seitenfenster hinaus. Mrs Goldman hatte die gefalteten Hände an die Lippen gepresst, und ihr standen die Tränen in den Augen.

52
ROBIN

2. Oktober 1977

Yeoville, Johannesburg, Südafrika

Zwei Tage waren seit Beautys Herzinfarkt vergangen. Sie hatte nach der Operation noch nicht wieder das Bewusstsein erlangt, war aber am Leben.

Während der Fahrt von Yeoville nach Soweto hatte ich Beautys Kopf auf dem Schoß gehalten und einen Arm um ihren Oberkörper gelegt, damit sie nicht hin und her geworfen wurde, wenn Mr Goldman scharf in die Kurven ging. Ich spürte keinerlei Bewegung, kein sanftes Heben und Senken ihres Brustkorbs zum Beweis, dass sie noch atmete, aber ich weigerte mich zu glauben, dass sie sterben könnte. Auf dem ganzen Weg ins Krankenhaus redete ich mit ihr, erzählte ihr, dass alles gut werden würde, dass ich sie lieb hatte und dass sie durchhalten müsste.

Als wir am Baragwanath Hospital ankamen, entstand hektische Aktivität. Pfleger und Schwestern eilten herbei, zogen Beauty aus dem Wagen und schnallten sie auf einer Trage fest. Ich versuchte, ihr zu folgen, aber eine Wache hielt mich davon ab, durch die Türen ins Innere zu stürzen.

»Bitte lassen Sie mich durch! Bitte! Ich muss bei ihr bleiben, bitte!«

»Dieser Bereich darf nur von medizinischem Personal betreten werden.«

Ich trat vor Wut gegen eine Wand und verknackste mir dabei den großen Zeh. Nachdem ich mich genügend beruhigt hatte, um meine Umgebung wahrzunehmen, entdeckte ich ein paar Türen weiter ein Wartezimmer und ging dorthin in der Absicht, so nah wie möglich bei Beauty zu bleiben. Kaum hatte ich mich hingesetzt, als mich Mr Goldman an die Hand nahm.

»Komm mit, Robin. Lass uns nach Hause fahren.«

»Aber ich möchte bei Beauty bleiben.«

»Sie lassen uns jetzt sowieso nicht zu ihr, und bestimmt dauert es noch mehrere Stunden, bevor es irgendetwas Neues gibt.«

»Ich will hier warten.«

Mr Goldman blickte sich im Zimmer um. Seine Augen wanderten über die anderen Wartenden, die ich dadurch auch erstmals richtig zur Kenntnis nahm. Wir waren die einzigen Weißen, und unsere Blässe machte uns so auffällig wie den Vollmond am Nachthimmel. Ein Mann, der drei Stühle weiter saß, hielt sich ein rostfarbenes T-Shirt an die Stirn, um eine starke Blutung zu stillen. Das Hemd eines anderen Mannes war aufgerissen, sodass man darunter erkennen konnte, dass auf einer Seite ein großer blutiger Hautlappen klaffte. Zwei Männer ihm gegenüber unterhielten sich mit wütenden Stimmen. Als einer der Männer meinen Blick erhaschte, knackte er mit den Knöcheln seiner Faust und starrte mich an. Ein randalierender Betrunkener saß etwas abseits und schrie Obszönitäten.

»Es ist zu gefährlich, hier zu warten. Wir fahren nach Hause und rufen an, um uns nach ihr zu erkundigen.«

»Aber …«

»Komm jetzt, Robin.«

Protest war zwecklos; seine Entschlossenheit war ihm anzusehen. Als wir endlich wieder unser Haus erreichten, ging ich sofort hinauf zu unserer Wohnung. Zu Mr Goldman sagte ich, ich wollte ein paar Kleider und andere Dinge für die Nacht zusammenpacken. Doch kaum war ich zur Tür hereingekommen, las ich zuallererst Beautys Tagebuch, Nomsas Brief, das Foto und Beautys Halskette auf, verstaute alles in einer Reisetasche und fügte dann erst die Kleider und Toilettenartikel hinzu, die ich brauchen würde. Dabei hatte ich die ganze Zeit das merkwürdige Gefühl, etwas vergessen zu haben, und ich überprüfte noch einmal, ob ich alles hatte. Ja, alles war da, aber das Gefühl blieb.

Ich ignorierte es und zog gerade die Wohnungstür hinter mir zu, als mir einfiel, was mir im Hinterkopf herumspukte. Genau, ich musste noch das Rätsel lösen, wie Beauty mein Versteck gefunden hatte. Ich ging noch einmal hinein zu Ediths Frisiertisch und kniete mich hin. Mein Geheimfach war offen und alles weg. Das war vollkommen unlogisch. Woher hatte Beauty gewusst, wo und wonach sie suchen musste? Als ich mich noch tiefer bückte, fand ich ein weiteres Versteck genau über meinem. Ein leichter Stoß gegen das Furnier gab noch ein Fach frei, eines mit der perfekten Größe für Beautys Tagebuch. Sie hatte gar nicht nach meinem Geheimversteck gesucht, sondern wollte nur das verbergen, was ihr am wichtigsten war.

Ich verbrachte eine schlaflose Nacht am Boden, während Morrie in seinem Bett schnarchte. Mir war, als hätte ich kaum ein Auge zugetan, als Mrs Goldman mich weckte, um mir die Neuigkeiten zu berichten. Sie hatte im Krankenhaus angerufen und erfahren, dass Beauty operiert worden war und sich offenbar in einem stabilen Zustand befand.

»Können wir sie besuchen?«, fragte ich.

»Nein, tut mir leid, Schätzchen. Sie haben gesagt, dass nur Verwandte zu ihr dürfen.«

»Aber ich bin eine Verwandte! Sie ist meine Oma. Haben Sie denen das gesagt?«

»Ich glaube, wir hätten etwas Mühe, es ihnen zu erklären. Aber ich verspreche dir, regelmäßig anzurufen und mich nach ihr zu erkundigen.«

Es war frustrierend, die Anrufe abwarten zu müssen, besonders, weil es immer nur hieß, ihr Zustand sei stabil, daher war ich ganz aufgeregt, als Willy anrief und sagte, es sei ihr durch ihre Kontakte zu den Krankenschwestern gelungen, Zutritt zu Beautys Station zu erhalten. Gleich anschließend kam sie zu uns, um uns zu berichten.

»Man kann noch nichts Genaues über ihren Zustand sagen, bis sie richtig aufgewacht ist«, sagte Willy an jenem Abend, als sie neben mir auf dem Sofa der Goldmans saß, »aber die Situation ist durchaus besorgniserregend, weil sie eigentlich schon längst hätte aufwachen müssen. Allmächtiger, das geht über meinen Verstand! Beauty ist immer eine solche Kämpferin gewesen, aber jetzt scheint es, als wollte sie das Bewusstsein gar nicht wiedererlangen.« Willy stellte klappernd Teetasse und Untertasse ab und betupfte sich die geschwollenen Augen mit einem Taschentuch.

Danach sah sie aus wie ein Panda, und ich platzte heraus: »Willy, hast du dich etwa geschminkt?«

Sie errötete, wandte sich zu mir um und konterte mit einer Gegenfrage. »Kannst du mir noch einmal genau erzählen, was passiert ist?«

»Schminkst du dich etwa für Mr Groenewald, deinen Chef? Weil er Edith mag und sie sich schminkt?«

»Es reicht, Robin! Bitte erzähl mir jetzt, was passiert ist, ja?«

Ich zog meinen abgekauten Daumennagel aus dem Mund.

»Aber das hab ich doch schon getan! Morrie ist raufgekommen und hat mich runter ans Telefon geholt. Bei den Goldmans hab ich mit Edith gesprochen und ihr von Victor erzählt. Edith hat dann gesagt, sie würde Johan anrufen, und wir müssten Schluss machen. Als ich wieder hochkam in die Wohnung, war Beauty nicht im Wohnzimmer, und als ich ins Schlafzimmer kam, hat sie schon nach Luft geschnappt und ist dann zusammengesackt.«

»Und sonst ist nichts vorgefallen? Hat sie keinen Anruf bekommen oder irgendetwas anderes, das sie vielleicht erschreckt hat? Keine schlechten Nachrichten?«

»Aber das habe ich doch auch schon alles erklärt! Sie hat sich über den Anruf von Johan aufgeregt.«

»Ja, ich weiß, aber ist nicht noch etwas anderes passiert? Hat sie vielleicht etwas von Nomsa gehört?«

Ich schüttelte den Kopf, weil ich meiner Stimme nicht über den Weg traute.

Willy seufzte. »Dann hat wahrscheinlich der Anruf von Johan den Infarkt ausgelöst.« Sie putzte sich die Nase und sah Mrs Goldman an. »Gibt es etwas Neues von Victor?«

»Ja, wenigstens in dieser Hinsicht gibt es gute Neuigkeiten. Er ist von der Intensivstation auf die normale Station verlegt worden. Ich fahre mit Robin nachher zu ihm. Hoffentlich fühlt er sich schon stark genug für Besuch.«

»Das wäre doch nett, oder, Robin? Das heitert dich doch bestimmt ein bisschen auf, ja, *liefling*? Erzähl Victor aber nichts von Beauty, okay? Wir dürfen ihn jetzt nicht aufregen.«

Ich nickte. Ich hatte nicht vor, noch einen Herzinfarkt zu verursachen.

»Warum passiert so etwas?«, fragte ich.

»Was meinst du?«

»Warum werden nette Leute wie Victor zusammengeschlagen und kriegen tolle Frauen wie Beauty einen Herzinfarkt?«

»Ach, *liefie*«, erwiderte Willy, »wir Menschen können das nicht verstehen. Die Wege des Herrn sind unergründlich.«

»Hi, Kleine, ich bin's.« Edith klang atemlos und sehr weit weg, als sie am späten Nachmittag anrief. »Ich habe gerade von Beauty erfahren. Unfassbar, erst Victor und dann sie. Geht es dir gut?«

Es ging mir nicht gut, aber ich befürchtete, in Tränen auszubrechen, wenn ich es aussprach.

»Hallo? Bist du noch da?«

Ich schniefte. »Ja, ich bin da.«

»Mach dir keine Sorgen, ich habe mit Mr und Mrs Goldman besprochen, dass sie sich vorübergehend um dich kümmern und …«

»Du kommst nicht nach Hause?«

Edith seufzte. »Nein, ich …«

»Du bist nie da, wenn ich dich brauche! Du bist nie da, wenn schlimme Dinge passieren. Immer bist du weg!«

Es war eine Erleichterung, eine Zielscheibe für meine ganze Wut und meinen Schmerz zu finden; ich brauchte einen Sündenbock. Was mit Beauty geschehen war, war nicht nur meine Schuld, sondern auch die von Edith. Wenn sie zu Hause gewesen wäre und sich um mich gekümmert hätte, wie es ihre Aufgabe gewesen wäre, wenn sie mich in ihrem Leben an die erste Stelle gesetzt hätte und mich nicht immer nur durchreichen würde wie ein Paket, dann wäre nichts von alldem je geschehen.

»Ach, Robin.«

»Ich brauche dich hier.«

»Kleine, du weißt doch, dass ich kommen würde, wenn ich könnte. Aber die Goldmans sind …«

»Ich will nicht zu ihnen! Ich will, dass du bei mir bist!«

»Jetzt komm schon, mach mal einen Punkt, ja? Ich habe mir schon öfter freigenommen, als ich eigentlich dürfte, und man hat mir unmissverständlich zu verstehen gegeben, dass ich meinen Job verliere, wenn ich noch öfter fehle.«

»Ich hasse dich, und deinen Job hasse ich auch.«

Ich knallte den Hörer auf und wischte heftig die heißen Tränen weg, die mir die Wangen hinunterliefen. Edith kam nicht nach Hause, weil ihr ihre Arbeit wichtiger war als ich. Ohne Beauty war ich einsamer als je zuvor.

Johan brachte mich bis zur Tür von Victors Einzelzimmer und drängte mich hinein. »Nimm dir so viel Zeit, wie du möchtest. Ich warte draußen auf den Arzt und höre, was es Neues gibt.«

Ich wollte nicht, dass er ging, wusste aber nicht, wie ich ihm erklären sollte, dass ich Angst hatte, mit Victor allein gelassen zu werden. Stattdessen sah ich Johan nach, der durch den langen Korridor verschwand, wobei seine Schuhe auf dem glänzenden Fußboden quietschten. Dann ging ich einige vorsichtige Schritte auf das Bett zu.

Das Etwas, das da lag, sah kein bisschen aus wie Victor. Sein ganzes Gesicht war verquollen und blau verfärbt, sodass sich seine Nase und die Wangenknochen in eine große violettblaue Mondlandschaft verwandelt hatten. Auch der Kiefer war deformiert, er war viel zu groß, und hinter den aufgeplatzten, geschwollenen Lippen sah ich eine leere zahnlose Höhle. Victor trug Verbände um den Kopf, und eine klare Flüssigkeit tropfte durch Schläuche in seine Arme. Er sah wie ein Ungeheuer aus, und mir wurde schwindelig und übel, als ich neben ihm stand. Das Piepen und Blinken der Maschinen machte die ganze Szene noch albtraumhafter.

Ich wollte schon zurückweichen und mich zum Gehen wenden, als die Augen des Etwas sich flatternd öffneten. Sein Blick huschte im Raum umher wie unruhige Motten, bevor sie mein Gesicht fanden und es fixierten. Seine Augen waren blutunterlaufen, wie mit roten Fäden kreuz und quer vernäht, aber es waren unverkennbar Victors hellbraune Augen. Sogar in diesem Zustand, sogar schmerzverschleiert, schimmerte ihre Freundlichkeit hindurch, und voller Grausen sah ich zu, wie sie sich mit Tränen füllten.

»Bitte weine nicht«, flüsterte ich. »Ich bin's doch nur. Ich bin's, Robin.« Ich schlängelte meine Hand durch die Schläuche, die in seinen Handrücken führten, und fuhr mit meiner Handfläche unter seine, sodass seine Fingerspitzen auf meinem Puls lagen. Seine Finger krümmten sich, und er drückte meine Hand, kaum merklich, und ich erwiderte seine Geste. Ich hätte am liebsten die Tränen abgewischt, die ihm die Wangen hinunterliefen, doch ich wusste, dass es nicht genug gewesen wäre, die Spuren seines Schmerzes zu beseitigen. Ich hätte ihm gern den Schmerz selbst genommen. Ich wollte auch nicht, dass er sich wegen seiner Tränen schämte, deswegen lächelte ich und ließ auch meinen Tränen freien Lauf. Es war unfassbar, wie schlimm Victor zugerichtet worden war. Ein Bein war eingegipst und wurde von einem Gestell hochgehalten, ebenso wie einer seiner Arme. Er schien nackt zu sein unter der Decke, die bis zu seinen Achseln hinaufgezogen war; dickes schwarzes Haar kringelte sich auf seiner Brust und unter seinem mit Blutergüssen bedeckten Hals. Auf seinem verformten Kinn sprossen Bartstoppeln, und in einer Ohrmuschel war Blut zu einer Kruste geronnen.

Ihr hättet auf mich hören und wegziehen sollen. Du hättest ein Feigling sein und weglaufen sollen, denn dann wärst du nicht zusammengeschlagen worden und würdest nicht hier liegen, so schrecklich aussehen und so entsetzliche Schmerzen leiden.

Als ich mir seine Verletzungen ansah, fiel mir noch etwas anderes auf. Auch Victors Fingerknöchel waren geschwollen, und die offenen Wunden auf jedem Höcker begannen gerade erst zu verkrusten. Der Anblick erinnerte mich an einen Abend, an dem mein Vater nach einer Feier in der Mine zu Hause hereingestolpert kam – einer jener Feiern, zu denen die Frauen nicht eingeladen worden waren. Ich hatte von meinem Schlafzimmer aus zugesehen, wie meine Mutter beim Anblick seiner blutigen Hände scharf die Luft eingesogen und ihn beschuldigt hatte, Rum getrunken zu haben, der ihn aggressiv und streitsüchtig machte. Victors Hände sahen genauso aus wie die meines Vaters an jenem Abend.

Victor hatte sich gewehrt.

Und mit dieser Erkenntnis kam auch die Erinnerung an das Gespräch wieder zurück, das wir am Abend meiner Geburtstagsparty geführt hatten. *Sich seinen Ängsten zu stellen ist immer besser, als zu versuchen, vor ihnen wegzulaufen,* hatte Victor gesagt.

Er hatte recht. Anstatt meiner Angst, Beauty zu verlieren, ins Gesicht zu sehen, hatte ich versucht, vor ihr wegzulaufen. Statt meine Fäuste gegen eine unbekannte Zukunft zu erheben und einem Leben ohne Beauty ins Auge zu blicken, wie immer es aussehen würde, hatte ich gelogen und den Beweis von Nomsas Rückkehr versteckt, und dann war ich immer weiter weggerannt. Doch man konnte vor seinen Ängsten nicht davonlaufen, denn mit der Angst war es doch so: Sie warf einen Schatten, den man nicht abschütteln konnte und der wendig und schnell war und der immer, immer nur den Bruchteil einer Sekunde hinter einem sein würde.

Und dann fiel mir ein, dass Victor an jenem Abend noch etwas anderes gesagt hatte, etwas, das in den letzten Tagen in meinem Unterbewusstsein rumort hatte. Karma ist, wenn man anderen Schlimmes antut und einem dann als Bestrafung selbst schlimme Dinge zustoßen.

Die Erkenntnis kam mir wie ein Geistesblitz. Alles, was geschehen war – dass ich die Mascara-Tube meiner Mutter verloren hatte, dass Victor zusammengeschlagen worden war und Beauty einen Herzinfarkt erlitten hatte –, das alles war meine Schuld. Ich hatte etwas sehr Böses getan an dem Tag, an dem ich beschloss, Nomsas Brief vor Beauty zu verstecken, und jetzt sorgte das Karma dafür, dass ich dafür bestraft wurde.

Es spielte keine Rolle, dass ich mir eingeredet hatte, es sei richtig, Beauty an mich zu binden. Es spielte keine Rolle, dass ich geglaubt hatte, Nomsa würde Beauty nicht so sehr brauchen wie ich. Nichts davon rechtfertigte mein Handeln. Schließlich hatte man mir meine Eltern und Mabel weggenommen, und ich litt noch immer schrecklich unter diesem Verlust. Hätte ich nicht besser wissen müssen als irgendjemand sonst, wie es sich anfühlte, diejenigen zu verlieren, die man am meisten auf der Welt liebte? Und dennoch, trotz alldem, hatte ich absichtlich Beauty und Nomsa voneinander ferngehalten, obwohl ich ganz genau wusste, dass es Beautys einziger Wunsch auf der Welt war, ihre Tochter zu finden. Ich hatte dafür gesorgt, dass das nicht geschah.

Es war nicht Ediths Fehler, dass all das geschehen war. Es hatte nichts mit der Tatsache zu tun, dass sie nie zu Hause war. Es waren auch nicht Gottes unergründliche Wege, wie Willy gemeint hatte. Ich hatte nach Leuten gesucht, denen ich die Schuld in die

Schuhe schieben konnte, obwohl die Schuld nur bei einer einzigen Person lag: bei mir. Sowohl Victor als auch Beauty kämpften im Krankenhaus um ihr Leben, weil ich etwas Unverzeihliches getan hatte, und es war nur gerecht, dass ich dafür bestraft wurde.

Gleichzeitig mit dem Schuldbewusstsein und der Bürde der Verantwortung kam mir noch ein anderer Gedanke.

Wenn meine schlimme Tat so etwas verursacht hatte, dann musste doch alles besser werden, wenn ich sie wiedergutmachte?

Und plötzlich wusste ich genau, was ich zu tun hatte.

53
ROBIN

3. Oktober 1977
Yeoville, Johannesburg, Südafrika

Also«, schloss ich, »muss ich Nomsa finden und sie zu Beauty bringen.«

Morrie und ich saßen auf dem Boden in seinem Zimmer. Ich hatte ihm gerade alles gebeichtet, ihm die ganze Wahrheit darüber erzählt, wie ich Beautys Herzinfarkt verursacht hatte, und ihm alle Einzelheiten seit dem Tag von Nomsas Besuch berichtet.

Nomsas Brief und das Foto, das Morrie von uns beiden gemacht hatte, lagen in seinem Schoß – die Beweise für meinen Verrat. Ich trug Beautys Christophorus-Anhänger an einer neuen Kette um den Hals, weil ich ihre zerrissene nicht hatte reparieren können. Christophorus hing neben dem herzförmigen Medaillon, das mir Beauty zu Weihnachten geschenkt hatte, dem mit den Fotos meiner Eltern darin, und gab mir das Gefühl, dass ich alles, was ich je brauchen würde, um den Hals trug. Er gab mir Mut.

Morrie hatte mich ausreden lassen, ohne ein Wort zu sagen. Er hatte nur bei jeder Enthüllung die Augen weiter aufgesperrt.

»Bitte sag doch was!«, flehte ich ihn an, nahm mit zwei Fingern das Foto und betrachtete es, damit ich sein entsetztes Gesicht nicht sehen musste. Ob er immer noch so unbedingt mit mir zusammen sein wollte, jetzt, wo er wusste, was für ein schrecklicher Mensch ich war?

»Aber wie willst du Nomsa finden, wenn Beauty, Maggie und Willy sie über ein Jahr lang erfolglos gesucht haben?«, fragte Morrie.

»Ich weiß nicht«, seufzte ich. »Aber ich kann nicht einfach nichts tun.« Ich blickte auf das Foto, studierte es, während ich von ganzem Herzen wünschte, noch einmal zu diesem Moment zurückkehren und ihn verändern zu können. Ich hätte alles anders gemacht, wenn ich gekonnt hätte. Nomsa und mich zusammen zu sehen beschämte mich; es war, als hätte Morrie einen der schlimmsten Momente meines Lebens eingefangen und ihn für alle Ewigkeit auf dem Foto festgehalten als Beweis dafür, was für ein Ungeheuer ich war.

»Es muss jemanden geben, der weiß, wo sie ist. Vielleicht weiß Maggie ja doch, wo sie zu finden ist.«

»Vielleicht«, sagte er, klang aber skeptisch.

Ich konnte ihn immer noch nicht ansehen und betrachtete stattdessen das Foto. Auch mich und Nomsa konnte ich nicht zu genau ansehen, deshalb wanderte mein Blick über die Umgebung auf dem Bild: die riesige Eiche, meinen Schulranzen, die Schaukeln im Hintergrund, die sonnengesprenkelte schwarze Frau, die seitlich im Hintergrund stand.

»Ich glaube, der Brief ist vielversprechender«, meinte Morrie. »Ich wette, da steht drin, wo Nomsa ist.«

»Hm«, machte ich, immer noch auf die Frau konzentriert, die mir erst jetzt aufgefallen war. Ich hielt das Foto näher vor die Augen. Die weißen Flecke, die ich für Sonnenlicht gehalten hatte, das durch die Blätter fiel, waren unlogisch, da sie gar nicht im Schatten stand.

»Wir brauchen nur jemanden, der Xhosa lesen kann, um ihn für uns zu übersetzen.« Morrie redete immer noch von dem Brief.

»Hm.« Und dann erkannte ich, was die Flecken zu bedeuten hatten. »Guck mal, Morrie!«, stieß ich hervor und zeigte ihm das Foto. »Es ist mir gerade erst aufgefallen. Siehst du das Mädchen auf der Seite mit den Sonnenklecksen im Gesicht?«

»Ich glaube, man sagt Flecken, nicht Kleckse, aber ich sehe sie. Was ist mit ihr?«

»Das ist nicht von der Sonne, das sind weiße Geburtsmale. Das ist das Mädchen aus der *Shebeen*! Nomsas Freundin.«

Morrie kniff die Augen zusammen und sah genau hin. »Die, die behauptet hat, sie wüsste nicht, wo Nomsa ist?«

»Ja, aber erst vor ein paar Wochen war sie mit Nomsa im Park, also muss sie wissen, wo sie sich aufhält.«

»Aber warum sollte sie dir die Wahrheit sagen, wenn sie sogar Beauty angelogen hat?«

Das versetzte meiner Aufregung einen Dämpfer. Er hatte recht. Es gab keinen Grund, warum Phumla mir sagen sollte, wo Nomsa war, wenn sie sogar gegenüber Beauty nicht die Wahrheit über das Versteck dieses Mannes, Shakes, gesagt hatte. Es gab keinen Grund, warum sie …

Doch dann machte es klick, und ich erinnerte mich endlich, endlich daran, wo ich sie zum ersten Mal gesehen hatte. Das Wissen, das die ganze Zeit nur knapp außer Reichweite gewesen war, stieg in einer Flut lebendiger Bilder in mir auf: eine Polizeiwache, ein halbnacktes Mädchen mit über der Brust verschränkten Armen, ein aufgerissenes Männerhemd, das sie kaum bedeckte, der Geruch von Schweiß und Zigaretten, eine weiße Hand, die eine Decke anbot, und eine schwarze Hand, die sie annahm.

»Vielleicht sagt sie es mir doch«, sagte ich, als ich aufsprang. »Denn ich war mal nett zu ihr, und hoffentlich erinnert sie sich noch daran und tut auch etwas Nettes für mich.«

Ich fand King George an seinem üblichen Platz im Keller, wo er eine seiner süßlichen Zigaretten rauchte.

»Wo soll dich King George hinfahren, Little Miss?«

»Meadowlands in Soweto«, wiederholte ich. »Zu einer *Shebeen*.«

»Einer *Shebeen*? Bist du nicht ein bisschen zu jung für so was, Little Miss?«

»Es ist ein Notfall, King George. Bitte! Beauty ist im Krankenhaus, sie stirbt womöglich, und ich muss ihre Tochter finden, damit Beauty wieder gesund wird und …« Vor lauter Panik sprudelte alles wild durcheinander aus mir heraus.

Ich griff in meinen Rucksack, vorbei an Beautys Tagebuch und allem anderen, was ich eingepackt hatte, und zog eine Handvoll Geldscheine heraus. Es war der letzte Rest des Geldes, das Edith uns dagelassen hatte. Ich hatte alles aus der Keksdose in der Küche genommen. Außerdem hatte ich mein Sparschwein zertrümmert und eine Banktüte voller Münzen herausgeholt. »Hier«, sagte ich und schob die Geldscheine und die Tüte King George zu. »Ich habe Geld. Ich kann dich bezahlen. Bitte, bitte fahr mich hin!«

Er blickte hinunter auf das Geld in seiner Hand und pfiff zwischen den Zähnen hindurch. »Jesses! Wo hast du denn das ganze Geld her, Little Miss? Hast du eine Bank überfallen?«

Ich schüttelte den Kopf, doch bevor ich etwas erwidern konnte, steckte King George mir das Geld wieder zu. Ich hätte schreien können vor Frustration, weil er sich weigerte, mir zu helfen.

»Behalte dein Geld, Little Miss.«

Ich stöhnte auf und wandte mich zum Gehen. Ich hatte keine Hoffnung, Nomsa zu finden, wenn ich es nicht mal bis Soweto schaffte. Willy würde mich auf keinen Fall zu der *Shebeen* bringen, und wenn sich Mr Goldman nicht mal ins Wartezimmer des

Bara setzen wollte, würde er sich definitiv niemals in ein Viertel von Soweto wagen. Maggie und ihr Mann waren nach London ins Exil gegangen, nachdem die Polizei noch einmal eine Razzia in ihrem Haus durchgeführt hatte. Es gab keine Busse für Weiße, die nach Soweto fuhren, und King George war meine einzige Hoffnung gewesen, dorthin zu kommen.

Als ich mit der Hand den Türgriff berührte, rief King George: »Warte! Wo willst du denn hin, Little Miss?«

»Du hast gesagt, du würdest mir nicht helfen, also muss ich mir was anderes einfallen lassen.«

»Aber King George hat doch gar nicht gesagt, dass er Little Miss nicht helfen will. Er hat nur gesagt, dass er kein Geld dafür nimmt. Little Miss, du brauchst King George nicht zu bezahlen. Freunde sind dazu da, Freunden zu helfen, stimmt's?«

»Also fährst du mich?«, fragte ich, noch etwas skeptisch.

»Ja, wenn es Little Miss doch so viel bedeutet.«

»Danke! Oh, ich danke dir so sehr!« Ich stürzte mich auf ihn und drückte ihn, so fest wie ich konnte.

»*Jinne*, jetzt wünschte ich doch glatt, ich hätte diese Woche mal ein bisschen Seife benutzt.«

»Little Miss, bist du hundertprozentig sicher, dass niemand die Bullen hinter King George herschickt, weil sie dich suchen?«

Ich steckte den Kopf unter der Decke hervor, die er auf dem Rücksitz über mich geworfen hatte. »Keine Sorge. Morrie deckt mich.«

Wir hatten den Goldmans weisgemacht, dass ich mich nicht wohl fühlte und früh zu Bett wollte. Mrs Goldman war den ganzen Tag über mit den Vorbereitungen für Jom Kippur beschäftigt gewesen und hatte daher nicht besonders auf uns geachtet, während sie kochte und alles für den nächsten Tag bereit machte. Der Plan sah vor, dass Morrie warten würde, bis ich mich hinausgeschlichen hatte, und dann Kissen unter die Bettdecke stopfen und das Licht ausschalten würde. Nach der Rückkehr der Goldmans von der Synagoge würde er so tun, als würde er etwa jede Stunde nach mir sehen, und seiner Mutter berichten, ich schliefe tief und fest, damit sie nicht misstrauisch wurde.

»*Orright.* Zu welcher *Shebeen* soll ich denn jetzt fahren?«

»Zum Fatty Boom Boom's.«

»*Jinne,* Little Miss kennt sich aber gut mit *Shebeens* aus, alle Achtung! King George mag Fattys Kneipe, und er mag Fatty. Die ist so richtig was zum Anfassen, ganz nach meinem Geschmack. *'n lekker vettetjie!*«

Ich zog den Kopf wieder unter die fleckige Decke und ließ einen Spalt offen, damit ich Luft bekam. Ich atmete durch den Mund, denn die Decke stank dermaßen, dass mir davon übel wurde. Die Straßenlaternen brannten mittlerweile, und ihre Lichter huschten in kränklich gelben Blitzen über mich hinweg. King George schaltete das Radio ein, aber es kam nur Knistern und Rauschen. Er versetzte ihm ein paar Klapse, und als das auch nicht half, gab er lauthals eine Version von »Pretty Belinda« zum Besten.

Allerdings verhunzte er den Text, also rief ich laut, er solle aufhören.

»Das heißt nicht *goat house,* sondern *boathouse.*«

»Boothaus? Was soll'n das sein?«

»Ein Haus, das ein Boot ist.«

»*Nee, fok.* Das gibt's doch gar nicht, Little Miss. Ein Haus kann nicht schwimmen.«

»Doch, das gibt's. Aber ein Ziegenhaus, das gibt's nicht.«

»Klar doch! Das ist'n Haus, in dem Ziegen wohnen.«

Es hatte keinen Sinn, ihn zu verbessern, deshalb gab ich auf und summte leise mit, aufrecht gehalten von der Aussicht, etwas zu unternehmen, womit ich den Schaden vielleicht wiedergutmachen konnte.

»*Fokkit!*« King Georges fröhliches Lied brach ab, und er fluchte erschrocken.

»Was ist? King George?«

»Straßensperre, genau an der Ausfahrt. Jede Menge Bullen. Decke über den Kopf, Little Miss!«

Ich gehorchte und deckte mich trotz meiner Aversion gegen das stinkige Ding fest zu. King George fuhr seine Hand nach hinten aus und klopfte wild auf meinem Kopf herum, um sicherzugehen, dass er verborgen war. Dann warf er wahllos Sachen aus dem Fußraum über mich und auf den Rücksitz. Das Auto war ein fahrender Abfalleimer: Überall lagen Flaschen, Verpackungen, Zeitungen und anderer Kram, und es war, als verwandelte er mich in eine menschliche Müllhalde.

»Jetzt keinen Mucks, Little Miss, und ganz still liegen! Wenn sie dich bei mir finden, ist King George im Arsch!«

Er fuhr langsamer und fluchte dabei weiter die ganze Zeit vor sich hin. Er hatte sich wohl auch eine Zigarette angezündet, denn ich roch den Qualm. Er war nicht süßlich wie sonst, sondern genauso wie der von Ediths normalen Zigaretten. Wir wurden immer langsamer und hielten schließlich an. Das Fenster wurde quietschend heruntergekurbelt. Ein Licht schien herein; es musste hell sein, denn es durchdrang sogar die Decke.

»Guten Abend, Officer, wie geht's, Officer?«

»Fahren Sie an den Rand und warten Sie auf mich.«

»Ist gut, Officer. Mach ich, Officer.«

Gegenüber dem Polizisten schlug King George einen widerlich kriecherischen Ton an, aber sobald wir an den Straßenrand fuhren, fing er wieder an zu fluchen. Seine Angst war seiner Stimme deutlich anzuhören, und daraufhin fing auch ich an zu zittern. Als wir erneut anhielten, hörte ich weitere Geräusche: abgehackte Stimmen, verstärkt durch Walkie-Talkies, das Knirschen von Reifen, vorbeisausende Autos auf dem Highway, das Pfeifen und Heulen von Sirenen und Hundegebell. Einige Minuten vergingen, ohne dass etwas geschah. Ich hielt es nicht mehr aus; ich musste wissen, was los war.

»Was ist …«

»Pst!«, zischte King George.

Einige Sekunden später befahl ihm jemand auszusteigen. Die Fahrertür wurde quietschend geöffnet und wieder zugeschlagen. Durch das offene Fenster konnte ich den größten Teil der Unterhaltung mithören.

»Guten Abend, Officer.«

»Wo ist dein Ausweis?«

»Farbige brauchen doch keine Ausweise, Officer. *Jinne,* wir sind nicht ganz so tief unten wie Kaffern.«

»Du bist farbig?«

»Ja, Officer, farbig. Haben Sie noch nie einen Farbigen gesehen? Ja, ich weiß, hier im guten alten Transvaal gibt's nicht viele *Klonkies*, weil sie alle am Kap leben. Waren Sie schon mal am Kap? Tolle Berge, und erst die Strände, obwohl ich die natürlich nicht kenne, denn die *Klonkies* dürfen sich ja nicht mal eine Minute mit ihren braunen Hintern in den Sand setzen. Ist nur was für Weiße. Aber Ihnen würd's da gefallen, Officer. Können Sie schwimmen?«

»Wo ist der Beweis, dass du farbig bist?«

»Beweis, Officer? Schauen Sie mal hier, meine Haut. Sieht aus wie dünner Kaffee mit viel Milch, da, sehen Sie? Wo ist Ihre Taschenlampe? Ich möchte sie gerne auf meine Haut richten, damit Sie richtig hinsehen können.«

»Wem gehört das Auto da?«

»Das gehört mir. Gefällt's Ihnen, Officer? Schon zwanzig Jahre alt. Hat neunzigtausend auf dem Tacho, aber der springt bei hunderttausend immer um. Ist schon dreimal umgesprungen. Ist eine alte Rostlaube, bringt den alten King George aber dahin, wo er hinmuss.«

»Personalausweis und Autopapiere!«

»Sofort, Officer. Ich hol sie aus dem Auto.«

Kies knirschte, und die Tür quietschte erneut. Ich hörte, wie King George das Handschuhfach öffnete und im Inneren herumwühlte. Ich hoffte, dass es ordentlicher war als der Rest des Wagens. Während er kramte, flammte plötzlich grelles Licht knapp über meinem Kopf auf. Der Schein fiel genau durch die Decke, und ich schloss die Augen gegen die Helligkeit. Der Polizist beleuchtete mit der Taschenlampe den Rücksitz.

»Was ist das alles für ein Scheiß dahinten?«

Ich versuchte, die Luft anzuhalten, voller Angst, dass der Polizist das Heben und Senken der Decke über mir bemerken könnte.

»Dieser Scheiß? Ein ganz schönes Durcheinander, ich weiß. Müll und anderer Kram. Müsste dringend mal aufräumen. Bin nicht sehr ordentlich. Hier sind die Papiere, Officer. Hab sie gefunden.«

Der Lichtschein wanderte weg, und ich hörte die Papiere rascheln, während der Polizist sie überprüfte.

»Wo willst du hin?«

»Nach Eldorado Park, da wohne ich schließlich. Wollte nur noch mal schnell bei einer Freundin vorbeischauen, wenn Sie's genau wissen wollen. Aber keine Sorge, die Süße ist auch eine *Klonkie*! King George hält sich an den Immorality Act. Ich tauch meinen braunen Löffel nicht in weiße oder schwarze Honigtöpfe. Aber ich muss mein *stukkie* einmal die Woche mit Geld und Geschenken besuchen, sonst würde sie sich fix einen anderen Mann suchen. Sie wissen doch, wie die Mädels sind, Officer. Ein gut aussehender Mann wie Sie hat doch sicher auch mehrere *stukkies* …«

»Jetzt hör endlich auf, mich vollzulabern. Ich bin nicht dein Kumpel, ist das klar? Halt die Klappe und tu, was ich dir sage. Kofferraum auf!«

»*Orright,* Officer. Tut mir leid, Officer.«

Ein Schlüssel wurde gedreht, und ein Schloss sprang klickend auf. Knarrend öffnete sich die Kofferraumklappe.

»Nur noch mehr Scheiß, wie Sie sehen, Officer. Entschuldigen Sie das Durcheinander …«

»Ich sag's nicht noch mal. Halt die Klappe!«

»*Orright,* Officer.«

Polternd und raschelnd wurde der Krempel hinten im Kofferraum durchsucht. Endlich schloss sich die Klappe wieder.

»War das alles, Officer? Kann ich jetzt weiterfahren?«

»Noch nicht. Ich will mir noch den Rücksitz genauer ansehen.«

Eiseskälte kroch über meine Haut, und ein Erdbeben der Angst erfasste mich, das das Blut in meinen Ohren rauschen ließ und die Stimmen draußen fast übertönte.

»Den Rücksitz? Aber ich hab Ihnen doch schon gesagt, Officer, das ist alles nur Müll und …«

»Sofort! Ich will ihn mir sofort ansehen. Aus dem Weg!«

»Aber …«

»Wenn du mich noch einmal anfasst, breche ich dir jeden Finger einzeln, dass schwöre ich dir!«

»Tut mir leid. Tut mir leid, Officer.«

»Zurück!«

Mein Herz klopfte so laut, dass der Polizist es hören musste. Ich versuchte, langsamer und flacher zu atmen. Der Türgriff neben meinem Ohr gab nach, und als die Tür aufging, strömte kühle, saubere Luft herein. Ich wartete darauf, dass die Decke von mir weggerissen wurde, aber nichts regte sich. Alles blieb still. Schließlich knarrte die Rücksitzlehne hinter meinem Kopf, weil Druck darauf ausgeübt wurde, und das Kunstleder machte ein Furzgeräusch.

Der Polizist beugte sich so dicht über mich, dass ich sein Aftershave riechen konnte. Es war süßlich und schwer und kitzelte mir in der Nase; der Geruch war so stark, dass ich die seltsame Mischung aus Gewürzen und Moschus durch den Gestank der Decke wahrnahm. Es gab einen Knall, als etwas Hartes auf die Zeitung hinter mir flog, und ich zuckte zusammen.

»Was war das?«

»Was, Officer?«

»Diese Bewegung. Da hat sich doch etwas bewegt.«

»Wirklich? Ach, du Scheiße, ich dachte, ich hätte das Vieh erledigt.«

»Welches Vieh?«

»Eine riesige fette Ratte. Zähne so lang wie Messer. Ich hab versucht, sie totzutreten, und hab sie ein paar Mal ordentlich erwischt.«

»Ich glaub dir kein Wort. Was ist unter …«

Plötzlich schallten laute Schüsse durch die Nacht, und der Polizist fluchte. Stimmen in der Nähe befahlen jemandem stehen zu bleiben, und weitere Schüsse fielen.

»Lass den Hund los!«, rief jemand, und wieder fluchte der Polizist und knallte die Tür zu.

Draußen entstand Chaos; Männer schrien, Hunde bellten. Reifen quietschten, gefolgt von lautem Hupen. Es klang, als wäre jemand geflüchtet und versuchte, über den Highway zu entkommen. Bevor ich herausfand, was genau los war, wurde der Motor gestartet, und wir setzten zurück.

»Ach, du Scheiße, das war knapp. Ich hätt mir fast in die Hosen geschissen.«

Der Motor heulte laut auf, und so, wie es sich anhörte, hatte die Polizei anderes zu tun, als uns aufzuhalten. Ich schnellte unter der Decke hervor in dem verzweifelten Versuch, von der Ratte wegzukommen.

54
ROBIN

3. Oktober 1977
Soweto, Johannesburg, Südafrika

Da ist sie!« Ich war so erleichtert, Phumla zu sehen, dass ich beinahe von King Georges Schultern gefallen wäre. Er hatte mich hochgehoben, damit ich in den Raum blicken konnte, ohne dass er noch einmal das Fass heranschleppen musste.

»Ist das die Frau, mit der du reden willst?«

»Ja.« Ich wusste nicht, was ich getan hätte, wenn Phumla an diesem Abend nicht gearbeitet hätte; so weit voraus hatte ich einfach nicht gedacht.

»*Orright.* Dann geh ich jetzt rein und sage ihr, dass du sie sprechen willst, Little Miss.«

Ich wollte gerade herunterspringen, als ich noch etwas anderes entdeckte. Ich stieß einen frustrierten Seufzer aus und trat King George aus Versehen aufs Ohr.

»Autsch!«

»Entschuldige!«

»Runter mit dir«, befahl er, und ich gehorchte und sprang runter.

Mit schmerzverzerrtem Gesicht rieb er sich das Ohr.

»Entschuldige bitte!«

»Schon okay. Und jetzt sag mir mal, wo das Problem liegt.«

»Da drinnen ist dieser Mann, der Beauty die Augen verbunden

und Phumla gezwungen hat, sie anzulügen. Ich glaube, dass Phumla Angst vor ihm hat. Bestimmt will sie nicht mit mir reden, während er da ist. Ich muss es irgendwie schaffen, zu ihr hinzukommen.«

»*Orright.* Wie heißt er, und wie sieht er aus?«

Ich gab King George eine Beschreibung und erklärte, wo er saß. Er runzelte sein faltiges altes Gesicht und nickte dann ein paar Mal. »Okay. Alles klar. Ich glaub, das krieg ich hin. Aber ich brauch ein Budget.«

»Ein Budget?«

»Ein bisschen Kohle«, sagte er und rieb Daumen und Zeigefinger aneinander. »*Mola.* Knete. Geld.«

»Du brauchst Geld?«

»Ja, aber nicht für mich. Ich muss meinem neuen Kumpel ein paar Drinks ausgeben.«

»Deinem neuen Kumpel?«

»Ja, dem Typen da drin. Shakes.«

»Aber er ist doch nicht dein Kumpel!«

Augenzwinkernd erwiderte er: »Noch nicht, aber nach ein paar Drinks wird er es sein.«

»Ach so.« Ich nahm meinen Rucksack ab und gab King George das Geld, das er vorhin abgelehnt hatte.

»So, und jetzt musst du dir ein gutes Versteck suchen, Little Miss und da warten, alles klar? Ich brauch ein bisschen Zeit, ein paar Gläser und vielleicht auch ein bisschen *boom* für meinen Zaubertrick. Wenn das Mädchen rauskommt, bedeutet das, dass die Luft rein ist. Okay? Komm auf keinen Fall vorher aus deinem Versteck, Little Miss, ist das klar?«

»Okay. Viel Glück!« Ich drehte mich um und überquerte den Hof, der mit Alteisen vollgerümpelt war, hinüber zum Zaun, wo das Tor war, wie ich vom letzten Mal noch wusste. Dort war es dunkel, und Bäume versperrten die Sicht, sodass mich niemand sehen würde, wenn man mich nicht gerade suchte. Und vor allen Dingen konnte ich von da aus den Hof überblicken, falls Phumla später rauskäme. Als ich mein Versteck erreicht hatte, beobachtete ich, wie King George die Schultern straffte, das Geld in die Hosentasche steckte und lässig hineinschlenderte.

Eine halbe Stunde später saß ich immer noch an den Zaun gelehnt da, das Kinn auf den angezogenen Knien. Der Maschendraht schnitt mir allmählich ins Fleisch, und ich spürte, wie jede einzelne Raute einen Abdruck auf meinem Rücken hinterließ. Ich beugte mich nach vorn, um den Druck zu mildern.

Es war ein warmer Frühlingsabend, und ein Halbmond schwebte über uns. Der Himmel war wolkenlos, und ich blickte hinauf zu den Sternen, um vielleicht einige Konstellationen durch die Äste der Bäume auszumachen, doch so viele Sterne sah ich gar nicht. Entweder war das Mondlicht zu hell oder der Holzfeuerrauch des Townships zu dicht; ich erkannte kaum mehr als die Lichter gelegentlich über uns hinwegfliegender Flugzeuge. Bei ihrem Anblick dachte ich an Edith, verdrängte den Gedanken aber rasch. Sie hatte sehr deutlich klargemacht, dass ihr ihre Arbeit wichtiger war als ich, und mit diesem Schmerz musste ich mich ein andermal auseinandersetzen, wenn ich mich stärker fühlte.

Ein plötzlicher Ausbruch von Gelächter riss mich aus meinen Gedanken, und ich blickte hinüber zum Eingang der *Shebeen*, aus der gerade drei Leute kamen. Musikfetzen folgten ihnen wie Phantome, und ich lauschte ihren sich entfernenden Stimmen, bis nur das Zirpen der Grillen zurückblieb.

Inzwischen musste ich dringend pinkeln, also quetschte ich

mich hinter einen Pfirsichbaum und hockte mich hin. Es dauerte ewig, bis es kam, denn ich konnte mich nicht entspannen, und als es endlich klappte, war der Strahl so stark, dass ein paar Spritzer warm und nass auf meinen nackten Knöcheln landeten. Als ich zu meinem Rucksack zurückkehrte, holte ich ein Taschentuch heraus und trocknete mich ab, so gut ich konnte. Dann setzte ich mich wieder hin und wartete weiter.

Ich dachte daran, dass ich ein Butterbrot hätte mitnehmen sollen. Oder einen Schokoriegel.

Ich hatte nichts gegessen, bevor wir losgefahren waren, und der Duft von Fleisch und Zwiebeln, die in der Nähe über einem Holzfeuer geröstet wurden, ließ meinen Magen knurren. Ich war offenbar nicht das einzige hungrige Wesen im Umkreis; der Hund, der meine Spur von Brotkrumen gefressen hatte, als ich das letzte Mal in Soweto gewesen war, tauchte plötzlich neben mir auf, als hätten ihn meine Gedanken ans Essen angezogen. Er schnüffelte an mir und meinem Rucksack, und als er erkannte, dass bei mir nichts zu holen war, winselte er missmutig. Ich war froh über etwas Gesellschaft und streckte die Hand aus, um ihn zu streicheln, aber er trottete davon, und ich war wieder allein.

Eine weitere Viertelstunde verging, und ich döste schon ein, als eine laute Stimme mich aufschreckte.

»Da, wo das herkommt, gibt's noch viel mehr, *chommie.* Und das ist gutes *boom*. Nicht dieses *kak dagga,* das an den Tankstellen verkauft wird und das mit Doom und anderm *kak* vollgesprüht ist. Der ist giftig, der *kak.* Der bringt dich glatt um.« Es war King George, und er hatte seinen Arm ungeschickt um die Schultern eines hochgewachsenen Mannes gelegt. Sie trotteten in Richtung der geparkten Autos, und als sie unter einer Straßenlaterne hergingen, sah ich, dass der Mann neben King George Shakes war. Sie stiegen in den weißen Lieferwagen, in dem Shakes neulich Beauty mitgenommen hatte, und fuhren davon.

Bevor ich Zeit hatte, in Panik zu geraten, weil King George mich ganz allein ließ, wurde die Hintertür der *Shebeen* geöffnet, und eine Gestalt trat heraus. Es war Phumla. Sie blickte sich nervös um, ging ein paar zögernde Schritte in meine Richtung, blieb dann stehen und lauschte. Reglos stand sie einige Augenblicke da, als wartete sie auf ein Zeichen.

»Molo«, flüsterte sie. *»Ufuna ntoni?«*

Beim Klang ihrer Stimme stand ich auf, kam aus meinem Versteck und trat aus der Dunkelheit der Schatten in das silbrige Mondlicht. Phumla wandte abrupt den Kopf in meine Richtung. Ihre Augen weiteten sich, und das Weiß leuchtete auf, als sie mich sah. Ihrem erschrockenen Gesichtsausdruck entnahm ich, dass King George keine Andeutungen darüber gemacht hatte, wer sie sprechen wollte. Was immer sie erwartet hatte, es war jedenfalls kein weißes Kind.

»Hallo«, sagte ich. »Ich bin Robin. Und du bist Phumla.«

Wieder blickte sie sich um, als hielte sie Ausschau nach der Person, die ihr diesen Streich spielte. Ich befürchtete, dass sie sich umdrehen und nach King George suchen würde, um eine Erklärung von ihm zu fordern, und ich räusperte mich, damit sie sich auf mich konzentrierte. Ich hatte eine ganze Rede vorbereitet, doch in diesem Moment, als mein Herz in meiner Brust hämmerte wie Fäuste gegen eine Tür, brachte ich nichts weiter heraus als: »Ich brauche deine Hilfe, um Nomsa zu finden.«

Sie kniff die Augen zusammen. »Nomsa?«

»Ja, Nomsa Mbali.«

»Was willst du von Nomsa?« Sie trat einen Schritt nach vorn, zog die Augenbrauen hoch und betrachtete mich misstrauisch. Bevor ich antworten konnte, kam sie noch näher und packte mich am Handgelenk. »Du! Du bist das Mädchen aus dem Park neulich. Die, mit der Nomsa gesprochen hat, die, auf die ihre Mutter aufpasst.«

»Ja«, nickte ich, erleichtert darüber, dass sie wusste, wer ich war.

»Sie wollte sich mit ihrer Mutter treffen, um mit ihr zu reden, aber ihre Mutter ist nicht gekommen.«

»Ich weiß.« Sie tat mir weh. Ich konnte mir keine vernünftige Erwiderung ausdenken, wenn sich ihre Finger wie ein Schraubstock um mein Handgelenk krallten.

»Warum ist ihre Mutter nicht gekommen?«

Ich war nicht darauf vorbereitet, Phumla die ganze Situation erklären zu müssen. Ich hatte geglaubt, es sei genug, ihr zu sagen, dass Beauty Nomsa brauchte, und dann hätte ich – wenn es hätte sein müssen – Nomsa die Wahrheit über das erzählt, was ich getan hatte. Die Worte blieben mir im Hals stecken, während ich versuchte, mich aus Phumlas Griff zu befreien.

»Warum war ihre Mutter nicht da?«, fragte sie noch einmal, und als ich nicht antwortete, schlug sie die freie Hand vor den Mund, als wäre ihr ein verstörender Gedanke gekommen. »Hast du jemandem erzählt, dass du Nomsa an dem Tag gesehen hast?«

»Nein!«

»Hast du jemandem Bescheid gesagt? Dass du sie gesehen hast?« Sie schüttelte mich am Arm. »Was?«

»Nein, habe ich nicht!«, antwortete ich, jedoch nicht sehr überzeugend. Das Mädchen machte mir Angst. Ihre Wut war so heftig, dass sie an Hass grenzte. Doch ich hatte ihr nichts getan, also warum hasste sie mich?

»Hast du die Polizei hierhergeführt?« Jetzt schwang ein Unterton von Panik in ihrer Stimme mit, ein zischendes Drängen, durch das ich fast schon wieder pinkeln musste.

»Was? Nein!«

»Wie bist du hierhergekommen? Wer hat dich gebracht?«

»Ich bin mit King George gekommen, er …«

»Was ist mit Nomsas Mutter passiert? Wo ist sie?«

»Sie … Sie ist im Krankenhaus«, stotterte ich.

»Deinetwegen?«

Ihre Anschuldigung traf mich unvorbereitet. Wie konnte sie wissen, dass es meine Schuld war, obwohl es eigentlich niemand wissen konnte? Wie konnte sie mein dunkelstes Geheimnis kennen, obwohl ich es nur Morrie gebeichtet hatte? »Irgendwie schon, aber …«

»Du wirst Nomsa nicht finden, hörst du mich? Du kleine Spionin! Ihr Weißen seid alle gleich! Der Verrat liegt euch im Blut, von Geburt an.« Ihre Augen funkelten vor selbstgerechtem Zorn, und endlich dämmerte mir, was sie sagen wollte.

»Phumla, nein, du verstehst das alles ganz falsch …«

»Ich verstehe alles falsch? Warum? Weil ich ungebildet bin? Weil ich eine Barbarin bin, eine Wilde, die keine Ahnung von der Art der Weißen hat? Oh, ich verstehe dich nur zu gut. Und jetzt weg hier! Weg, bevor ich unseren Wachmann hole.« Sie starrte mich drohend an, und als ich mich nicht umdrehte und wegrannte, drehte sie sich um und strebte wieder zurück zur *Shebeen*. »Weißt du was? Ich hole ihn jetzt sowieso, und dann kannst du ihm erklären, was du hier treibst und warum du versuchst, mich auszuhorchen.«

Mein Impuls zu flüchten war fast übermächtig, und tatsächlich rannte ich los, doch anstatt vor der Gefahr wegzulaufen, lief ich ihr hinterher.

55
ROBIN

3. Oktober 1977
Soweto, Johannesburg, Südafrika

Ich erreichte die Tür, einige Herzschläge nachdem sie zugeschlagen war, und zerrte daran, weil ich befürchtete, Phumla hätte mich ausgesperrt. Doch die Tür ließ sich ohne Widerstand öffnen, und ich stolperte durch den Schwung rückwärts. Als ich das Gleichgewicht wiedergefunden hatte, rannte ich hinein und folgte Phumlas Gestalt einen langen Korridor entlang. Plötzlich trat eine Kellnerin aus einem der Nebenzimmer, ein voll beladenes Tablett in der Hand, und ich wäre um ein Haar mit ihr zusammengestoßen.

»Entschuldigung«, stammelte ich, und als ich mich umblickte, sah ich, wie sie schützend die Gläser und Flaschen festhielt, damit sie nicht umfielen. Als ich sicher war, dass nicht alles rings um sie herunterstürzte und zerbrach, lief ich weiter, nur um festzustellen, dass Phumla verschwunden war. Ich hatte gehofft, sie in der Sicherheit und Anonymität des Flurs zu erwischen, doch sie hatte bereits den Schankraum betreten, wo die Gäste saßen. Mir blieb nichts anderes übrig, als ihr dort hineinzufolgen.

Ich versuchte, unauffällig hineinzuschlüpfen, und hielt mich dicht an der Wand in der Hoffnung, dass mich niemand entdeckte, aber es war etwas zu viel verlangt, dass meine Ankunft unbemerkt bleiben würde. Obwohl die Gäste größtenteils abgebrühte Typen waren, die im Laufe ihres Lebens schon praktisch alles gesehen hatten, war die Ankunft eines zehn Jahre alten weißen Mädchens in der illegalen *Shebeen* eines rein schwarzen Townships etwa so unauffällig wie die Landung von Außerirdischen.

Der Gast, der mir am nächsten saß, ein junger Mann, der sich über sein Bier beugte, musste zweimal hingucken, als er mich bemerkte, und sperrte vor Schreck den Mund auf. Zwei ältere Männer an einem Nebentisch stießen überraschte Schreie aus, sodass auch andere Leute sich nach dem Grund für die Aufregung umdrehten. Der Schankraum war nicht so voll wie bei Beautys erstem Besuch; nur ein Viertel der Tische war besetzt. Dadurch rückte ich erst recht ins Zentrum der Aufmerksamkeit.

Einige Leute reckten die Hälse, während andere weiter hinten im Raum aufstanden, um mich besser sehen zu können. Die Musik, die gerade lief, brach abrupt ab, und die Nadel kratzte über das Vinyl, als einer der Kellner den Plattenspielerarm hob. Nachdem die *Kwela*-Klänge verstummt waren, hörte man nichts mehr außer einem ärgerlichen Stimmengewirr und meinem Atem, der plötzlich unnormal laut klang.

»Seht ihr!«, rief jemand aus einer Ecke heraus. »Ich hab euch doch gesagt, dass ich vor ein paar Wochen ein weißes Kind hier gesehen habe, aber ihr habt behauptet, ich wäre besoffen gewesen und hätte mir das nur eingebildet. Da! Da ist das weiße Kind wieder!«

Phumla ignorierte den Rufer. Sie suchte den Raum nach jemandem ab, und ich wusste, nach wem. Ich war King George dankbar, dass er Shakes von hier weggelotst hatte.

»Phumla, bitte«, flehte ich, ignorierte alle anderen und richtete meine Bitte direkt an sie. »Bitte hör mir zu, damit ich es dir erklären kann.« Der Raum wurde still, alle Augen waren auf uns gerichtet.

Phumla stieß eine Reihe von wütenden Xhosa-Wörtern hervor, zu schnell, als dass ich sie hätte verstehen können. Wieder setzte ein Murmeln ein. Dichter Zigarettenqualm lag in der Luft, hüllte mich ein, kitzelte mich in der Kehle und löste einen Hustenreiz aus. Der Qualm war erdrückend und machte mich noch nervöser, als ich in diesem Raum voller schwarzer Männer ohnehin war. Als ich von einem Fuß auf den anderen trat, blieben meine Schuhsohlen in etwas Klebrigem stecken, das auf dem Boden verschüttet worden war.

Es war heiß im Raum, und ich wünschte, ich hätte etwas Leichteres als Jeans und Pulli angezogen, doch so unbehaglich ich mich auch fühlte, so wusste ich doch, dass ich das alles ignorieren und mich auf meine Worte konzentrieren musste, wenn ich auch nur die geringste Chance haben wollte, Phumla zu erreichen. Bevor ich sie erneut anflehen konnte, rief eine tiefe, dröhnende Stimme hinter mir: »Was ist hier los?«

Ich drehte mich um. Die dicke Frau mit dem Turban stand hinter mir, eine Hand in die Hüfte gestemmt, und starrte mich ungläubig an.

»Mama Fatty«, sagte ich.

Sie blinzelte überrascht, und ihr lippenstiftglänzender Mund kräuselte sich zu einem Lächeln. »Nun, Schätzchen, es scheint, dass ich in meiner eigenen *Shebeen* im Hintertreffen bin. Ich habe einen ziemlich ungewöhnlichen Gast, der weiß, wer ich bin, obwohl man uns noch nicht offiziell vorgestellt hat.« Mit hin- und herwiegendem Bauch trat sie nach vorn und streckte mir ihre Hand hin. Dabei klapperten die Dutzenden Armbänder an ihrem Handgelenk. »So, und jetzt mal nach den Regeln der Höflichkeit, ja? Ich bin Mama Fatty, die *Shebeen Queen* dieses vorzüglichen Lokals. Und wer, meine Liebe, bist du?«

»Ich bin Robin. Robin Conrad, und es ist mir ein Vergnügen, Sie kennenzulernen, Eure Hoheit.« Ich nahm ihre Hand und schüttelte sie, bis mir einfiel, dass man vor Majestäten knicksen musste. Ich ließ ihre Hand los, ging tief in die Knie und senkte den Kopf. Ein paar Leute lachten.

Mama Fatty lachte, dass die Speckrollen unter ihrem Kinn zitterten. »Eure Hoheit, habt ihr das gehört? Das Kind erkennt eine Queen, wenn sie eine sieht.« Gelächter ertönte, aber ich fiel nicht mit ein, weil ich den Witz nicht verstand. »Und jetzt sag mir, was macht ein weißes Kind in meiner *Shebeen*?«

»Ich bin gekommen, weil ich mit Phumla reden muss, Queen Fatty.«

Stirnrunzelnd blickte sie zwischen Phumla und mir hin und her. »Zinzi«, berichtigte sie mich betont, und mir fiel wieder ein, dass Phumla in der *Shebeen* so genannt wurde, »bitte erklär mir das.«

Phumla sprach wiederum Xhosa, und auch diesmal zu schnell, als dass ich irgendetwas hätte verstehen können. Was immer sie sagte, löste hier und da verärgerte Reaktionen im Raum aus, und ein, zwei Leute riefen dazwischen. Mama Fatty hob die Hände, als dirigiere sie ein Orchester, und wie auf Kommando beruhigten sich alle. Sie wandte sich an mich.

»Zinzi beschuldigt dich, eine Spionin zu sein und mit der Sicherheitspolizei zusammenzuarbeiten. Stimmt das?«

»Nein, Queen Fatty, nein! Das stimmt überhaupt nicht!«

»Lügnerin!« Phumla war wieder zu Englisch gewechselt. »Du hast selbst gesagt, dass du hierhergekommen bist, um Nomsa zu suchen, und dass du bereits ihre Mutter ins Krankenhaus gebracht hast.«

Alle schnappten kollektiv nach Luft. Sogar Queen Fatty runzelte die Stirn, also ergriff ich das Wort, bevor sie sich gegen mich wenden konnte. »Das stimmt, aber ich suche Nomsa nicht, weil ich eine Spionin bin oder für die Polizei arbeite. Wirklich, ich bin nicht so wie andere Weiße.«

Ein paar Leute lachten, und Phumla fiel ein. »Sehr komisch, denn für mich siehst du genau wie alle anderen Weißen aus. Ja, gerade du siehst genau wie die Art von weißem Kind aus, das immer seinen Willen durchsetzt und glaubt, dass es einfach ins Township kommen und Forderungen stellen kann, genau wie bei sich zu Hause in der Vorstadt. Du hältst uns alle hier für deine Diener, aber das sind wir nicht.«

Es gab Zwischenrufe und zustimmendes Flüstern.

»Nein!«, rief ich schrill. »Nein, so denke ich wirklich nicht. Ich beweise euch, dass ich genau wie ihr bin«, sagte ich, und Verzweiflung schlich sich in meine Stimme, während ich mühsam meinen Pullover auszog.

Darunter kann mein T-Shirt zum Vorschein, und ich wirbelte herum, sodass alle es richtig sehen konnten. »Seht ihr? Vorne steht ›Free Nelson Mandela‹ und auf der Rückseite ist ein Foto von ihm. Ich könnte dafür verhaftet werden, dass ich das Shirt trage, aber das ist mir egal.« Ich versuchte verzweifelt, mich an alles zu erinnern, was Beauty mir über ihn erzählt hatte, um zu demonstrieren, dass ich alles über ihren Helden wusste. »Rolihlala ist ein guter Mann, ein Freiheitskämpfer, und er sollte nicht für den Rest seines Lebens im Gefängnis sitzen. Ich hoffe, dass er uns eines Tages regieren wird und dass er uns heilen wird, sodass wir alle als Gleiche zusammenleben können.«

Ich sagte offenbar das Richtige, denn es ertönte zustimmendes Gemurmel. Ich nutzte den kurzen Augenblick, in dem die Männer auf meiner Seite waren, um zum Plattenspieler zu gehen. »Diese Platte, die eben gelaufen ist. Das ist ›Meva‹ von Spokes

Mashinyane. Ich habe die Platte zu Hause. Beauty hat mir beigebracht, wie man zu *Kwela*-Musik tanzt.«

Ich setzte die Nadel wieder auf, und die Platte erwachte zum Leben. Die Flötenklänge lockerten meine Muskeln und erfüllten mich mit Hoffnung. Ich sah mich im Raum nach einem Tanzpartner um, aber die erwachsenen Männer machten mir Angst. Erleichtert entdeckte ich schließlich einen Jungen, der nur ein bisschen älter als ich zu sein schien. Er lehnte an der Wand, einen Mopp und einen Eimer zu seinen Füßen.

»*Ungathanda ukudansa?*« Ich streckte die Hand nach ihm aus.

Auf meine Aufforderung zum Tanzen hin blickte er sich um, und ein paar Leute pfiffen und riefen ihm ermunternd zu. Er zuckte mit den Achseln, trat nach vorn und griff auf galante Art meine Hand. Er klopfte mit den Füßen den Takt, führte uns zum Tanz, und dann swingten wir los, mit lockeren Knien und angewinkelten Armen. Der *Kwela* enthielt Elemente aus Rock 'n' Roll und Jive, und an manchen Stellen musste man mit den Fingern schnippen oder mit den Händen winken. Auch wenn wir uns trennten, um die Bewegungen einzeln auszuführen, vereinte uns der Rhythmus, sodass wir gleichzeitig die Beine beugten, Rock 'n' Roll-Schritte tanzten und Hüften und Schultern im Takt bewegten. Die Musik war wunderbar; sie war lebendig und pulsierte durch mich hindurch, und als ich den Jungen anlächelte, lächelte er zurück.

Dem Publikum gefiel das, während wir die Schritte durchtanzten, einander umkreisten, twisteten und uns drehten, in die Knie gingen und uns hin- und herwiegten, standen sie auf und begannen, uns anzufeuern. Sie klatschten und riefen, pfiffen und stampften, und ihre Gesichter verschwammen, als ich an ihnen vorbeisauste und -wirbelte, aber trotzdem sah ich, dass sie lächelten. Als das Lied ausklang, war ich atemlos, aber sehr zufrieden. Mein Tanzpartner verbeugte sich vor mir und ich mich vor ihm.

Nachdem der Applaus verhallt war, blickte ich Phumla an in der Hoffnung, dass ich sie beeindruckt hatte, doch sie schüttelte nur ungeduldig den Kopf. »Na schön, du hast ein Nelson-Mandela-T-Shirt und sprichst ein bisschen Xhosa. Schön, du hast auch einen unserer Tänze gelernt. Du bist also ein kleiner Zirkusaffe. Na und?«

Meine Begeisterung verpuffte.

Ich kann sie nicht überzeugen. Was bleibt mir jetzt noch übrig?

Ich fasste mit einer Hand an mein Medaillon, wie ich es immer unbewusst tat, wenn ich nervös war, und stattdessen fanden meine Finger Beautys Anhänger. Er gab mir Hoffnung, und ich zog die Kette stramm und hielt ihn ans Licht.

»Siehst du das? Das ist ein Christophorus-Anhänger, den meine *gogo* Beauty von Maggie bekommen hat, dem weißen Engel. Maggie ist auch eine Weiße, aber sie kämpft für die Freiheit der Schwarzen. Siehst du das Wort auf der Rückseite? Da steht ›Glaube‹, weil Maggie sagt, wir müssten daran glauben, dass die Schwarzen eines Tages frei sein werden. Maggie ist meine Freundin, und sie würde bestimmt keinen schlechten Menschen als Freundin akzeptieren, nein, das würde sie nicht!«

»Du kennst den weißen Engel?«, fragte Mama Fatty sichtlich beeindruckt.

»Ja«, nickte ich. »Ich kenne sie.«

Wieder ertönte Gemurmel, doch Phumlas Stimme übertönte es. »Du behauptest, eine von uns zu sein, aber das bist du nicht. Du wirst nie eine von uns sein, und ich habe keinen Grund, dir zu trauen. Was willst du wirklich hier? Was willst du von Nomsa?«

All mein Elan schwand angesichts ihrer Fragen. Mir fiel nichts mehr ein, ich hatte keine Pläne mehr in petto, die ich hätte umsetzen können. Ich wusste keine Tricks mehr, hatte nichts entgegenzusetzen, es gab nicht das Geringste in meinem Repertoire, womit ich sie davon hätte überzeugen können, dass ich ein guter Mensch war. Und in dem Moment, als ich von dieser Erkenntnis niedergeschmettert wurde, wurde mir klar, dass ich versagte, weil ich tatsächlich eine Lügnerin war und sie mich durchschaute.

Ich bin kein guter Mensch. Ich bin keine, die Schwarzen nicht wehtut, denn schließlich hatte ich Beauty auf die schlimmstmögliche Weise verletzt.

Ich war eine Hochstaplerin und Heuchlerin, und das Einzige, was ich Phumla aufrichtig anbieten konnte, war die Wahrheit. Ich hatte nur nicht geglaubt, dass ich sie auf diese Weise würde verkünden müssen, an einem so öffentlichen Ort und vor einer Jury von Leuten, die mich hart und gnadenlos verurteilen würden. Doch ich konnte keine Freundlichkeit und Vergebung erwarten, weil ich sie eben einfach nicht verdiente.

Also befolgte ich den Rat, den Victor mir gegeben hatte. Ich stellte mich meiner Angst, erkennen zu müssen, dass ich letzten Endes nicht liebenswert war, und ich überwand meine Scham und enthüllte mein dunkelstes Geheimnis. Ich sagte die Wahrheit: »Beauty ist nicht zu dem Treffen mit Nomsa gegangen, weil ich ihr den Brief nicht gegeben habe.«

»Sprich lauter, Kind«, befahl Queen Fatty, und ich versuchte, die Angst abzuschütteln, die mir die Kehle zuschnürte.

Ich sah Phumla in die Augen, um ihr zu demonstrieren, dass ich rückhaltlos aufrichtig war. Ich hoffte, dass meine Verletzlichkeit es schaffen würde, sie zu überzeugen, wo mein Mut versagt hatte. »Beauty ist an dem Tag nicht zu dem Treffen mit Nomsa gegangen, weil ich ihr den Brief nicht gegeben habe. Ich habe ihn versteckt und Beauty nicht erzählt, dass ich Nomsa gesehen hatte, weil ich nicht wollte, dass Beauty mit ihr zurück in die Transkei ging.« An dem Punkt fing ich an zu weinen. Ich schämte mich so sehr für das, was ich sagen musste, was ich über mich selbst preisgab, dass ich die Tränen nicht zurückhalten konnte. Ich wusste, dass der Kummer mein Gesicht hässlich machte, aber ich zog die Nase hoch und redete weiter, entschlossen, alles loszuwerden, egal wie schrecklich es war.

»Meine Eltern wurden an dem Tag des Aufstands in Soweto ermordet, demselben Tag, an dem Nomsa verschwunden ist. Sie wurden von schwarzen Männern nach einer Party getötet. Mein Vater war Schichtleiter in den Minen. Es heißt, die Männer hätten meinen Vater nicht gekannt, aber ich weiß nicht, ob das stimmt. Mein Vater war ein guter Vater, und ich hatte ihn sehr lieb, und er hat mich geliebt. Aber er war nicht immer nett zu Schwarzen.« Ich fühlte mich wie eine Verräterin, als ich das über ihn sagte, aber es war die Wahrheit, und in diesem Augenblick war ich entschlossen, alles aufzudecken.

»Nach ihrem Tod wurde ich zu meiner Tante geschickt, aber sie hat mich nicht wirklich gewollt und konnte sich nicht richtig um mich kümmern. Ich wollte nicht, dass ich in ein Waisenhaus geschickt wurde, und als dann Beauty kam, um sich um mich zu kümmern, fühlte ich mich wieder sicher. Sie …« Mir versagte die Stimme, und ich musste tief durchatmen, weil die Tränen mir die Luft abschnürten.

»Sie hat sich um mich gekümmert, und sie war lieb zu mir, und das war alles, was ich wollte – dass mich jemand lieb hat und jemand bei mir bleibt. Als Nomsa kam, wollte ich nicht, dass Beauty wegging, zurück in die Transkei. Deswegen habe ich ihr nichts erzählt. Aber dann hat sie Nomsas Brief gefunden und einen Herzinfarkt bekommen.«

Phumla schnappte erschrocken nach Luft, aber ich konnte nicht innehalten, um auf ihr Entsetzen zu reagieren. Ich musste weiterreden: »Und Beauty stirbt vielleicht, und ich will nicht, dass sie stirbt, ohne Nomsa noch einmal gesehen zu haben, denn nur deswegen ist sie bei mir geblieben. Nicht meinetwegen, nicht wirklich, obwohl ich mir eingeredet habe, es wäre deswegen. Sie war immer ehrlich zu mir und hat mir gesagt, dass sie mich eines Tages verlassen würde. Sie ist nur geblieben, weil sie unbedingt Nomsa finden wollte, und jetzt muss ich Nomsa zu ihr bringen. Nur dadurch kann ich alles wiedergutmachen.«

Im Raum herrschte Stille. Das einzige Geräusch außer meiner Stimme war die Platte, die sich immer weiterdrehte. Die ganze Musik war aus ihr herausgewrungen worden, genau so, wie all meine Gefühle aus mir gepresst worden waren.

Phumla schüttelte den Kopf, als wollte sie einen klaren Gedanken fassen. »Warum sollte ich dir glauben? Woher soll ich wissen, dass das keine Falle ist und dass Nomsa verhaftet wird, sobald sie das Krankenhaus erreicht?«

Einige Leute in der Menge murmelten zustimmend.

»Phumla, ich weiß, dass du mir nicht glaubst, aber ich habe dir einmal geholfen. Kannst du mir vielleicht jetzt helfen?«

»Du? Du hast mir geholfen?« Ihr Gesicht hatte sich wieder verhärtet.

»Ja, weißt du das nicht mehr?«

Sie schnalzte verächtlich mit der Zunge. »Wann soll das gewesen sein?«

»In der Nacht nach dem Aufstand, in der Polizeiwache von Brixton. Ich war dort wegen dem, was mit meinen Eltern passiert war, und saß im Wartezimmer, und dann bist du reingekommen, und du hattest keine Kleider an, nur ein zerrissenes Hemd und deine Unterwäsche, und …«

»Du hast mir die Decke gegeben, um mich darin einzuwickeln.«

»Ja.«

Bei der Erinnerung daran wurde ihr Gesicht weicher. »Warst das wirklich du?«

»Ja«, drängte ich, »und ich habe gehofft, dass du jetzt mir helfen würdest.«

Sie sagte nichts. Ich sah ihr an, dass ein innerer Konflikt in ihr tobte, und hielt die Luft an, zu ängstlich, um etwas zu sagen. Die Stille schien sich eine Ewigkeit hinzuziehen.

Dann antwortete mir Phumla schließlich. »Nein, es tut mir leid. Ich kann dir nicht helfen.«

Ich konnte nicht fassen, dass ich Beauty schon wieder im Stich lassen musste.

56
ROBIN

3. Oktober 1977
Soweto, Johannesburg, Südafrika

Niemand war auf dem Parkplatz, als ich hinausgerannt kam, und ich war erleichtert, dass King Georges Auto nicht abgeschlossen war. Ich schlüpfte auf die Beifahrerseite und zog die Tür zu. Er hatte behauptet, die Geschichte mit der Riesenratte sei eine Lüge gewesen, um den Polizisten abzuwimmeln, aber ich war mir nicht so sicher. Ich zog die Beine an und stellte die Füße auf den Sitz, den Rucksack auf dem Schoß eng an mich gepresst.

Mein Atem zitterte, niedergeschlagen vor Enttäuschung. Ich war mir so sicher gewesen, dass Phumla mir helfen würde, und jetzt wusste ich weder ein noch aus. Ohne Phumlas Hilfe gab es keine Möglichkeit, Nomsa eine Nachricht zu übermitteln. Mir blieb nichts anderes übrig, als aufzugeben.

Minuten vergingen, und drinnen setzte die Musik wieder ein. Ich fragte mich, wie lange King George wegbleiben würde. Ich wollte nach Hause, ins Bett und diese Nacht und meine Demütigung vor versammelter Mannschaft vergessen. Meine Lider wurden schwer, doch ich zwang mich, wach zu bleiben, weil es gefährlich gewesen wäre, an diesem Ort einzuschlafen.

Das Radio hatte immer noch keinen Empfang, und ich wünschte, ich hätte ein Buch mitgenommen – etwas, um mich abzulenken und wach zu halten, während ich wartete –, aber der einzige

Lesestoff in meinem Rucksack waren Nomsas Brief und Beautys Tagebuch. In meiner Verzweiflung holte ich das Tagebuch heraus. Der Versuch, die Worte aus dem Xhosa ins Englische zu übersetzen, würde mich zumindest vor dem Einschlafen bewahren.

Ich blätterte die ersten paar Seiten durch und verstand nur eine Handvoll Worte, nicht genug, um irgendeinen Sinn in den Text zu bringen, und dann überflog ich den Rest. Beautys Handschrift füllte die Seiten, und der vertraute Anblick machte mich so traurig, dass ich es kaum ertragen konnte hinzusehen. Ich klappte das Tagebuch zu, um es wegzustecken, aber in dem Moment zog etwas meinen Blick auf sich. Da, auf der allerletzten Seite, ein Eintrag auf Englisch. Mehr noch: Es schien ein Brief an mich zu sein.

Meine allerliebste Robin,

ich stehe jetzt an einem Scheideweg, an dem ich eine Entscheidung treffen muss: Will ich aufgeben oder weiterkämpfen? Aufzugeben und mich zurückzuziehen würde bedeuten, kein Risiko einzugehen. Weiterzukämpfen dagegen wird mit Sicherheit gefährlich für mich werden.

Ich habe immer geglaubt, Nomsa sei die Kämpferin in unserer Familie. Wenn ich sie ansah, wie sie dem Leben mit erhobenen Fäusten gegenübertrat und keine Auseinandersetzung scheute, fragte ich mich, woher sie das hatte, dieses Feuer in ihren Adern. Silumko, mein Ehemann, war ein mutiger Mann, aber kein Kämpfer. Ich dachte, diese Eigenschaft hätte Nomsa vielleicht von meinem Vater oder meinem Großvater geerbt; beide waren schwierige Männer, die immer ihren Kopf durchsetzten.

Doch jetzt, mit fünfzig Jahren, stelle ich zum ersten Mal fest, dass ich die Person bin, nach der Nomsa seit einigen Jahren schlägt. Jetzt, da ich vor zwei Möglichkeiten stehe, habe ich fest-

gestellt, dass Aufgeben keine Option ist. Wenn es nur um mich ginge, würde ich bereitwilliger kapitulieren. Wir sind immer so viel eher bereit, uns selbst aufzugeben, als diejenigen, die wir lieben. Aber ich kämpfe nicht für mich selbst. Ich kämpfe für Nomsa, für ihre Sicherheit und ihre Zukunft.

Meine Tochter ist noch jung, sie ist erst neunzehn Jahre alt, und ihr ganzes Leben liegt noch vor ihr. Wenn sie einmal älter ist, einen Beruf erlernt und mehr von der Welt gesehen hat und sie dann entscheidet, diesen Kampf aufzunehmen, werde ich ihre Entscheidung respektieren, egal wie sehr ich sie missbillige. Doch jetzt ist sie noch zu jung, um die Folgen dessen, was sie tut, ermessen zu können. Sie wurde von dem Mann getäuscht, dem sie vertraut, einem, der keinen moralischen Kompass besitzt und sie als Waffe gegen die Welt einsetzt. Das werde ich nicht hinnehmen. Ich werde nicht akzeptieren, dass sie als Schachfigur benutzt wird, die er zu opfern bereit ist.

Es spielt keine Rolle, wie oft man mir sagt, Nomsa habe sich das alles selbst ausgesucht, und sie sei doch eine so gute Soldatin – ich kenne meine Tochter. Ich weiß, dass unter der Leidenschaft und der Aggression ein Herz schlägt, das den Unterschied zwischen Richtig und Falsch kennt; ein Gewissen, das sich bei der Vorstellung sträuben wird, Bahnhöfe und öffentliche Gebäude zu sprengen, ein Herz, das die Berechtigung in Frage stellen wird, aus politischen Gründen unschuldige Menschen zu verletzen.

Als ich mich auf den Brief meines Bruders hin von der Transkei aus auf den Weg gemacht habe, versprach ich meinen Söhnen, ihre Schwester nach Hause zu holen. Ich bin eine Frau, die ihre Versprechen hält; doch mittlerweile, nachdem ich beschlossen habe weiterzumachen, besteht die große Gefahr, dass mir etwas zustoßen könnte. Es hat keinen Sinn, dir zu erzählen, wer hinter meinem Verschwinden stecken würde. Ich möchte dich nicht in Gefahr bringen, indem du womöglich nach Gerechtigkeit strebst, und die Polizei wird es sowieso nicht interessieren, wenn die soundsovielte schwarze Frau verschwunden ist.

Ich schreibe diesen Brief an dich in mein Tagebuch, weil ich weiß, dass du nach Anhaltspunkten suchen wirst, falls ich verschwinde. Du wirst wissen wollen, was mit mir geschehen ist. Bei deiner Suche wirst du zweifellos mein Tagebuch und den darin enthaltenen Brief finden. Das wird nicht schwer sein, da er der einzige Eintrag auf Englisch ist.

Ich will ganz sichergehen, dass du weißt, dass ich dich nicht freiwillig verlassen habe, falls du eines Morgens aufwachst und ich fort bin. Mir bricht das Herz bei der Vorstellung, dass du eines Tages darauf warten könntest, dass ich nach Hause käme, und dass du mich, wenn ich nicht käme, für eine von den vielen halten würdest, die dich verlassen haben, ohne dir auf Wiedersehen zu sagen und ohne ihre Versprechen zu halten. Doch das wird niemals geschehen.

Du erinnerst mich so sehr an Nomsa, dass ich manchmal das Gefühl habe, als hätten mir die Götter meine Tochter weggenommen und mir stattdessen dich gegeben. Auch du bist eine Kämpferin, genau wie wir Mbali-Frauen. Wenn ich daran denke, wie viel das Leben dir bereits in einem so zarten Alter genommen hat, kann ich nur staunen über deine Stärke und Widerstandskraft. Den Mut, den du bewiesen hast, indem du mich in deinem Leben akzeptiert und es erlaubt hast, dass ich dich liebe – und ich wage zu sagen, indem du meine Liebe erwiderst –, das zeigt Tapferkeit, Robin. Natürlich halte ich es auch für mutig, eine Waffe zur Hand zu nehmen oder eine Bombe zu tragen, aber es ist genauso tapfer, sich zu öffnen und damit Verlust und Enttäu-

schung zu riskieren, vor allem, wenn man diesen Schmerz bereits bis zur Genüge ausgekostet hat.

Ich erkenne Größe in dir. Ich sehe eine große Zukunft für dich voraus. Du wirst zu einer wichtigen Frau heranwachsen, und ich bin stolz darauf, dich gekannt und ein Stück weit auf deinen Wegen begleitet zu haben. Zweifle nie an deiner Stärke und zweifle nie daran, dass du liebenswert bist.

Ich habe dich sehr lieb. Auch daran darfst du niemals zweifeln.

Beauty

Mir war nicht, als würde ich einen Brief lesen. Stattdessen war es, als hätte mich Beauty in die Arme genommen; ihre Worte waren eine zärtliche Geste, ein heilender Kuss auf eine Wunde. Ich hörte förmlich, wie ihre Stimme zu mir sprach, und das erfüllte mich mit so viel Kraft und Mut, wie nichts anderes es vermocht hätte. Ich würde nicht aufgeben, denn ich war eine Kämpferin, und Beauty glaubte an mich, obwohl ich es nicht verdient hatte. Ich hatte sie schon zu sehr enttäuscht, als dass ich es noch einmal tun würde, tun konnte.

Ich würde wieder hineingehen und Phumla suchen. Diesmal würde ich kein Nein akzeptieren. Mir war egal, wie sehr ich würde kriechen müssen oder ob sie mir Gewalt androhte; es war mir egal, ob die Meute auf meiner Seite war oder nach meinem Blut schrie. Wie Beauty in ihrem Brief gesagt hatte, kämpfen wir für diejenigen, die wir lieben, und wir geben nicht auf. Ich würde Phumla zwingen, mir zu sagen, wo Nomsa war, egal wie, denn ich könnte niemals mehr in den Spiegel sehen, wenn ich jetzt nicht alles zurechtbiegen würde.

Die Autotür traf auf Widerstand, als ich sie aufzudrücken versuchte. Ich war so von dem Tagebuch abgelenkt gewesen, dass ich gar nicht bemerkt hatte, wie sich jemand dem Auto genähert hatte.

»Ich habe dich gesucht.« Ein Gesicht erschien am Fenster, und ich erschrak.

Es dauerte einen Moment, bis ich den Jungen erkannte, mit dem ich vorhin getanzt hatte. Ich kurbelte das Fenster herunter.

»Du bist's«, bemerkte ich verdutzt. »Warum hast du mich gesucht?«

»Weil ich dir helfen will.«

»Wirklich?«

Er nickte.

Ich war etwas verwirrt. Ich war davon ausgegangen, dass Phumla meine einzige Chance sein würde, denn schließlich hatte ich ihr einst geholfen, also konnte sie doch auch einmal etwas für mich tun. Den Jungen dagegen kannte ich gar nicht – vor unserem Tanz war ich ihm noch nie begegnet –, und er schuldete mir überhaupt nichts.

»Aber … Warum?«

»Ich habe Beauty einmal kennengelernt. Als mein Bruder im Sterben lag«, antwortete er. »Sie hat versucht, meine Mutter und ihre Freundinnen davon zu überzeugen, Sipho zur Behandlung ins Krankenhaus zu bringen, aber sie wollten nicht auf sie hören.« Er schwieg einen Moment, bevor er fortfuhr. »Beauty war nett zu meinem Bruder. Sie hat Sipho auf der Straße liegend gefunden, nachdem die Polizei am Tag des Aufstands auf die Demonstranten geschossen hatte. Er blutete und hatte Angst, und sie ist bei ihm geblieben, um ihn zu trösten. Ich habe mich nie bei ihr dafür bedankt. Wenn sie ihre Tochter sucht, dann will ich ihr helfen.«

»Dein Bruder ist gestorben?«

»Ja. Er war mein Zwillingsbruder.«

Ich hätte ihm so gerne erzählt, dass ich eine Zwillingsschwester gehabt hatte, die auch gestorben war, aber ich wusste, dass sein echter Verlust größer war als mein imaginärer. »Das tut mir wirklich leid.«

»Danke.«

»Aber du bist noch ein Kind, genau wie ich. Wie willst du mir helfen?«

»Ich habe seit dem Aufstand viele Fragen gestellt, und ich habe den Mann beobachtet, mit dem Nomsa zusammen war.«

»Shakes?«

»Ja, den meine ich.« Seine Stimme klang tonlos und hart.

»Was weißt du über ihn?«

»Ich weiß, dass du gerade noch rechtzeitig gekommen bist. Einen Tag später, und du hättest sie verpasst.«

»Warum?«

»Ihre Abreise wurde verschoben, deshalb fahren sie erst morgen.«

»Welche Reise?«

»Shakes und Nomsa gehen nach Moskau.«

»Wo ist Moskau?«

»In der Sowjetunion.«

»Ist das ein Bantu Homeland?«

»Nein, das ist ein sehr fernes Land, das genug Geld hat, kommunistische Kämpfer auszubilden.«

»Warum wurde die Reise verschoben? Was ist passiert?«

»Die Sicherheitspolizei hat davon Wind bekommen. Jemand hat ihnen einen Tipp gegeben, und sie haben Shakes einen Besuch abgestattet, kurz bevor er und Nomsa aufbrechen wollten.«

»Wer hat ihnen den Tipp gegeben?«

»Ich«, gestand er nach einer kurzen Pause.

Ich schnappte nach Luft. »Aber du bist schwarz! Wie kannst du einen von deinen eigenen Leuten bei der Sicherheitspolizei anzeigen?«

»Weil Shakes ein mieser Typ ist. Er hat viele kleine Kinder für die Demonstration rekrutiert. Er wusste, dass es gefährlich werden würde und was passieren konnte, aber es war ihm egal, weil ihr Leben ihm nichts bedeutete. Ich war an dem Tag da, als er meinem Bruder Gewalt androhte, falls er sich dem Schülermarsch nicht anschließen würde. Mein Bruder würde noch leben, wenn Shakes nicht wäre. Ich will, dass er dafür bestraft wird.« Er starrte mich an, als wollte er sagen: Los, widersprich mir. Als ich es nicht tat, redete er weiter. »Sie konnten flüchten, bevor die Polizei kam, aber sie haben zum Glück nicht herausgefunden, woher der Tipp kam.«

Das erklärte Phumlas Ängste und ihre hartnäckige Überzeugung, dass ich Nomsa nur deshalb finden wollte, um sie der Polizei auszuliefern. Es erklärte auch, warum sie dachte, ich würde nur behaupten, Beauty läge im Krankenhaus, um Nomsa wartenden Sicherheitspolizisten in die Arme zu locken. Sie dachte, ich hätte Nomsas Brief dazu benutzt, die Polizei auf ihre Spur zu bringen. Da ihr jetzt nur noch ein Tag blieb, würde Phumla den Aufenthaltsort ihrer besten Freundin keinem verraten, dem sie nicht traute.

»Und daraufhin«, fuhr der Junge fort, »hat Shakes die Abreise verschoben, bis die Luft wieder rein war. Ich habe gehört, dass sie morgen aufbrechen wollen.«

»Arbeitest du deswegen hier? Um Leute auszuspionieren und Informationen zu sammeln?«

»Nein, ich brauche Geld, um meine Mutter zu unterstützen. Die Informationen sind nur ein Bonus. Kinder sind unsichtbar, weil man uns für machtlos hält, deswegen sagen die Leute in meiner Gegenwart Dinge, die sie sonst nicht sagen würden. Und der Alkohol lockert ihre Zungen.«

»Dein Englisch ist sehr gut.«

Er lächelte so breit wie vorhin, als wir zusammen getanzt hatten. »Danke. Ich habe es noch neben der Schule aufpoliert. Es ist wichtig, Fremdsprachen zu können.«

Ich nickte. »Ich lerne Xhosa, bin aber längst nicht so gut wie du in Englisch. Vielleicht eines Tages.« In der Nähe zerbrach eine Flasche, und wir drehten uns beide in die Richtung, aus der der Lärm kam. Als niemand auftauchte, drängte ich ihn: »Du kannst mir also helfen, Nomsa eine Botschaft zu überbringen?«

»Nein.« Okay. Es war ja auch zu schön gewesen, um wahr zu sein.

»Ich kann etwas viel Besseres für dich tun«, fuhr der Junge fort. »Ich kann dir sagen, wo du sie findest, damit du ihr deine Botschaft selbst überbringen kannst.«

»Wirklich?

Der Junge nickte und wandte den Blick ab, bevor er weiterredete: »Kann ich dich vorher etwas fragen?«

»Na klar. Was du willst!«

»Warum hassen uns die Weißen?«

Wir wurden durch die Autotür getrennt, die zwischen uns geschlossen war. Ich öffnete sie und stieg aus, sodass ich neben ihm stand.

»Wie heißt du eigentlich?«, fragte ich.

»Asanda. Tut mir leid, wenn ich dich mit der Frage beleidigt habe, Robin, aber du bist nun mal die erste Weiße, mit der ich je geredet habe. Und ich habe mir immer vorgenommen, das zu fragen, wenn ich mal die Gelegenheit hätte.«

»Ich wünschte, ich könnte es dir sagen, Asanda, aber ich weiß es wirklich nicht. Ich habe selbst versucht, das rauszufinden, aber ich drehe mich dabei immer nur im Kreis. Erst dachte ich, es wäre deswegen, weil Schwarze Weiße töten, aber dann habe ich herausgefunden, dass Weiße auch Schwarze umbringen. Mir hat man früher erzählt, Schwarze wären faul und dumm, sie wären schmutzig und hätten Keime, die wir nicht haben, aber das stimmte auch alles nicht.« Mir kam eine Idee. »Wie alt bist du?«

»Vierzehn.«

»Siehst du? Und trotzdem hast du einen Job, arbeitest bis spät am Abend und gehst am nächsten Tag zur Schule. Du lernst noch neben der Schule, und du bist offensichtlich sehr intelligent. Und Beauty ... Beauty ist der netteste, liebste und klügste Mensch, der mir je begegnet ist, und sie ist schwarz.« Ich schüttelte frustriert den Kopf. »Vielleicht liegt es daran, dass die Weißen die Schwarzen brauchen. Die Weißen sind abhängig von euch, und deswegen haben viele von uns Angst vor euch. Vielleicht braucht auch einfach jeder irgendjemandem, den er hassen kann, und es ist leichter, Leute fies zu behandeln, wenn man sich einredet, sie wären ganz anders als man selbst.«

»Versprich mir eines.«

»Was denn?«

»Versprich mir, dass du nicht so wirst wie sie, wenn du erwachsen bist.«

»So wie wer?«

»Die Weißen, die uns hassen. Werde nicht so und vergiss nicht, wie ähnlich wir uns sind, du und ich. Versprochen?«

Er hatte recht; wir waren uns wirklich sehr ähnlich. Ich hatte mit Asanda mehr Gemeinsamkeiten als mit irgendeinem anderen Menschen, dem ich je begegnet war. Wir mochten beide

Kwela-Musik und tanzten gerne. Wir hatten beide unseren Zwilling verloren, und wir belauschten beide gerne Leute und spielten Detektiv. Wir beide liebten es, neue Sprachen zu lernen, und wir respektierten Beauty und wollten Gerechtigkeit für sie. Jeder von uns versuchte auf seine Art, Unrecht zu bekämpfen. Zu einer anderen Zeit und an einem anderen Ort hätten Asanda und ich beste Freunde sein können – in einem anderen Leben hätten wir vielleicht sogar zusammen sein können.

»Ich werde nie so sein wie diese Leute, wenn ich erwachsen bin.«

Er war größer als ich, deshalb musste ich mich auf die Zehenspitzen stellen, um ihm einen flüchtigen Kuss auf die Wange zu geben, weiße Haut auf schwarzer, um das Versprechen zu besiegeln.

57
ROBIN

3. Oktober 1977
Soweto, Johannesburg, Südafrika

Fahr geradeaus!«, schrie ich entsetzt, als King George von der Straße abkam. »Du bringst uns noch um!«

»Aber ich versuch's ja, Little Miss«, lallte King George. »Nur seh ich drei Straßen, wo nur eine sein sollte.« Er kniff versuchsweise ein Auge zu, dann das andere, aber es wurde nicht besser.

Nachdem er endlich zurückgekehrt und ins Auto eingestiegen war, hatte ich mich sofort auf ihn gestürzt und ihn angeschrien, dass wir Shakes unbedingt folgen müssten, egal wohin. Jetzt, wo wir nur wenige Meter hinter Shakes waren, sah ich, dass er nicht viel besser Auto fuhr als King George. Der Lieferwagen kurvte ebenfalls in wilden Schlangenlinien vor uns her.

»'tschuldige. War noch nie im Leben so fertig. Jesses, sechs Joints und acht Bier können einen echt umhauen.«

»Guck wo du hinfährst! Wir dürfen ihn nicht verlieren.«

»Warum folgen wir ihm eigentlich, Little Miss? Er ist ein echt gefährlicher Typ mit einer Riesenknarre. Es macht ihm Spaß, Leute umzubringen. Hat er King George selbst gesagt.«

»Er bringt uns dahin, wo Nomsa ist. Pass auf!« Eine Ziege sprang auf die Straße. Nachdem wir um sie herumgeschwenkt waren, verschwand sie so schnell aus dem Scheinwerferlicht, wie sie aufgetaucht war.

»Wie wär's, wenn du lenkst, Little Miss? Und King George tritt die Pedale und schaltet?«

»Ich glaub, schlimmer kann es nicht werden. Schnell, fahr links ran.« Ich rutschte auf seinen Schoß. »Okay, fahr los!«

Shakes fuhr glücklicherweise sehr langsam, und King George war immerhin noch in der Lage, relativ genau nach meinen Befehlen zu bremsen und langsamer oder schneller zu fahren. Das Lenkrad war viel schwerer zu drehen, als ich mir vorgestellt hatte. Ich brauchte beide Hände und all meine Kraft.

Wir folgten Shakes durch ein Gewirr von Straßen hinunter in eine Senke durch offenes Sumpfland und dann hinauf in ein anderes Viertel, das auf großen Felsen erbaut war. Wir überholten einige andere Autos ohne Zwischenfall. Eines hupte, als der Lieferwagen vor uns auf die Gegenfahrbahn geriet. Endlich bog Shakes in eine Hofeinfahrt ein und hielt an.

»Stopp!«, rief ich, und King George gehorchte. Ich schaltete die Scheinwerfer aus.

Shakes öffnete die Tür des Lieferwagens und taumelte heraus. Auf dem Hof beugte er sich einen Moment lang vornüber, richtete sich dann wieder auf und verschwand im Haus.

»Sind wir schon da?«, fragte King George.

»Ja, das ist das Attrappenhaus.«

»Hä? Attrappenhaus?«

»Ja, Asanda hat es mir erklärt. Shakes parkt hier, geht um das Haus herum und tut so, als würde er reingehen. Falls die Sicherheitspolizei ihm folgt oder ihm auflauert, stürmt sie dieses Haus, das aber mit einer Art Bombe präpariert ist.«

»Jesses! Und wo geht er in Wirklichkeit hin?«

»Er springt über die hintere Mauer, die man von hier aus nicht sehen kann, und geht von da aus weiter zu seinem richtigen Versteck, einem anderen Haus ein paar hundert Meter die Straße runter. Asanda hat es mir beschrieben.«

»Aha. Ich hau mich jetzt mal ein bisschen auf den Rücksitz und mach die Augen zu.«

Er schnarchte innerhalb von Sekunden. Ich kurbelte das Fenster herunter, um etwas frische Luft reinzulassen. Von King Georges Fahne in Kombination mit dem allgemeinen Gestank des schmutzigen Autos wurde mir ganz übel. Nachdem ich fünf lange Minuten gewartet hatte, stieg ich aus dem Auto aus und ging zum Haus. Als ich in den Hof gelangte, blieb ich einen Augenblick lang hinter dem schützenden Lieferwagen stehen und lief dann um das Haus herum zu der Mauer, von der mir Asanda erzählt hatte. Glücklicherweise war sie niedrig, und ich konnte ohne Weiteres hinüberspringen.

Auf der anderen Seite war ein brachliegendes Grundstück, das ich nach links in Richtung der Gruppe von drei Häusern überquerte, die mir Asanda beschrieben hatte. Als ich Nummer einundzwanzig erreichte, wusste ich, dass ich richtig war, und hockte mich tief in die dunklen Schatten. Nichts regte sich, und nach etwa einer Minute wagte ich mich weiter. Entweder waren alle Lichter im Haus ausgeschaltet, oder es gab keinen Strom. Auch die Fenster der übrigen Häuser in der Straße waren dunkel.

Das Haus bestand aus Fertigbauteilen und einem Wellblechdach wie so viele andere Häuser in Soweto. Es war klein und rechteckig, was wahrscheinlich bedeutete, dass es hinten ein Schlafzimmer und vorn ein Wohnzimmer und eine Küche gab. Das Bad befand sich in einer Hütte hinten auf dem Grundstück. Anders als der Garten von Mama Fattys *Shebeen* war dieser hier nackt und kahl. Es gab weder Bäume noch aufgetürmten Müll, was bedeutete, dass ich nirgends in Deckung gehen konnte.

Ich beschloss, es trotzdem zu wagen, und schlich zu dem einzigen Fenster, das zur Straße hin lag. Ich versuchte hineinzuspähen, aber der Raum war stockdunkel, und ich konnte nichts anderes sehen als mein verängstigtes Gesicht, das sich in der Scheibe spiegelte. Plötzlich flammte Licht auf, und ich erschrak so sehr, dass ich rückwärtsstolperte und auf dem Hintern landete. Doch es war nur ein Streichholz gewesen, mit dem jemand eine Kerze angezündet hatte. Mit zittrigen Knien stand ich auf und spähte noch einmal in den Raum. Nomsa stand nicht weit von mir entfernt. Sie trug ein Nachthemd. Shakes war nicht mit ihr im Zimmer.

Als ich sicher war, dass er sich tatsächlich nicht in dem Zimmer befand – als Nomsa sich im Licht der Kerze mit einem Buch aufs Sofa gesetzt hatte –, klopfte ich an die Scheibe. Ruckartig hob sie den Kopf. Mit zwei Schritten war sie am Fenster, schaute hinaus und riss vor Schreck die Augen auf, als sie mein Gesicht sah. Ich hob einen Finger an die Lippen und winkte sie dann heraus, während ich langsam zum Auto zurückging, damit sie mir folgte. Als Nomsa aus dem Hof kam und sich umblickte, ließ ich kurz die Scheinwerfer aufflackern. Mit wehendem Nachthemd rannte sie zu mir herüber. Als sie das Auto erreicht hatte, öffnete ich ihr die Fahrertür.

Sie spähte in den hinteren Teil des Autos und sah King George, der im Koma lag. Sie musste zu dem Schluss gekommen sein, dass er keine große Gefahr darstellte, denn sie schlüpfte herein.

»Robin? Was machst du denn hier? Und wer ist dieser Mann?«

»Er ist ein Freund, und er hat mich hergebracht.«

»Woher wusstest du, wo ich bin? Ist dir jemand gefolgt?« Im Mondlicht sah ich, dass ihr rechtes Auge geschwollen war. Es sah aus, als hätte sie kürzlich jemand geschlagen.

»Niemand ist uns gefolgt, und glaub mir, es war nicht leicht, dich zu finden. Es ist eine sehr lange Geschichte, und ich habe jetzt keine Zeit, sie dir zu erzählen. Ich bin gekommen, um dich zu Beauty zu bringen.«

»Zu Beauty?«

»Ja, sie liegt im Baragwanath-Krankenhaus. Sie hatte einen Herzinfarkt.«

Nomsa schlug die Hand vor den Mund. »Einen Herzinfarkt? Wann?«

»Vor ein paar Tagen. Sie hat es überlebt, aber sie erholt sich einfach nicht. Wir dürfen keine Zeit verlieren.«

Meine Nachricht beeindruckte Nomsa nicht in dem Maße, wie ich es erwartet hatte. Sie reagierte zunächst gar nicht und schien im Gegensatz zu mir nicht zu meinen, dass wir keine Zeit verlieren dürften. Stattdessen ließ sie einfach den Kopf hängen und seufzte. »Meine Mutter will mich nicht sehen.«

»Was? Doch, natürlich will sie das!«

»Nein. Sie ist nicht zu unserem Treffen erschienen, nachdem ich ihr den Brief geschrieben habe. Sie hat ihre Entscheidung getroffen, und das muss ich respektieren. Sie jetzt zu zwingen, mich zu sehen, würde ihren Zustand nur verschlimmern …«

»Ich habe ihr den Brief nie gegeben!«, platzte ich heraus.

»Wie bitte?«

»Ich habe ihn ihr gar nicht gegeben. Ich habe ihn versteckt, weil ich nicht wollte, dass du mir Beauty wegnimmst und mit ihr zurück in die Transkei gehst. Aber dann hat sie ihn gefunden, und nachdem sie ihn gelesen hatte, hatte sie einen Herzinfarkt. Hier«, sagte ich, griff in meinen Rucksack, zog den Brief heraus und gab ihn ihr. »Siehst du? Ich habe ihn noch.«

Nomsa nahm ihn entgegen, die Augen voller Hoffnung. »Sie

hat meinen Brief gar nicht bekommen? Und deswegen ist sie nicht erschienen?«

»Ja genau.«

Sie schwieg einen Moment. »Du dachtest, ich wollte Beauty zurück in die Transkei holen?«

»Ja, warum hättest du dich sonst mit ihr treffen wollen?«

»Du weißt nicht, was in dem Brief steht?«

»Nein, ich lerne zwar Xhosa, kann es aber noch nicht gut lesen. Warum? Was steht denn darin?« Wenn Nomsa Beauty nicht hatte mitnehmen wollen, warum war sie dann gekommen?

Langsam faltete Nomsa den Brief auseinander und begann, ihn mir in ihrer weichen, merkwürdig tonlosen Stimme vorzulesen.

»Meine liebste Mutter,

ich muss dich sehen.

Ich wurde dazu auserwählt, in die Sowjetunion zu gehen, um dort meine Ausbildung abzuschließen. Es ist eine große Ehre, als eine der Elitesoldatinnen ausgesucht zu werden, aber ich weiß, dass ich, um eine gute Soldatin zu werden, dich und alles, was du mich je gelehrt hast, hinter mir lassen muss. Es gibt bestimmte Dinge, die getan werden müssen, schlimme Dinge, und viele Leute werden getötet werden. Das wenige, was ich schon getan habe, lässt mich nachts nicht schlafen und bringt mich dazu, mich zu fragen, wer ich bin und zu was für einem Menschen ich mich möglicherweise entwickeln werde. Meine größte Angst ist, dass ich eines Tages aufwache und jemand bin, den du nicht erkennen würdest oder, schlimmer noch, jemand, den du nicht lieben könntest.«

Nomsa hielt inne, und ich blickte fragend auf. Ihre Augen hatten sich mit Tränen gefüllt, und sie wischte sie ungeduldig mit dem Handballen ab, bevor sie fortfuhr:

»Meine eigenen Leute haben mich beobachtet. Sie sind misstrauisch und zweifeln an meiner Hingabe, weil ich naiv genug war, meine eigenen Zweifel zu äußern. Verräter werden getötet, weil sie ein Sicherheitsrisiko sind, deswegen müssen wir sehr vorsichtig sein, wenn wir uns treffen.

Wenn du nicht kommst, Mutter, dann weiß ich, dass du mich aufgegeben hast, und werde dir keine Vorwürfe machen. Ich werde dann, ohne zu zögern, nach Moskau gehen, falls du glaubst, dass ich nicht gerettet werden kann, denn dann weiß ich, dass du recht hast, und werde den Weg weiterverfolgen, den ich vor einem Jahr eingeschlagen habe.

In tiefer Liebe

Nomsa«

Als Nomsa zu Ende gelesen hatte, weinte ich auch. Ich hatte mich die ganze Zeit geirrt, und das viele Lügen und Betrügen, um Beauty bei mir zu behalten, waren umsonst gewesen; Nomsa hatte nie die Absicht gehabt, sie mir wegzunehmen.

»Und als sie nicht gekommen ist, hast du geglaubt, sie hätte dich nicht mehr lieb?«, fragte ich.

Nomsas Schluchzen beantwortete meine Frage. Sie konnte nichts sagen, sie nickte nur.

»Es tut mir so furchtbar leid, Nomsa. Sie wäre da gewesen, wenn sie gewusst hätte, dass du kommst. Wenn ich ihr den Brief gegeben und ihr gesagt hätte, wo sie sich mit dir treffen soll, hätte nichts sie aufhalten können. Nichts. Das ist alles meine Schuld.«

Nomsa sah mit verweinten Augen zu mir auf, und ich erkannte, wie verloren sie war, wie verzweifelt und verwirrt, und wie sehr sie ihre Mutter als Anker brauchte, der sie davor bewahrte, in der heftigen Strömung ihrer widerstreitenden Gefühle davonzutreiben. Es war offensichtlich, wie tief ihr Konflikt war; egal, wie sehr sie sich quälte, sie konnte keinen Mittelweg finden.

»Glaubst du das wirklich?«, fragte sie. »Dass sie gekommen wäre?«

»Ja, ich weiß es genau!« Wieder griff ich in meinen Rucksack und zog Beautys Tagebuch heraus. Ich vermutete, dass es ihre gesamte Suche nach Nomsa dokumentierte, ebenso wie ihre überwältigende Liebe für diese Tochter, die sie sich geweigert hatte aufzugeben. Und natürlich kam noch hinzu, was Beauty in ihrem Brief an mich geschrieben hatte. Sie hatte gesagt, sie würde ihre Tochter gut genug kennen, um zu wissen, dass sie von sich aus die moralische Rechtfertigung für ihre Taten hinterfragen würde; und sie hatte recht gehabt.

»Hier, nimm das.«

»Was ist das?«

»Es ist das Tagebuch deiner Mutter. Darin kannst du alles nachlesen, was du wissen musst. Nichts war ihr wichtiger, als dich zu finden.«

Nomsa sah das Tagebuch an, als hätte sie Angst, es zu öffnen. Vielleicht befürchtete sie, dass es eine Enttäuschung sein könne, und solange sie nicht hineinsah, konnte sie sich wenigstens in der Illusion wiegen, dass es alle Bestätigungen enthielte, die sie so dringend brauchte. Sie blätterte durch die Seiten, ohne sich eine davon genauer anzusehen. »Das ist ziemlich viel Text.«

»Stimmt. Du kannst das alles später lesen. Jetzt müssen wir los.«

»Los? Wohin?«

»Zum Krankenhaus! Verstehst du denn nicht? Vielleicht ist es noch nicht zu spät!«

»Wie meinst du das?«

»Du wolltest vor deiner Abreise mit deiner Mutter sprechen, und noch bist du nicht weg. Wenn … Wenn Beauty noch lebt … Wenn sie aufgewacht ist … Dann ist noch gar nichts zu spät. Du kannst sie besuchen und mit ihr reden und sie um Rat fragen, und dann wird sie dir sagen, was du tun sollst und …« Mein Redefluss brach ab. Ich hatte Nomsas Gesicht beobachtet, während ich sprach, und nichts, was ich gesagt hatte, schien sie zu berühren. Sie sah immer noch traurig und niedergeschlagen aus. »Was ist denn? Was ist los?«

»Es ist zu spät«, antwortete sie.

»Nein, nein! Ist es nicht. Sie lebt, ich weiß, dass sie lebt, und …«

»Ich habe Shakes geheiratet.«

»Was?«

»Als ich nichts von meiner Mutter gehört habe, dachte ich, sie habe mich verstoßen. Aber Shakes war da, während sie es nicht war. Er hat sich immer um mich gekümmert. Am Tag des Aufstands hat er mich vor der Polizei beschützt und mich an einem sicheren Ort versteckt. Er hat dafür gesorgt, dass ich ärztlich behandelt wurde, und dann hat er Phumla aus dem Gefängnis geholt. Er war derjenige, der die ganze Zeit für mich da gewesen ist und …« Sie sprach nicht weiter.

»Aber … Aber … Shakes ist ein böser Mann. Er hat Phumla gezwungen, deine Mutter anzulügen und zu behaupten, sie wüsste nicht, wo du wärst. Und er hat Beauty die Augen verbunden und ist mir ihr weggefahren, aber er hat sie nicht zu dir gebracht.«

»Er wollte mich nur beschützen. Er hat gesagt, sie würde

Schwierigkeiten machen, indem sie nach mir sucht, und dass die Sicherheitspolizei durch ihre Fragen auf uns aufmerksam gemacht würde. Er hat behauptet, wenn ich sie träfe, würde das die Sicherheitspolizei auf unsere Fährte locken.«

»Aber wenn du dachtest, dass es zu gefährlich sei, dich mit ihr zu treffen … dann … Warum bist du dann zu uns in den Park gekommen?«

»Ich war verzweifelt und bereit, das Risiko einzugehen, weil Dinge passiert waren, durch die ich das angezweifelt habe, was wir taten. Shakes hat mich gezwungen …« Sie hielt inne, schüttelte ungeduldig den Kopf und fuhr fort: »Ich habe Sachen gemacht, schreckliche Sachen, und habe mich gefragt, ob das wirklich richtig war. Shakes hat gesagt, es wäre richtig gewesen und wir müssten so etwas tun, aber ich war mir nicht sicher. Ich wollte unbedingt mit meiner Mutter sprechen, egal wie hoch das Risiko war, weil ich wusste, dass sie die Wahrheit sagen würde.«

Stimmt. Beauty sagte immer die Wahrheit. »Hat Shakes gewusst, dass du Beauty an dem Tag suchen wolltest?«

Nomsa schüttelte den Kopf.

»Also war er es, vor dem du an dem Tag Angst hattest. Nicht vor der Polizei, sondern vor Shakes. Er schlägt dich.«

Sie schüttelte den Kopf, widersprach mir aber nicht. »Ich muss wieder reingehen«, sagte sie. »Wenn er bemerkt, dass ich weg bin …«

»Nein!« Ich packte ihre Hand. »Nein! Wir müssen jetzt zum Krankenhaus fahren, während er tief schläft.«

»Nein, ich kann nicht.«

Als sie sich weigerte, hatte ich ein ganz hohles Gefühl im Magen vor Enttäuschung. »Nomsa, das ist ein Zeichen, erkennst du das denn nicht?«

»Was ist ein Zeichen?«

»Du hättest schon weg sein sollen. Du hättest schon in Moskau sein sollen. Und ich habe versucht, den Brief vor Beauty zu verstecken, aber sie hat ihn trotzdem gefunden. Es hat Verzögerungen gegeben und andere Dinge, die dich von der Abreise abgehalten haben, und morgen hättest du fahren sollen, aber ich bin heute Nacht gekommen. Wenn ich morgen gekommen wäre, hätte ich dich nicht gefunden. Es war so vorherbestimmt, dass ich dich heute Abend finde. Verstehst du das nicht? Es ist vorherbestimmt, dass du deine Mutter sehen sollst. Bitte, Nomsa. Bitte, komm mit mir.«

Sie regte sich immer noch nicht. Sie saß nur da und sah mich an mit undurchdringlichem Gesicht.

Denk nach, Robin! Denk nach! Du musst es ihr begreiflich machen!

Ich öffnete meine Halskette und hielt sie ihr hin. Der Anhänger mit dem heiligen Christophorus, den Nomsas Mutter für ihren Mut und ihre Tapferkeit erhalten hatte, hatte sie zu mir gebracht, und er hatte mich sicher durch den Sturm meiner fiebrigen Krankheit geleitet. Ich hoffte, er würde Nomsa Kraft geben. »Der hier gehört Beauty. Sie würde wollen, dass du ihn bekommst. Bitte, lass sie nicht sterben, ohne dass sie dich noch einmal gesehen hat, Nomsa. Bitte!«

Sie nahm die Kette und betrachtete den silbernen Anhänger. »Ich …«

Ihre Antwort wurde von einem Schrei unterbrochen, der die Stille der Nacht zerriss. Ruckartig wandten wir gleichzeitig die Köpfe um. Shakes stand hundert Meter von uns entfernt vor ihrem Haus. Er hielt etwas in der Hand, mit dem er herumfuchtelte, während er eine wütende Tirade auf Xhosa ausstieß.

Nomsa erstarrte neben mir. »Ich hätte sie verstecken sollen.«

»Was?« Doch dann sah ich, wovon sie sprach. Es war eine Pistole, und Shakes zielte damit auf uns. Er war unsicher auf den Beinen, versuchte aber, Halt zu finden.

»Oh mein Gott! Er will auf uns schießen, er ...«

Kaum hatte ich den Gedanken zu Ende gedacht, als die Pistole grell aufblitzte und wir in der Nähe einen dumpfen Aufprall hörten. Der Rückschlag brachte Shakes aus der Balance, und er stolperte rückwärts, aber er erholte sich schnell. Die Beine gespreizt zielte er erneut.

»Nomsa! Wir müssen ...« Ich brauchte den Satz nicht zu beenden. Der Motor jaulte auf, als Nomsa den Schlüssel in der Zündung drehte.

Shakes feuerte den nächsten Schuss ab, der uns nur knapp verfehlte. Nomsa knallte den Rückwärtsgang rein, und wir schossen mit beängstigender Geschwindigkeit los.

»Du kannst fahren?«, fragte ich verwirrt. Ich war noch nie einer schwarzen Frau begegnet, die Auto fahren konnte.

Sie antwortete nicht. Stattdessen ließ sie das Auto um neunzig Grad herumdriften; die Reifen quietschten, und wir entgingen knapp der nächsten Kugel. King George schnarchte weiter auf dem Rücksitz und bekam von alldem nichts mit. Aus dem Augenwinkel heraus sah ich eine Bewegung im Außenspiegel. Shakes verfolgte uns.

»Schnell! Wir müssen hier weg!«

Nomsa schaltete in den ersten Gang, aber als sie Gas geben wollte, soff der Motor ab. Sie fluchte und versuchte erneut zu starten, aber das Auto sprang nicht an.

Shakes holte uns ein. Obwohl er mehr stolperte als rannte, war er nur noch fünfzig Meter entfernt.

»Er kommt, Nomsa! Beeil dich!«

Wieder drehte sie den Schlüssel. Das Auto gab ein heiseres Röcheln von sich und schwieg dann. Shakes war jetzt so nahe, dass ich die Wut in seinen Augen und die Schweißperlen auf seinem Gesicht erkennen konnte. Rasch kurbelte ich das Fenster hoch, durch das ich vorhin frische Luft hereingelassen hatte.

»Nutte!«, schrie er. »Du dreckige Nutte! Nomsa!«

»Komm schon, komm schon!«

Endlich drehte sich der Anlasser. Ein Mal, zwei Mal, und der Motor sprang wieder an.

Ich seufzte vor Erleichterung. »Los, los, los!«

Nomsa trat das Gaspedal durch, und wir sausten genau in dem Moment los, als zwei Hände plötzlich aus der Dunkelheit nach uns griffen. Shakes' lange Finger schlüpften durch den Spalt im Fenster, das ich noch nicht ganz hatte schließen können. Er klammerte sich fest, selbst als wir beschleunigten, und drückte mit solcher Kraft auf die Scheibe, dass sie schließlich ganz herunterglitt.

Ich schrie vor Panik und schlug auf seine Knöchel. Immer noch hielt er sich fest. Ich boxte ihn jetzt, trommelte mit beiden Fäusten auf ihn ein. Endlich ließ er los. Ich stieß einen Seufzer der Erleichterung aus, doch in dem Moment packte mich Shakes am Ausschnitt meines Pullovers. Ich knallte mit dem Kopf seitlich gegen die Innenwand, als er mich zu sich hinzerrte. Ich versuchte zu schreien, bekam aber keine Luft. Ich wurde von meinem eigenen Pullover stranguliert. Ich schlug um mich, ohne etwas zu treffen. Shakes griff fester zu. Mir verschwamm alles vor den Augen, und es wurde langsam schwarz.

Doch dann, wie aus dem Nichts, schnellte ein Fuß aus dem Wageninneren und traf Shakes am Kopf. Er ließ mich los, und Luft strömte in meine Lunge.

»Alles klar bei dir, Little Miss?« King George war endlich aufgewacht und hatte mich gerettet.

Ich nickte. Meine Kehle tat noch zu weh, um sprechen zu können.

Nomsa tätschelte mir das Knie. »Halte durch«, sagte sie.

Und dann schossen wir wie eine Rakete vorwärts in die Nacht, und für einen wundervollen Moment, als wir über eine Bodenwelle sprangen, schwebten wir in der Luft, und ich erlebte, wie es sich anfühlte zu fliegen.

58
ROBIN

4. Oktober 1977
Soweto, Johannesburg, Südafrika

Die Morgendämmerung hielt den Atem an, als ich endlich das richtige Fenster fand.

Als wir am Baragwanath angekommen waren, hatte Nomsa die Krankenschwestern überredet, ihr den Besuch bei ihrer Mutter zu erlauben, obwohl es noch Stunden dauerte bis zur offiziellen Besuchszeit. Sie hatten sie hereingelassen, weil sie sowieso bereits ihre Runde machten und vollauf damit beschäftigt waren, nach den Patienten zu sehen, bevor die Ärzte eintrafen. Doch den Ausschlag gab sicher Nomsas Verzweiflung – und die Tatsache, dass sie barfuß und nur mit einem Nachthemd bekleidet war: Sie war so hilfsbedürftig wie eine Schiffbrüchige, die weit hinaus aufs Meer getrieben war, und die Krankenschwestern erkannten in ihrem Anblick die Ertrinkende.

Bevor Nomsa zu Beautys Schlafsaal gebracht worden war, hatte sie mir gesagt, dass das Zimmer sich im Erdgeschoss von Station C befände und ich hineinschauen könnte. Daraufhin war ich eine halbe Stunde lang um das Gebäude herumgestreift, von Fenster zu Fenster, während King George auf dem Parkplatz schlief. Ich glaubte schon, dass ich es niemals finden würde, als ich Nomsa entdeckte, die neben Beautys Bett stand. Es befand sich zwei Plätze links neben dem Fenster, und obwohl ich kaum mehr von

Beauty erkennen konnte als ihren Umriss unter der Decke, sah ich doch, wie sich Nomsas Lippen bewegten. Mein Herz schwoll an vor Freude in dem Wissen, dass Beauty aufgewacht war und sich endlich, endlich wieder mit Nomsa vereint fand.

Als ich sie beobachtete, wünschte ich, mit Nomsa an dem Bett zu stehen, weil es so vieles gab, was ich Beauty zu erzählen hatte. Ich hätte ihr gern gesagt, dass mir die schrecklichen Dinge, die ich getan hatte, so leidtaten und ich sie so sehr lieb hatte. Ich wollte, dass sie wusste, dass sie mich mit ihrer Liebe gerettet und mich wieder zu mir selbst gebracht hatte, als ich glaubte, ich wäre für immer verloren. Und ich wollte ihr sagen, dass ich mir niemals, niemals für den Schmerz vergeben würde, den ich ihr und Nomsa zugefügt hatte. Doch zugleich hätte ich sie auch gefragt, ob es eine winzige Chance gäbe, dass sie in ihrem wundervollen großen Herzen eine Möglichkeit fand, mir dennoch zu verzeihen. Wenigstens ein bisschen.

Ich hätte mir gewünscht, die richtigen Worte zu finden, um auszudrücken, dass ich kurz davor stand, das Wesen der Liebe zu ergründen; dass man Liebe nicht gefangen halten kann und dass ein Gefangener seine Wärter nicht lieben kann, auch wenn er in einem Glaskasten sitzt und gar nicht weiß, dass er gefangen ist. Ich wollte Beauty wissen lassen, dass ich begriffen hatte, dass man nur dann Liebe schenken kann, wenn man die freie Wahl hat, es zu tun, und dass ich sie für immer von ihrer Verpflichtung mir gegenüber entband.

Doch mehr als alles andere hätte ich mir gewünscht, dass Beauty ganz und gar verstand, wie sehr ich mich in den letzten fünfzehn Monaten, die ich mit ihr verbracht hatte, verändert hatte. In der Dunkelheit meiner Trauer hatte sie mich an der Hand genommen und war mit mir durch das tiefste Tal gegangen. Sie hatte Liebe, Leben und Farbe in meine Welt gebracht, und ich würde niemals mehr irgendetwas nur noch schwarz und weiß sehen. Sie hatte mir geholfen zu erkennen, dass Liebe nicht immer die Art von Geschichte war, die ein Happy End hatte. Je mehr ich darüber nachdachte, umso mehr glaubte ich, dass eine Geschichte, die glücklich endete, nur eine war, die noch gar nicht geendet hatte.

Ich hatte solche Angst davor gehabt, dass Beauty weggehen würde, dass ich alles getan hatte, um dies zu verhindern. Doch indem ich versucht hatte, vor meinen Ängsten davonzulaufen, hatte ich sie heraufbeschworen; indem ich versucht hatte, Beauty an mich zu binden, hatte ich sie verloren, und weil ich sie hatte festhalten wollen, war ich jetzt gezwungen, sie gehen zu lassen. Ich wünschte, ich hätte ihr all das und noch viel mehr mitteilen können, wusste aber, dass es *ihr* Moment war, nicht meiner, und dass ich schon zu sehr in ihr Leben eingedrungen war.

Es wurde Zeit für mich, in den Hintergrund zu treten, sodass die beiden ihre eigene Geschichte schreiben konnten, und ich wünschte von ganzem Herzen, dass sie ihr Happy End bekommen würden oder zumindest ein Ende, das nicht allzu traurig war. Ich warf einen letzten Blick auf die Mutter, die niemals aufgegeben hatte, und die verlorene Tochter, die ihren Weg nach Hause gefunden hatte, und es gab mir die Hoffnung, dass wir trotz unserer Unvollkommenheit andere unvollkommene Wesen finden würden, und zwar durch die Macht eines unvollkommenen Gefühls, das wir Liebe nennen.

Damals wusste ich nicht, was die Zukunft bringen würde. Ich wusste nicht, dass die Geschichte, die Beauty und mich verband, noch längst nicht vorbei war, und ich wusste auch nicht, dass die gewundenen Pfade, die unsere Leben nehmen würden – meines, Beautys und Nomsas –, so sehr miteinander verwoben sein würden, dass es mir all die Jahre später unmöglich war, die Knoten zu entwirren und die Fäden voneinanderzutrennen. Aber das ist eine andere Geschichte, die ein andermal erzählt werden soll.

Also ließ ich sie so zurück, Hand in Hand. Ich drehte mich um und ging dorthin, wo King George geparkt hatte. Die Sonne war mittlerweile aufgegangen und ließ die Grubenhalden Johannesburgs in der Ferne aufglühen. Der Morgen war still; alles, was ich hörte, waren das Zirpen der Zikaden und das Vorbeisausen der Autos auf dem Highway. Ein schläfrig anmutender Mond stand noch am Himmel, der diese Nacht genauso wenig loslassen wollte wie ich.

»Robin!« Ein Schrei zerriss die Stille.

Für einen wilden Moment bildete ich mir ein, es sei Beauty, die aus ihrem Bett aufgestanden war, um mich aufzuhalten – die Hoffnung kann einen dazu bringen, verrückte Sachen wie diese glauben zu wollen. Doch ich erkannte die Stimme, es gab keinen Zweifel, und ich drehte mich um und schützte die Augen vor der Helligkeit. Sogar im blendenden Gegenlicht wusste ich, dass die Gestalt, die über den Parkplatz rannte, Edith war. Gefolgt von dem Rest der Rettungsmannschaft: Willy, Morrie und die Goldmans.

Edith stürzte auf mich zu, lachte und weinte zugleich, und ich rannte ihr mit ausgestreckten Armen entgegen. Sie hob mich hoch und wirbelte mich durch die Luft, sodass die Sonne, das Krankenhaus und die Landschaft miteinander verschwammen.

»Robin, Baby! Du bist unversehrt. Gott sei Dank, dass dir nichts passiert ist!«

Ja, es ging mir gut. Denn Edith war doch noch gekommen. Sie war gekommen, um mich nach Hause zu bringen.

Danksagung

Ein afrikanisches Sprichwort besagt, man brauche ein ganzes Dorf, um ein Kind großzuziehen, und ich finde, dass es in vieler Hinsicht auch ein ganzes Dorf brauchte, um dieses Buch entstehen zu lassen. Ohne den Zuspruch und die Unterstützung zahlreicher wunderbarer Menschen in meinem Leben hätte ich es niemals schreiben können.

Mein erstes großes Dankeschön gilt den großartigen Dozenten und Mitarbeitern des *University of Toronto's School of Continuing Studies Creative Writing Department,* insbesondere Lee Gowan, Jen Cooper, Michel Basilieres, Susan Glickman, Glenda MacFarlane, Mark Brownell, Catherine Graham, Ken Murray, Terry Fallis, Dennis Bock und Don Gillmor. Die gesamte erste Fassung des Manuskripts habe ich geschrieben, während ich an ihren Kursen für mein Zertifikat in Kreativem Schreiben teilnahm, und ich bin äußerst dankbar für die Chance, bei solch talentierten Autorinnen und Autoren studieren zu können. Mein ganz besonderer Dank gilt Rabindranath Maharaj, der mich bei meinem Abschlussprojekt als Mentor begleitete. Wenn er nicht gewesen wäre, hätte ich schon in einem frühen Stadium die Arbeit an dem Manuskript aufgegeben; ich bin ihm zu tiefem Dank verpflichtet, weil er mir so viel beigebracht und mich zum Weitermachen ermuntert hat.

Mein Leben lang hatte ich unglaubliches Glück, die besten Lehrer zu haben, die man sich nur wünschen kann. Es sind zu viele, um ihnen allen einzeln zu danken, aber ausdrücklich erwähnen möchte ich an dieser Stelle Lyn Voigt, meiner Englischlehrerin auf der Highschool, die mich unter ihre Fittiche nahm, seitdem ich sechzehn war. Sie spornte mich stets an, weiter an mir zu arbeiten, und hatte ein solches Vertrauen in meine Fähigkeiten, dass sie damit eine lebenslange Leidenschaft für das Schreiben in mir entfachte. Auch für die Redaktion der ersten Versionen des Manuskripts gilt ihr mein besonderer Dank.

Während meines Studiums am U of T's SCS hatte ich das Glück, eine ganz wunderbare Gruppe von zukünftigen Schriftstellerinnen und Schriftstellern kennenzulernen. Ich danke ihnen allen dafür, dass sie unermüdlich jede Version des Manuskripts gelesen, mich stets mit lieben Worten aufgemuntert, mir einen sicheren Hafen und eine unterstützende Gemeinschaft geboten und mich mit Ehrlichkeit und guten Ideen bereichert haben. Besonders danke ich Lisa Rivers, Jenny Prior, Kath Jonathan, Emily Murray, Caroline Gill, Susie Whelehan, Andie Duncan, Cristina Austin, Ben Brown, Gillian May und Brenda Proulx. Sie haben überall auf der endgültigen Version ihre Fingerabdrücke hinterlassen, und keiner von ihnen ahnt, wie sehr mich ihre Unterstützung, Aufmunterung und Freundschaft in den schwersten Zeiten aufrecht gehalten haben.

Ich bin auch für die wunderbare Autorengemeinschaft in Toronto und darüber hinaus dankbar, die mich so vielfältig unterstützt hat. Ich danke ihr dafür, dass sie mich willkommen geheißen, zu Lesungen eingeladen und so großzügig mit Lob und Ratschlägen bedacht hat, dass ich meinen Glauben an mich selbst stärken konnte. Es sind zu viele Mitglieder, um allen einzeln zu danken; ich hoffe, jeder weiß, wer gemeint ist.

Für die Hilfe bei den Übersetzungen und Recherchen danke ich allen, die ihre Erinnerungen und ihr Wissen mit mir geteilt haben, besonders Bongani Kona, Professor Russel Kaschula (*Rhodes University*), Dr. Jadezweni (*Rhodes University*), Phokeng Mohatlane, Thabani Sibiya, Simpiwe Balfour, Bridget Thomas, Peter Barnard, Chris und Lynda de Vries, Wayne Bailey, Joppie Nieman (von der South African Airways Museum Society) und Rachel Townsend.

Ein großes dickes Dankeschön geht an die beste Literaturagentin der Welt, Cassandra Rodgers, die mein Manuskript aus dem großen Haufen gepickt und sich netterweise in es verliebt hat, auch wenn es noch viel Arbeit erforderte. Ich kann ihr nie im Leben genug dafür danken, dass sie all meine Träume wahr werden ließ. Danke auch an Sam Hiyate, Olga Filina (die rockt!), Diane Terrana (die mir in einer Weise geholfen hat, wie sie es sich gar nicht vorstellen kann) und allen anderen Agenten, Lektorinnen und Lektoren und Mitarbeitern des *The Rights Factory*-Teams.

Unglaublich dankbar bin ich meiner wunderbaren Lektorin Kerri Kolen, die meinem Buch ein so spektakuläres Zuhause gegeben und das Manuskript in einer Art und Weise verbessert hat, wie ich es mir nie hätte träumen lassen. Ihre Ideen und Ratschläge waren von unschätzbarem Wert, und es war eine große Freude, mit ihr zu arbeiten. Danken möchte ich auch Anabel Pasarow und allen anderen im wunderbaren *Putnam*- und *Penguin Random House*-Team. Ich muss mich immer noch jeden Tag kneifen, weil ich nicht glauben kann, dass ich einen so tollen Verlag habe.

Ich danke den Südafrikanern – den verrückten und großartigen, den weißen, den schwarzen und allen dazwischen, denjenigen, die eine der elf offiziellen Landessprachen sprechen, und denen, die eine ganz eigene Sprache verwenden, den Kindern der *Rainbow Nation,* den frei Geborenen und denjenigen, die den Weg dorthin geebnet haben, denen, die in Villen, und denen, die in Hütten wohnen – ich danke jedem Einzelnen von ihnen dafür, dieses Buch inspiriert zu haben und einen Teil des Rhythmus auszumachen, der durch meine Adern fließt. Man kann eine Südafrikanerin aus Südafrika rausholen, aber nie Südafrika aus einer Südafrikanerin.

Ich weiß nicht, womit ich so wunderbare Freunde und Verwandte verdient habe, aber ich empfinde diese tollen Menschen als Segen. Es sind zu viele, als dass ich sie alle nennen könnte, und daher möchte ich kollektiv meinen Freunden – nah und fern, alt und neu – und meinen Verwandten – den nahen und entfernten – für ihren Enthusiasmus und ihre Liebenswürdigkeit danken: dafür, dass sie meine frühen Schreibversuche gelesen und trotzdem behauptet haben, ich sei talentiert, dafür, dass sie unerschütterlich für mich da waren und blind an mich geglaubt haben und dafür, dass sie die besten Cheerleader waren, die man sich nur wünschen kann. Besonders danke ich meiner Schwägerin Mandy Marais, die so sehr an mich geglaubt hat, dass sie meine früheren Manuskripte an jeden Verlagskontakt schickte, den sie besaß.

Ich möchte mich auch bei meinen wundervollen Eltern bedanken, Chris und Lynda, die mir meine erste Schreibmaschine kauften und mich von klein auf ermutigten. Sie haben immer an mich geglaubt und mir vor Augen gehalten, dass ich alles werden könne, was ich wollte.

Auch meiner unglaublichen, besonderen Freundin Charmaine Shepherd möchte ich danken, die jede einzelne Version des Manuskripts gelesen hat (und jede Version von jedem Buch davor), die mich unermüdlich angespornt und nie zugelassen hat, dass ich aufgab. Es gibt keine Worte, die ausdrücken könnten, wie dankbar ich für alles bin, was sie für mich getan hat. Du warst immer für mich da!

Zu guter Letzt danke ich meinem Mann Stephen, meinem Fels in der Brandung, der mich jeden Tag zum Lachen bringt und dadurch die Welt zu einem unendlich viel besseren Ort gemacht hat. Ich bin ihm so dankbar für die vielen Opfer, die er gebracht hat, damit ich meine Träume wahrmachen konnte. Ich werde ihn nie verdienen, aber mich trotzdem unermüdlich weiter darum bemühen.

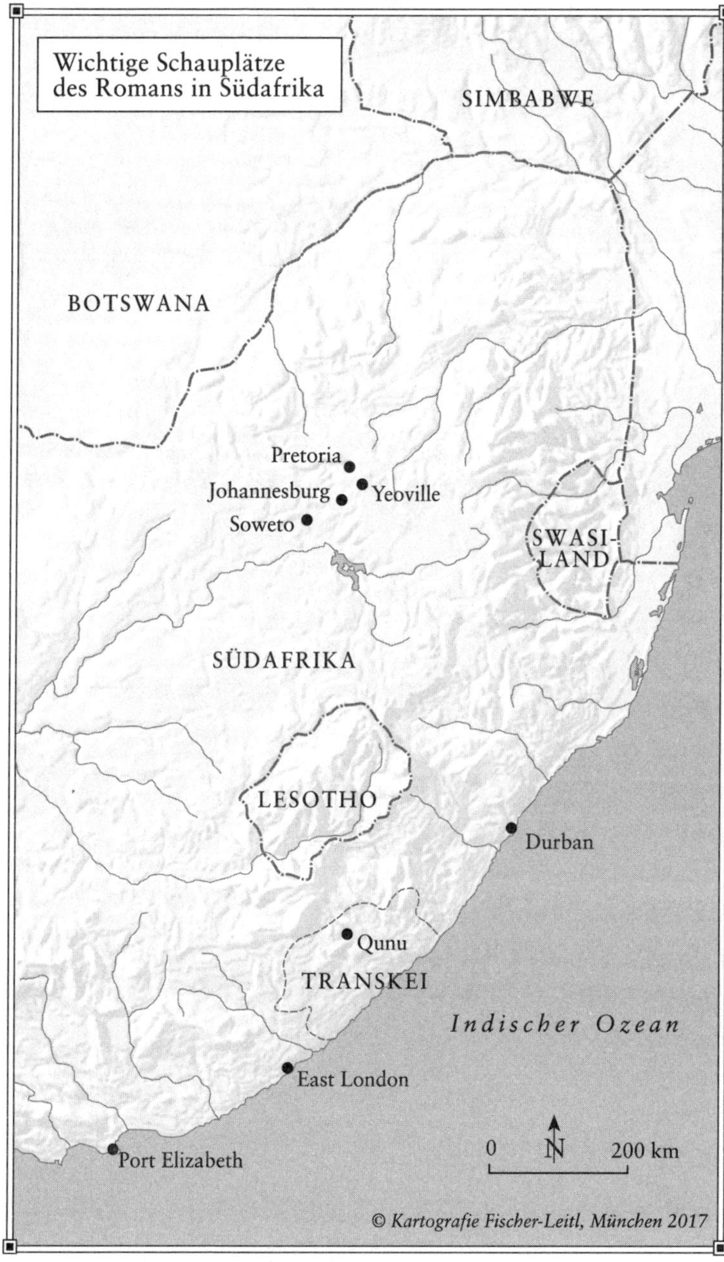
Wichtige Schauplätze
des Romans in Südafrika
SIMBABWE
BOTSWANA
Pretoria
Johannesburg
Yeoville
Soweto
SWASI-
LAND
SÜDAFRIKA
LESOTHO
Durban
Qunu
TRANSKEI
Indischer Ozean
East London
Port Elizabeth
0
N
200 km
© Kartografie Fischer-Leitl, München 2017

Worterklärungen

Kurze Hinweise zur Aussprache des Afrikaans: Das *g* wird in etwa wie das deutsche *ch* in *lachen* ausgesprochen (außer nach *r*, wie z. B. in *berg)*, das *u* wie ein stummes *ü*, *oe* wie *u*, *st* spricht man getrennt. Die Verkleinerungsform *tjie* klingt wie *kie*, *eu* wie ein stummes *ö*, das *y* in etwa wie *ei*, *ui* wie *öi*. Doppelte Vokale werden lang ausgesprochen.

Diese Hinweise dienen nur als Lesehilfe und erheben keinen Anspruch auf phonetische Korrektheit.

Afrika(a)ner – weiße, afrikaanssprachige Südafrikaner (korrekte Schreibweise im Afrikaans: Afrikaner; um eine Verwechslung zu vermeiden wurde im Roman »Afrikaaner« gewählt.)

Afrikaans – Afrikaans ist eine Tochtersprache des Niederländischen, in Südafrika die zweitwichtigste Landessprache nach Englisch. Daneben gibt es neun weitere *Landessprachen*. Afrikaans ist die Muttersprache auch vieler Nicht-Weißer.

Amandla – Zulu und Xhosa: Kraft, Stärke. Kampfruf während der Apartheid. Die Antwort lautete: »Awethu!« oder »Ngawehtu!« = für uns.

ANC – Der *African National Congress* (kurz ANC, deutsch: *Afrikanischer Nationalkongress*) ist eine 1912 gegründete (…)

Organisation. Von 1960 bis 1990 waren ihre Aktivitäten in Südafrika per Gesetz als »unrechtmäßig« eingestuft und damit illegal, der ANC hatte jedoch als führende Bewegung gegen die *Apartheid* im Exil großen Einfluss auf das Geschehen in Südafrika. Seit 1994 stellt er die Regierung. Sein bekanntester Politiker war Nelson Mandela. (Quelle: Wikipedia)

Apartheid – Als Apartheid wird eine geschichtliche Periode der staatlich festgelegten und organisierten so genannten Rassentrennung in Südafrika bezeichnet. Sie war vor allem durch die autoritäre, selbst erklärte Vorherrschaft der »weißen« europäischstämmigen Bevölkerungsgruppe über alle anderen gekennzeichnet. Sie begann bereits Anfang des 20. Jahrhunderts, hatte ihre Hochphase von den 1940er bis zu den 1980er Jahren und endete 1994 nach einer Phase der Verständigung mit einem demokratischen Regierungswechsel, bei dem Nelson Mandela der erste schwarze Präsident des Landes wurde. (Quelle: Wikipedia)

Aufstand in Soweto – Ab dem 16. Juni 1976 erschütterten Schüler- und Studentenproteste Soweto, die sich gegen eine Direktive der Regierung richteten, in den höheren Schulklassen zur Hälfte auf Afrikaans statt auf Englisch zu unterrichten. Die Unruhen forderten über 500 Opfer. Soweto wurde somit zum Symbol des Kampfes gegen die Apartheid, und der Soweto Day – heute Youth Day – erinnert seit 1995 als Nationalfeiertag an dieses Ereignis. (Quelle: Wikipedia)

Baas – (afrikaans) Chef, Boss; früher aufgezwungene Anredeform der nicht weißen Bevölkerung gegenüber weißen Männern

Bakkie – Pick-up, Transporter mit offener Ladefläche

Bantustan – Die weiße Apartheidideologie fasste die Homelands allgemein unter dem Begriff Bantustan zusammen. Mit der Schaffung von Homelands erhielten die Segregation, Isolierung und Aufsplitterung der schwarzen Bevölkerung eine räumlich-administrative Struktur. (Quelle: Wikipedia)

bhuti – von afrikaans *boetie,* »kleiner Bruder«, auch: Kumpel, Freund

Black Sash – Black Sash (deutsch: »Schwarze Schärpe«) ist eine Bürgerrechts- und Nichtregierungsorganisation von Frauen in Südafrika. Sie wurde 1955 als gewaltfreie Bewegung von »weißen« Frauen gegen die Apartheid in Südafrika gegründet und setzte sich für die Rechte der »Nicht-Weißen« ein. (…) Der ursprüngliche Name der Organisation lautete *Women's Defence of the Constitution League* (etwa: »Frauenliga zur Verteidigung der Verfassung«). Dabei verhängten sie als Zeichen der Trauer eine Nachbildung des Verfassungstextes mit einer schwarzen Schärpe (englisch *black sash*). (…)Black Sash protestierte gegen zahlreiche Gesetze der Regierung, welche die »Nicht-Weißen« diskriminierten, etwa die Passgesetze. Sie veranstalteten Demonstrationen und Mahnwachen und trugen dabei die schwarze Schärpe. Sie unterhielten Büros, in denen sich Apartheidopfer juristisch beraten lassen konnten. Viele der Frauen sahen sich Anfeindungen anderer »Weißer« ausgesetzt, mehrere wurden tätlich angegriffen, inhaftiert oder gebannt. (Quelle: Wikipedia)

blerrie – (afrikaans) verdammt, von engl. »bloody«

boetie – (afrikaans) Bruder, eigentlich »Brüderchen«

bru' – von Afrikaans: *broe'*, Abk. von *broer*, Bruder

Burenkrieg, s. *Südafrikanischer Krieg*

Casspir – gepanzertes Einsatzfahrzeug

chommie – (aus isiXhosa) Freund, Kumpel

dagga – Marihuana, Haschisch

dikbek – (afrikaans) trotzig, mürrisch

District Six – (afrikaans *Distrik Ses*) war der Name des 1867 geschaffenen sechsten Bezirks in Kapstadt. Dieser Bezirk diente vor allem freigelassenen Sklaven, Händlern, Künstlern, Arbeitern und Immigranten als Wohnort, denn District Six lag nahe dem Stadtzentrum und dem Hafen. Die gewaltsame Räumung und Zerstörung des als multiethnisches, kulturelles Zentrum geltenden Stadtbezirks ab den späten 1960er Jahren und die Umwidmung in ein »weißes« Wohnviertel gilt als eines der Musterbeispiele für die menschenverachtende, rassistische Politik der Apartheid. (Wikipedia)

fok – (afrikaans) Schimpfwort (engl. *fuck*), Mist, Scheiße

gemors – (afrikaans) Dreck, Gemansche, aber auch: Schlamassel

Highveld – Als *Highveld* bezeichnet man das nach Norden hin abfallende Hochland Südafrikas.

Homeland – Als Homeland (deutsch: *Heimatgebiet*) wurden in Südafrika und Südwestafrika (heute Namibia) geografisch definierte Gebiete der Schwarzen bezeichnet, in denen ein traditionell bedingter und vorwiegend hoher Anteil schwarzafrikanischer Wohnbevölkerung lebte und noch heute lebt. Die weiße Apartheidideologie fasste die Homelands allgemein unter dem Begriff *Bantustan* zusammen. (Wikipedia)

imbongi – (zulu) Geschichtenerzähler

Immorality Act – Der Immorality Act, Act No. 2/1927 (afrikaans: Ontugwet, deutsch etwa: »Unsittlichkeitsgesetz«) war ein Gesetz zur Umsetzung südafrikanischer Rassenpolitik während der Zeit der Apartheid, der im Laufe der Zeit immer weiter verschärft wurde. Auf die Übertretung standen strenge Strafen. Bis 1960 wurden etwa 4000 Personen nach dem Immorality Act zu Haftstrafen verurteilt. (nach: Wikipedia)

jinne, jirre – (afrikaans) etwa: Jesses!

Kaaps – Kaaps-Afrikaans ist ein Dialekt des Afrikaans, der hauptsächlich in der West-Kaap-Provinz gesprochen wird. Der Dialekt ist mehr vom Malaiischen als vom Standardafrikaans beeinflusst und wird vor allem an der Küste und in Kapstadt gesprochen. (nl.Wikipedia.org)

kaffir – (afrikaans, abwertend, deutsch, abwertend: *Kaffer*) Nicht-Weißer

kak – (afrikaans) Mist, Scheiße

Klonkie – (afrikaans) urprünglich kleiner farbiger Junge; später im *Vlakte-Afrikaans* allgemein »Farbiger«

Kwaito – Kwaito ist der Name einer in den 1990er Jahren entstandenen südafrikanischen Musikszene bzw. Stilrichtung. Die Musik basiert auf verlangsamten House-Beats und -Akkorden, dazu kommt ein Gesang oder Sprechgesang in Zulu, Sotho, Tsotsitaal oder anderen Sprachen.

Kwela – auch *Pennywhistle-Jive,* ist die Bezeichnung einer jazzorientierten südafrikanischen Musik aus den 1950er Jahren. Charakteristisch ist die Verwendung der Blechflöte (*Pennywhistle*) als Melodieinstrument. (Wikipedia)

Landessprachen Südafrikas – Südafrika hat seit dem Ende der Apartheid elf amtliche Landessprachen: Englisch, Afrikaans, isiZulu, Siswati, Süd-Ndebele, Sesotho, Sepedi, Xitsonga, Setswana, Tshivenda und isiXhosa. Damit ist das Land nach Bolivien und Indien dasjenige mit den meisten offiziellen Sprachen der Welt. (Wikipedia)

liefling – (afrikaans) Liebling

madala – (xhosa) alter Mann

Maid (afrikaans *meid*) – Während der Apartheid Hausangestellte, die häufig in einem Dienstbotenzimmer untergebracht wurde und für einen Hungerlohn der Familie praktisch rund um die Uhr zur Verfügung stehen musste, nicht nur als Haushaltshilfe, sondern auch als Kindermädchen usw. Da es für Nicht-Weiße kaum

Chancen auf eine vernünftige Ausbildung gab, blieb vielen Frauen nur eine Zukunft als Maid. Auch heute noch gehört die Maid zu jedem besseren Haushalt dazu.

mampara – (Umgangssprache SA) Depp, Idiot

Nkosi sikelel iAfrika – (Gott schütze Afrika) Seit 1994 offizielle Nationalhymne Südafrikas. Das ursprüngliche Kirchenlied wurde später zur Hymne der Befreiungsbewegung in Südafrika. Die ersten beiden Strophen werden – jeweils nach zwei Zeilen abwechselnd – auf isiXhosa und isiZulu gesungen. Die dritte Strophe ist teils isiXhosa, teils isiZulu, die beiden folgenden Strophen Sesotho. Am Schluss folgt wiederum eine kurze isiXhosa-Strophe. Eine standardisierte englische oder deutsche Übersetzung von *Nkosi Sikelel iAfrika* gibt es nicht. (nach: Wikipedia)

oom – (afrikaans) Onkel, respektvolle Anrede älteren Männern gegenüber

ouballie – (afrikaans) »Alter«; Vater, Opa, älterer Mann

Panga – eine Art Machete

Pierneef – Jacobus Hendrik Pierneef (1886–1957), südafrikanischer Maler, hauptsächlich für seine Landschaften bekannt

Rivonia-Prozess – Prozess in Pretoria, Südafrika. Er ist nach Rivonia benannt, einem Vorort von Johannesburg, in dem sieben der Verurteilten (darunter Nelson Mandela) bei einer Razzia festgenommen worden waren. Der Prozess richtete sich gegen

Mitglieder von *Umkhonto we Sizwe* (MK), dem militärischen Arm des *African National Congress* (ANC). Sie waren Widerstandskämpfer gegen das Apartheidregime, die sich für Freiheit und Gleichberechtigung einsetzten. Am 12. Juni 1964 wurden die Angeklagten zu lebenslanger Haft verurteilt. Nelson Mandela, der schon seit 1962 inhaftiert war, blieb bis 1990 im Gefängnis auf Robben Island (vor Kapstadt).

Rondawel – reetgedeckte traditionelle Rundhütte

Rooinek – (afrikaans) wörtl.: Rotnacken, Bez. der Afrikaanssprachigen für die englischsprachigen Weißen

Shebeen – illegal betriebene Kneipe

Sisi – (xhosa) respektvolle Anrede für ältere Frauen (u.v.m), vom englischen *sister*

slapgat – (afrikaans) faul

Soweto – offizieller Name; kurz für *South Western Townships*, deutsch etwa »Südwestliche Vororte« – war ein 1963 gegründeter Zusammenschluss zahlreicher Townshipssiedlungen im Südwesten der Industriemetropole Johannesburg. Von 1983 bis 2002 war Soweto eine eigenständige Stadt. Seit 2002 gehört es zur Metropolgemeinde City of Johannesburg. Soweto gilt seit dem Aufstand in Soweto 1976 als Symbol des Widerstandes in der Apartheidära. (Wikipedia)

Spaza shop – Bezeichnung für kleinen Laden im südl. Afrika *stukkie* – (afrikaans) hier: Liebchen, heißer Feger

Südafrikanischer Krieg – Der Zweite Burenkrieg (auch *Südafrikanischer Krieg;* englisch auch *Second Anglo Boer War,* »Zweiter Englisch-Burischer Krieg«, afrikaans: Tweede Vryheidsoorlog, »Zweiter Freiheitskrieg«) von 1899 bis 1902 war ein Konflikt zwischen Großbritannien und den Burenrepubliken Oranje-Freistaat und Südafrikanische Republik (Transvaal), der mit deren Eingliederung in das britische Imperium endete. (Wikipedia)

tannie – (afrikaans) Tante, respektvolle Anrede älteren Frauen gegenüber

Township – Als Township bezeichnet man in demografischen Zusammenhängen die während der Rassentrennungspolitik in Südafrika (…) zahlreich eingerichteten Wohnsiedlungen für die schwarze, die farbige oder die indische Bevölkerung. Sie besitzen teilweise die Ausmaße von mittleren und großen Städten. Bekannte Beispiele sind Soweto (South Western Townships), Mdantsane unweit der Industrie- und Hafenstadt East London oder der Stadtteil Cato Manor in Durban. (Wikipedia)

Tsotsi – (Pl.: *Tsotsis*) Ganove, Schläger, Randalierer. Bekannt wurde der Begriff durch den Film »Tsotsi – ein Junge aus dem Ghetto« von 2005, der den Oscar als bester fremdsprachiger Film erhielt.

Veld – (afrikaans) offene, unbebaute Landschaft

Xhosa – isiXhosa, vereinfachend Xhosa genannt, ist die Sprache der Xhosa und eine der elf Amtssprachen in der Republik Südafrika, außerdem wird es auch in Botswana und Lesotho gesprochen. Es wird von etwa neun Millionen Menschen gesprochen. Nach isiZulu ist sie die zweithäufigste Muttersprache in Südafrika und wird von 15,43 Prozent (Stand 2015) der über 15-jährigen Bevölkerung als Muttersprache genutzt. Charakteristisch sind besonders die Schnalzlaute; auch der Name Xhosa beginnt mit einem Schnalzlaut. isiXhosa ist eng verwandt mit isiZulu, der Sprache der Zulu. (nach: Wikipedia)

Bianca Marais über ihren Roman
Summ, wenn du das Lied nicht kennst

Ich kam 1976 zur Welt, im Jahr des Soweto-Aufstands, bei dem Tausende schwarzer Studenten mit einem Marsch durch Soweto gegen die Apartheitregierung protestierten. Die Demonstration war friedlich, dennoch eröffnete die Polizei das Feuer und tötete fast hundert Jugendliche, darunter auch Kinder, die erst zwölf Jahre alt waren. Am selben Tag wurde, nur zwanzig Meilen entfernt, die Fürsorge für mich, das fünf Monate alte weiße Baby, einer dieser Leute anvertraut, die in den Augen der Apartheidregierung nicht ganz der Menschheit zugerechnet werden konnten: unserem Hausmädchen Eunice.

Zwar hatte ich wunderbare Eltern, die mich sehr liebten, doch beide arbeiteten den ganzen Tag, und da es in unserem Viertel keinen passenden Kindergarten oder Hort gab, wurde ich die meiste Zeit von Eunice versorgt. Sie fütterte mich, badete mich, zog mich an und verbrachte viel Zeit damit, mich vor meinem älteren Bruder zu beschützen, der fest entschlossen schien, mir das Leben zur Hölle zu machen.

Als ich zwei Jahre alt war, befand mein Bruder, es sähe doch viel schöner aus, wenn ich von Kopf bis Fuß lila wäre, und machte sich wie ein kleiner Picasso in seiner blauen Periode umgehend ans Werk. Es war Eunice, die Wochen damit verbrachte, mit ölgetränkten Tüchern den Permanentmarker von meiner empfindlichen Haut zu entfernen – in den 1970er Jahren offenbar die übliche Methode, um ein Kind wieder in den Auslieferungszustand zu versetzen. Nachdem mein Bruder mir, der damals Fünfjährigen, glitzernde Flügelchen aus Pappe gebastelt und mich damit umstandslos vom Dach gestoßen hatte, um herauszufinden, ob ich fliegen könnte – Achtung, Spoiler: Ich konnte es nicht! –, da war es Eunice, die sich um meine Verletzungen kümmerte. Danach musste sie meinen Bruder daran hindern, mich niederzubrüllen, weil ich Idiotin mich einfach fallen gelassen und dabei seine Flügel zerbrochen hatte.

Als meinem Bruder die Versuche, mich ins Jenseits zu befördern, schließlich zu langweilig wurden, war es Eunice, die mit mir für Theater- und Ballettaufführungen übte (obwohl ihr gesetzlich untersagt war, die ausschließlich für Weiße gedachten Schulvorstellungen später auch zu besuchen). Sie war es auch, die mir bei den Hausaufgaben half, obwohl ihr wegen des Bantu-Bildungsgesetzes eine richtige Schulausbildung versagt geblieben war. Und trotz alldem wurde Eunice in unserem Haus von der Polizei angegriffen, weil Nachbarn sie beschuldigt hatten, mich zu misshandeln (eine Schlussfolgerung, zu der sie aufgrund meiner zahlreichen Wutanfälle gekommen waren).

Eunice wird dieses Jahr vierundneunzig und ist bis heute ein wichtiger Teil meines Lebens. Bei ihr verbrachte ich den Tag und eine ruhige Nacht vor meiner Hochzeit, bei der sie, neun Jahre nach dem Ende der Apartheid, Ehrengast war. Ich lud Eunice zu ihrem allerersten Restaurant- und zu ihrem ersten Kinobesuch ein (sie wollte *Rush Hour 2* sehen und schrie während der gesamten Vorstellung die Leinwandhelden an; danach versetzten wir das Einkaufszentrum in Aufregung, weil sie ihre frisch aufgeschnappten Kung-Fu-Künste an Passanten ausprobieren wollte). Es bedeutete mir unendlich viel, dass ich diese Meilensteine ihres Lebens mit ihr teilen durfte. Zugleich beschämte es mich, dass sie erst mit über achtzig erleben konnte, was für mich von Kindheit an selbstverständlich gewesen war. Wir telefonieren noch immer regelmäßig, obwohl ich wegen ihrer zunehmenden Schwerhörigkeit inzwischen schreien muss. Sie hatte ein ungeheuer schweres Leben, und doch kenne ich niemanden, der so häufig lacht wie sie. Eigentlich jammert sie nur, wenn die Schmerzen in ihren Knien besonders schlimm sind oder sie das Gefühl hat, dass ihre Enkel die Opfer, die sie ihnen bringt, nicht gebührend würdigen.

Nachdem mein Mann und ich 2012 von Johannesburg nach Toronto gezogen waren, kam mir die Idee zu einer Geschichte über ein neunjähriges weißes Mädchens namens Robin und eine schwarze Xhosafrau, Beauty, deren Lebenswege nach dem Soweto-Aufstand aufeinandertreffen. Robins Eltern wurden ermordet, und Beautys Tochter, eine Aktivistin, ist spurlos verschwunden. Beauty benötigt einen Pass, um sich während der Suche nach ihrer Tochter legal in Johannesburg aufhalten zu dürfen, und Robin braucht jemanden, der sich um sie kümmert. Beide Probleme werden gelöst, indem Beauty heimlich als Robins Pflegemutter angestellt wird.

Ursprünglich wollte ich mit diesem Buch Eunice meine Anerkennung ausdrücken – es sollte ein Versuch sein, das Leben, das sie geführt hatte, zu verstehen und zu würdigen. Gleichzeitig bemühte ich mich, die zahlreichen widersprüchlichen Gefühle in den Griff zu bekommen, die mich angesichts meiner privilegierten Vergangenheit stets umgetrieben hatten. Erst während der Arbeit an dem Roman begriff ich zu meiner großen Beschämung, wie weit ich mit meiner Interpretation der Geschichte danebengelegen hatte. Für mich war an der Apartheid immer am schlimmsten gewesen, dass es Eunice und mir unmöglich gemacht wurde, am Leben der jeweils anderen wirklich teilzuhaben.

Dabei war die eigentliche Tragödie die Tatsache, dass ich in Eunices Leben überhaupt vorkam.

In einer gerechten Welt hätte Eunice ihre fünf Kinder nicht nur ein Mal im Jahr gesehen, wenn sie über Weihnachten in die Transkei, das Homeland der Bantus, zurückkehren durfte. In einer gerechten Welt hätte sich Eunice um ihre eigenen Kinder kümmern können, statt die Kinder fremder Leute – noch dazu die ihrer Unterdrücker – mit Mutterliebe zu überschütten.

Für diesen Roman habe ich sehr viel recherchiert, um die historischen Fakten korrekt wiederzugeben. Aber noch wichtiger war es mir, der schwarzen Protagonistin Beauty mit Respekt zu begegnen. Dabei machte ich mir immer wieder bewusst, dass natürlich gerade mir die Voraussetzungen fehlten, mich in sie hineinzuversetzen. Während der Arbeit an dem Buch bat ich daher Kulturwissenschaftler und Leser mit einschlägigem gesellschaftlichem Hintergrund, meine Darstellung der schwarzen Lebenswirklichkeit zu überprüfen. Ich kann nur hoffen, dass ich Beauty gerecht geworden bin. Eunice hat mich zu dieser Romanfigur inspiriert, und nie hat mich eine Erfahrung so demütig gemacht und zugleich mein Denken so sehr verändert wie der Versuch, Beauty lebendig werden zu lassen.

Bianca Marais begann ihren ersten Roman *Summ, wenn du das Lied nicht kennst,* als sie ihre Abschlussarbeit für ihr Creative-Writing-Studium an der Universität von Toronto schrieb. Sie ist in Südafrika aufgewachsen, lebt aber mit ihrem Mann, ihrem Golden Retriever und zwei Katzen in Toronto.

Sie sagt über ihr Buch: »Dieser Roman beschreibt die Erfahrungen eines kleinen weißen Mädchens und einer älteren schwarzen Frau unter dem Apartheidregime in Südafrika. Es erzählt, wie sich die Lebenswege der beiden nach den Aufständen in Soweto kreuzen und welch enges Band sie in der Folge von Trauer und Verlust miteinander vereint. Ich selbst war 1976 noch ein Baby und wurde von einem schwarzen Kindermädchen, Eunice, umsorgt, die ich über alles geliebt habe. Und obwohl die Handlung meines Romans erfunden ist, basieren viele Details der Beziehung zwischen Robin und Beauty auf meiner eigenen Kindheit, in der mich Eunice behütet und großgezogen hat.«

Mehr zur Autorin unter www.biancamarais.com

Die Originalausgabe erschien 2017 unter dem Titel
»Hum If You Don't Know The Words« bei G. P. Putnam's Sons,
an imprint of Penguin Random House, New York.

Dieses Buch ist auch als E-Book erhältlich.

Verlagsgruppe Random House FSC® N001967
Das für dieses Buch verwendete Papier
ist FSC-zertifiziert.

Wunderraum-Bücher erscheinen im
Wilhelm Goldmann Verlag, München,
einem Unternehmen der Random House GmbH.

1. Auflage

Redaktion: Bärbel Brands
Umschlaggestaltung und Konzeption: buxdesign | München
Umschlagmotiv: © Collage Ruth Botzenhardt
Satz: Buch-Werkstatt GmbH, Bad Aibling
Druck und Bindung: GGP Media GnbH, Pößneck
Printed in Germany
ISBN 978-3-336-54794-4

www.wunderraum-verlag.de